Cállame con un beso

Bestseller Internacional

Biografía

Blue Jeans, seudónimo de Francisco de Paula Fernández, nació en Sevilla y vivió hasta los dieciocho años en Carmona. Es uno de los autores españoles con más seguidores en las redes sociales. Licenciado en Periodismo, actualmente reside en Madrid. El éxito de su primera novela, *Canciones para Paula*, le convirtió en un referente de la literatura juvenil. Posteriormente, le siguieron dos novelas más: *¿Sabes que te quiero?* y *Cállame con un beso* para conformar su primera trilogía. Su serie sobre *El Club de los Incomprendidos*, formada por *¡Buenos días, princesa!*, *No sonrías, que me enamoro, ¿Puedo soñar contigo?* y *Tengo un secreto: el diario de Meri* se ha convertido en uno de los mayores fenómenos editoriales españoles de literatura juvenil. Traducidas a varios idiomas, sus novelas cuentan ya con más de un millón de seguidores y su adaptación cinematográfica, *El Club de los Incomprendidos*, tuvo un gran éxito de público que llenó las salas. Con su trilogía *Algo tan sencillo* Blue Jeans ha repetido el éxito de sus historias anteriores. Su trayectoria ha sido reconocida con el prestigioso Premio Cervantes Chico 2013 y el Premio de la Feria del libro de Sevilla 2015, entre otros.

www.lawebdebluejeans.com
@FranciscodPaula
www.facebook.com/BlueJeans7

Blue Jeans
Cállame con un beso

Planeta

El papel utilizado para la impresión de este libro es cien por cien libre de cloro y está calificado como **papel ecológico**.

Avinguda Diagonal, 662, 6.ª planta. 08034 Barcelona (España)
www.planetadelibros.com

Adaptación de la cubierta: Booket / Área Editorial Grupo Planeta
Ilustración de la cubierta: © Francisco A. Morais
Primera edición en Colección Booket: mayo de 2017

Depósito legal: B. 7.239-2017
ISBN: 978-84-08-17174-4
Impresión y encuadernación: CPI (Barcelona)
Printed in Spain - Impreso en España

Nota de autor a la edición de 2016

Todo lo que empieza tiene un final. Y la trilogía *Canciones para Paula* acaba aquí, en *Cállame con un beso.* Fueron tres años increíbles: desde que el 3 de junio del 2008 me aventuré a escribir la historia en Fotolog hasta que en noviembre del 2011 salió publicada esta tercera parte. Para entonces, ya habíamos vendido más de cien mil libros, había viajado a un montón de ciudades a realizar firmas y los medios de comunicación comenzaban a hacernos caso. El sueño no solo se había hecho realidad, sino que superaba cualquiera de mis mejores pronósticos. Jamás habría imaginado que me iba a pasar todo lo que estaba viviendo. Me costaba asumir que aquel universo azul, que se inició en las redes sociales, desde cero, fuera ya conocido por tanta gente joven de España y parte de Latinoamérica. Y también de Polonia, Países Bajos, Francia, Hungría, Rusia..., donde los libros estaban siendo traducidos. ¿Veis como los sueños se cumplen?

Debo reconocer que cuando retomé la historia de Paula, las Sugus y los demás personajes, no sabía cómo finalizaría. Fueron tres meses a pleno rendimiento, saboreando lo que iban a ser las últimas páginas de la trilogía. Buscando la mejor manera de que el lector se quedara con un buen sabor de boca. Que, aunque la historia se terminara, la esencia permaneciera.

Una anécdota: cuando Everest me preguntó cómo me imaginaba la cubierta del tercer libro, yo les dije que de cualquier color menos negra. Como veis, me hicieron caso. Sin embargo, he de reconocer que acertaron. Y la nueva portada de la edición de Planeta todavía me gusta más. Me parece preciosa.

Un libro es un trabajo en equipo. Por eso, asuntos como el de las cubiertas los delego en la gente que sabe del tema. Opino, como en todo, pero confío en los profesionales que se dedican a eso dentro de la editorial. Igual que confío en mi editora, en los correctores, en el equipo de *marketing* o en el de comunicación. Y si algo no lo veo claro, intercambiamos pareceres y llegamos a acuerdos. Pero nunca intento imponer mi criterio. Todos buscamos lo mejor para el libro, que es mucho más importante que una opinión personal.

Esta tercera parte con Planeta también presenta una novedad respecto a la que salió con Everest (además del final de *Tras la pared* y esta pequeña introducción): hemos recogido y añadido el capítulo inédito que escribí para un concurso en el 2013. Este episodio fue el premio que escondimos en una búsqueda del tesoro por toda España. En cada capital de provincia había oculto uno, dos o más cuadernillos con este extra. En mi web subimos las pistas de dónde se hallaban y los lectores tenían que encontrarlos. Fue una completa temeridad porque aquello nos superó, a los representantes que me ayudaron y a mí, y se convirtió en una tremenda pero divertida locura.

No tengo mucho más que decir salvo desearos que disfrutéis de la última parte de la trilogía y haceros llegar mi eterno agradecimiento por confiar en mis libros y en mí. Quiero darle las gracias una vez más a la editorial Planeta por haber rescatado del abismo la historia que me permitió introducirme en este maravilloso mundo de la literatura. Era muy triste ir a una librería y que no supieran nada de *Canciones para Paula* desde hacía tanto tiempo o que los lectores me preguntaran dónde podían encontrar estos libros y decirles que ni yo mismo lo sabía.

Por suerte, toda esa incertidumbre se terminó.

A pesar de todo, también quiero darle las gracias a Everest por ser la primera editorial que apostó por mí y ayudarme a darme a conocer. Sobre todo, gracias a Alicia, a Nuria y a Fernando Burgueño. Y también a todos los trabajadores y comerciales que colaboraron para que esto se hiciera tan grande.

Ahora sí, me despido de vosotros. Espero no decepcionaros con el final de la trilogía y que estas tres novelas os hayan hecho un poquito más felices, que, en definitiva, es de lo que se trata.

Disfrutad de la vida, sonreíd y nos vemos en las redes sociales.

Capítulo 1

Una tarde de diciembre, en un lugar de Londres.

El humo trepa hasta el techo de la habitación. Forma una nube grisácea que ella contempla ensimismada. Y eso que allí no se puede fumar. Paula coge el cigarrillo por el filtro y lo termina de apagar. Tose una, dos veces. Desde que lo dejó, odia el tabaco. Sin embargo, su compañera está completamente enganchada. Y más en época de exámenes. Aun así, Valentina no es mala chica.

Abre la ventana para que el cuarto se ventile, pero enseguida la vuelve a cerrar: hace frío. Demasiado. En aquel país, el invierno se hace notar con creces, a pesar de que todavía están en el final del otoño. Qué pocas veces ha visto el sol desde que llegó en septiembre. Quizá es lo que más echa de menos. Exceptuándolo a él, claro. Porque no tiene punto de comparación lo que Paula echa de menos el sol con lo que extraña a Álex.

Mira el reloj. ¿Estará ya conectado? Puede ser, casi son las cinco. Corre hasta el otro extremo de la habitación, donde está su portátil encima de la mesa. Lo saca de su funda y se lanza con él sobre la cama. Lo enciende y espera a que se cargue. ¡Qué lentitud! Da golpecitos con los dedos en el colchón con impaciencia. ¡Ya está! El Windows Vista por fin arranca. Rápidamente, abre el MSN con la esperanza de ver su *nick* entre los conectados.

Un cosquilleo le recorre todo el cuerpo. Y sonríe: Álex está allí. Sin embargo, su sonrisa va acompañada con un intenso calor en los ojos. Le pican. Se esfuerza por retener las lágrimas; no quiere que la vea llorar.

Prácticamente coinciden en su primer mensaje. Escriben y se saludan al mismo tiempo.

—¡Hola, cariño!

—¡Hola, pequeña!

Llega una invitación por parte de él para iniciar una videollamada. Ella se peina un poco con las manos, se coloca los auriculares y acepta. La *cam* de Paula se enciende primero. Se ve a sí misma y sonríe todo lo que puede. No están mal las mechitas rubias que se ha puesto en su pelo castaño. En el último año, no daba con el color adecuado. En cambio, este marrón clarito con reflejos dorados le gusta. Ahora solo falta que su cabello crezca algo más. Por los hombros está bien, pero lo quiere un poco más largo.

—¿Me ves? —pregunta la chica, sentándose sobre sus piernas y mirando fijamente a la cámara.

—Sí. ¡Estás preciosa!

Su voz llega a la vez que su imagen. Siente un escalofrío.

Álex está guapísimo. Se ha dejado una barbita de dos días que le hace más interesante aún. Da la impresión de que sus ojos brillan cuando habla y su sonrisa sigue siendo la más maravillosa que ha visto en su vida. «El chico de la sonrisa perfecta».

—No estoy preciosa. Ni me he peinado.

—¿No? Pues parece que vengas de la peluquería.

—¡Qué va! Si me he pasado el día estudiando.

Álex arquea una ceja. Frunce el ceño y pregunta:

—¿Seguro que solo has estudiado?

—Seguro —responde Paula con decisión. Pero, al instante, resopla y sonríe tristemente—. Vale, me has pillado. No he estudiado nada. ¡Es que no consigo concentrarme!

—¿Lo has intentado?

—Claro. Muchas veces. Hoy no he ido ni a clase para quedarme en la habitación estudiando.

El escritor hace una mueca con los labios y piensa.

—La semana que viene es cuando tienes los exámenes, ¿verdad?

—Sí. Pero no consigo concentrarme.

—¿Es por el inglés?

—No. Más o menos lo comprendo todo.

—¿Por los profesores?

—No.

—¿Tiene algo que ver con Valen?

—¡Qué va!

—Entonces, ¿no sabes por qué es?

Paula duda un instante, mira hacia otro lado y desvela el motivo de su desconcentración.

—Es por ti, tonto —señala la chica, temblorosa, tapándose la boca con la mano—. Te echo de menos.

Ahora sí que no puede reprimir las lágrimas. Pero no va a dejar que él la vea llorar. Pone a un lado el portátil para salirse del plano, y se cubre la cara con las manos, desconsolada.

—¿Paula? ¿Estás bien? —pregunta Álex, que contempla a través de la *cam* una de las paredes de la habitación de su novia.

La pequeña cámara está enfocando una foto enmarcada de los dos. Se la hicieron justo antes de que ella viajara a Londres, la ciudad en la que Paula pasaría el próximo curso. Salen besándose. Queriéndose. Fue el último día que pasaron juntos en las postrimerías del verano. Ya en ese momento, ambos sabían lo difícil que resultarían los meses siguientes.

—Estoy bien —susurra.

—No lo estás.

—Sí, sí que lo estoy. ¿Ves?

La *cam* enfoca de nuevo el rostro de la chica, que vuelve a sonreír. Sus ojos están rojos e hinchados. Y el rímel se ha corrido por sus mejillas. Se da cuenta y se limpia con el puño del jersey. Respira y esboza la mejor de sus sonrisas.

—Claro que lo veo. Veo que te encuentras mal.

—No es verdad. Estoy perfectamente. Ha sido solo un momento de bajón. No te preocupes.

—¿Solo ha sido un bajón?

—Sí. Solo eso.

Miente. Son ya más de tres meses sin estar con él. Sin un solo beso. Ni una caricia. Sin respirar a su lado ni sentirlo cerca. Sospechaba lo complicadas que eran las relaciones a distancia, pero no imaginaba que fuera tan duro. Sin embargo, aquello no era todo. Había más, mucho más, detrás de la tristeza de Paula.

Hace un año y un mes, una tarde de noviembre, en un lugar de la ciudad.

¡No se ha presentado!

¿Ha sido cruel? Un poco tal vez. Bueno, para qué engañarse: ha sido muy cruel. Pero es que al verlo... no le ha gustado nada. ¿Cómo un chico de diecinueve años puede tener esas entradas? ¡Eso no lo mencionó en el chat!

¡Dichosas citas a ciegas! ¡Nunca más quedará con alguien que haya conocido por Internet! Si es que... ya le vale. No aprenderá nunca.

Paula se abrocha el botón de arriba de su abrigo y camina deprisa por la calle intentando alejarse lo antes posible de aquel lugar.

Pobre chico. Quizá debería volver a la cafetería en la

que habían quedado. No, no puede hacerlo. Sería perder el tiempo. ¡Y está cansada de eso!

¿Con cuántos tíos ha estado últimamente? Repasa mentalmente: uno, dos, tres, cuatro..., cinco. Sí, ¡cinco! ¡Qué desastre! ¿Desde cuándo es ella así? Desde que Alan regresó a Francia y desde que cortó cualquier contacto con Ángel. Aquella conversación que mantuvieron por teléfono a finales de junio fue lo último que supo del periodista. Prácticamente, ni se acuerda de él. Es más: tiene la impresión de que su relación ocurrió hace siglos. Solo han transcurrido ocho meses. No es tanto. ¿O sí?

Pasa por delante de un escaparate y se mira a sí misma. Ha engordado un poco, ¿no? Sí, está claro que pesa cuatro o cinco kilitos más desde que terminó el verano. Pero sigue estando muy bien. O eso es lo que todos los tíos le dicen. Además, de rubia liga más. Aunque ya se ha cansado de ese color de pelo: pronto volverá a cambiárselo. ¿Morena, morena...?

Uf. No deja de pensar en el chico de las entradas. Se estará preguntando dónde se ha metido. Le da lástima. Ella será como sea, pero continúa teniendo corazón. Un poco, al menos.

Con tanta tensión le han entrado ganas de fumar. Nerviosa, saca un paquete de tabaco del bolso. Coge un cigarro y lo enciende. Una calada; otra. Expulsa el humo con vehemencia y se vuelve a mirar en el escaparate. Es una librería. ¿Cuánto hace que no lee un libro? No lo recuerda. ¿Desde marzo...?

Hay bastante revuelo en aquel sitio. No deja de entrar gente. Siente curiosidad. Una madre con su hija son las siguientes en pasar a la tienda. La jovencita lleva un libro bajo el brazo. Detrás entra una treintañera y luego una pareja de novios. Después, otra adolescente. Todos con el mismo ejemplar, del que no sabe el título. Qué extraño. ¿Estará dentro el autor de ese libro?

—Hola, perdona —le dice a la adolescente, antes de que esta entre en la librería—. ¿Qué es lo que pasa aquí?

La jovencita la mira un poco desconcertada: ¡no se puede creer que no lo sepa! Se echa el pelo hacia un lado y contesta.

—Una firma de libros.

—¿Sí? ¿De quién?

—De Alejandro Oyola.

¿Alejandro Oyola? Ese es...

—¡Álex! —exclama Paula totalmente fuera de sí—. ¡Qué tío! ¡Lo ha conseguido!

La chica la observa confusa. No entiende a qué se refiere. Se encoge de hombros y entra en la tienda.

Es increíble: ¡Álex ha publicado *Tras la pared*! Está nerviosa. Los recuerdos empiezan a amontonársele. Le viene a la cabeza aquel juego de los cuadernillos, en el que ella misma colaboró. Los dos estuvieron un día escondiendo los primeros capítulos del libro por toda la ciudad, en sitios divertidos, curiosos. Llamando a la puerta del destino. Nunca había conocido a nadie con tanta imaginación y con una idea tan romántica. Le gustó mucho. Demasiado, quizá. Y ahora sus caminos vuelven a cruzarse. Pero es que... ¡menuda sorpresa! No sabe qué hacer. ¿Entra y lo saluda?

Ha pasado mucho tiempo desde la última vez que hablaron. Quizá ni sepa quién es. Su vida seguro que habrá cambiado por completo. ¡Tiene un libro publicado! ¡Y hasta le han organizado una firma!

¿Qué hace? Una nueva pareja entra en la librería. Paula por fin se decide, apaga el cigarro y camina detrás de ellos hacia el interior del establecimiento. Respira hondo y traga saliva. ¡Qué emoción! ¡Quién le iba a decir a ella que su cita a ciegas finalizaría de esa manera...! ¡Va a volver a ver a Álex!

Capítulo 2

Una tarde de diciembre, en un lugar de la ciudad.

Apaga la *cam* y cierra el MSN. Suspira. Siempre que termina de hablar con Paula, suspira. No puede evitarlo. Se siente triste, pero más por ella que por él mismo. Álex sabe que su chica es la que peor lo lleva. Curiosamente, no pensaba así cuando comenzó la aventura de su novia en Reino Unido: creía que era él quien no lo iba a poder soportar, y, sin embargo, poco a poco se ha ido adaptando a las circunstancias. Tiene momentos de melancolía, y por supuesto que la echa de menos, pero ha elegido ser la parte fuerte y no está dispuesto a derrumbarse. Además, casi no tiene tiempo para hacerlo.

—Hola, Alejandro.

Es una voz dulce y suave. El escritor alza la vista y descubre a una joven morena de ojos marrones. Pero es un marrón muy clarito, parecido al de los ojos de Paula. Los lleva pintados de negro. Álex sonríe y se pone de pie.

—Hola, Pandora. ¿Cómo estás?

—Muy bien, gracias.

—Me alegro mucho.

La chica se sonroja y agacha un poco la cabeza. Luego lleva las manos hacia su coleta y aprieta la gomilla que la sostiene. Él no lo sabe, pero le tiembla todo el cuerpo cada vez que le habla.

Álex vuelve a sentarse y abre un archivo de su ordenador. Pandora lo observa por encima de sus hombros.

—¿Qué tal va? —le pregunta la chica casi murmurando.

—¿La novela? Bien. Ya falta menos.

—¿Sabes cuántos capítulos tendrá?

—No. Todavía no lo tengo del todo claro.

—Tengo muchas ganas de leerla..., date prisa.

Y de nuevo baja la cabeza avergonzada. ¿Ha cometido una osadía? No lo sabe, pero se muere por leer *Dime una palabra*, la segunda parte de *Tras la pared*. Lleva mucho tiempo esperando saber qué sucederá con Nadia, Julián y el resto de personajes de la novela. ¿Por qué Alejandro dejaría un final tan abierto?

El escritor no se toma a mal la impaciencia de la chica y vuelve a sonreír. Ella no haría nada con maldad. La conoce bien; ya son varios meses viéndola todas las semanas en la cafetería.

—Procuraré escribir un poco más deprisa —responde haciendo una mueca divertida.

—Perdona, yo no quería... No, no. Tú ve a tu ritmo. No... quería molestarte.

Pandora tartamudea. Se ha puesto más nerviosa. Le hierven las mejillas y siente cómo le sudan las manos. ¡Qué mal!

—Tranquila, no pasa nada —comenta el chico girándose hacia ella—. Sí, tienes razón. O me doy prisa, o no la tendré lista a tiempo.

—Bueno, sabes que tus seguidores esperaremos lo que haga falta.

—No creo que la editorial piense lo mismo.

Y ríe. Y Pandora con él, pero mucho más cautelosa. Le encanta verlo así de sonriente. En realidad, le encanta verlo de cualquier manera. Con estar junto a él, le vale. Nunca habría imaginado que iba a conocer a un escritor de verdad y que él se mostraría tan atento con ella, una simple seguidora. Pero Alejandro es así. ¡Incluso le tiene agregado en Facebook y se siguen en Twitter!

Desde hace unos meses, Pandora acude regularmente a aquel bibliocafé para verlo. Y fue un flechazo. Al principio no sabía quién era. Cogía una novela de alguna de las estanterías y se sentaba a su lado, solo por atracción. Lo veía siempre tan entregado a su ordenador... Escribía sin parar; constante, tenaz, gesticulante. Entre un mar de libros de todo tipo, aspirando el aroma a café recién hecho. Un ambiente lleno de magia. Le encantaba él y le encantaba encontrárselo allí.

Pero el asunto no quedó ahí. Le llegó un rumor que investigó y más tarde confirmó. Resultó que aquel guapísimo chico del que se había enamorado era el autor de su libro preferido. ¿Cosa del destino? Debía de serlo. Aunque estaba convencida de algo que la mataba por dentro: nunca podría tener una relación con él. Era demasiado perfecto. Y para colmo... Alejandro tenía novia.

—Seguro que tu editorial está encantada contigo —señala la chica mientras se vuelve a tocar el pelo.

—Eso espero.

Los dos se miran una última vez y sonríen.

Pandora no quiere molestarle más. Echa un vistazo a su alrededor y se sienta ante la mesa libre más próxima al escritor. El camarero se acerca hasta ella y le pregunta si quiere beber lo mismo de siempre. Responde que sí y saca un libro de su mochila: *97 formas de decir «te quiero»*. Hoy tiene que devolverlo porque termina el plazo de préstamo.

—¿Te está gustando? —pregunta Álex, que ya ha leído ese libro.

Pandora afirma con la cabeza y sonríe sonrojándose. ¡Ese chico es tan increíble!

El camarero llega con un café-bombón y se lo coloca delante.

Álex vuelve a centrarse en su ordenador. Le cae bien aquella chica. No solo por su simpatía, sino por su amor a los libros. Personas como ella es justo lo que quería encontrar cuando decidió abrir el Manhattan.

Hace un año y un mes, una tarde de noviembre, en un lugar de la ciudad.

Se asoma por la puerta de la habitación en la que lo han escondido los de la librería. ¡Hay mucha gente que quiere conocerle! O eso es lo que parece. Pero todo a su tiempo y en orden. Todas las sillas, unas sesenta, están ocupadas, e incluso se ve una fila de personas detrás, de pie, al fondo de la tienda.

Álex se pone un poco nervioso: nunca había tenido que hablar delante de tanto público. ¡Y vienen a verlo a él! Le toca asumir toda la responsabilidad.

—¿Estás preparado? —le pregunta una mujer alta y delgada, vestida de morado.

—Eso creo —responde titubeante.

No las tiene todas consigo, pero ya no hay marcha atrás. Le viene a la cabeza una frase que ha oído muchas veces: «Ten cuidado con lo que deseas, porque podrías conseguirlo». Él lo ha logrado. No solo ha publicado *Tras la pared*, sino que además está gustando y se está vendiendo muy bien. Ahora toca promocionarlo.

—No te preocupes: no hay prensa. Solo seguidores que están deseando escucharte hablar del libro y que se lo firmes. Va a ir genial, ya lo verás.

Álex mira a la mujer y sonríe. Abril siempre es tan tranquila... Ha sido una suerte que la editorial la haya mandado a ella.

—No estoy acostumbrado a...

—Pronto te acostumbrarás —le interrumpe—. Esto es solo el principio. Vamos, las fans te esperan.

El escritor toma aire, respira hondo y abre la puerta. Salta algún que otro *flash* cuando aparece en escena. Álex camina con toda la firmeza posible hasta la mesa que la librería le ha preparado: dos micros, dos ejemplares de su libro a cada lado y dos sillas. Se sienta en la de la derecha; Abril, en la de la izquierda.

El chico mira hacia el frente. Sí que hay mucha gente. Se fija en el rostro de una adolescente que tiene los ojos muy abiertos y aprieta los labios. Está en primera fila. Parece muy nerviosa, y sujeta con fuerza su libro contra el pecho. Luego su mirada se dirige a una pareja de universitarias. Una le está comentando algo a la otra. Ambas sonríen: comentan lo bueno que está el escritor, aunque él no lo oye.

—Hola, buenas tardes..., noches ya. Para mí es un gusto enorme y un privilegio estar con Alejandro Oyola en la presentación de su libro *Tras la pared*...

Apenas escucha lo que Abril está diciendo. Le cuesta mucho concentrarse. ¿No es un sueño? ¡Está hablando de su libro! Sí, es un sueño, pero un sueño real. Un sueño cumplido. Álex deja de mirar a la gente y, tras sonreírle a Abril, que continúa hablando de él y de *Tras la pared*, coge uno de los ejemplares de la mesa. Va firmado con su nombre: Alejandro Oyola Azurmendi. La portada es preciosa, en azul marino. El chico pasa un dedo por los tres corazones blancos que están impresos en relieve. Luego continúa por una especie de muro de ladrillos que parece pintado a mano. Le encanta. Es la cubierta perfecta.

—Y ahora, Alejandro, Álex, os hablará un poquito de esta aventura que está viviendo y de la que está disfrutando tanto. Gracias a todos por venir.

Aplausos para Abril. Ella no se inmuta. Apaga el micro y se echa hacia atrás en la silla. Mira a Álex y le da ánimos con un gesto. El escritor intenta serenarse. Es su turno. Tiene que dirigirse a todas esas personas que han venido exclusivamente para estar con él. Da un pequeño toque en el micro y aproxima su boca hasta él.

—Hola a todos. ¿Me oís bien? —Más *flashes* que saltan. En esta ocasión, en mayor número—. ¿Sí? Genial. En primer lugar, muchas gracias por venir. Como ha dicho Abril, estamos encantados de estar aquí con vosotros para presentar mi primera novela publicada, *Tras la pared*...

Álex poco a poco va cogiendo confianza. Empieza hablando de cómo nació la idea de escribir el libro y la acogida que tuvo en Internet. Luego agradece todo el apoyo que ha recibido en esos meses de los seguidores y de la editorial. Termina explicando que, durante los próximos minutos, contestará a cualquier pregunta que quieran hacerle y después firmará los libros. De nuevo aplausos; esta vez, más sonoros que antes.

—La primera pregunta te la quiero hacer yo —le dice Abril, que ha vuelto a encender su micro.

—Muy bien. Pregunta —contesta Álex sonriente. Está mucho más tranquilo.

—No es fácil, ¿eh? —Sonríe pícara—. En *Tras la pared*, un chico de veinticinco años se enamora de una chica mucho más joven que él. Una adolescente. ¿Crees que la edad importa en el amor?

El escritor se pasa una mano por el pelo, piensa un instante y responde.

—No. En absoluto —comenta rotundo—. En el amor no importan ni la edad ni la raza ni el tipo de creencias. Solo importan el corazón y los sentimientos. Cuando dos personas se quieren, lo único que cuenta es lo de dentro. El resto es completamente secundario.

Abril hace un gesto con los labios, satisfecha por la respuesta. Ella tiene treinta y dos años. Álex, veintitrés. ¿Sería posible algo entre ambos?

—Bien. Siguiente pregunta... ¿Quién se anima?

Nadie dice nada. Álex y la mujer contemplan a los presentes. Ninguno se atreve. Hasta que una de las chicas de la fila del fondo, de las que están de pie, levanta la mano.

—¿Sí...?

—A ver... Yo lo que quería saber es si... tienes novia —pregunta la joven alzando la voz para que se la oiga bien.

Directa al grano. La sala ríe, pero a nadie le extraña que le hayan preguntado por eso. Aquel joven escritor es francamente guapo, con unos ojos preciosos y una sonrisa maravillosa. Sin embargo, Álex se queda mudo. Su semblante ha cambiado por completo. Y de la tranquilidad ha pasado en un segundo a la tensión. Esa voz le es familiar. No la ha olvidado. Y, aunque está bastante cambiada desde la última vez que se vieron, reconoce a la chica que un día le rompió el corazón en mil pedazos.

Capítulo 3

Una tarde de diciembre, en un lugar de la ciudad.

El taxista aparca al lado de su casa. Son más de las siete de la tarde de un lunes. ¿Desde cuándo no aparece por allí?

—Espere aquí... un momento —indica la chica asomando la cabeza entre los asientos—. No tengo dinero.

—¿Qué...?

—Que no tengo dinero. Pero no se asuste, que le voy a pagar. Tome.

La joven se saca del bolsillo trasero del pantalón el carné de identidad y se lo entrega al taxista. Este lo mira desconcertado y lee en voz baja el nombre de su cliente: Miriam Parra Raspeño.

—¡Aquí la espero! ¡Pero dese prisa! —grita el hombre mientras ella camina hasta la casa.

Miriam busca las llaves en su bolso. Revuelve todo lo que hay en su interior, pero nada, no las encuentra. Mierda. Seguro que las ha perdido. Ahora le tocará llamar al timbre y dar explicaciones. ¡Vaya fastidio!

No tiene ganas de aguantar una bronca de sus padres. Solo le apetece tumbarse en la cama y dormir veinticuatro horas seguidas. Necesita recuperarse de la paliza que se ha dado el fin de semana.

El taxista se impacienta y hace sonar con vehemencia el claxon. ¡Qué pesado!

Al final, no le queda más remedio que tocar el timbre. Resopla y llama. Escucha una voz que procede del interior y unos pasos dirigiéndose hasta la entrada. Abren.

—¡Vaya! ¡A quién tenemos aquí! ¡Pero si es mi querida hermana!

—Venga, Mario, déjate de estupideces —protesta empujando a su hermano y entrando deprisa en la casa—. ¿Están papá o mamá?

—No, no están.

—Mejor —comenta aliviada—. ¿Tienes dinero?

—¿Dinero? ¿Para qué?

—Para pagar el taxi.

—¿Qué taxi?

—El que me ha traído a casa.

—¿Y no podías haber cogido el autobús?

—¿Vas a hacerme más preguntas? Además, vengo de un lugar en el que no hay líneas de autobuses.

El chico suspira. Su hermana cada día está peor. No solo no aparece por casa desde el viernes por la tarde, sino que se permite el lujo de coger un taxi para volver. ¡Y tiene que pagárselo él!

—¿Cuánto es?

—Veintitrés euros.

—¡Veintitrés euros! Pero ¿de dónde vienes?

—¡Ya te he dicho que desde un sitio donde no hay autobuses!

—¿Y tú no tienes nada?

Sí que tiene. Treinta euros en su habitación, reservados para otro asunto, con los que pensaba pagar si no hubiera perdido las llaves. Pero ya que su hermano le ha abierto...

—Joder, Mario. ¡Qué pesado estás! ¿Me dejas el dinero o no?

—Sí. Espeeeera —contesta—. Voy a mi cuarto. Lo tengo ahí.

—Date prisa, que ese hombre se impacienta.

—Vale, vale...

El chico sube rápidamente la escalera. Miriam lo observa atenta. Sigue siendo muy inocente. Lo ha vuelto a engañar. Sin embargo, no lamenta lo que está haciendo. Su hermano tiene una vida prácticamente perfecta: universitario, con el total apoyo de sus padres y... con novia.

—Hola, Miriam.

Una chica morena con un *piercing* en la nariz sale del salón y la saluda con la mano. Ya no hay besos.

—Hola, Diana. ¿Qué tal? —responde sin mucho entusiasmo.

—Muy bien. Tu madre hace una tarta de manzana increíble.

—Ya.

Las chicas permanecen en silencio unos segundos. No tienen demasiado que contarse. Hace tiempo que dejaron de ser amigas para convertirse en casi familia y su relación se ha enfriado muchísimo. Diana pasa más tiempo en casa de Miriam que ella misma.

—¿Y tu hermano?

—Ha subido a su habitación a por dinero.

—¿Por dinero? ¿Y eso...?

Mario regresa hasta donde están conversando. Trae un billete de veinte y otro de cinco que le entrega a Miriam.

—Toma. Dale los dos euros de propina al hombre por esperar.

—Tampoco ha esperado tanto.

Y, sin ni siquiera dar las gracias, sale de la casa. Paga los veintitrés euros, recupera su carné de identidad y regresa. Se ha quedado con la vuelta, nada de propina. ¿Por qué iba a dársela? Ese hombre solo cumple con su trabajo. Y si el contador del taxi marca eso, pues eso es lo que hay que pagarle.

Su hermano y Diana la están esperando en el recibidor de la casa. Pero Miriam evita cualquier diálogo con ellos y camina todo lo deprisa que sus tacones le permiten hacia la escalera que lleva hasta su habitación.

—¡Miriam!, ¿adónde vas? —pregunta Mario, sorprendido por la actitud de su hermana.

—¡A mi cama! Quiero dormir un rato. No me molestéis, ¿vale? Estoy muerta.

Y, sin más, recorre el pasillo de la primera planta y entra en su cuarto. Deja el bolso sobre una mesa y se desnuda. Está agotada. Es lunes por la tarde, ¿no? Sí, eso es. Aunque para ella desde hace tiempo todos los días de la semana son parecidos.

Cuando se pone el pijama, se dirige de nuevo hasta donde ha dejado el bolso y lo abre. Saca el móvil y una pequeña bolsita de plástico. Se la lleva a la nariz y aspira con fuerza. Le encanta el aroma que desprende. Luego la agita y logra que toda la hierba quede en la parte de abajo. Aún le queda bastante. Satisfecha, dobla el paquetito transparente y lo guarda en el primer cajón de su cómoda, debajo de toda la ropa interior. De momento no necesitará los treinta euros.

Le pesan los párpados y siente arcadas. No puede más. Coge su teléfono y se mete en la cama. Es curioso, pero no tiene frío a pesar de que casi están bajo cero. Sin embargo, se tapa con todas las sábanas y las mantas disponibles. Se coloca bocarriba y busca en el móvil un número. Es el de la última persona con quien ha hablado. Lo hizo mientras estaba en el taxi. Pulsa la tecla verde del aparato y espera a que contesten.

—¿Miriam?

—Hola, ya estoy en casa.

—¡Ah! Muy bien.

—Te echo de menos.

Silencio al otro lado de la línea.

—Bueno, nos acabamos de ver. Y ya me llamaste antes. No seas tan pesada —responde el chico al que Miriam está llamando.

—Lo siento.

Su voz se entrecorta. No debería haberle llamado. Tiene razón: es una pesada.

—Además, estaba a punto de quedarme dormido.

—De verdad, perdona. No te llamaré más.

—Deberías descansar tú también. Llevas tres días sin dormir.

—Lo sé. Estoy en la cama —comenta mientras se gira hacia su derecha y se acurruca—. Me lo he pasado muy bien. ¿Tú no?

Otra vez silencio.

—Miriam, vete ya a dormir, anda. Mañana hablamos.

—Vale. Perdóname de nuevo.

—Está bien. Adiós.

—Adiós.

Los dos cuelgan. Miriam se da la vuelta y deja el teléfono al otro lado de la cama. Introduce una mano debajo de la almohada y se pone la otra en la mejilla. Cierra los ojos y suspira. Todo le da vueltas. En la oscuridad surgen numerosas circunferencias rojas que le fastidian. Ya le ha pasado otras veces. Solo se irán cuando se duerma, algo que no tardará en suceder. Es normal, después de tres días sin parar de beber, de bailar y de fumar. Aquellas pastillas que él le dio también han contribuido a su estado actual.

¿Ha perdido el control de su vida? No. Sabe perfectamente lo que hace. Simplemente, se quiere divertir. Tiene diecinueve años: es joven. Si no lo hace ahora, ¿cuándo lo va a hacer? Es lo que él le dice una y otra vez.

Qué suerte tiene de que sea su novio. Y es que no podría tener a alguien mejor a su lado. Fabián es el hombre perfecto para ella.

Esa tarde de diciembre, en el mismo lugar de la ciudad.

Oyen cómo se cierra la puerta de la habitación de Miriam y caminan hasta el salón. Mario se sienta en el sofá. Está realmente preocupado por su hermana. Lleva un tiempo totalmente descontrolada: aparece por casa cuando quiere, sin avisar de que no pasará la noche allí. Vale, ya tiene diecinueve años, no es una niña; pero, si es mayor para una cosa, lo es para todas. Ni estudia, ni trabaja, ni parece que tenga intención de hacerlo. Lo de los cursos y los módulos tampoco es para ella.

—¿Piensas en tu hermana? —le pregunta Diana, que se acomoda a su lado.

—Sí. Es que...

El chico mueve la cabeza de un lado para otro. Sin palabras. No solo está sufriendo por Miriam: sobre todo lo pasa mal por sus padres. Ya no saben qué hacer para que su hija demuestre un poco de interés por algo que no sea salir.

—Es que tu hermana ha perdido el rumbo. Lo sé, cariño.

—¿Solo el rumbo...? ¿Adónde va? ¿Qué hace cuando no está en casa?

—Creo que los dos sabemos la respuesta.

—¿Los dos? Los dos no.

Diana mira a su novio entristecida. Ella imagina a qué se dedica Miriam cuando sale por las noches y no vuelve a casa a dormir. Además, ha oído rumores de cierto chico con el que sale. Quizá Mario deba conocer lo que escuchó el otro día.

—¿Sabes quién es Fabián Fontana?

—No.

—Mmm... ¿Nunca has escuchado hablar de él?

—Ya te he dicho que no —responde Mario algo molesto—. ¿Quién es ese?

—Pues... cómo decirlo... Digamos que es... un tío peligroso.

—¿Peligroso...?

—Sí, bastante peligroso. O eso es lo que dicen.

—¿Y qué tiene que ver ese Fabián con mi hermana?

De nuevo otra mirada triste de Diana hacia Mario. Tal vez no le debería haber contado nada. Pero ya que ha empezado...

—Es su novio, cariño.

—¿Qué? ¿Mi hermana tiene novio?

—Ese es el rumor. Aunque, por lo que he oído, el tal Fabián ese no es hombre de una sola mujer.

—¿Hombre? ¿Cuántos años tiene?

—*Veintibastantes* o treinta y pocos. No lo sé exactamente.

La expresión del chico se endurece aún más. De la extrañeza por lo que Diana le está contando pasa al miedo. ¿Miriam con un tío mayor y que dicen que es peligroso...? Debe tratarse de un error.

—¿Y tú cómo te has enterado de todo esto?

—Ya te he dicho que lo he oído.

—¿A quién?

—A un amigo de este chico. Su novia va a mi clase. Por lo visto son del mismo grupito —comenta Diana arqueando las cejas—. Pero no sé mucho más.

La chica nota la preocupación en los ojos de su novio. Hace ya varios meses que Miriam se ha convertido en un problema para su familia. Entra y sale cuando quiere, sin explicar con quién va. Ya no comparten secretos, ni se cuentan nada la una a la otra. Si los rumores son ciertos y va con esa clase de gente, intuye que, además, estará metida en líos.

—Tengo que hablar con ella —señala antes de ponerse en pie de nuevo.

—¡No! —exclama Diana sujetándole de un brazo y tirando de él hacia abajo—. Ahora no es el momento.

—¿Cómo que no es el momento?

Mario cae otra vez en el sofá. Su novia le coge de la mano y se la acaricia. Intenta serenarle.

—Deja que descanse. Seguramente llevará mucho tiempo sin dormir.

—Pero es que...

—Hazme caso. Si quieres hablar con ella, es mejor que lo hagas cuando se despierte.

—Es que, cuando se despierte, seguramente se volverá a ir.

—Pues tendrás que estar atento —indica Diana con una sonrisa.

El chico resopla. Sabe que tiene razón.

—Está bien, te haré caso —murmura.

Diana sonríe y se aproxima todavía más a él. Le pone una pierna sobre la suya y lo abraza con intensidad. Luego, un beso en la mejilla y otro en los labios. Sigue enamoradísima de él. Ya llevan más de un año y medio juntos y, aunque han pasado momentos muy malos, su relación está completamente consolidada.

—Eso, tú obedécele a tu chica, que te irá mucho mejor —le susurra después de los besos.

—¿Desde cuándo eres la parte sensata de la pareja?

—Desde que comenzamos a salir.

Los dos se miran muy serios, hasta que Mario sonríe y se inclina sobre ella. La rodea con sus brazos y la besa una vez más.

Dulcemente, la acuesta en el sofá, como muchas otras veces lo ha hecho. Los besos son más intensos y también las caricias. Los zapatos caen al suelo y, con ellos, la ropa que sobra. Olvidándose de todo, se entregan el uno al otro. Se quieren. De eso ya no tienen ninguna duda. Aunque el amor entre dos no es completo si existen terceras personas.

Capítulo 4

Esa misma tarde de diciembre, en un lugar de Reino Unido.

Cierra el libro desesperada.

No se concentra. Llegan los exámenes y le es imposible estudiar. ¿Qué puede hacer?

Paula resopla. No le queda otra solución que tener paciencia y tranquilizarse. Más le vale, porque, si no, suspenderá todo y no es la mejor manera de iniciar su experiencia en la universidad. Con lo que le costó conseguir esa beca y el esfuerzo que le está suponiendo estar allí, alejada de su familia, de sus amigos y de Álex. ¡Él tiene la culpa de que no se concentre!

Si estuviera con ella, todo resultaría más sencillo. Lo echa de menos a todas horas. Es duro estar alejada de la persona a la que amas. Tal vez no debería haber aceptado marcharse a Reino Unido. En una universidad cerca de casa, de su novio, de todo lo que quiere, habría sido más feliz.

¿Ha habido algún día en el que no haya llorado? Seguramente no. ¡Pero no se puede rendir!

Vuelve a abrir el libro. Suspira. Concentración. Pasa una página. No es un tema sencillo de comprender. Encima, estudiar Periodismo en un idioma que no es el suyo no ayuda demasiado. Lo entiende y, poco a poco, se está adaptando a leer y a hablar en inglés, pero cuando se bloquea nada es fácil. Otra página. Uf. El profesor no pretenderá que memorice todo aquello, ¿verdad?

Nada: no está en condiciones de estudiar. Imposible. Se lamenta de ser tan poco consistente. Aparta los libros y enciende su portátil. Se siente culpable. Aunque luego lo seguirá intentando. Trata de convencerse de ello. Además, es casi la hora de bajar a cenar. Pone música, un tema de Simple Plan, *Welcome to my life*, y entra en el MSN a ver si encuentra a Álex disponible. Suspira una vez más y se lamenta: su novio no está conectado.

Era lo lógico. Seguro que está muy liado escribiendo. Sin embargo, tenía esperanzas de dar con él. ¡Cómo le echa de menos!

El ruido de unas llaves en el pasillo llama la atención de Paula. El pomo de la puerta se gira y alguien abre con ímpetu. Es una chica.

—*Buona sera, Paola!* —exclama la recién llegada al entrar en el cuarto.

—Hola, Valen.

—¡Oh! ¡Me encanta esta canción!

Y se pone a bailar de forma exagerada, moviendo las caderas insinuantemente.

—Estás loca —comenta Paula mientras baja el volumen del reproductor y contempla divertida a Valentina.

Por si había alguna duda, ahora ya tiene la excusa perfecta para dejar de estudiar. Su compañera de habitación acaba de llegar. Esta se quita el abrigo y la mochila, y los deja encima de su cama. Entre ellas hablan español, un español a veces salpicado de expresiones inglesas e italianas que ayudan a que la conversación sea fresca y fluida.

—¿Qué tal la tarde? ¿Has estudiado algo?

—Poco.

—Muy mal, muy mal...

La chica ni siquiera la mira. Continúa bailoteando. Después se sienta en el sillón que está libre y se descalza. Luego se levanta y guarda sus imponentes botas marrones en el armario.

—Y tú, ¿de dónde vienes?

—De la biblioteca. Pero había mucho ruido allí —responde, haciendo aspavientos con las manos—. Estoy nerviosa. No me da tiempo. ¡No me da tiempo!

Paula sonríe. Le hace gracia la manera de hablar de Valentina. Siempre tan expresiva, tan gesticulante. Tan italiana.

—Tranquila. Aún quedan unos días para los exámenes.

—Ya. Ya lo sé. Pero es mucha tarea. ¡Es mucha! Los profesores no están bien. ¡Todos están locos! —grita, al tiempo que se baja los vaqueros de golpe. Los dobla y también los mete en el armario.

Aquel comportamiento vuelve a sacar otra sonrisa a Paula. No ha conocido nunca a una persona más impulsiva y expresiva que ella. En cierta manera, le recuerda a Diana. Valentina, además, es lo más parecido a una amiga que tiene en Reino Unido. A su manera, aquella chica pecosa, de larga melena negra, le ha servido de apoyo en los momentos más complicados. Especialmente, al principio de su llegada a Londres, cuando era a la única persona que entendía. Fue una suerte que le tocara como compañera de habitación.

—Yo también tengo que estudiar bastante.

La italiana mueve la cabeza negativamente y se pone un pantalón de pijama de la pantera rosa y unas zapatillas de estar por casa del mismo color. Luego la parte de arriba, que deja sin abrochar. Paula la mira extrañada: ¿es que no piensa bajar a cenar hoy? Pero enseguida obtiene la respuesta. Valentina abre la mochila y saca un par de sándwiches de su interior.

—Son vegetales —dice, anticipándose a lo que Paula iba a preguntarle.

—No tienen mala pinta.

—No, ¿verdad? —comenta mientras olisquea uno de ellos—. Estoy harta de la comida de aquí. A partir de ahora me alimentaré de sándwiches de máquina. *Mamma mia!* ¡Con lo bien que se come en Italia!

En esto tiene razón. La comida inglesa no le termina de convencer. Y sus horarios tampoco. Menos mal que al menos las dejan cenar a las ocho.

—Entonces, ¿no vienes conmigo hoy?

—No —contesta, sentándose delante de su ordenador—. Pero, si puedes, tráeme alguna pieza de fruta..., *prego.*

—Vale.

Paula se pone de pie y entra en el cuarto de baño para peinarse. Está desganada. No tiene ganas de cenar, pero sabe que, si no come algo ahora, luego tendrá hambre.

—¡Ah, me han dado recuerdos para ti! —grita Valentina.

—¿Recuerdos? ¿Quién?

Es extraño, porque no tiene muchos amigos allí. Su adaptación a aquel nuevo país le está costando más de lo que pensaba. Apenas sale de noche y, en clase, prácticamente no dice palabra. Se limita a ir, tratar de comprender lo que los profesores explican y realizar los ejercicios que le mandan.

—Tu amigo —señala la italiana.

—¿Mi amigo?

—Sí, ya sabes...

La chica piensa un instante y por fin se da cuenta del tono sarcástico de Valentina.

—¡Ah! ¿Y qué le has dicho?

—Que se fuera a la mierda —contesta Valen, haciendo

un gesto con el dedo corazón hacia arriba—. Como decís los españoles: «¡Menudo capullo!».

Paula sonríe, aunque amargamente. Aquel tipo no ha dejado de fastidiarla desde el primer día. Y, por su culpa, otros también le han cogido manía y se burlan de ella, tanto en su clase como en el resto de la universidad.

La chica sale del cuarto de baño y apaga la música de su ordenador.

—¿De verdad que no bajas a cenar?

—No. Me quedaré hablando con Marco un rato.

—Salúdale de mi parte.

—Bien.

—¿Sigue insistiendo en que seáis novios?

—Sí. Es un pesado. Espero que se dé por vencido de una vez.

—Pero si te sigue gustando...

—Ya. Pero no es posible lo nuestro mientras yo esté aquí.

—Pobrecillo.

—¿Pobre? Nada de pobre. ¡A saber lo que hace él en Italia...! Lo nuestro se acabó. Ya sabes lo que pienso.

Claro que lo sabe. Le ha contado en varias ocasiones que rompieron el mismo día en que ella decidió aceptar la beca en Londres. Y, aunque Marco insistió una y otra vez para que se esperaran el uno al otro por lo menos ese año, no logró convencer a su novia. Valentina está en contra de las relaciones a distancia; se lo ha dicho a Paula muchas veces. Incluso piensa que la española debería dejar a Álex y disfrutar de la experiencia en Reino Unido.

—Bueno, me marcho a cenar, que, si no, no me dejarán nada.

—OK. Acuérdate de mi pieza de fruta.

—No te preocupes. Te subiré una manzana.

—O un plátano.

—O un plátano —repite sonriente.

—Muchas gracias, Paola.

Las chicas se despiden. Después de coger su teléfono, el tique de la cena y las llaves, Paula abandona la habitación sin imaginar que lo que va a suceder a continuación complicará todavía más su estancia en Londres.

Capítulo 5

Esa tarde de diciembre, en un lugar de la ciudad.

Terminado. Pulsa el *enter* de su ordenador y espera a que el archivo se suba. Esa tarde ha habido cambio de planes. No ha escrito, pero, viendo el resultado de lo que ha hecho, ha merecido la pena. Solo espera que a Paula le guste.

—Me voy ya —indica la chica morena que está en una mesa cercana a la suya mientras cierra el libro que ha terminado de leer. Se pone de pie, acomoda la mochila en su espalda y se dirige hasta él con la novela en las manos, apretándola contra el pecho.

Álex la observa y sonríe. Pandora le agrada. Es un poco rara y de vez en cuando le cuesta entenderla, pero es una joven adorable.

—¿Qué te ha parecido?

—¿El libro? Muy bonito.

—Sí, *97 formas de decir «te quiero»* es un libro precioso.

La chica sonríe. ¡Le encanta Alejandro! No solo como escritor, sino como persona, como hombre..., como pareja. Es su amor platónico. Un amor imposible, inalcanzable. Un chico como él jamás se fijaría en alguien como ella. Él es todo y ella, tan poco...

Pandora hace tirabuzones con su pelo y mueve nerviosa

los pies, uno sobre otro. Quiere seguir hablando con él algo más, pero ¿qué le dice?

—¿Viste ayer el capítulo de *Glee*? —pregunta de repente improvisando.

—¿*Glee...*?

—Sí. ¿No sabes qué es?

—¿Una serie de televisión?

—La mejor serie de televisión de la historia —matiza ruborizándose—. ¿Nunca has visto un capítulo?

—No. ¿De qué va?

La chica se decepciona un poco. Jamás vio una serie mejor que esa y él no la conoce. Tenía la esperanza de que *Glee* sirviera de tema de conversación entre ellos.

—Trata de un grupo de chicos de instituto que cantan.

—Ah. ¿Eso no está muy visto?

—No —responde rotunda, aunque inmediatamente se sonroja al darse cuenta de la brusquedad de su contestación.

¿Cómo va a estar muy visto? Por muchas series y películas musicales que se hayan hecho, ¡ninguna es como *Glee*!

—Pues tendré que ver algún capítulo —indica Álex rascándose la nuca.

Parece que la ha ofendido y no era su intención. Sin embargo, la joven sonríe y tamborilea incesantemente con los dedos sobre el libro. Luego recuerda algo y da un pequeño brinco; introduce una mano en su mochila y rebusca en el interior. Por fin, lo encuentra.

—Toma —le dice entregándole lo que parece la carátula de un DVD.

Álex la coge y la examina tan sorprendido como curioso. Es la primera temporada completa de *Glee*.

—¿Cuántos capítulos son? —pregunta tratando de mostrarse interesado para no volver a ofenderla.

—Veintidós. Y las canciones pueden ponerse subtituladas en español.

—Ah, qué bien.

—Mi personaje favorito es Rachel.

—Rachel.

—Sí —afirma emocionada—. Ella es la que mejor canta de todos. Su personalidad es tan... especial. Tiene carácter, lucha por lo que quiere, aunque no la comprenden. Y es muy guapa.

Pandora mira hacia el suelo cuando termina de hablar. Le gustaría ser tan guapa y tan especial como Rachel, aunque nadie la entendiera. De hecho, eso es lo que le suele ocurrir: le cuesta relacionarse con la gente y muy pocos la comprenden. Se divierte leyendo manga, viendo *anime*, aprendiendo canciones de dibujos animados de los noventa o devorando series de televisión. Quizá es demasiado infantil para sus diecisiete años, pero ella es así. Y, aunque está acostumbrada a la soledad y a sentirse un bicho raro, a veces le sobrevienen grandes depresiones en las que llora y llora lamentando ser como es. Sin embargo, aquel chico siempre le muestra una sonrisa. No puede estar mal frente a él. Así que enseguida alza la vista y contempla a Álex. Tropieza con sus ojos, que la están observando, y vuelve a ponerse colorada. ¿Por qué es tan perfecto?

—¿A ti te gusta cantar también?

—¿A mí? —pregunta extrañada.

—Sí. Te he oído tararear alguna vez en voz baja.

¡Vaya! ¡Se ha fijado en eso! ¿Es que la mira cuando ella no está pendiente de él? Guau. Fantasea con la idea y sonríe tímida.

—Me gusta cantar. Pero lo hago muy mal.

—No te creo.

—Que sí.

—Seguro que no lo haces tan mal como dices.

—Bueno...

—Vamos a comprobarlo.

El escritor mira a un lado y a otro y se asegura de que no hay nadie más en el Manhattan. Tampoco está Sergio, uno de los camareros, que, al ver que solo quedaban Pandora y él, ha aprovechado y ha salido a por cambio y a hacer unas compras que Álex le ha encargado.

El joven se dirige a una esquina del local y llama a su amiga. Ha cogido un micrófono y lo está probando. La chica al principio se niega a ir, pero, ante la insistencia de Álex, cede.

—Alejandro, no voy a cantar —susurra sonrojada.

—¿Por qué no? —pregunta el chico hablando a través del micrófono.

—Porque no.

Pero Álex no se da por vencido y se coloca justo enfrente de ella. Sonríe y le pone las manos en los hombros. Pandora siente un escalofrío cuando la toca. ¿Es ese el mejor momento de su vida? Nunca ha estado tan cerca de alguien del sexo masculino desde que era una niña de cinco años.

—Si yo voy a ver *Glee*, tú tienes que cantar para mí —señala aguantando la risa.

¿Ese es el trato? Pandora no puede creerse que le esté pasando aquello. Y menos cuando él la agarra de la mano y la obliga a sujetar el micro.

—No quiero cantar. Me da muchísimo corte.

—Estamos solos. ¿De quién tienes miedo?

—No tengo miedo de nadie. Pero me da vergüenza cantar delante de gente.

—No hay gente.

—Estás... tú —murmura.

—Pero yo no soy gente. Soy tu amigo.

¡Es irresistiblemente irresistible! ¡Y dice que es su amigo! ¿Su único amigo? Es encantador. Como uno de esos héroes del *anime* que tanto le gustan y de los que se enamoraba de pequeña. No le queda más remedio. Se quita la mochila, que deja en el suelo, y coloca sobre ella el libro que ha terminado de leer esa tarde. Resopla.

—Vale. Pero canto poquito.

—Muy bien. Lo que tú quieras.

La joven aún no está convencida de lo que va a hacer, pero ya no hay marcha atrás. Álex se aleja un poco para dejarla sola y cruza los brazos expectante. Pandora suspira. ¿Qué canta...? Piensa rápido y decide: un tema de Ayumi Hamasaki. Es una de sus preferidas. Sin embargo, al instante abandona esa idea: no es el mejor momento para interpretar un tema en japonés. ¿Qué opinaría de ella? Que es una friki, si es que no lo opina ya. ¿Entonces qué canta? Otra cosa... Piensa, piensa. ¡Vale! Ya lo tiene. El último resoplido. Aprieta con fuerza el micrófono, mira a Álex y comienza a cantar.

El escritor escucha boquiabierto. ¡Tiene una voz preciosa!, muy dulce y afinada. Pandora cierra sus bonitos ojos marrones unos segundos y continúa interpretando el *Hello* de Lionel Richie, pero en la versión que hacen en *Glee*. A capela. Sin más melodía que la de su corazón, que late muy deprisa. Abre los ojos y vuelve a centrar su mirada en Álex. ¿Le estará gustando?

¡Le encanta! Está totalmente ensimismado oyendo cantar a aquella peculiar chica que, desde hace un tiempo, frecuenta el Manhattan.

No dice nada. Está muy serio. ¿Eso es buena señal? Mierda..., se ha equivocado. El inglés lo controla bastante bien, pero está muy tensa. Le tiemblan las manos y le cuesta acordarse de la letra. Los nervios se la están comiendo por dentro. ¿No se da cuenta? Espera que no, eso la delataría. Y no quiere que él sepa lo que siente. ¡No! ¡No debe saber que le quiere! ¡Que le ama! ¡Que Alejandro Oyola es el chico de sus sueños!

Es una caja de sorpresas. Hasta parece más atractiva. Nunca hubiera imaginado que Pandora cantara tan bien. La verdad es que le está sorprendiendo muchísimo. Además, pronuncia perfectamente el inglés. ¡No parece la muchacha tímida y vergonzosa de siempre!

—*I... love... you* —termina cantando Pandora, entrecortando las palabras de la última frase.

Silencio. Ninguno de los dos dice nada. Se miran. Uno, impactado; la otra, emocionada. Aquel último «I love you» era para él. ¿Se habrá notado? ¡No! Se moriría de vergüenza.

—¡Ey, qué bien cantas! —exclama otra voz que llega desde la entrada del bibliocafé—. La podríamos fichar para que ponga banda sonora al libro. Como hizo Katia en la primera parte.

Álex se gira y se encuentra con Abril. No viene sola: un niño va cogido de su mano. El pequeño sale corriendo hacia Álex y se lanza a sus brazos. Pandora contempla la escena con cierta amargura. Se acabó su minuto de gloria.

—¡Tío Álex! —grita el crío agarrándose al cuello del escritor, que se agacha para recibirlo y lo levanta por encima de su cintura.

—¿Qué tal, pequeñajo?

El niño le da un beso y luego se deja caer al suelo, aunque no está muy contento.

—¿Pequeñajo? Tengo siete años.

—¡Oh, perdone usted, don David! ¿O prefiere que le llame señor David?

—Como tú quieras. Pero invítame a un batido de fresa.

El chico sonríe y revuelve el pelo rubio del pequeño. El

hijo de Abril es adorable, igual de guapo que su madre. Le hace gracia que le llame tío desde el primer día que le conoció. Hablaban tanto de él en su casa, de ese joven escritor que se iba a convertir en autor de *best sellers*, que creyó que era alguien de su propia familia.

—Claro. Ahora mismo te lo pongo.

—¡Bien!

—Lo mimas demasiado —protesta la madre—. Aunque, ya que estás, tráeme a mí otro.

Álex obedece y se mete en la barra para buscar los batidos ante la mirada de Abril y David. También Pandora lo contempla. No le gusta nada esa mujer. Es de la editorial y siempre está muy pegada al escritor. Le ha fastidiado su momento. Ya no pinta nada allí.

La chica recoge sus cosas, deja *97 formas de decir «te quiero»* encima del mostrador y, tras despedirse con frialdad de Álex, sale cabizbaja del Manhattan.

Camina triste por la calle. No tenía que haber sido así, era su momento.

Es noche cerrada. Hace mucho frío y está sola. Como siempre. Como siempre, menos cuando está junto a él. ¿Algún día le confesará lo que siente?

Capítulo 6

Ese mismo día de diciembre, en un lugar de Londres.

El comedor de la residencia está casi vacío. La mayoría ha terminado de cenar y se ha marchado a la cafetería anexa a jugar a las cartas o a ver un rato la televisión. Otros estudiantes ya han subido a sus habitaciones a descansar o a estudiar. Los temidos exámenes se acercan y los espacios dedicados al ocio cada vez cuentan con menos gente, especialmente por las noches.

Cuando Paula entra, alcanza una bandeja y contempla resignada el bufé de la cena. Resopla; lo que ve le gusta más bien poco. Casi nada. Solo coge un plato llano que llena con ensalada de col y un trozo de pescado. De postre, una manzana. Es lo único que parece comestible. Cómo echa de menos la comida de su madre.

La chica atraviesa la sala y se sienta al final, sola. Es su asiento habitual cuando no baja con Valentina. Examina desganada la ensalada y el pescado, y protesta en voz baja. Aún le falta la bebida. Tiene una máquina de refrescos al lado, pero en esta ocasión prefiere agua. Se vuelve a poner de pie y se dirige a la entrada, donde se amontonan unas jarras vacías de cristal encima de un mostrador. Se sobresalta al comprobar que un chico con una gorra roja vuelta hacia atrás ha entrado en el comedor y la mira descarado: Luca.

Hace como que no le ve y acelera el paso, pero el joven de la gorra se interpone en su camino. La saluda sonriente en inglés y le guiña un ojo. Sin embargo, Paula aparta la mirada, lo esquiva por su izquierda y se aleja rápido. ¡Qué estúpido!

Aquel tipo es lo peor. Cuánto daño le ha hecho desde que llegó a Londres. «Y encima tiene la cara dura de guiñarme un ojo. ¡Increíble!», piensa Paula.

Enfadada, llena la jarra. Pone el dedo para comprobar la temperatura del agua: como siempre, está tibia, demasiado tibia. Así que abre el recipiente donde está el hielo y, con una palita, echa unos cubitos dentro de la jarra.

Si no fuera por ese Luca, las cosas le habrían ido mejor en Londres. O eso cree. Pero no quiere pensar más en ello. Suspira y regresa a su sitio.

Enseguida se percata de que la cena ya no será tan tranquila como imaginaba. El chico de la gorra hacia atrás se ha sentado en una mesa al lado de la suya. ¿Qué pretende? ¿Pero es que no va a dejarla en paz?

Trata de serenarse. Si pasa de él, quizá también él pase de ella. Llega al lugar en el que ha dejado su bandeja, intentando obviar que Luca está allí. Coloca la jarra de agua sobre la mesa y se sienta. Y entonces... siente algo que ya experimentó una vez. ¡Estando él de por medio, tenía que haberlo previsto!

Los recuerdos le vienen a la mente muy deprisa. Fue el primer día en el que cenó en aquel comedor. Llevaba una falda blanca bastante corta, porque todavía hacía calor. Y, en el instante en el que se sentó en la silla, sintió algo muy frío y húmedo debajo. Paula se levantó de un brinco, acompañando el gesto con un grito. Las carcajadas se sucedieron. Todos estaban al tanto de lo que Luca le había hecho a la nueva. «Un patito», lo llamaban. El hielo empapó la falda blanca de Paula que, además, se transparentaba, dejando al descubierto gran parte de su ropa interior. Al darse cuenta, salió del comedor corriendo y avergonzada por la novatada de aquel joven de quien nadie sabía exactamente su procedencia.

Ahora, nuevamente, había caído en la broma que el mismo muchacho le había gastado. Lentamente, la chica se pone de pie y mira su asiento: hay tres cubitos de hielo. La otra vez fueron algunos más. Resignada, se toca la parte de atrás del vaquero: está mojada.

—Si es que hay que comprobar primero el lugar antes de sentarse. ¿No te lo han enseñado en tu país? De todas formas, ya deberías saberlo —comenta el joven en un español muy bueno.

—Pero...

—Imagina que, en lugar de hielo, hubiera habido un escorpión. Te habría matado en cuanto hubiera sentido tu culo sobre él.

—¡Capullo!

—No te enfades, guapa. Es solo agua y ese vaquero no se transparenta como la falda blanca que llevabas aquel día.

Luca sonríe y le vuelve a guiñar el ojo. ¡Será estúpido! ¿Por qué no la deja tranquila? Paula no lo soporta más y estalla de rabia. Sin pensarlo dos veces, alcanza uno de los cubitos de la silla y lo arroja con todas sus fuerzas contra Luca. Este no había previsto que la chica pudiera reaccionar de esta forma y no hace nada por esquivarlo. El hielo vuela hasta la cara del joven y termina impactando con violencia contra su rostro.

Un alarido de dolor resuena en el comedor de la residencia.

La chica se queda petrificada cuando un fino hilo de color rojo se derrama desde el ojo izquierdo del chico: está sangrando.

—Lo si..., lo siento, Luca.

Paula lo observa aterrada. Cada vez hay más sangre en la cara del muchacho. El suelo también se está tiñendo de rojo. ¿Qué ha hecho? Luca no responde. Se quita la camiseta azul que lleva puesta, dejando desnudo su pecho, y se la coloca en la zona golpeada. Intenta evitar que la hemorragia continúe. Pero es inútil, sigue sangrando. Sin embargo, lo peor no es que sangre: el mayor problema es que apenas ve por el ojo izquierdo.

—Joder...

—¿Estás bien? —le pregunta la chica temblorosa.

—¿Tú qué crees?

El chico aparta la camiseta de la cara y le enseña el ojo. Está prácticamente cerrado y muy hinchado. ¿Cómo un pequeño trozo de hielo ha podido hacerle eso?

—¿Quieres que llame a alguien?

Demasiado tarde: una mujer gruesa y de aspecto poco delicado se está dirigiendo hacia ellos. Es una de las cocineras, Margaret, que no se caracteriza precisamente por su amabilidad.

La mujer suelta varios insultos en inglés cuando ve el estado del ojo de Luca. Luego comienza a hablar muy deprisa. Paula no la entiende, pero seguro que no debe de estar diciendo nada bueno sobre ellos.

—Creo que la has liado buena, españolita —susurra el chico mientras se deja guiar por Margaret a través del comedor.

Paula los sigue de cerca. Pues sí, la ha liado bien esta vez. Le encantaría volver unos minutos atrás en el tiempo y haberse reprimido. Si hubiera aguantado como de costumbre, no habría pasado nada. En cambio, en esta oportunidad explotó. Y el resultado no ha podido ser más desafortunado.

¿Qué va a pasar ahora?

Los tres caminan por la residencia. No hay mucha gente fuera de las habitaciones. Menos mal. Aquello sería un escándalo. Los pocos que aún están por los pasillos miran asombrados a Luca. ¿Quién le ha puesto el ojo así? Se habrá metido en alguna pelea. No sería nada raro. Lo realmente extraño es que la española esté con él.

—Te vas a hacer famosa —comenta el chico, que sonríe irónicamente.

—¿Qué?

—Nadie me ha rozado nunca en una pelea. Y tú, con un simple cubito de hielo, me has dejado fuera de combate.

Paula se sonroja. No es esa la imagen que deseaba que tuvieran de ella cuando llegó a Londres. Por si ya no era suficiente lo que estaba sufriendo allí, ahora esto.

Cuando decidió dejar España por Reino Unido, no pensó que sería tan difícil. Vivir un año lejos de casa, en una residencia de estudiantes, tenía sus ventajas y sus desventajas. Echaba de menos a su familia, a sus amigas, pero, especialmente, a Álex. Eso lo suponía y era algo lógico. Pero aquella aventura debía tener cosas positivas. Sin embargo, tres meses más tarde, aún las estaba buscando.

—Estúpidos chicos —murmura Margaret en inglés, deteniéndose delante de una puerta blanca.

La cocinera llama con fuerza. Está impaciente y malhumorada. No le hace ninguna gracia que la hayan sacado de su lugar natural por la insensatez de dos niños pijos.

Sin embargo, nadie les abre. La mujer resopla y maldice nuevamente. Les pide a Luca y a Paula que no se muevan de allí y se aleja por el pasillo.

—Creo que te expulsarán de la residencia —comenta Luca mientras comprueba la visión del ojo herido. Ya no ve nada.

—¿Cómo me van a expulsar?

—Qué menos, ¿no? Me has dejado tuerto.

—No te vas a quedar tuerto.

—No estoy tan seguro de eso.

El chico se inclina un poco. Paula se le acerca y le mira atentamente el ojo. Ya no sangra tanto, pero tiene muy mal aspecto. ¡Uf! Puede que tenga razón y la expulsen. ¡Qué les dirá a sus padres!

—¿No ves por ahí? —pregunta aproximándose todavía más a Luca.

—No, nada —indica el chico, que tuerce un poco el cuello—. Pero por el otro veo perfectamente.

La vista de Luca está descaradamente puesta en el escote de Paula. Esta se da cuenta y rápidamente se aparta tapándose con las manos.

—Estúpido.

—¿Me has dejado tuerto y además me insultas? No tienes remedio.

—¿Por qué eres así conmigo?

—¿Cómo?

—Así. Un estúpido. No me has dejado tranquila desde que llegué.

Luca se encoge de hombros. Se ajusta la gorra y se quita con la camiseta el rastro de sangre que aún tiene bajo el ojo. Luego se limpia el pecho desnudo y los brazos, que también se han manchado.

—Me caes mal —contesta seco.

—¿Te caigo mal? ¿Por qué?

—Las que son como tú me caen mal.

—¿Las que son como yo? ¿Cómo soy yo?

—Pues eres...

Luca no termina la frase. Por el pasillo aparece de nuevo Margaret, acompañada ahora por otra mujer y un hombre elegantemente vestido: son Rachel, una de las enfermeras del centro, y Robert Hanson, el director de la residencia de estudiantes.

Capítulo 7

Hace un año y un mes, una noche de noviembre, en un lugar de la ciudad.

La firma se termina. Clic. Sonrisa. Y una última foto con una joven fan a la que le regala dos besos. Otros dos para su madre. Felices, los asistentes abandonan la librería entre risas y comentarios en voz baja. No hay duda: todos los que han ido a la presentación de *Tras la pared,* de Alejandro Oyola Azurmendi, se marchan a su casa con una sonrisa en la boca.

—Has estado muy bien —le susurra Abril al oído, cómplice, al tiempo que recoge los libros que sirven de muestra—. Enhorabuena.

—Gracias.

—¡Todo ha ido fenomenal! ¿No estás contento?

—Sí, claro que sí.

—Pues no lo parece —comenta la mujer sonriente—. Estás muy tenso.

Y situándose detrás, aprieta con las manos sus hombros e intenta relajarlos. En cambio, el escritor se aparta rápidamente y se pone de pie al sentir el tacto de sus dedos.

—No necesito ningún masaje, gracias —señala sorprendido—. Estoy bien, no te preocupes.

—Vale. Pues no me preocupo.

Abril sonríe y continúa guardando el material que han utilizado para la promoción.

El chico se sienta de nuevo. Está nervioso. No refleja en su rostro la felicidad que correspondería a su éxito. ¡Ha ido mucha más gente de la que pensaba! Tenía miedo de que no viniera nadie, pero ha ocurrido todo lo contrario. En cambio, no ha podido disfrutar como hubiera deseado. Mientras respondía cuestiones, firmaba libros o se hacía fotos con los seguidores, ocultaba su estado real con una sonrisa permanente.

Todo ha acabado ya y ahora le toca enfrentarse con otra situación totalmente inesperada. Y es que la chica que hizo la primera pregunta continúa allí.

—A ver... Yo lo que quería saber es si... tienes novia —había intervenido la joven rubia, rompiendo el silencio de la sala.

Paula sigue tan guapa como siempre. Lleva teñido el pelo de otro color y su aspecto es un poco diferente. Pero continúa siendo la preciosa chica de la que un día se enamoró perdidamente.

¿Qué hace ella en aquella librería? ¿Por qué ha venido a verlo precisamente hoy? Aunque han sucedido muchas cosas desde la última vez que se encontraron, de vez en cuando aparece en su mente. En sus sueños. En sus frases. Pero como algo lejano. Algo que pasó hace mucho tiempo. Se había convertido en un recuerdo, en un sentimiento que existió y que ya no estaba presente. Se fue. Y sin embargo, ahora, aquella chica que un día le dijo que no sentía nada por él, sonreía entre la multitud asistente a la presentación de su novela.

El autor había dejado que se apagasen las risas y, sujetando el micro con fuerza, había respondido:

—Eso no tiene importancia. Aquí lo que realmente importa es el libro, no yo.

La mayoría pensó que era una buena respuesta, pero los dejó a todos con la curiosidad de saber la verdad. Los que conocían la historia de Alejandro Oyola habían escuchado rumores acerca de una posible relación del escritor con la cantante Katia, aunque las últimas noticias anunciaban una ruptura.

Sin embargo, Paula no se había enterado de nada de esto. No sabía que Álex había publicado el libro, ni que había mantenido un romance con la artista del pelo rosa. Aguardaba a que el joven estuviera solo para ir a hablar con él. Sin seguidores, sin esa mujer de la editorial que no había dejado de mirarle y sonreírle durante hora y media.

Lo había visto muy bien durante toda la presentación del libro. Muy suelto, simpático, adorable en ocasiones, tal como lo recordaba. El chico perfecto del que enamorarse. Seguro que, entre todas sus seguidoras, más de una estaría pilladísima por aquel guapo y joven escritor de increíble sonrisa. Y ella no quiso nada con él. Tampoco con Ángel. Se quedó a medias de dos caminos sin elegir ninguno.

Llegó el momento. Es su turno. Está nerviosa, le flojean las piernas y el corazón se le acelera. Se levanta de la silla en la que se sentó mientras el resto hacía cola y camina por el pasillo hacia la mesa en la que sigue Álex.

Él la ve venir y traga saliva. ¿Se queda sentado o se levanta? Opta por lo primero. Ella sonríe cuando está más cerca. Álex le corresponde y entonces sí se pone de pie. ¿En qué está pensando? No piensa, no puede pensar. Es un instante de confusión de sentimientos. De volver al pasado, ocho meses atrás, cuando se conocieron en aquel Starbucks. Un día de marzo, en un lugar de la ciudad.

—Hola, ¡cuánto tiempo! —dice Paula al llegar a su altura. Busca sus ojos y los encuentra.

—Hola. Sí. Mucho. —Y sonríe.

Uno frente al otro. Dos besos. Se miran un segundo, tal vez dos, sin decir nada. No son los mismos de hace unos meses, y, aunque se mueren de los nervios, rápidamente surge una fuerte conexión entre ambos. Un chispazo de emociones.

—Lo conseguiste.

—¿Cómo? ¿El qué?

—Publicar. Estaba segura de que lo lograrías.

—Ah, eso... Sí. He tenido suerte.

—No es suerte, Álex: es talento.

—Gracias. Pero también he tenido suerte.

—Hace falta un poco de suerte para todo en la vida.

Más sonrisas. ¿Qué decir? ¿Qué hacer? Nervios, corazones acelerados. La última vez que se vieron fue uno de los peores momentos de la vida de ambos. Fue en el cumpleaños de Paula, cuando ella le dijo mirándole a los ojos que no le quería.

—¿Te has cambiado el pelo?

Es algo obvio. Menuda tontería acaba de soltar. Álex se da cuenta enseguida, pero está tan nervioso... Ahora Paula es rubia, muy rubia.

—Sí —responde la chica, pasando la mano por su melena—. Hace unos meses que me lo teñí. Pero me he cansado ya de este color.

—Estás muy guapa.

Vergüenza. Sonrojo. Timidez.

—Gracias. Tú sigues igual de..., igual de guapo.

Iba a decir «perfecto», pero no era el momento. Guapo, sí, guapo..., pero mucho más que eso.

La mujer de la editorial llega hasta ellos interrumpiendo el silencio que se ha creado. Mira y remira a Paula. Luego se presenta, estrechándole la mano:

—Hola, soy Abril, trabajo en la editorial.

—Hola, me llamo Paula.

Las dos se observan un instante. Hay una clara diferencia de edad, pero ambas poseen un gran atractivo físico.

—¿Eres una fan de Alejandro?

—¿Una fan? No... Bueno, sí.

Álex y Paula sonríen y se miran entre ellos. De repente desaparece la tensión.

—Es una vieja amiga —indica el escritor.

—¿Vieja amiga...? Pues pareces muy jovencita. ¿Cuánto hace que os conocéis?

Los chicos se miran de nuevo. Sonríen y hacen cálculos.

—Ocho meses —responden al unísono ante la sorpresa de Abril, que empieza a intuir que entre esos dos hubo algo.

Ocho meses. Solo ocho meses. Aunque la sensación es que han transcurrido cientos de miles de años.

—Hacía mucho que no nos veíamos —confiesa Álex.

—Sí. Mucho.

—Bueno, si hace ocho meses que os conocéis, tampoco debe hacer tanto que no coincidís. De todas maneras, qué mejor momento que este para retomar una vieja amistad —apunta Abril, haciendo énfasis en las dos últimas palabras—. ¿Por qué no te vienes a tomar algo con nosotros?

La invitación de la mujer coge desprevenida a Paula. También a Álex. No tenía ni idea de que después de la presentación del libro harían algo más.

—No, muchas gracias —responde la chica sonriente.

—Venga, Paula, lo pasaremos bien —insiste.

—No, de verdad. Me esperan en casa.

En realidad, le apetece, pero no cree que sea lo mejor. Hace mucho tiempo que ella y el escritor no se ven. Las cosas entre ambos terminaron de una forma extraña. A solas, tal vez. Podrían darse explicaciones de todo. Con Abril en medio, estarían incómodos y no aclararían nada.

—Ah, si llegas tarde...

—En otra ocasión —resuelve Paula. Y mira al chico. Está realmente guapo. Incluso más que hace unos meses. Le brillan los ojos de una manera especial.

—Bueno, pues os dejo, que tengo que terminar de recoger las cosas. Encantada de conocerte.

—Igualmente.

Ahora sí se dan dos besos.

Abril atraviesa la puerta por la que entraron antes. Está satisfecha. Ha sido una buena maniobra: sabía que aquella chica no aceptaría su propuesta. Entre ellos tuvo que pasar algo que no concluyó bien. Se les nota en la cara, en su expresión, en sus silencios... Pero aquella joven es pasado. El presente es diferente. Y ella está deseando tomar algo con el escritor para celebrar el éxito de la presentación de *Tras la pared*.

—¿De verdad no quieres venir?

—Tengo que volver a casa. Ya voy un poco tarde. Además, hay que estudiar.

—¿Cómo va el curso?

—Bueno. Bien. Más o menos. Pronto empezaré con los exámenes. Este año es mucho más duro. Segundo es difícil.

—Seguro que al final todo sale bien.

—Ya veremos.

Los chicos vuelven a quedarse en silencio. Sonríen. Tienen mucho de qué hablar, pero en ese momento les cuesta expresar lo que piensan. Los nervios. A Paula le apetece muchísimo un cigarro. Él no sabe que fuma, ¿verdad? No. Cuando se conocieron, ella aún no lo hacía. Cuántos cambios en tan poco tiempo.

—Ah, espera —dice Álex buscando algo en el bolsillo de su vaquero. Saca una tarjetita y se la da—. Me la hice hace una semana.

Paula la examina con curiosidad. Sonríe. Es la tarjeta personal de Alejandro Oyola Azurmendi. Lleva impresa su dirección de Twitter, @alexoyola, su correo electrónico y su número de teléfono.

—Gracias.

—No es una indirecta para que me llames, ¿eh?

La chica suelta una pequeña carcajada. Qué particular sentido del humor. Pero ahora que lo dice...

—No te preocupes, que no te llamaré.

—Vale. Entonces lo haré yo.

Una nueva mirada, esta más intensa, más personal. Más adentro. Una mirada de las que hablan sin palabras.

—Lo siento. Yo no llevo mi tarjeta encima —suelta graciosa, haciendo como que busca algo.

—No te preocupes; si no has cambiado de número, creo que lo tengo por ahí guardado.

—¿No lo has borrado?

—No.

—Yo...

—No quiero saberlo —la interrumpe—. Lo importante es que ahora lo tienes. Además, como ya te he dicho, te llamaré yo.

Un escalofrío sacude el estómago de Paula. Le gusta. A su cabeza vienen los primeros instantes en los que se conocieron. Aquella tarde en Starbucks, mientras tomaba un *caramel macchiato.* Fue como en una bonita película de amor. Mágico. De las escenas que se suele decir que no pasan en la vida real. Ella ya sabe que la realidad siempre supera a la ficción. Sin embargo, su corta, intensa y particular relación, aunque propia de una película, no tuvo final feliz.

—Muy bien. Pues esperaré tu llamada.

—Perfecto.

—Bien.

Se produce un nuevo silencio, pero este no es incómodo como alguno de los de antes. Es un silencio esperanzador, de nuevas ilusiones.

La chica se da la vuelta y comienza a caminar, por el pasillo de la librería, hacia la puerta. Álex va detrás. Llegan y se gira nuevamente. El escritor está muy cerca de ella. Suspira y se imagina besándole en los labios. ¿Qué le pasa?

El beso llega, pero en la mejilla. Dos.

—Me alegro mucho de haberte vuelto a ver, Paula.

—Igualmente, Álex. Muchas felicidades por..., por todo. Te lo mereces.

—Gracias.

Abre la puerta. ¿Y si la besa? ¡Cómo la va a besar! Aunque no hay nada en ese instante que le apetezca más. Pero es algo imposible. Un beso imposible.

—Ya nos veremos.

—Sí. Te llamo pronto.

—Vale.

—Adiós.

—Adiós.

Ella sale de la librería y se despide con la mano. Él la imita y la persigue con la mirada hasta que desaparece. Es la última vez que la verá en esa noche de noviembre, aunque muy pronto se encontrarán de nuevo. Sin embargo, hasta ese momento, ambos vivirán experiencias totalmente inesperadas.

Capítulo 8

Una noche de diciembre, en un lugar de la ciudad.

—¿Por qué miras tanto el reloj?

—¿Estoy mirando mucho el reloj? No me había dado cuenta.

Mario miente. Sabe perfectamente el motivo por el que no deja de comprobar la hora que es desde hace veinte minutos. La chica que está a su lado en la cama se aparta un poco y lo observa por encima del hombro.

—¿Es que has quedado con alguien? —pregunta Diana arqueando una ceja.

—Sí.

—¿Ah, sí?

—Sí. He quedado con..., no recuerdo su nombre ahora mismo. Pero es una morenaza espectacular.

La chica le golpea el brazo, molesta. Su novio se queja, aunque realmente no le ha hecho daño. Otras veces le ha dado más fuerte.

—¿La conozco? —insiste Diana.

—No creo —contesta Mario después de fingir que piensa la respuesta.

—¿Y a qué viene? ¿A estudiar contigo?

—Sí. A eso también.

Otro golpe en el mismo brazo. Este sí le duele más y

protesta molesto. Se remanga la camiseta y se frota con la mano. Tiene la zona roja.

—Eso para que no me mientas y no me vaciles más.

—Pero mira que eres mala conmigo.

—¿Yo, mala? Eres tú el que ha quedado con una morenaza espectacular.

—No seas tonta.

—¿Yo, tonta? Y tú...

Él se anticipa y le tapa la boca con la mano antes de que suelte algo más grave. Sin embargo, ella le muerde y consigue hablar.

—Y tú, un capullo —finaliza la frase que había dejado inconclusa.

No era la palabra que tenía prevista, pero, frenado el primer impulso, ha logrado calmarse un poco y rebajar el grado de su insulto.

—¿De verdad piensas que lo soy? —le pregunta tratando de rodearla con el brazo.

La chica lo esquiva y se levanta de la cama. Camina hacia el escritorio y se sienta en la silla.

—Por supuesto.

Sabe que no habla en serio. Pero poco a poco la conversación se está yendo por un camino que Mario conoce perfectamente y que no suele terminar bien. Diana continúa teniendo ese carácter tan particular desde el primer día en el que comenzaron a salir. En realidad le gusta que sea así, aunque a veces se pase de emocional. Incluso en los peores momentos, ingresada en el hospital, con varios kilos menos, siguió conservando intacta la esencia de su forma de ser.

—Ven, anda.

—No.

—¿No vienes?

—No.

El chico se pone de rodillas sobre el colchón y se desliza hasta el principio de la cama. A pesar de que conoce el juego, le va a ser difícil convencerla.

—¿No me quieres dar un beso?

—Pues no. Dáselo a la morenaza esa que va a venir ahora.

—Sabes que no va a venir nadie.

—Yo no sé nada.

Mario resopla. Se levanta y se dirige hacia la silla del escritorio. Diana se gira y se cruza de brazos hacia el lado contrario por el que su novio llega.

—Venga, cariño. ¡No seas así! Está claro que bromeaba.

—Ya, ya... Bromeabas. A todas nos dices lo mismo, ¿no?

—¿A todas? ¿Qué todas?

—A todas tus novias. A todos tus ligues y amantes. Todas esas.

El tono de voz de la chica no permite descifrar cuánto de verdad hay en su comentario. Mario sonríe y se coloca frente a ella. Se acuclilla y la mira directamente a los ojos. La joven lo evita al principio, pero termina cediendo ante la insistencia de su novio. Luego él agarra sus rodillas con sus manos y las acaricia. Diana se estremece.

—¿No te he demostrado suficientemente lo que siento?

No hay respuesta; solo brillo en los ojos de una chica enamorada. Nadie había hecho nunca tanto por ella. Ha estado a su lado siempre, siempre. Cada vez que se sentía mal, cada vez que lloraba, cada vez que necesitaba una palabra de apoyo. Cada vez que iba al hospital, en cada revisión, en cada farmacia en la que se pesaba. Siempre él. Siempre Mario.

—¿Por qué mirabas tanto el reloj? ¿Quieres que me vaya a casa ya? —pregunta por fin sollozando.

—¿Qué?

—Soy muy pesada. Me paso más tiempo aquí que en mi casa. Lo siento.

—¡Qué dices!

—Es eso, ¿verdad? Te agobio.

—No me agobias.

—Sí, te agobio —murmura—. Es que cuando estoy en mi casa, sola, no... Bueno, que necesito estar contigo.

Ya han hablado de ello otras veces. La madre de Diana se pasa la mayor parte del día trabajando o en el piso de su novio. Y ella eso no lo lleva del todo bien. Mario es su refugio, y sus padres la tratan como si fuera su propia hija. Por eso aquel es como su verdadero hogar.

—¿Por qué no te quedas a cenar? —le pregunta sonriendo.

—Porque me quedé ayer y antes de ayer.

—¿Y qué?

—No sé. Paso mucho tiempo en tu casa. Siento que te estoy agobiando.

El joven resopla, pero enseguida vuelve a mostrar la mejor de sus sonrisas.

—No digas más que me agobias, ¿vale?

—Es que...

—No se hable más. Te quedas a cenar.

Diana sonríe por fin. Es un cielo. Él ha conseguido que supere sus mayores miedos. La cuida, la mima, la soporta, la quiere.

—Vale, pero solo a cenar.

—Lo que tú quieras. Pero te quedas también al postre.

—El postre... te lo doy ahora.

La chica se levanta de la silla y se agacha junto a su novio. Lo empuja con suavidad y, lentamente, los dos se deslizan hasta el suelo. Ella sobre él. Agarra sus manos con las suyas y se inclina despacio buscando su boca. La encuentra. Cierra los ojos y se deja llevar en un beso interminable.

—Uf. Es de los mejores postres que he probado en mi

vida —comenta Mario unos minutos después, tumbado bocarriba en el suelo.

Una alfombra negra con circunferencias blancas los protege del frío.

—¿De los mejores o el mejor? —pregunta Diana, que está junto a él en la misma posición.

—Es que las natillas caseras que hace mi madre...

—Capullo.

Y le golpea en la cadera con la suya. A continuación, se pone de pie ágilmente y recompone su ropa. También el pelo, que se ha alborotado durante el beso.

—Voy a llamar a mi madre y a decirle que me quedo a cenar —indica Diana acercándose a la puerta de la habitación.

—¿Y para eso tienes que salir?

—También voy al baño —señala sacándole luego la lengua—. Es que hay que explicártelo todo.

Y, tras enviarle un beso imaginario, sale del cuarto.

Mario suspira y mira el reloj de nuevo. Se ha hecho muy tarde.

Se levanta del suelo y se dirige rápidamente hasta su ordenador. Está encendido. Conecta el MSN y cruza los dedos.

El programa tarda en cargarse.

Otra vez sus ojos en el reloj.

La sesión se inicia por fin. ¿Estará...?

—Qué tonta, ¡me dejé el móvil! —exclama Diana entrando de nuevo en la habitación.

—¡Ah! Vaya... —responde Mario, sorprendido, mientras trata de tapar con el cuerpo la pantalla.

Le ha dado tiempo a abrir otra página.

—¿Qué buscas?

—¿Que qué busco?

—Sí. Estás en Google, ¿no?

—Pues...

La chica alcanza el móvil que estaba en la cama y camina otra vez hacia la puerta del dormitorio.

—No te preocupes; mientras no sea porno... Ahora vengo.

Y, tras otro beso imaginario, sale del cuarto cerrando la puerta.

Mario resopla. «Casi...». Se da la vuelta y observa la pantalla de su PC. Una lucecita naranja ilumina la barra del MSN. Clica en ella y se abre una página en la que hay una frase escrita.

—¿Dónde te habías metido? ¡Llevo media hora esperándote!

Qué mal. Se ha enfadado. El chico teclea a toda prisa, examinando de reojo la puerta de la habitación. No quiere que Diana lo sorprenda de nuevo.

—No puedo hablar esta noche. Al menos, de momento. Lo siento. Sigue aquí y se queda a cenar.

Un icono con un Lacasito amarillo llorando en la siguiente línea. Y uno más con otro triste. Parece que no se lo ha tomado muy bien.

—Me tengo que ir. No puedo hablar más. Perdona. ¡Adiós!

Y cierra la página, no sin antes mirar la ventanita con la foto de quien se acaba de despedir. La verdad es que, cada vez que ve la imagen de esa morenaza, le tiembla todo el cuerpo.

Capítulo 9

Esa noche de diciembre, en un lugar de Londres.

Es un hombre alto. Habitualmente luce traje, pero a esas horas ya se ha desprovisto de la chaqueta y de la corbata. Aun así, Robert Hanson viste impecable. Calvo, cincuentón y miope. Sus gafas de pasta llevan años y años siendo objeto de burla por parte de los estudiantes. Habla lentamente y con voz profunda, en un perfecto inglés. A Paula no le cuesta comprenderlo normalmente, pero está tan nerviosa que no sabe si en esta ocasión entenderá todo lo que está a punto de decirle. Aunque, sin duda, la peor parte vendrá a la hora de darle explicaciones.

Luca sonríe en la silla de al lado. Se está divirtiendo, aunque no ve nada por el ojo maltrecho. Antes de entrar en aquel despacho se lo han curado como han podido y ahora trata de bajar la hinchazón con hielo envuelto en un pañuelo.

—Así que ese estropicio al señor Valor se lo ha hecho usted. ¿Y cómo dice que fue?

—Con un cubito de hielo, señor Hanson.

El hombre le pide con la mano a Luca que aparte el pañuelo. Este obedece y el director del centro contempla el estado de su ojo. Hace un gesto como si le estuviera doliendo a él mismo y vuelve a fijar su mirada en Paula.

—Y dice usted que un pequeño cubito de hielo le ha dejado el ojo así al señor Valor.

—No era tan pequeño —interviene Luca.

—Bueno, yo...

—Pues lo ha tenido que lanzar con mucha fuerza.

—Si es que, aquí donde la ve, la españolita no es tan poca cosa como parece.

Paula se sonroja. Quiere decir un montón de palabras que no sabe expresar en inglés. Está muy tensa y empieza a costarle respirar con tranquilidad. Además, cada mirada del director la pone más nerviosa.

—¿Y cuál ha sido el motivo de su agresión?

—Una rabieta de niña pequeña y caprichosa —se anticipa a decir el joven.

—Cállese, por favor. No le he preguntado a usted —comenta el hombre molesto—. Dígame, señorita García, ¿por qué le ha lanzado el cubito de hielo al señor Valor?

La chica piensa antes de contestar. No será fácil explicárselo en inglés. Pero coge fuerzas y se lanza.

—Porque me ha puesto hielo en la silla. Es la segunda vez que lo hace y...

—Lo mío ha sido una broma. Lo tuyo, una agresión.

—¿Le tengo que decir más veces que se calle, señor Valor? —le advierte de nuevo, enfadado, Robert Hanson—. Prosiga.

—El primer día que vine a esta residencia, ya me hizo lo mismo. Mientras iba a por la bebida, colocó varios cubitos de hielo sobre mi silla. Y al sentarme me empapé de agua. Además, este chico lleva fastidiándome todo el curso. No sé por qué, yo no le he hecho nada.

El hombre se pone las dos manos en la barbilla y mira hacia arriba. Luego, resopla y contempla a Luca.

—Una más, ¿no? ¿Qué le dije que pasaría a la próxima?

—¡Pero si ha sido ella la que me ha tirado el hielo a mí!

—Sí. Y también tiene su culpa. Pero ¿por qué se lo ha lanzado? Porque es usted insaciable. No ha dejado de hacer gamberradas desde que llegó a este centro. Y le hemos perdonado por..., bueno, porque no nos queda más remedio.

Robert Hanson se pone de pie y camina por detrás de su mesa de despacho. Analiza la situación. Si no fuera porque ese chico es quien es, ya habría sido expulsado hace tiempo.

—¿Y a ella no le dice nada? —pregunta el joven con tono amenazante.

El director de la residencia no responde inmediatamente. Descorre una cortina y se asoma por la ventana, pensativo. Debe tomar una medida justa.

Paula sigue nerviosa. No sabe qué es lo que está pensando aquel hombre. Si decide expulsarla, sus padres se llevarán una gran decepción. Además, perdería un año de curso y aquel antecedente contaría para su expediente académico. La única buena noticia sería que volvería a estar con Álex. Piensa en él en ese momento de silencio. Y lo echa de menos. ¡Cómo desearía que en ese instante apareciera por la puerta de aquel despacho y la defendiera...! Que les contara a todos cómo es ella realmente y que, si le ha lanzado un cubito de hielo a ese indeseable de Luca Valor, ha sido porque no ha parado de molestarla durante tres meses.

—Muy bien. Lo tengo.

Las palabras del señor Hanson hacen temblar a Paula. En cambio, Luca sonríe y se quita el pañuelo con hielo del ojo. Está convencido de que él saldrá indemne. Es intocable. Y esta vez es más víctima que verdugo.

—Bien, quiero oírlo —dice el chico, seguro de sí mismo.

—Usted, señor Valor, se ha convertido en alguien muy incómodo para este centro. Desde que llegó hace un año y pico, no ha parado de meterse en problemas. Y creo que ya es hora de que las cosas cambien.

El joven frunce el ceño. ¿Qué se propone el director? No será capaz de echarlo de la residencia...

—No me irá a expulsar por una broma inocente, ¿verdad?

—No ha sido una broma inocente.

—Compare su pantalón mojado con mi ojo izquierdo —comenta Luca, levantándose y señalando la zona herida.

El señor Hanson no se inmuta, invita a Luca a que se siente de nuevo y continúa hablando cuando el joven le obedece.

—A usted ahora me lo llevaré a un médico de guardia a que le miren eso bien. Tiene muy mala pinta.

—Pero...

—Pero la realidad es que usted, señor Valor, ha molestado a la señorita García en repetidas ocasiones y durante demasiado tiempo —indica el hombre, con tranquilidad—. Y usted, señorita García, ha cometido una falta grave. Muy grave.

La mirada del hombre y la chica coinciden. Paula se teme lo peor.

—Entonces, ¿nos expulsará a los dos? —pregunta Luca, que empieza a no estar tan convencido de su inmunidad.

—No. No expulsaré a nadie.

—¿No?

—¿No? —repite Paula, aliviada y sorprendida.

—No. Haremos otra cosa —comienza a explicar Robert Hanson—. Durante esta semana, ustedes dos aprenderán a convivir juntos. Pasarán buena parte de su tiempo el uno con el otro.

—¿Quééé?

Ni Luca ni Paula pueden creer lo que están oyendo.

—Lo que han escuchado —continúa hablando el hombre, muy serio—. Ayudarán los dos a Margaret y a Daisy en la cocina, y también echarán una mano en las labores de limpieza del centro. Los dos. Y si yo me entero de que alguno de ustedes incumple un solo segundo lo que les he ordenado..., entonces sí me veré obligado a expulsarles. Y le aseguro, señor Valor, que ni su padre, el embajador, influirá esta vez en mi decisión.

¿Cómo? ¡Su padre, «el embajador»! ¿Ha entendido bien? Paula no está segura de si le ha sorprendido más el castigo que el señor Hanson les ha impuesto o el puesto del padre de Luca.

—No me parece justo.

—Es totalmente justo, señor Valor.

—No lo es. Ella está aquí prácticamente gratis, con una beca, pero yo estoy pagando mi estancia en la universidad y en la residencia. Mi padre pone mucho dinero. Pago y tengo derechos, y no obligaciones como tener que limpiar nada o hacer la comida a nadie.

—Usted también tiene obligaciones, Luca. Y una de ellas es comportarse como una persona normal.

—Solo fue una broma sin importancia.

El chico se pone de pie y mueve la cabeza de un lado para otro.

—No ha sido una broma sin importancia aislada, sino una más de una suma de bromas demasiado pesadas. Alguna de ellas al límite.

—Bah.

Paula prefiere no intervenir en la discusión entre el joven y el director de la residencia. No la van a expulsar y eso para ella ya es un respiro. Sin embargo, pensar que tiene que pasar tanto tiempo con aquel tipo la agobia. Hubiera preferido otro tipo de castigo, aunque no está en disposición de decir nada.

—Señor Valor, como le he dicho muchísimas veces, usted es un chico inteligente. Con talento y creatividad. No entiendo por qué no usa sus células grises para hacer el bien. Ha elegido convertirse en Moriarty en lugar de tratar de ser Sherlock Holmes.

A Paula le suena esa frase. No es la primera vez que Robert Hanson hace comparaciones refiriéndose a los personajes de Conan Doyle, su escritor preferido.

—Es un abuso de autoridad lo que está haciendo, señor.

—No lo es. Y lo sabe. —Los dos se vuelven a mirar desafiantes—. Y ahora vayamos al médico de guardia a ver qué pueden hacer con su ojo.

El hombre abandona su sillón, rodea la mesa y se sitúa entre los dos chicos. Luca es el primero en salir del despacho del director ante la mirada de este, que resopla. Luego da una palmadita en el hombro de Paula, que se levanta de su asiento. Le tiemblan un poco las piernas.

—Lo siento, no quería que esto pasara —susurra ella, caminando hacia la puerta.

—Lo sé. Entiendo que se sintiera mal y que explotara de esa manera.

—Es que...

El señor Hanson sonríe mostrando su perfecta dentadura blanca, bien cuidada.

—En realidad, el castigo que les he impuesto es un favor que usted me puede hacer, señorita García.

—¿Cómo? No entiendo...

—Quiero que usted guíe por el buen camino a este joven. Es importante para mí y para sus padres.

—Pero yo...

—Creo que el problema de Luca es que siempre ha hecho lo que ha querido y que se ha rodeado de malas influencias. Usted parece una buena chica. Y, además, ha sido la primera que le hace frente. Solo hay que ver su ojo...

Sonrojo. Uf. Nunca le había hecho daño a nadie.

—Ha sido sin querer.

—Ya. Pero que le haya plantado cara al menos servirá para que se le bajen los humos —comenta, sonriente, el señor Hanson—. Necesito que me ayude, Paula. Necesito a alguien que consiga reconducir el camino por el que se ha perdido mi sobrino.

Capítulo 10

Una noche de diciembre, en un lugar de la ciudad.

—Nosotros nos vamos para casa, que este se está durmiendo.

David tiene sueño y va cogido de la mano de su madre. Casi arrastrándola. Han pasado unas horas muy entretenidas en el bibliocafé de Álex. Los dos se encuentran muy cómodos junto a él. Abril siente una predilección muy especial hacia el escritor y el niño lo quiere como si fuera de la familia.

—Vale. Yo también me iré dentro de poco.

—¿Nos vemos mañana?

—Pasaré aquí toda la tarde escribiendo. Voy con mucho retraso.

—No te preocupes. Seguro que te dará tiempo y la novela quedará genial. ¿Sabes ya cómo terminará?

La mujer sonríe. Es su estado natural. Sonríe siempre. Pase lo que pase. Incluso en los peores momentos, Abril no aparca aquella sonrisa. Forma parte de su trabajo. Aunque a veces no es del todo sincera.

—Más o menos.

—¿Final sorprendente?

—Espero que sí, que os sorprenda.

—¿Y habrá tercera parte? —pregunta curiosa.

Álex se encoge de hombros. En la editorial no le han

dicho nada acerca de si puede dejar otra vez el final abierto como en *Tras la pared.* Lo que ha pensado daría para una tercera novela. Aunque todavía tiene muchas dudas.

—Ya veremos. Puede que sí o puede que no.

—¡Qué enigmático te pones! ¿Te haces el interesante conmigo?

—¡No! No es que me haga el interesante, es que no tengo nada cerrado todavía.

El niño tira de la mano de su madre con más fuerza y se queja alzando la voz. Quiere irse ya. Y si él ha decidido que quiere marcharse, es imposible llevarle la contraria.

—Bueno, nos vamos antes de que me quede sin brazo. Mañana intentaré pasarme por la tarde, después del trabajo. ¡Adiós!

—¡Adiós!

La mujer vuelve a sonreír y, antes de poner el pie en la calle, le da un beso al escritor en la mejilla. Luego, a trompicones, sale del local junto a su hijo.

Tranquilidad. Y silencio. Ya no queda nadie dentro del recinto. Álex respira y camina lentamente hasta la barra, donde Sergio hace caja. El camarero cuenta las ganancias del día. No son abundantes. El bibliocafé no va mal, aunque es un negocio complicado de rentabilizar. Sin embargo, ahora eso es lo que menos le importa.

—¿Cierras tú? —le pregunta a su empleado mientras alcanza su abrigo.

—Sí, jefe. No hay problema.

Álex le obsequia con una sonrisa y se despide de él. Se pone el abrigo y abre la puerta. Antes de salir a la calle, lo abrocha hasta arriba y se coloca unos guantes negros que guardaba en los bolsillos laterales. Hace mucho frío y su respiración se convierte en vaho a cada paso que da. El invierno empieza a hacer acto de presencia en la ciudad.

Apenas ve a gente andando por la calle. Solo pasan por su lado coches y autobuses. Espera en un semáforo a que el disco cambie de color. Cierra los ojos un instante y, sin saber el motivo, la nostalgia le invade. Echa de menos algo. A alguien, para ser exactos. Piensa en Paula. ¿Qué estará haciendo ahora?

Verde. Ya puede pasar.

Cruza la calle. Está desierta. Solo divisa a un hombre que toca el saxofón en una esquina, a lo lejos, en la misma acera. Suena bien. Reconoce la melodía. Es una versión muy particular del *Hero* de Mariah Carey. Cuanto más se acerca a él, más nostalgia siente. Y más echa de menos a su chica. Recuerda sus manos, su pelo. Le encanta acariciarle el pelo cuando están tumbados juntos. Introducir la mano en su melena y desaparecer en ella, alborotándola. Paula suele entonces protestar, gimiendo como una niña pequeña. Y él la hace rabiar. Pero siempre terminan arreglándolo con un gran beso.

Sus labios. Su boca. ¡Cuánto le apetece un beso!

Camina por caminar. Lento, pensativo, algo triste.

La echa muchísimo de menos.

El saxofonista es un hombre mayor, provisto de una espesa barba blanca. Está muy delgado y porta una boina de cuadros para tapar su incipiente falta de pelo. Toca fenomenal. Álex se para frente a él y busca una moneda en su cartera. Saca un euro, que deja cuidadosamente en una cajita de metal que ya contiene algún que otro céntimo. Pocos, insuficientes. El hombre hace un gesto con la cabeza en señal de agradecimiento aunque sin dejar de hacer sonar el saxo. El escritor le devuelve el saludo y continúa caminando.

La música va apagándose hasta ser totalmente inaudible.

La melancolía es más fuerte.

Cómo le gustaría estar ahora mismo con ella. Un beso... Se muere por un beso de su boca.

Desesperación. Y sigue caminando solo en la fría noche de la ciudad.

Entonces cae en la cuenta. Quizá ya... ¿Habrá visto Paula lo que le ha dejado en su correo electrónico?

Hace un año y un mes, un día de noviembre, en un lugar de la ciudad.

—¿Hola?

Álex da un brinco sobre su taburete. Se encuentra delante el rostro sonriente de Abril, que agita la mano intentando llamar la atención del chico. Estaba distraído.

—Hola.

—No te has enterado de nada de lo que te he dicho, ¿verdad?

—Pues... no. Lo siento.

—¡Ay! ¿Dónde tienes la cabeza, escritor? No me digas que el éxito ya se te ha subido a la cabeza.

Esa tarde noche ha sido increíble. No esperaba que tanta gente acudiera a la firma en la librería. Ni en sus mejores sueños. Y menos con lo complicadas que se pusieron las cosas hace unos meses. Sin embargo, la aparición de Paula ha situado todo lo demás en segundo plano.

—Perdona. Es que me he despistado un poco. Hay mucho jaleo aquí.

Es cierto. La gente llena el local donde Abril y él están celebrando con una cerveza el éxito de la presentación de *Tras la pared.*

—Te decía que ha sido una suerte que te encontráramos. La editorial está muy contenta contigo.

—Sí. Yo también estoy muy contento con vosotros. Me siento muy afortunado. Un privilegiado.

—Eres un afortunado, Álex. Pero nosotros también. Y pensar que, si tu anterior editorial no hubiera desaparecido, nos habríamos quedado sin tu libro y sin ti...

—Ya.

Los malos momentos vuelan hasta su cabeza.

Hace unos meses, en pleno verano, cuando todo estaba preparado y cerrado para que *Tras la pared* se publicara, la pequeña editorial que tenía los derechos de la novela quebró. Cosas de la crisis. Ni siquiera bastó que Katia ayudara en la promoción de la historia. Nada impidió que el lanzamiento del libro se quedara en punto muerto. El golpe para Álex fue tremendo. Además, Irene ya no vivía con él. Después de aquel día en el que discutieron y el chico le confesó que nunca sentiría nada por ella, desapareció. Solo regresó a su casa para recoger sus cosas. Así que Álex tampoco tenía a nadie que se encargara de lo que hasta ese instante se había ocupado ella.

—¿No crees que el destino es muy sabio? —pregunta la mujer después de dar un sorbo a su cerveza.

—¿A qué te refieres?

—Pues a que ahora, en este mismo momento, en este minuto de tu vida, tú y yo estemos juntos.

Álex no comprende qué quiere decir. Sí lo entiende, claro. No ha bebido tanto. Pero no sabe adónde quiere ir a parar. Abril da otro trago a su botellín y muestra de nuevo otra de sus preciosas sonrisas.

—El destino es el destino —indica el joven, sin reflexionar demasiado lo que dice.

—Claro. Pero es sabio. Muy sabio —insiste ella—. Mira la cantidad de casualidades que se han tenido que dar para que tú hoy estés aquí conmigo celebrando que tu novela va camino de convertirse en un *best seller.*

En eso tiene razón. Si la anterior editorial no hubiera quebrado, si él no hubiera decidido vender su casa en las afueras de su ciudad, si no hubiera buscado un piso de alquiler en el centro y si su casera, Alexandra, no hubiera sido una de las jefas de su nueva editorial..., quizá hoy estaría perdido en un camino sin salida.

—Aún me queda mucho por delante. Tengo muchísimas cosas que aprender.

—Claro. Y todos. Pero si un tío con..., ¿cuántos años tienes?, veintitrés, ¿verdad?

—Sí.

—Fíjate, si es que eres un yogurín... —comenta antes de beber otra vez y continuar—. Si eres un tío que con veintitrés años ya ha sido capaz de publicar una novela y atraer a un gran número de seguidores..., imagina el futuro que tienes por delante. Maravilloso.

Aunque lo que relata Abril le llena de satisfacción y de orgullo, a Álex no le gusta hablar del futuro. Bastante tiene con el presente. Para él no existe nada más. El pasado pasó y el futuro nadie sabe cómo será. El presente, el día a día, es lo que cuenta, no ve más allá.

Sin responderle a la mujer, bebe un trago de cerveza. La observa y termina sonriendo.

Ella también lo mira. Es un chico realmente guapo. Y es indudable que siente una fuerte atracción física por él.

Durante unos segundos no hablan. Mueven sus cabezas despacio, arriba y abajo, al son de la música que suena en aquel local. ¿Es un tema de Coldplay? Eso parece.

—¿Nos vamos? —pregunta por fin el chico después de dar el último sorbo a su botellín.

—Vale. Pero voy primero un momento al baño.

—De acuerdo, yo también tengo que ir.

De nuevo sonrisas.

Los dos se levantan a la vez del taburete y se dirigen juntos al final del local, donde están los lavabos. El de chicos, a la izquierda; el de chicas, a la derecha. Ambos están libres. Se miran una vez más y sonríen. Entran y cierran prácticamente al mismo tiempo, como si estuvieran sincronizados.

Aquel sitio es muy pequeño. Un cubículo estrecho y poco cuidado. Álex apenas tiene espacio para mirarse al espejo. Se ve cansado. Ojeroso. Demasiadas emociones en tan poco tiempo. Pero todo ha valido la pena. Abre el grifo y se lava las manos. Luego se moja levemente el cuello. Y después la frente.

Ha visto a Paula.

No se la quita de la cabeza. Es imposible. ¿Cómo puede dejar de pensar en ella? Y ha estado muy simpática. Algo cambiada. Menos delgada, con otro color de pelo. Pero tan guapa como la guardaba en sus recuerdos. ¿La llamará?

Toc, toc.

¿Están llamando a la puerta? Eso es lo que parece. Cierra el grifo para asegurarse.

Toc, toc.

Sí, llaman a la puerta.

—¡Un momento! ¡Está ocupado! —grita lo más alto que puede.

Sin embargo, no ha puesto el cerrojo. Álex contempla cómo se gira el pomo y la puerta se abre. El joven trata de evitarlo con el pie, pero llega tarde. La persona que quiere entrar ya tiene una pierna en el interior del baño.

Esos zapatos...

—¡Cuidado!

Es una voz femenina. Familiar. Abril.

El escritor, extrañado, abre la puerta y la mujer pasa. Si para una persona había poco espacio, para dos... Es un milagro que quepan ambos. De hecho, están muy cerca el uno del otro. Casi se tocan.

—¿Te encuentras bien? ¿Ha pasado algo? —pregunta el chico sorprendido.

—No. Todo... bien —contesta ella, titubeante.

La mujer cierra la puerta del baño con la espalda. ¿Ha sido queriendo o sin querer? Mira fijamente a Álex a los ojos. Cierra los suyos y se aventura a buscar su boca. Y la encuentra.

El escritor recibe sus labios atónito. Son tres o cuatro segundos muy raros. No entiende muy bien qué está sucediendo. Finalmente, se aparta y respira agitado.

En ese instante, alguien intenta abrir la puerta del cuarto de baño. Sin embargo, Abril se echa contra ella y bloquea la entrada. Luego pone el cerrojo. Resopla y mira de nuevo a Álex. Su expresión comparte la culpabilidad y el deseo.

—Lo siento —comienza a decir—. Bueno, no lo siento. Lo deseaba.

El chico no reacciona. ¡Una de las jefas de la editorial le ha besado!

—Yo... no sé qué decir —murmura tartamudeando.

—Si quieres, abro otra vez la puerta y nos vamos. Pero lo que más me apetece ahora mismo es...

Y, sin poder controlar un nuevo impulso, se cuelga de su cuello y vuelve a besarle. Intensamente. Chocando sus cuerpos. En cambio, en esta ocasión, Álex no solo se deja llevar: abraza por la cintura con fuerza a Abril y responde a sus besos.

Besos y más besos. Caricias sin control. Y algo más. Entonces el límite de espacio ya no importa tanto. Compenetrados. Unidos. Comparten el deseo.

Y de una manera apasionada, ambos viven el momento, el presente, sin tener en cuenta el futuro. El futuro que dentro del bolso de Abril se confunde en las fotos de un niño y un marido de los que Álex no tiene noticia alguna.

Capítulo 11

Una noche de diciembre, en un lugar de Londres.

Se acerca a la máquina de comida y observa lo que queda. A esas horas de la noche ya no hay ni sándwiches ni chocolatinas. Si quiere comer algo, tendrá que ser frutos secos o patatas. Y es que, con todo el jaleo que se ha formado antes, Paula no ha cenado. Sin embargo, nada de lo que ve le apetece. Resopla. Parece que esa noche todo sale mal.

¡En menudo lío se ha metido por una rabieta! Aunque fue una reacción espontánea. No lo pensó: salió así, sin más. Y aquel cubito de hielo viajó a toda velocidad desde su mano al ojo de Luca Valor. ¡El hijo de un embajador! ¡El sobrino del director de la residencia de estudiantes! Qué callado lo tenían... Y es lógico. Ese tipo de datos es mejor llevarlos en privado; si no, todo el mundo juzgaría al chico por quien es. Y teniendo en cuenta su personalidad... ¡podría hasta ocasionar un conflicto diplomático entre países!

Sonríe malévola al pensarlo, pero solloza examinando de nuevo aquellos cacahuetes que deben llevar allí meses y meses. ¡Quiere una chocolatina!

Cuando Robert Hanson le explicó que su hermana era la madre de Luca y que lo inscribieron allí para tenerlo más controlado, le pidió que, por favor, no dijera nada a nadie. Que fuera un secreto entre ellos.

—¿Nadie más lo sabe?

—No. Solo el director de la universidad y su secretaria, que es quien gestiona su expediente personalmente. Son gente de confianza.

—¿Sus profesores tampoco están enterados?

—No. Ninguno. No queremos que tenga un trato académico especial, para bien o para mal, por ser quien es.

El secreto llega hasta tal extremo que tío y sobrino hablan entre ellos delante de los estudiantes o del personal del centro dejando a un lado cualquier trato familiar.

—¿Y quiere que yo cambie el carácter de Luca?

—Sí.

—No creo que pueda hacer eso.

—Puede intentarlo.

—Es imposible.

¿Cómo iba ella a conseguir eso? ¡Ni en una semana ni en un año! ¡Ni en un siglo! Aquello no tiene sentido... De todas maneras, le tranquiliza saber que lo que el señor Hanson le ha impuesto no es un castigo en la máxima expresión de la palabra. Es, más bien, una petición forzosa.

—Usted inténtelo esta semana. Si no consigue nada, olvidaré lo del cubito de hielo y no tendrá que soportar más a Luca —señala el hombre impaciente—. Solo una semana, por favor. Inténtelo.

Nada. Por mucho que mira a través del cristal de la máquina de comida, ninguna de aquellas bolsitas le agrada. Tendrá que esperar al desayuno. Aunque, ahora que lo piensa, ¿no había comprado Valentina un par de sándwiches vegetales? Quizá le haya sobrado uno...

La chica camina deprisa hacia la escalera que conduce hasta la tercera planta, donde está su habitación. No hay nadie ya en los pasillos de la residencia.

—Pero ¿tengo que hacer todas esas cosas que ha dicho de la limpieza y ayudar en la cocina?

—Sí. Creo que, a pesar de que usted ha sido la provocada y es más víctima que culpable, también ha cometido una falta grave. Además, si no lo hace, Luca se lo tomará como una ofensa. Y será peor para todos.

Suspira recordando la tarea que Robert Hanson le ha asignado. No solo tendrá que estudiar y preparar los exámenes de la semana que viene, sino limpiar, ayudar a Margaret y Daisy, y convivir con aquel chico indeseable. ¿Llegará sana y salva a navidades?

Paula sube el último escalón. Tercera planta. Su habitación está al final, a la derecha. Es la 1348. Allí se dirige bajo la luz tenue de aquellas lámparas alargadas que alumbran el pasillo.

Está cansada y cada vez con más hambre. Lo que daría por una chocolatina. Saca la llave del pantalón y la introduce en la cerradura. La puerta chirría un poco al abrirse. El dormitorio está completamente a oscuras, salvo por un pequeño reflejo que proviene de la cama de Valentina. Su compañera de cuarto está tumbada con su ordenador portátil delante.

—¡Hola! ¡Cuánto has tardado! —grita la italiana al verla—. ¿Me has traído una manzana?

¡La fruta! Se le ha olvidado por completo.

—No. Es que... —La chica resopla, se sienta en su cama y enciende el flexo—. ¿No te quedará por casualidad uno de los sándwiches vegetales?

Valentina mueve la cabeza de un lado para otro muy seria. Pero enseguida sonríe y se pone de pie. Abre el cajón de su mesita de noche y saca uno de los sándwiches que compró por la tarde.

—Toma. —Y se lo lanza—. ¿No me has traído la manzana entonces?

—No. Es que me ha pasado algo en la cena.

Paula quita el envoltorio del sándwich y, mientras se lo come, le cuenta a Valentina lo que ha sucedido. Esta escucha perpleja lo que su compañera de habitación le explica. Boquiabierta, permanece en silencio hasta que, al final de la historia, suelta una gran carcajada.

—¡No me puedo creer que te haya pasado todo eso! —exclama sin poder dejar de reír escandalosamente.

¡Qué tonta! La chica no sabe cómo tomarse la reacción de Valentina y termina riéndose con ella. Si lo analiza bien, la cosa tiene su gracia. Y eso que no le ha revelado que Luca Valor es el sobrino del director y el hijo de, nada más y nada menos, un embajador.

—¡Y lo peor es que tengo que pasarme una semana con él!

—Bueno, por lo menos es guapo.

—¿Es guapo?

—Sí. Está bastante bueno. Aunque es un pesado, un idiota y va de matón. No lo soporto. Pero, sí, está bueno.

Puede ser. Pero eso a ella no le interesa. Ya tiene un novio al que quiere muchísimo y del que está completamente enamorada. Aunque la distancia la esté matando.

—Nunca podría tener nada con alguien así.

—Ahora mismo es un estúpido. Pero quién sabe. Quizá alguna vez cambie. Y, si lo hace, será porque una chica como tú lo hace cambiar.

¿Se ha puesto de acuerdo Valentina con el señor Hanson?

—Yo no tengo una varita mágica.

—Una varita no... Pero tienes otras cosas... —comenta pícara, sonriendo y mirando a Paula de forma traviesa.

—Tú siempre piensas en lo mismo, ¿verdad?

La italiana suelta otra carcajada y se vuelve a tumbar en su cama. Tiene el MSN lleno de mensajes de Marco preguntándole dónde se ha metido.

—Tal vez. Y tú deberías pensar en ello un poco más. Mucho novio, mucho novio..., pero no puedes hacer ciertas cosas estando tan lejos.

—¡Claro que no puedo hacerlas! ¡No pienso serle infiel a Álex!

—No deberías serle infiel —indica Valentina, al tiempo que responde a Marco—. Directamente, tendríais que dejarlo. Las relaciones a distancia no son buenas. Ya te lo he dicho mil veces.

¡No va a cortar con Álex! Aunque es verdad que lo está pasando muy mal. Llora demasiado y no consigue concentrarse en los estudios.

—Ahora lo veré en navidades y todo será como antes.

—Vale, vale. Y luego, ¿qué? Otros seis meses sin veros. Y más lágrimas, más tristeza... Y no estás aprovechando que eres joven y que estás en una residencia de estudiantes sedientos.

—Yo lo quiero a él. No necesito a otro.

—¡Qué cabezota eres, española! ¡No ves más allá!

—Es que estoy enamorada.

Valentina hace un gesto con las manos. Y lee otro comentario de Marco, pidiéndole que por favor le responda a lo que le acaba de preguntar: «Valen, ¿no me quieres ya?». La chica suelta una palabra malsonante en italiano y apaga el ordenador sin esperar a que se cierre la sesión.

—Todos los tíos son iguales, Paola.

—Eso no es verdad. No se puede comparar a mi novio con ese Luca, por ejemplo. Son la noche y el día.

—Vale, vale. No todos son iguales, pero sí parecidos —indica concluyendo la frase con una sonrisa.

—Quiero a mi chico.

—Que sí, que sí... Pero deberías aprovechar que os veréis en navidades para romper la relación unos meses. Y si cuando regreses a España, después del curso, él está libre, y tú sigues sintiendo algo por él, podéis retomarla.

No le contesta. Está cansada de oír que debe dejar a Álex. Además, esa no es la noche adecuada para escuchar ese tipo de cosas. Pero ¿y si tiene razón? ¿Y si lo mejor es que se tomen un tiempo hasta que ella vuelva a casa en junio? ¡No! ¿Cómo va a ser eso lo mejor? Confusa, se dirige al ordenador. Necesita verlo. Aunque solo sea a través de la *cam*. Contemplar sus preciosos ojos, su sonrisa perfecta. Necesita oírle decir que la quiere, que lo que están haciendo es lo correcto.

Valentina la observa preocupada. Entiende que se moleste y le duela cada vez que le suelta algo así. Pero no cree en el amor a distancia. Está convencida de que el novio de Paula no está sufriendo tanto como su compañera de habitación. Y eso le fastidia muchísimo. ¿Por qué una chica joven y guapa como ella debe pasarlo tan mal por un tío?

—Me voy a conectar. No te importa, ¿verdad? —le pregunta Paula a la chica.

—No. Ya sabes que duermo como un tronco.

—Será solo un momento.

El Windows aparece en su pantalla y rápidamente busca el Messenger y lo enciende. Álex no está conectado. Resopla, triste, y se pone las manos en la cara. Le apetece llorar. No puede más. Qué angustia tan grande. Ya no hay ganas de más. En cambio, y casi sin querer, vuelve a mirar la pantalla y descubre que tiene un correo sin abrir. Entra en Hotmail. Quizá sea de él. ¡Sí, es de él! Nervios. ¿Un *e-mail* de Álex? ¿Qué querrá? ¿Y si es malo? Pasa una eternidad hasta que se abre la bandeja de entrada. «Te quiero». Ese es el título del correo. ¿Entonces es bueno? ¡Tiene que ser bueno! Clica más nerviosa todavía. ¿No será una despedida? El correo electrónico tarda en cargarse. Paula se muerde las uñas. Hasta le apetece fumar. ¡Si hace un siglo que lo dejó! ¿Qué le dirá su novio? ¡Dios, que se abra ya el maldito *e-mail*! ¡Por fin! Se echa hacia delante pegando su cara a la pantalla del ordenador. Solo son unas palabras y un *link*. Lee impaciente:

> Hola, cariño. Estaba pensando en ti, en lo que hablamos, en lo que prometimos. En nosotros. Y sé que no lo estás pasando bien. Yo tampoco. Pero recuerda solo una cosa. Es simple, importante, sincera: te quiero.

Las lágrimas asoman, pero no caen. Clica en el enlace adjunto:

> http://www.youtube.com/watch?v=trS1rG7epwE

Es un vídeo. Una declaración. Un mensaje. Lo ve sin pestañear. Y cuando termina, entonces sí, cierra el vídeo, apaga el ordenador y se echa a llorar sobre el colchón de su cama ante la mirada de Valentina, que sigue sin comprender cómo se puede querer tanto a alguien que lleva tantas semanas estando tan lejos.

Capítulo 12

Esa noche de diciembre, en un lugar de la ciudad.

Abre los ojos. Se ha despertado por el frío y tiembla. Las mantas están casi en el suelo y tiene el pantalón del pijama un poco bajado. Eso es porque está más delgada. Miriam protesta en voz baja y se tapa de nuevo. Hasta el cuello. Cierra los ojos, pero enseguida los abre otra vez. ¿Qué hora es? ¿Cuánto ha dormido?

Trata de encontrar su móvil para mirar el reloj. No da con él. Normalmente lo deja sobre la mesita de al lado de la cama. Pero ahí no está. ¿Dónde demonios lo ha puesto? Enciende el flexo y busca por la cama. Tampoco. No recuerda bien nada de lo que hizo anoche. ¿Habló con alguien antes de irse a dormir? ¡Sí! ¡Con Fabián! Es verdad. Entonces el teléfono debe estar entre las sábanas. Vaya, pues no. El aparato está tirado en el suelo. Uf. Espera que no se haya roto. Solo tiene un mes y medio, y es el tercero del año.

Refunfuña, se destapa otra vez y se inclina para cogerlo. Parece que funciona bien, o esa es la impresión que da. Toca varias teclas para comprobarlo. Sí, funciona correctamente, aunque la pantalla se ha rayado un poco. Mierda.

Son las 2:34 de la madrugada.

¿Qué le diría a Fabián cuando se fue a la cama? No se acuerda, y eso que no había fumado nada desde hacía unas horas. Seguro que las lagunas en su memoria son por culpa de esa última pastilla que tomó. La azul.

Tiene hambre, pero le da muchísima pereza bajar hasta la cocina. Sus tripas rugen. Es que casi no ha comido nada en todo el fin de semana. Es la madrugada del lunes al martes, ¿verdad?

Hace un esfuerzo sobrehumano y se levanta de la cama. ¡Qué frío! Corriendo, abre el armario y saca un jersey blanco de algodón que se coloca sobre la parte de arriba del pijama. Se calza unas zapatillas y, tiritando, sale del dormitorio.

La luz del pasillo está apagada. Sus padres deben de estar ya durmiendo. ¡Claro, son más de las dos y media de la madrugada! Es lo normal. A Miriam le cuesta asimilar la vida de los demás y adaptarla a su propia realidad. Los horarios no son los mismos y hasta las costumbres empiezan a ser contrarias. Ella vive de noche.

Sin embargo, en la habitación de Mario hay luz. Tiene la puerta medio abierta. ¿Qué hará su hermano despierto tan tarde?

Se acerca lentamente y se asoma sin hacer ruido. El chico está delante del ordenador y teclea a toda velocidad.

—¡Hola! —grita Miriam entrando en el cuarto.

Mario se asusta y da un salto sobre la silla.

—¡Joder! ¿No sabes llamar antes de entrar?

—Sí que sé, pero no me apetecía —indica chasqueando la lengua, y se sienta en la cama de su hermano—. ¿Qué haces todavía levantado?

—Nada.

El chico sale de la pantalla del MSN en la que está y clica en la de su Facebook.

—¿Hablabas con Diana?

—¿Con Diana? Ah, sí.

—Qué pegajosos sois. Todo el día juntos... No sé cómo no os cansáis el uno del otro.

Mario observa a su hermana molesto y responde muy serio.

—No estamos todo el día juntos.

—¿No? Casi pasa ella más tiempo aquí que yo. Mamá y papá la podrían adoptar.

—Tampoco es complicado estar más tiempo en casa que lo que estás tú. A saber qué haces tantas horas por ahí.

Ahora es Miriam la que mira a su hermano con saña.

—¿Tienes algún problema? —pregunta desafiante.

—Creo que eres tú la que los tiene...

—¿Me quieres decir algo, Mario? Porque prefiero que me lo digas a la cara y no te andes con rodeos...

—Y te lo estoy diciendo a la cara y muy claro: tienes un problema, Miriam.

La chica se pone de pie y se ríe irónicamente.

—¿Qué pasa? ¿Que todos tenemos que ser como tú?

—¿Cómo?

—Lo que oyes. Yo no soy una niña de papá, no me gusta estudiar, no está hecho para mí, y quiero aprovechar mi juventud para divertirme. Si no lo hago ahora, ¿cuándo lo voy a hacer?, ¿con setenta años?

—Hay muchas maneras de divertirse.

—¿Ah, sí? ¿Cuáles? ¿Estar todo el día pegado a tu novia, sin salir de casa y estudiar tanto que no puedas ni respirar? ¡Guau! ¡Menuda diversión!

La voz de Miriam empieza a ser demasiado elevada. Mario teme que, si sigue gritando así, sus padres se despierten.

—No hace falta que grites.

—¡¡¡No grito!!!

—Lo acabas de hacer otra vez.

Suspira desesperado. Y para evitar que sus padres la oigan, el chico se levanta de la silla y cierra la puerta de la habitación. Luego regresa a donde estaba sentado.

—Mira —continúa diciendo Miriam—, sé que vosotros no lo podéis entender. Tenéis una idea de cómo hay que vivir que yo no tengo. Para mí la vida de un joven es otra cosa.

—¿Y tu idea es la buena?

—Es la mía. La que he elegido. Y la que me gusta. Quiero divertirme. Solo tengo diecinueve años.

—Pero ni estudias, ni trabajas... ¡Solo sales por ahí!

—¡Y qué! ¡Ya tendré tiempo de ponerme a trabajar! ¡Soy joven, Mario! ¡Soy muy joven todavía!

La tensión aumenta entre ambos con cada frase.

—Yo también soy joven. Y estudio para tener un buen futuro.

—¡Madre mía! Hablas como un ingenuo idiota.

—¿Qué?

—¿Tú crees que, por estudiar más, vas a tener más dinero dentro de unos años? ¡Eres un ingenuo, hermano!

—No todo es dinero.

—Claro que lo es. Uno trabaja para tener dinero. No hay más.

Le está sacando de sus casillas. Pero no quiere alzar la voz demasiado para no despertar a sus padres. Si los descubren discutiendo a esas horas de la madrugada, se montará una buena en casa.

—Pues trabaja tú y no te gastes el dinero de nuestros padres en... lo que te lo gastas.

Aquella frase fulmina a Miriam. Piensa que su hermano no ha podido caer más bajo al acusarla de esa manera. No tiene ningún derecho a decirle qué puede y no puede hacer con el dinero que le dan.

—¿Y en qué me lo gasto?

—Tú sabrás.

—¿Vas de buen hijo y me acusas a mí?

—No voy de nada. La realidad es que tú...

—¡Venga ya...! —exclama interrumpiéndole—. Yo no traigo aquí a mi novia todos los días. ¿O es que Diana no se queda muchas veces a comer o a cenar? Entre los dos gastáis más del doble de dinero en comida que yo. Tú coges el bus para ir y volver de la universidad. Más dinero. Y luego todo lo que te gastas en libros, en fotocopias, en material... ¿Y soy yo la que se gasta el dinero de papá y mamá? ¡No me fastidies!

El discurso de su hermana es totalmente demagógico. Y le duele que compare las cosas en las que él gasta el dinero con aquellas en las que se lo funde ella.

—Nada de lo que dices tiene sentido —replica en voz baja.

—Lo que no tiene sentido es que digas que tengo un problema porque quiero divertirme, algo que tú no haces desde que tenías cinco años, y que yo me gasto el dinero de papá y de mamá y tú eres aquí el bueno, el santo. ¡Bah!

Silencio. Mario reflexiona un instante con la mirada perdida. Aquello ha llegado a un punto extremo que no va a seguir aguantando. Mientras, su hermana respira agitada, sofocada por tanta tensión.

—No quiero seguir con esto, Miriam. Vete a tu cuarto —señala el chico, sin mirarla a la cara.

—¿Me echas?

—Sí. Vete.

La chica gesticula nerviosa y se dirige hacia la puerta del dormitorio.

—Vas de maduro y solo eres un criajo consentido.

—No me provoques más, Miriam. Vete, por favor.

—Muy bien. Adiós.

Y sale de la habitación dando un portazo.

Mario resopla. Seguro que sus padres han oído el golpe que ha dado su hermana. Y está en lo cierto. En menos de un minuto, su madre acude hasta allí y, alarmada, le pregunta qué ha pasado. El chico le responde que no se preocupe, que no ha sucedido nada y que regrese a la cama. Pero Miriam, que ha escuchado la conversación entre ellos, no está dispuesta a que la discusión con su hermano pase desapercibida.

—Lo que ocurre es que aquí todos pensáis que soy una inútil y que, por divertirme, soy algo así como una delincuente.

La madre de la chica se queda a cuadros cuando oye lo que dice su hija.

—¿Cómo puedes decir eso, cariño?

—Porque es la verdad. Es lo que pensáis —insiste, con lágrimas en los ojos—. Fumo porros, me acuesto con chicos, salgo, me divierto. ¿Y qué? ¿Soy mala por hacer lo que la mayoría de gente de mi edad hace?

Ni Mario ni la mujer saben qué decir. Están perplejos por la reacción y las palabras de la chica.

—No creo que todos los de tu edad hagan eso, Miriam. Y, si lo hacen, también estudian o trabajan o...

—¡Me da lo mismo! ¡Yo soy así! Si me queréis, bien, y si no..., me voy de casa.

La amenaza también la oye su padre, que no entiende nada de lo que está ocurriendo y, sobresaltado por los gritos, se ha levantado de la cama.

—¿Cómo? ¿Irte de casa? —pregunta el hombre, confuso.

—¡Sí! ¡Es lo que debería haber hecho hace tiempo!

—No digas tonterías, hija. ¿Cómo vas a...?

—Soy mayor de edad. Puedo hacer lo que me dé la gana.

—Pero...

—¡Dejadme en paz!

—¡Miriam, no nos hables así!

—¡Que me dejéis, joder!

Y abriéndose paso a empujones entre su familia, atraviesa el pasillo y entra en su dormitorio. Da otro portazo y se encierra en la habitación, convencida de que esa será la última noche que pasará en aquella casa.

Capítulo 13

Al día siguiente, una mañana de diciembre, en un lugar de la ciudad.

Es muy temprano. Más de lo habitual. No ha dormido bien en toda la noche, y hasta ha tenido una pesadilla. Estaba todo muy oscuro y él volaba montado solo en un globo aerostático que poco a poco iba perdiendo aire y terminaba estrellándose en el desierto. No moría, pero no se podía mover del suelo arenoso. ¡Qué angustia!

En cambio, ese sueño le ha dado una divertida idea a Álex para promocionar su libro, aunque necesitará ayuda de alguien. Y cree saber de quién.

Vaya, ahora no le funciona el wifi de casa. Debe cambiar de compañía, la que tiene falla demasiado.

Anoche no pudo despedirse de Paula antes de irse a la cama. Cuando se conectó a Internet, ella no estaba. La echó muchísimo de menos. Esperó un rato y, al ver que no aparecía, se fue a dormir, escuchando de fondo la grabación descargada del programa de radio *Si amanece, nos vamos,* del que no llegó a oír el final. Ha guardado el *podcast* en su reproductor para escucharlo mientras va al bibliocafé a desayunar.

El que estén tan cerca un lugar de otro y pueda ir andando no es casualidad. Después de vender la casa grande de las afueras, donde vivía, decidió cumplir uno de sus sueños. Así que, tras saber que la editorial nueva le publicaría *Tras la pared*, se aventuró a invertir parte del dinero de la venta en comprar aquel local cercano a su nuevo piso. Y hacer de él una cafetería llena de libros, con conexión gratuita a Internet y ambiente cálido y tranquilo. Un sitio perfecto para románticos, bohemios, amantes de la lectura y gente dispuesta a pasar un rato agradable tomando café. Además, es el lugar ideal para escribir la segunda parte de su historia. Y así nació el Manhattan.

Hace mucho frío. Incluso cabe la posibilidad de que estén a cero grados. Se abriga todo lo que puede con gorro, bufanda y guantes. Luego coge el portátil y su reproductor de música y sale del apartamento. Es un cuarto. Allí no puede tocar el saxofón, pero es un sitio tranquilo. No pasan demasiados coches y los vecinos no son ruidosos. Como Marta, uno de los personajes de su libro, elude el ascensor y baja por las escaleras.

Saluda al portero, se pone los auriculares y abandona el edificio. El cielo está completamente blanco. ¿Nevará? Es muy posible.

Mientras camina y escucha el final de *Si amanece, nos vamos* en su iPod, piensa en Paula. ¿Estará bien? Quizá no ha visto todavía el vídeo que le mandó. Le costó mucho tiempo hacerlo, pero mereció la pena. En él puso todo su amor y todos sus sentimientos. Cuando llegue al Manhattan, lo primero que hará será meterse en Internet para ver si su novia le ha escrito o está conectada al Messenger.

Sigue su camino hasta el bibliocafé dándole vueltas a la cabeza, prácticamente sin prestar atención a nada de lo que pasa a su alrededor ni tampoco al *podcast* que está oyendo. Lo que se le ha ocurrido tras el sueño del globo le tiene ensimismado. Y es que, cuando surge en su imaginación una de esas ideas locas, se obsesiona hasta que la lleva a cabo.

Está tan absorto en sus pensamientos que casi tropieza con alguien. Es el saxofonista con el que se encontró anoche. El hombre lo reconoce y, sin dejar de tocar, lo saluda con un gesto y una sonrisa. Álex le responde de la misma manera.

No se ha cambiado de ropa y da la impresión de que ha dormido allí. Tiene una manta y unos cartones junto a una mochila negra. En su cajita de metal apenas hay monedas. El escritor se detiene ante él y se quita los cascos.

—Buenos días, señor. ¡Qué frío hace esta mañana!

El hombre sonríe, pero no aparta la boquilla del saxofón de sus labios. Lo que está interpretando es el *Send me an angel* de Scorpions. Álex se queda unos instantes escuchándolo asombrado. Le encanta.

—Toca usted fenomenal —comenta—. A mí también me gusta el saxo.

Sin embargo, el vagabundo continúa sin responder y sigue a lo suyo.

Su rostro, bajo esa frondosa barba blanca, es amable, y su entusiasmo, admirable. A Álex le da mucha pena que un hombre con ese talento para la música tenga que tocar en medio de la calle para poder sobrevivir. El chico tiene la tentación de invitarlo a tomar un café caliente en el Manhattan, pero no lo conoce de nada. No parece peligroso, aunque nunca se sabe. Así que opta por sacar de su cartera un billete de cinco euros y dejarlo en la cajita de metal. El hombre del saxofón abre mucho los ojos cuando ve el dinero y hace una señal con la cabeza, agradecido. Álex sonríe, se vuelve a colocar los auriculares y prosigue su camino.

Empieza a llover ligeramente. Gotas muy finas. Él no lleva paraguas y acelera su paso. No quiere terminar hecho una sopa. Finalmente llega hasta el Manhattan y entra. No hay nadie. Es que es muy temprano. Solo está Joel, el otro camarero del bibliocafé, que ordena unas cajas.

—Hola. ¿Cómo es que has llegado tan pronto hoy? —le pregunta, mientras deja lo que está haciendo y se dirige detrás de la barra a prepararle un café al jefe.

—No podía dormir. He tenido una pesadilla, me he desvelado y luego ha sido imposible coger el sueño de nuevo.

Álex también va tras la barra y coge una barrita de pan. La abre por la mitad y la pone en la tostadora. Luego prepara un plato, cubiertos, la mermelada de melocotón y la mantequilla.

—Será del estrés.

—No lo sé. Quizá.

—Tienes que terminar la novela pronto y eso debe de estresar muchísimo. Me he fijado en cómo de vez en cuando te tiembla el ojo izquierdo.

¿Cómo se ha dado cuenta de eso? ¿Es tan evidente? Sí, desde hace una semana, el párpado del ojo izquierdo le tiembla a menudo. Pasa muchas horas delante del ordenador escribiendo y, además, está el Manhattan y la preocupación constante por Paula. Sabe que ella no está bien y él también la echa mucho de menos. Cada vez más.

—Ya tendré tiempo de descansar cuando acabe —señala Álex mientras saca el portátil de su maletín y lo enciende. Luego lo lleva hasta una mesita y espera a que cargue.

—¿Por qué no te coges hoy el día libre?

—Tengo mucho que escribir. Es imposible.

—Digo aquí. Vete a casa y olvídate hoy de esto.

Pero no es tan fácil: en ese momento solo tiene contratados a Sergio y a Joel como camareros. Necesita a alguien más que trabaje en el Manhattan. La semana pasada se despidió la otra chica que los ayudaba, por temas de estudio. Y desde entonces, y hasta que contrate a un nuevo empleado, él mismo se encarga de servir los cafés cuando los otros dos chicos no están.

—No. Te toca librar por la tarde y Sergio tiene hoy permiso —le recuerda el escritor antes de regresar junto a la tostadora—. Además, es martes y no creo que venga mucha gente hoy. Pensaba dedicarme a escribir aquí hasta la noche.

—Yo me encargo. Cuando contrates a alguien más, ya me pillaré un día libre. Necesitas un poco de relax.

Las tostadas están hechas. Álex las coloca en el plato y se sienta en la mesa donde antes ha puesto el ordenador. Tal vez no sea mala idea lo que Joel le propone. Podría escribir un rato por la mañana y por la tarde llevar a cabo lo que se le ha ocurrido después de sufrir la pesadilla del globo. Y, de esta forma, divertirse un poco también.

Unta la mantequilla en el pan y luego la mermelada.

—¿De verdad que no te importa quedarte hoy aquí todo el día, Joel? —le pregunta al chico cuando este le trae el café.

—Por supuesto que no. Le diré a mi novia que venga y que me eche una mano por la tarde.

—Muchas gracias.

—De nada, jefe, no tienes por qué darlas.

—Bueno, pero si hay cualquier problema, me llamas al móvil.

—No te preocupes.

El camarero sonríe y vuelve detrás de la barra.

Ha tenido mucha suerte con Joel y Sergio. Ambos son nietos de dos de sus antiguos alumnos de las clases de saxofón. Y lo que en principio fue un favor hacia ellos, con el tiempo se ha convertido en un gran acierto. Los dos son de total confianza y hacen un trabajo sensacional en el bibliocafé.

Ahí si funciona el wifi. Menos mal. Primero entra en su correo para ver si Paula le ha contestado. Suspira al comprobar que no hay ningún *e-mail* de ella. Tampoco le ha escrito en Tuenti ni en Twitter. ¿Estará bien? Abre el Messenger, pero su novia no está conectada. Un nuevo suspiro. No quiere preocuparse. Seguro que en cuanto vea el vídeo le dirá algo. Ahora entra en su página de Facebook. Sin noticias de Paula. Vaya. Espera que no le haya pasado nada... Agrega a las tres personas que le piden ser sus amigas y responde a los privados que tiene. Dos chicas que le felicitan por *Tras la pared* y le preguntan cuándo saldrá la segunda parte. «Paciencia». A continuación teclea en el buscador el nombre de uno de sus contactos: Pandora Chan. ¿Quién mejor que ella para que le ayude? Seguro que le encanta la idea que se le ha ocurrido. Clica sobre su nombre y, cuando está dentro de su página, elige la opción para enviar mensajes privados. Escribe:

> Hola, Pandora. ¿Tienes algo que hacer esta tarde? Me gustaría que me echaras una mano con una cosa. Si te apetece y dispones de tiempo, te espero en el Manhattan a las cinco. Besos.

Sorbe un poco de café y muerde la tostada. Minimiza la página de Facebook y entra en Word. Archivos. Es hora de continuar con *Dime una palabra.*

Esa mañana de diciembre, en otro lugar de la ciudad.

Delante del espejo de su habitación se hace la raya de los ojos. Aquel tono negro que siempre utiliza realza más el color marrón clarito en el que brillan sus pupilas. A Pandora le da seguridad pintarse los ojos por la mañana. Y, para una persona tan insegura como ella, eso es muy importante.

Se hace una coleta apretando bien fuerte la gomilla azul que hoy ha elegido y dibuja una sonrisa. Luego suspira. ¿A quién engaña? No está contenta. Se ha pasado toda la noche pensando en él, en cómo la miraba mientras cantaba, en su expresión al acabar el tema que tantas y tantas veces tarareó en su habitación. A solas. Como siempre. A solas. Pero ayer Alejandro la escuchó.

¿Por qué tuvo que llegar aquella mujer entrometida? ¡Era su maldito momento!

De fondo suena la banda sonora de *Sakura, cazadora de cartas*; la original, en japonés. Se la sabe de memoria.

Siente vergüenza de sí misma. Seguro que hizo el ridículo. No es más que una friki. Pero ¿por qué tiene que ser de esa forma? ¿Por qué no puede ser una chica normal y corriente, de esas a las que les gusta ir de tiendas, comer en el McDonald's o salir por las noches los fines de semana? ¡Está harta de ser Pandora la rara!

Agarra el coletero y lo lanza contra el espejo. Contempla cómo su largo cabello negro se desliza por los hombros, interminable, como el de una de esas chicas de los dibujos animados japoneses. Le hubiera encantado ser una de ellas: Madoka, Miki o Naru Narusegawa.

La canción termina y la habitación queda completamente en silencio. Solo escucha su respiración alterada, jadeante. Debe calmarse.

Se agacha y recoge del suelo la gomilla del pelo. Se la pone otra vez y de nuevo sonríe exageradamente ante el espejo. Si no se da prisa, llegará tarde al instituto.

Pero antes revisa su Twitter. Nadie le ha escrito. Normal: los pocos *followers* que tiene son chicos que ha conocido por Internet. Pero cada vez habla menos con ellos. Un último paso por Facebook y... ¿un privado? ¿De quién será?

No puede ser. ¡Alejandro Oyola!

Sigue sin creérselo. Nerviosa, clica en el mensaje. Será uno de esos envíos generales que se mandan a todos los contactos al mismo tiempo. Él tiene muchísimos seguidores. Sin embargo, está equivocada. El privado es personal. Emocionada, lee lo que Álex le ha escrito.

¡Aquello tiene que ser un sueño! ¡Le está pidiendo que vaya esta tarde al Manhattan para ayudarle en algo! ¡Él! ¡A ella!

Relee el mensaje varias veces. Ni siquiera tiene en cuenta que, si no se da prisa, no llegará a la primera clase. ¡Pero qué más da eso ahora!

Respira hondo y contesta:

> ¡Claro! No tengo nada que hacer. Estaré encantada de echarte una mano en lo que quieras. A las cinco nos vemos.

Y pulsa el *enter*. Repasa varias veces lo que ha puesto y descubre que le falta algo. Lleva el cursor con el ratón hacia el espacio disponible para escribir y completa el mensaje.

> Un besazo.

Capítulo 14

Esa mañana de diciembre, en un lugar de Londres.

—¡Paola! ¡Despierta! ¡Despierta!

¿Qué son esos gritos?

Paula abre los ojos poco a poco y ve a Valentina sentada en el borde de su cama.

—¿Qué pasa?

—¿No vas a ir a clase hoy tampoco? —pregunta la italiana, que ya se ha vestido.

La chica mira el reloj. Son más de las nueve de la mañana. Bosteza y vuelve a cerrar los ojos.

—No —contesta en voz baja y se gira para el otro lado, hacia la ventana.

—Bueno, como tú quieras. Pero me parece muy mal. Yo sí que voy a ir. ¡Los exámenes están ya aquí! *Ciao!*

Y, tras coger su carpeta, sale del cuarto.

La persiana está levantada. Entra bastante luz en la habitación y molesta a Paula, que vuelve a cambiar de postura. No le apetece nada ir a clase ahora. Y, aunque fuera, no se enteraría de nada. Le duele mucho la cabeza y también los ojos.

Anoche lloró muchísimo después de ver el vídeo que Álex le hizo. Por una parte, se alegraba, porque era una prueba más de lo enamorado que su novio está de ella.

Pero, por otra, sentía que algo no iba bien. Su corazón y su cabeza no decían lo mismo. O a lo mejor sí decían lo mismo, pero hablaban en diferente idioma. Y eso le preocupa. Le preocupa extremadamente.

Ni siquiera le respondió al *e-mail*. Álex debe de pensar que le pasa algo. La conoce bien. Y ella a él. Seguro que estará intentando autoconvencerse a sí mismo de que no hay ningún problema, pero en el fondo sabe que algo sucede.

Y lo que ocurre, nada más y nada menos, es que tiene dudas. No de su amor, ni de lo que siente por él. Lo quiere. Lo ama más que a nada. Pero Valentina está en lo cierto: las relaciones a distancia terminan haciendo demasiado daño. Ella lo experimentó ayer cuando sintió muy adentro cada palabra que aparecía en el vídeo. Se convirtió en un puñal que se iba clavando despacito en su pecho. Era una dedicatoria de amor y de entrega preciosa, pero la hirió más que la alivió. Lo nota en su interior.

Y sí, ahora, en navidades, se verán. Estarán juntos todo el tiempo que puedan, porque Álex tiene que terminar *Dime una palabra*. Pero ¿y luego? Probablemente no vuelvan a verse hasta el verano. ¿Será capaz de soportar seis meses más de dolor? ¿Y él? Que ella esté tan lejos y no puedan llevar una relación normal le estará perjudicando a la hora de escribir. Más tarde vendrán las firmas, las presentaciones, las seguidoras. Y los celos. Confía en él, al cien por cien, pero no le gusta que otras le tiren los tejos. Y estando tan lejos lo pasará todavía peor.

Uf. Qué complicado es todo.

De todas formas, debe mandarle un correo a Álex para darle las gracias por el vídeo y decirle lo mucho que le quiere.

Se levanta de la cama y enciende su ordenador.

Lo primero que aparece en la barra de herramientas es el MSN. Entra, pero no está conectado. Mejor. Ahora mismo le sería muy difícil hablar con él. Necesita un poco de tiempo para ordenar sus ideas. Además, por la *cam* reflejaría en su rostro todo lo que está sintiendo en ese momento. Él lo averiguaría en cuanto la viera. Así que lo cierra rápidamente y va a su cuenta de Hotmail. Relee el *e-mail* de ayer y siente un escalofrío por todo el cuerpo. Pone el vídeo, pero pulsa el *stop* a los veinte segundos. No aguanta más. Es imposible. De nuevo, ganas de llorar, de tumbarse en la cama y taparse la cara con la almohada. La sensación de ahogo y de añoranza es increíble. Sin embargo, en esta ocasión, respira profundamente, saca fuerzas de alguna parte y contesta.

Le da las gracias por todo, por estar ahí, por animarla, por ser el mejor novio del mundo. Por quererla. Y le confiesa lo enamorada que está de él.

Envía el *e-mail* y enseguida apaga el ordenador.

Se echa otra vez sobre la cama. Bocabajo. Sin fuerzas. Triste. Los sentimientos se imponen por fin y, sin soportarlo más, empieza a llorar desconsolada. Las lágrimas no cesan. Tampoco intenta remediarlo. Y es que en su mente van y vienen recuerdos imposibles de borrar.

Hace un año y algo, una tarde de finales de noviembre, en un lugar de la ciudad.

¿Ya ha pasado una semana? Cuenta los días con los dedos y lo confirma. ¡Sí! ¡Siete días ya! ¡No la ha llamado! ¡Qué capullo! Prometió que lo haría... ¿O no lo prometió? Da lo mismo, se lo dijo y punto. Debería haber cumplido su palabra.

¿Y si la vio más gorda? Es que lo está. Esos kilitos de más... Pero son solo tres o cuatro. O tal vez no le gusta su pelo rubio. Eso es. Seguro que Álex odia a las rubias como ella. A las teñidas. Pero no está tan mal, ¿no?

Paula se mira en un pequeño espejito de maquillaje.

Un perfil, el otro, de frente. Bien. No está nada mal. Esa pintura de ojos le favorece.

¿Y si lo llama ella? ¡No! ¡Nunca! ¿Cómo va a llamarlo ella? Si él lo dijo, él es quien tiene que llamar.

Pero... es que se muere de ganas de hablar con él.

Qué tonta. Juguetea con la tarjeta que le dio. Allí está su número, pidiéndole a gritos que lo marque. No, no, no. Que llame él.

¡Dios, qué susto! ¡Suena el teléfono a todo volumen! La banda sonora de *Skins* parece hecha para sintonía de móvil. ¿Quién será? Uf. ¿Otra vez ese...? No se cansa, ¿eh? No lo coge, pero la llamada se repite. Enfadada, descuelga y grita.

—¡Te he dicho ya mil veces que no me llames más! ¡Que me dejes tranquila!

Silencio al otro lado del aparato unos segundos. Luego, una risilla nerviosa. Y, al final, una voz masculina poco varonil.

—Tú tienes la culpa.

—¡Que me olvides! —exclama otra vez la chica, muy alterada.

—No haberme dado plantón. Eres una...

Pero al chico de la llamada no le da tiempo a insultarla. Paula cuelga antes.

Resopla e intenta calmarse. Sin embargo, de nuevo la sintonía de *Skins* a todo volumen.

—¡Que me dejes en paz, capullo! —grita muy nerviosa y cuelga inmediatamente.

¿¡Qué demonios tiene que hacer para que el calvito se olvide de ella!? Vale, le dio plantón: lo hizo mal y ya le pidió perdón varias veces. Pero de ahí a estar todos los días llamándola e insultándola por teléfono... ¿Y ese chico tiene diecinueve años? ¡Menos mal que al final pasó de él! ¡Que de eso hace ya una semana! ¿No tiene más ligues cibernéticos o qué?

Nunca más una cita a ciegas... ¡Nunca más! Ya ha escarmentado con este. Si es que al final tenía que pasar algo así.

Y, de nuevo, esa melodía: «Ni, ni ni ni, niiiii...». *Skins.*

Descuelga fuera de sí y grita lo más alto que puede.

—¡Mira, estúpido! ¡Me has tocado demasiado los ovarios! ¡La próxima vez que me llames voy a avisar a la policía, que mi tío es...!

—¿Paula?

Esa voz... no es la del calvito. Comprueba rápidamente el número de teléfono y lo compara con el de la tarjeta que tiene en la mano.

—¡Álex! ¡Perdona!

Se muere de vergüenza. Está roja como no recuerda haber estado nunca antes. Solo se puede comparar a aquella vez en la que Ángel le mandó rosas a clase...

—Menudo recibimiento. Siento no haberte llamado antes... —señala irónicamente con una sonrisa al otro lado del móvil.

—No, no era por ti. ¡Lo siento! ¡Tienes que perdonarme!

No sabe dónde meterse. Una semana esperando a que la llame y, cuando lo hace, le suelta todo eso.

—¿Tienes un tío policía? No lo sabía.

—No, no, es mentira. La verdad es que nadie de mi familia trabaja en... ¡Joder, qué lío! Es complicado de explicar.

Quiere que la tierra se la trague, aunque solo sea un ratito. Sin embargo, el escritor suelta una gran carcajada.

—No te preocupes. Si quieres podemos quedar y así me lo aclaras todo.

—No sabes cuánto lo siento, de verdad.

—¿Algún admirador pesado?

—Más o menos.

—Es que eres irresistible para todos los hombres.

—Venga, no te burles de mí.

—¿Llamarás a tu tío el policía si lo hago?

—Puede ser.

Otra sonora risa de Álex. Eso la tranquiliza. Y le gusta. Le gusta mucho que se ría. ¡Qué bien que esté hablando con él y quiera quedar! Paula también sonríe y se relaja.

—Me alegro de oírte de nuevo —comenta contento.

—Bueno, te has hecho rogar. Pensaba que ya no me llamabas.

—He tenido una semana movidita. Perdona.

—¿Alguna admiradora pesada?

—Pues...

Touché. Por su titubeo, diría que ha dado en el clavo. ¿Y si Álex tiene novia? En la presentación del libro no quiso contar nada de su vida personal. Y luego, en la conversación que mantuvieron, tampoco quedó claro. O, al menos, no lo recuerda.

De todas maneras, qué más da, si no hay nada entre ellos...

—Así que tienes algo por ahí, ¿eh?

—¡Qué va!

¡Los hombres no saben mentir! Su voz no ha sonado nada sincera. Y le fastidia, no que no le cuente la verdad, sino que tenga novia. Qué rabia. ¿Por qué le molesta tanto?

—Entonces, ¿quieres que quedemos? —Mejor cambiar de tema.

—Sí. Y si no te importa... ¿me ayudas con una cosa que se me ha ocurrido?

—¿Como lo de los cuadernillos?

—¡Anda, te acuerdas de eso!

—¡Claro que me acuerdo! ¡Fue genial!

Y casi se besan. Eso también lo recuerda. En la Fnac. Aquel libro cayó y sus caras terminaron muy cerca la una de la otra.

—Pues es algo así.

—¡Ah, qué bien! Será divertido.

¡Genial! ¿Qué se le habrá ocurrido ahora? Ese chico es una caja de sorpresas. Aunque en esta ocasión no cree que la aventura dé para tanto. Una pena, porque ella ahora no tiene novio. Ni siente nada por nadie. ¿Sería un buen momento para empezar algo con Álex?

—Pues si estás libre mañana por la tarde...

—¿Mañana? Espera, que miro mi agenda. —Sonríe para sí y responde alegre—: Bien, te haré un hueco. ¿Dónde quedamos?

El chico no responde inmediatamente. Piensa un momento y finalmente le contesta con una respuesta que Paula podía haber imaginado, aunque hasta ese instante no lo había tenido en cuenta.

—¿Qué te parece en el sitio donde nos conocimos?

Ella sonríe al otro lado del móvil. Sensaciones, recuerdos, emociones. Muchos sentimientos acumulados.

—¿A las cuatro?

—A las cuatro.

—No te retrases.

—No te preocupes. Yo soy puntual.

Nuevas sonrisas. Nuevas ilusiones. Nuevas esperanzas. ¿Es el principio de una nueva etapa?

—Pues entonces hasta mañana a las cuatro, Álex.

—Hasta mañana a las cuatro, Paula.

—Adiós.

—Adiós.

La chica cierra los ojos y suspira un instante antes de colgar. Sonríe y, finalmente, pulsa el botón rojo de su teléfono. Se siente bien. Es como si una máquina del tiempo le diera una segunda oportunidad. Y esta vez puede que elija mejor.

Capítulo 15

Una mañana de diciembre, en un lugar de la ciudad.

¿Se han ido ya todos?

Su padre, sí, y su madre, cree que también. Ninguno de los dos piensa realmente que cumpla su amenaza. Solo falta Mario. ¿A qué hora entrará hoy en la universidad?

Se ha pasado casi toda la noche despierta, planeando cómo y cuándo hacerlo. Miriam quiere irse de casa lo antes posible.

Sus padres han entrado varias veces en la habitación durante la noche y ella o se ha negado a hablar o se ha hecho la dormida. No está dispuesta a aguantar más. Ya no es ninguna niña pequeña. Tiene diecinueve años.

Solo hay un problema: ¿de dónde va a sacar dinero para sobrevivir? Aunque tiene una idea que puede servir para salir adelante unas cuantas semanas.

—¿Sigues durmiendo? —pregunta su hermano desde el umbral de la puerta, que ha abierto sigilosamente.

Miriam no responde. Tal vez así Mario se vaya a clase y la deje por fin sola. Sin embargo, el chico no sale del cuarto, sino que entra y cierra la puerta. Camina lentamente hasta la cama de su hermana y acerca su cara a la de ella. Y le sopla.

—¡¿Pero qué haces?! —exclama molesta.

—¡Sabía que no estabas dormida!

—¿Y qué? ¡No tienes derecho a escupirme en la cara! ¡Esté dormida o no!

—¿Escupir? ¡No te he escupido! Solo te he soplado un poco.

—¡Pues era aire lleno de saliva! ¡No sé cómo lo ves!

—Eres una quejica.

Mario aguanta la risa como puede y va hacia el interruptor. Enciende la luz ante las protestas de su hermana, que cada vez está más enfadada.

—¡No estoy para bromas! ¡Apaga la luz y sal de mi cuarto!

—¿Me echas?

—¿Qué hiciste tú ayer? ¡Lo mismo!

—Bueno, yo venía en son de paz. Quería hacer las paces contigo.

Ahora quiere hacer las paces, después de todo lo de ayer por la noche. Miriam no está dispuesta a dar su brazo a torcer, pero quizá, si le da lo que quiere, se vaya antes.

—Muy bien. Todo olvidado.

—¿De verdad?

—De verdad.

—¿Así de fácil?

—Que sí, pesado.

—¿Dónde está el truco?

—¿Qué truco?

—El truco del perdón.

—¡Joder! No me vuelvas loca. Aquí el listo eres tú.

Mario vuelve hasta la cama de su hermana y se sienta en el colchón, a su lado.

—No, va. En serio. No quiero estar mal contigo.

—Ya te he dicho varias veces que está todo olvidado.

Los dos se miran a los ojos. Aguantan. Hasta que él se rinde.

—Bien. Eso espero, hermana. Y, si tienes cualquier problema, ya sabes que puedes contar conmigo.

—OK. Lo mismo digo.

Hace unos meses se hubieran dado un abrazo o, al menos, Miriam se lo habría intentado dar. Ahora, simplemente, sonríen los dos tímidamente.

—Bueno, me voy a la universidad. ¿Vas a hacer algo esta mañana?

—Dormir.

—En tu línea.

—¿No habíamos hecho las paces?

—Sí, perdona, tienes razón —reconoce Mario haciendo una mueca con la boca—. Que duermas bien.

Se pone de pie, apaga la luz y sale del dormitorio.

Pasan unos minutos. Miriam está atenta, pendiente de cualquier ruido. No debe de faltar mucho para que su hermano se marche. Y por fin escucha cómo la puerta de la casa se abre y se cierra. Mario se va a clase.

Rápidamente se levanta de la cama. Mira por la ventana y observa cómo el chico se aleja. Es el momento. Saca del armario una maleta pequeña que por la noche llenó de ropa. No se lleva todo, pero sí lo necesario. Con eso tendrá más que suficiente. Se viste y guarda el pijama. Luego corre hasta el cuarto de baño y en un neceser mete maquillaje, pintura, desodorante, el cepillo y la pasta de dientes. Lo cierra y regresa a toda velocidad a su cuarto. No hay tiempo que perder.

El siguiente paso es el más complicado. Vuelve a salir de su dormitorio y grita desde el pasillo.

—¿Mamá?

Está prácticamente segura de que se marchó a trabajar por la mañana, pero por si acaso... No quiere que la pillen haciendo lo que va a hacer.

Insiste en su llamada. Nadie responde. Bien. Camina hasta la habitación de sus padres. Todo está muy ordenado. Deberá tener cuidado. Se pasea por el dormitorio examinando visualmente cada detalle. Sabe que su madre tiene joyas heredadas de la abuela en alguna parte.

En el primer lugar que mira es en los cajones de las mesitas que están a ambos lados de la cama. Resopla. Le cuesta hacer aquello. Está invadiendo la intimidad de sus padres, pero no le queda más remedio. Ellos tienen la culpa de que se vaya de casa. Allí no están, pero encuentra un billete de cincuenta euros en uno de los cajones de su padre. Lo coge y se lo guarda en el bolsillo del pantalón. Al final va a conseguir más ganancia de la esperada. Continúa buscando en cada uno de los muebles de la habitación. No hay rastro de las joyas de su abuela.

Solo le queda buscar en un baúl. Es grande, negro y de madera tallada. Nunca ha visto lo que guardan dentro de él. Ahora no le queda más remedio que mirar ahí. Con extrema delicadeza, quita las figuritas de cristal de Swarovski que hay encima y las coloca una a una sobre la cama. Son nueve. Ya está. Suspira. Menos mal que no ha roto ninguna. Camino libre para abrirlo. Le cuesta porque la tapa que lo cierra pesa lo suyo. Hace un esfuerzo y lo consigue.

¡Sorpresa! ¿Esos no son disfraces? Miriam se encuentra con ropa de muchos colores. Parece un traje de payaso. Y otro de presentador de circo. Además, hay gorros, máscaras, una nariz roja... ¿Cuándo fue la última vez que se disfrazaron sus padres? Ella no lo recuerda. Debió de ser hace mucho tiempo. Ni habría nacido.

Continúa investigando dentro del baúl. Es bastante profundo. Aparta los trajes y da con un pequeño cofre plateado. Nerviosa, lo abre. Es una caja de música, y lo que suena es el *Para Elisa*. Suspira. La búsqueda del tesoro ha finalizado. La chica examina con detenimiento el botín: dos anillos, un collar de perlas, unos pendientes que brillan muchísimo y una gargantilla dorada muy fina. Seguro que todo aquello vale mucho dinero. Piensa un instante. Lo que está haciendo no está bien. Se siente culpable. Pero su madre no usa aquellas cosas, las tiene allí guardadas en el fondo de un baúl. Ni siquiera las echará de menos. Ella sí que las necesita. Y, mientras no deja de sonar la melodía de Beethoven, Miriam vacía el cofre y guarda los trofeos que ha conseguido en sus bolsillos. Con el dinero que saque por ellos puede vivir una buena temporada.

Logrado el objetivo, trata de dejar todo tal como estaba. Ordena los disfraces, cierra el baúl, coloca las figuritas de cristal sobre él y alisa el edredón de la cama de sus padres. Echa un último vistazo a la habitación para comprobar que no ha cometido ningún fallo y abandona el cuarto.

De nuevo a su dormitorio. Aún tiene que hacer algo más antes de irse. Alcanza su teléfono y marca un número.

—¿Sí? —responde un chico al otro lado, después de varios *bips*.

—¡Fabián! —exclama.

—¿Qué quieres? ¿Por qué no estás dormida?

Por su tono de voz, tiene la impresión de que lo ha despertado.

—He discutido con mis padres esta noche. Una movida increíble. Ya sabes cómo son. Tengo las maletas aquí preparadas y... —habla atropelladamente, casi uniendo las frases sin pausas.

—Oye, Miriam, llámame luego. No me entero de nada de lo que me estás diciendo.

—¡Espera! ¡No cuelgues! Es que... me voy contigo.

Silencio. Ya se lo ha soltado.

—¿Cómo? ¿Conmigo? ¿A qué? —pregunta Fabián, que no acaba de comprender lo que le está diciendo.

—A vivir allí. Hay espacio de sobra para los dos.

—¿Cómo? ¿Estás loca?

—No tengo adónde ir. Así pasaría más tiempo contigo.

Un nuevo silencio. Parece que Fabián no se ha tomado la noticia con demasiado entusiasmo. Él es un tío muy independiente, pero ¿adónde va a ir si no es con él?

—Pasamos mucho tiempo juntos ya. No quiero agobiarme con mi novia todo el día metida en el mismo sitio que yo.

—Esa nave es muy grande. Me buscaré un lugar donde no te moleste.

—¿Y de qué vas a vivir? No querrás que yo te mantenga, ¿verdad?

—¡No, no! ¡Tengo pasta! ¡Y unas cosas que le he cogido a mi madre para vender!

—¿Unas cosas? ¿Qué cosas?

—Joyas. Las de mi abuela. Mi madre las tenía escondidas, pero las he encontrado. Tienen que valer mucho dinero.

—¿Le has robado a tu madre? —pregunta—. ¿Qué tienes?

Su tono de voz ha cambiado. Da la impresión de que está más interesado en lo que la chica le comenta.

—Dos anillos, una gargantilla, un collar de perlas, bastante gordas, por cierto, y unos pendientes. Todo parece muy caro.

—¿Crees que podemos sacar mucho dinero con eso?

—Yo creo que sí. Parecen cosas muy valiosas. ¿Tú sabes quién nos las podría comprar?

Fabián duda un momento.

—Tengo algún que otro contacto.

—Bien.

—¿No hay nadie en tu casa ahora?

—No. Estoy yo sola. Mis padres se han ido al trabajo. Y Mario está en la universidad.

—Espérame ahí y voy por ti.

Los ojos de Miriam se iluminan. Sonríe feliz.

—¡Genial! ¿Tardarás mucho? No sé a qué hora pueden volver.

—No. En un rato estoy ahí.

—Perfecto. ¡Te espero!

El chico es quien cuelga primero, sin despedirse. Pero a Miriam le da lo mismo. Está contenta. No las tenía todas consigo. Fabián es así. Quizá solo ha aceptado la propuesta por el dinero de las joyas, pero sabe que la quiere más de lo que él imagina. Y viviendo en aquella nave a las afueras de la ciudad, los dos solos, se dará cuenta de que ella es la mujer de su vida.

Capítulo 16

Esa mañana de diciembre, en un lugar de Londres.

Volvió a dormirse, exhausta de tanto llorar. Ya son más de las doce y no ha hecho nada, solamente pensar en su situación y lamentarse. Paula cree que está llegando al límite de sus fuerzas. No soporta tanta presión. Ha aguantado esos tres meses, pero imaginar que cuando pasen las navidades estará otros seis sin ver a Álex la deprime tanto que hasta se plantea realmente qué es lo mejor para los dos. Le da miedo la respuesta a esa cuestión. Mucho miedo.

Londres continúa nublado. Ahora no llueve, pero lloverá. Ese tiempo tampoco la anima mucho. Quiere sol. Solo unos cuantos rayos de sol, que le den un poco de vida, algo de alegría, aunque esa batalla sí que la tiene perdida desde que llegó a Reino Unido.

Llaman a la puerta de la habitación. Los golpes son demasiado fuertes. Igual es Valentina, que se ha dejado las llaves dentro.

—Ya va —responde sin mucho ánimo.

No se ha cambiado de ropa, todavía continúa en pijama.

Se calza las zapatillas y camina hasta la puerta. Abre y allí se encuentra con él. Parece que Luca también está faltando a clase esa mañana.

—Españolita, vamos a..., ¿cómo decís en tu país? Ah, sí: «a currar» —indica el recién llegado, de malos modos—. ¿Qué pasa? ¿Qué miras?

—Eso... ¿es por mi culpa?

—No. Ayer, después de volver del médico, me clavé un cuchillo en el ojo —contesta Luca irónico—. ¿Tú qué crees?

Ahora sí que se siente mal de verdad. ¡No se puede creer que por un simple cubito de hielo aquel chico tenga que llevar un parche!

—Lo siento, de verdad.

—Ya, ya. Haberlo pensado antes de hacerlo.

—Oye, tú me provocaste, algo de culpa tuviste.

—Tu pantalón seguro que está ya seco. Y yo no veo nada por este ojo. ¿Quién es aquí el verdadero culpable?

Algo de razón lleva. No pudo evitar su reacción: fueron demasiadas bromas pesadas. Desde que llegó a Londres, aquel chico no ha dejado de buscarle las cosquillas día y noche.

—Pero ¿no lo...? No es definitivo lo del parche... Quiero decir que... algún día podrás ver bien... —tartamudea nerviosa.

—Sí, volveré a ver bien algún día. No te preocupes, que no irás a la cárcel y a mí no me tendrán que poner un ojo de cristal.

—Me... alegro.

—Aunque hubiera estado bien verte un par de días entre rejas.

La chica protesta en voz baja. Qué pena no tener otro cubito de hielo a mano. O mejor una barra entera.

—Bueno, ¿qué quieres? ¿A qué has venido? —pregunta, cambiando de tema, a pesar de que le cuesta apartar su mirada del parche.

—Te toca limpiar los baños.

—¿Cómo?

—Lo que acabo de decir. Que te toca limpiar los cuartos de baño de abajo.

—¿Quién ordena eso?

—Brenda. Y ya sabes cómo es. Si se enfada... Se lo ha dicho el director.

Así que ya empieza el castigo. Uf. No está en esos momentos para limpiar nada. ¡Y menos los baños de uso público! Pero Brenda, la encargada principal de las mujeres de la limpieza, tiene todavía peor carácter que Margaret, la cocinera. A esa sí que es mejor no llevarle la contraria.

—¿Y cómo sabe Brenda que no estoy en clase?

—Se lo he contado yo —responde el chico con una sonrisa de satisfacción—. He ido al aula donde deberías estar y tus compañeros me han dicho que hoy no habías ido en toda la mañana.

¿Y el señor Hanson quiere que cambie a su sobrino? ¡Eso es imposible! Luca ha nacido para fastidiar al prójimo. No, para fastidiarla a ella. Si en ocasiones el destino se empeña en unir a dos personas que están hechas la una para la otra, también es caprichoso en cuanto a juntar a otras que nunca podrán ser ni amigas. El suyo es uno de estos últimos casos.

—Qué amable...

—Ya sé que me quieres mucho —señala él colocándose bien el parche—. Venga, rapidito. Vístete, que hay mucho trabajo. O, si quieres, baja así. Ese pijama tuyo daría mucho que hablar.

—No. Prefiero cambiarme de ropa, gracias.

—Pues rápido.

—No me exijas.

—Es que ya tenías que estar en los baños.

—¡Ya voy! Aunque imagino que tú colaborarás conmigo en las tareas de limpieza.

—Claro. Yo me encargo de los espejos y los lavabos, y tú del resto de cosas. Ya sabes.

El rostro de Paula no puede ser más expresivo al oír a Luca.

—¡Ni lo sueñes!

—No lo sueño. Es la realidad. Tú has cometido la falta más grave, tú te encargas de las tareas más duras.

—¿Eso también lo ha dicho Brenda?

—No, eso lo digo yo. Y, si no te gusta..., te aguantas.

—Eres un capullo.

¡No lo soporta! Es que menudo tipo. ¿Cómo puede ser así de estúpido?

Le cierra la puerta en la cara y resopla. Quiere gritar. ¡Qué semana le espera!

Tendrá que ponerse algo que pueda ensuciar sin lamentarlo. Si va a limpiar los baños, deberá usar la ropa más vieja que tenga en el armario.

—¡Españolita, date prisa! —grita Luca desde el pasillo.

—¡Déjame en paz!

—¡Como no corras, Brenda nos va a echar la bronca y será peor!

¿Peor? ¿Qué puede ser peor que estar a su lado? ¡Nada!

La chica revuelve en su armario entre toda la ropa que se ha llevado a Londres. ¿Qué se pone? No quiere manchar nada. Todo lo que tiene allí es muy valioso para ella.

Ya está: una camiseta de manga larga blanca y, encima, uno de esos petos vaqueros de color azul. Se viste lo más deprisa que puede y sale de la habitación. En el pasillo la espera Luca, apoyado en la pared de enfrente. El joven la observa detenidamente y sonríe.

—¿Qué te pasa?

—Estás ridícula y, además, no vamos a pintar la residencia.

—Si no te gusta, no mires.

—Es que menuda pinta que tienes.

—¿Alguna vez vas a dejar de molestarme?

—No. Ya te dije que me caías mal. Y ahora que, por tu culpa, llevo un parche en el ojo y me obligan a limpiar los baños, me caes todavía peor.

—Estás obsesionado conmigo.

El muchacho suelta una carcajada al oír aquello.

—Lo que tú digas —responde.

Se mete las manos en los bolsillos y comienza a caminar hasta la escalera de la planta sin dejar de sonreír. Paula le sigue detrás. Está furiosa.

Los dos bajan sin hablarse. Luca silba. Todos lo miran cuando pasan por su lado y cuchichean en voz baja. ¿Qué le habrá pasado para llevar un parche en un ojo? ¿O es una nueva moda? ¿Y la española? ¿Qué hace con él? ¿No se odiaban?

Nadie, excepto Valentina, conoce lo que sucedió ayer por la noche, durante la hora de la cena. Aún no ha trascendido entre los estudiantes. El cubito de hielo todavía no se ha hecho famoso.

Al final de la escalera, Brenda los está esperando en la puerta de los baños. Su rostro no es precisamente el de una persona amable. Al contrario. Cuando los ve, grita en su tosco inglés:

—¿Dónde os habíais metido? ¡Llevo una hora esperando!

—Perdón, es que...

—¡Me da lo mismo! —interrumpe Brenda a Paula—. Esta semana, cuando yo os llame, venís en menos de un minuto.

—Vale, así lo haremos —señala sonriente Luca.

En el fondo no está tan mal aquel castigo a dúo. Verá de cerca sufrir a la chica española, a la que, seguro, se le bajarán sus humos de grandeza. Desde la primera vez que la vio, supo cómo era. Va de guapa, de buena, de perfecta.

Es de las que están acostumbradas a que la gente esté pendiente de ellas, a que les rían las gracias y las alaben continuamente. No lo soporta. Nunca lo ha soportado. Él ha terminado con un parche en el ojo, pero ella no olvidará esa semana. Ya se encargará de ello.

Brenda le entrega a cada uno un trapo. Luego le da a Paula una fregona y un cubo lleno de agua, y a Luca, un limpiacristales.

—¡La escoba, el recogedor y todo lo demás lo tenéis dentro del cuarto de baño de chicos! —vuelve a gritar la mujer.

—Bien, señora. Gracias.

La jefa de las limpiadoras de la residencia suelta una palabra malsonante y se marcha a otro lugar. Tiene más gente a la que chillar.

—¿Por qué le haces la pelota? —pregunta la chica desconcertada.

—No le hago la pelota. Pero es mejor llevarse bien con ella. Además, creo que compartimos una misma pasión.

—¿Qué pasión?

—No te aguantamos.

Paula mueve la cabeza de un lado a otro. Coge el cubo de agua y la fregona y entra en el cuarto de baño masculino. Luca la imita, y se marcha directamente a los espejos. Echa limpiacristales y saluda sonriente a la chica que se refleja en ellos. Esta gira la cabeza y mira hacia otro lado.

¿Por qué no se quedó en España?

Empieza a limpiar el suelo desganada.

Aquello va a ser una pesadilla y no sabe hasta dónde va a poder sobrellevarla.

Capítulo 17

Ese día de diciembre, en un lugar de la ciudad.

Hoy le cuesta concentrarse. Solo ha escrito una página en toda la mañana. Eso, hace un par de meses, no hubiera estado del todo mal. Pero es que Álex ha encarado la recta final de *Dime una palabra* y necesita ir más deprisa para cumplir los plazos que tiene pactados con la editorial.

Sin embargo, no se preocupa demasiado. Ya sabe cómo funcionan las cosas. Es cuestión de rachas, de concentrarse y esperar. Mientras, paciencia.

Gran parte de culpa de su desconcentración es de aquel *e-mail* que ha recibido de Paula. Ha tardado en llegar más de lo que imaginaba. Y sí, su novia le da las gracias por el vídeo y por todo lo que hace por ella. No debería alarmarse. Pero hay algo que no le termina de gustar. Álex tiene la impresión de que su chica lo está pasando peor de lo que intenta hacerle creer. Le viene a la mente la última conversación por MSN, en la que Paula tuvo que apartar la cámara para que no la viera llorar. Por eso hizo ese vídeo. Para recordarle que la quiere aunque estén lejos y que piensa en ella constantemente.

Cuando decidió aceptar la beca en Londres, ninguno de los dos tuvo dudas acerca de su futuro como pareja. Se querían y eso era lo que realmente importaba. Un amor por encima de la distancia, capaz de enfrentarse a la dificultad de no verse en varios meses. En cambio, semana a semana, Paula se ha ido encontrando más triste. Él lo nota. La conoce bien, tanto como para saber que está sufriendo demasiado.

La respuesta a su correo electrónico es una prueba de ello, aunque ella haya tratado de ocultarlo.

Entonces, ¿qué es lo mejor? ¿Cortar? No se imagina ya la vida sin ella. Pero no quiere que sufra. Él también lo está pasando mal. Sin embargo, lo controla mejor. No es lo mismo estar fuera de tu casa, en un país que no es el tuyo, que vivir en tu ciudad, rodeado de lo que te es familiar. Es lógico que Paula esté peor que él.

La situación es complicada y le afecta. Pero debe continuar con su trabajo.

Entra en su Twitter y lee los tres últimos comentarios que le han escrito. Son tres chicas que le felicitan por su primera novela.

> @Estersinh3: @alexoyola Tú pusiste la ilusión, el esfuerzo y las letras. Nosotros abrimos los ojos y soñamos con tus historias. Gracias.

> @Missmimi94: @alexoyola Ha sido como vivir y despertar de un emocionante sueño. Gracias por este gran libro, gracias por esta gran historia.

> @Marymosby: @alexoyola Me has enseñado que los sueños se pueden hacer realidad si luchas con el corazón, ojalá llegues aún más alto.

Responde a cada una. Le encanta hacerlo. Ya acumula más de cuatro mil seguidores en Twitter. El contacto que tiene Álex con los lectores de su libro es fundamental para él. Ellos acuden a sus firmas, no paran de dejarle comentarios en las redes sociales y le ayudan a promocionar la novela recomendándola a otras personas. Sus ánimos en los malos momentos son los que le dan fuerza para seguir adelante.

Un golpe de aire frío se introduce en el Manhattan. Alguien ha abierto la puerta y se dirige a la mesa en la que el escritor está sentado. El chico se sorprende cuando la ve, pero sonríe abiertamente.

—¡Hola, Pandora! —exclama y mira el reloj—. ¡Qué pronto has venido!

Quedan cuatro horas para las cinco, pero allí está ya ella, sonriendo tímidamente, con los ojos pintados de negro y una coleta alta.

—Hola —responde sonrojándose—. Es que... hoy he salido antes del instituto. Y como me pillaba de camino...

No le quiere decir que se ha saltado las dos últimas clases para ir al bibliocafé. Ya no soportaba más la incertidumbre de no saber qué es lo que quiere Alejandro de ella. ¡Que tu escritor favorito te pida ayuda no pasa todos los días!

—Ah. Me alegro de que hayas venido entonces —comenta Álex sonriendo. Sabe que miente, aunque disimula—. ¿Quieres sentarte?

—Vale.

La chica, nerviosa, se sitúa enfrente. En la misma mesa. No se atreve a mirarle a los ojos, aunque siente que él sí la está observando. ¡Qué vergüenza! Ninguno de los dos dice nada. Pandora por fin se anima a mirarlo. Álex cierra su portátil y le sonríe.

—Te invito a comer.

—¿Cómo?

—En lugar de hacer lo que tengo pensado esta tarde, podríamos irnos ya. Pero antes hay que comer, ¿no?

—Sí..., sí. Hay que comer.

Se ha quedado de piedra. ¡Increíble! Alejandro Oyola la está invitando a comer. ¡A ella!

—Igual tienes que avisar en casa.

—¿El qué?

—A tus padres. Decirles que no vas a comer hoy. A ver si no te van a dejar...

—Ah, sí, es verdad. Tengo que avisarlos.

Está tan sorprendida que no consigue pensar. No reacciona. En esos instantes, está viviendo en una nube y no logra bajar de ella. El chico le sonríe y ella le corresponde, o lo intenta. Porque aquello no se parece demasiado a una sonrisa. En cualquier caso, se levanta de la silla y se aleja de la mesa en la que está sentada. Saca el móvil de su mochila y llama. Contestan al tercer *bip*.

—¿Pandora?

—Hola, mamá.

—¿Qué haces que no estás en clase?

Su voz no suena muy agradable.

—Es que... un profesor no ha venido.

—¡Menudo instituto en el que estás! —grita enfadada—. Si ya le decía yo a tu padre que lo mejor era que fueras a un internado. Así, seguro que, además, se te quitaban todas las tonterías.

La chica no responde inmediatamente. Su madre nunca ha sido un apoyo. Y su padre todavía menos. Ninguno de los dos la entiende.

—Bueno.

—¿Y para qué me has llamado? Luego te quedas sin saldo y nos pides dinero. ¡Y estamos en crisis!

—Es que me quedo a comer en la cafetería del instituto.

—¿Y eso?

—Tengo que hacer un trabajo con unas compañeras de clase y nos quedamos todas aquí —miente. Jamás comería con ninguna de sus compañeras. Al menos, voluntariamente.

—¿Un trabajo? ¿Compañeras? ¿Qué compañeras?

¿Tan complicado es para su madre dejar de hacer preguntas? No es una niña pequeña.

—No las conoces, mamá.

—¿Ni a sus padres? —insiste la mujer—. Pues no me gusta nada de nada.

—Venga, mamá, es un trabajo en grupo. No voy a ser yo la única que no se quede a comer.

—Pues comes en casa y luego vuelves al instituto.

Pandora resopla. Su madre es insoportable. La trata como si fuera una cría de siete años. Siempre está diciéndole lo que tiene y no tiene que hacer.

—No voy a volver a casa y luego regresar al instituto, mamá. Si voy a casa, suspenderé el trabajo porque no pienso volverme otra vez. Es más de media hora andando.

Silencio. La palabra suspender ha aparecido en la conversación. Su hija no puede suspender nada. Los estudios son lo primero.

—¿Y a qué hora vuelves, entonces?

—Ni idea, mamá. Luego tengo clases de inglés.

—Es verdad.

Desde septiembre, Pandora da inglés en una academia. O eso fue lo que le contó a su madre. En realidad, es la excusa perfecta para escaparse al Manhattan. De otra forma, sería imposible salir de casa. Además, el dinero que le dan para pagar las clases se lo guarda ella para cómics y otras cosas.

—Pero en cuanto termine, me voy para casa. No te preocupes.

—Bueno —se resigna la mujer—. ¿Llevas dinero?

—Sí.

—Ten mucho cuidado.

—Que sí, mamá.

—Y no te entretengas luego, que se hace de noche muy pronto. Directa a casa.

—Adiós, mamá.

La chica cuelga antes de seguir escuchando las advertencias de su madre. No es normal que tenga que dar tantas explicaciones. Guarda el móvil en la mochila y se dirige otra vez hasta la mesa en la que Álex espera. ¡Al final lo ha conseguido y pasará la tarde con él!

—¿Algún problema? —le pregunta el escritor cuando llega.

—No, no. Ninguno. Ya he avisado de que me quedo a comer contigo —señala, temblorosa.

—Espero que a tus padres no les importe.

—No. Están de acuerdo.

—Genial. Lo pasarás bien hoy —comenta mientras se pone de pie—. Espera, voy a avisar a Joel de que nos vamos.

Álex camina hasta donde está el camarero y, tras una breve charla con él, regresa hasta el lugar en el que Pandora tiembla de emoción.

—Ya nos podemos ir.

—Vale.

A la chica hasta le cuesta andar. ¡Está histérica!

El escritor le abre la puerta y Pandora pasa delante; luego le da las gracias. Qué amable es siempre. ¡Un caballero! Si ella encontrara a alguien como Alejandro... No. Realmente lo que a ella le gustaría es estar con él, no con otro parecido. Ser su pareja. Pero eso es imposible. Además, ya tiene novia. La vio un día. Y era guapísima, la chica perfecta que un chico como él merece.

—¿Qué tipo de comida te gusta? —le pregunta mientras caminan.

—Me da igual.

No es verdad. Nunca come carne. Tampoco es que sea vegetariana por vocación. Simplemente, la idea de comerse un animal que antes estuvo vivo le revuelve el estómago.

—¿Comida japonesa?

—Bueno...

A pesar de que ama todo lo que tiene que ver con Japón, el *sushi* lo detesta.

—Tu cara me lo ha dicho todo —señala Álex riendo—. No te preocupes, vamos a ir a un restaurante italiano que hay aquí cerca. La pasta sí te gusta, ¿verdad?

—¿La pasta?

Pandora asiente con la cabeza y se sonroja. Pedirá una lasaña vegetal.

Los chicos siguen caminando, sin hablar mucho. Álex de vez en cuando le pregunta cosas sobre sus estudios y su familia, y ella se limita a responder con monosílabos. Al final de aquella calle está el italiano.

—¡Ah! ¡Un momento! Tenemos que cruzar al otro lado —dice el escritor parándose en un semáforo—. Tengo que comprar una cosa.

Pone una mano en la espalda de Pandora y la guía para que se dé prisa. La chica siente un escalofrío. Los dos corren a la acera contraria.

—Es en esa tienda —indica el chico, señalando un establecimiento donde venden gominolas.

Pandora no comprende nada. ¿Para qué quiere Alejandro chucherías? ¿Y antes de comer? Es muy extraño. La pareja entra. No hay nadie en la tienda, solo una guapa dependienta, con una visera negra, que sonríe al verlos.

—Hola, ¿puedo ayudarles? —pregunta demasiado amable.

Solo le ha faltado guiñarle el ojo a Álex y pedirle el número de teléfono.

—Hola, pues sí. Quería comprar globos. ¿Tienes?

—Sí. ¿Cuántos quieres?

—Cien.

¡Cien globos!

Las dos chicas se asombran cuando escuchan al escritor. Ninguna de las dos esperaba que pidiera algo así, y mucho menos en esa cantidad. ¿Qué tiene pensado hacer Álex con tantos globos? En unos minutos, Pandora tendrá la respuesta.

Capítulo 18

Esa tarde de diciembre, en un lugar de la ciudad.

Allí está ella, esperándole una vez más. Cada día lo hace. Normalmente porque Diana sale antes de clase que Mario.

El chico la ve apoyada en una pared, cerca de la puerta de entrada, mientras recorre el pasillo de su facultad. Va muy abrigada. Sopla sobre sus manos, a pesar de que lleva guantes, unos blancos que él le regaló en las navidades pasadas. Está seria y se agita por el frío. «Qué guapa», piensa. Lo está más que nunca. Se ha convertido en una universitaria preciosa. Los dieciocho años le han sentado fenomenal. Nadie diría que hace unos meses reposaba en la cama de un hospital luchando contra la bulimia.

En cuanto Diana se da cuenta de que su novio se acerca hacia ella, le cambia la cara. Sonríe como una niña pequeña. Hasta se le pasa el frío. Él la ha ayudado tanto en este tiempo que no hay nada con lo que pudiera pagárselo.

Cómo cambian las cosas. Hace más de año y medio que salen juntos. Antes jamás hubiera imaginado que se pillaría tanto de un tío, ¡ella, que era totalmente contraria a tener pareja! Nunca se había enamorado. Sin embargo, ahora no podría, ni sabría, vivir sin él.

—Hola —lo saluda cariñosa cuando está frente a él. Y le da un beso cortito en los labios.

—Hola. ¿Qué tal las clases? —pregunta Mario después del beso.

La chica no contesta. Prefiere hacer primero otra cosa. Se cuelga de su cuello, rodeándole con sus brazos, y vuelve a besarle. En esta ocasión, más intensamente. Mario se deja llevar. Siente el tacto de los guantes, acariciándole, dándole calor en la nuca. Y disfruta del dulce sabor de sus labios.

Cuando el beso termina, empiezan a caminar de la mano.

—Pues regular. Me aburro un poco. Y te echo de menos.

—Es normal que te aburras. Es mucha materia de golpe, profesores nuevos que te hablan en chino... Estamos empezando. Hay que adaptarse.

—¿Sí? ¿A ti también te pasa?

No. No le pasa. Él no se aburre nada en clase. Las matemáticas le apasionan y cada día aprende algo. En cambio, Diana ha elegido Administración y Dirección de Empresas y no termina de ubicarse.

—Claro —miente—. Muchísimo.

—¿Y me echas de menos?

—Por supuesto que te echo de menos.

—Pues ya está. Dejemos la universidad y montemos un negocio juntos —comenta la chica abrazándolo por la cintura.

Los dos salen del campus. El frío es muy intenso y da la impresión de que en cualquier instante va a comenzar a nevar.

Mario le sigue el juego a su chica:

—¿Y de dónde sacamos el dinero?

—Se lo pedimos a nuestros padres.

—No creo que estén por la labor de dárnoslo para eso. Además, ¿qué negocio podríamos montar?

—Pues, por ejemplo, una tienda de animales. ¿Qué te parece?

El chico sonríe y le da un beso en la mejilla. ¡Eso sería

lo último que haría! Los bichos no son lo suyo. Tal vez, por ese motivo, su novia lo ha mencionado. ¡Cómo le gusta hacerle rabiar y llevarle la contraria...!

—Creo que lo mejor es que sigamos estudiando. Y cuando acabemos...

—Cuando acabemos, nos casamos —completa la frase Diana, interrumpiéndole.

—¿Ya?

—¿Cómo que «ya»?

—Si todo fuera bien, terminaríamos dentro de tres años y medio. Tendríamos veintidós o veintitrés. ¿No seríamos muy jóvenes?

La chica se para y lo mira arrugando la frente. ¿No se acuerda de que se prometieron en junio del año pasado? Y aunque hace tiempo que no sale el tema, creía que los planes seguían siendo esos.

—¿Qué pasa? ¿Ya no quieres que nos casemos?

—¡Claro que quiero! —exclama intentando sonreír.

—Pues no lo parece.

—¿Cómo que no? ¿Por qué dices eso?

Diana se escapa del abrazo de Mario y resopla.

—«¿No seríamos muy jóvenes?», «¿no seríamos muy jóvenes?» —dice tratando de imitar la voz del chico.

—Venga, no te enfades. Es cierto, cuando terminemos la carrera seremos muy jóvenes.

—Eso no lo decías el año pasado cuando me lo propusiste —protesta cabizbaja—. He dejado de gustarte, ¿verdad?

—¡No! No digas eso, Diana. Si estás preciosa —señala buscando su mirada—. No te enfades.

Y se acerca a ella, que se muestra distante al principio. Sin embargo, acaba sucumbiendo. Se deja atrapar de nuevo por los brazos de su novio y luego recibe su boca con agrado. Se piden perdón con un beso.

—¿Me quieres? —pregunta la chica, a quien le brillan los ojos.

—Claro.

—¿Mucho?

—Mucho.

—¿Cuánto en concreto?

—Mmm. Tres.

—¿Solo tres?

—Tres es muchísimo. Y es tu número preferido. ¿Qué más quieres?

—Bueno, si tres es mucho..., vale.

Los dos sonríen y se dan un gran abrazo. Y otro beso pequeño. Luego siguen andando lentamente hacia el bus. Una chica morena de la clase de Mario pasa en ese instante al lado de la pareja y saluda al chico, que hace lo mismo, pero con timidez.

—Así que me quieres mucho —comenta Diana, hablando entre dientes y sin quitar ojo a la joven con la que acaban de cruzarse—. Y a esa también, ¿no?

—¿A esa? ¿A Claudia?

—Ah, Claudia, se llama así... Te has puesto rojo cuando la has saludado. Es guapa.

Sí que es muy guapa. Hay solo cinco chicas en su clase y Claudia es la más guapa de todas con diferencia. Ya se fijó en ella el primer día que entró en la universidad.

—Tú eres mucho más guapa.

—Ya, ya, ya. ¿Y de qué la conoces?

Ahora es Mario el que se detiene y mira a los ojos a Diana. Esta vez no sonríe.

—Va conmigo a clase.

—¿Estáis juntos en clase? —pregunta Diana en voz baja—. ¿No sería esa la morenaza que iba a ir ayer a tu casa a estudiar?

—¿Qué? —Mario no comprende a qué se refiere, pero enseguida lo recuerda—. ¡Eso fue una broma!

—¿Y no pensabas en ella mientras me lo decías?

—¡No!

—Qué casualidad...

—¿Otra vez vamos a empezar con eso?

—Es que... ¡Uf!

—¿Qué pasa?

—Pues que es muy guapa. Y va contigo a clase.

—¿Y...?

—Nada. Que me da rabia.

—¿Te da rabia? ¿Por qué?

—Porque seguro que la miras mucho.

El chico se frota los ojos cansado. Su novia es una celosa irremediable. Suspira.

En ese momento, suena su teléfono. Casi es lo mejor que podía suceder. Mete la mano en el bolsillo y saca el móvil. Su madre.

—¿Mamá?

—¡Mario! ¡Miriam se ha ido de casa!

—¿Qué dices?

—¡Que ha cogido sus cosas y se ha marchado!

Las palabras de su madre llegan entre lágrimas. Está muy nerviosa.

—Pero ¿cuándo?

—No lo sé. Acabo de volver del trabajo. He subido a su habitación y no estaba. Ha dejado el armario abierto. Se ha llevado una maleta y mucha ropa.

—¿La has llamado a su móvil?

—Sí, pero no lo coge —responde la madre sollozando—. ¿Adónde habrá ido?

No tiene ni idea. Al final, su hermana ha cumplido con la amenaza que hizo anoche.

Diana observa a su novio, lo ve muy preocupado. No sabe qué está pasando, pero no parece nada bueno.

—Mamá, no te preocupes. Seguro que todo se arregla. ¿Has llamado a papá?

—Sí. Viene para acá.

—Bien. Yo voy también para casa. Ahora nos vemos. Y tranquila.

El chico intenta mostrarse calmado, aunque la verdad es que aquello no le gusta nada. Miriam ha perdido completamente el rumbo y esto es lo que ya lo confirma definitivamente.

Cuelga el móvil y se pasa las manos por la cabeza.

—¿Qué te ha dicho tu madre? —pregunta inmediatamente Diana.

—Miriam se ha ido de casa.

—¿Qué? ¿Se ha ido?

—Sí. Ha recogido sus cosas y se ha marchado.

—Vaya...

—Mi madre está muy nerviosa.

—Normal.

—Esta chica va a acabar mal.

—No seas pesimista. Todo irá bien. Ya verás.

Diana le acaricia el pelo y suspira. Intenta animarlo. Aunque, realmente, piensa como él. Es increíble que su amiga haya elegido ese camino y haya cambiado tanto su forma de ser.

—Démonos prisa. A ver si llegamos a casa lo antes posible.

—Vale.

La pareja acelera el paso bajo el frío, que cada vez es más intenso. Ninguno de los dos dice nada mientras van hacia la parada.

—Mierda... —se lamenta Mario.

Al final de la calle, ve como el autobús que tienen que coger está a punto de irse. Agarra con fuerza de la mano a Diana y juntos corren hasta él, cuesta abajo, a toda velocidad, pero no llegan a tiempo: ya se ha puesto en marcha. Sin embargo, el conductor detiene el vehículo y abre la puerta al observarlos por el espejo retrovisor.

Los chicos suben y le dan las gracias.

Agotados, se sientan al final, que es el único sitio donde quedan dos lugares libres. Diana, en el pasillo; Mario, en la ventanilla. Ella le coge la mano y la besa. Él la mira a los ojos.

—Perdona. Sé que soy una celosa. Siempre te estoy dando problemas. Y bastante tienes tú con la carrera, tu hermana... Siento fastidiarte tantas veces —reconoce avergonzada.

—No digas eso. No es verdad.

—Bueno, procuraré portarme mejor.

—Yo también.

El chico aprieta su mano y le da un nuevo beso en la mejilla. Ella se acurruca contra su hombro y cierra los ojos.

—No me dejes nunca, cariño —susurra.

—No lo haré.

—¿Lo prometes?

—Lo prometo.

Mario mira por la ventana del bus hacia ninguna parte. Siente la mano de Diana apretando más la suya. Sabe que la quiere muchísimo. Eso no ha cambiado en todo este tiempo. Pero el amor es distinto a todo lo demás. Las promesas de hoy son recuerdos mañana. Y en ese momento de su vida no sabe si podrá cumplir todas las promesas que le unen a la persona que tiene a su lado.

Capítulo 19

Una tarde de diciembre, en un lugar de Londres.

Está exhausta. Se ha pasado una hora limpiando los cuartos de baño de la residencia. Ni a su habitación le había dedicado nunca tanto tiempo: ni a la de Reino Unido ni a la de España. Pero ha habido algo peor que eso para Paula. Lo más duro ha sido tener que aguantar a ese idiota de Luca Valor. El sobrino del señor Hanson no ha parado de fastidiarla. Le ha tirado agua encima, echado limpiacristales, no ha dejado de meterse con ella... ¡Si hasta la ha amenazado con las escobillas!

—¿Ha hecho eso de verdad? —le pregunta Valentina, que acaba de llegar de clase.

—Sí. Eso ha hecho el muy... ¡insoportable!

—*Mamma mia!*

La italiana termina soltando una carcajada. Ha intentado reprimirse, pero ha sido imposible. Se imagina a Luca Valor persiguiendo a Paula por los baños con la escobilla en la mano. ¡Es para partirse de risa!

—¡Oye, no te rías, que no tiene ninguna gracia! —protesta enfadada.

—Perdona, perdona...

Sin embargo, es inútil. La italiana se tumba en la cama, con un tremendo ataque de risa. Paula se encoge de hombros y se resigna. Su amiga está loca.

Enciende el ordenador antes de ir a comer para examinar su correo y comprobar si le ha escrito alguien en las redes sociales. Nada. Tampoco Álex. Bueno, luego por la tarde intentará hablar con él.

Desde que vio el vídeo no deja de darle vueltas a lo mismo: ¿qué es lo mejor para ambos?

—¿Te vienes a comer o te vas a quedar ahí riéndote todo el día? —le pregunta a su compañera de cuarto.

—Es un capullo, pero lo de la escobilla ha tenido su gracia —reconoce Valentina mientras se incorpora.

—No ha tenido nada de gracia. Y sí, es un gran capullo.

Las dos entran en el cuarto de baño y se miran a la vez al espejo. Se retocan un poco los ojos y los labios, y se peinan. Listas. Cogen el tique de la comida y salen juntas de la habitación.

—¿Te encuentras mejor? —le pregunta Valentina mientras bajan las escaleras—. Ayer lloraste mucho.

—Sí, estoy un poco mejor.

—Estás sufriendo por tu novio, ¿verdad?

—No es un buen momento para mí. Todo es muy complicado.

—Es por la distancia, Paola. Las relaciones y la maldita distancia. No son compatibles.

Las chicas llegan al comedor. Cada una coge una bandeja y se ponen al final de la cola para el bufé libre.

—No sé qué hacer. Las cosas son muy difíciles.

Más que nunca. ¿Qué pensaría Álex si le dijera que tiene dudas sobre si continuar con su relación? Seguro que se sorprendería mucho. Él siempre es tan atento con ella... Y demuestra que la quiere, que está enamorado. Sin embargo, afrontar otros seis meses tan lejos de él la supera.

—¿Qué cosas son difíciles? —pregunta una voz en español a la espalda de las dos chicas, que se giran al escucharla.

Luca Valor se ajusta bien el parche en el ojo izquierdo y sonríe.

—Déjanos en paz, capullo —suelta Valentina en cuanto lo ve—. ¿Por qué no te compras un loro y una pata de palo, y te vas en busca del tesoro?

El chico responde con una sonora risa.

—Hola, *italianini.* Qué simpática eres siempre —le dice en italiano, y enseguida se fija en Paula—. Hola, españolita, nos lo hemos pasado bien esta mañana, ¿eh?

—¿No has oído? Déjanos en paz.

—¿Qué vas a hacer? ¿Tirarme otro cubito de hielo?

—No nos des ideas —comenta Valentina, que empieza a enfadarse.

Paula y su compañera de habitación llegan por fin al comienzo del bufé. Ponen sus bandejas en la barra y cogen cubiertos y un trozo de pan cada una. Luego empiezan a elegir la comida.

—No me has dicho todavía qué cosas son tan difíciles, españolita —insiste Luca, al que también le ha llegado su turno.

—Olvídame ya.

—Tengo este parche y no veo nada por el ojo, ¿crees que puedo olvidarme de ti?

—Pues deberías.

—Acostúmbrate a estar conmigo. Nos queda toda la semana juntos.

—Por desgracia —murmura Paula—. Pero el tiempo que no nos obliguen a estar el uno con el otro, intenta alejarte de mí lo máximo posible.

El chico sonríe. Alcanza un cucharón y se sirve algo parecido a un revuelto de verduras hervidas. Pero lo hace de una manera poco sutil y salpica a Paula en un brazo.

—¡Uy! Lo siento —dice de forma burlona—. Es que con un solo ojo no controlo bien lo que hago.

—Eres un... ¡Mira cómo me has puesto!

Valentina sujeta a Paula del brazo que no se ha manchado y con una servilleta le limpia el otro. Las dos caminan rápidamente hacia delante.

—Pasa de él. Te está provocando.

—¿Por qué no me deja tranquila?

—Tengo una teoría.

—¿Cuál?

—Ahora te la cuento.

Las chicas terminan de servirse la comida sin perder de vista todos los movimientos de Luca y se sientan en una mesa del final del comedor. El chico lo hace en otra acompañando a tres amigos que ya estaban allí. De momento, no hay peligro. De todas formas, Paula revisa su asiento para no volver a caer en la broma del «patito». Valentina hace lo mismo. Vía libre.

—Lo odio. ¡Lo odio! —exclama desesperada. El jersey que se ha puesto para comer tiene una gran mancha en el brazo derecho.

—Te comprendo. Debes estar de él más que harta. Aunque tú has sido la que ha dado más fuerte.

—¡Fue un impulso!

—No te preocupes. Se lo tiene merecido.

Valentina sonríe. Se levanta y regresa con dos Coca-Colas que saca de la máquina de refrescos.

—Gracias.

—Yo lo que creo... es que a ese chico le gustas.

—¿Qué?

—A Luca Valor le gustas.

—¿Cómo le voy a gustar?

Imposible. Su compañera no sabe lo que dice.

—Para mí está muy claro. Se nota en cómo te mira.

—¿Con un ojo?

La italiana suelta una carcajada y da un sorbo a su refresco.

—Hasta con un solo ojo se ve que ese tío está loco por ti.

—Que no, Valen. Que te equivocas. ¿Cómo le voy a gustar a un chico que desde el primer día me está molestando?

—¡Por eso mismo! Pero es tan torpe que, en lugar de darte cariño y pedirte que lo beses, te persigue con la escobilla del váter.

¡No lo quiere recordar otra vez! Qué mal lo ha pasado.

—Pues tiene una manera muy extraña de demostrar su amor.

—Creo que le has roto los esquemas.

—¿Cómo? No te entiendo.

Un nuevo sorbo de Coca-Cola. Valentina se inclina sobre su silla y habla en tono más bajo.

—Ese capullo el año pasado hizo lo que quiso con las chicas de la residencia. Se lio con todo lo que pudo. Pero nunca se hizo novio de ninguna.

—¿Y qué tiene que ver eso conmigo?

—Todo —señala con una gran sonrisa—. Cuando tú apareciste, se pilló de ti. ¡Estás realmente buena! Y molestarte y fastidiarte continuamente es solo para no admitirlo.

—Esa teoría es de locos.

—¡Qué va, Paola! Es una teoría muy posible. A Luca Valor le daba miedo enamorarse de ti, pero no ha conseguido evitarlo.

Paula mastica el trozo de carne que se acaba de meter en la boca. Poco hecha. Puag. Aparta el filete y pincha una hoja de lechuga demasiado aliñada. Eso que piensa Valentina es una película de ciencia ficción. Si le gustara a ese chico, lo habría sabido. Aunque ya se equivocó con Mario y también con Álex, cuando lo conoció. ¿Será que ella no tiene ese sexto sentido que dicen que poseen todas las mujeres?

—Y, si me quiere tanto, ¿por qué no hace algo para que no le odie?

—¡No entiendes nada!

—¡No!

—¡Pues espabila!

—¡Estás loca!

Las dos chicas no se han dado cuenta de que han levantado la voz demasiado y que los que están sentados en las mesas de alrededor las observan.

—No grites tanto... —susurra Paula sonriendo—. Al final, todos van a escuchar tu descabellada idea.

—*¿Descabequé?*

—Des-ca-be-lla-da.

—¿Y eso qué es? Mi español tiene un límite...

—Eso es que estás mal de la cabeza.

—¡Ja! Ya me dirás después de esta semana que vais a pasar juntitos quién es la que está mal de la cabeza. Y ese tío es un capullo, pero está muy bueno. A ver si vas a caer en sus garras.

La italiana mira hacia la mesa donde Luca come con sus amigos y, cuando este se fija en ella, le hace el gesto del dedo corazón hacia arriba.

—Te olvidas de que yo tengo novio.

—Tienes una relación a distancia.

—Tengo novio.

—Vale, vale... No voy a discutir más contigo sobre eso. Tiempo al tiempo.

—Tengo novio —repite por tercera vez.

Álex. Cómo le gustaría estar con él ahora mismo. Nombrarle es como autoconvencerse de que deben estar juntos. De repente, lo echa muchísimo de menos. Tanto que se disculpa con Valentina y, sin terminar de comer, sube corriendo a su habitación. Tal vez esté conectado a Internet.

Capítulo 20

Esa tarde de diciembre, en un lugar de la ciudad.

Asoma su cabeza por encima de la carta solo para mirarlo. ¡Qué guapo es! ¿Estará en un sueño? ¡Ay, no, no es un sueño! Pandora se acaba de dar un golpe con la pata de la mesa en la espinilla que parecía de lo más real.

¡Está comiendo con Alejandro Oyola Azurmendi! ¡En la misma mesa! Y es él quien la ha invitado. ¡Esto es mejor que el último capítulo de *Ranma* ½!

Es cierto que han hablado varias veces en el Manhattan, pero esta es una situación totalmente distinta: ellos dos a solas, frente a frente.

¿Qué querrá? Siente mucha curiosidad. Y todos esos globos, ¿para qué serán? ¡Nada menos que cien! ¿Algún cumpleaños? Qué tontería, ¿cómo va a ser para un cumpleaños?

—¿Te has decidido ya? —pregunta el chico sin dejar de examinar el menú—. Todo tiene muy buena pinta.

Hace rato que lo sabe. Todo tendrá muy buena pinta... para alguien que coma carne. No cree que haya muchos platos en aquel restaurante que no la tengan como ingrediente. Así que lasaña vegetal.

—Sí, todo debe de estar muy bueno —responde intentando disimular.

Quizá, si se entera de que no come carne, se lleve una

impresión aún más extraña de ella. Y no es plan. Bastante tuvo ya ayer con la canción de *Glee.*

—Creo que pediré... raviolis a la boloñesa. ¿Y tú?

—No lo sé. Tal vez lasaña vegetal.

—¡Genial! He dudado entre eso y los raviolis.

Será cosa del destino. Aunque al final se ha decidido por lo otro. El destino no tiene por qué influir en los gustos culinarios de la gente. Tampoco Cupido debe de andar por esa labor.

—Pues lasaña, entonces.

—Y yo, raviolis. Y si quieres te doy un poco para que los pruebes.

Asiente con la cabeza. Aunque Pandora no tiene intención de probarlos: la salsa boloñesa lleva carne.

¡Qué vergüenza le da cada vez que la mira a los ojos! La chica sonríe y juega nerviosa con la servilleta que se ha colocado en el regazo. Álex llama al camarero. Es un treintañero con entradas bastante pronunciadas, gordito y con andares muy amanerados. El delantal le queda pequeño.

—¿Ya habéis decidido, jovenzuelos? —les pregunta alegremente.

—Sí —afirma el escritor con una sonrisa—. Ella quiere lasaña vegetal.

—Genial elección.

—Y yo quiero raviolis a la boloñesa.

—Fenomenal —comenta mientras apunta en una pequeña libreta—. ¿Algo para picar antes?

Los chicos se miran entre sí. Rápidamente, Álex echa un vistazo a la carta.

—¿Quieres que pidamos una ensalada mixta para los dos?

Pandora piensa deprisa. Eso no lleva carne. Puede que atún, pero con dejarlo a un lado bastará. Lo de compartir un plato con él le hace ilusión.

—Bien —acepta la chica.

—Pues una ensalada mixta para los dos.

—Estupendo, ricuras. ¿Y de beber? ¿Un vinito? ¿Sangría?

Álex le hace un gesto a Pandora, que, nerviosa, enseguida mueve la cabeza de un lado a otro. ¡Nunca ha probado el alcohol!

—Mejor, agua —contesta ella apurada. Está segura de que, si hoy fuera su primera experiencia, terminaría cantando encima de la mesa algún tema de Yuna Ito o de Mika Nakashima.

—Agua para los dos —indica el joven ante la atenta mirada del camarero, que sonríe.

—Estupendísimo, parejita. Sois geniales.

Y, dando media vuelta, se aleja hasta la cocina.

—Qué tipo tan curioso... —señala Álex echándose hacia atrás en la silla.

—Sí.

Los ha llamado «parejita». ¿De verdad parecen una pareja de novios? No. Seguramente creerá que son hermanos. O primos. Algo así. Es imposible que alguien en su sano juicio piense que existe una relación entre ellos.

—Bueno, ¿tienes alguna idea de lo que vamos a hacer luego?

—¿Qué?

Pandora abre los ojos como platos. ¿Hacer luego? ¿Hacer qué?

—Para lo que te he pedido ayuda. ¿No te imaginas qué puede ser?

¡Ah, eso! ¡Qué susto! Su cabeza por un momento se había ido por un sitio equivocado. Está demasiado nerviosa para enterarse de las cosas a la primera. Tiene que tranquilizarse. Solo es un chico. Un chico como otro cualquiera.

¡No! ¡Eso no es verdad! ¡Es su escritor favorito y el chico

del que está locamente enamorada! Quiere gritar o hacer alguna locura. Pero de momento solo le salen monosílabos.

—No.

El camarero regresa con una botella de agua en una mano y el plato con la ensalada mixta en la otra.

—Aquí tenéis, jóvenes. Lechuguita fresca. ¡Qué chicos más guapos y más sanos! —exclama mientras deja sobre la mesa la ensalada y sirve la bebida.

A continuación, saca un mechero de un bolsillo de su delantal rojo y enciende una vela pequeñita de color naranja que adorna la mesa.

—Gracias.

—Las que tú tienes, joven.

El camarero chasquea la lengua y vuelve a retirarse hacia la parte trasera del restaurante.

La llama de la velita se balancea de un lado a otro. Pandora la mira embobada. No quiere que aquella comida termine nunca.

—Entonces tampoco tienes ni idea de por qué he comprado los globos, claro —insiste Álex.

—No, no lo sé.

—Pues te vas a quedar sin saberlo hasta dentro de un rato. —El chico se ríe y comienza a aliñar la ensalada. Primero el aceite—. ¿Le echo vinagre?

—Bueno.

No le gusta mucho, pero lo tolera.

El escritor no pone demasiado al deducir que a su acompañante no debe de agradarle mucho. Y al final, un poquito de sal. Lo mueve todo bien y le sirve a Pandora.

—¿Más?

—No, no. Así está bien.

La chica sonríe. No sabe cuánto podrá comer. Su garganta está como cerrada y su estómago es una centrifugadora. Espera a que Álex también se sirva y a continuación pincha un trocito de tomate.

—Gracias por venir a echarme una mano, Pandora —suelta de repente, mientras se lleva a la boca el tenedor cargado con lechuga.

—De nada.

—Creo que eres la persona perfecta para ayudarme.

—¿Sí? ¿Por qué?

—Porque tú eres una gran seguidora de *Tras la pared*. Y, además, veo la emoción con la que vives cualquier cosa que tiene que ver con los libros.

—Es que me encanta leer.

—Y a mí me encanta la gente que lee.

Al oír eso, se pone colorada. Si hace una fácil regla de tres, la conclusión es que... ¿le encanta ella?

—Es que leer me ayuda mucho.

En momentos de soledad, que son la mayoría, excepto cuando va a clase o está en el Manhattan, es su gran vía de escape de la realidad. Los libros, los cómics y todas las series que ve en su ordenador. Le gusta sumergirse en otras historias que no son la suya y vivirlas como si estuviera dentro de ellas. Sentirse un personaje más.

—Es una de las pasiones más bonitas que existen.

—Sí.

—¿Y qué viste en *Tras la pared* para que te gustara tanto?

Una pregunta muy difícil. Pandora piensa un instante antes de contestar. ¡Es que son tantas cosas!

—Mmm... Es un libro precioso. La historia de amor y desamor entre Julián y Nadia me dejó sin pestañear. Y la forma en que está escrito me parece muy ingeniosa.

—Vaya, muchas gracias.

—Es la verdad.

—Tú, que me ves con buenos ojos.

Con los mejores ojos: los de una chica tremendamente enamorada. Pero no es solo eso. Alejandro es un escritor magnífico. Pero... ¡uf! Cuando sonríe, es imposible no quedarse atontada. ¿Cómo sería la vida compartida minuto a minuto con él? Feliz. Muy feliz. Su novia es la persona más afortunada del planeta.

—Algún día me gustaría escribir como tú —confiesa.

Se le ha escapado, y se sonroja al darse cuenta de lo que ha reconocido.

—¿Sí? ¿También escribes?

—Bueno..., sí. Más o menos. Pero no novelas como las tuyas. Relatos pequeños y pensamientos.

—Así empecé yo.

—Ya lo sé. Lo leí en una entrevista que te hicieron.

Álex suelta una carcajada y vuelve a pinchar en la ensalada. Luego observa a aquella curiosa jovencita. Sigue creyendo que es muy rara, pero le gusta. Al menos, aquellos momentos con Pandora le están sirviendo para desconectar un poco de todo.

—No te creas demasiado lo que digo en las entrevistas.

—¿No? ¿Por qué?

—Muchas veces contesto lo primero que se me viene a la cabeza —señala—. Cuando son datos exactos, no, claro. Las fechas, de qué va el libro..., cosas así. Pero cuando me preguntan por temas en los que hay que pensar más y decir por qué hice esto o aquello, o en quién me inspiré para algo, respondo lo que me sale en ese instante.

—Ah, no lo sabía.

—Es que no estoy acostumbrado a los medios y, por mi carácter, no creo que me acostumbre nunca. Así que me pongo un poco nervioso y me cuesta soltarme en las entrevistas.

No lo hubiera imaginado nunca. Todas las veces que escuchó a Alejandro en la radio, o leyó algo suyo en la prensa, parecía muy seguro de sí mismo.

Aquel chico no deja de asombrarla. Incluso en ese momento, cuando sonríe y tiene un trocito de lechuga entre los dientes. A Pandora entonces le entran unas ganas enormes de reír. ¿Qué hace? ¿Se lo dice?

Álex no sabe qué pasa. Ha cambiado la expresión de su cara. Parecía muy tensa y, de repente, se ha relajado. Es como si estuviese conteniendo la risa. Definitivamente, aquella muchacha es muy rara.

—¿Qué tal va, chavales? —pregunta el camarero, que se detiene delante de la mesa de los chicos—. ¿Cómo va esa ensaladita?

—Muy bien, gracias —contesta el escritor.

Sin embargo, el hombre abandona su felicidad permanente un segundo. Se agacha, abre la boca y señala con un dedo su dentadura.

—Guapo, tienes un trozo de lechuga incrustado entre las paletas —suelta—. Eso sí, sigues estando igual de bueno. Enhorabuena, chiqui. Tienes un novio de diez.

Y se retira una vez más hasta el fondo del restaurante, caminando de esa manera tan característica.

Sorprendido y avergonzado, Álex coge su servilleta y se limpia el trocito de lechuga. Así que era eso por lo que Pandora sonreía. No lo habría imaginado, como tampoco que su acompañante en la mesa se riera a carcajadas al marcharse el camarero. El chico la observa y también ríe. Es la primera vez desde que la conoce que la ve así. Definitivamente, es una chica muy peculiar.

Capítulo 21

Esa tarde de diciembre, en un lugar de Londres.

Ha subido las escaleras lo más deprisa que ha podido. Paula llega a su habitación y rápidamente enciende el ordenador. Tiene unas ganas inmensas de hablar con Álex. Pero deberá contener las lágrimas que está deseando soltar. No quiere que la vea llorar más.

Como siempre, su PC tarda más de la cuenta en iniciar la sesión. Cuando por fin lo hace, lanza una exclamación victoriosa y enseguida entra en su MSN. Mira y remira todos los contactos que están conectados, pero él no aparece entre ellos. Suspira. ¿Y si le manda un SMS? Sale muy caro y no dispone de mucho saldo en el móvil. Además, posiblemente esté comiendo ahora. En España es una hora más. Esperará un rato a ver si su novio se conecta.

Busca una canción en su archivo de música. Elige *Quiero recordarte,* de Preciados.

Pasan unos minutos. Se pone de pie y se sienta constantemente. Abre y cierra el Messenger varias veces. Nada. Álex no viene. Sin embargo, en su pantalla se ilumina una lucecita naranja que también la ilusiona. Clica en ella y sonríe.

—¡Hola, Paula! ¿Cómo estás?

—Hola, Diana. Bien, ¿y tú?

Hacía unos días que no hablaban. En los últimos meses cada vez tienen menos contacto entre ellas; de todas las Sugus, es con la única que mantiene relación. Cristina desapareció hace tiempo, cuando se cambió de instituto, y de Miriam solo sabe lo que Diana le cuenta.

—Pues regular.

—¿Y eso? ¿Qué ocurre?

—Te escribo desde el ordenador de Mario. Él está ahora abajo hablando con sus padres porque Miriam se ha ido de casa sin decir nada a nadie.

—¿Cómo? ¿Adónde?

La noticia sorprende muchísimo a Paula. Alguna vez Diana le había contado que su amiga ya no era la misma de siempre. Pero no imaginaba que las cosas estuvieran tan mal como para eso.

—No lo sabemos.

—¿La habéis llamado al móvil?

—Sí, varias veces, pero no lo coge.

—Mmm...

—Su madre es la que peor lo está pasando.

—Imagino que no tiene que ser fácil para ella. ¿Y qué ha pasado para que Miriam haya hecho algo así?

—No me he enterado muy bien. Discutió con sus padres y con Mario anoche. De todas formas, llevaba unos meses muy rara.

Paula recuerda que, ya antes del verano, su amiga empezó a complicarse la vida. Repitió primero de bachiller y dejó el instituto antes del final de curso. Sus amistades cambiaron y las Sugus terminaron por separarse del todo después de que Cris se cambiara de centro. Solo Paula y Diana estaban ya en la misma clase. Y aunque al principio seguían quedando las tres, poco a poco la hermana de Mario también se fue distanciando.

—Qué mal...

—Ya ves. Un drama.

—¿Y qué van a hacer sus padres? ¿Llamarán a la policía?

—No lo sé. Pero imagino que, al ser mayor de edad, no serviría para mucho.

—Es verdad.

—Si se ha ido voluntariamente, como parece, no hay nada que hacer.

En ese instante se abre la puerta de la habitación. Entra Valentina, pero no viene sola. La acompaña Luca Valor. Discuten acaloradamente.

—Espera, Diana. Ha venido mi compañera de cuarto.

—OK.

La chica se gira y mira a los recién llegados. Se están gritando el uno al otro. La italiana lo insulta y mira a Paula.

—¡Le he dicho que me dejara tranquila! Que si quería decirte algo, que te llamara por teléfono.

—¡Cómo voy a llamarla por teléfono! ¡Tú estás mal de la cabeza, *italianini*!

—Lo que no es normal es que me hayas seguido desde el comedor y me hayas obligado a abrirte la puerta.

—¡Claro! La españolita no me habría abierto de otra manera.

—¡Pues es tu problema, no el mío!

Paula se levanta de la silla y contempla desafiante al chico.

—¿Qué quieres ahora?

—Nos toca limpiar la cocina —responde Luca sonriente, aunque todavía sofocado por la discusión con Valentina.

—¿Qué?

—Lo ha dicho Brenda. Y Margaret está de acuerdo.

—Eso no estaba en el castigo.

—Pues ahora sí —replica el joven—. Como no hemos ayudado a hacer la comida, nos toca limpiar.

—Pero no hemos ayudado en la cocina porque estábamos limpiando los baños.

—Eso he dicho yo. Pero no me han hecho ni caso.

La chica resopla y vuelve a sentarse delante del ordenador.

—¡No soy la nueva chacha del centro! —exclama enfadada.

—Venga, españolita, no te mosquees. Estarás conmigo.

—Eso me mosquea todavía más.

—¿Por qué? ¿No soy buena compañía?

Valentina no soporta más la chulería de Luca y, empujándolo, lo saca de la habitación. Luego cierra dando un portazo.

—Estará enamorado de ti, pero es lo peor del mundo —comenta Valentina lanzándose sobre su cama.

—En lo primero no estoy de acuerdo. En lo segundo, te quedas corta.

—Menudo gilipollas...

Los gestos de Valentina mientras habla hacen sonreír a Paula. Sin embargo, no está nada contenta con la nueva tarea que le han encomendado.

—Ahora tengo que limpiar la cocina... ¡Hay que fastidiarse!

—Es el precio del delito.

—¿Qué delito? Ni que fuera una delincuente...

—Estás al borde de serlo.

—¡Qué dices! Si me tendrían que poner un monumento en la residencia por lo del cubito de hielo.

La italiana se ríe escandalosamente al escuchar a su amiga.

—Paola, ya puede ser este tío muy bueno en la cama, porque ser su novia debe de parecerse muchísimo a la sensación de meterte desnuda en una piscina llena de erizos.

—¿Novia? ¡Yo ya tengo novio! ¡Y, aunque no lo tuviera, no querría a Luca Valor ni en sueños!

—Nunca digas nunca.

—En este caso, sí. Nunca será nunca.

—Ya lo veremos, es–pa–ño–li–ta.

Paula mueve la cabeza de un lado a otro y regresa a la conversación de MSN con Diana.

—Perdona, ya estoy aquí, aunque me tengo que volver a ir.

—No pasa nada. Me alegro mucho de haber hablado contigo.

—Lo mismo digo. Espero que se arregle lo de Miriam.

—Te tendré informada.

—Gracias. Ya hablaremos.

—¿Sabes? Echo de menos a las Sugus.

Paula resopla y mira a su alrededor. Se siente vacía. Melancólica. Está lejos de todo lo que quiere. Y el tiempo pasa y va separando de ella lo que la hacía feliz.

—Y yo, Diana. Yo también echo de menos a las Sugus.

Capítulo 22

Una tarde de diciembre, en un lugar de la ciudad.

Entra en la habitación y se sienta en la cama. Diana lo observa. Está muy serio, pensativo, como si se sintiera en parte culpable de lo que ha ocurrido. La relación con su hermana cada vez era más distante, pero sabe que ahora Mario lo está pasando mal. Especialmente sufre por sus padres. Para ellos es muy difícil asimilar la marcha de su hija mayor de la manera en la que se ha producido.

—¿Sigue sin coger el teléfono? —pregunta la chica, que acaba de terminar de hablar por el MSN con Paula.

—Sí. Mi madre le ha mandado un mensaje para que nos diga por lo menos que está bien.

—¿Y ha contestado?

—No —responde sin apenas voz—. Parece que Miriam tiene ganas de hacernos sufrir.

Diana se levanta y se sienta junto a su novio. Le da un beso en la mejilla y sonríe.

—Ya verás como antes de que acabe el día tenemos noticias de ella.

—Más le vale..., aunque lo dudo.

—A tu hermana se le ha ido la cabeza por completo. Pero creo que sigue teniendo buenos sentimientos. Llamará o dejará un mensaje.

—Yo no estoy tan seguro, ni de lo uno ni de lo otro —comenta cabizbajo—. Se ha llevado las joyas de mi abuela y a mi padre le han desaparecido cincuenta euros.

—¿Qué? ¡No me lo puedo creer...! —exclama Diana tapándose la boca con las manos.

Cuando el padre de Mario llegó a casa, lo primero que hizo fue ir a su dormitorio a revisar el cajón en el que guardaba el billete. Sospechaba que Miriam necesitaría dinero y que de alguna parte tendría que conseguirlo. No se equivocó en su intuición. Avisó a su mujer y, rápidamente, esta también se dio cuenta de que las figuritas de cristal del baúl estaban colocadas de manera diferente a la habitual. Aquello solo podía significar una cosa: su hija había registrado el cuarto y encontrado la herencia de su madre. Y así fue.

—Yo tampoco puedo creerlo.

—Esto no lo ha podido hacer tu hermana sola. Ella no es así. Alguien ha tenido que obligarla a hacerlo.

—No lo sé —comenta Mario mesando su cabello—. ¿Crees que el novio ese que tiene puede ser el culpable de todo esto?

—¿Fabián Fontana? Tiene muchas papeletas. Si es que de verdad están juntos.

Los dos permanecen un instante en silencio, reflexionando. El tema es preocupante. Mario nunca había oído hablar de ese tipo hasta ayer, cuando Diana le contó el rumor que había en torno a Miriam. Si realmente son novios y ella les ha robado a sus padres motivada por él, los problemas serán aún mayores.

—Este asunto no me gusta nada —indica el chico, poniéndose de pie y yendo hasta el ordenador.

—Ni a mí.

—¿Cómo podríamos dar con ese Fabián Fontana?

—¿Quieres encontrarle?

—Claro. Seguramente esté con él.

—Es muy posible. Pero ni siquiera sé al cien por cien que sean pareja. Ya te dije que es un rumor que escuché a un tío que es el novio de una de mi clase.

—¿Y podrías hablar con ellos para preguntarles?

—Si quieres me pongo en contacto con la chica, tengo su Tuenti. Aunque no sé si me dirá algo.

—Por intentarlo no perdemos nada.

La chica se levanta y se dirige hasta donde está Mario. Se sienta sobre sus rodillas y le besa en la frente. Continúa serio, aunque en esa ocasión esboza una tímida sonrisa.

—Todo irá bien. Ya lo verás.

—No lo sé. Estoy un poco asustado.

—Es normal. Tu hermana está actuando de una manera muy extraña.

—Que se vaya de casa por una rabieta no es normal. Pero lo peor es que haya robado a mis padres. Tiene que estar muy desesperada para hacer algo así.

Diana contempla cómo brillan sus ojos. Está a punto de echarse a llorar. Sin embargo, aguanta y sonríe. Ella también lo hace y le besa dulcemente en los labios.

No le gusta verlo así. Él, que tan bien se ha portado con ella durante tanto tiempo. Ahora la balanza se ha inclinado hacia el otro lado. Debe ayudarle en lo que pueda.

—Déjame que entre en mi Tuenti, a ver si pillo conectada a Gloria.

—¿Gloria es la de tu clase?

—Sí.

—Vale. Pero espera un segundo —dice, al tiempo que teclea en su PC—. Quiero comprobar antes una cosa.

Mario entra en Facebook y escribe en el buscador el nombre del presunto novio de su hermana. Aparecen varios que se llaman igual. Sin embargo, solo hay uno con el que tiene un amigo en común: Miriam Parra Raspeño.

En ese instante, esa tarde de diciembre, en un lugar alejado de la ciudad.

El teléfono vuelve a sonar una vez más. Sin embargo, la chica no lo coge. Son sus padres. Le dan pena, pero de momento Miriam tiene decidido no hablar con ellos.

—¿Por qué no contestas y les dices que te dejen en paz de una vez? —le pregunta el joven que está sentado a su lado.

Fabián observa detalladamente las joyas que ella ha robado. No están nada mal. Puede sacar bastante dinero por cada una, sobre todo por la gargantilla.

—Porque no.

—Eres una cabezota.

—Ya lo sé —susurra melosa.

Y apoya la cabeza en su pecho. A continuación se desliza por el colchón en el que están sentados y busca su boca.

Sin embargo, el chico la esquiva y continúa examinando las joyas.

—Creo que por esto conseguiremos una buena cantidad —comenta refiriéndose al collar de perlas—. Parecen auténticas.

—Deja eso ahora. Ven.

Miriam se arrima de nuevo a Fabián y comienza a darle pequeños besos en el cuello.

—No tengo ganas ahora.

—¿No?

—No.

El joven se pone de pie, apartando a la chica con la mano. Camina hacia una de las esquinas de la enorme superficie. Allí está la nevera. Saca una cerveza fría y da un trago.

—¿No estás contento de que vaya a vivir contigo?

Fabián no responde. En realidad, que Miriam esté allí le fastidia bastante. Pero, bueno, así tendrá a alguien que le limpie la nave y dispondrá de otras posibilidades cuando lo desee. De todas maneras, no renunciará a su forma de vida: hacer lo que quiera y cuando le dé la gana.

El joven regresa hasta donde está sentada la chica y le entrega la lata de cerveza. Esta la acepta, sonríe y bebe.

—Si te vas a quedar aquí un tiempo, tendrás que aceptar unas normas.

—Bien.

—La primera y principal es que el dueño de este sitio soy yo.

La nave en realidad no es suya. Fue una suerte encontrarla vacía y abandonada, y que de momento nadie haya reclamado nada. Seguramente, el propietario de aquel terreno será un tipo con mucho dinero que ni se acordará de ella.

—Eso ya lo sé.

—Y que, por lo tanto, las cosas se hacen a mi manera.

—De acuerdo. Me adaptaré a lo que me digas.

—Eso está perfecto. Que tengas buena disposición es bueno para ambos.

—Estoy segura de que lo pasaremos bien aquí los dos juntos.

—Claro. Muy bien.

El teléfono de Miriam vuelve a sonar. Otra vez son sus padres. Los dos lo miran hasta que Fabián lo agarra. Pulsa el botón rojo y lo desconecta.

—¿Lo has apagado?

—Sí. Me molesta. Cuando quieras hablar con tus padres, lo vuelves a encender y ya está.

—Vale.

Deben de estar muy preocupados. Eso, al menos, parecía en el SMS que le han enviado. Pero no piensa dar facilidades. Ellos tienen la culpa de todo lo que está sucediendo. Si no se hubieran metido en su vida y en lo que hace o deja de hacer, las cosas serían diferentes. Ahora, allí, con Fabián, en un sitio enorme para los dos, sí que es verdaderamente feliz.

—Sigamos con las normas.

—Sigamos.

El joven se sienta otra vez al lado de Miriam y la mira fijamente. Esta se pone nerviosa. Sus tremendos ojos celestes le quitan la respiración. Le arrebata la lata de cerveza y da un trago largo. Casi se la termina. Luego se inclina sobre ella y la besa. El sabor amargo de su boca llega hasta su lengua, que juega con la suya intensamente.

—Nunca dirás a nadie dónde está este lugar —le murmura al oído tras despegar sus labios un instante.

—Vale. No di...

No tiene tiempo para responder. Fabián vuelve a besarla. Sus manos acarician sus rodillas y avanzan descontroladas.

—Otra cosa.

—Sí, dime —susurra jadeante.

—Harás lo posible para que esté contento y no me enfade.

—Claro. Pero eso no tiene que ser una norma —consigue decir mientras recibe besos por todo el cuerpo—. Ese es mi único objetivo.

Capítulo 23

Hace un año y algo, un día de finales de noviembre, en un lugar de la ciudad.

Las cuatro en punto. Hace sol todavía, aunque sopla un poquito de viento frío. Y es que, poco a poco, el invierno empieza a acercarse. Paula va bien abrigada; en ese momento tiene calor. Le sudan las manos y a su cabeza no dejan de acudir fragmentos del pasado. Concretamente, de aquel día de marzo en el que lo conoció.

¿Habrá llegado ya Álex al Starbucks?

Abre la puerta de cristal. Hay bastante cola esperando para pedir. No lo ve. Quizá esté arriba. Sube la escalera hasta el salón de la primera planta. Casi todas las mesas están ocupadas, pero ninguna por el escritor. Baja de nuevo y se coloca la última de la fila.

Llega tarde. Eso también le suena de algo. Aquel día el que no acudió a la hora indicada fue Ángel y, gracias a su retraso, conoció a Álex. Lo que es la vida. Si Katia a su vez no hubiera retenido a su exnovio, él habría aparecido a tiempo y no habría conocido al chico al que ahora está esperando, ocho meses después.

Es su turno. ¿Qué pidió aquella tarde? Un *caramel macchiato* pequeño. La camarera que la atiende sonríe al oír el pedido, el mismo que entonces, y apunta su nombre en un vaso. La chica tamborilea con los dedos sobre la barra y mira el reloj. Las cuatro y trece minutos. ¿Y si no se acuerda de que ha quedado con ella?

—Aquí tiene, Paula —le dice la chica entregándole su café con vainilla y caramelo—. Que pase un buen día.

—Gracias. Igualmente.

No ha sonado muy simpática, más bien seca, pero es que empieza a ponerse algo nerviosa. ¡No puede ser que le pase dos veces lo mismo con dos chicos diferentes!

Coge el bote del azúcar y lo vuelca sobre su vaso. Luego agita la bebida con un palito de madera. Chupa la punta llena de espuma y resopla.

¡Qué capullo! ¡Se va a enterar cuando venga!

Se abre la puerta del Starbucks y un chico con un sombrero blanco le sonríe y se acerca hasta ella.

Pero es un capullo adorable, con la sonrisa más bonita que ha visto nunca.

—Hola. —Le da dos besos, mientras le pide disculpas—. Perdona el retraso.

—No pasa nada. Tampoco ha sido para tanto —comenta irónica, aunque tranquila al verlo allí delante de ella—. Un cuarto de hora nada más.

—¡Lo siento!

La chica lo mira a sus ojos castaños e inmensos. Se le escapa una sonrisa, aunque no quiere. Es inevitable.

—Ahora eres un tipo muy ocupado. Es lo que tiene la fama.

—Qué va. No soy famoso. Si he llegado tarde es porque...

—Da igual —le interrumpe la chica—. No tienes que darme explicaciones. Pero que no se repita, ¿eh?

—Vale, prometido. No se repetirá —afirma, y se dan la mano en señal de acuerdo—. Ya veo que has pedido.

—Sí, un *caramel macchiato.*

—Como el día que te conocí.

Se acuerda. Es que todo lo que pasó aquel día fue inolvidable. Para los dos. Marcó sus vidas. Nada fue igual para Paula y para Álex desde entonces.

—Sí. Tienes buena memoria —indica, y le quita el sombrero para ponérselo ella—. ¿Me queda bien?

—Mucho mejor que a mí.

—Tú, tan amable como siempre.

Los dos se quedan un instante en silencio. De fondo, Despistaos, *Estoy aquí.*

—Bueno, ¿coges sitio arriba mientras yo pido? —pregunta Álex, señalando la cola que se ha vuelto a formar en la cafetería.

—Vale, pero espera...

La chica le coloca de nuevo el sombrero en la cabeza y, con la mano, le peina suavemente el flequillo que le queda por fuera. Paula siente un escalofrío cuando se enfrenta directamente a sus ojos. Inspira con fuerza y se gira bruscamente para subir la escalera. ¿Está volviendo a pasar?

Hay una mesa libre junto a uno de los dos ventanales del salón. Acelera el paso y se sienta en uno de los butacones. Fuera el abrigo. Toma un sorbo de su café y apoya la barbilla sobre las manos. Da un respingo cuando suena su teléfono. No puede ser. Otra vez él. El calvito pesado. Pero hoy no va a estropearle la tarde. Desconecta el móvil y lo guarda en el bolso. Fuera de servicio.

Pasan unos minutos hasta que Álex aparece. Paula lo observa sonriente mientras camina hacia ella. Sus emociones se disparan.

—He pedido lo mismo que tú —indica el chico sentándose en el sillón que está libre.

—¿Ah, sí?

—Claro. Así no hay riesgo de que me robes la bebida.

—No pensaba robarte nada —protesta la chica.

—Antes me has quitado el sombrero sin permiso.

—Eh...

Se sonroja. Tiene razón. Pero... ¡Ah!

Álex ríe al ver cómo Paula se avergüenza y su rostro enrojece a toda velocidad.

—Era una broma. —Se quita el sombrero para dárselo a ella otra vez—. Te queda mejor a ti. Póntelo.

Paula obedece y se lo coloca, aunque no de muy buen grado.

—Llegas tarde y me tomas el pelo. No sé si quedar contigo ha sido una buena idea.

¡La mejor de las ideas! Hacía mucho que no acudía a una cita con un chico tan ilusionada. Quizá desde marzo.

—Si quieres, me voy...

—No, no, no te vayas. Una no toma café todos los días con un escritor famoso.

—Te ha dado fuerte con eso, ¿eh?

—Es que me parece increíble estar compartiendo mesa con una persona que ha publicado una novela que conoce tanta gente.

—Vamos, no seas pelota. Tú ya me conocías antes de que el libro se publicara.

La chica sonríe. Lo cierto es que no puede parar de sonreír. Nota un hormigueo en su estómago cada vez que habla.

—¡Ey, no soy pelota!

—Un poco solo.

—Has venido dispuesto a fastidiarme, ¿verdad? Ahora encima me llamas pelota...

Álex bebe un trago de su café y se encoge de hombros.

—¿Por qué te teñiste tan rubia? —pregunta de repente.

—¿Eso no te lo dije la semana pasada?

—No. Me contaste que te habías cansado ya de ese color, pero no el motivo por el que te lo teñiste.

—Es verdad. Pues fue por cambiar un poco. Cuando las chicas queremos cambiar algo en nuestra vida, nos teñimos el pelo.

—Todas no.

—Claro. Todas no, hombre. Y tampoco lo hacemos siempre. Pero a veces, cuando terminamos una etapa o creemos que la hemos terminado, solemos hacer algunos cambios en nuestro aspecto. A mí me dio por teñirme el pelo de rubia.

—Te queda bien.

—Bah. Nunca me he visto bien así, pero, bueno... Por pereza lo he dejado hasta ahora.

El escritor sonríe. Sabe que siempre estará guapísima, sea cual sea el color de su pelo.

—¿Te puedo hacer una pregunta personal?

—Me das miedo, pero, venga, dispara. —Se lleva inquieta el vaso a la boca.

—¿Sigues con Ángel?

La pregunta sorprende tanto a Paula que se atraganta con el *caramel macchiato.* Tose y hace que la bebida se le derrame por la barbilla. Afortunadamente, se ha echado hacia atrás justo a tiempo para no mancharse la ropa. La gente observa a la pareja con curiosidad.

—¡Perdona! Es que... —Pero su risa nerviosa no le permite terminar la frase.

—Perdóname tú, no pensaba que te lo tomarías de esa manera.

La chica coge una servilleta de papel y se limpia la boca y la barbilla. Se acomoda de nuevo en el sillón y trata de serenarse.

—Al final, aquí contigo, siempre termino igual —comenta, recordando que el día en el que se conocieron Álex le ofreció un pañuelo para que se quitara el caramelo de debajo de la nariz.

—Lo siento.

—No pasa nada. —Sonríe y comprueba que no se ha manchado ni el jersey ni el pantalón—. No, no sigo con Ángel.

—Ah.

—Lo nuestro se acabó cuando me fui a París.

—Eso fue en abril, ¿no?

—Sí —afirma seria—. Pasaron cosas y nos distanciamos. Y desde entonces no he tenido novio.

—Hacíais buena pareja. Una lástima.

Tal vez es verdad lo que dice Álex, pero los acontecimientos que se fueron dando no permitieron que la relación avanzara. Unos meses más tarde, Paula continúa preguntándose si hizo lo correcto cuando regresó de Francia.

—¿Y tú? ¿Estás con alguien?

Le toca a ella. En el fondo, le ha venido muy bien que haya sido el chico el primero en hablar de ese tema. Se muere por saberlo.

—¿No te sirvió la respuesta que te di en la librería?

—¿Cuál? ¿La de que lo importante no es tu vida privada, sino el libro? Pues, evidentemente, no.

—Vaya, qué inconformista.

—No es eso, pero me puede la curiosidad.

El joven sonríe. Y ella teme estar pasando el límite de la confianza. ¡Pero la culpa es suya, que ha empezado preguntando si seguía con Ángel!

—Si te soy sincero, no sé muy bien qué es lo que tengo.

Así que hay algo. No es lo que quería oír, precisamente. La curiosidad mató al gato. Y aquella noticia desinfla un poco sus ganas de estar allí.

—¿Es tu novia? —insiste, pese al golpe.

—No, no lo es.

—¿Te has casado?

—¡Qué dices! ¡No!

—¿No tendrás una amante?

—Es difícil de explicar —reconoce suspirando—. Ni siquiera sé si me gusta de verdad.

Bueno, algo es algo. Existe otra chica, pero tiene dudas sobre sus sentimientos... Aunque hubiera preferido que estuviera soltero y sin compromiso.

—Las cosas del corazón siempre son difíciles.

—Sí, muy complicadas.

—Mucho.

Los dos beben de sus cafés y miran por el ventanal al mismo tiempo. Ambos saben de lo que hablan. No hay nada más complicado que el amor.

—Pero cambiemos de tema —propone Álex sonriendo de nuevo—. Te voy a llevar a un sitio.

—¿Adónde?

—A un sitio que he abierto hace poco.

—¿Cómo? ¿Has abierto un local?

—Un bibliocafé. Servimos un café riquísimo y prestamos libros.

—¿Cómo se llama?

—Manhattan.

—¡Me encanta el nombre!

—Es en homenaje a Woody Allen.

Paula lo observa con admiración. Otra de sus ideas geniales. Aquel chico nunca dejará de sorprenderla.

—¿Y a qué esperas para enseñármelo? ¿Está lejos?

—A veinte minutos de aquí andando —indica—. Además, por si no lo recuerdas, hay una cosa en la que quiero que me ayudes. Como lo de los cuadernillos.

—Sí, lo recordaba —dice ella sonriente—. Pues vamos.

Los dos se levantan de sus sillones. Arrojan sus vasos a la papelera y bajan la escalera uno detrás del otro. Salen del Starbucks y juntos se dirigen al Manhattan. Allí, uno de los camareros ya tiene preparado lo que su jefe le ha encargado.

Capítulo 24

Una tarde de diciembre, en un lugar de la ciudad.

La comida ha sido más divertida de lo que Álex esperaba. El trocito de lechuga entre sus dientes le ha dado juego al camarero para hacer bromas continuas sobre ello. Hasta Pandora se ha soltado un poco más y cada uno de sus comentarios los ha recibido con una carcajada. Luego se sonrojaba y sonreía tímidamente.

Los dos caminan por la ciudad. Él cargado con una mochila y ella con las manos cruzadas detrás de la espalda. No van muy deprisa y tampoco dialogan mucho. Pero están cómodos el uno con el otro. Son muy diferentes. En cambio, hay cierta complicidad entre ambos.

Continúa muy nublado y el frío sigue persistiendo. Una tarde de invierno de chimenea y salita de estar. Sin embargo, los chicos se dirigen a un lugar completamente al aire libre.

—Todavía no sabes qué vamos a hacer, ¿verdad?

—No. Ni idea.

—Y en lugar de pensarlo, te has aliado con el camarero para reírte de mí. Muy mal, Panda.

—Perdona. Yo no...

La chica vuelve a ponerse colorada una vez más. ¡La ha llamado «Panda»! Nadie la llamaba así desde hacía mucho tiempo. Le agrada. Le recuerda a cuando era una niña y jugaba en la guardería con otros críos. Todavía era una más y no un bicho raro. Sus amigos le decían «Panda».

—Venga, ¿quieres que te dé una pista?

—Bueno, aunque no sé si acertaré.

—¿No se te dan bien las adivinanzas?

—No. Fatal.

Álex se ríe y saca la bolsa de globos de la mochila. También extrae una minibombona de helio que ha comprado esa misma mañana y la utiliza para inflar uno. Luego le hace un nudo al globo y lo suelta. Pandora observa cómo sube muy alto y se aleja lentamente de ellos.

—¿Ya lo has pillado?

—Mmm... No.

—No te preocupes —dice con una de sus sonrisas—. Ahora te lo explicaré todo.

La curiosidad va apoderándose cada vez más de la chica, que se siente tonta por no entender lo que el escritor se propone.

Juntos atraviesan una de las calles principales de la ciudad y llegan hasta una escalera que parece infinita. Suben por ella. Pandora tiene que detenerse un par de veces al faltarle el aire. El ejercicio nunca ha sido lo suyo.

Cuando alcanzan el último escalón, la chica resopla aliviada. ¿Para qué le habrá hecho subir hasta allí arriba? Sin embargo, mira a su alrededor y la respuesta ya no le importa tanto. Aquello es precioso. Es un parque inmenso lleno de árboles de muchas especies que se agrupan formando numerosos bosquecitos, todos comunicados entre sí por decenas de caminitos de arcilla.

—¡Guau...! —se le escapa al contemplar aquel maravilloso lugar.

—¿Te gusta?

—Muchísimo.

—Es un sitio perfecto para lo que he planeado hacer.

—Estoy impaciente.

—Ven. Vamos a sentarnos allí —comenta el joven señalando un banquito de madera.

—Vale.

No hay demasiada gente. A su lado pasan dos chicos corriendo y varios ciclistas que pedalean por el camino principal. La temperatura es cada vez más baja y en aquel parque incluso parece que hace más frío.

Álex y Pandora se sientan en el banco. La chica está helada y se frota las manos, aunque ahora mismo no querría estar en ningún otro lugar por nada del mundo.

—Bueno, pues te voy a contar lo que vamos a hacer, ya que tú no has conseguido averiguarlo antes.

—Es que no tengo imaginación —responde poniéndose roja una vez más.

—Seguro que tienes muchísima, solo que no le sacas provecho.

—No creo que sea eso.

Su imaginación está en los libros, en las historias que otros escriben y ella lee. Entonces sí juega a introducirse dentro de esas páginas y a formar parte de las aventuras y experiencias que viven esos personajes.

Álex coge otra vez el helio y la bolsita con los globos y la deja sobre el banco. A continuación saca dos rotuladores de la mochila.

—¿Azul o negro?

—Azul.

El chico le entrega el rotulador azul a Pandora y busca entre sus cosas algo más.

—Creo que el destino tiene mucho que ver con los libros —empieza a decir el escritor—. Cuando tú vas a una librería o a una biblioteca a elegir una novela con la que pasar unos días, no te paras a pensar que quizá esas páginas te pueden cambiar la vida.

—Mmm...

—¿No te ha pasado nunca que te has encontrado con un libro que te ha sorprendido tanto que hasta te parece real?

—Continuamente —admite la chica, muy atenta a lo que le cuenta.

—Es tan mágico, te llena tanto que hace que se te quede marcado en el corazón, en la cabeza, en el alma. Y solo es un libro. Una historia que alguien un día decidió escribir. Alguien como tú o como yo.

—Más bien como tú que como yo.

Álex sonríe con el comentario de Pandora.

—La cuestión es: ¿por qué empezaste a leer ese libro y no otro?

—¿Por qué?

Una nueva sonrisa. Mira a la chica y le guiña un ojo. Ya tiene lo que buscaba. Una pequeña libreta de páginas de colorines.

—Es el destino. Simplemente, eso. Tan sencillo y tan complicado al mismo tiempo. Algo que muchos dicen que no existe, pero de lo que todos hablan.

Si antes a Pandora le gustaba Álex, ahora, después de aquella reflexión, la vuelve loca. ¡Aquel chico es increíble! Sabía que era inteligente, romántico y, evidentemente, muy guapo. Pero cuando habla, además, transmite algo mágico. Hipnotizante. Sus ojos son incapaces de apartar la mirada de su boca.

—¿Y qué tiene que ver el destino con los globos?

—Los globos son el enlace entre el destino, la novela y los lectores.

—¿Cómo? No entiendo.

—Espera.

El escritor arranca una hojita celeste de la pequeña libreta y la parte por la mitad. Luego escribe algo en ella y se la entrega a Pandora, que lee en voz alta:

—«El destino te ha encontrado *Tras la pared*».

—Líalo.

—¿Cómo?

—Haz un tubito muy fino con el papelito.

La chica se encoge de hombros y obedece.

—¿Así...? —pregunta cuando termina.

Álex asiente y recupera la hoja que Pandora ha transformado en un delgado cilindro de papel. Enseguida lo introduce en uno de los globos. Uno azul. Lo infla y hace un nudo. Por último, escribe con mucho cuidado sobre él, con el rotulador negro, la dirección de su Twitter: @alexoyola.

Se levanta, camina unos pasos hacia la escalera que antes han subido y deja escapar el globo que, poco a poco, se va volando hacia el cielo nublado de la ciudad.

Así que a eso se refería con lo del enlace y el destino.

—¿Qué te parece la idea, Panda?

Esta no responde inmediatamente. Sonríe y observa al chico entusiasmada. ¿Qué le va a parecer? Brillante, ingeniosa, divertida. ¿Por qué ella no es lo suficientemente buena para estar con él toda la vida y ayudarle en cientos de cosas como esa?

—Me encanta.

—¿Sí? Entonces, manos a la obra. ¡Hay noventa y ocho globos más! —exclama el escritor sentándose en el banco.

—No sé si voy a ser capaz —dice sintiéndose algo torpe.

—Si quieres, tú escribes las notitas y yo los inflo y pongo la dirección del Twitter en el globo.

Está quedando como una patosa. Es algo torpe, pero

¿tanto como para no ser capaz de llenar de helio unos cuantos globos?

—¡No! Yo también quiero inflarlos —protesta Pandora alcanzando uno naranja de la bolsa.

La chica ajusta el globo a la boquilla de la minibomba y la inclina ligeramente, como antes le ha visto hacer a Álex, de manera que lo llena de helio muy deprisa.

—Muy bien hecho. Pero te recomiendo que, antes de inflarlo, escribas la nota y la metas en el globo, porque si no, lo tendrás más difícil.

La chica se muere de vergüenza. ¡Qué tonta! Ha puesto demasiado énfasis en demostrarle que ella también puede hacerlo bien y rápido. Por lo menos, no lo ha cerrado con un nudo. Deja salir el helio del globo y arranca una hojita de la libreta de colores.

—¿En todas las notas pongo lo mismo?

—No hace falta. Si se te van ocurriendo otras frases, puedes ir modificando el mensaje. Lo único que sí tiene que aparecer de alguna manera es «*Tras la pared*».

—Vale.

Pandora piensa un instante. Se le ha ocurrido algo. Destapa el rotulador azul y escribe en el papelito. A continuación lo lía y, mientras sonríe satisfecha, lo introduce en el globo naranja.

—¿Qué has puesto que estás tan contenta?

—Nada.

—¿Te da vergüenza decírmelo?

—Sí, un poco.

El chico se aproxima hasta ella. El corazón de Pandora se acelera. Está demasiado cerca. ¡No!

—Va, sin miedo. ¿Qué has puesto?

—No te gustará.

—Eso ya lo veremos. A ver, dime, ¿qué has escrito?

—«Aparecí *Tras la pared.* Firmado: el destino».

—¡Ey! Eso está muy bien. ¿No decías que no tenías imaginación?

—Habrá sido suerte.

La chica infla el globo naranja y escribe, con cuidado para no hacerlo explotar, el Twitter de Álex. Está emocionada como una niña pequeña. ¡Pero si solo es un globo con un papelito dentro!

Se levanta y se dirige a la escalera. Unas finísimas gotas de lluvia están cayendo sobre ella. Pero hace demasiado frío y las gotas en segundos se transforman en copitos de nieve. Pandora mira al cielo y cierra los ojos. Siente frío en su frente cuando uno de esos copos se detiene encima de su nariz para desaparecer enseguida. La chica vuelve a abrir los ojos y contempla la ciudad desde aquel alto. Se ve muy bonita. Hacia allí impulsa el globo naranja con su frase dentro. Este serpentea con el viento y poco a poco se aleja del parque.

Ahora es el turno del destino.

Capítulo 25

Esa tarde de diciembre, en un lugar de Londres.

—¡Daos prisa, que no tenemos todo el día! ¿O es que queréis que se nos junte con la hora de la cena?

Los gritos de Margaret sacuden las paredes de la cocina. En cambio, Paula continúa fregando los platos de la comida sin inmutarse. Ha decidido que la mejor manera para pasar aquel mal trago es ponerse los cascos y subir la música al máximo de volumen. Menos mal que le dio por llevarse su MP4 en el bolsillo.

De vez en cuando mira de reojo a Luca para comprobar si este planea alguna nueva trastada. Ya la ha salpicado varias veces con el agua y hasta ha intentado echarle lavavajillas en los zapatos simulando que se le caía. Por suerte, no acertó y se ganó la bronca de la cocinera por ser tan torpe. Que nadie sepa realmente quién es ese chico hace que no tenga un trato especial. Seguro que, si Margaret, Daisy o Brenda conocieran que es el sobrino del director de la residencia, la cosa cambiaría radicalmente.

—¿Qué estás escuchando? —le pregunta su compañero de castigo, arrebatándole uno de los auriculares.

—¡Ey! ¿Qué haces? ¡Devuélvemelo!

Pero Luca no tiene intención de hacerle caso y esquiva la mano de Paula que intenta quitárselo. El sobrino del señor Hanson se coloca el auricular en una oreja y arruga la frente.

—¿Qué es esta música?

Suena *Take it off*, de Kesha.

—¡Que me lo des! —exclama la chica despojándose de los guantes con los que está fregando.

—¿Esto es lo que sueles oír, españolita?

—¡Y a ti qué te importa!

—Si gritas de esa manera, enfadarás más a Margaret. Así que es mejor que te lo tomes con calma.

Paula respira hondo y amenaza con la mirada al chico, que sonríe divertido. De nuevo ha conseguido sacar de sus casillas a la «chica perfecta».

—Luca, no estoy para más bromas.

—Claro, lo tuyo no son las bromas, prefieres dejar tuerta a la gente.

—La culpa fue tuya por... todo. Empezaste tú.

—¿Y qué más da quién empezara?

—Devuélvemelo ahora mismo.

Empieza a ponerse nerviosa, pero no puede alzar demasiado la voz; si no, las cocineras se acabarán enterando de la discusión. No quiere estar lavando platos hasta el desayuno.

—Tengo que recomendarte algunos grupos mejores que este para que mejores tu cultura musical.

—En serio, dámelo. Por favor.

—Hay una banda *indie* buenísima que seguro que te encantará.

La chica trata de recuperarlo de nuevo, pero falla. No se da por vencida y lo intenta una segunda vez. Se lanza sobre él, pero este hábilmente se zafa echándose hacia atrás. Sin embargo, su movimiento es tan brusco que, al tirar con tanta fuerza, saca el MP4 del bolsillo trasero del pantalón de Paula y el otro auricular sale despedido de la oreja de ella.

—¡Joder! ¡Me has hecho daño en el oído!

Entre la confusión y el grito de dolor de la chica, el aparato se queda colgando en el aire. Luca se da cuenta y, antes de que Paula lo alcance, es él quien lo agarra.

—¡Mío! —dice mientras se coloca el otro auricular.

—¡Capullo!

—¿Cómo funciona esto? A ver...

—¡Eres un estúpido! ¡Devuélvemelo!

Sin embargo, Luca no deja de sonreír e ignora completamente a Paula.

Tanto ruido llama por fin la atención de Margaret, que se acerca hasta los dos chicos. Con sus habituales formas toscas, se dirige a ellos:

—¿Qué pasa aquí? ¿Por qué armáis tanto jaleo? ¡Aquí estáis para trabajar, no para pelearos como una vulgar parejita de novios!

—¡Me ha quitado mi MP4! —exclama Paula, muy nerviosa, llevándose la mano a la oreja dolorida.

—Me lo ha prestado —comenta el chico, sonriendo y toqueteando el volumen del reproductor para bajarlo y escuchar lo que dicen.

—¡No es verdad! ¡Me lo has quitado!

Margaret resopla y pone las dos manos sobre la encimera.

—Me da lo mismo de quién sea ese cacharro y lo que hagáis con él. Lo que quiero es que estos platos estén limpios en cinco minutos o vais a estar aquí hasta la cena de Año Nuevo. ¡Y ni un solo grito más! ¿Entendido?

Luca asiente con la cabeza y Paula la mira desconsolada. Hay poco más que hacer.

La cocinera suelta un insulto en voz baja y se retira hacia el almacén, donde está ordenando los últimos pedidos que han llegado al centro.

—¿Ves lo que has conseguido? Ya la has enfadado —señala Luca, sonriente, mientras vuelve a subir el volumen de la música.

Paula se frota los ojos, luego se toca la frente con las dos manos. Le duele la cabeza. Aquello no puede estar pasando. Se siente impotente, sin ganas ni fuerzas para seguir en Londres. Quiere volver a su casa, en España, con su familia, sus amigos. Con su novio. Álex no se imagina lo mal que lo está pasando allí. Si lo supiera, la rescataría de aquel sitio en el que está viviendo un mal sueño. Cabizbaja, vuelve a ponerse los guantes y continúa fregando los platos. ¿Por qué le está pasando aquello? Ella no le ha hecho nada malo a nadie. Solo quería disfrutar un año en Londres, aprender inglés, vivir una experiencia que le sirviera para el futuro. Pero se siente sola, abatida y humillada por aquel tipo que le está haciendo la vida imposible.

Sin remediarlo, una lágrima se le derrama por la mejilla y se pierde entre los platos que todavía quedan por fregar. Cierra los ojos e intenta evitar que caigan más. Pero aquel remedio es todavía peor. Sus mejillas se iluminan cada vez más, bañadas por sus ojos.

—Joder… —murmura, y con el brazo intenta secarse las lágrimas.

Luca la observa mientras escucha un tema de Owl City, *Vanilla twilight*. ¿Está llorando? No, no puede estar llorando por una tontería así. Se acerca un poco más a Paula con la excusa de coger un plato para secarlo. Sí, está llorando. Contempla cómo en su barbilla baila una lágrima a punto de resbalar y caer. Aspira su aroma. Huele a vainilla. Nunca se había dado cuenta. Le gusta.

—Oye, españolita... —dice al tiempo que se quita uno de los auriculares de la oreja. Su tono de voz es diferente al que suele utilizar con ella.

—¿Qué quieres ahora?

La chica se gira hacia él y ambos se miran. El rostro de Paula está lleno de gotitas que se deslizan por su cara.

—Verás...

En ese momento, la puerta de la cocina se abre. No es ninguna de las cocineras, ni tampoco Brenda, la mujer de la limpieza.

—¡Paola!, Me voy a estudiar a la biblioteca. Me han dicho que estabas aquí fre... —Valentina entonces ve a su amiga y se sorprende. Tiene el rostro lleno de lágrimas—. ¿Qué te ha pasado?

—Nada, nada —se apresura a contestar.

Luca se echa ligeramente hacia atrás y se quita el otro auricular.

—¿Cómo que nada? ¡Estás llorando!

—Shhh.

—Has sido tú, ¿verdad? —pregunta señalando al chico—. ¡Tú la has hecho llorar!

—Déjame en paz, *italianini*. Eres muy pesada.

—¿Qué le has hecho?

Paula agarra a Valentina por un brazo e intenta calmarla. La italiana está fuera de sí.

—No grites, que no quiero que Margaret se vuelva a enfadar con nosotros —señala Paula tranquilizándola.

—¿Qué te ha hecho este capullo? —insiste.

—Nada. No te preocupes. Solo ha sido una broma.

—¿Otra? ¿Qué ha sido esta vez?

—Le he quitado su estúpido MP4 —responde Luca lanzándole el reproductor a Valentina.

La chica lo atrapa y le insulta en italiano.

—Eres un indeseable.

—Venga, déjalo ya, Valen. No merece la pena.

—¿Por qué no la dejas en paz? Si tanto te gusta, demuéstraselo de otra manera, no fastidiándola todo el tiempo.

Paula y Luca escuchan el comentario perplejos. ¿Han oído bien lo que acaba de soltar Valentina?

—¿Gustarme? ¿La españolita perfecta?

—¡Claro! ¡Reconócelo de una vez! —grita la italiana—. Y sí, es perfecta. Paola es tan perfecta que tú no le llegas ni a la altura de los zapatos. Y por eso no eres capaz de admitir que te gusta.

—Estás loca —susurra el chico apartando la mirada.

—Yo estaré loca, pero tú estás enamorado de esta chica.

—Bah... No sabes lo que dices.

Paula no comparte lo que su compañera está diciendo, pero tampoco tiene fuerzas para pararla.

—Valen, olvídalo. No sigas...

—¿Es que no tienes lo que hay que tener para decirle a mi amiga que estás loco por ella?

Los gritos de Valentina cada vez son mayores. Paula teme que en cualquier momento aparezca Margaret.

—No tienes ni idea de nada, *italianini.*

—¿Y tú sí, capullo creído?

Luca no responde. Nadie le había hecho frente de esa forma. Está nervioso y le cuesta reaccionar.

—Venga, Valen. Vayámonos de aquí. —La joven se quita los guantes y los deja dentro del fregadero—. Termina tú con esto, por favor.

Y tomando a su compañera de habitación por el brazo, salen de la cocina.

Todavía sigue respirándose el aroma a vainilla.

El chico se pone los guantes y coge uno de los pocos

platos que quedan por lavar. Abre el grifo del agua caliente y lo enjuaga.

Ha sentido algo dentro de él que pensaba que simplemente eran imaginaciones suyas. ¿De verdad aquella chica le gusta?

Capítulo 26

Minutos después, ese día de diciembre, en un lugar de Londres.

Las dos chicas caminan por uno de los pasillos de la residencia. Llegan a la zona principal donde Valentina, con efusividad, saluda en italiano a George, el conserje de guardia. Paula apenas levanta la cabeza para sonreírle. Continúan andando, dejando atrás la sala de estudios y la habitación en la que está la fotocopiadora y la máquina de refrescos.

—No deberías de haberle dicho eso a Luca —comenta la española en voz baja.

—¿El qué?

—Eso que le has dicho.

—¿Que tú le gustas?

—Sí.

Valentina resopla y pasa una mano por detrás de Paula hasta su hombro derecho, abrazándola.

—Es que ese tío está enamorado de ti. ¿No lo notas?

—No. No he notado nada.

—Pues yo sí.

—De todas formas, aunque fuera verdad, que no lo es, habría sido mejor no decirle nada. Ahora será más insoportable todavía.

La italiana mueve la cabeza de un lado a otro y gesticula con las manos.

—¡No lo comprendes, Paola! ¡No lo comprendes!

—Pues no.

—Lo que hará ese chico cuando estés con él es tratarte con más respeto.

—No lo creo.

—Ya lo verás. Confía en mí.

—¿Por qué estás tan segura? —pregunta desconcertada.

Las chicas se detienen delante de la puerta del despacho del director del centro.

—Pues porque ahora Luca Valor ya sabe que lo sabes.

—¿Y eso qué significa?

—¡Ay, Paola, Paola! ¿Pero es que no entiendes nada de nada? Tiene que venir tu amiga la italiana para explicártelo todo... *Mamma mia!* —exclama mirando hacia el techo del pasillo—. Pues ahora ese tío intentará conquistarte en lugar de molestarte. ¡Los hombres funcionan así! Son simples. Él antes te quería, pero también te odiaba por no poder tenerte y sobre todo porque tú no te dabas cuenta de sus sentimientos. Eso les molesta a los tíos muchísimo. Pero, ahora que tú ya sabes que él te quiere, cambiará. Jugará sus cartas de otra manera. ¿Comprendes ya?

—No.

—¿En tu país no se dice eso de que los que se pelean se desean? ¿Ni que del odio al amor hay un paso?

—Sí, aunque es al revés —la corrige—. Pero no es nuestro caso.

—*Mamma mia! Mamma mia!* —exclama Valentina fuera de sí—. Tu amiga italiana se desespera, Paola.

Su expresividad saca una sonrisa a Paula. Esta no para de mover las manos arriba y abajo, y de cambiar el tono de voz, terminando las frases en agudos muy pronunciados.

—Es que mi amiga la italiana vive en una fantasía permanente. Cree cosas que solo a ella se le pueden ocurrir.

—¿Qué dices? ¿Me estás llamando loca? ¿Crees que lo estoy?

—No. Bueno, solo un poco.

—¡Ah! Sí es verdad que me estoy volviendo loca contigo. Por tu culpa, española. ¿Cómo puedes no entender a los hombres?

—¿Tú los entiendes?

Valentina por un segundo se queda en silencio inmóvil, pero enseguida sonríe pícara y suspira.

—Son muy simples. Como un semáforo de dos colores. Pero a veces me cuesta comprenderlos también. Es que son unos capullos.

Las dos se miran muy serias, pero estallan en una carcajada. Luego se abrazan y se dan un beso.

—Muchas gracias por preocuparte por mí, Valen.

—De nada, Paola, de nada. Y ya verás como tengo razón y a partir de ahora el capullo de Luca Valor es más amable contigo.

Paula duda de que eso sea lo que pase, aunque tal vez esté en lo cierto. Pero, por si acaso se equivoca, debe hablar con Robert Hanson muy seriamente. Las chicas se despiden con otro abrazo. La italiana se marcha a la biblioteca a estudiar y Paula tiene una conversación pendiente. Sin dudarlo ni un momento más, se dirige hacia el despacho del director con la esperanza de encontrarlo allí y de que no esté demasiado ocupado.

Al llegar ante la puerta del despacho, toma aire y llama.

—¡Pase, está abierta! —gritan desde dentro.

La joven obedece. A pesar de que está algo nerviosa, va decidida a poner las cosas claras. Robert Hanson se levanta de su sillón en cuanto ve a Paula entrar en la habitación. Luce un impecable traje negro y una corbata azul oscuro con rayitas blancas: muy elegante, como siempre.

—Buenas tardes, señor.

—Hola, señorita García. Siéntese —dice sonriente mientras regresa detrás de la mesa de su despacho—. ¿Cómo se encuentra?

La chica toma asiento y frunce el ceño.

—¿Usted qué cree?

—Parece enfadada. ¿No van bien las cosas?

—No. Van muy mal.

—Vaya..., cuánto lo siento.

—No creo que lo sienta demasiado. Usted ya sabía lo que pasaría.

El hombre se quita las gafas, que se le han empañado, y las limpia con un pequeño trapito gris que tiene sobre la mesa. Se las coloca de nuevo y sigue hablando.

—¿Qué es lo que sabía yo que pasaría? ¿Qué ha sucedido?

—Su sobrino es insoportable. Y es imposible convivir con él.

—Bueno, me ha asustado. Creí que era algo más grave —indica sonriente—. Pero eso sí que lo sabía. Por eso le pedí a usted ese gran favor.

—Pues no puedo seguir haciéndole ese favor.

—¿Ha hecho algo Luca que la haya vuelto a molestar?

—¿Algo? No ha parado.

La chica le explica a Robert Hanson todo lo que ha pasado durante el día, las constantes bromas con las que su sobrino no ha dejado de fastidiarla.

—Eso que usted me cuenta no dejan de ser chiquilladas.

—¿Chiquilladas? ¿Me está hablando en serio?

Paula está indignada. ¿Ahora su tío lo defiende?

—Señorita García, usted casi le deja sin un ojo. Según los médicos, estuvo muy cerca de que eso sucediera.

—Fue sin querer.

—Ya lo sé, pero eso no significa que lo que usted hizo estuviera bien. Le lanzó un trozo de hielo a la cara.

—¡Porque él lleva tres meses provocándome! No sé cuántas veces lo he repetido ya. ¿O es que usted cree que reacciono así siempre?

—Por supuesto que no.

Las palabras del director de la residencia están hiriendo a la chica, que no comprende aquel cambio de actitud. El día anterior fue él mismo quien la disculpó y responsabilizó a Luca Valor de lo que había ocurrido.

—Pues póngame otro castigo.

—Eso no es posible.

—¿Cómo que no? ¡Claro que es posible!

—Si revisa los estatutos de nuestro centro, comprobará que la agresión física de un alumno a otro significa la expulsión inmediata de la residencia. Como, además, nuestros centros tienen un acuerdo y dependemos de su universidad, tendríamos que trasladarles a ellos lo sucedido.

—¿Qué me quiere decir? ¿Que si no hago lo que me dice me echará?

El hombre se coloca una mano en la barbilla y tarda en responder. Observa a Paula, que tiene el rostro desencajado.

—No, señorita García. No quiero echarla.

—¿Entonces? Lo que me ha dicho ha sonado como una amenaza: o hago lo que usted me dice o me expulsa.

—Prefiero hacer las cosas por las buenas.

—Y yo. Pero con su sobrino es una misión imposible.

El hombre resopla. Abre el cajón de su mesa y saca un papel. Se lo enseña a Paula, que lo lee en voz baja. Está en un inglés muy técnico, pero comprende la esencia del documento. ¡Menuda sorpresa!

—¿Luca es adoptado? —pregunta revisando el folio por si no lo ha entendido bien.

—Sí. Con diez años, mi hermana y mi cuñado lo adoptaron de un centro de menores.

—¿Y sus padres biológicos?

—Ahora, muertos. Pero estuvieron viviendo con él hasta los ocho años y pico. ¿Y sabe dónde estaba el centro al que fue a parar?

—No.

—En España.

Paula se queda boquiabierta. Así que aquel chico es español. Por eso sabe tan bien el idioma. Todo lo que gira en torno a él resulta que es un misterio. Además, observando más detenidamente la ficha que Robert Hanson le ha pasado, descubre que su verdadero nombre es Lucas Roldán y no Luca Valor, como se le conoce ahora.

—Vaya...

—Su infancia no fue nada fácil. Sufrió maltratos, se metió en mil peleas... y le aseguro que ha mejorado mucho, pero le quedan secuelas de aquellos años tan complicados. Afortunadamente, salió de aquello. Su padre aprovechó que estaba de embajador en España y, gracias a unos contactos, lograron su adopción rápidamente. Luego lo destinaron a Londres. Aunque aquí las cosas tampoco han sido fáciles.

Ese es el motivo por el que es tan... insoportable. Pero, de todas formas, ella no deja de ser una víctima. El chico le da muchísima pena, pero la que está sufriendo ahora su comportamiento es ella.

—Eso que me cuenta es muy triste y me sirve para comprender algunas cosas, pero sigo pensando que Luca y yo somos incompatibles y que él seguirá molestándome todo lo que pueda.

—Haga un esfuerzo, señorita García.

—Pero ¿por qué yo?

—Porque usted es española como él, simpática, comprensiva y tiene buenas intenciones. Es la persona perfecta para ayudar a que mi sobrino sea más amable, menos grosero, más cariñoso. Que se preocupe por otras cosas y deje de hacer bromas pesadas. Sé que es un buen chico y muy inteligente. Pero necesita a alguien como usted que le guíe.

Paula resopla y se lleva las manos a la sien. Aquello que le está pidiendo el señor Hanson es una auténtica quimera. Pero suena a desesperación. Imagina lo mal que lo tiene que estar pasando la familia de Luca.

Uf.

—Solo hasta el domingo.

—Muy bien —comenta satisfecho y sonriente el hombre—. Solo hasta el domingo.

—El domingo, pase lo que pase, me liberará de todo. ¿Me da su palabra?

—Tiene mi palabra.

El hombre estira su brazo para sellar el acuerdo verbal con la joven. Paula hace lo mismo y estrechan sus manos.

—Ah, otra cosa...

—¿Sí?

—Tengo mucho que estudiar y, si me dedico tanto tiempo a limpiar, suspenderé. Un par de horas al día de castigo. ¿Vale?

—Vale. Acepto. Avisaré a Brenda y a Margaret.

—Gracias.

Paula se pone de pie. Al final ha sido una buena idea la de acudir al despacho de Robert Hanson y dialogar con él.

El hombre se despide de la chica, que sale por la puerta más aliviada. Él también lo está. Aunque hay algo que tal vez debería haberle comentado a Paula: el principal motivo por el que le ha asignado aquella misión a esa joven es porque está completamente seguro de que su sobrino se ha enamorado de ella.

Ahora solo falta que los días pasen y que las cosas sigan su camino lógico. ¡Qué mejor manera de que Luca cambie que encontrando una novia que le quiera!

Capítulo 27

Una tarde de diciembre, en un lugar de la ciudad.

La nieve continúa cayendo en el parque. Lo lleva haciendo de manera intermitente desde que Álex y Pandora comenzaron a inflar los globos, pero no nieva de una forma intensa, sino suave, delicadamente. Como en una de esas bolitas de cristal que se agitan y caen los copos lentamente sobre un paisaje idílico. Eso ha permitido que los chicos puedan continuar con su tarea.

Sin embargo, el frío ha aumentado desde hace unos minutos.

El escritor le ha preguntado varias veces a Pandora si quería seguir. Ella le ha contestado siempre que sí. ¡Cómo no iba a querer! A pesar de que sus manos estaban heladas. Al final, le costaba sujetar el rotulador con firmeza y hacerles los nudos a los globos se estaba convirtiendo en una verdadera tortura. Apenas sentía los dedos.

—Este es el último —dice Álex escribiendo la dirección de su Twitter sobre un globo de color blanco.

Cuando acaba, se lo entrega a la chica, que, sonriente, se acerca hasta la escalera y lo deja libre. Observa cómo se aleja volando hacia alguna parte de la ciudad. Se frota las manos y sopla en ellas. Está muerta de frío, pero qué más da eso. Ha pasado el mejor día de su vida. Álex se acerca por detrás y le pone una mano en el hombro. Siente un escalofrío y no es precisamente por la temperatura que hace.

—Ya lo he recogido todo. ¿Nos vamos? —le pregunta el escritor.

—Sí.

Aunque su corazón dice lo contrario: no, no quiere irse. Marcharse del parque significará que todo aquello se acabó. Y que no volverán a vivir esa experiencia única, especial. Juntos. ¿Cómo puede tener tanta imaginación? Compartir aquella tarde con él será algo que jamás podrá olvidar. Espera que alguna vez se repita y cuente de nuevo con ella.

Empiezan a bajar la escalera infinita. Pandora está triste. ¿Y si compran más globos y vuelven? ¡Qué importan el frío o la nieve! O que anochezca. O que su madre le eche la bronca por llegar tarde a casa. ¡Qué más da todo si está con él!

—Estás tiritando —comenta Álex, que ve cómo la muchacha tiembla de frío.

—No es verdad.

—¿Cómo que no? A ver si vas a pillar un constipado por mi culpa.

—Que no. Estoy bien.

Pero es cierto que la chica está temblorosa.

—Espera un segundo.

Álex se detiene y deja la mochila en un escalón. A continuación, se quita el abrigo y se lo coloca por encima a Pandora.

—Gracias —dice la chica azorada—. No hacía falta.

—¿Cómo que no? Estás muerta de frío.

—¿Y tú?

—Yo aguanto bien. No te preocupes.

Se ha quedado tan solo con una camiseta negra de manga larga. Nunca le ha gustado ir demasiado abrigado. Ni siquiera en días tan fríos como aquel.

El chico vuelve a colgarse la mochila y continúan bajando la escalera.

—Me he divertido mucho —afirma la chica, que poco a poco va entrando en calor.

—Me alegro. Yo también. Ha sido una tarde muy entretenida.

—¿Cómo se te ocurrió la idea?

—Fue por un sueño. Una pesadilla más bien —revela Álex—. Soñé que viajaba en un globo aerostático que perdía aire y se estrellaba en medio del desierto.

—Vaya...

—No te preocupes, que no moría.

—Menos mal.

El escritor ríe. La ingenuidad de Pandora le divierte. Habla poco. A veces, incluso da la impresión de que está en su propio mundo, uno muy lejano al que solo ella tiene acceso. Pero posee algo que no sabe descifrar y que le gusta mucho. Está muy bien a su lado. Es una persona muy especial, tan particular que merecería un personaje en una de sus novelas.

Llegan al final de la escalera. Nieva con más fuerza.

—¡Mira, Panda! —exclama Álex mientras caminan por la calle contigua.

—¿El qué?

—¡Allí!

—¿Dónde?

—¡Allí, junto al semáforo!

La chica mira hacia donde este señala. Una joven pareja de novios, cogidos de la mano, está a punto de cruzar por un paso de cebra. Ella lleva un globo amarillo debajo del brazo.

—¿Es uno de los nuestros?

—No lo sé. Seguramente sí. No creo que haya muchos locos por ahí sueltos repartiendo globos.

—Ya.

—¿Nos acercamos?

—Vale.

Los chicos se dan prisa por llegar al semáforo antes de que cambie de color. Y, aunque a Pandora le cuesta muchísimo seguir el ritmo de Álex, lo consiguen y también cruzan a tiempo.

—¿Estás bien, Panda? —le pregunta viéndola sofocada. Tiene los mofletes muy colorados y sale mucho vaho por su boca.

—Sí..., sí... —responde jadeante—. Perfectamente.

Sonríe como puede y le pide que sigan caminando.

La pareja de novios está a poca distancia. Álex y Pandora se acercan hasta ellos sigilosamente.

—Me siento como un policía secreto persiguiendo a un sospechoso —comenta él en voz baja.

En cambio, ella se ve más como Sailor Moon persiguiendo a los malos.

Los dos llegan a la altura de la pareja y observan el globo que la chica lleva debajo del brazo. Sonríen al mismo tiempo. Los adelantan por la derecha y unos metros más adelante se detienen para volverlos a ver. No hay duda: es uno de sus globos.

—Qué bien haber visto a alguien que ha encontrado uno de los globos... —señala Pandora muy contenta.

—Pues sí.

—¿Crees que te escribirán y te dirán que lo han encontrado?

—Ni idea. Nunca se sabe. Quedan pocos románticos en el mundo.

—Estos parecían muy enamorados.

A ella también le encantaría pasear con él como si fueran novios, cogidos de la mano, y susurrarle cosas al oído.

Darle un beso y reírse de lo mismo. Y darle más besos hasta que no pudiera respirar.

¿Cómo será darle un beso a un chico? No lo sabe. A sus diecisiete años aún no ha besado a ninguno. Tampoco ha tenido oportunidades. Ni tentaciones. Es algo que hasta que conoció a Álex nunca se había planteado. Pero desde aquel instante se convirtió en su sueño. Un sueño imposible que jamás podrá realizarse.

—Sí, lo parecían. Pero eso no significa que lo estén o que sean románticos. No todo lo que parece es, Panda. Recuérdalo.

—Es algo que también me dice mi madre.

—Pues hazle caso.

—¿A mi madre?

—Sí. Ese es un buen consejo.

Si hiciera caso de todo lo que su madre le dice..., no tendría vida. Se quedaría encerrada todo el día en casa, estudiando. No lo habría conocido a él, no habría disfrutado de aquella tarde mágica. No estaría enamorada. Aunque quizá eso preferiría que no hubiese pasado.

Capítulo 28

Hace un año y algo, un día de finales de noviembre, en un lugar de la ciudad.

Entran en el Manhattan. No hay demasiada gente: un par de chicas sentadas escribiendo en sus portátiles, un treintañero leyendo un libro de Agatha Christie y una mujer pensativa tomando café.

Paula examina el lugar desde la entrada y esboza una gran sonrisa. No es muy grande ni muy luminoso, pero el ambiente que se respira es muy agradable. Le sorprenden las siete estanterías rebosantes de libros colocadas en las paredes laterales del local. Hay novelas de todo tipo, incluso algunas en inglés y en francés. También diccionarios y una enciclopedia.

De fondo suena un piano *chill out* muy relajante.

—¿No se duermen los clientes con esta música? —pregunta la chica sacando la lengua, divertida.

—Para eso servimos un magnífico café. La música relajante los obliga a pedirlo para que no se duerman sobre las mesas —responde ingenioso Álex, que sonríe—. Ven, te voy a presentar a Sergio.

Los chicos se dirigen hacia la barra, donde un camarero alto y rubio, vestido completamente de blanco, los recibe.

—Hola, jefe. Ya te tengo preparado lo que me pediste.

—Genial, muchas gracias... Te presento a mi amiga Paula.

—Encantada.

—Igualmente.

El joven se inclina sobre la barra y se estira para darle dos besos a la chica.

—Sergio es uno de los tres camareros que trabajan en el Manhattan. Y es el mejor.

—Eso nos lo dice a todos para motivarnos —aclara el camarero.

Los tres ríen.

—¿Quieres tomar algo mientras voy a buscar lo que Sergio me ha preparado? —le pregunta el escritor a Paula.

—No, muchas gracias.

—Vale, pues espérame un minuto.

—No me moveré de aquí.

Álex y Sergio entran juntos en el pequeño almacén del bibliocafé. La chica, mientras, se sienta en uno de los taburetes que están en la barra y mira a su alrededor. Nunca hubiera imaginado que Álex se aventurara a abrir un sitio así. Aquel lugar tiene su sello: libros, música y buen gusto en cada rincón.

Ahora desaparece y va en busca de algo. ¿Qué estará tramando esta vez? Seguro que es sorprendente, como todo lo que tiene que ver con él. Nunca ha conocido a nadie con su imaginación.

—Ya estamos aquí —dice Álex saliendo del almacén con una bolsa de plástico llena de botellitas vacías de zumo.

Sergio lleva otra, aunque más pequeña y menos pesada.

—¿Y esto? —pregunta Paula, que no comprende nada, algo que por otra parte ya esperaba.

—Son botellas de zumo.

—Eso ya lo veo. Pero ¿qué vamos a hacer con ellas?

—Te lo explico ahora mismo. A ti te toca llevar esa.

Paula resopla. Lo intuía. Se acerca hasta Sergio, que, sonriente, le pasa la bolsa más pequeña.

—Toda tuya.

—Gracias.

—No pesa mucho. La que lleva el jefe tiene casi el doble de botellas que esta.

—Claro. No pretendería que yo llevara la que más pesa —indica suspirando—. Él, además, está fuerte.

El camarero ríe y vuelve detrás de la barra.

—Y eso que no lo has visto sin camiseta... —apunta el joven guiñándole un ojo.

—Y tú tampoco —aclara Álex, que se cuelga en ese instante su mochila en la espalda—. Nos vamos, Sergio. No sé si volveré a la noche. Si necesitas cualquier cosa, llámame al móvil.

—Muy bien, jefe. Sin problema —dice haciendo la señal de OK con el pulgar—. Hasta luego, Paula. Espero verte más por aquí.

—Seguro que vendré más veces.

—Eso espero.

La chica sonríe y se despide dándole dos besos.

Álex le abre la puerta del Manhattan para que pase delante y juntos abandonan el bibliocafé.

—Muy simpático, el chaval.

—¿Sergio? Es un buen chico. Y trabaja muy bien.

—Es mono.

—Sí, es verdad. Es muy guapo.

—¿Tiene novia?

—Novia, exactamente, no —comenta con una de sus sonrisas—. Novio.

—Ah, vaya.

—¿Decepcionada?

—Pues sí. Todos los guapos o están cogidos o son gais.

—Este cumple con las dos cosas.

—En fin, ¡qué le vamos a hacer!

—No te preocupes, eres muy joven. Ya aparecerá el hombre de tu vida en cualquier esquina.

¿En cualquier esquina? ¿O en cualquier librería? ¿O tal vez en alguna cafetería?

Paula observa a su amigo. Sigue igual de guapo que cuando lo conoció. Igual de misterioso. Sin embargo, su vida ha experimentado un giro radical desde entonces. Ha logrado llegar a la meta, ha cumplido su sueño: publicar una novela. Ella, en cambio, continúa bastante perdida. Sobre todo en lo que a los chicos se refiere. No ha dado con el adecuado y en los últimos tiempos, además, tampoco es que lo haya intentado. Solo quería divertirse y no pillarse de nadie. Sí, solo tiene diecisiete años, pero quizá va siendo hora de pensar un poco más en otras cosas.

—¿Crees que la mujer de tu vida ya ha aparecido? —pregunta tras unos segundos en silencio.

—Ni idea. Es muy difícil saberlo. Tal vez la conozca y aún no sepa que esa va a ser la mujer de mi vida.

Paula se queda pensando: ¿y si fuera ella? Si le propusiera salir..., ¿aceptaría? Seguramente no. Álex debe de estar escarmentado por lo que sucedió en marzo. Además, no se le olvida que antes, en el Starbucks, le contó que hay algo con otra chica. ¿Quién será la afortunada? De todas formas, parece que él no tiene muy clara esa relación.

—Bueno, tú también eres joven. No hay prisas, ¿no?

—¡Claro que soy joven! Aunque ya hay quien me habla de «usted» —comenta fingiendo desilusión—. El otro día, en la firma de libros, algunas de las chicas más jóvenes me trataron como si yo fuera alguien mucho mayor que ellas.

—Pero eso es porque te ven como un ídolo, no como un señor mayor.

—Eso es porque me hago viejo.

—¡Si solo tienes veintitrés años! —exclama—. Y aparentas menos. Unos... veintidós.

Álex se tapa los ojos con la mano que tiene libre y mueve la cabeza de un lado para otro. Luego, mira a Paula y sonríe.

—En fin. Dentro de poco estaré cubierto de arrugas y lleno de patas de gallo. Mejor cambiemos de tema.

—Qué exagerado eres.

Una nueva sonrisa entre ambos.

—¿Quieres que te explique lo de las botellitas?

—Claro. Porque ya me dirás, si no, para qué voy cargada con esta bolsa. Pesa bastante.

—Qué quejica eres...

—¡Ey! No soy...

—¡Qué tarde se ha hecho! ¡Así no llegamos! —la interrumpe Álex mirando el reloj. Se ha dado cuenta de que, si no se dan prisa, no podrán hacer lo que pretende.

—¿No llegamos adónde?

—A donde tenemos que ir.

—Pero ¿adónde vamos? ¿Has quedado con alguien? Si es que nunca me cuentas nada hasta que...

—No hay tiempo. Luego sigues quejándote. Ahora... ¡corre! —grita el chico mientras la coge de la mano.

A pesar de que Paula no entiende qué sucede, se deja llevar por Álex, que tira de ella.

—¿Qué pasa? ¡Explícamelo! —insiste la chica—. ¿Por qué corremos?

—Tenemos que coger un tren.

—¿Un tren?

—Sí. Y faltan cinco minutos para que salga.

—¿Qué?

—Ya tengo los billetes. Pero, si no nos damos prisa, no llegaremos.

¡Un tren! ¡Billetes! ¿Adónde la lleva? Ese chico se ha vuelto loco. ¿A otra ciudad? Espera que no sea muy lejos. No ha avisado a sus padres. Solo les dijo que salía por ahí a dar una vuelta. ¡Pero no que iba a hacer un viaje en tren!

—Hay que ir más rápido.

—¿Más?

—Un poco más.

—¡Las botellas pesan!

La pareja entra en la estación a toda velocidad. Corren por el vestíbulo hasta que se encuentran con los paneles que indican las llegadas y las salidas. Álex sonríe. Allí está el suyo. Andén número tres. Paula lo observa nerviosa. Todavía no entiende nada.

—¿Hemos llegado tarde? —pregunta jadeante, apoyando la bolsa de botellas en el suelo y flexionando las rodillas.

—No. Va con quince minutos de retraso —contesta aliviado.

—¡Joder! ¡Y para eso tanta prisa! No puedo ni respirar...

—Respira, respira...

La chica toma aire y vuelve a enderezarse. Se quita la chaqueta y la coloca doblada sobre un brazo. Está sudando, y eso que fuera hace bastante frío. Pero no está acostumbrada a aquellas carreras.

—Bueno, y ahora ¿me vas a explicar qué es lo que te propones?

—Sí, te lo cuento camino del andén número tres.

Capítulo 29

Hace un año y algo, un día de finales de noviembre, en algún lugar lejos de la ciudad.

El sol va escondiéndose despacio entre unas cuantas nubes blancas, aunque todavía hay bastante luz en aquella tarde de noviembre. El tren se detiene en una vieja estación en la que el cartel que reza su nombre apenas se puede leer. Nadie se baja, salvo dos jóvenes: una chica y un chico que llevan una bolsa de plástico cada uno llenas de botellas, aunque estas ya no están vacías. No son novios, pero podrían serlo. Hacen buena pareja. Eso es lo que han pensado todos los viajeros de ese tren que continúa su camino. Los han visto sentados juntos, cómplices. Riendo, charlando, escribiendo. Pero sin besos, sin caricias, sin abrazos. Ni tan siquiera se daban la mano.

—¿Cómo se te ocurren estas cosas? —le pregunta Paula cuando pone los pies en el suelo de la vieja estación—. Y traerme hasta aquí para esto. ¡Estás loco!

—Creo que es el mejor sitio en el que podíamos hacerlo. Y no está tan lejos de la ciudad.

—¡A cuarenta minutos! ¡Voy a llegar a mi casa a las tantas!

—Les dices a tus padres que has estado conmigo.

La chica arquea una ceja y busca el móvil. ¡Desconectado! No recordaba que lo apagó para que el calvito no la molestara. Lo enciende y, mientras caminan por un sendero de tierra, escucha la musiquita que anuncia los mensajes.

—Mierda. ¡Dieciocho llamadas perdidas...!

—¡Sí que estás solicitada!

—Una es del teléfono de casa y el resto de un pesado que no me deja tranquila.

—¿Es con el que me confundiste ayer?

—Sí. Espera, ahora te lo cuento todo.

Primero, Paula llama a sus padres para decirles que está bien y que llegará algo tarde esa noche. Que no se preocupen. Cuando cuelga, le relata a Álex la historia del chico al que dejó tirado en una cafetería la semana pasada. Fue el mismo día que volvieron a encontrarse en aquella librería.

—Menos mal que no fuiste, si no, no nos hubiéramos visto.

—Ya, pero ahora él está vengándose por el plantón. Y no para de molestarme a todas horas. Sé que metí la pata, pero se está pasando.

Sin que la chica le diga nada, el escritor le arrebata el móvil y examina la lista de perdidas. Coge su teléfono y marca nueve dígitos. Antes, se asegura de que la llamada aparecerá en el destinatario como «número desconocido».

—¿Sí? ¿Quién es? —contestan al otro lado. Es una voz de hombre, pero demasiado aguda.

—¿Es usted Javier Castillo?

—Sí, soy yo. ¿Quién es usted?

—Soy el... sargento Vidal, de la Guardia Civil.

Entonces se produce un gran silencio en la línea.

Paula se tapa la boca con las manos, sorprendida al oír lo que Álex acaba de decir. ¿¡Qué está haciendo!?

—¿Y qué... desea? —pregunta por fin el chico, que parece nervioso.

—¿Conoce usted a la señorita Paula García?

Un nuevo silencio, este más prolongado. El joven casi se echa a reír, pero la particular voz de Javier regresa y consigue evitarlo.

—No, no la conozco.

—¿Está seguro? No es lo que tengo entendido.

—Bueno, yo...

—Ella dice que sí se conocen.

—No lo sé. Conozco a mucha gente. Quizá sí la conozca...

—¿En qué quedamos? ¿La conoce o no la conoce?

—Sí, la conozco, la conozco.

—Bien. Pues según el informe que tengo delante, hay una queja hecha por la señorita García y por sus padres hacia usted —logra decir Álex, aguantando la risa al terminar la frase.

—Ah...

—¿Usted la ha llamado por teléfono en repetidas ocasiones durante la última semana?

—Yo...

—¿Sabe usted que es menor de edad?

—Pues... yo..., lo cierto...

Paula se muerde los labios. Está escuchando atenta la conversación entre el calvito pesado y el escritor. No imaginaba que pudiera actuar de esa manera y fingir ser un sargento de la Guardia Civil.

—De momento no vamos a intervenir dado que la chica no le ha denunciado porque no quieren demasiado alboroto ni juicios. Solo es una queja. Pero, si usted persiste en sus llamadas, tendrá un serio problema por acoso a una menor. No sé si me ha comprendido o quiere que se lo repita.

—No, no, ha quedado muy claro.

—Muy bien. Espero entonces, por su interés y el de la señorita García, que las llamadas cesen.

—Entendido. ¿Alguna cosa más?

—No. Nada más. Buenas tardes.

—Buenas ta...

Y sin esperar a que Javier Castillo se despida, Álex cuelga y se echa a reír descontroladamente. Paula lo observa boquiabierta.

—No me puedo creer lo que acabas de hacer...

—¿Por qué? Ha sido divertido. Y ese tío no te molestará más.

—¿Se lo ha tragado de verdad?

—Por completo.

—Increíble. ¡Aunque te has arriesgado demasiado!

—Ha merecido la pena.

Los dos siguen caminando por el sendero comentando entre risas lo que acaba de pasar. No conocía esa faceta de Álex. Está claro que nunca dejará de sorprenderla.

Poco a poco se van adentrando en una zona boscosa donde la luz es más tenue y los árboles con los que se encuentran, muy altos y frondosos. El camino se estrecha y se hace más incómodo.

—¿Falta mucho para llegar?

—No, ya casi estamos.

La chica resopla; está cansada. Y la bolsa con las botellas cada vez le pesa más.

—¿Has venido muchas veces por aquí?

—No, un par de veces sólo.

—¿Hace mucho tiempo?

—Bastante. Yo era un niño. Pero cuando se me ocurrió esta idea, fue el lugar que me vino a la cabeza.

—Espero que sepas volver, porque yo hace tiempo que perdí el norte.

—Pues ahora que lo dices...

La joven se frena en seco. Se observan el uno al otro

muy serios. ¿Se han perdido? Pero es una falsa alarma, ya que Álex sonríe al instante y continúa caminando.

—Qué capullo...

—Lo siento, solo quería ver cómo reaccionabas.

—Muy gracioso. No te recordaba con tanto humor.

—¡Ah! Pero ¿me recordabas de alguna forma?

Claro que se acordaba de él. ¡Cómo iba a olvidarlo! Solo fueron unos días los que disfrutaron juntos, pero de gran intensidad. Álex la hizo dudar acerca de sus sentimientos hacia Ángel. Y aquellas dudas no permitieron que Paula pudiese decidirse por uno o por otro. Desde entonces está sola.

—Eres tonto, ¿eh?

Tanto andar y tanto hablar le han provocado ganas de fumar. Es curioso, pero, durante toda la tarde que lleva con él, no le había apetecido. Hasta ese momento. La chica se detiene y saca un cigarro y el mechero de su chaqueta.

—¿Qué haces? —pregunta Álex extrañado—. ¿Desde cuándo fumas?

—Desde hace unos meses. ¿No te lo había dicho?

—No.

—Pues ya lo sabes.

Paula enciende el cigarrillo y se dirige hacia él para continuar.

—Apágalo —ordena el joven en un tono poco agradable.

—¿Qué pasa? ¿No te gusta que fume?

—No, no me gusta. Aunque eso ya es cosa tuya —responde sin sonreír—. Pero aquí es peligroso fumar.

La chica mira a su alrededor. Tiene razón. No es el lugar idóneo para encender un cigarro. Le pide disculpas y lo apaga pisándolo.

—No solo he cambiado de color de pelo.

—Ya veo. Aunque prefiero que seas rubia a que fumes.

—Es un mal vicio.

—El peor de todos.

—Hay cosas más graves. Además, no estoy tan enganchada.

—No me lo creo.

Vuelve a frenarse y lo mira por encima del hombro.

—Puedo dejarlo cuando quiera.

—Sigo sin creerte.

—Si el chico del que me enamore me pide que lo deje, lo dejaré.

—Lo dices como si fuera fácil. Y estamos hablando de una adicción.

—Ya. Pero el amor es la mayor de las adicciones. Haría un esfuerzo por la persona que quiero.

¿Habrá captado la indirecta? Si ellos estuvieran juntos y él se lo pidiera, está convencida de que lograría dejar de fumar.

—¡Hemos llegado! —exclama de repente Álex, subiéndose a una roca.

—¿Aquí es? No veo...

Pero al acudir junto al chico descubre lo que antes, en el tren, su amigo le había contado. Debajo de ellos se extiende un río enorme adornado unos metros más adelante por una gran cascada. Se queda sin palabras.

—¿Te gusta?

—¡Sí! ¡Esto es precioso! Impresiona.

—Sí. Aunque llevaba mucho tiempo sin venir, lo recordaba de esta manera.

La joven respira hondo y contempla encantada aquel lugar digno de cualquier escena de película.

—Es un sitio maravilloso. No me extraña que hayas querido venir aquí.

—Ya te dije que fue el primer sitio que me vino a la cabeza. Pero ahora hay que darse prisa, que nos queda poca luz y tenemos que volver antes de que anochezca —indica Álex, quitándose la mochila y dejándola en el suelo—. Ve cogiendo las botellitas de las bolsas.

—Vale.

Entre los dos van sacando las botellas de zumo, que ya no están vacías. Todas tienen un papelito dentro con una frase y una dirección de Twitter que Álex y Paula se han encargado de escribir en el trayecto hasta allí. Un mensaje en cada botella.

Hablan de *Tras la pared*, del destino y de la posibilidad de que más gente conozca la historia de aquel libro de una manera romántica y distinta.

La chica es la primera en lanzar una de las botellas al río. Aplaude contenta cuando esta cae al agua y la corriente la desplaza lentamente por el cauce. Así, una tras otra, hasta finalizar con todo el arsenal que han llevado.

—¿Nunca te han dicho que eres muy especial? —le pregunta Paula después de arrojar al río la última botella.

—Pues...

—Eres muy especial, Álex —dice sonriendo—. Por si acaso no te lo habían dicho nunca.

Se acerca hasta el escritor, que en ese instante se cuelga la mochila, y le da un beso en la mejilla. Este se sonroja y siente una punzada en su interior. No es el único al que le pasa. A Paula le hubiera gustado apuntar con sus labios más al centro de su rostro. Pero todo llegará tarde o temprano.

Capítulo 30

Una noche de diciembre, en un lugar de la ciudad.

—Me tengo que ir ya. Ha sido una conversación muy agradable.

—Es verdad. Muchas gracias por escucharme.

—Siento mucho lo de tu hermana, aunque estoy segura de que todo irá bien. Ya lo verás.

—Eso espero.

—Si necesitas cualquier cosa, ya sabes dónde encontrarme.

—Gracias de nuevo. Eres un encanto.

Ella sonríe al otro lado de la pantalla. ¿Cómo puede ser tan guapa?

—Adiós, Mario. A ver si luego te puedes conectar un rato.

—Lo intentaré, pero no sé si podré. Hasta luego.

—Inténtalo. *Ciao.*

Y un icono de un Lacasito dándole un beso a otro en la cara.

El chico la mira por última vez antes de que sus *cams* se desconecten. Ya está, ha dejado de verla. Suspira y cierra la sesión del MSN.

—¡Hola, cariño! —El grito llega desde la entrada de su habitación—. ¿A que no sabes con quién he hablado?

Mario se gira sorprendido y observa cómo Diana entra en el cuarto. Un minuto antes y...

El chico se levanta y le da un beso en los labios. Hace una hora que su novia se fue a su casa a cambiarse de ropa y a ver a su madre. No esperaba que regresara tan pronto.

—No. ¿Con quién?

—Con Cristian Pozuelo.

—Ah... —Piensa un instante, y nada—. No caigo.

—¡El novio de Gloria! ¡La chica de mi clase!

Llevaba toda la tarde intentando comunicarse con ella a través de las redes sociales, pero hasta hace un rato no había aparecido por Tuenti. Diana le dejó un mensaje explicándole que necesitaba hablar con ella y con Cristian. Esta le respondió amablemente y le dio su dirección de MSN y la de su novio. Y, tras agregarlos, los tres entablaron una conversación compartida en el Messenger.

—¿Y qué te ha dicho?

—Ella es una tía majísima, pero él me da muy mala espina. Es uno de estos tíos que se lo tienen muy creído y que te hablan con una prepotencia...

—Pero ¿qué te ha dicho?

—Pues le he preguntado por tu hermana, directamente. Y cree que sí, que es la novia de Fabián Fontana.

Aquellas palabras de Diana producen doble efecto sobre Mario. Por una parte, se alegra de saber que van por el camino adecuado, pero, por otra, se lamenta de que Miriam esté saliendo con ese tipo. Intuye que aquella historia será más complicada de lo que imaginan.

—¿Y ella está con él ahora?

—Eso no lo sabe.

—Vaya...

—Pero hay algo más.

—¿Sí? ¿Te ha dicho dónde vive Fabián?

—No, él no. Se ha negado, aunque se lo he preguntado mil veces. Pero... Gloria sí me lo ha contado.

—¿Sí?

Una sonrisa ilumina el rostro de la chica. A pesar de que le insistió mucho a Cristian para que le revelara el lugar en el que su amigo vivía, este no quiso decirle nada. Sin embargo, una vez que se hubo acabado la conversación en el MSN, Gloria le mandó un privado por Tuenti en el que le contaba dónde vivía Fabián. Ella fue una vez allí a una fiesta con su novio.

—Sí. Por lo visto, este chico es un buen elemento. Se ha adueñado de una nave enorme que está en las afueras, pero en un sitio por el que no pasan ni autobuses.

Por eso Miriam regresó ayer a casa en taxi. Mario le da vueltas a la cabeza. Está muy preocupado. Aquel asunto tiene muy mala pinta.

—¿Y cómo vamos a ir hasta allí?

—¿Vamos a ir?

—Claro.

—¿Ahora?

—Sí —afirma Mario muy serio—. Mi hermana hasta ha desconectado el móvil. Mis padres necesitan saber que está bien.

—Pero es de noche ya. ¿Por qué no esperamos a mañana y vamos con ellos?

—¡No! Es mejor que ellos no sepan nada de esto.

—¿Por qué?

—Están muy nerviosos y, si van allí y ven algo que no les guste, pueden ponerse peor. Además, a mis padres, Miriam no creo que les haga demasiado caso. Este asunto lo tenemos que arreglar nosotros.

—Mmm... Como tú quieras. Aunque creo que es mejor que vayamos con ellos.

—Ni siquiera sabemos seguro que mi hermana esté allí, Diana.

—Ya.

El chico vuelve a besar a su novia en los labios. Luego la mira a los ojos y sonríe.

—Podemos ir en tu moto.

—¿Qué? ¿En mi moto?

Cuando Diana alcanzó su peso ideal, después de muchos meses peleando contra la bulimia, su madre decidió hacerle un regalo. Ella pidió una Vespa 125 LX en granate y con el sillón beis. Deseo concedido.

—Sí. ¿Sabes llegar hasta ese lugar?

—Me parece que sí —responde Diana dubitativa—. Pero es tarde, y ya sabes que no me gusta conducir de noche.

—¿Y no puedes hacer hoy una excepción?

La chica suspira. Quiere contentar a su novio, aunque ir de noche hasta ese lugar en la moto no le hace ninguna gracia. Además, ha nevado por la tarde y la carretera tiene que estar muy peligrosa.

—¿Por qué no esperamos a mañana, cariño? —pregunta Diana abrazándole—. Si quieres, no les decimos nada a tus padres.

Pero Mario no está de acuerdo. Se zafa de sus brazos y se sienta molesto frente al ordenador.

—Pues iré yo solo como pueda.

—¿Qué?

—No voy a esperar a mañana, Diana. Aunque tenga que pedir un taxi.

—¿Un taxi? ¡Te saldrá por una fortuna ida y vuelta!

—¿Y qué quieres que haga? No puedo quedarme aquí sentado sin hacer nada.

Entra en Google y busca el teléfono de Tele Taxi.

La chica se acerca por detrás y le pone una mano en el hombro. Se siente un poco culpable. Se propuso ayudarle en todo lo que fuera y, a las primeras de cambio, se echa para atrás.

—Bueno, va, yo te llevo.

—Déjalo. Te entiendo: no te gusta conducir de noche.

—Que no, iremos en mi vespa.

El joven levanta la cabeza y la observa. Diana está sonriendo. No le gusta presionarla de esa forma. Pero, si no va a aquella nave esa noche, no podrá dormir tranquilo. Sus padres lo están pasando mal y no hay indicios de que Miriam vaya a ponerse en contacto con ellos de momento. Debe actuar.

Le regala un nuevo beso como disculpa y también como agradecimiento.

—¿Estás segura?

—No, pero no me queda otra. En un concurso de cabezotas, quedaríamos empatados.

—¿Entonces?

—Alguno tiene que ceder. Me toca a mí —se resigna—. El dinero que te ibas a gastar en el taxi guárdalo para hacerme un regalo.

—Pues será un regalo caro.

—Mejor.

Otro beso más. Y un «te quiero».

—Cojo mi abrigo y nos vamos —indica el chico levantándose de la silla.

—¿Qué les vas a decir a tus padres?

—Que esta noche ceno en tu casa. Me ha invitado tu madre.

—¿Mi madre? Está en casa de su novio.

—Ya, pero ellos no lo saben.

Mario abre el armario y saca un abrigo azul, que se

abrocha hasta arriba. Hace mucho frío hoy. Diana también sube la cremallera del suyo. Se acerca a la ventana y mira por ella. Menos mal que no está lloviendo ni nevando. Llevar la moto de noche le da un poco de miedo, pero, si las condiciones son peligrosas, el asunto se complicaría todavía más.

—¿Estás listo?

—Sí, vamos.

Los chicos salen de la habitación. Bajan por la escalera y entran en la cocina, donde la madre de Mario está preparando la cena. Le cuentan que Débora le ha invitado esta noche y que luego estudiarán un rato en casa de Diana. La mujer acepta. No está bien por lo de su hija mayor, pero sonríe y se despide de la pareja.

—Pobre. Qué mal lo está pasando.

—¿Comprendes ahora por qué tengo que hablar con mi hermana cuanto antes?

—Sí.

¿Cómo Miriam puede actuar de esa forma? No lo entiende. Aunque cada persona es diferente. Ella también pasó una mala época. Son cosas que no controlas, que las haces porque salen así. Te metes poco a poco, casi sin darte cuenta, y luego es muy difícil salir.

La pareja camina hasta la casa de Diana. Las luces están apagadas. No hay nadie. Mientras Mario espera fuera junto a la moto, la chica sube rápidamente a su habitación. En menos de un minuto baja con las llaves y los cascos. Le entrega uno a su novio y se montan en la vespa.

—No vayas muy deprisa, ¿eh?

—No te preocupes, que esto no corre demasiado.

Arranca.

No está lloviendo, pero la carretera está mojada. Las ruedas patinan y a Diana le cuesta controlar la moto con el peso de su chico detrás. Que sea noche cerrada tampoco ayuda.

—¿Va todo bien? —grita Mario después de un frenazo algo brusco antes de llegar a un paso de cebra.

—Sí —miente la chica—. Todo perfecto.

Está muy nerviosa. Pero no va a decirle nada. Con eso solo le preocuparía más. Tiene que intentar calmarse para no sufrir ningún percance. Sí, debe calmarse; si no, podrían temer un accidente.

Capítulo 31

Esa noche de diciembre, en un lugar de Londres.

La cena ha sido tranquila. Paula y Valentina no han tenido ningún problema con Luca esta vez. Entre otras cosas, porque el chico del parche no ha bajado al comedor.

Tampoco Margaret le ha dicho nada a la española. Se cruzó con ella en varias ocasiones y temió que le pidiera que se pasara por la cocina a lavar los platos cuando terminara. Pero no ha sido así. El señor Hanson ya ha debido de informarle del nuevo trato. Solo dos horas al día de castigo.

—¡Estoy muerta! —grita la italiana, que se ha pasado toda la tarde estudiando en la biblioteca.

—Yo también estoy muy cansada.

—No me extraña. Hoy has limpiado más de lo que yo lo he hecho en estos tres meses que llevamos aquí.

—Ya ves. Lo peor es que sigo sin poder estudiar. No me concentro.

—Ay, Paola, Paola... Eso no es por lavar los platos.

—Claro que no es solamente por eso.

Lo ha intentado. A ratos, pero lo ha intentado. Sin embargo, su esfuerzo ha resultado en vano. Entre lo de Luca Valor, el cansancio acumulado y lo que le ronda por la cabeza respecto a Álex, estudiar ha sido imposible. Su novio no ha dado señales de vida en todo el día. Estará muy ocupado escribiendo *Dime una palabra.* Dentro de poco deberá entregar la segunda parte de su novela y eso le tendrá un poco agobiado.

—Hay que desconectar de todo para estudiar bien.

—¿Cómo quieres que desconecte y estudie después de los dos días que he pasado?

—¿Te hago un esquema con flechitas, guiones y esas cosas?

—Qué graciosa...

Las dos se sacan la lengua y se insultan en sus respectivos idiomas.

—Tú lo que necesitas, Paola, es sexo para descargar todas esas tensiones —indica Valentina mientras se quita las botas.

—¿Qué?

—Me has oído bien.

—Claro que te he oído bien.

—Pues ya sabes: sexo, sexo, sexo.

—¡Estás fatal de la cabeza!

—Ya me has dicho eso hoy varias veces. Al final me lo voy a creer —protesta la italiana tumbándose en la cama y encendiendo su portátil.

—Es que me sueltas cada cosa...

La chica sonríe. Sexo, dice. Lo cierto es que esa parte de la relación con su novio también la echa de menos. Aunque prefiera no pensar demasiado en ello.

—*Ma che cosa! Ma che cosa!* —exclama Valentina gesticulando con las manos—. Todo lo que yo te digo es porque es verdad. Y tú lo sabes. O me vas a decir a mí, tu amiga la italiana, que no te mueres por un buen...

—¡Calla!

—Un buen achuchón en la cama. Que te abracen, te besen apasionadamente, te desnuden, te...

—¡Valentina, calla!

—Va, va... Te has puesto nerviosa. Eso es darme la razón, amiga. ¡Lo que tú necesitas es una gran noche de sexo!

—¡Cállate!

—¡Sexo!

Paula estalla en una carcajada. Se lanza sobre su colchón y se tapa la cabeza con la almohada. No puede dejar de reír. La que está empezando a estar mal de la cabeza es ella.

—El sexo no es tan importante para mí ahora... —indica la chica, cuando se tranquiliza.

—Ya, no me digas.

—En serio. Además, sin novio, no hay sexo.

—¿¡Sin novio no hay sexo!? ¿Eso es un refrán español? ¡Cómo os gusta a los españoles inventaros frases!

—No, no es un refrán. Es una realidad.

—La única realidad es que te deberías buscar un amante que te ayude con ese tema.

—Mi único amante es mi novio.

—¡Tu novio está a más de mil kilómetros!

—¡Lo sé! Pero no pienso serle infiel.

Valentina suelta un grito y se lleva las manos a la cabeza.

—Parece que vives en un cuento de hadas. *Alicia en el país de las maravillas*... No, no, mejor: *¡Cenicienta!*

La italiana es ahora la que se ríe de su propia ocurrencia. Paula la observa muy seria, aunque en el fondo se está divirtiendo con las locuras de su compañera.

—Eso ha sido un golpe bajo, ¿eh?

—¿Por qué? Limpias, barres, friegas... y esperas a que venga tu príncipe azul a darte todo su amor. ¿Dónde tienes los zapatitos de cristal, Ceni?

Más carcajadas. Valentina no puede parar. Hace tanto ruido que su vecina les da un toque en la pared para que se callen.

—¿Ves, escandalosa? Ya has molestado a la alemana.

—¡Bah...! Esa es una cabeza cuadrada que no tiene sentido del humor.

—Creo que tú tienes demasiado.

Paula se levanta de la cama, sale del cuarto y llama a la habitación de al lado. Le abre una muchacha rubia de grandes ojos azules en pijama. La expresión de Inga es poco amistosa. La española no quiere tener problemas con nadie más en aquella residencia y le pide disculpas en inglés. Luego regresa a su cuarto.

—¿Por qué has hecho eso? —le pregunta Valentina, extrañada, desde la cama.

—Porque la hemos molestado.

—¿Y qué? Ella es muy delicada. Ahora tendremos que pedirle perdón cada vez que nos riamos.

—No quiero más malos rollos, Valen.

Y, tras coger su ordenador, se sienta en la cama con él entre las piernas. Lo enciende y espera a que se inicie la sesión.

—Está bien, está bien... Es mi culpa. ¡Azótame! —exclama, colocándose de rodillas y abriendo los brazos en cruz.

Paula mueve la cabeza de un lado para otro. No tiene remedio.

—Oye, ¿te va Internet?

—Espera. —Valentina se tumba de nuevo y examina su portátil—. ¡Mierda de wifi! Pues yo necesito hablar con Marco.

—Luego dices de mí, pero tú no puedes vivir sin tu novio.

—Mi exnovio —puntualiza—. Y no es que no pueda vivir sin él. Simplemente, es... ¡Ay, yo qué sé, Paola! ¡Déjame tranquila!

—Te sigue gustando.

—¡Qué dices, insensata! Marco es historia. El pasado. Pero no deja de ser un buen conversador. Además, está loco por mí y eso me hace sentir bien.

—¡Eres increíble! —exclama Paula riendo.

—Lo sé.

La italiana se levanta de la cama, agarra su ordenador y se calza unas zapatillas.

—¿Adónde vas?

—Abajo. A la sala de informática. A ver si ahí hay conexión. ¿Te vienes?

—No, yo me quedo. Estoy muy cansada.

—Bien. Hasta luego.

Abre la puerta de la habitación y sale canturreando.

De nuevo sola. Sonríe al recordar todo lo que su amiga le ha dicho después de la cena. Está loca, pero es una gran compañía.

Paula se echa en la cama bocarriba y respira hondo. Cierra los ojos. Hay demasiado silencio en aquel cuarto. Se gira otra vez y busca una canción en su ordenador. Se decide por un tema de Adele, *Make you feel my love.*

El wifi funciona de nuevo. ¿Estará Álex en el MSN? Hoy no ha podido hablar con él en todo el día. Un sentimiento de tristeza la invade al pensarlo. Cómo le gustaría estar a su lado ahora mismo, en la cama, acariciándole, besándole. ¡Sí, está conectado! Y las ganas de llorar que regresan. No lo entiende. Cada vez le pasa más a menudo.

Es él el primero que escribe esta vez. Paula solo mira la pantalla. Ya tiene una invitación para comenzar una videoconferencia. Aún no ha escrito nada, ni lo ha saludado. A su mente viene el vídeo dedicado de ayer, las lágrimas, el sentimiento de melancolía, las dudas..., las ganas de estar con él. ¿Apaga y se va? No, no puede hacer eso. Y acepta la llamada. La luz de su *cam* se enciende y se ve a sí misma en la pequeña ventana. Al otro lado está su amor. Ya le oye respirar. Sonríe. Está terriblemente guapo esa noche.

—Hola, cariño, ¿cómo estás? —Su voz llega lejana, pero alegre.

—Bien. Cansada —responde la chica suspirando—. Te quiero.

—Yo también a ti. Te quiero.

Con el frío que debe de hacer allí y él está con una camiseta de tirantes y un pantalón corto. Paula se fija en sus brazos y en sus hombros desnudos. Sigue estando en forma.

—¿Qué tal el día?

—Pues cansado también.

—¿Has escrito mucho?

—No, hoy me he dedicado a otras cosas. Me lo he tomado para hacer promoción.

El joven le cuenta lo de los globos. Le habla de Pandora, de los mensajes, de la pesadilla que tuvo por la noche, de la nieve... Pero Paula escucha solo a medias. Sus ojos están puestos en su cuerpo. No solo es guapo, sino que su novio está buenísimo. Uf. Valentina tiene razón: se muere por una noche de sexo.

Y si... No. Eso que se le acaba de ocurrir no puede ser. Pero es que...

—Muy bien, cariño —responde la chica a algo que no ha escuchado del todo.

—¿Y tú qué has hecho? ¿Has estudiado?

—Bueno. Un poco.

¿Por qué comienza a tener tanto calor? Lo sabe. Sabe lo que le está pasando. ¿Y si le propone...?

—No te concentras, ¿verdad?

—Cielo, ¿me echas de menos? —le pregunta de repente con voz melosa.

—Claro que te echo de menos.

—¿A mí solo?

El chico se acaricia la barbilla sorprendido. No entiende a qué se refiere.

—Por supuesto que solo a ti. ¿A quién más iba a echar de menos?

—Quería decir que si solo me echas de menos a mí..., a mí. O también a las cosas que haces conmigo..., lo que hacemos juntos. Ya sabes.

Paula se sonroja después de decir esto. ¿Le habrá entendido ya? Más claro...

—¡Ah..., eso! —Y el joven suelta una risa—. Yo lo echo mucho de menos también.

—Hoy he estado pensando en ello.

—¿Sí? ¿Después de ver el vídeo? —bromea.

—No, tonto —contesta bajando la mirada—. Pero es que llevamos tres meses sin..., y hoy, pues... No sé qué me pasa.

Se traba. Duda. No sabe cómo pedírselo. Quizá toda esa presión que lleva acumulada está desembocando en un fuerte impulso sexual. Como cuando dos novios se pelean, hacen las paces y liberan la tensión entre ellos en la cama.

—Cariño, ¿qué quieres decirme?

Y dejándose llevar por ese impulso, la chica suspira. Se pone de rodillas y coloca el portátil sobre la almohada. Así la verá mejor. Se echa hacia atrás y se quita el jersey ante la mirada de Álex, que contempla ensimismado la escena. Es el sujetador de puntitos de colores que él le regaló. A continuación Paula se desabrocha el botón de su pantalón. Mira fijamente a la *cam* y sonríe.

—¿Quieres que siga?

—¿Quieres seguir?

—Sí.

—¿Estás segura?

—Segurísima.

—Sigue.

La chica coloca las manos en sus caderas y hace que sus vaqueros se deslicen lentamente sobre sus piernas. Álex observa sin perder ni un detalle. Traga saliva y resopla.

Una nueva mirada fija a la cámara de Paula. Sensual, inquietante, seductora.

—¿Sigo?

Capítulo 32

Esa noche de diciembre, en un lugar alejado de la ciudad.

—Creo que es por aquí.

—¿Estás segura?

—No, pero no hay nadie a quien preguntar. Así que me arriesgo.

Giran a la derecha y se introducen por una estrecha carretera muy oscura y bacheada.

Hace unos minutos que comenzó a llover. Lo que faltaba. Diana ha perdido la cuenta de los sustos que se ha dado encima de la moto en aquel trayecto. Incluso, una de las veces, estuvo a punto de caer al suelo y arrastrar con ella a Mario. El chico nunca había abrazado tan fuerte a su novia.

—Empiezo a pensar que tal vez deberíamos haber venido en taxi.

—¿Te quejas de mi manera de pilotar?

—Tranquila, Pedrosa. No es eso —comenta el chico sujetándose todavía más a los hombros de Diana—. Es que la noche se ha puesto muy peligrosa para ir en moto.

—¿Y ahora te das cuenta? ¡Lleva peligrosa desde que salimos!

Grita y acelera después. Mario apoya su cabeza en la nuca de Diana y cierra los ojos.

Cada kilómetro que avanzan, la carretera se pone peor. El asfalto casi no agarra con la lluvia y la visibilidad es prácticamente nula. Solo ven delante lo que la luz de la vespa alumbra.

—Espero que mi hermana esté en la casa de ese Fabián.

—Yo también lo espero. Porque, si no, habrá que esperar a que se ponga en contacto con tus padres para encontrarla.

—Igual no está con ese tío, pero sí sabe dónde ha ido.

—Puede ser.

Otro bache que levanta la rueda delantera de la moto. Mario da un brinco y resopla aliviado cuando comprueba que no se han ido al suelo.

—¿Sabes si queda mucho? —pregunta, deseoso de que termine aquella tortura.

—Según me dijo Gloria, y si no estoy equivocada, debemos de estar cerca.

—Ese tío podía vivir en un sitio normal, como todo el mundo.

—No es un tío normal, cariño.

La lluvia comienza a caer con más fuerza. Mario mira hacia el cielo y reza para que pare. La visera del casco en un instante se llena de gotitas de agua. Pero, cuando trata de secarse con la manga del abrigo, Diana reduce la velocidad de la vespa.

—¿Qué pasa? —pregunta el chico temiendo que hayan pinchado.

—Mira allí. Creo que es esa.

A unos doscientos metros, en el margen derecho de la carretera, ven una enorme nave como la que Gloria le había descrito a Diana. Está aislada de todo.

—¿Esa? Si parece abandonada...

—No lo está —indica la chica señalando dos coches situados detrás de unos árboles. Son un Audi de color negro y un todoterreno.

Los chicos aparcan la moto a cierta distancia y se bajan de ella.

—¡Vaya cochazos...! —comenta Mario quitándose el casco.

—No debe de tener problemas de dinero.

—A saber cómo lo consigue.

—Según me han contado, no haciendo nada bueno.

—Eso estaba pensando yo también.

La pareja se dirige bajo la lluvia hacia la nave con los cascos en las manos. Caminan con sigilo y hablan en voz baja para no hacer demasiado ruido. No saben con lo que se pueden encontrar allí.

Hay luz en una de las ventanas.

—¿Cómo puede tener electricidad? —pregunta Diana extrañada—. Si está viviendo aquí de manera ilegal, no sé cómo la conseguirá.

—Por algún generador. Cerca de aquí habrá alguno y lo habrá manipulado para conseguir luz gratuitamente. No es algo muy difícil de hacer. Si no te pillan, claro.

—Ah. Pues de momento no lo han pillado.

Unas risas llegan desde el fondo de la nave. También suena música.

—No está solo.

—Espera.

Mario le entrega el casco a Diana y se acerca a la ventana iluminada. Se asoma por ella con cuidado para no ser descubierto y observa a dos chicos y a dos chicas sentados en el suelo alrededor de una cachimba. Suspira cuando comprueba que la que ahora está aspirando por ella es Miriam.

Resignado, regresa al lado de su novia, que se ha puesto a cubierto para no mojarse más.

—¿Qué has visto? ¿Está tu hermana ahí dentro?

—Sí.

—¿Qué hacía?

—Fumaba en una cachimba. No parecía muy preocupada.

—Vaya... —dice Diana devolviéndole el casco—. Por lo menos la hemos encontrado y sabemos que está bien.

—Ya.

El chico se ha venido abajo. Ha visto tan contenta a Miriam, riendo, fumando..., sin tener en cuenta que sus padres están sufriendo mucho desde que se fue. No es justo. Ella pasa de todo y terminará mal. Es lo que se está buscando. Pero por lo menos podía dar la cara y hablar con ellos.

—¿Qué hacemos?

—No lo sé.

—¿Llamamos?

—No lo sé.

El chico está muy serio. Han llegado hasta allí, han encontrado a Miriam y ya saben que está con Fabián Fontana, su novio. ¿Y ahora qué?

—No te sientes bien, ¿verdad?

—No demasiado.

—Es normal, cariño —indica Diana acariciándole el pelo mojado—. Esto que está pasando te tiene que afectar. Pero hay que ser fuertes.

—No la entiendo. Ha tenido todo lo que ha querido siempre y se comporta como una egoísta incapaz de pensar en los demás.

—La compañía tiene mucho que ver.

—Pero la compañía se la ha buscado ella. Es su culpa y su responsabilidad. Además, Miriam no hace las cosas bien desde hace tiempo, desde mucho antes de conocer a ese tipo.

Desde aquella pelea con Cris, su forma de ser cambió radicalmente. Nunca había sido una buena estudiante, ni se esforzaba demasiado en nada, pero era una chica noble y sin maldad. Sin embargo, el verano pasado su mejor amiga la traicionó liándose con Armando, el que por aquel entonces era su novio. Y eso, la mayor de las Sugus jamás lo superó.

—Son rachas. A veces no nos comportamos como queremos. Lo digo por experiencia.

—Tu caso y el de ella son diferentes.

—Ya lo sé, pero en el fondo las dos hacemos daño a la gente que nos rodea.

En ese instante, la puerta de la nave se abre. Mario y Diana se ven sorprendidos y no atinan a reaccionar. Se quedan inmóviles. Un chico alto, de casi un metro noventa, con el pelo muy corto y rubio, camina hacia ellos. Lleva pendientes y viste con ropa muy ceñida. Impone. Debe de tener unos treinta años.

—¿Qué hacéis aquí? —pregunta de forma poco amistosa—. ¿Os habéis perdido?

Los chicos no dicen nada. Se miran el uno al otro indecisos. Es Mario el que por fin se decide a hablar.

—¿Eres Fabián Fontana?

El joven se sorprende al oír su nombre. Sus increíbles ojos celestes resaltan en aquella noche oscura y lluviosa.

—¿Y tú quién eres?

—¿Lo eres o no?

—Sí, soy yo.

—Yo me llamo Mario Parra. Soy el hermano de Miriam.

—¡Anda, qué sorpresa! Tú eres el empollón pesado del que ella habla —señala sonriendo irónico—. Encantado.

—He visto que mi hermana está ahí dentro. ¿Le puedes decir que salga?

Fabián ignora las palabras de Mario y observa a Diana de arriba abajo. No está nada mal aquella jovencita. Mejor que su novia.

—¿Y tú cómo te llamas, preciosa?

—¿Y a ti qué te importa? —responde la chica dándole la mano a su novio—. Dile a mi amiga que salga. Queremos hablar con ella.

—No puedo hacer eso.

—¿Por qué?

—Porque ella no quiere hablar con vosotros. Ahora está conmigo.

Otro joven sale de la nave y cierra la puerta cuando lo hace. Fabián y los dos chicos ven cómo se aproxima hasta ellos.

—¿Qué pasa aquí? —pregunta mientras camina—. ¿Quiénes son esos dos?

El recién llegado es bastante más bajo, está rapado y lleva barba. Tiene un tatuaje en el cuello y pinta de pasarse mil horas en el gimnasio. Si Fabián impone, este asusta.

—No te preocupes. Son amigos.

—Yo no soy tu amiga —indica Diana apretando con fuerza la mano de Mario—. Decidle a Miriam que salga. Sus padres están muy preocupados por ella.

—Ya te he dicho, guapa, que Miriam no quiere hablar con nadie de su familia. Ya os llamará ella cuando lo crea oportuno.

—Si no sale, llamaremos a la policía —señala la chica valiente.

Mario la mira con preocupación. ¡Qué acaba de hacer!

—¿Que vas a llamar a quién? —pregunta Fabián, que se ha puesto muy serio de repente.

—¡A la policía!

—No vas a hacer eso.

—¿Por qué? ¿Tú me lo vas a impedir?

Fabián susurra algo en voz baja a su amigo, que introduce una mano en el bolsillo de su vaquero.

—Yo no, pero Ricky...

El rapado saca una navaja del pantalón y avanza hasta los chicos, que se echan hacia atrás asustados.

—Venga, solo queremos hablar con mi hermana. No queremos nada más —insiste Mario tratando de suavizar el ambiente.

—Ya os hemos dicho que Miriam no quiere hablar con vosotros. Así que es mejor que os vayáis a casa.

El más bajo de los dos continúa avanzando hasta la pareja, que sigue retrocediendo de espaldas. Salen del pórtico en el que se cubrían de la lluvia cogidos de la mano. Entonces, sin que ninguno de los tres lo espere, Diana se suelta de su chico y grita el nombre de su amiga lo más fuerte que puede. Todo pasa muy deprisa. Ricky se lanza sobre ella y le tapa la boca con la mano. Mario reacciona rápidamente y se tira sobre el rapado cachas, dándole un puñetazo en el brazo. Sin embargo, apenas consigue hacerle daño, algo que sí logra Diana, que, en la confusión del momento, le muerde un dedo. El joven grita de dolor y, muy enfadado, extiende su brazo con la navaja en la mano para intentar herir a la chica.

—¡Ahhh!

Un alarido en la noche. La sangre gotea en el suelo. Pero no es de Diana, sino de Mario, que se ha puesto delante para evitar que le claven la navaja a su novia. Ricky la saca de su cuerpo y mira a Fabián desconcertado.

—Idiota, no tenías que haberle pinchado. Solo era para darles un susto.

—Esa zorra me ha mordido.

Mario se arrodilla, le duele mucho el brazo izquierdo.

—¡Gilipollas! ¡Qué habéis hecho! —grita Diana agachándose al lado del chico herido.

—Vosotros os lo habéis buscado —comenta Fabián—. Yo en tu lugar me lo llevaría rápido a un hospital. Y espero por vuestro bien y el de Miriam que no digáis nada de esto a nadie. Esto no es un juego de detectives. Avisados estáis.

—Esto no quedará así.

—No, puede empeorar. De vosotros depende.

—Sois...

La chica ayuda a incorporarse a Mario. El joven se apoya en ella y caminan hasta la moto. El dolor que siente es cada vez más intenso.

—¡A siete kilómetros de aquí tenéis un hospital! ¡Está indicado en un cartel en cuanto lleguéis a la carretera principal! —grita Fabián mientras Diana ayuda a su novio a montarse en la moto.

Luego sube ella y alza el dedo corazón, dedicando el gesto a los dos jóvenes que contemplan cómo se alejan en aquella vespa granate bajo la lluvia.

—No tiene nada, es solo un rasguño —señala Ricky dándose la vuelta y andando hacia la nave.

—No estoy tan seguro. Le has clavado la navaja en el brazo y sangraba bastante.

—Seguro que está bien.

—Más nos vale; si avisan a la policía, estamos jodidos.

—No dirán nada. Se lo has dejado muy clarito.

Fabián y su amigo entran de nuevo en la nave.

—No lo sé. La chica tiene un par de ovarios bien puestos.

—¿Y si nos deshacemos de Miriam? Si se va, nos dejarán tranquilos.

—No podemos hacer eso.

—¿Por qué?

—Tenemos las joyas de su abuela. Hasta que no las vendamos, nos puede acusar de robo si regresa a casa con sus padres; en ese caso, sí que no tendríamos nada que hacer con la policía.

—¿Entonces?

—He quedado la semana que viene con un tío que me las comprará. Son más de diez mil euros. Cuando las hayamos vendido, nos quitaremos de encima a Miriam. Mientras, debemos hacer lo posible para que no se mueva de aquí.

Los dos llegan hasta donde están las chicas.

—¿Os habéis enterado de algo? —pregunta Fabián a la joven morena que está aspirando de la cachimba.

—Yo sí; Miriam no —apunta con los ojos casi cerrados—. Se ha quedado dormida hace cinco minutos. No tiene aguante. En cuanto fuma un poco y se toma algo, le entra el bajón.

—Mejor así.

—He oído muchos gritos. ¿Qué ha pasado?

—Nada. Unos chicos que han venido a molestar un poco. Pero ya nos hemos ocupado de todo.

E inclinándose sobre la morena, Fabián la obsequia con un beso en la boca. Los dos sonríen. A continuación es Ricky quien se sienta a su lado y la besa. Una vez tras otra.

Fabián los observa. Sonríe, aunque está preocupado. No le ha gustado nada de nada lo que ha pasado esa noche. No se fía de esos dos. Tendrá que tomar precauciones para que las cosas no empeoren.

Capítulo 33

Esa noche de diciembre, en un lugar de Reino Unido.

—Ya estoy aquí otra vez.

—Ya te veo.

—Yo también a ti.

Paula ha regresado del cuarto de baño con el pijama puesto. Álex continúa sin camiseta.

Los dos sonríen sin saber muy bien qué decir después de lo que acaba de pasar. Cada uno en una habitación, cada uno en un país, cada uno en una cama diferente.

—¿Te encuentras bien? —le pregunta Álex aún sorprendido.

—Sí, claro —responde Paula echándose una manta por los hombros.

—¿No te sientes algo rara?

—Un poco. Pero imagino que es normal, ¿no?

—Sí. Lo imagino.

—¿Tú te sientes raro?

—Un poco.

Los chicos se quedan de nuevo en silencio. Miran fijamente a la pequeña cámara de sus respectivos portátiles. Se ven, se oyen. Sonríen. Pero continúan lejos el uno del otro. Virtualmente han estado cerca durante unos minutos, más que nunca, pero de nuevo sienten esa frialdad que da la distancia. Esa frialdad de teclado y monitor.

Pasada la pasión, a Paula acuden de nuevo esos sentimientos de nostalgia, de melancolía permanente. Y le echa de menos.

—Me has dicho que hoy no has escrito, ¿verdad? —pregunta por preguntar.

—No. Hoy no he escrito demasiado. He estado con Pandora haciendo lo que te he contado de los globos.

Pandora: ¿debe preocuparse? Según lo que Álex le ha contado de ella, no mucho. Es solo una amiga que de vez en cuando toma café en el Manhattan. De todas formas, le habría gustado ser ella la que le hubiera ayudado a inflar globitos, como lo hizo con las botellas con mensaje y con los cuadernillos.

—¿Y ha nevado mucho?

—Un poco. Pero no ha cuajado.

—Aquí hace mucho frío, pero no ha nevado todavía.

—Tú es que eres muy friolera.

—Hace mucho frío, cariño. De verdad.

Y más estando sola, sin él. Y enero será igual de frío, y febrero. Y también marzo. Llegará mayo y continuará siendo frío. Porque necesita su calor. El calor que solo él le puede dar.

Cuando pasen las navidades, estará otros seis meses sola.

—¿Paula? ¿Qué te pasa?

Los ojos de la chica vuelven a brillar. Enrojecen. Álex se da cuenta enseguida.

—No me pasa nada.

No quiere que la vea llorar, pero en esta ocasión no se va a ocultar. No puede esconderse más de lo que siente. Y, sobre todo, no va a escondérselo a él.

—Estás llorando.

—Se me habrá metido algo en el ojo.

—Vamos, cariño. Cuéntame qué te pasa.

La chica chasquea la lengua y mira hacia otro lado. Se seca las lágrimas con la manta y suspira. Luego vuelve a centrar sus ojos en la cámara.

—No es fácil estar aquí. Tan lejos de todo —indica sollozando—. No me acostumbro a esto.

—Te queda poco para volver, solo unos días. Tienes que aguantar lo que falta y concentrarte en los exámenes.

—Eso es fácil de decir, pero muy difícil de hacer.

—Son solo unos días, cariño. Las vacaciones de Navidad ya están aquí.

—Sí. Pero ¿y luego? Son seis meses más. Otros seis meses... sin ti. Y eso no me lo puedo quitar de la cabeza. No sé si seré capaz de soportarlo. De hecho, creo que no podré soportarlo.

El escritor se frota los ojos y luego lleva las manos hasta su boca. Él es la causa de que esté así.

—Sé que me echas de menos, pero yo a ti lo mismo. También me gustaría estar contigo ahora.

—Ya lo sé. Pero...

—¿Tienes miedo de algo? ¿De que me vaya con otra? ¿De que deje de quererte?

—No. Confío al cien por cien en ti. Y sé que no harías nada que me hiciera daño. Y menos liarte con otra.

—¿Entonces?

—Es por mí. Soy yo, Álex.

—¿Eres tú qué? ¿Qué es por ti?

Las lágrimas de Paula mojan el colchón sobre el que está sentada. Caen descontroladas. Sin fin.

—Estoy sufriendo —explica con la voz desgarrada—. Lo estoy pasando muy mal. Y no seré capaz de aguantar otros seis meses así. Porque cada día que pasa te echo más de menos y la distancia se hace mayor, más angustiosa.

Cuando anoche vi el vídeo que me mandaste, comprendí que, por mucho que tú hagas o que haga yo, este vacío que tengo dentro, esta soledad en la que me encuentro constantemente, no se irá. Crecerá y crecerá, día a día.

No hay marcha atrás en sus palabras. Está soltando todo lo que lleva dentro. Lo que ha acumulado en aquellos tres meses en Londres.

—¿Y qué podemos hacer? —pregunta el escritor, muy serio.

—No lo sé, amor. No lo sé. Lo único que sé es que estoy mal y que, por más que intento pensar en que tengo que concentrarme en mis estudios, que pronto estaré contigo..., no logro quitarme esta sensación de tristeza de encima. Y así... no puedo seguir.

No puede seguir de esa forma. No. Ya no. Y ahora que lo ha soltado por fin, menos. Los kilómetros entre uno y otro han hecho añicos su corazón. Él es lo mejor que tiene. Lo ama más que a nada. Pero, a pesar de que han hablado a diario, de que se han visto por sus cámaras, e incluso, hace un rato, han tenido sexo de una forma que nunca hubieran imaginado, a pesar de todo eso..., no puede más.

Ninguno dice nada. Ni siquiera tienen puestos sus ojos en la imagen del otro. Piensan en silencio. ¿Una solución? ¿Una salida?

Un final.

—¿Quieres que lo dejemos?

Aquella frase llega a los oídos de Paula como un hacha golpeando contra su pecho. Jamás la habría querido oír. Sin embargo, en el fondo de su alma, agradece que haya sido él quien lo haya preguntado.

—No quiero. Pero creo que debemos dejarlo, cariño.

El sonido de su voz es hueco. Como si no fuera ella quien pronunciara aquella sentencia final. ¿Quién habla entonces? Su corazón destrozado. Su mente agotada. Sus ojos exhaustos.

—¿Crees que dejándolo estarás mejor?

—No. Estaré mucho peor... —susurra casi sin poder hablar—. Pero unos días. Es una medida a largo plazo.

—Yo no quiero dejarlo. No sé qué será de mí sin tenerte. No sé qué pasará conmigo, con mi vida. Es muy difícil esto también para mí.

—Pues todo será como siempre, amor. Con tus libros, tus seguidores, tu bibliocafé, tus ideas maravillosas... Será como siempre. Todo seguirá igual.

Álex se tapa otra vez la boca con las manos. Aquello no puede estar pasando. Debe de ser otro sueño. Se está especializando en tener pesadillas que se burlan de él.

—No puede ser igual si no estás tú.

—Yo hace ya tres meses que no estoy.

—No estás aquí, pero en mí sí que estás.

—Tú también estás en mí, cariño. Ese es el gran problema. Que no dejas de estar en mí. Pero te quiero tanto que te necesito conmigo. Y si he sufrido tres meses sin ti, imagina cómo puedo pasarlo hasta finales de junio.

El escritor se levanta de la cama y desaparece un minuto de la pantalla de Paula. Regresa con un jersey puesto.

—Perdona, tenía frío.

—Tú nunca tienes frío.

—Pues ahora estoy helado.

La chica sonríe tristemente mientras se limpia las lágrimas una vez más y sorbe por la nariz.

—Lo siento mucho, de verdad.

—¿Es definitivo? ¿No quieres tomarte un tiempo para pensarlo ni nada de eso?

—No quiero hacerme ilusiones de que el tiempo nos volverá a unir.

—¿Fin?

No responde. Lo mira. Nota el dolor en sus ojos. Ya no sonríe como suele hacerlo. Esa sonrisa maravillosa, la más bonita que ha visto jamás. Pensaba que sería para siempre. Lo prometieron. Una y mil veces. Pero hay cosas más fuertes que una promesa.

—Fin —contesta y se cubre la cara con la almohada.

No quiere verlo. No quiere que la vea. Aquel dolor es superior a ella. A su control. Hunde su rostro en donde antes soñaba con él. En donde echaba de menos sus besos e imaginaba que aparecería de alguna parte para acariciarle los brazos antes de quedarse dormida.

—Está bien —dice el chico después de cinco minutos sin más palabras—. Me voy. Si necesitas algo o crees que las cosas pueden ser de otra manera, escríbeme.

Paula no habla. Se asoma por un lado de la almohada que la sigue protegiendo de la luz roja de la cámara y asiente con la cabeza. Tiene los ojos hinchados, con las cuencas moradas y el rímel deslizándose desde sus párpados.

—Adiós, te quiero —se despide Álex tembloroso.

Él ha hecho un esfuerzo por no venirse abajo del todo, pero en los últimos instantes está cediendo a las circunstancias.

—Yo también te quiero.

Y echando su cuerpo hacia delante, pulsa el botón que apaga completamente el ordenador. Luego se tumba en la cama y, desolada, suelta todas las lágrimas que todavía le quedaban.

Capítulo 34

Esa noche de diciembre, en un lugar a las afueras de la ciudad.

Ha parado de llover. Diana y Mario salen del hospital cansados. El chico está también algo mareado y dolorido. Le han dado cinco puntos de sutura en el brazo y se lo han vendado. El corte no era demasiado profundo gracias al abrigo que llevaba puesto, aunque, en el camino desde la nave de Fabián hasta el centro médico donde lo han atendido, perdió bastante sangre. Fue un trayecto terrible. Apenas podía sujetarse a su novia, que conducía bajo un gran aguacero, temblando. Todavía se preguntan cómo lograron llegar sin sufrir ningún accidente. Un auténtico milagro.

—¿Qué les vas a decir a tus padres? —pregunta Diana ayudándole a ponerse el casco.

—Pues nada, que me he cortado en tu casa con un cuchillo.

—¿En el brazo?

—¿No es muy creíble?

—No —responde la chica arrancando la moto—. ¿Qué te parece si les dices que te lo hiciste con un cristal roto?

—¿De una ventana?

—Por ejemplo. O con una botella. Se te resbaló de las manos y, al intentar cogerla al vuelo, no lo conseguiste, se rompió en el suelo y te hizo el corte en el brazo.

—Menuda película.

—¿No te gusta la idea?

—Prefiero lo de la ventana.

La vespa enfila el camino de vuelta. Continúa haciendo muchísimo frío y, aunque ya no llueve, sopla un viento gélido que ha convertido la noche en un infierno helado. Tratan de hablar entre ellos, pero apenas se oyen. El chico se acurruca en la espalda de su novia.

—¿Estás bien?

Se han detenido frente a un semáforo en rojo y Diana se gira para comprobar el estado de Mario.

—He estado mejor.

—¿Mejor que el año pasado cuando te caíste por aquel terraplén el fin de semana que estuvimos en la casa de Alan?

—Mucho mejor.

La joven sonríe y acelera de nuevo en cuanto el semáforo se pone en verde. Pobre Mario, siempre le pasan esas cosas por ayudar a la gente. Es que es un cielo. Si no fuera por él, qué habría sido de ella.

Apenas hay tráfico en las calles de la ciudad. Gracias a eso, los chicos no tardan demasiado en llegar.

—¿Prefieres que te lleve ya a tu casa o te quedas un rato en la mía? —pregunta Diana antes de bajarse de la moto.

—¿Qué hora es?

—Temprano —contesta mostrándole la muñeca en la que lleva el reloj—. Quédate a cenar algo. No hemos comido nada todavía.

Mario acepta. Tiene hambre. Además, cuanto más tiempo pase en su casa, más preguntas recibirá de su madre respecto a la herida del brazo. No está seguro de que lo del cristal roto vaya a colar. Pero no va a decirle la verdad. En esta ocasión es mejor ocultarla el máximo tiempo posible.

No hay nadie en la casa de Diana, como viene siendo habitual en los últimos meses. La chica no entiende por qué su madre y su novio no se deciden a irse ya a vivir juntos. Pero que todo siga así es lo mejor para ella: vive cerca de su chico y, cuando necesitan más intimidad, aprovechan aquel lugar.

—¿Qué quieres que te prepare?

—Me da igual. Lo que tengas más a mano.

—¿Una ensalada de pasta?

—Lo que tú quieras.

La fatiga y la tensión de todo el día se percibe en sus ojos ojerosos e inexpresivos. También en su voz, que sale quebrada. Diana se lamenta de no poder hacer nada más. No le gusta verlo así.

—Siéntate tranquilo en el salón; pongo a hervir la pasta y enseguida estoy contigo.

Tras un beso cariñoso en la mejilla, Mario obedece a su novia. Se acomoda en el sofá y extiende las piernas. Cierra los ojos y repasa en su mente todo lo que ha sucedido hoy. ¿Qué debe hacer ahora? La situación es complicada. Como suponía, que su hermana esté relacionada con aquel tipo no ha traído nada bueno. El corte en el brazo es poco para lo que podría haber pasado. El amigo de Fabián con la cabeza rapada se había lanzado como un loco a por Diana con la navaja en la mano. Si él no llega a intervenir, posiblemente la cosa habría sido más grave. No están tratando con delincuentes de tres al cuarto. Aquella gente parece peligrosa de verdad.

¿Es que Miriam no se da cuenta de dónde se ha metido?

—Ya está. Ahora a esperar quince minutos a que la pasta se cueza.

La chica aparta con cuidado los pies de Mario y se sienta en un extremo del sofá. Lo mira sonriente. Se inclina sobre él y le da un beso en los labios. Luego le acaricia el pelo delicadamente.

—No sé qué podemos hacer —comenta preocupado—. No sé cuál es el siguiente paso que tenemos que dar.

—¿Y si le contamos a tu hermana lo que ha pasado? Quizá así abra los ojos de una vez y se dé cuenta de quién es su novio.

—¿Cómo se lo contamos? Tiene el móvil apagado.

—Le mandamos un SMS. Alguna vez lo tendrá que conectar.

—No estoy seguro de eso.

—Lo hará pronto, ya lo verás.

Diana saca el móvil de su bolsillo y entra en el archivo de los mensajes.

—¿Qué vas a decirle?

—La verdad.

—¿Que hemos estado allí y que el tal Ricky nos ha atacado con una navaja?

—Sí.

—Uf.

La chica piensa unos segundos. A continuación comienza a escribir en el teclado de su teléfono. Mario la observa poco esperanzado. No está demasiado convencido de que aquello sea una buena idea. Tal vez Fabián, después de lo que ha pasado, intercepte los mensajes del móvil de Miriam. Entonces el problema aumentaría.

—Terminado. ¿Te lo leo?

—Sí.

—«Hola, Miriam. Hemos ido a verte a la nave de Fabián. Lo sabemos todo. Él y su amigo no han querido que nos acercáramos a ti. Incluso han herido a tu hermano en un brazo. Está bien. Llámanos en cuanto puedas. Un beso» —termina y mira expectante a Mario—. Bueno, ¿qué te parece?

—Bien.

—¿Lo mando?

—Mándalo. Aunque espero que esto no los cabree más.

La chica pulsa una tecla y envía el mensaje. Ahora toca esperar.

—¿Crees que estamos haciendo lo correcto?

—¿Por qué lo preguntas?

—No sé. Tal vez este tema es para profesionales.

—¿La policía?

—Sí.

—La policía no haría nada al respecto. Mi hermana tiene diecinueve años.

—Ya. Pero ellos han robado las joyas de tu abuela y ahora, además, tú tienes una herida de navaja en un brazo. En eso sí podrían intervenir.

Mario se incorpora y se sienta en el sofá. Se toca el vendaje con cuidado e inspira con fuerza.

—Entonces mi hermana también estaría implicada.

—Ya, pero...

—Ese es el motivo por el que mis padres no lo han denunciado a la policía. Confían en hablar con ella pronto y hacerla entrar en razón.

—Eso no creo que pase.

—Por eso hemos ido a la nave de Fabián.

Es un callejón sin salida. Cualquier cosa que hagan o dejen de hacer representa un problema. Los dos piensan unos minutos en silencio. Van a tener que armarse de paciencia y esperar a ver qué efecto produce el SMS que Diana le ha enviado a su amiga.

—¡La pasta! —grita de repente la chica al oler a quemado.

Se levanta y a toda velocidad se dirige a la cocina.

Mario mueve la cabeza negativamente. Cuando las cosas van mal, todavía pueden ir peor. Y no se equivoca al pensar así.

Capítulo 35

Esa noche de diciembre, en un lugar de la ciudad.

Llaman a la puerta. Álex no está para visitas. Todavía no se ha recuperado del *shock* que le ha provocado la conversación con su novia; ¿o exnovia? Sigue en la cama, sentado, con escalofríos. Nunca hubiera pensado que aquella charla empezaría de aquella forma tan inesperada y terminaría de esa otra tan diferente. Dos extremos en apenas unos minutos. Quizá el estado emocional de Paula, la presión que lleva soportando tanto tiempo, provocó que pasaran ambas circunstancias, tan antagónicas entre sí. Estallaron sus sentimientos hacia un camino y hacia otro. Opuestos. Él se vio en el medio. Y ahora ya no hay solución. Su relación parece que ha terminado.

El timbre suena un par de veces más. No tiene intención de levantarse y abrir.

Por fin cesa. Quienquiera que sea el que llama se ha cansado. Sin embargo, lo que se oye a continuación es la melodía de su móvil. Es Abril. No lo coge. No le apetece hablar con nadie. La mujer lo intenta una vez más, pero el escritor actúa de la misma manera. No es el momento. Pero, en cuanto termina la segunda llamada, otra vez el timbre de la puerta.

—¡Álex! ¿Estás bien? —grita Abril, desde fuera—. ¡He oído tu móvil ahí dentro! ¿Estás en casa?

Pillado. Uf. No le queda más remedio que dejarla pasar. Tampoco es plan preocuparla demasiado. Se pone un pantalón ancho, se calza unas zapatillas y grita que ya va.

—Hola. Perdona, estaba a punto de ducharme —miente cuando le abre.

—Ah. Ya empezaba a preocuparme... —señala la mujer entrando en el piso del joven—. Me han dicho en el Manhattan que te habías tomado el día libre y que suponían que estabas en casa.

—Sí. Más o menos me he tomado el día libre.

Abril se detiene un instante y observa al chico. Arruga la frente. Lo conoce bien desde hace tiempo y sabe que algo le pasa.

—Tienes mala cara. ¿Seguro que estás bien?

—La verdad es que no ha sido un buen día.

—¿Problemas?

—Alguno que otro.

—¿Con la segunda parte? —pregunta, aunque intuye que por ahí no va la cosa—. Los plazos siempre son complicados. Pero tómatelo con tranquilidad.

—No tiene nada que ver con *Dime una palabra.*

Acertó. Apostaría a que el problema está en Londres.

Entran juntos en el salón. Álex la invita a sentarse y la mujer elige el sillón que está en la izquierda. Él permanece de pie y le pregunta si quiere tomar algo.

—¿Tienes martini?

—Sí, queda de la última vez que estuviste aquí.

—Genial. Pues un martini con Coca-Cola, por favor.

El escritor se retira hacia la cocina. Camina arrastrando las zapatillas y encorvado, sin vida, sin energía. Como si estuviera desinflado. Aquel comportamiento no es habitual en él. Regresa poco tiempo después con la bebida para Abril y con un zumo de melocotón para él.

—¿Qué tal está Paula?

Directa al grano. ¿Para qué iba a andarse con más rodeos? En ella encontrará la clave de lo que sucede. Está convencida.

—Nerviosa. La semana que viene tiene los exámenes —responde sin ningún entusiasmo.

La mujer bebe un poco del martini y se seca los labios con un dedo. Lo mira de reojo y observa la seriedad de su expresión al hablar.

—Tiene que hacer un esfuerzo. Ya le queda poco para regresar en Navidad, ¿no?

—Sí.

—Te echará mucho de menos. Y tú a ella, claro.

El escritor no responde inmediatamente. Da un trago al zumo y lo deja sobre la mesa. Se toca el cabello y resopla.

—Lo hemos dejado —suelta por fin.

—¿Qué? ¿Cuándo?

—Hace un rato.

—¿Cómo que hace un rato?

—Sí, hace unos minutos. No sé ni la hora que es.

—¿Qué ha pasado?

—Lo que podía pasar después de tres meses separados.

—¿Seguro que no es una pelea normal de pareja?

—No nos hemos peleado —dice con tristeza—. Simplemente hemos roto. Y, sabiendo los motivos por los que ha sido, no creo que haya marcha atrás.

Abril está sorprendida. Imaginaba que la razón por la que Álex estaba tan raro era que había pasado algo con Paula, pero no sospechaba que la cosa hubiera llegado tan lejos. Ellos parecían la pareja perfecta. Desde que la conoció en aquella librería hace más o menos trece meses, la vio como la chica ideal para él. A pesar de que al principio, aquel mes de noviembre de hace un año, las cosas eran muy diferentes a como son ahora.

Noviembre, hace aproximadamente algo más de un año, en un lugar de la ciudad.

Está nerviosa. Muy nerviosa. Ha mirado el reloj unas cincuenta veces en los últimos treinta minutos. Prueba una vez más. Nada. ¿Por qué no le coge el teléfono?

Varias veces ha estado tentada de marcharse. Pero es que tiene muchas ganas de verlo. Escucha pisadas, ¿será él?

—¿Abril? ¿Qué haces ahí sentada?

¡Sí, es él! ¡Álex! ¡Por fin!

Se siente como una quinceañera esperando en la escalera de su casa a su primer amor. ¡Y eso que ya ha pasado la treintena!

La mujer se levanta del escalón en el que lleva sentada más de media hora y lo abraza. Un abrazo que continúa con un largo beso en los labios.

—¿Dónde te habías metido? —le pregunta haciendo como que se enfada—. Ni has contestado mis llamadas.

—¿Me has llamado?

—Siete u ocho veces.

El chico se extraña y saca el teléfono de su mochila. Diez llamadas perdidas. Todas de ella.

—Mierda, está en modo silencio... No sé cómo ha podido activarse solo. Lo siento.

—Seguro que lo has hecho a propósito para no hablar conmigo —bromea ella—. Que no se repita.

—Tendré que tener más cuidado.

—Sí. Conmigo.

La mujer se agarra al cuello de su abrigo y vuelve a besarle intensamente. Mientras lo hace, mete la mano en sus bolsillos. Busca hasta encontrar las llaves de la casa y abre la puerta sin soltarse de él. A trompicones entran en el piso. Abril lo arrastra hasta el dormitorio y lo empuja sobre la cama. Uno desnuda al otro. Y una vez más, como en los últimos siete días, se entregan al deseo dejándose llevar.

Desde el día que se liaron en el baño de aquel local, Abril y Álex han quedado todos los días y en todos han terminado de la misma manera.

—¿Dónde has estado hoy? —le pregunta la mujer unos minutos más tarde, abrochándose el sujetador—. Fui al Manhattan y uno de los camareros me contó que habías ido allí con una chica muy guapa.

—¿Sergio te dijo eso?

—Sí.

—Esa chica es Paula. La que conociste la semana pasada en la firma de libros y se quedó hablando un rato conmigo al final.

Abril masculla algo ininteligible entre dientes.

—Ah. Paula.

—Se me ocurrió algo, una de esas ideas que se me pasan por la cabeza de vez en cuando; necesitaba ayuda y se la pedí a ella.

—Ya.

—No te lo dije a ti porque siempre estás muy ocupada. Además, a esa hora, trabajabas.

—¿Y qué? ¿Te has divertido mucho?

El chico sonríe y se acerca hasta ella gateando por la cama. Se abraza a su cintura y le da pequeños besos alrededor del ombligo. Alza la mirada y se encuentra con sus ojos, que están fijos en los de él.

—¿Celosa?

—¿Yo?

—Sí, tú.

—Para nada. ¿Por qué iba a estarlo?

—No lo sé. Pero es la actitud que demuestras.

Más besos en el ombligo. Hasta que Abril se aparta y camina hasta donde lanzó su pantalón. Se agacha para recogerlo y se lo pone.

—No estoy celosa —insiste—. Es solo que me habría gustado que me hubieras avisado.

—Tienes razón. Perdona.

—No pasa nada. De todas formas, es normal. No tienes por qué darme explicaciones.

—¿No?

—No. ¿No?

—No lo sé.

El joven se levanta de la cama y se pone una camiseta y un pantalón mientras Abril entra en el cuarto de baño. Está algo confuso. Aquella relación, ¿adónde va? ¿Son pareja? Le gusta, pero no sabe hasta qué punto. Tampoco sabe qué es lo que ella piensa al respecto. Llevan una semana acostándose juntos. ¿Solo se trata de eso? ¿Sexo? No es su estilo. Pero las cosas han venido así y no ha sabido decir que no.

En ese instante suena un móvil. No es el suyo. ¿Quién podrá llamarla a esa hora de la noche? Álex camina hasta la mesa donde Abril ha dejado su teléfono y lo examina. El nombre que aparece es el de Saúl. No conoce a nadie de la editorial que se llame así. Está tentado de responder, pero no lo hace.

Se sienta en la cama y enciende su portátil.

La mujer sale del baño diez minutos después. Se ha vestido y maquillado. No demasiado, un poco de rímel, de colorete y de lápiz de labios. Álex la observa. Está preciosa, como en la foto de su Facebook. El escritor ha entrado en su perfil. Uno de sus amigos se llama Saúl Miranda. No ha podido resistirse a curiosear, pero no ha obtenido más información que una foto de un treintañero con gafas, muy elegante, con el pelo corto.

—Te han llamado al móvil —le comenta como si nada.

—¿Sí?

—Sí. Un tal Saúl.

El rostro de Abril cambia por completo. Corre hasta el teléfono y comprueba que tiene una llamada perdida. Luego, la hora.

—Se me ha hecho muy tarde. Tengo que irme.

—¿No te quedas a cenar?

—No puedo.

—Vaya —se lamenta el chico contemplando cómo coge su bolso y se da prisa por marcharse—. ¿Es por ese Saúl? ¿Quién es?

La mujer se detiene un instante y lo mira a los ojos con aires de culpabilidad.

—Mi marido.

—¿Tu marido? —pregunta sorprendido.

—Sí. Mi marido —indica resoplando—. Y el padre de David, mi hijo.

Capítulo 36

Esa noche de diciembre, en un lugar de la ciudad.

Termina el capítulo y se tumba bocarriba en la cama. No tiene sueño.

Pandora tararea la banda sonora de *School Rumble*, su última adquisición de *anime*. Chica enamorada de chico que no le hace ni caso. A Tenma, la protagonista, le pasa como a ella con Álex: busca cómo acercarse a él de mil maneras diferentes, por todos los medios a su alcance, pero a la hora de la verdad es incapaz de confesar sus sentimientos.

El mundo es injusto.

Hoy ha sido un día muy especial, solo comparable al día en el que lo conoció y habló por primera vez con él. Lo ha pasado genial. Pasear a su lado, comer, conversar... y hacer juntos aquello tan original de los globos. Increíble. ¡Qué emocionante!

Pero, al mismo tiempo, qué triste... Lo malo de los buenos momentos es que se terminan. Y a personas como ella no se le suelen brindar nuevas oportunidades. La sensación que ha experimentado esa tarde jamás volverá. Y es muy difícil que se repita algo parecido.

—¿Dónde has estado? ¡Llegas muy tarde!

¿Muy tarde? ¡Ni los Lunnis se habían ido todavía a la cama!

Para su madre cualquier cosa que haga está mal hecha. No la soporta. Y cada vez menos. ¡No es una niña! ¿Cuándo se va a dar cuenta?

Después de la bronca, decidió no hablarle más. La cena en silencio fue incómoda, aunque se le hizo un poquito más llevadera al recordar cada uno de los segundos vividos con su escritor preferido.

—Todo lo que hago es por tu bien.

Ya. Todo lo que hace o dice es porque es una pesada. No la tiene en cuenta para nada. Si no se comportara de aquella forma con ella, no tendría que mentirle ni enfadarse tanto.

No se le va de la cabeza la cancioncita de la serie. Pobre Tenma, comprende perfectamente cómo se siente. Es solo un dibujo animado, pero seguro que en el universo de los dibujos animados, esa realidad paralela que está convencida de que existe, la chica lo está pasando mal. Sí, el mundo de los dibujos animados es tan injusto como el mundo en el que ella vive.

Ha escuchado muchas veces que una de las mejores cosas que existen en la vida es amar a alguien y ser correspondido. Ella aún no ha podido comprobarlo.

También ha oído que cada persona en el mundo tiene a su media naranja esperando en algún lugar. A la suya la han debido de exprimir. O quizá está tan lejos que nunca podrá encontrarla. En Japón o así...

Mira hacia la ventana. Vuelve a nevar. Suspira.

Desde ahora, cada vez que vea nevar pensará en él.

El único problema es que no hace falta que nieve para que Alejandro no abandone ni uno solo de sus pensamientos. Ojalá fuera su media naranja, pero mucho se teme que eso sí que es de dibujos animados.

Esa noche de diciembre, a muchos kilómetros de distancia, en un lugar de Londres.

—¿Querías verme?

—Sí, pasa.

El chico entra en la habitación del señor Hanson y se sienta en una de las sillas. No es habitual que su tío cite allí a Luca. Concretamente es la segunda vez que eso ocurre. Y en la primera fue para amenazarle con su expulsión.

—¿Qué pasa?

—No sé, dímelo tú.

—A mí no me sucede nada.

Robert Hanson ya no lleva ni chaqueta ni corbata. Parece otra persona diferente con aquella camiseta de manga larga que usa para dormir y aquellos pantalones anchos. Desde hace un año y tres meses vive en la residencia de estudiantes de lunes a viernes. El fin de semana lo pasa con su familia. El motivo: tener más controlado a su sobrino.

—¿Por qué no intentas ser una persona respetuosa y amable alguna vez?

—Lo intento, pero me cuesta.

—No lo intentas.

—Lo que tú digas.

El hombre coge otra de las sillas de la habitación y la coloca delante de Luca, pero con el respaldo hacia delante. A continuación se sienta en ella y se frota la nariz. Algunas veces, la mayoría, la actitud de su sobrino le enerva.

—Esta tarde ha venido a verme Paula García al despacho.

—¿Y qué?

—¿Cómo que «y qué»? —pregunta molesto—. Se ha vuelto a quejar de tu comportamiento hacia ella.

El chico se inclina y se aparta el parche para enseñarle el ojo a su tío.

—¿Crees que puedo olvidarme fácilmente de esto?

—No. Pero... ¡deja ya de lamentarte! Lo hizo sin querer. Esa chica es incapaz de matar a una mosca.

—Pues...

—No tienes excusa. La fastidias continuamente. ¿Qué pasa? ¿Te gusta?

—¿A mí? ¿Qué estás diciendo?

Es la segunda persona que le suelta hoy lo mismo. Hace un rato fue la *italianini.* ¿De verdad piensan que él podría sentir algo por la españolita? No saben lo equivocados que están.

—Pues da esa impresión.

El chico se pone de pie y se dirige hacia la puerta.

—¿Me has llamado solo para esto?

—Te he llamado para decirte que, por favor, te comportes bien de una vez. Que madures. Y que trates mejor a esa chica.

—Bah.

Y, sin decir nada más, Luca sale de la habitación, pensativo.

Se mete las manos en los bolsillos y camina hasta su habitación lleno de dudas. Algo está haciendo mal. Sí, definitivamente hay cosas en las que se está equivocando.

Esa noche de diciembre, bastante más tarde, en un lugar alejado de la ciudad.

Abre los ojos. ¿Dónde está?

Uf. Le duele la cabeza muchísimo. Todo le da vueltas. Miriam mira a su alrededor y se da cuenta de que no está en la habitación de su casa. Aquella es la nave de Fabián. ¿Dónde está él?

La chica se incorpora para buscarlo y lo encuentra acostado en la enorme cama de matrimonio. No está solo. ¿Qué hace esa ahí? Una joven morena de pelo corto duerme a su lado. Es la que vino con Ricky y con quien compartieron la cachimba. No recuerda su nombre. ¡Será...!

Indignada, se levanta del colchón en el que estaba y se dirige hacia la cama. Le sacude el brazo hasta que la joven abre los ojos.

—Tú, ¿qué haces?

—¿Cómo?

—¿Por qué estás en la cama con mi novio?

—¡Tía, yo qué sé! ¡Déjame dormir!

—Levanta de ahí.

La chica no le hace caso, se gira y le da la espalda. Incluso se abraza a Fabián, que no se inmuta. Esto enfada todavía más a Miriam, que la agarra de una pierna y la arrastra por la cama hasta que cae al suelo.

—¡Estúpida! ¡Me has hecho daño!

El grito de la morena despierta a Ricky, que estaba durmiendo en un sofá, y al propio Fabián.

—¿Qué pasa? —pregunta este malhumorado.

—La niñata esta, que me ha tirado de la cama.

—No sé qué hacías ahí con mi novio.

—¡Dormir! ¡Tú te has quedado con el colchón! No querrías que durmiera en el suelo, ¿no?

Miriam no se acuerda de nada. ¿Cuándo se ha quedado dormida? Lo último que recuerda es que fumaba de la cachimba y se reía muchísimo. Después hay una gran laguna en su mente, hasta que se ha despertado.

—Tiene razón Laura —comenta Fabián, invitándola a que se meta con él en la cama.

La chica accede y besa a su novio en la boca. Sin embargo, en ese instante, tiene una especie de *flash* en el que escucha la voz de Diana gritando su nombre. Es muy extraño. Siente como si hubiera pasado de verdad.

Lo que Miriam no sabe es que aquello ocurrió hace unas horas y que, mientras ella dormía, recibió en su móvil un SMS de su amiga explicando lo que había sucedido. Un SMS que nunca leerá.

Esa madrugada de diciembre, en un lugar de la ciudad.

No puede mover bien el brazo herido. Casi todo el tiempo lo tiene en cabestrillo para que le moleste menos. Tampoco puede dormir a pesar del cansancio. Aunque la conversación con ella es la principal causa por la que Mario sigue despierto.

A pesar de que le ha explicado que ha ido a aquella nave en busca de su hermana, no le ha contado nada del brazo ni de la navaja con la que le han atacado. No quiere preocuparla. A sus padres tampoco se lo ha dicho. No ha hecho falta. Cuando llegó a casa, disimuló como si no le doliera nada y se tapó con el abrigo. Así que la excusa del cristal de la ventana rota de momento sigue en la recámara.

—Por lo menos sabes que tu hermana está bien.

—Sí. Algo es algo.

—Ya verás que Miriam os llama por teléfono pronto.

—Habrá que esperar a mañana ya.

De momento no ha contestado al SMS que Diana le envió. Su novia quedó en avisarle si había cualquier novedad, aunque fueran las tres de la madrugada. No ha tenido más noticias de ella desde la última llamada de buenas noches.

El chico sube la *cam* un poco para que ella no vea los movimientos que tiene que hacer con el brazo cuando le molesta. Además se ha puesto una camiseta de manga larga para esconder el vendaje.

Cuanto más la mira, más guapa le parece. Y también se siente más culpable por lo que está haciendo.

—Mario, me tengo que ir ya a dormir.

—Sí. Se ha hecho muy tarde.

La joven sonríe. Cada vez le gusta más. ¿Por qué no lo conoció antes? Sería todo mucho más sencillo.

—¿Nos vemos mañana?

—Claro. Ya sabes que yo nunca falto a clase.

—Pero es porque te encantan las matemáticas.

Su sonrisa ilumina la pantalla. El chico se sonroja y siente que el corazón le va más deprisa. No debería de ser así. Tiene novia. Una novia increíble a la que quiere. Si ella se enterara de todo esto, lo mataría.

—Tienes razón. Me encantan.

—Ojalá yo te gustara igual, o aunque solo fuera un poquito, como te gustan las mates —protesta la chica, resoplando, aunque sonriente—. ¿Algún día quedarás conmigo fuera de la facultad?

Es una pregunta muy comprometida. Ya se la ha contestado en otras ocasiones; no solo al otro lado del monitor, también en persona, en la cafetería, donde tantos y tantos cafés han compartido estos meses de universidad.

—Ya sabes que tengo novia.

—Es verdad. Pero por intentarlo una vez más... Lo siento.

—Yo también lo siento.

La chica morena se encoge de hombros y mira fijamente a la *cam*. Sonríe con tristeza y le regala un último beso antes de despedirse y desconectar.

Ya sin cámara, escribe en el MSN.

—Un placer de nuevo charlar contigo. Aunque solo pueda aspirar a esto.

—Gracias a ti por leerme y comprenderme.

—Hasta mañana, Mario. —Y un Lacasito besando a otro.

—Hasta mañana, Claudia.

Capítulo 37

Una mañana de diciembre, en un lugar de Londres.

Llueve con muchísima fuerza. No solo caen gotas afiladas y gigantescas sobre el suelo de la ciudad, también hay rayos y truenos. Londres se ha despertado irritado, como si el cielo protestara contra algo o contra alguien.

Paula contempla la gran tormenta desde la ventana de su habitación. Apenas ha podido dormir en toda la noche. Valentina se fuma un cigarro a su lado.

—No sé cómo puedes fumar tan temprano.

—¿Tú no lo hacías cuando eras fumadora?

—Muy pocas veces. Pero, si lo hacía, antes había comido algo.

Las dos llevan un rato conversando mientras se preparan para ir a clase. Se fueron a la cama hablando de lo que había pasado con Álex y se han levantado de la misma manera. Aunque ahora Paula está más tranquila, sigue sintiendo un vacío inmenso en su interior; anoche estuvo tres horas llorando sin parar. Su compañera de cuarto la está ayudando a soportar la situación lo mejor posible.

—¿Y ahora volverás al vicio?

—¿A fumar? No. Por supuesto que no.

—¿De verdad que no te apetece? —le pregunta la italiana, ofreciéndole el cigarrillo y subiendo y bajando las cejas.

La chica resopla y lo coge. Lo piensa un instante. Es tentador. Son muchos meses sin probar el tabaco. Y ahora, con el cigarro en la mano..., le vuelve a apetecer. Sin embargo, mueve la cabeza de un lado a otro y se lo devuelve sin llevárselo a la boca.

—No, gracias. Ya contamino bastante mis pulmones contigo.

—¡Ah, qué mal te quedó eso! —exclama y abre la ventana.

Un golpe de aire frío entra en el cuarto y hiela a las chicas. Otro trueno sacude Londres, que se ilumina después del relámpago.

—¡Cierra! —grita Paula temblando—. ¿Estás loca?

—Ya va, ya va, señorita quejosa.

Valentina lanza el cigarrillo por la ventana y la cierra a continuación. Se ha mojado las manos, que seca en el jersey de su amiga.

—¿Qué haces?

—No querrás que vaya por ahí con las manos mojadas...

—¡Pues vete al cuarto de baño y sécatelas con una toalla!

—Vale, vale...

La italiana sonríe y, antes de hacerle caso, le da una palmada en el culo a su amiga. La chica vuelve a gritar y la persigue por la habitación, aunque no logra alcanzarla antes de que esta se encierre en el baño.

¡Qué pesada se pone a veces!

A pesar de eso, Paula no se enfada. Sabe que lo está haciendo para que se ría un poco y se olvide de lo que está sufriendo. Cuando anoche Valentina regresó a la habitación, ella se encontraba en pleno ataque de ansiedad.

—¡Dios, Paola! ¿Qué te ocurre?

—No..., no... respiro.

Le cuesta muchísimo hablar. Tiembla y tiene convulsiones.

La joven italiana corre a su lado, se sienta junto a ella y la coge de la mano. Nunca la había visto tan mal.

—Venga, tienes que tranquilizarte. Trata de respirar poco a poco.

—No... puedo.

Las dos están asustadas. Pero Valentina sabe que lo que su amiga necesita es calmarse. Debe conseguirlo.

—Sí que puedes. ¡Claro que puedes! —exclama mirándola a los ojos—. Ahora vas a inspirar despacio y luego vas a soltar el aire poco a poco. ¿Me has comprendido?

—Sí.

Mientras siente cómo su compañera de habitación le acaricia la mano, ella hace lo que le ha pedido. Inspira y, cuando los pulmones se le llenan de aire, lo suelta, cerrando los ojos. Así una veintena de veces en un par de minutos.

—Muy bien, muy bien. *Piano, piano...* ¿Cómo te encuentras ahora?

—Mejor.

—Genial. Túmbate y sigue haciendo lo mismo.

—Vale.

La chica se echa sobre el colchón y continúa repitiendo lo que Valentina le ha dicho. La italiana no se separa de ella ni un segundo y controla cualquiera de sus movimientos.

Por fin, casi un cuarto de hora después, Paula parece completamente recuperada. Aunque tras el ataque de ansiedad siguen el llanto y el desconsuelo.

—¿Por qué estás así? ¿Qué te ha pasado? ¿Otra vez te ha hecho algo ese odioso de Luca Valor?

—No. No es por culpa de Luca.

—¿Entonces? ¿Qué pasa?

—Uf.

—Vamos, Paola, tienes que contármelo.

—He..., he roto con Álex.

Ninguna de las dos jamás pensó que aquellas palabras saldrían de la boca de Paula. Y sorprenden totalmente a Valentina.

—¿Cómo? ¿Te ha dejado?

—No. He sido yo la que ha tomado la decisión —reconoce, sollozando y secándose las lágrimas con la manga del pijama.

La italiana se queda de piedra. Incluso se siente algo culpable. Ella ha sido la que durante esos tres meses no ha parado de insistirle en que debía cortar con su novio.

—Lo siento mucho, Paola. Aunque ya sabes lo que pienso de las relaciones a distancia.

—Tenías razón. No podía más.

—¿Es definitivo?

—No sé..., no lo sé —responde dubitativa—. Imagino que sí.

—Y él, ¿cómo se lo ha tomado?

—No se lo esperaba. Álex no quería romper, pero le ha cogido tan desprevenido que apenas ha reaccionado.

—Normal.

Valentina la contempla con tristeza. Su amiga necesitará mucho apoyo en los próximos días para seguir adelante.

—¿Crees que debo volver a hablar con él?

—Mmm... ¿Estás segura de lo que has hecho?

—No, claro que no. Estoy enamoradísima de Álex. Pero creo que es lo mejor para los dos a la larga.

—Entonces creo que debes esperar unos días para hablar con él. Incluso a Navidad.

—Uf. Hasta Navidad...

—Sí. Intenta olvidarte de él un poco, aunque pienses que es imposible. Concéntrate en los exámenes y en los días que te quedan aquí antes de volver a España. Y, cuando regreses, quedáis y habláis.

—No sé si podré aguantar tanto tiempo.

—Sí que podrás. Yo te echaré una mano.

—Gracias.

—No tienes por qué darlas, Paola. Tu amiga la italiana se encargará de que estés lo mejor posible.

Valentina sale del cuarto de baño después de comprobar primero que su compañera de habitación no está cerca. Paula mira otra vez por la ventana. La tormenta continúa. La chica se acerca caminando muy despacio, de puntillas, y atenta por si vuelve a salir corriendo tras ella.

—No te has enfadado, ¿verdad?

—¿Por tocarme el culo? No, claro que no —responde sonriente—. Vas a ser la única que me lo va a tocar en mucho tiempo.

A pesar de que ríe, en su expresión transmite tristeza.

—Me siento afortunada. Seguro que no hay un culo mejor que el tuyo.

—El de Marco.

—¿Marco? ¡Marco no existe!

—Existe. No te engañes a ti misma...

—*Mamma mia!* ¡Marco es más historia que el Mundial que ganamos en el 2006!

—Claro. ¡Ahora es España la que gana Mundiales y Eurocopas!

La mirada de Valentina atraviesa a su amiga.

—¡*Bambina,* no te columpies y trata con respeto a la selección más importante de Europa! *Forza Italia!*

—¡¿Qué dices?! Los españoles somos los que dominamos ahora.

—¡Porque tenéis mucha suerte!

—Al saber le llaman suerte.

—¡Otro refrán! ¡Olé, olé! —grita desbocada, gesticulando con las manos, haciendo como que toca las castañuelas—. ¡Vamos a desayunar!

Y después de darle otra palmada en el culo, corre por la habitación. Agarra su carpeta al vuelo y sale del dormitorio.

Incorregible. Paula sonríe. También coge su carpeta llena de apuntes y su mochila y, caminando tranquilamente, abandona la habitación. Valentina, que la espera al final del pasillo, le hace burlas desde la escalera.

No tiene remedio.

Echará mucho de menos a Álex, pero gracias a su amiga la italiana sabe que no pasará aquel mal trago completamente sola.

Capítulo 38

Esa mañana de diciembre, en un lugar de la ciudad.

Juguetea con la cucharilla, haciéndola girar una y otra vez en la taza. El café se le está enfriando. Pensativo, apoya una mano en su cara y suspira. Álex se siente muy abatido y las ganas de escribir han desaparecido por completo.

Es la segunda vez que Paula le rompe el corazón. Aunque en esta ocasión el dolor es diferente. Ahora eran pareja, se querían, tenían una vida en común: un pasado, un presente y un futuro juntos..., una historia de un año como novios que se ha terminado por culpa de la distancia.

—¿Te encuentras bien, jefe?

La voz es de Sergio. El camarero se ha acercado a la mesa donde el escritor está sentado con su ordenador portátil abierto.

—Sí, gracias.

—Pues no lo parece. Vas a marear a ese café con tantas vueltas —comenta divertido—. ¿Qué pasa?

Pero al joven no le apetece hablar sobre el tema. Anoche ya se lo contó a Abril y, conforme lo hacía, peor se sentía. No es cierto lo que se suele decir de que la solución para encontrarse mejor es desahogarse con alguien. Al menos, para él no lo fue. La única solución para esa clase de problemas es arreglarlo. O que pase el tiempo. Y lo segundo todavía tardará en suceder.

—No te preocupes. Estoy bien.

—¡Ánimo, que seguro que será otro superventas como el primero! —exclama Sergio guiñándole un ojo.

El libro... Todos piensan en su novela como la causa de su estado. Cuando lo ven bajo de moral o preocupado, siempre lo achacan a eso. Y es cierto que los plazos y el interrogante de cómo responderán sus seguidores y la editorial ante esta segunda parte le preocupan. Pero ojalá fuera ese el verdadero y único problema, esa agonía dulce que es escribir. No, sus males no llegan por ese camino. Al contrario: quizá sumergirse día y noche en *Dime una palabra* pueda ayudarle a superar la ruptura cuanto antes. Solo hay un inconveniente: para escribir necesita tener la cabeza despejada y eso es, precisamente, lo que no tiene ahora.

—Espero que tú lo compres. Por lo menos así tendré una venta.

—¿A mí no me lo vas a regalar?

—Te lo descuento del sueldo si quieres.

—¡Qué tacaño!

—Tacaño tú, que no quieres gastarte el dinero en mi libro, con lo mal que están las cosas en el sector editorial.

Sergio cruza los brazos y finge que se enfada. Luego, regresa detrás de la barra y se sirve un café. No hay nadie en el Manhattan.

—¡Seguro que ganarás un dineral con los libros...! —exclama mientras se echa un sobre de azúcar en la taza.

—Eso es lo que cree todo el mundo. Pero el porcentaje que nos llevamos los autores es bastante más bajo de lo que imaginas. Y alguien novato como yo, que acaba de empezar en esto..., todavía menos.

—Seguro que cobras más tú con los libros que yo sirviendo cafés.

—Por supuesto.

El camarero suelta una carcajada después de la respuesta de su jefe.

En ese instante, la puerta del bibliocafé se abre. Una chica con un impermeable transparente amarillo entra. Lleva un paraguas en una mano y una mochila colgada en la espalda.

—Buenos días, Alejandro —le saluda desde la entrada, agachando un poco la cabeza al hablar y sonrojándose.

—¡Qué sorpresa! Tú por aquí tan temprano... ¿Cómo estás, Panda?

La chica sonríe tímidamente y camina hasta la mesa del escritor.

«¡Enamorada de ti!», eso es lo que le gustaría gritar. Pero no va a hacerlo. Anoche le costó bastante tiempo quedarse dormida. Y cuando lo hizo soñó con él. En su mente se mezcló la serie de *anime* que vio antes de acostarse, *School Rumble,* y la experiencia de los globos. Al despertarse solo tenía destellos de su sueño, pero lo suficientemente claros como para recordarlo.

—Bien.

—¿Qué haces por aquí? ¿No tienes clase?

—Sí, pero hoy entro más tarde porque un profesor no viene a primera hora —dice sin pestañear.

Se está acostumbrando a mentir, pero son pequeñas mentiras que no hacen mal a nadie. Lo hace por amor. Y eso está permitido, ¿no?

—¡Ah, qué suerte! ¿Quieres un café?

—Vale.

El chico se pone de pie y la invita a que lo acompañe a la barra. Luego, le pide a Sergio que le sirva una taza. Pandora les da las gracias a los dos y se sienta en uno de los taburetes. De reojo, observa a Alejandro y se estremece. Qué guapo está, aunque hay algo diferente en sus ojos. Los tiene más cerrados de lo habitual. Parecen cansados y quizá también algo tristes. Sí, mirándolo bien, se nota que su expresión es menos alegre que de costumbre. ¿No habrá dormido bien?

—¿Sabes una cosa?

—¿El qué?

¿Le va a contar lo que le sucede? Tal vez ha pasado mala noche por algún motivo que le preocupa. ¿Tiene que ver con ella?

—Me ha escrito una chica que encontró uno de los globos.

—¿Sí?

—Sí.

—¡Genial!

No le ha contado lo que le ocurre, pero aquella noticia es mejor. Cuando se lo ha dicho, le ha entrado un cosquilleo por todo el cuerpo... Se siente bien, como si formara parte de algo muy romántico y maravilloso, digno de un capítulo de una de sus series japonesas preferidas.

Álex se acerca a la mesa en la que estaba sentado, coge el portátil y lo lleva hasta la barra. Entra en su cuenta de Twitter y le enseña a Pandora un comentario que recibió ayer por la noche. La chica lo lee en silencio.

Hola. He encontrado un globo con tu dirección. ¿Eres el escritor de *Tras la pared?* ¡Es uno de mis libros favoritos!

—Le he pedido que me mande un tuit con la frase que encontró dentro del globo.

—¿Te ha contestado ya?

—Todavía no, pero me ha hecho mucha ilusión ver que el globo fue a parar a una seguidora del libro. ¿Ves lo que te decía del destino...?

—Ya.

Pandora sonríe. Observa su boca perfecta y sus labios tan besables... De pronto, el corazón le va más rápido. ¿Cuántas pulsaciones tendrá por minuto? Mil, dos mil, ¿diez mil? Y lo imagina inclinándose sobre ella, agarrándola por los hombros, rozándose sus rodillas con las suyas..., sonrojándose sus mejillas... y uniendo sus bocas. Un beso de dibujos animados.

—¿Panda? ¿Estás bien? Te has puesto colorada.

—¿Qué?

—Tu cara está muy roja. ¿Está muy alta la calefacción?

—No, no...

Mierda. Se le ha notado mucho. Tiene demasiada imaginación o ve demasiadas series. Y encima no la ha besado.

El chico se encoge de hombros y se dirige detrás de la barra. De un cajón saca un par de folios amarillos que sitúa encima de esta. Pandora les echa una ojeada. ¿Será otra de las ideas de Alejandro para promocionar su novela? No. Esto es algo mucho más sencillo: un cartel en el que pone que se busca camarera o camarero. Y si... La chica coge uno de los folios y lo lee. Trabajo a media jornada, buen sueldo... Ella podría... Incluso tiene un curso hecho de manipulador de alimentos.

—¿Te interesa? —le pregunta Álex, sorprendido por la atención con que su amiga examina el papel.

¿Que si le interesa? ¡Mataría por trabajar allí! Rodeada de libros, aspirando aquel aroma a café que tanto le gusta... Además, ¡estaría junto a él todos los días muchísimas horas!

—No lo sé. ¿Podría trabajar solo por las tardes?

—Imagino que sí. Sergio y Joel siempre prefieren trabajar por la mañana para tener la tarde libre.

—Mmm...

—Aunque tú eres menor de edad, ¿verdad?

—Sí.

—Necesitarías un permiso firmado por tu padre o por tu madre.

—Ah.

¡Adiós a su sueño! Eso sí que es imposible. Su madre jamás la dejaría trabajar allí. Ni allí ni en ninguna parte. De todas formas, ¿cómo le podría ocultar aquello? Llegaría a casa tardísimo y no habría excusas verosímiles que ponerle. ¿Tendrá que decir la verdad y contárselo todo?

—Toma —le dice Álex entregándole el contrato de trabajo que saca del mismo cajón—. Y, si realmente puedes, quieres y te apetece colaborar con nosotros en el Manhattan, me lo traes relleno cuando puedas, con la autorización firmada.

—Vale, gracias.

La chica lee la hoja y resopla. Le encantaría trabajar allí. Dobla el papel con cuidado y lo guarda dentro de uno de sus cuadernos.

Pero ¿qué le podría decir a su madre para que le firmase la autorización y le permitiera pasar las tardes allí echándole una mano al chico del que está enamorada? No lo sabe. Sin embargo, a lo largo de la mañana obtendrá la respuesta.

Capítulo 39

Esa mañana de diciembre, en un lugar de la ciudad.

Le gusta cómo mira hacia ninguna parte cuando se distrae y cómo resopla y muerde el lápiz cuando no entiende alguna explicación. Le gusta cómo camina, firme, decidida, elegante, pero al mismo tiempo vergonzosa cuando se siente observada. Le gustan sus ojos oscuros y su pelo, largo y negro, que casi siempre lleva suelto. Le gusta su voz, ni fina ni grave, y cómo sonríe cuando está alegre, torciendo un poco la boca hacia la izquierda. Pero lo que más le gusta a Mario de Claudia es su manera de ser. No es la típica chica guapa que sabe que gran parte de su mundo gira a su alrededor. Ella no es así. Trata de pasar desapercibida, en la calle, en la universidad, en su clase, en la que la mayoría son chicos que darían un brazo o los dos por disfrutar de una noche apasionada con ella.

—Hola, soy Claudia. Estamos juntos en clase, ¿verdad?

Fue la primera vez que la escuchó. Y tuvo que mirar a un lado y a otro para asegurarse de que solo estaban ella y él. En ese momento sorbía un café, que le quemó la lengua. Hace ya tres meses de aquello.

—Hola... Me llamo Mario. Sí, creo que vamos a la misma clase.

¿Cree? Se ha pasado buena parte de la mañana mirando hacia el otro lado del aula, donde ella se había sentado. Y ahora está allí, hablándole a él de entre todos los tíos que hay en la facultad.

—¿Te importa que me siente? —le pregunta señalando la silla que tiene delante—. Si es que está libre...

—¿Libre? Sí, claro. Está libre —contesta nervioso.

También lleva una taza de café en la mano. Mario se fija en que no tiene las uñas pintadas y que se las muerde. Aquel detalle la hace más accesible. Seguramente se pone muy tensa antes de los exámenes. Vio la preocupación en su rostro cuando los profesores anunciaban las fechas en las que estaban programados.

Se recoge el vestido por debajo y se sienta enfrente del chico. Coloca su café sobre la mesa y echa dos sobres de azúcar.

—No conozco a nadie todavía en la universidad.

—Yo tampoco. Eres la primera con quien hablo.

Miente. Ya había charlado con dos chicos de su clase antes, pero eso no importa ahora. Es la primera con quien realmente quiere hablar. En eso dice la verdad.

Claudia cruza las piernas y sonríe. Sabe que no es la primera. Lo vio conversando con un par de compañeros de la misma clase hace un rato. Sin embargo, le da igual que no le haya contado la verdad. Le gusta que la considere la primera.

—¿Qué tal va el día?

—Bien. ¿Y el tuyo?

—Bien.

Los dos se sonrojan y sorben al mismo tiempo de sus tazas de café. Luego se miran a los ojos y rápidamente vuelven a agachar la cabeza y a tomar otro sorbo. ¡Qué vergüenza!

La conversación no dio para mucho más. Se terminó el descanso. Vuelta a clase. Pero aquella taza de café antes de mediodía se convirtió en una costumbre entre ambos.

Cada mañana, los dos deseaban que llegara aquel momento para pasar un rato juntos en la cafetería de la facultad. Así comenzaron a conocerse más, a contarse cosas, a revelar sus secretos..., a ir descubriendo sentimientos que no debían haber aparecido. Claudia se lamentó cuando supo que Mario tenía novia y la quería muchísimo. Su corazón se sintió herido. Sin embargo, no pudo evitar agregarle al MSN. Y las conversaciones siguieron por ordenador. Necesitaba hablar con él todas las noches, contemplar su bella sonrisa por la pequeña cámara de su PC. Los dos sabían que aquello no estaba bien, pero ninguno hizo nada por detenerlo.

—Señor Parra, está usted en la ídem.

—¿Qué?

—¿En qué mundo se encuentra ahora? ¿En el de las variables? ¿En el maravilloso planeta de la astronomía y la geodesia?

—No, no. Perdone, me he despistado.

—No ha cambiado nada desde que lo conozco. Usted es un soñador nato, señor Parra. Y elige siempre mis clases para marcharse a explorar otras galaxias.

—Lo siento. No volverá a pasar.

—Los dos sabemos que no está diciendo la verdad. En cuanto suba a su nave espacial, volverá a abandonarme.

La clase ríe. Mario se sonroja y se toca la nuca avergonzado. El profesor de Matemáticas tampoco ha cambiado nada. Sigue siendo un personaje tan peculiar como cuando le daba clase en el instituto. ¿Quién le iba a decir que se lo volvería a encontrar en la universidad, enseñándole Álgebra Lineal?

Y una vez más tiene razón: estaba en su mundo. Demasiadas cosas en la cabeza como para prestar atención a sus explicaciones.

Aquella última media hora se hace insufrible, lenta, monótona. Pero, cuando la clase llega a su fin, encuentra un premio esperado. Claudia se dirige hasta él y, como cada mañana, le pregunta si quiere ir a la cafetería con ella. El joven sonríe tímidamente y acepta.

—¿Qué te ocurre, señor Parra? —le pregunta la chica burlándose de él en cuanto abandonan el aula—. ¿Te aburre el maravilloso y entretenidísimo mundo del Álgebra Lineal?

—Lo imitas fatal.

—Ya lo sé. No soy imitadora —contesta poniéndose más seria—. ¿Estás así por tu hermana?

Entre muchas cosas. Por su hermana, por Diana, por ella... Las mujeres van a terminar volviéndole loco.

—Es que aún no sabemos nada de Miriam hoy. Imaginaba que, cuando leyera el SMS que anoche le enviamos, respondería.

—Tranquilo, ya has visto que se encuentra bien. Dale tiempo.

La chica instintivamente alarga su brazo y le acaricia cariñosamente el suyo para darle ánimo. Sin embargo, pone la mano justo en la zona donde Mario tiene la herida de la navaja. Este da un brinco y aparta a Claudia. Rápidamente se da cuenta de su reacción y le pide disculpas.

—Perdona, es que me ha dado calambre.

—¿Te ha dado calambre? Qué raro, yo no he sentido nada.

—Pues yo sí.

—Pero la que debería haber sufrido el chispazo soy yo, ¿no?

¡Cierto! Eso le pasa por mentirle a una chica tan lista.

—Yo qué sé. Será que hoy desprendes electricidad por las manos.

—Ya. Como si fuera Pikachu, ¿no? —protesta frunciendo el ceño—. ¿Te ha pasado algo en ese brazo?

El joven resopla y se remanga el jersey verde que lleva puesto. Le enseña el vendaje a Claudia y le explica lo que sucedió anoche cuando fueron a buscar a su hermana a la nave de Fabián.

—¿Te hirieron con una navaja?

—Sí.

—Pero... No me lo puedo creer. Esos tipos son...

—¿Comprendes ahora por qué estoy más preocupado de lo normal?

No es solo por eso, pero también tiene mucho que ver.

La pareja llega a la cafetería; piden un café para cada uno. Se sientan en su mesa habitual y continúan comentando el asunto.

—¿No deberías llamar a la policía?

—De momento no.

—¿Por qué?

—Por mi hermana. Le salpicaría y se vería involucrada en cosas que quizá le perjudiquen en un futuro. Además, mis padres lo pasarían peor todavía. Y no quiero eso. Bastante tienen ya, los pobres.

—Vaya, es verdad.

—Es un tema muy complicado —indica Mario tomando un poco de su café—. Si Miriam no da señales de vida, solo habrá dos opciones.

—¿Cuáles?

—Olvidarnos de ella un tiempo o... volver a aquel sitio a intentar hablar otra vez con ella.

La chica se queda pensativa. No quiere que regrese a aquel lugar. Ayer fue un pinchazo con una navaja, pero si vuelve quizá las consecuencias sean peores. Por otra parte, es su hermana la que está metida en aquel lío e imagina lo que sus padres deben de estar sufriendo. Comprende que Mario haga todo lo posible por que las cosas se solucionen cuanto antes.

—¿Quieres que vaya contigo?

—Claro —responde irónico—. Y con Diana. Vamos los tres.

Claudia baja la mirada y coge su taza. Sopla y bebe. Aunque le ha pedido muchas veces una cita fuera de la universidad, respeta a su novia. De hecho, la admira. No solo porque es una chica guapísima, sino por todo lo que ha luchado para salir adelante. Mario, un día, le contó sus problemas con la comida y lo que se había esforzado por superarlo.

—Bueno, hagas lo que hagas, te apoyaré. Pero ten cuidado.

—Gracias.

Sonríe y da un último sorbo a su café. Qué difícil es su situación. Se ha enamorado de la persona equivocada. Le encanta, pero no se va a entrometer en su relación con Diana. Se seguirá teniendo que conformar con lo que le cuente por el MSN, mirándolo por la *cam* o compartiendo un café en la universidad a media mañana..., mientras él la deje. Porque sabe que las cosas no serán siempre así.

Capítulo 40

Ese día de diciembre, en un lugar de Londres.

—Cuando termine de comer, pásese por la cocina a cumplir con su castigo. ¿De acuerdo?

—OK. Acabo enseguida y voy.

Margaret no ha sido tan desagradable como lo es normalmente con ella. Solo un poco brusca, pero eso no puede evitarlo: es su carácter. Paula cree que nunca la ha visto sonreír. La mujer, a continuación, se acerca hasta la mesa en la que está Luca Valor y le indica lo mismo. El chico del parche asiente con la cabeza y sigue comiendo. Ya va por el postre.

—Yo me rebelaría y no limpiaría —dice Valentina, que está feliz porque en el bufé de la comida de hoy han incluido pasta.

—Bueno, por lo menos son solo dos horas al día.

—¿Y qué? ¡Es un abuso de autoridad!

—Casi le dejo ciego, Valen.

—¿Y qué? ¡Fue un accidente!

—Lo sé. Pero ese «accidente» está castigado con la expulsión.

La italiana mueve la cabeza de un lado a otro.

—Eres demasiado buena, Paola. Te falta un poco de... mala leche.

—Eso es porque no me has visto enfadada.

—Tú no deberías estar limpiando nada. Para eso están Margaret, Daisy y Brenda. Ellas son las encargadas. Tú estás aquí para estudiar, que para eso te ganaste la beca.

—Ya. Pero son órdenes del señor Hanson.

No puede decirle a su amiga los verdaderos motivos por los que está haciendo aquello. Prometió no contar la historia de Luca, ni su pasado ni quién es en realidad aquel chico que tanto la molesta. Si Valentina supiera que es el sobrino del director de la residencia, hijo de un embajador y que nació en España y fue adoptado, se quedaría boquiabierta.

—Lo que tú digas, lo que tú digas... —comenta llevándose una manzana muy roja a la boca—. Tú sabrás lo que haces.

La española sonríe y se pone de pie. Le da un golpecito con la mano a su amiga en el hombro y coge su bandeja.

—No te preocupes. Me vendrá bien. Así no estaré todo el tiempo encerrada en el cuarto pensando en otras cosas.

—Vas a pensar en otras cosas de todas formas. ¿A quién quieres engañar? Que ya nos conocemos, españolita...

Resopla. Sabe que tiene razón. Durante las clases, ha ido y venido constantemente a su mente la conversación de anoche con Álex. Aún no puede creer que hayan roto. ¡Ella tomó esa decisión! ¿Se habrá precipitado? Le ha dado muchas vueltas al tema. Tal vez debería de haber tenido un poco de paciencia y esperar a Navidad para hablar con él, cara a cara, en persona. Aunque posiblemente entonces no habría sido capaz de decirle que su relación tenía que terminar. Después de las vacaciones, son seis meses más los que le esperan en Londres. Demasiado tiempo, demasiada distancia y demasiado sufrimiento.

—¿Tú vas a estudiar ahora?

—Dentro de un rato. Primero subiré a la habitación y hablaré un poco con Marco.

—No puedes vivir sin él, ¿eh?

—¡Qué dices! Marco es solo un entretenimiento más —comenta, y después muerde con fuerza la manzana.

—Ya, ya..., un entretenimiento...

—*Of course!*

Paula se inclina y le da un beso en la mejilla como despedida. Luego lleva la bandeja al carrito de recogida. Apenas hay hueco: solo quedan libres las dos baldas de abajo. Se agacha y, mientras intenta colocarla, escucha un silbido desde el otro lado del carrito. Mira a través del espacio que queda entre bandeja y bandeja y se encuentra con los ojos de Luca Valor.

—Si llevas vestido, algo poco aconsejable en esta época del año, deberías tener más cuidado al agacharte —indica el joven, sonriente—. Aunque acabo de descubrir que de ti no me gusta ni la ropa interior.

La chica rápidamente se pone de pie. Está roja como un tomate.

—¡Capullo! —grita mientras camina por el comedor, a toda velocidad. Lo único que le faltaba era algo así.

Entra en la cocina dando sonoras pisadas. Ese estúpido... no sabe qué hacer ya para fastidiarla. Uf. Le odia. ¡Le odia! Segundos después llega Luca, que continúa silbando. Lleva las manos en los bolsillos y sonríe descarado.

—No te preocupes, que con un solo ojo no he podido ver mucho.

—Idiota.

—Aunque el color crema como que no...

—¡Déjame ya! ¡Olvídame estas dos horas!

—Bien, te haré caso.

¿Le hará caso? ¿De verdad?

Durante los minutos siguientes friegan los platos, vasos y cubiertos de las bandejas que Margaret y Daisy les van llevando. Luca no se dirige a ella en todo ese tiempo. Ni una sola palabra, ni siquiera una mirada.

Toca barrer el suelo del comedor.

—¿Me pasas la escoba, por favor?

El chico sonríe y se la da sin decir nada. Él coge otra y los dos entran en el comedor para limpiarlo. Está completamente vacío.

Paula no sale de su asombro. Su comportamiento es muy extraño. De no parar de molestarla cada minuto que están juntos, a no hablarle. Mejor. No va a preguntarle el porqué de esa nueva actitud. Se dirige al fondo y comienza a barrer aquella zona. En ese instante suena su móvil. Lo tiene en la chaquetita que lleva puesta sobre el vestido. Es muy extraño que alguien la llame al teléfono allí, en Reino Unido. Las llamadas son muy caras. O es Álex o son...

¡Sus padres!

—¿Sí? —contesta.

—Hi, Paula. How are you?

A la chica se le escapa una sonrisa y dos lágrimas cuando escucha a Erica saludarla en inglés. Luca, que barre la otra zona del comedor, la observa con curiosidad.

—¡Pequeña! ¡Lo haces muy bien!

—¡Claro...! —parece ofendida. ¿Es que no sabe que lleva dando inglés en la escuela desde hace un año y pico?—. Y sé contar hasta veinte.

Durante un minuto la niña le demuestra a su hermana mayor que dice la verdad. La ha visto varias veces por la *cam* y ha hablado con ella por el MSN, pero cada vez que la oye tiene la impresión de que está mucho mayor. Es muy lista y, por lo visto, ejerce sobre los chicos la misma atracción que Paula. Este año ya ha tenido cinco novios. ¡Y eso que hace menos de dos meses que cumplió los siete!

—Muy bien. Dentro de poco sabrás más inglés que yo...

—Si Erica estuviera la mitad de tiempo que ella en Londres, seguro que no se equivocaría en eso—. ¿Me pasas a papá o a mamá?

—A mamá.

—Vale. Un besito.

La pequeña le devuelve un sonoro beso al otro lado de la línea y consigue que a Paula le entren ganas de llorar, pero se contiene al escuchar la voz de su madre.

—Hola, cariño.

—Hola, mamá. —Trata de aparentar tranquilidad. No quiere que sepa que no está pasando por un buen momento—. ¿Cómo estás?

—Bien, con mucho frío. Pero imagino que tú allí debes de estar igual. ¿No?

—Sí, pero no nieva.

—Aquí nevó ayer. Aunque no cuajó, tu hermana se lo pasó en grande.

Las dos hablan sobre el tiempo, los exámenes y las vacaciones de Navidad durante un cuarto de hora, hasta que su madre pregunta lo que Paula estaba temiendo que preguntase desde el principio.

—¿Cómo está Álex?

Se le hace un nudo en la garganta. Imaginaba que él saldría tarde o temprano en la conversación. Sin embargo, aún no está preparada para contarle la verdad.

—Bien, muy liado con el libro.

—Pobre. Ese chico siempre está trabajando.

—Sí, ya sabes cómo es.

Y ella también lo sabe. Espera que lo que ha sucedido entre ellos no le afecte mucho a la hora de escribir. Tiene un plazo de entrega y debe cumplirlo. Hasta que no comenzaron a salir, no descubrió la cantidad de circunstancias y factores que intervienen en la publicación de una novela. No es solo escribirla y ya está. Después hay que corregirla, editarla, maquetarla, distribuirla, colocarla... Y todo ese proceso depende de que él termine a tiempo.

—Bueno, seguro que tú sabes bien cómo animarlo.

Aquella frase de Mercedes llega directamente al corazón de su hija, que intenta respirar hondo para calmarse.

Transcurren tres o cuatro segundos hasta que vuelve a hablar.

—Mamá, me tengo que ir ya a estudiar.

—Vale, hija. Cuídate mucho.

—Y vosotros también. Dale un beso a papá de mi parte.

—Se lo daré. Adiós, Paula.

—Adiós.

La chica vuelve a respirar profundamente antes de guardar el móvil en su chaqueta. No puede permitirse otro ataque de ansiedad como el que sufrió anoche. Permanece inmóvil, sujetando la escoba con una mano y con la otra frotándose los ojos. Se seca una lágrima. Y luego otra. No puede continuar así. Tiene que ser más fuerte para superarlo. Se muerde los labios, aprieta con decisión la escoba y comienza a barrer el suelo del comedor.

Luca continúa mirándola. ¿Qué hace? Parece que se le ha metido algo en los ojos porque no deja de tocárselos mientras barre. Poco a poco se va acercando a ella. Y ella se va aproximando a él. Mantiene la cabeza agachada y se emplea con mucho ímpetu.

—Españolita, ¿has visto cómo cumplía mi palabra? No te he dicho nada desde que me lo pediste.

Los dos están más cerca el uno del otro. Paula no responde ni lo mira. Simplemente, sigue barriendo. El joven se extraña de que no le conteste como lo hace normalmente, a pesar de que esta vez no se ha metido con ella. Es muy raro, pero se encoge de hombros y también continúa con su tarea.

Prácticamente han recorrido todo el comedor con sus escobas. Sin palabras.

—¿Quién va por la fregona? —pregunta Luca, que ha acabado con su parte.

Por fin, la chica lo mira. Tiene las mejillas mojadas y tiznadas de negro. Sus ojos están rojos, irritadísimos, y al hablarle apenas le sale la voz. El joven la contempla sorprendido.

—Ve tú, por favor. Yo todavía no he terminado.

Sin pedir explicaciones, ni preguntarle la razón por la que está llorando, le hace caso y va a buscar el cubo y la fregona. Sin embargo, mientras camina hacia la cocina, piensa que tal vez le hubiera gustado decirle alguna palabra amable para intentar consolarla.

Capítulo 41

Hace poco más de un año, un día de finales de noviembre, en un lugar de la ciudad.

A pesar de que Abril lo llamó anoche cuando llegó a su casa, apenas pudieron hablar. Su marido estaba allí y le resultaba imposible escaparse mucho tiempo para darle explicaciones. Dos minutos, en voz baja, escondida en el baño, con el cerrojo echado y los grifos abiertos al máximo. ¡De película de Cameron Díaz!

Realmente había poco que explicar. ¡Casada y con un hijo! Álex no puede creer que se haya liado con una mujer con una familia detrás. ¿Cómo no se dio cuenta antes? Muy sencillo: porque ella no le dijo nada. Lo omitió. De todas formas, sin ser culpable directo de lo que ha pasado, no se siente muy bien con lo que ha hecho. Él es una persona que se deja llevar por otras cosas antes que lanzarse a lo loco a por una mujer. ¿Qué fue de su romanticismo?

> Siento que te hayas enterado de esta manera. Mañana me pasaré por el Manhattan y si quieres hablamos del tema. Besos.

¿Hablar del tema? ¿De que se han acostado durante siete días seguidos en su casa sin contarle que estaba casada y que era madre de un niño pequeño? ¡Es de locos! Y aquel SMS lo confirma.

No deja de lamentarse una vez tras otra. Es cierto que lo suyo no era más que un rollo. Aquella mujer le gustaba, pero no sabía si lo suficiente como para aventurarse a tener una relación con ella. Necesitaba tiempo para conocerla más, para enamorarse. Le fastidia admitirlo porque él no es esa clase de tíos, pero lo que había surgido con Abril era sobre todo una cuestión de sexo.

¿Y ahora qué? No querrá seguir acostándose con él, ¿verdad? Ya no podría. No. Tiene que dejarle claro cuando hablen que aquella historia se acabó. Sería incapaz de hacerlo con ella, sabiendo lo de su marido y su hijo.

Aunque todo ese asunto tiene un inconveniente más en el que ha pensado bastante en las últimas horas: Abril forma parte de la editorial que publica sus libros y es alguien importante dentro de la promoción. Espera que una negativa por su parte sobre seguir adelante no influya en nada que tenga que ver con sus novelas.

Bosteza. No ha podido pegar ojo en toda la noche. El sol luce en la ciudad en aquella mañana de finales de noviembre. Camina hasta el Manhattan con su ordenador portátil en la mano y con la intuición de que hoy no va a ser un día fácil. Abre la puerta del bibliocafé y, cuando entra..., la ve. Está sentada en un taburete y departe alegremente con Joel. Delante tiene una botella de zumo de melocotón, como una de las que ayer lanzó al río. Se ríe de algo que el camarero le cuenta. Vaya, le ha dado un salto el corazón ante aquella inesperada visita. No creía que volvería a verla tan pronto. Pero le agrada.

El escritor sonríe y se acerca hasta donde está Paula.

—¡Buenos días, jefe! —exclama Joel, que es el primero que se da cuenta de la presencia de Álex.

El empleado lo saluda con la mano y va a prepararle un café. Paula se pone de pie y le da dos besos.

—Buenos días.

Luego se vuelve a sentar y bebe un trago del zumo.

—Qué madrugadora...

—Es que hay que aprovechar bien los días en los que no hay clase.

Es verdad. Hoy es sábado. Álex no sabe ni en qué día vive. Para él todos son iguales. Un escritor no tiene horarios fijos ni fines de semana.

—Ya veo que has conocido a Joel.

—Sí, es muy majo —comenta, y se acerca a él para susurrarle algo al oído—. Este no es gay, ¿no?

—No, es muy hetero. Pero... tiene novia.

—¡Jo...! Otro que entra en las estadísticas de que los guapos o son gais o están pillados.

—Lo siento.

—Yo más.

Un instante en silencio, sonriéndose. Paula no tenía intención de ligar con el camarero, pero le apetecía ver la reacción de Álex al preguntarle aquello. No se ha inmutado demasiado. Eso es que pasa de ella.

—¿Nos sentamos en una mesa?

—Vale.

El chico coge el café que Joel le ha preparado y lo lleva hasta una de las mesitas. La chica lo sigue. Antes de sentarse examina una de las estanterías. Está llena de novelas. ¡Qué mal..., no ha leído ninguna! Se siente un poco ignorante, pero es que los libros nunca han sido lo suyo. Quizá aquel sea un buen momento para iniciarse en la lectura.

—¿Cuántos hay? —le pregunta mientras lee la sinopsis de *El ocho,* de Katherine Neville.

—Unos cien por estantería... Setecientos más o menos.

—Guau, no está mal.

—La verdad es que no son muchos, pero tampoco hay espacio para más.

La chica deja el libro en su sitio y echa un vistazo a su alrededor. Setecientos. No cree que lea ni una décima parte en toda su vida.

—¿Son todos tuyos?

—Sí. Algunos los he ido comprando, otros los heredé de mi padre y otros me los han regalado.

—Yo solo tengo quince o veinte.

Álex sonríe y da un sorbo de café. Enciende su portátil mientras Paula se sienta en la mesa y lo observa curiosa, mirándole fijamente. Eso le pone nervioso.

—¿Qué?

—¿Cómo eres capaz de conseguir todo lo que te propones?

—¡No consigo todo lo que me propongo!

—Claro que sí —señala la chica echándose hacia atrás en su silla—. Eres una especie de genio. En todos los sentidos. Solo que te concedes a ti mismo los deseos.

—No soy un genio, Paula.

—¿No? Pues... tocas el saxofón como si lo fueras; escribes y logras publicar una novela, con lo difícil que es eso; y tienes tiempo para montar este sitio increíble, inventar ideas superrománticas... ¡Con veintitrés años! Yo creo que sí lo eres. Te falta solo salir de una lámpara.

El joven sonríe al oír la última frase de Paula. Sabe que ni es un genio ni consigue todo lo que se propone. Y ella es la prueba de ello. Si lograra todo lo que desea, hace ocho meses ella le habría elegido a él. Y no fue así.

—Las lámparas maravillosas no existen. Solo en los libros y en las películas.

—También las botellas con mensajes dentro son cosas de películas y ayer estuve lanzando un montón de ellas a un río.

Otra sonrisa. Le encanta. Y si esa sonrisa es para ella, todavía más.

—Ya que hablas de lo de las botellitas, voy a mirar a ver si alguien me ha escrito diciendo que ha encontrado alguna.

—¡Genial!

—Vamos a ver...

Con esa esperanza entra en su cuenta de Twitter. Hay varios comentarios felicitándole por la novela y preguntándole para cuándo la siguiente. Pero ninguno hace referencia a las botellas de zumo.

—¿Nada?

—Nada.

—Qué poco romántica es la gente.

—Hay de todo.

A continuación entra en el resto de sus páginas. Más comentarios y mensajes de felicitación en Facebook y Tuenti. Solo queda el correo electrónico. Abre Hotmail y descubre que tiene un *e-mail*. Mmm... Es de Abril. Lo abre y lee para sí.

> Hola, Álex.
>
> Te escribo desde la oficina, donde me han convocado para una reunión de urgencia. Sí, en sábado. Me hubiera gustado darte explicaciones en persona, pero de momento eso no va a ser posible. La jefa me acaba de comunicar que el lunes tengo que viajar a Frankfurt con tres compañeros más a una serie de conferencias, ponencias y cursos que tienen que ver con este complicado mundo editorial. Al principio no estaba entre las designadas, pero han decidido finalmente que yo también asista. Y, si te soy sincera, creo que es lo mejor.

Pasaré unos días en Alemania, hasta el martes de la semana siguiente.

Quería hablar contigo antes de irme, pero no me parece apropiado hacerlo por teléfono otra vez, dentro del cuarto de baño, escondiéndome de mi marido; y en persona no puede ser porque el fin de semana lo dedicaré a mi hijo, que lo pasa muy mal cada vez que viajo. Así que solo me quedaba esta fórmula: fría, pero es mi única opción.

Lo que ha sucedido esta semana ha sido muy especial para mí, y no quiero que te sientas utilizado por acostarte conmigo o que lo pases mal. Quizá la única que ha hecho algo que no debía he sido yo. Y, sí, te tenía que haber contado mi situación desde el principio. Tengo pareja y un niño. Pero mi matrimonio está en una fase muy complicada. Creo que hace tiempo que ya no quiero a mi marido y que mi marido tampoco siente nada por mí. David es prácticamente lo único que nos une.

No voy a entrar en detalles porque tampoco voy a involucrarte en mis problemas, pero quiero que sepas que lo que ha pasado entre nosotros no influirá en el éxito de tus libros. Me volcaré en ellos como hasta ahora y haré todo lo que esté en mi mano para que las cosas funcionen.

No sé qué sucederá entre nosotros. No solo depende de mí. Esta semana pensaré qué es lo mejor y reflexionaré acerca de lo que he hecho y lo que debo hacer.

Siento todas las molestias que te estoy causando. Te tengo un gran cariño y lo que menos quiero es ocasionarte problemas. Nos vemos a mi vuelta.

Un beso,

Abril

—¿Estás bien? —le pregunta Paula, que contempla cómo el escritor se acaricia la barbilla preocupado—. ¿Malas noticias?

—No sé si son malas o son buenas —responde cerrando Hotmail.

—¿Qué ha pasado?

¿Se lo cuenta? No está seguro de que sea lo mejor. Ella acaba dc aparecer de nuevo en su vida y no tiene por qué cargar con sus responsabilidades. Además, si le confiesa que está liado con una mujer casada, aquella imagen que tiene de él podría cambiar radicalmente.

—La vida es complicada. Y no deja de sorprenderte cuando menos te lo esperas.

—Eso es muy profundo. Simplifícalo.

—¿Qué?

—Dilo de una manera sencilla. Ve al grano para que pueda entender a qué te refieres.

La sonrisa de Paula le ayuda a dar un paso adelante.

Intenta explicarle la situación de una manera sutil. Sin dar demasiados detalles, como que la primera vez que se enrollaron en aquel local fue el mismo día que ellos se reencontraron.

La chica escucha atenta y, aunque trata de alejar sus sentimientos de lo que Álex le cuenta, cada minuto que pasa se le hace más difícil reprimir el dolor que va acumulando en su interior.

¿Por qué? Si él no es nada para ella... Solo un amigo al que hace una semana que volvió a encontrar. Fue ella quien lo rechazó, además. No puede sentirse así. No, no puede. Sin embargo, empieza a arrepentirse de haberle pedido que le contase su problema.

—¿Y bien? ¿Qué piensas? Soy un capullo, ¿verdad?

No sabe qué responder. Sonríe como una tonta. Claro que es un capullo. Por liarse con otra que no es ella. Pero no puede reclamarle nada. Álex ni siquiera existía hace poco más de una semana. Sin embargo, desde que ha vuelto a aparecer... su corazón ha decidido latir más deprisa.

Capítulo 42

Un día de diciembre, en un lugar de la ciudad.

—Mamá, ¿qué te parecería si trabajara por las tardes?

La mujer deja de mirar la televisión y centra sus ojos en su hija. No le ha dirigido la palabra en toda la comida y, ahora, rompe el silencio con esto.

—Pues qué me va a parecer, Pandora: mal.

—¿Por qué?

—Porque no estás en edad de trabajar. Ahora debes centrarte en tus estudios, terminar el instituto y sacar una nota alta para elegir una buena carrera.

—Pero no estamos sobrados de dinero. Un sueldo más nos vendría bien...

La mujer reflexiona un instante. Es cierto que van muy justos para llegar a fin de mes. El dinero que gana su marido cada vez se queda más corto para cubrir todos los gastos que tienen en casa. Y ella ya hace un año y medio que no trabaja. Pero no va a permitir que su hija dedique horas de estudio a eso.

—Ya te he dicho que no. No insistas.

—No es justo.

—Lo justo es que estudies y saques buenas notas.

La reacción de su madre es la que esperaba, pero tenía que intentarlo primero de esta forma. La chica se levanta de la mesa y, sin decir nada más, se marcha a su habitación. Allí enciende el ordenador y abre su cuenta de Facebook. Piensa unos minutos lo que va a escribir y finalmente se lanza a ello. No tarda demasiado. Repasa el texto varias veces y, cuando está segura de que está perfecto, pulsa la pestaña de «enviar».

Ahora a esperar que le responda.

Un rato más tarde, Pandora lo tiene todo planeado.

—Mamá, ¿qué haces?

—Recoger la cocina. ¿Qué quieres?

—Que me acompañes a la academia de inglés. El profesor me dijo que quería hablar contigo.

—¿Hoy? ¿Para qué?

—Yo qué sé. Se me olvidó comentártelo ayer.

La madre se encoge de hombros. ¿Será problema de dinero? ¿Habrá hecho algo malo Pandora? No tiene ni idea de qué puede querer aquel hombre, pero tendrá que enterarse.

—Está bien. Me cambio de ropa y nos vamos.

—Muy bien.

¡Bingo! Sabía que picaría. De momento todo va según lo planeado, aunque queda la parte más difícil de su plan.

Su madre está lista en cinco minutos y juntas abandonan el edificio en el que viven. Hace mucho frío, aunque un poco menos que ayer. Mientras caminan, Pandora piensa en Alejandro. ¡Cómo le gustaría trabajar en su bibliocafé! ¿Lo conseguirá?

—¿Has hecho algo malo?

—¿Cómo?

—Que si te has portado mal en clase o le has faltado el respeto a alguien.

—No, mamá. Por supuesto que no.

—Es muy raro que un profesor te diga que quiere verme. Algo habrás hecho...

La joven niega con la cabeza y se cubre la boca con la bufanda que lleva puesta. No quiere que la vea sonreír. No debe sospechar que lo que le ha contado no tiene nada que ver con lo que realmente van a hacer. ¡Ni siquiera existe la academia de inglés!

Ya no hablan más, caminan en silencio, hasta que Pandora se detiene en la calle y aparta la bufanda para decirle algo.

—Espérame aquí un momento.

—¿Qué?

—¡Espérame aquí!

Pandora entra corriendo de improviso en un local que parece una cafetería. Manhattan, se llama. Su madre no entiende nada. ¿Qué hace su hija entrando en aquel sitio? Enseguida, la chica regresa y le pide que la acompañe.

—¿Para qué? ¡Vas a llegar tarde a clase!

—Mamá, solo será un momento.

—Pero ¿para qué quieres que entremos?

—Ahora te lo explico.

Finalmente consigue convencerla y cruzan la puerta del Manhattan.

La mujer se queda muy sorprendida con lo que ve. Es un lugar muy particular, lleno de libros por todas partes y con una música de fondo muy relajante. No es la típica cafetería que esperaba encontrar.

Un joven muy atractivo se acerca hasta ellas muy sonriente.

—Hola, señora. Encantado de conocerla. Me llamo Alejandro Oyola.

Es muy raro, le suena muchísimo ese nombre. ¿De qué? No comprende nada de lo que está pasando. Su hija la ha llevado hasta allí, pero no tiene ni idea de los motivos por los que lo ha hecho.

—Hola. Igualmente.

La mujer le da la mano y se sonroja. Aquel chico es realmente guapo. Y da la impresión de ser muy simpático. ¿Es el novio de su hija? No, eso es imposible. Lo que está claro es que lo del profesor de la academia de inglés solo ha sido una excusa para llevarla hasta aquel sitio.

—Vaya, sí que se parece su hija a usted... Son clavadas.

—No nos parecemos tanto —recalca Pandora, que empieza a ponerse bastante nerviosa por la situación.

—Tiene una hija fenomenal. Debe estar orgullosa de ella.

¿Sí? ¿De qué la conoce? Por lo visto, hay cosas que Pandora no le ha contado.

—Es una buena chica, pero tiene que estudiar más.

El joven se ríe después de escuchar a la mujer. Esta queda prendada al presenciar aquella sonrisa maravillosa. No sabía que su hija tenía ese tipo de amistades. ¿Por qué nunca le ha hablado de él? ¿Cómo ha dicho que se llamaba? Alejandro Oyola..., Oyola..., Oyola... Sigue resultándole muy familiar.

—Mamá, queremos decirte algo.

A la mujer le da un brinco el corazón. Incluso empieza a sentir tanto calor dentro de su abrigo que se lo tiene que quitar. ¡A que va a resultar que sí que son pareja! Pero... es imposible que su Pandora salga con aquel chico tan espectacular. Más que imposible, ¡sería un milagro!

—Vamos a sentarnos primero —propone él.

Mejor. Va a necesitar una silla para no caerse de espalda si se confirma lo que está pensando. ¡No le hablarán de matrimonio! ¡Está buenísimo, pero su hija es muy joven para casarse! Solo tiene diecisiete años. Pestañea muy deprisa y le tiemblan las rodillas.

Los tres se dirigen a una mesa del fondo del bibliocafé y se sientan.

—A ver... —La chica titubea—. ¿Por dónde empiezo? Verás, mamá... ¿Recuerdas lo que te pregunté después de comer?

—No. ¿Qué me preguntaste?

En ese momento casi no puede recordar ni su nombre. Es la primera vez que ve a Pandora con un chico.

—Que si podía trabajar por las tardes.

—¡Ah, eso! Sí, lo recuerdo.

—Pues este sería el lugar donde lo haría. Alejandro es el dueño.

Aquello es más que una sorpresa para la madre de Pandora. Su hija quiere ser camarera de aquel sitio. ¡Camarera!

—Como es menor de edad, necesitaría que me firmara una autorización con su consentimiento —añade Álex, que interviene al ver el rostro desencajado de la mujer.

Hace una hora recibió un privado de Pandora en su Facebook explicándole la situación. Su madre no la dejaba trabajar y se le había ocurrido que la mejor forma de convencerla sería llevándola hasta el Manhattan. También le pedía un favor: que no le contara todas las veces que iba al bibliocafé. No le dejaba claro el motivo, pero por lo visto ella no sabía nada.

—No quiero que Pandora trabaje. Es muy joven. Ahora lo que tiene que hacer es estudiar y sacar buenas notas.

—Pero, mamá, aquí estaría muy bien. El Manhattan está cerca de casa, ganaría un dinero que nos vendría genial y te prometo que las notas no bajarán.

La mujer se cruza de brazos y mira hacia otro lado. Parece que no tiene intención de ceder. Su hija le ha preparado una encerrona y no está dispuesta a que se salga con la suya.

—Señora, yo me encargaré de que Pandora estudie y no baje el nivel —indica Álex sonriente—. Se lo prometo.

Transmite mucha confianza cuando habla. Parece que

está muy seguro de sí mismo. La chica lo observa con admiración y su madre se da cuenta de ello. Se nota que en ella hay más que simples ganas de trabajar.

—No. Lo siento.

Se levanta y vuelve a ponerse el abrigo.

—¡No es justo! ¡Es mi vida! —grita la chica, que también se incorpora—. ¿Hasta cuándo vas a decidir tú todo por mí?

Álex permanece sentado contemplando la escena. Hay una pareja tomando café que se ha girado para comprobar lo que pasa.

—Hasta que sepas valerte por ti misma.

—¿Y cómo voy a valerme por mí misma si no me dejas hacer nada?

—Eso no es cierto.

—¡Sí que lo es! ¡No te parece bien nada de lo que hago!

La mujer empieza a avergonzarse. Pandora le está haciendo pasar un muy mal rato delante de aquel chico.

—No grites.

—Es que... no tengo bastante con ser como soy..., como para que mi madre no me apoye en nada de lo que hago.

—Eso no es verdad —susurra.

—¡Sí que lo es!

Su grito retumba en todo el Manhattan.

Álex, entonces, se pone de pie también. Mira a los ojos a la chica y le sonríe con dulzura. Luego coloca sus manos en sus hombros. La joven jadea nerviosa.

—Comprendo cómo te sientes, Pando, pero debes calmarte. Tu madre tiene razón. Los estudios son lo más importante.

—Pero...

El joven se vuelve a mirar a la mujer. Esta intenta esquivarlo, pero no lo consigue.

—Señora, ¿realmente ha pensado bien su decisión?

—Yo... —duda antes de responder, aunque sigue en sus trece—. Sí, muy bien.

—No conozco mucho a su hija, pero sé que es una gran chica. Le gusta mucho estar rodeada de libros y aquí no solo serviría cafés. Es una muy buena oportunidad de que aprenda más cosas. Teniéndola aquí conmigo, me podría ayudar mucho en mi próxima novela.

¿Su próxima novela? ¡Eso es! Alejandro Oyola es el nombre del autor de aquel libro del que Pandora no paraba de hablar y que está teniendo tanto éxito... Por fin lo ha recordado.

—¿Eres escritor? —pregunta la mujer para confirmarlo.

—Es el autor de *Tras la pared*, mamá —se adelanta a contestar la chica.

—¿De verdad?

Álex sonríe y asiente con la cabeza.

La expresión que se refleja en el rostro de la madre de Pandora es ahora distinta. Ha cambiado por completo. Más relajada, más alegre. Más natural. Y sorprende a los dos cuando se quita el abrigo de nuevo y se sienta otra vez a la mesa. El joven no tarda en imitarla.

—Bueno, y si trabajas aquí por las tardes, ¿qué pasaría con tus clases de inglés?

Capítulo 43

Anochece en Londres ese día de diciembre.

En su habitación solo se oye el ruido de la lluvia pisando la ciudad y la voz de Alicia Keys cantando *New York.* Paula, tumbada bocarriba en su cama, recuerda la vez que escuchó este tema por primera vez y suspira.

No está bien. Ha vuelto a intentar estudiar, pero no ha sido posible. Nada es posible ahora mismo. Nada. Nada...

Da un golpe con el puño cerrado a la almohada, tantas veces testigo de sus sonrisas y de sus lágrimas. Y busca una nueva posición en el colchón con la que distanciarse de la realidad. Se apoya sobre el lado derecho de su cuerpo y cierra los ojos. La luz apagada, la ventana cerrada. El piano de Alicia suena una vez más gracias al *repeat* instantáneo del reproductor.

¿Ha tocado fondo? No lo sabe. Ha escuchado decir que a veces hay que ir hasta abajo del todo para impulsarte hacia arriba. Entonces aprietas los dientes, flexionas las rodillas y saltas con fuerza para salir del pozo. Esa es la vida. Una constante entrada y salida en pozos imaginarios, más o menos profundos, en los que caes y de los que tienes que tratar de fugarte con el menor número de rasguños posibles.

Da un giro sobre sí misma y se apoya sobre el lado izquierdo. Siente frío en las piernas. Continúa con el vestido puesto. Aquel tonto de Luca Valor tiene razón cuando dice que no va con la ropa apropiada para esa época del año. Esta tarde, sorprendentemente, la ha dejado tranquila. Exceptuando el incidente del carrito de las bandejas, el sobrino del señor Hanson no le ha hecho nada.

No sabía que aquel chico tenía corazón.

¿Por qué lloraría la españolita?

Ha estado a punto de preguntárselo, pero seguramente le hubiera respondido con muy malas formas. Ella tiene ese carácter tan especial. En apariencia es una mosquita muerta, pero cuando enseña las garras es capaz de sacarte un ojo. Se toca el parche y sonríe irónico con su propia ocurrencia.

Unas bragas de color crema...

Luca vuelve a sonreír y se tapa la cara con las manos. Qué cosas.

Sentado en un sillón de la recepción de la residencia, escucha en su iPod *Your song*, de Elton John, pero en una versión interpretada por Ellie Goulding. Demasiado romántica para él; sin embargo, es la quinta vez que la oye de manera consecutiva.

Está un poco sensible esa tarde. Y no debería ser así. La sensibilidad es cosa de débiles y la debilidad es el estado natural de los perdedores. Eso lo aprendió en los años que vivió en el centro de acogida. Es la ley que le enseñaron de pequeño. No puedes mostrarte débil porque, si eres débil, vendrá otro más fuerte que tú que ocupará tu lugar. Luego, más adelante, descubrió que eso se llama darwinismo.

Sin embargo...

Esa tarde está raro. No le apetece hacer nada. ¿Eso que siente es amor? Nunca ha estado enamorado de nadie. Ni hormigueo en el estómago, ni nudo en la garganta cuando la ve, ni pajaritos sobrevolando su cabeza cuando piensa en ella. De momento no ha tropezado con ninguna de esas cosas de las que tanto hablan los tópicos.

En cambio, sabe que algo le pasa. ¿Bueno o malo? Eso sí que ya se escapa de su alcance. Las mujeres son complicadas y él precisamente no es que sea un especialista en el tema. Hasta ahora solo ha intentado divertirse con ellas. Pero es que nunca había sentido algo así por ninguna.

Deja la cama y se sienta en una de las sillas del escritorio con la almohada en el regazo. El cristal de la ventana está completamente cubierto de miles de gotitas de agua, aunque está segura de que la cantidad es mucho menor que las lágrimas que ha derramado desde que llegó a Londres. Ahora, en cambio, Paula no tiene ganas de llorar. Tal vez sus ojos se han secado.

La oscuridad empieza a ser fruto de la noche que parece adelantarse por la acumulación de nubes negras que inundan el cielo londinense.

¿Qué estará haciendo Álex?

Seguro que escribiendo en el Manhattan y disfrutando de un café muy caliente. Le encantaba llegar allí y verlo concentrado con su ordenador delante, acercarse lentamente mientras él cambiaba el destino de su atención y propinarle un gran beso en los labios como regalo a su esfuerzo.

Sonríe triste, melancólica. Se terminó. Todo aquello se terminó.

¿Qué necesidad había de aceptar la beca? Podría haber estudiado en su ciudad y las cosas habrían ido bien. O por lo menos... mucho mejor que ahora.

¿Sube a verla? ¿Y qué le dice? «¿Quieres tomar algo conmigo?». Qué tontería, están a punto de ir a cenar... Lo máximo a lo que puede aspirar es a sentarse en la misma mesa en el comedor. Y no está seguro de que eso sea una buena idea. Pensándolo fríamente, es una idea horrible. Algún plato se rompería y la comida volaría por los aires de un lado a otro.

«Si te apetece, luego podemos estudiar juntos...». Otra estupidez. Seguro que terminarían gritándose e insultándose y golpeándose con los libros, o clavándose los lápices. Y la culpa iría para él. Tal vez, lo primero que debe hacer es cambiar un poco su forma de actuar, ser algo más agradable, simpático. Con ella y con su amiga. Quizá así, poco a poco, consiga ganarse su confianza y revelarle sus sentimientos.

¡Ese es el plan!

No puede ser tan difícil tratar bien a la gente, ¿no?

Cuando se da cuenta de lo que está pensando, se echa las manos a la cabeza. ¿Qué está pasando? Desborda sensibilidad por todas partes. Sensibilidad igual a debilidad. ¡No puede ser!

Sin embargo, *Your song* termina y vuelve a escucharla de nuevo. Le encanta aquel tema tan ñoño.

En ese instante pasa por delante Valentina. El chico la observa. Ella se da cuenta y mira hacia donde Luca está sentado. Es un buen momento para comenzar a ser amable con todo el mundo. Sonríe y levanta la mano para saludarla. Pero lo único que recibe a cambio es el dedo corazón alzado por parte de la italiana y un insulto en su idioma. La joven se gira otra vez y sube la escalera hacia su habitación.

Las cosas no van a ser tan fáciles, por lo que parece. Y es que, aunque él ahora intente ser más amable, no sabe si el resto del mundo va a querer ser amable con él.

Capítulo 44

Esa noche de diciembre, en un lugar alejado de la ciudad.

El día ha pasado muy deprisa, entre otras cosas porque ha estado durmiendo gran parte de la mañana y de la tarde. Miriam todavía acumula mucho cansancio por los excesos del fin de semana pasado. Cuando despertó sintió cierta nostalgia. Quizá era un buen momento para encender el teléfono y llamar a sus padres. Sin embargo, Fabián ya tenía otros planes previstos relacionados con el sexo. La chica se dejó llevar durante varios minutos mientras, de fondo, escuchaba la lluvia caer con fuerza.

Siempre había soñado con algo así y, aunque las cosas podían haber salido de otra manera con su familia, es feliz. Aquel chico le da todo lo que necesita. Tiene sus manías y sus rarezas, pero ¿quién no las tiene?

Después, los dos se ducharon juntos en una estrecha caseta situada en la parte trasera de la nave. No es muy grande, pero dispone de todo lo que suele componer un cuarto de baño. Fabián es un genio. Solo él es capaz de conseguir electricidad y agua gratis en medio de ninguna parte. ¿Cómo lo conseguirá? Ni idea, pero tampoco está interesada en averiguarlo.

A pesar del frío, en aquella caseta sentían calor. Y sus cuerpos mojados volvieron a excitarse bajo el chorro de agua caliente de la ducha. Una vez más, Miriam se dejó llevar y sucumbió a los encantos de aquel joven de ojos celestes.

—¿Me pasas eso?

—¿El qué?

—¡Lo del tabaco! —grita.

—¿Dónde está?

El chico chasquea la lengua con fastidio y se pone de pie. Camina hasta donde está ella y coge una bolsita donde guarda el tabaco. Se la muestra y mueve la cabeza de un lado para otro. Luego se sienta encima de la cama. Saca del bolsillo del pantalón un papel y lo rellena antes de enrollarlo. Miriam lo observa mientras se seca el pelo con una toalla. Se ha puesto guapa para él. Aunque allí hace un poco de frío, vale la pena llevar aquel escote y aquella diminuta minifalda. Seguro que, si su madre la viera vestida así, se echaría las manos a la cabeza.

—Ahora vendrá Ricky con Laura —comenta Fabián encendiendo el cigarro—. Me ha llamado antes, cuando dormías.

—¿Vienen? ¿Otra vez? —pregunta sorprendida.

—Sí, otra vez. ¿Qué pasa?

—Nada, no pasa nada.

—¿No te gustan?

—No es eso.

La verdad es que no son muy de su agrado. Ella menos que él. Pero, en realidad, lo que más le molesta es que pensaba que pasarían la noche juntos a solas. Le apetecía muchísimo.

—Entonces, ¿qué es?

—Nada. Olvídalo.

Prefiere dejar las cosas como están. Al fin y al cabo, esa es su casa y ella, aunque es su novia, solo una invitada. Puede hacer lo que le dé la gana. Ya se lo dejó claro ayer, cuando aceptó que se quedara. Y no quiere meter la pata.

—¿Quieres? Solo es tabaco.

—Vale.

El joven le pasa el cigarro y esta le da una calada. Sabe algo amargo, pero no le desagrada. Ha probado cosas mucho peores desde que lo conoce.

—Ricky traerá muy buen material. Él siempre consigue cosas muy buenas a un precio bastante razonable.

—¿Hablas de pizza?

La pregunta va acompañada de una gran sonrisa. ¡Está muerta de hambre! Es que hoy todavía no ha comido nada.

—¿Quieres que te traiga una?

—No estaría mal.

—¿Una hawaiana familiar?

—¡Perfecto!

—Espera, lo llamo y se lo digo.

Fabián saca su móvil del bolsillo y se aleja hacia el otro lado de la nave, donde hay mejor cobertura. Miriam no deja de mirarlo. ¡Qué bueno está! Le gusta cómo camina y lo fuerte y ancha que tiene la espalda, como la de un nadador profesional.

Ella también debería hacer una llamada. Cree que va siendo hora de decir a sus padres que está bien y que no tienen por qué preocuparse.

¿Dónde ha metido su teléfono?

La chica busca por todas partes, pero no lo encuentra. Es muy raro. Aunque tal y como tiene la cabeza no le extraña no recordar dónde lo ha puesto.

—Oye, cariño, ¿has visto mi móvil?

—No.

—Es que no lo encuentro. No sabes dónde pu...

—¡Joder! ¡Estoy hablando! ¿O es que no lo ves? —grita fuera de sí.

—Perdona.

La chica se da la vuelta, algo amedrentada, y regresa hasta el otro lado de la nave. Sí que se ha enfadado..., no quería que pasara eso. Es una idiota por interrumpir su conversación. Tiene mucho que aprender. Él no es como los demás novios que ha tenido. Es el mejor. Pero su primer pronto es complicado. Lo importante es intentar no hacer nada para molestarlo.

Cuando Fabián termina de hablar por teléfono, vuelve hasta donde está Miriam. Esta, de rodillas, mira debajo de la cama.

—¿Qué haces ahí tirada como un perro?

—Busco mi móvil. No sé dónde lo he dejado.

Allí no está. Se pone otra vez de pie y resopla. La nave es muy grande, pero no es normal que un teléfono desaparezca así como así. En alguna parte tiene que estar. Continúa buscando unos minutos más, explorando cada rincón, sin éxito.

Empieza a preocuparse de verdad.

—No te vuelvas loca. Ya aparecerá.

—Es que lo necesito.

—¿A quién quieres llamar? —pregunta Fabián, sonriendo de lado y atrapándola por la cintura—. ¿No estoy yo aquí?

La chica siente sus labios antes de poder contestarle. Y enseguida su lengua. Pero, aunque le encanta que la sorprenda así, está angustiada por la desaparición de su teléfono.

—Quería llamar a mis padres —confiesa cuando se separa de sus brazos—. Creo que ya lo han pasado bastante mal.

—Bueno, tendrás que seguir buscando para que puedas llamarlos —indica resoplando.

—¿Tú no recuerdas si anoche lo puse en alguna parte o me lo llevé al baño o algo así? Podría ser que...

—No. No sé nada. —Su tono de voz es muy seco—. ¿Es que crees que soy tu sombra? Si te colocas tanto y luego no sabes qué has hecho, es tu problema.

Tiene razón una vez más. Él es su novio, no su niñera. A lo mejor, en pleno desfase, hizo algo con el móvil de lo que ahora no se acuerda. ¡Quiere gritar!

Miriam camina hacia donde tiene la ropa que se puso el día anterior. La revisa de arriba abajo, pero el resultado sigue siendo el mismo. No aparece.

De pronto, algo se le pasa por la cabeza.

¿Y si se lo llevó Ricky? O tal vez... ¡Laura! Aquella morena de pelo corto podría haberse vengado así de lo de esta mañana cuando la despertó y la arrastró por la cama hasta hacerla caer al suelo. Eso tendría mucho sentido. Sí, seguro que esa tía le ha robado el teléfono. ¿No le intentó quitar el novio acostándose a su lado? Pues de un móvil es mucho más fácil apoderarse.

—Ha sido Laura.

—¿Qué?

—Estoy segura de que el móvil lo tiene ella.

—¿Qué dices? ¡Estás loca!

—En la nave no está.

—Seguro que sí. Lo que pasa es que no has buscado bien. A saber qué hiciste con él anoche.

Miriam empieza a desesperarse. ¿Cómo que no ha buscado bien? ¡Si ha rastreado todo al milímetro!

—¡Te digo que lo tiene ella!

—¡No me grites! —exclama Fabián, que está cansado de tanto lloriqueo—. Yo no tengo la culpa de que seas así de torpe.

Le entran ganas de llorar, pero no va a hacerlo. Aprieta con fuerza los labios y se aleja de donde está él. Cada vez está más convencida de su intuición. Laura es la culpable. Y cuando venga esta noche, le sacará dónde lo tiene. Por las buenas... o por las malas.

Un tiempo después, esa misma noche de diciembre, en ese lugar alejado de la ciudad.

Desde la comisura del labio de una joven morena de pelo corto se derrama un fino hilo de sangre. En su cuello también tiene una marca de uñas.

Huele a pizza en la nave de Fabián, donde Miriam acaba de golpear con rabia a la recién llegada.

—¡Tú no estás bien de la cabeza! ¡Mira lo que me has hecho! —exclama Laura, tocándose con los dedos la herida abierta.

—¿Quieres más? ¡Pues sigue sin decirme dónde está mi móvil!

Fabián y Ricky contemplan la escena con cierta indiferencia. Cada uno tiene en las manos una porción de pizza hawaiana y una cerveza fría.

—¡No tengo tu estúpido teléfono!

—¡Mentira!

—¡No es mentira! ¡Eres una...!

No le deja terminar la frase. Miriam se vuelve a lanzar contra su oponente y la agarra del pelo. Tira con tanta fuerza que su cabeza rebota de manera brusca. Laura suelta un alarido de dolor y cae de rodillas junto a ella. Sin embargo, reacciona y, enrabietada, golpea con uno de sus puños la entrepierna de la chica, de lleno, en el centro de la minifalda. Otro grito despavorido que retumba en la nave. Le ha hecho mucho daño, lo que la enfada todavía más. Mira a su alrededor y ve, sobre un mueble de madera, el candelabro que utiliza Fabián para cuando se va la luz en la nave. Es de acero. Miriam lo alcanza y, ante el pavor de Laura, intenta golpearla con él con todas las fuerzas que le quedan.

—¡Para ya! ¿Qué quieres...? ¿Matarla...?

Fabián sujeta su brazo en el aire justo a tiempo e impide el golpe. Le arrebata el candelabro y lo arroja contra el suelo.

—¡Esa gilipollas me ha robado el móvil!

—¡Otra vez...! ¡Que yo no he hecho nada! ¿Para qué querría yo tu móvil? —grita Laura, todavía asustada.

—¿Y dónde está?

—¡Y a mí qué me cuentas!

—¡Me lo has robado! ¡Lo sé, lo sé! —exclama desconsolada.

Está convencida de que aquella chica tiene su teléfono.

Ricky ayuda a Laura a levantarse. Mientras, Fabián se lleva a Miriam al otro lado de la nave.

—Mañana te compraré otro móvil —le comenta el joven acariciándole el pelo.

—¿Y cómo llamo a mis padres si no sé su número? Nunca me he molestado en memorizar sus móviles y el fijo de casa lo cambiamos hace nada.

—Mmm... No hace falta que los llames.

—¿Cómo que no? Si pasan más días sin que sepan de mí, se preocuparán demasiado. Y quiero darles un escarmiento, pero no asustarlos tanto.

Fabián se pone muy serio. Deja de acariciarla y se sienta encima de una mesa de un brinco.

—Si quieres, te llevo mañana a tu casa de nuevo y nos olvidamos de esto. Así podrás hablar con tus padres.

—¿Cómo?

—Si has perdido el teléfono, no es culpa mía. Pero lo que no voy a hacer es estar aguantando todo el día tus quejas y tus numeritos. Te he dejado vivir conmigo, te ofrezco comprarte otro móvil, ¿qué más quieres?

—Yo...

—Es la última vez que soporto algo así. Te lo advierto.

Y saltando sobre el suelo de nuevo, Fabián camina hacia la otra parte de la nave, donde Ricky consuela a Laura a base de besos.

Miriam observa a su novio. Tiene razón. Quizá su móvil esté por allí, en alguna parte, y simplemente no ha sido capaz de encontrarlo. Y, aunque se lo haya robado aquella chica, no debería haber reaccionado de esa forma.

Resopla. ¿Qué le sucede? ¿No tiene lo que quería? Está viviendo con él, compartiendo la misma cama, pasando todo el tiempo juntos... ¿Qué importa una llamada de teléfono?

Cuando transcurran unos días, si no encuentra su teléfono, ella misma irá a su casa y hablará con sus padres. Seguro que no están tan mal como piensa.

Hasta entonces, se limitará a no enfadar a Fabián y a compensarle por todo lo que está haciendo por ella.

Capítulo 45

Tres días más tarde, un sábado de diciembre, en un lugar de Londres.

La vida sigue. Es el típico tópico que ella misma se ha repetido una y otra vez durante esos días. Han sido muchos los instantes en los que ha tenido que buscar ese tipo de consuelo para no hundirse por completo. Consuelo o excusa, qué más da. Y es que Paula, aunque lo intente, no consigue olvidar a Álex.

Falta poco para las vacaciones de Navidad y para regresar a España. Son unos días muy difíciles, que podrían haber sido diferentes. Muy diferentes.

—¡Mierda! Se ha gastado la tinta de mi boli de la suerte. ¡Esto es muy mala señal para los exámenes!

Valentina agita su bolígrafo azul como si fuera un termómetro. Su compañera de habitación la observa con una tímida sonrisa. Siempre tan impetuosa y escandalosa para todo. Pero su espontaneidad y buen humor la han ayudado muchísimo en los peores momentos. Especialmente en las últimas noches desde la ruptura, cuando más pensaba en el chico del que sigue enamorada.

—¿Quieres que te preste el mío?

—¡No! ¡Quiero este! ¡Tiene que funcionar!

La italiana intenta que escriba de nuevo. Pero es misión

imposible. Incluso hace un agujero en la página del cuaderno en la que trata de reanimarlo.

—Valen, déjalo ya. Ha muerto.

—¡No! ¡No puede ser! —exclama nerviosa—. ¡Lo tengo desde que empecé el instituto!

—No me extraña entonces que no tenga tinta...

—Paola, vete a paseo.

La española se levanta y se acerca hasta donde su amiga solloza por el triste final de su bolígrafo de la suerte. Una palmadita en el hombro y luego otra en la cabeza.

—Venga, anímate.

—Vale —dice alegremente, como si nada hubiera pasado—. Y no me trates como si fuera un perrito.

—Perdona.

—Tengo que comprar un nuevo boli de la suerte —indica Valentina decidida—. Vamos al centro.

—¿Al centro? Pero si lo puedes comprar el lunes en la universidad o en la tienda de la esquina al final de la calle.

—Ahí no tienen bolígrafos de la suerte.

—¿Cómo? ¿Me estás hablando en serio?

La italiana le guiña un ojo y suelta una carcajada.

—Va, Paola, demos una vuelta por el centro. Así nos despejamos un poco de tanto estudiar —señala sonriente—. Además, me apetece comerme una pizza.

—¡Era por eso!

—¡Sí! ¡Es que estoy harta de la comida de aquí!

—¡Ay...!

—Imagínate una base de masa crujiente, con extra de queso..., cubierta de carne picada, champiñones...

Aunque a Paula se le hace la boca agua al escuchar las palabras de su compañera de habitación, no le apetece nada dar una vuelta por la ciudad. Lleva ya unos cuantos días encerrada. Solo sale para ir a clase y vuelve en cuanto puede. No tiene ganas de nada. Y Londres nublado y lluvioso la entristece. Bastante deprimida está ya. Hoy, sin embargo, no ha llovido demasiado y el sol se ha asomado discretamente. Y si Valentina le ha pedido que la acompañe..., le debe unas cuantas.

—Está bien... Compremos un bolígrafo de la suerte nuevo y engordemos comiendo pizza.

—¡Genial, Paola! ¡Genial! —grita Valentina antes de incorporarse y abrir el armario—. ¡Me has hecho muy feliz!

—Pero volvemos pronto, ¿eh?

—¡Por supuesto! En cuanto nos comamos la pizza, regresamos y continuamos estudiando.

Las chicas se cambian de ropa y se peinan, las dos a la vez, en el espejo del cuarto de baño. Mientras están allí, llaman a la puerta de la habitación. A través del cristal, se miran la una a la otra.

—¿Vas tú? —pregunta Paula, que se ha hecho una coleta alta.

—Mejor ve tú. Aún tengo que pintarme los ojos.

—¿Pintarte los ojos? Vamos solo a comer una pizza...

—Ya. Pero imagina que en la pizzería hay un guapo camarero italiano con el que practicar... mi lengua.

—En fin.

Llaman una vez más. Paula sale del cuarto de baño deprisa, ajustándose la gomilla del pelo. Abre y se encuentra en el pasillo a Luca Valor.

—Hola.

—Hola.

El saludo entre ambos es cordial, sin rencor, algo imposible de imaginar hace una semana.

—Brenda quiere que vayamos a limpiar la sala de los ordenadores.

—¿Ahora?

—Sí, eso me ha dicho.

Luca se encoge de hombros. Su expresión no es agresiva, como solía ser cuando hablaba con ella. Las cosas han cambiado bastante durante estos últimos días. De buenas a primeras, él dejó de molestarla y de insultarla constantemente. No hablan mucho, pero cuando lo hacen el chico la respeta. Paula no comprende a qué se debe aquel nuevo comportamiento del sobrino del señor Hanson, pero tampoco quiere preguntarle para no estropearlo. Si está menos desagradable con ella, todo bien.

—No puedo. Voy a salir con Valentina.

—¿Vais a salir?

—Sí. Tiene que comprarse un bolígrafo y, ya que vamos al centro, aprovecharemos para comernos una pizza.

No son amigos y cree que nunca podrán serlo, pero se siente mejor cuando están juntos. Mañana termina el castigo que el director de la residencia les puso y, aunque ella no confiaba en las posibilidades de que él cambiara, en cierta manera lo ha hecho.

Realmente no sabe por qué. Se niega a aceptar la disparatada teoría de Valentina, que sigue manteniendo que Luca Valor está enamorado de ella.

—¿Las dos solas?

—Sí.

—¿Y qué le digo a Brenda?

—No sé. No tardaremos mucho —dice mirando su reloj—. Limpiaré la sala de informática cuando llegue.

El chico piensa un instante. No va a discutir con ella. Ni quiere ni tiene ganas de hacerlo.

—Muy bien. Se lo diré a Brenda. Luego lo hacemos.

—OK.

El joven se da la vuelta y, sin despedirse, se aleja por el pasillo hacia la escalera. Paula cierra la puerta y se dirige de nuevo al cuarto de baño, donde Valentina sigue pintándose.

—¿Quién era? —pregunta la italiana retocando con mimo sus largas pestañas.

—Luca.

—¡Ah, tu amado!

—¡No es mi amado!

—Ya, ya... ¿Y qué quería? Espera, espera, no me respondas. Te quería a ti.

—Muy graciosa.

—El humor es un don que tenemos los de mi país.

Guarda el lápiz de ojos y coge un pintalabios rojo. Es un rojo muy intenso. Abre la boca ligeramente y comienza a pintarse ante la sorpresa de su amiga.

—Pero ¿vamos a comprar un bolígrafo o a salir de fiesta?

—No te quejes tanto, Paola. Tú deberías hacer lo mismo que yo. Nunca se sabe dónde aparecerá el hombre de tu vida.

No tiene remedio. De todas maneras, ella no necesita más hombres en su vida. Solo quiere a uno. Lo quiere tanto que ha roto su relación porque no puede soportar más estar distanciada de él.

—¿Y tú estás segura de que el hombre de tu vida no es...?

—Shhh. Ni lo nombres.

—¿Por qué?

—Estoy en Londres, él no. Por tanto, el hombre de mi vida solo puede estar aquí.

—¿Y cuando vuelvas a Italia?

—¡Pues estará allí! —grita feliz.

Paula niega con la cabeza, pero sonríe. Ojalá ella pudiera tomarse las cosas de esa manera. Valentina vive el momento, disfruta de lo que tiene al alcance de la mano y no se preocupa de lo que no tiene. Tal vez debería aprender un poco de su amiga. Álex no está y no estará. La distancia que los separa es demasiado grande y eso seguirá siendo así durante mucho tiempo. Y, aunque su corazón luche con todas sus fuerzas por tenerlo presente cada minuto del día, lo mejor sería dejarlo atrás definitivamente.

Se mira al espejo y resopla.

Sí, eso sería lo mejor.

Capítulo 46

Ese mismo sábado de diciembre, en un lugar de la ciudad.

Está despistado. En tres días, se le han caído dos cafés al suelo y casi derrama un zumo de melocotón sobre su portátil. Eso hubiera sido fatal, ya que hace una semana que no guarda en el *pendrive* lo que escribe. Es lo que le faltaba: tener que rehacer lo que ya tenía hecho. Y es que, desde que Paula lo dejó, Álex no logra centrarse.

Se pasa las noches en vela pensando, recordando, echándola de menos. Pero la quiere demasiado como para pedirle tiempo y paciencia. La comprende. Comprende que, si está sufriendo, haya tomado aquella drástica decisión. Aunque se le rompa el alma.

Aquello está siendo muy doloroso a pesar de que una persona se ha propuesto ponérselo un poquito más fácil haciéndole reír con su particular manera de ser.

—Así que los Donuts con café los cobro a dos euros y sin el café a uno con quince —indica Pandora asimilando aquel nuevo dato.

Es su tercer día en el Manhattan y poco a poco va adaptándose a su puesto como camarera. Álex ha estado con ella durante su turno para echarle una mano y explicarle cómo funcionan las cosas.

—Correcto.

—Bien.

Al principio, lo que el escritor tenía pensado para su bibliocafé era solamente alquilar y prestar libros y servir todo tipo de cafés, además de zumos, batidos, refrescos y agua. De comer, solo tostadas para el desayuno. Sin embargo, esta semana, a propuesta de Pandora, ha decidido incorporar bollería a la oferta de productos del Manhattan. Y aquello no está funcionando nada mal. Ha sido una buena idea.

La chica no solo se ha esforzado por aprender rápidamente su lista de tareas. Su mayor logro ha sido soltarse con el que desde hace unos días es su jefe. Aunque hay cosas que no cambian: continúa poniéndose nerviosa cuando la mira fijamente y le sonríe. Entonces se sonroja y agacha la cabeza. Nunca se acostumbrará a que le sonría de esa forma. Pero estar con él, vivir aquella experiencia a su lado, es un sueño para Pandora.

—¿Más preguntas?

—No, de momento.

—Pues me voy a escribir un rato.

—Vale. ¿Cómo lo llevas?

—Mal —contesta sonriente—. Muy mal. Voy muy retrasado.

—No será para tanto... ¡Ánimo!

—Gracias. Lo necesito.

Y después de alcanzar su portátil, se dirige a la mesa en la que se sienta a escribir cada día. Pandora lo observa. Sabe que, aunque intenta que no se le note, le pasa algo. Y no solo es por el estrés de *Dime una palabra*. Lo ha visto demasiadas veces cabizbajo, reflexivo. Suspirando. Contemplando la pantalla del ordenador sin escribir, con los ojos tristes. ¿Qué será? Puede que tenga algo que ver con aquella mujer de la editorial, que ha ido a visitarlo todas las tardes desde que ella trabaja allí. No le gusta esa Abril.

Y menos cuando se pone tan cariñosa con Alejandro. En ocasiones, hasta parece que son pareja. Y eso le fastidia mucho. Se toma demasiadas confianzas.

Precisamente, en esos instantes, Abril entra en el Manhattan con su hijo de la mano. Otra vez. La mujer saluda a Pandora con frialdad y se acerca hasta la mesa donde está el escritor. Este ya se ha dado cuenta de su presencia y de la de David.

—¡Hola, tío Álex! —grita el crío, dándole un abrazo al joven ante la mirada de su madre, que sonríe.

—Hola. ¿Cómo estás?

—Con mucho frío.

—Vaya, entonces no querrás que te invite a un batido...

—¿Cómo que no? —protesta el niño indignado—. ¡Claro que quiero!

—¿De fresa?

—¡Sí!

—Pues ve a la barra y dile a aquella chica tan simpática que está allí que te dé uno. ¡Ah!, y si quieres también puedes comerte un Donuts.

David mira hacia donde Álex le indica y se sonroja. Nunca había tenido que hablar hasta ahora con una mujer para conseguir un batido. Bueno, con su madre sí, pero ella no cuenta. Le da muchísima vergüenza hacerlo.

—¿A ella?

—Sí. Es Panda, nuestra nueva camarera.

—¿Panda? ¿Qué nombre es ese?

—Viene de Pandora —le aclara su madre, que se sorprendió muchísimo cuando se enteró de que aquella muchacha trabajaría en el Manhattan.

—Me suena a oso panda.

—Pues no le digas eso a ella o te quedarás sin batido —le comenta Álex guiñándole un ojo.

David vuelve a sonrojarse. ¡Pues vaya! No le gustan las chicas. Se pone furioso cada vez que le preguntan si tiene novia. A él esas cosas no le van. Pero en esta ocasión no le queda otro remedio que hablar con ella o no merendará.

El niño resopla y camina deprisa hacia la barra. Su madre, por su parte, se sienta en la mesa junto al escritor. Lo mira a los ojos y coloca una mano sobre la suya.

—¿Cómo te encuentras hoy?

—Bien.

—Las cosas siguen igual, ¿no?

—Sí.

—¿Has hablado con ella?

—No. No hemos hablado.

Aquel interrogatorio se viene repitiendo desde que Abril supo la noticia de la ruptura con Paula. La mujer no ha faltado ni un solo día al Manhattan para interesarse por él. Álex no se siente cómodo hablando del tema. Preferiría que lo pasaran por alto. Cuanto más trata aquel asunto, más le duele. Pero no quiere molestarla ni ser desagradecido. Al fin y al cabo, ella solo intenta ser amable.

—Sé que os queríais mucho. Pero, si ella ha decidido dejarlo, es que no era la chica de tu vida.

—No sé si lo era o no.

—Aunque suene duro, cuanto antes te olvides de ella, mejor será para ti.

—Lo mejor es que dejemos de hablar del tema, Abril.

Sonríe después de decir esto para no parecer demasiado brusco. No quiere serlo. Pero este asunto ya lo han hablado varias veces. Y tiene razón. Lo más adecuado es olvidar a Paula. Aunque sabe que eso es imposible de momento. Todo es muy reciente. Necesitará tiempo y ni aun así está seguro de que lo conseguirá.

—Es verdad. Perdona.

—Gracias. Sé que te preocupas por mí.

—Claro que me preocupo por ti. Soy tu amiga.

—Lo sé.

Los dos se quedan un instante en silencio y miran hacia la barra, donde Pandora conversa con David. El pequeño contempla curioso a la chica, que parece igual de vergonzosa que él. Ya tiene su batido de fresa y espera el Donuts.

—¿Cómo se está adaptando al Manhattan la nueva camarera?

—Bien. Es una chica muy lista. Está siendo un gran descubrimiento para mí.

—¿Sí?

—Sí. Puede dar otra impresión a primera vista, pero solo hay que conocerla un poco para descubrir que es una joven estupenda.

—¿No es muy rara?

—Lo es. Mucho. Pero eso la hace encantadora.

Abril arquea las cejas. Nunca había escuchado a Álex hablar así de nadie, salvo de Paula. ¿Qué tendrá aquella chica de especial? A ella le parece bastante normal. Incluso insulsa y, físicamente..., mejor ni hablar.

—Pues ya sabes: un clavo saca otro clavo —comenta en tono de burla—. Aunque no sé si es realmente tu tipo.

Al chico no le gusta aquel menosprecio de la mujer hacia Pandora, pero no le da tiempo a decir nada porque David llega hasta la mesa cargado con el batido y el Donuts, y se sienta con ellos.

—¿Qué? ¿Está rico? —le pregunta el escritor.

El niño asiente con la cabeza y absorbe por la pajita. Hablar con aquella camarera no ha sido algo tan horrible. Hasta podría decirse que le ha gustado. En cambio, a su madre no le hace tanta gracia que haya otra persona por la que el escritor tenga tanta simpatía. ¿Podría llegar a enamorarse con el paso del tiempo de esa jovencita?

No. Eso es imposible.

¿O no?

Capítulo 47

Ese sábado de diciembre, por la tarde, en un lugar de la ciudad.

Su hermana no tiene compasión. Es increíble que todavía no haya dado señales de vida. Ni ha contestado a los mensajes ni a las llamadas ni nada de nada. Ha pasado completamente de todo. Hasta del SMS que Diana le envió explicándole la herida que aquel tipo, amigo de su novio, le hizo en el brazo. Mario no puede creer que Miriam haya llegado hasta ese punto de frialdad.

Ya hace cinco días que se fue y no ha tenido la decencia de llamar a sus padres para decirles, al menos, que está bien. ¿A qué juega?

El jueves tuvo que tomar una decisión a pesar de que al principio no estaba muy seguro de hacerlo. Se le ocurrió algo para tranquilizar a sus padres, especialmente a su madre, que se está volviendo loca con todo aquel asunto. Encontró en Internet una página para mandar mensajes de móvil gratis. Desde allí, les envió un SMS a sus padres, como si fuera su hermana. No lo hizo a lo loco. Leyó varias veces los mensajes que Diana guardaba de su amiga en el móvil y trató de imitar su estilo y su lenguaje. Y dio resultado.

En aquel SMS decía que no se preocuparan, que estaba bien y que pronto tendrían más noticias de ella. Que sentía lo que había hecho, pero que era necesario. No era una cría ya. Además, explicaba que no les enviaba el mensaje desde su teléfono porque no tenía saldo. Fue lo suficientemente verosímil para que ni su padre ni su madre se cuestionaran la autoría de aquellas palabras. Aunque a él le dolió engañarles de aquella manera, no tuvo más remedio que actuar así. Ahora disponía de más tiempo para pensar en qué hacer.

—Mi hermana se ha convertido en una persona sin escrúpulos. Nunca le perdonaré todo esto.

—Está pasando una mala racha.

—Esto no es una mala racha. Hay que ser muy cruel para hacer lo que ella está haciendo.

Diana resopla. Su novio tiene razón. Nunca imaginó, cuando salían juntas, que las cosas tomarían ese rumbo. Ellas eran las Sugus, amigas para siempre. «Uno para todas... o, mejor, uno para cada una». Reían, se divertían, lloraban juntas. Un grupo de chicas capaces de todo, con ganas de comerse el mundo. Y Miriam era la mayor, la que ejercía un poco de madre, la que intentaba ayudarlas a todas. Sí, discutían y se peleaban mucho, pero siempre terminaban reconciliándose y reforzando su amistad.

Aunque en esos días todavía no estaba con Mario, echa de menos a sus amigas y aquellos tiempos de contárselo todo.

—¿Y qué podemos hacer? Parece que no tiene intención de hablar con ninguno de nosotros. Y mucho menos de volver.

—Por mí, que se quede allí. Ya volverá cuando las cosas le vayan mal. Porque, estando con esos tipos, es imposible que no se meta en líos. Recuerda que hasta se llevó las joyas de mi abuela.

—Ya.

—Tarde o temprano terminará mal. En una comisaría o puede que en un sitio aún peor.

—¿Qué? ¿Piensas eso de verdad?

—Sí. Si no fuera por mis padres, ya habría llamado yo mismo a la policía. Pero no quiero que se alteren más.

Ella se lo ha buscado. Cada día que pasa está más enfadado con Miriam. Siente una gran rabia en su interior. No es justo que su familia esté sufriendo por los caprichos de su hermana. ¿No dice que es muy mayor para hacer lo que quiera? Pues también lo es para comprender que las cosas no se hacen a la fuerza.

—Todo irá bien, cariño.

—Uf.

Diana lo abraza y le da un beso en la mejilla. Sabe que ahora más que nunca juega un papel importante en su vida. Es su principal apoyo. Exceptuando las horas en las que están en la universidad, el resto del tiempo lo pasan en su gran mayoría el uno con el otro. Anoche incluso le preguntó si quería que se quedara a dormir en su casa. El chico respondió que no hacía falta y que no sabía cómo se lo tomarían sus padres. A pesar de que llevan año y medio como pareja, nunca han pasado la noche juntos en la casa de alguno de los dos.

—Relájate un poco, anda.

Diana le obliga a levantarse de la silla y, agarrándole de una mano, lo guía hasta la cama, que está deshecha.

—No es el momento de...

Pero, antes de poder continuar hablando, siente los labios de su novia en el cuello. Suavemente, la chica lo empuja contra el colchón. Él pierde el equilibrio y cae en la cama, donde se sienta. Diana se coloca sobre sus piernas y se desabrocha el botón del pantalón.

—Tienes que relajarte, cariño. Toda esta situación te pone muy tenso y a mí no me gusta que estés así.

Sus palabras llegan mientras se quita la sudadera blanca que lleva puesta. Luego apoya las manos en su pecho y continúa con los besos en el cuello hasta tumbarlo sobre las sábanas.

—Para. Mis padres están abajo...

—Seré buena y no haré mucho ruido.

—Que no. Que si entran...

—Si entran, los saludamos.

—Venga, no bromees con estas cosas ahora.

El chico se libera de los besos de Diana y se sienta en la cama. Esta suspira y se pone a su lado.

—Perdona. No quiero forzarte a hacer nada.

—No es que no quiera hacerlo. Es que no es el momento. Mis padres pueden subir y pillarnos.

—Tienes razón. No te preocupes —indica sonriente—. Solo quiero que estés bien.

Le da otro beso en la mejilla y se vuelve a tumbar. Está bocarriba, con la mirada puesta en el techo de la habitación. Es verdad, no es el momento. Aunque hace unos días que nunca encuentran el momento adecuado.

—Estaré bien cuando todo se haya solucionado.

—Pero lo que pasa con tu hermana no te puede condicionar en todo lo demás.

—No es por mi hermana, es por mis padres. Y, sí, sí que me condiciona para el resto de cosas porque sé que ellos lo están pasando mal.

El joven se levanta y regresa a la silla en la que antes estaba sentado. Tiene el ordenador encendido, aunque ninguna página abierta. Y de pronto siente que echa de menos verla a través de la pequeña ventana del MSN. Estos días han hablado menos. Diana se ha quedado hasta muy tarde en su casa por las noches y, unas veces por él y otras por ella, casi no han coincidido cuando se han conectado. El café de media mañana en la universidad con Claudia empieza a quedársele corto a Mario.

—Tus padres estarán peor si ven que tú no te encuentras bien —responde Diana cerrando los ojos.

Bosteza. Empieza a sentirse realmente cansada. Aquella situación también la está agotando a ella. Mario ha cambiado bastante en los últimos días y eso la afecta. Aunque sabe que, cuando las cosas regresen a su cauce, todo volverá a ser como antes.

—¿Cómo voy a estar bien en esta situación?

—Bueno..., debes estarlo.

—No sé cómo.

—Para eso me tienes a mí. Para hacerte... sentir... bien.

Silencio. Pasan unos segundos sin que ninguno de los dos diga nada. El chico mira hacia la cama y ve a su novia con los ojos cerrados. ¿Se ha dormido? Se incorpora otra vez y se acerca hasta ella para comprobarlo.

Sí, se ha dormido.

Parece tan inocente así... Está preciosa.

Y, sin querer, esboza una sonrisa que sale sola. Eso le hace sentir peor. Tiene una novia increíble y él está jugando a no sabe qué con otra chica. Pero es que...

Su situación no es fácil y, con sus dudas, aún la hace más difícil.

Vuelve a mirarla, aunque ya sin sonreír. Su boca no está totalmente cerrada y respira tranquila. Aparenta ser más pequeña de lo que es. Le apetece besarla. Se inclina sobre ella y... en el instante en el que iba a probar sus labios, se arrepiente y se echa hacia atrás. No. No quiere despertarla.

Mario mira el reloj y regresa a su escritorio. Sábado por la tarde... Cualquier otra persona tal vez estaría preparándose para salir o quizá ya estaría en la calle de fiesta, bebiendo, fumando, ligando en alguna fiesta universitaria...

Pero a ella no le van ese tipo de cosas. Es diferente al resto de chicas de su edad. ¡Estudia Matemáticas! Ya eso lo dice todo. Seguro que si entra en el MSN la encontrará en su lista de contactos conectados.

Lo que se le pasa por la cabeza no está bien.

Vuelve a girarse y contempla a Diana dormida. ¿Lo hace? No debería, pero la tentación es demasiado grande. Nervioso, pulsa en la pestaña «Iniciar sesión» del Messenger. Y enseguida descubre que tenía razón: Claudia está conectada.

Ella es la primera en escribir.

—Hola, Mario. ¿Cómo estás?

Tras el saludo, una propuesta de videollamada por parte de la chica y un icono sonriente.

—Hola, Claudia. Puedo poner la *cam*, pero no hablar. Diana está aquí conmigo, durmiendo en mi habitación.

—¿Está ahí?

—Sí. Detrás de mí.

El chico se asegura de tener el sonido en silencio y acepta la videollamada. Cuando los dos se ven, se saludan con la mano y sonríen.

—No me puedo creer que estés hablando conmigo y tengas a tu novia ahí. ¿No será peligroso?

—Está dormida. No te preocupes.

Aunque le pide que no se preocupe, el que realmente está preocupado es él. Si Diana se despierta y descubre lo que está haciendo, va a tener problemas. Pero es que no ha podido evitar conectarse para verla. Claudia está guapísima, como siempre. Sus ojos casi negros se hacen enormes en la ventanita de su MSN.

—¿Has visto? —pregunta mientras se pone de pie. Se inclina y continúa escribiendo—. Llevo la camiseta de cerezas.

Aquella camiseta le encanta. La llevaba el primer día

que hablaron a través de Internet. Y no pudo evitar confesarle lo bien que le quedaba. Mario sonríe y no pierde ni un detalle de la vuelta que Claudia da sobre sí misma. A pesar de que todos los días se encuentran en la universidad, cada vez que la ve por la *cam* le atrae un poquito más.

—Me sigue gustando tanto como la primera vez que te la vi puesta.

—Es una pena que te guste más la camiseta que yo —señala después de haberse sentado de nuevo.

—No digas eso.

—Es la verdad.

La chica mira hacia otro lado. No parece muy feliz. A ella le gustaría estar donde ahora mismo está Diana, pero seguro que no dormiría.

—Cariño, ¿qué haces?

La voz soñolienta de Diana alarma a Mario, que, sin poder despedirse de Claudia, cierra rápidamente la página en la que hablaban. Luego hace lo mismo con el MSN. Apenas emplea un par de segundos, los que tarda en responder.

—Nada. Miraba cosas en Internet.

—¿Porno?

—¡No! ¡Claro que no!

La chica sonríe pícara, aunque tiene los ojos medio cerrados todavía. Es una pena que no estuviera viendo porno; así, quizá, se hubiera animado a seguir lo que antes empezaron. Pero no va a insistir en ello.

—He soñado una cosa que me ha hecho pensar otra.

—¿El qué?

—Bueno, más que con una cosa, he soñado con alguien.

Mario traga saliva. ¿Con alguien? Espera que no haya sido con Claudia. Cuando la conoció el otro día, a la salida de la facultad, se puso muy celosa.

Sin embargo, el chico no tarda en descubrir que no es con su compañera de clase con quien su novia ha soñado. El nombre que escucha es el de otra persona y lo que Diana propone a continuación no es una idea tan descabellada. Tiene sentido. Aunque, en su opinión, tampoco de esa manera conseguirán nada.

Capítulo 48

Esa tarde de diciembre, en un lugar de la ciudad.

La primera vez que hicieron el amor no podía creérselo. Fue una de las mejores cosas que le habían pasado en la vida. No imaginaba que él fuera tan romántico. Aquella cita tuvo de todo: cena, hotel, velas, pétalos de rosa... No era su primera vez, pero la marcó como si lo fuera. Se mostraron ardientes, apasionados, decididos. Se tenían ganas y entre aquellas cuatro paredes fluyeron cada uno de sus deseos. Ya han pasado varios meses desde aquel día. Y, sin embargo, siguen conservando todo aquello de lo que disfrutaron en su primer encuentro.

Hace cincuenta minutos que él salió de la cama. Se duchó, se vistió y, tras darle un beso en los labios y decirle que la quería muchísimo, se marchó de la habitación. Ella, como una tonta, se quedó tumbada sintiéndose la chica más afortunada del mundo. Luego se durmió abrazada a la almohada, desnuda bajo todas las mantas y sábanas de las que disponía. Solo un ratito. El tiempo suficiente como para soñar con él y reponer algo de fuerzas.

Acaba de regresar. Escucha cómo introduce la llave en la ranura de la puerta y la abre. Camina hasta la cama y se agacha junto a ella. Le sopla en una oreja y contempla cómo se gira. La chica lo mira a los ojos. Le brillan.

—Estoy despierta, amor.

—Vaya. ¿Desde cuándo?

—Desde que has entrado.

El chico hace un gesto lamentándose. Pero rápidamente sonríe y la besa. Ella se agarra a su cuello y cierra los ojos. Se deja llevar una vez más. Como tantas y tantas veces en aquella habitación de hotel.

—Me... estás... haciendo daño —se queja el joven—. La uña. Me la estás clavando.

—Uy. Perdona.

Quita las manos de su cuello y le da un último beso cortito.

—No te preocupes, se me pondrá morado y parecerá un chupetón.

—Yo no hago chupetones —señala irónica.

—No, no... —dice él, bajándose un poco el jersey y enseñándole una marca reciente.

—Eso no te lo hice yo.

—¿No?

—Por supuesto que no. Sería... con la moto —indica sonriente mientras él arquea las cejas—. Vaaaale. Fui yo. Lo reconozco.

Aquella huella no es ocasional. Desde que está con él se han desatado sus instintos más salvajes. No puede controlarse. En cambio, al chico le ha pasado justo al contrario. No solo en la cama, sino en su forma de ser. Ha cambiado. Ahora es más moderado en todo lo que hace. ¿Ha sido por ella?

—Mira lo que te he traído —comenta recogiendo del suelo una caja envuelta en un papel rojizo muy llamativo—. Espero que te gusten.

—¿Qué es?

—Ábrelo y lo compruebas.

La chica obedece y coge la caja. Quita primero el celo de los bordes y a continuación, con cuidado, aparta el papel. Aquello son...

—¡Me has traído pasteles! —grita mientras abre la caja y se encuentra con media docena de dulces.

—Necesitas azúcar para recuperarte de tanto esfuerzo.

—Tú lo que quieres es que engorde.

—Yo lo que quiero es que estés contenta.

Y lo está. Claro que lo está. Más que contenta. ¿No lo ve en sus ojos? ¿O en su sonrisa permanente? Está muy feliz. Y él tiene la culpa. Si él ha cambiado por ella, ella también ha cambiado por él. Ha dejado atrás sus miedos, sus complejos, su timidez natural. No del todo, pero sí en gran parte.

Un «te amo», un beso y un suspiro. Ahora quiere un pastel. Es difícil decidirse por alguno de aquellos seis. Todos tienen una pinta increíble. Finalmente elige el que está cubierto de chocolate. Lo muerde y se relame.

—¡Dios! ¡Está riquísimo...!

—A ver...

El joven se echa sobre ella y unta su dedo pulgar con el chocolate que sobresale de sus labios. Se lo mete en la boca y lo chupa.

—¡Qué haces!

—Sí, está muy rico —confirma, poniéndose de nuevo de pie—. Y estará mejor si lo acompañamos con un café.

—¿Vas a pedirlo?

—Sí. El tuyo con leche, ¿verdad?

—Sí. Gracias.

Descuelga el auricular del teléfono que está sobre una de las mesillas de la habitación y pulsa el asterisco y el nueve. Es la clave para llamar a la cafetería. Dos tonos y una voz femenina al otro lado.

—Hola, buenas tardes, ¿puede subirnos dos cafés con leche a la 411, por favor? Muchas gracias.

Y cuelga ante la sonrisa de la chica, que lo observa con admiración. Es una suerte que aquel hotel sea suyo. Su padre lo colocó como codirector cuando decidió que se iba a vivir a aquella ciudad. Era una apuesta arriesgada debido a su juventud e inexperiencia, pero todo ha ido bien hasta ahora.

—Qué majo eres.

—¿Sí? Eso lo dices porque estás enamorada de mí.

—¡Qué creído...!

—Antes lo era mucho más. Ya lo sabes.

—Antes no solo eras mucho más creído: eras un arrogante, un prepotente, un descarado, un chulo...

El joven escucha atento la lista de críticas de la chica. Sonríe, agacha la cabeza y lo admite, moviéndola hacia arriba y abajo. Está totalmente de acuerdo.

—Y si era así ¿por qué te gustaba?

—No lo sé. Cosas que pasan.

Suelta una carcajada y se sienta junto a ella en la cama. La chica se sonroja y le acaricia el cabello. Su pelo rubio alborotado está mucho más corto que hace unos meses, cuando empezaron a salir. Casi lo llevan a la misma altura, aunque cada uno con su propio estilo.

—¿Te puedo decir una cosa? —le pregunta él susurrando.

—Claro.

Se ha puesto nerviosa. No sabe cómo lo hace, pero siempre lo consigue. El chico se aproxima aún más a ella y mete la mano bajo las mantas. Siente cómo le acaricia su abdomen desnudo. Y sube y sube hasta terminar rozándole el pecho con los dedos.

Se hace un poco de rogar antes de hablar, pero finalmente suelta lo que le quería decir.

—Deberías... vestirte. El camarero está a punto de subir. Y no querrás que te vea así, ¿no?

—Tonto.

No imaginaba que saldría por ahí. ¡Qué rabia! Creía que era algo importante. Pero le perdona con un beso. Después se levanta, muerta de frío, y entra corriendo en el cuarto de baño. Allí tiene su ropa. Empieza a vestirse. Ropa interior, sujetador, vaqueros... Ahí se detiene. Se dejó el móvil en uno de los bolsillos. Lo saca y se encuentra con un mensaje recibido. Se sorprende muchísimo cuando ve quién lo envía. Lo abre y lee curiosa el SMS. Rápidamente se termina de vestir y entra otra vez en la habitación.

—¿Tienes encendido el portátil?

—Estoy en ello.

—¿Me lo dejas un momento?

El joven sonríe y la invita a que se siente sobre sus rodillas. La chica acepta y le da un beso. Luego centra su atención en la pantalla del pequeño ordenador.

—¿Qué quieres ver?

—Mi Tuenti.

—¿Y eso? Hace mucho tiempo que no lo usas.

Pero ella no responde. Teclea la dirección de su cuenta, su contraseña y entra. Tiene un mensaje privado sin leer.

—¿Esa no es...? —pregunta el chico, leyendo el nombre de quien le envía el privado por encima de su hombro.

—Sí. Es Diana.

—Vaya, cuánto tiempo hace que no la veo... Ni lo recuerdo.

—Yo sí que me acuerdo. Perfectamente. Fue aquel día en el que... tú y yo...

—¿Fue ese día? ¿De verdad?

—Sí.

—Qué buena memoria tienes. Por eso yo siempre te consideré la más inteligente de las Sugus.

—Yo no era la más inteligente de las Sugus. Simplemente era Cris, más bien la más tímida de las Sugus.

Hace unos meses, un día de junio, en un lugar de la ciudad.

Le ha encantado volver a ver a Diana y a Mario. Hacía muchísimo tiempo que no sabía nada de ellos. Ya ni siquiera entra en las redes sociales para enterarse de lo que hacen o dicen. Su vida ha dado un gran giro. El cambio de instituto y lo que pasó el verano anterior hizo que se fuera alejando poco a poco de sus amigas. Para Cris las cosas no han sido fáciles ese último año. Estuvo arrepintiéndose muchas semanas de haberse liado con el novio de Miriam. Por su culpa todo se fastidió. Pero ahora vuelve a estar ilusionada. ¡Hasta se ha cortado el pelo a lo Demi Moore en *Ghost*! Eso le dice él, el chico que ha vuelto a hacerla sonreír. El mismo que ahora le entrega el casco para que se suba en la parte de atrás de su moto. Ella se lo coloca y se monta en aquella impresionante Kawasaki Ninja de color verde. Le da una palmadita en el hombro para avisarle de que está lista y el joven arranca a toda velocidad. Sin embargo, pronto tienen que detenerse delante de un semáforo en rojo.

—¿Quiénes eran esos? —le pregunta el joven girando la cabeza hacia ella.

—¿No los has reconocido?

—No. ¡Es que estabais muy lejos!

—¿No será que el pelo te tapa los ojos?

A pesar de que no le disgusta su larga melena rubia, le gustaba más cuando tenía el pelo más cortito.

—Llevaba el casco puesto, así que no ha sido por culpa del pelo.

Cris se ríe. Ahora está más tranquila, aunque sabe que pronto volverán los nervios.

—Eran Diana y Mario.

—¡Ostras! ¿Eran ellos? ¡Cuánto tiempo!

—Sí, mucho. ¡Y siguen juntos!

—Me alegro. No apostaba nada por ellos.

—Creo que ni tú ni nadie. Pero hay que reconocer que no hacen mala pareja.

—Bueno, si tú lo dices... ¿Diana está bien de lo suyo?

—Parece que sí. O eso me ha dicho.

El disco del semáforo se pone en verde y la Kawasaki arranca de nuevo. El ruido del motor impide que hablen. Eso hace que Cris piense y vuelva a ponerse nerviosa. Espera que todo salga bien. Hace mucho tiempo que no... Pero él es el chico perfecto para ello.

No tardan en llegar al hotel. La pareja se baja de la moto, se quitan los cascos y se miran, algo dubitativos.

—¿Estás bien?

—Sí. Un poco nerviosa.

—¿Te pongo nerviosa?

—Tú no. El hotel y lo que nos espera dentro, sí.

El joven rubio sonríe y se acerca un poco más a ella. La abraza y le da un beso en los labios.

—Confía en mí. Todo irá bien.

Cris asiente con la cabeza y le coge de la mano. Los dos entran en el hotel, saludan al hombre que está en recepción y caminan hacia la 411. El instante que están en el ascensor se hace eterno. Igual que el pasillo por el que caminan hasta la puerta de su habitación. Él introduce la tarjeta en la ranura y abre. Ella pasa delante. Todo el cuerpo le tiembla, y más cuando contempla la cama de matrimonio cubierta de pétalos de rosa y decenas de pequeñas velitas encendidas a su alrededor.

—¡Guau...! ¡Qué bonito!

—Menos mal que no se ha quemado nada mientras iba a por ti.

La chica sonríe. Traga saliva y se sienta en el borde de la cama. Él acude a su lado y le pone una mano en la pierna. Le acaricia la rodilla y nota cómo le vibra. Está hecha un flan. Cris se da cuenta de sus nervios y lo mira a los ojos.

—Perdona, no sé qué me pasa.

—No te preocupes. ¿Quieres que lo dejemos para otro día?

—No. Tengo muchas ganas de estar aquí contigo, de verdad. Y quiero hacerlo ahora.

—¿Estás segura?

—Sí, lo estoy.

Y cerrando los ojos se inclina sobre él y le da un beso en la boca. Seguido, continuado. Luego con lengua. Y con caricias. Y más apasionado, más intenso. Poco a poco, entra en calor y se va sintiendo más cómoda. Y es capaz hasta de quitarse la camiseta y de quitársela a él. Las ganas se van apoderando de Cris, que libera su lado más sensual en el botón de su *short.* Y en los vaqueros de él.

De repente se detiene, hace una pausa frenando su impulso y lo mira a los ojos. Es real. Aquello que está sucediendo es completamente real. Le acaricia el pelo y sonríe. No es un sueño, está a punto de hacer el amor con Alan Renoir.

Capítulo 49

Un día de diciembre, en un lugar de la ciudad.

Hola, Cris, soy Diana. ¿Me recuerdas? Te tengo que pedir un favor, pero en un SMS no hay espacio. Cuando puedas, entra en tu Tuenti, que tienes un privado mío. Un beso.

Hola, Cris. ¿Cómo estás? Sé que no te conectas a esta cuenta desde hace mucho tiempo, por eso te mandé el mensaje al móvil avisándote para que la miraras. Espero que no hayas cambiado de número.

¡Cuánto tiempo hace que no nos vemos! La última fue aquella vez en la que iba con Mario y nos encontramos en la calle. Fue en junio, ¿no? Tú te montaste luego en una moto con un chico de melena rubia, me parece. ¿Era tu novio? Me resultaba familiar, aunque no pude verle la cara porque llevaba el casco puesto.

¡Qué tiempos aquellos de las Sugus! Los echo de menos. Qué bien lo pasábamos las cuatro juntas.

Bueno, al grano, que me enrollo mucho. En los últimos tiempos las cosas han cambiado. Ya te dije, cuando nos vimos, que Miriam no era la misma. Dejó el instituto y empezó a andar con gente poco recomendable. Pues si antes estaba mal, ahora está todavía peor. Se ha escapado de casa y se ha ido a vivir con Fabián Fontana, un delincuente peligroso. Sus padres no saben que está con él, pero Mario y yo fuimos a buscarla hace unos días y la vimos allí. Ella no se enteró de nada porque su novio no la quiso avisar. Mario además salió herido con una navaja. No te inquietes, está bien.

Miriam pasa de su familia y de nosotros. No ha contestado a ninguno de nuestros mensajes, no ha llamado a sus padres y todos estamos muy preocupados por ella. Tampoco podemos avisar a la policía porque ella es mayor de edad y, además, se vería implicada en otras cosas y no queremos poner más nerviosos a sus padres.

Lo que te pedimos Mario y yo: si puedes, mándale un SMS diciéndole que al menos se ponga en contacto con sus padres o con nosotros. No te pido que la llames porque su teléfono está siempre desconectado. No sabemos si solo lo conecta para leer los mensajes que le envían.

Después de lo que pasó en aquel mes de junio de hace dos veranos, ella se distanció de todos. Lo pasó mal. Y vuestra pelea fue el principio de su cambio. No te estoy juzgando a ti por lo de Armando. Creo que pasó porque tuvo que pasar y ya está. No quiero remover el pasado. Todos cometemos errores.

No estoy segura de que Miriam te haga caso a ti tampoco, pero si ve que hasta te hemos pedido ayuda a ti tal vez se dé cuenta de lo realmente mal que está su familia. Si además os pedís perdón y arregláis lo vuestro, todo irá mucho mejor. Estoy segura de que eso le recordará los buenos tiempos que pasó siendo una Sugus y que la amistad de todas es algo que algún día podremos recuperar.

¡Siento la parrafada! No soy mucho de escribir, pero tenía que explicarte lo que está pasando y pedirte ayuda.

Seguramente no consigamos nada con esto, pero por probar no perdemos nada.

Te mando un besazo enorme de parte de Mario y otro

de mi parte. Espero que nos veamos pronto ¡y nos presentes a tu novio!

Ya me dirás algo.

La Sugus de manzana

Hola, Diana. Es verdad, nos vimos aquel día. Han pasado unos cuantos meses ya desde entonces. Estoy muy perdida de todo desde que me cambié de instituto el año pasado. Ahora estoy haciendo un módulo de Diseño Gráfico y tampoco me deja tiempo para nada. Tengo las redes sociales olvidadas.

Lo que me escribes es muy triste. Cuando he leído tu privado, me ha hecho pensar mucho. Lo que puede cambiar la vida de tantas personas en poco más de un año, ¿verdad?

No imaginaba que las cosas con Miriam saldrían de esa forma y, en cierta manera, me siento un poco culpable. No sé hasta qué punto influyó la pelea que tuvimos aquel día para que haya terminado así. Fue una metedura de pata muy grande por mi parte. De hecho, estuve varias semanas arrepintiéndome de lo que pasó con Armando. Fue la peor decisión de mi vida.

En cuanto a lo que me pides..., no creo que consiga que ella me responda o me haga caso, pero, como tú dices, por intentarlo no pasa nada. Ha pasado mucho tiempo desde aquello y si, además de conseguir que hable con vosotros, me perdonara a mí, sería una doble buena noticia. Así que ahora le escribiré un SMS.

Ojalá algún día podamos volver a reunirnos las cuatro. Las Sugus marcaron mi adolescencia y no quiero tener un mal recuerdo final de nuestra preciosa etapa en el instituto.

¿Que te presente a mi novio? Ja, ja, ja. Algún día...

Un beso muy grande y me alegro de volver a hablar contigo. Si Miriam me responde, te lo diré enseguida.

Saluda a Mario de mi parte.

La Sugus de limón

Hola, Miriam, soy Cris. He hablado con Diana. Están muy preocupados por ti. Ponte en contacto con tus padres cuanto antes, por favor. Ha pasado mucho tiempo, pero imagino que aún me guardas rencor. Me encantaría que me perdonaras y que algún día volviéramos a ser amigas. Por ti, por mí, por Diana y por Paula. Un beso y, si puedes, respóndeme.

Hola otra vez, Cris. He hablado contigo en un día más que en año y medio.

Gracias por todo. Espero que Miriam te responda a ti, ya que de nosotros ha pasado.

Tenme informada con lo que sea.

Y a ver si no volvemos a perder el contacto.

¿Qué pasa con tu novio? ¡Cuánto misterio!

Un beso y gracias otra vez.

Capítulo 50

Una tarde de diciembre, en un lugar de Londres.

Salen de la tienda en la que se han pasado quince minutos decidiendo qué bolígrafo tenía más aspecto de dar suerte. Finalmente, Valentina se ha decidido por uno de tinta azul, de color verde pistacho, con un perrito blanco dibujado en él.

—Has elegido el más feo de todos.

—¿Qué dices? ¡Es adorable!

La italiana sonríe mientras lo examina. Paula mueve la cabeza de un lado a otro.

—Es horroroso.

—¡Bah...! Los españoles no tenéis gusto para nada.

—No mezclemos el gusto de los españoles con mi opinión respecto a tu nuevo bolígrafo de la suerte. Mi opinión seguro que sería la misma aunque fuera alemana, turca o japonesa. ¡Ese boli es muy feo!

—Paola, Paola..., tú siempre tan simpática con tu amiga la italiana.

—Nuestra amistad corre peligro con ese bolígrafo de por medio.

—¡Ah, no hablas en serio!

—No lo dudes.

Las dos chicas continúan caminando por el centro de

Londres mientras siguen intercambiando opiniones acerca del polémico bolígrafo de la suerte.

El restaurante italiano al que quieren ir no está muy lejos. Han oído que la pasta que ponen allí es la mejor de toda la ciudad. Y, después de soportar tantas semanas la comida que sirven en la residencia, una buena porción de pizza les sabrá a gloria.

—Aquí es —dice Valentina parándose delante de una puerta de cristal.

Zola es el nombre de aquel lugar, en honor a un jugador italiano de fútbol que jugó en el Chelsea londinense. No parece muy grande por fuera y cuando entran lo comprueban. Apenas dispone de ocho mesas para cuatro, pero en ese momento solo una de ellas está ocupada. El chico que se sienta en ella observa a las recién llegadas y las saluda con la mano.

—¡Imposible! —exclama la italiana frotándose los ojos incrédula.

—¡Luca Valor! ¿Qué haces aquí? —pregunta Paula.

—Pues lo mismo que vosotras. Comer.

El chico se levanta y le hace una indicación al camarero de que las chicas a las que estaba esperando ya han llegado. Luego se acerca hasta ellas y las invita a que se sienten en su mesa. Estas dudan un instante y se miran entre ellas, pero terminan aceptando.

—Con todos los sitios que hay en Londres y tienes que venir al que venimos nosotras. ¡Qué casualidad...! —indica Valentina molesta.

—No quería cenar solo.

—Pero ¿cómo sabías que elegiríamos este? —pregunta Paula desconcertada—. No te dije nada cuando hablamos en la habitación.

—Tú me dijiste que ibais a comer pizza —responde el

chico sacudiendo una servilleta y colocándosela sobre el pantalón—. Este es el lugar donde hacen la mejor. Así que me decanté por venir aquí. De todas formas, estaba a punto de irme a otro restaurante al ver que no aparecíais.

Valentina y Paula se vuelven a mirar. Si hubieran tardado un poco más en elegir el bolígrafo, no se habrían encontrado con el pesado de Luca Valor.

—La verdad es que no entiendo qué pintas aquí con nosotras.

—Yo llegué primero. Puedes irte a otra mesa si quieres, *italianini.*

—Capullo.

El camarero se acerca y les entrega una carta a cada uno.

—Ya que estamos aquí los tres juntos, tengamos una cena tranquila —propone Paula resignada.

Está segura de que eso va a ser muy complicado. Aquellos dos tienen mucho carácter y seguirán chocando una vez tras otra. Paciencia.

—Por mí, bien —señala el joven del parche.

—De acuerdo. Lo intentaré yo también. Pero no estoy de acuerdo con esto. Yo solo quería un trozo de pizza caliente.

—Pues te has arreglado mucho para solo querer eso, *italianini.*

—Déjame en paz, estúpido.

—Parad —interviene Paula, que sigue mirando el menú—. Dejadlo ya.

Pero no le hacen caso y la discusión continúa.

—Quizá sí sabías que venía y por eso has intentado ponerte guapa. Aunque por mucho que te pintes...

—Por mucho que me pinte..., ¿qué?

—Que seguirás igual. Y eso no es que sea demasiado bueno.

—Pues no me mires.

—Te tengo delante y no eres invisible.

—Barbarroja, olvídame. Si quieres fastidiarme, no lo vas a conseguir.

—No quiero fastidiarte. Quiero...

El camarero regresa antes de que Luca siga hablando. Les pregunta a los chicos en una extraña mezcla de italiano e inglés si ya han decidido. Cada uno le cuenta la pizza y la bebida que quiere. El hombre toma nota en una pequeña libreta y se aleja. Una vez que han pedido, Valentina se incorpora y coge a su amiga del brazo para que haga lo mismo.

—Paola, ¿puedes acompañarme al baño?

—No tengo ganas de...

—Vamos. Ahora.

La española accede extrañada y también se pone de pie. Las dos se dirigen a la esquina en la que está el cuarto de baño y entran en el de mujeres.

—¿Qué te pasa? —le pregunta Paula, que no entiende la actitud de su amiga.

—¿Cómo que qué me pasa? ¿Cómo que qué me pasa?

—Te veo tensa. Tranquilízate...

Valentina se enfurece. Abre el grifo del agua fría y se moja las manos. Luego salpica a Paula en la cara.

—¡No hagas eso!

—¡Es para que espabiles!

—¿Por qué lo dices?

—*Mamma mia, Paola!* ¿Es que nunca te enteras de nada?

—¡De tus mensajes en clave..., no!

La chica italiana hace un gesto con las manos y murmura algo en su idioma.

—A ver, te explico: ¿no te parece muy raro que ese idiota haya venido a buscarnos?

—Sí. Muy normal no es.

—¿Y por qué crees que ha venido?

—Ya lo ha dicho: porque tenía hambre.

—¡Claro! Pero ¿por qué aquí precisamente?

—Porque sirven la mejor pizza de Londres.

—¡Noooo! ¡Ha venido porque tú estás aquí! —exclama alborotada—. ¡Ese capullo está enamorado de ti y te persigue por toda la ciudad!

—Otra vez con eso...

Ahora es Paula la que abre el grifo del agua fría y salpica a su amiga.

—¡Para!

—¿A que molesta?

Valentina coge papel y se seca con él la cara y los brazos. A continuación se mira al espejo para comprobar que el maquillaje sigue intacto. Se peina con las manos y resopla.

—Paola, ¿tú no sientes nada por ese tío?

—¿Qué?

—Habéis pasado mucho tiempo juntos esta semana y, según me cuentas, ya no es tan desagradable contigo. Eso es porque le gustas, tal como te he repetido mil veces. Pero ¿a ti te gusta él?

—Claro que no.

—¿Estás convencida?

—Sí.

—Mmm... Eso lo dice tu boca, pero no estoy tan segura de que tus ojos digan lo mismo.

—Valen..., estás equivocada —comenta tranquila—. Si mis ojos hablaran, comprobarías que lo que realmente dicen es que sigo enamorada de Álex.

—¿No puedes olvidarte de él?

—No.

Su sonrisa se vuelve triste y sus ojos se humedecen cuando responde. Su amiga se da cuenta y la abraza.

—Ay, Paola, ¡cuánto daño te está haciendo ese escritor!

—Él no me ha hecho nada, Valen. Álex es un cielo —comenta más calmada—. Son las circunstancias de la vida las que han jugado en contra nuestra. Pero tengo que hacer lo posible por seguir adelante sin él. No me queda más remedio.

Capítulo 51

Media hora más tarde, un día de diciembre, en un lugar de Londres.

El que dijo que en Zola hacían la mejor pizza de todo Londres estaba en lo cierto. Eso es lo que piensan Paula y Valentina cuando acaban de cenar. Están llenas, a pesar de que ninguna ha logrado terminarse todas las porciones.

—¿Y de postre?

La pregunta del camarero sorprende a las chicas, que no pueden comer nada más. Tampoco Luca se ha quedado con hambre. Piden la cuenta y esperan a que el hombre se la traiga.

Al final la cena no ha resultado tan mal como se presumía al comienzo. El chico ha dejado de provocar a la italiana y ella tampoco le ha buscado las cosquillas a él. Paula los observaba de reojo a los dos, implorando para que no montaran más numeritos como el de antes. Sin duda las pizzas han tenido que ver, manteniéndolos muy ocupados.

La conversación con Valentina en el baño le ha hecho pensar. Quizá su amiga esté en lo cierto. Puede que le guste a aquel chico. Si no, ¿qué hace él allí? ¿Y por qué ha ido a buscarlas? Además, en los últimos días se ha producido un cambio radical en él. Ya no la molesta ni la insulta. Es otra persona completamente distinta a la de estos tres últimos meses.

—Aquí tienen.

El camarero llega de nuevo a la mesa con un platito en el que va un pequeño sobre con la cuenta dentro. Es Luca el que lo coge y examina su contenido.

—¿Cuánto es? —pregunta Valentina tratando de mirar también.

Pero el chico no responde. Saca su cartera de un bolsillo y pone cincuenta libras sobre el platito.

—¿Qué haces, Luca? —interviene Paula.

—Nada. Pago yo.

—No voy a dejar que pagues mi parte —indica la española molesta.

—Ah, pues yo no tengo inconveniente —asegura Valentina sonriente—. Así, por lo menos, nos compensas por todas las molestias que has causado.

El joven sonríe y aguanta la acometida. De nuevo un comentario hiriente de su parte. Pero no va a contestarle de la misma manera. Se propuso ser amable y lo tiene que conseguir. Si no, no tendrá nada que hacer. Antes debió contenerse un poco y no atacarla. Le costará, pero con fuerza de voluntad y pensando las cosas antes de decirlas logrará ser agradable con las dos.

—Tienes razón, *italianini.* Yo me he acoplado a vuestra cena y es justo que yo pague las pizzas.

—No es justo —insiste Paula—. Dime cuánto tengo que poner yo.

—Nada.

—Luca, no seas cabezota. ¿Cuánto es mi parte?

—Mañana me invitas a un café en la residencia y estamos en paz.

Valentina mira a su amiga y silba. ¿Qué más pruebas quiere de que aquel tipo está pillado de ella?

—Creo que lo que has pagado tú equivale a más de un café.

—Bueno, pues a un café y un cruasán.

La chica suspira y se da por vencida.

Enseguida el camarero vuelve a por el platito con las cincuenta libras y regresa a los pocos segundos con la vuelta. Luca la recoge y deja unas monedas de propina.

—¿Nos vamos? —pregunta la italiana, que está algo decepcionada por no haber conocido a ningún camarero guapo.

—Sí. Necesito andar un poco para bajar todo lo que he comido —reconoce Paula después de dar un último sorbo a su vaso de agua.

Los tres se levantan y, tras despedirse del personal de Zola, abandonan el restaurante. Es noche cerrada en Londres. No llueve, pero hace mucho frío.

Caminan por la ciudad hasta la residencia de estudiantes. No conversan demasiado entre ellos, aunque Valentina no deja de echar miraditas y hacer insinuaciones a Paula sobre Luca Valor. El joven, tras cruzar antes un semáforo, se adelanta unos pasos. Las chicas se quedan atrás a propósito. Lo siguen a poca distancia, aunque a la suficiente para que no las oiga.

—¿No está mal que le dejemos solo?

—Claro que no. Está acostumbrado a estar solo.

—Pobre...

—De pobre, nada. Aunque... ha venido por ti esta noche. Y sé que es un idiota, más que un idiota, pero si te enrollas con él quizá te olvides del escritor —susurra Valentina.

—No voy a enrollarme con él.

—¿Por qué no? —pregunta alzando un poco más la voz—. Parece que ya os lleváis más o menos bien. Y no está nada mal. Mira qué culo tiene.

Las dos chicas miran hacia delante y se fijan en su pantalón vaquero. Luego sonríen entre ellas.

—No voy a liarme con nadie.

—Tú le gustas. Aprovéchalo.

—Eso no estaría nada bien.

—Es lo que suelen hacer ellos, ¿no?

—Sí. Y nosotras siempre los criticamos por eso. No voy a hacer yo lo mismo... Además, que no quiero tener nada con nadie... ¡No insistas!

El grito final de Paula llama la atención de Luca, que se detiene y mira hacia atrás. Las chicas se dan cuenta y, sonrientes, lo saludan con la mano. Este se encoge de hombros y sigue caminando.

—No lo soporto... —admite Valentina hablando entre dientes.

—No es tan mal chico después de todo.

—Eso lo dices porque ahora no te molesta. Pero recuerda los tres meses que has pasado por su culpa.

—¿Y entonces por qué me dices que me líe con él?

—¿Cómo que por qué? ¡Porque está bueno y necesitas olvidar tus penas!

—¡Eso no tiene sentido!

—¡Al contrario! Tiene muchísimo sentido... —señala la italiana haciendo aspavientos con las manos—. Así, cuando lo utilices, no tendrás remordimientos porque es un capullo.

—¿Me lo estás diciendo en serio?

—¡Claro!

—Pero tú no tienes... vergüenza —comenta la española sonriendo.

—¡Lo que no tengo es compasión por ese tío!

No hay nada que hacer con ella. ¡Es peor que Diana! Por mucho que intente comprenderla, nunca lo conseguirá. Acostarse con un chico del que sabes que le gustas para utilizarlo, y no sentirte mal porque él te lo ha hecho pasar mal antes de otra manera... ¡Es lo último que le faltaba por oír! ¡Qué tía!

Ella, no hace mucho tiempo, tuvo un pasado en el que se liaba con chicos que apenas conocía. Pero nunca lo hizo para aprovecharse de nadie. Fue una época confusa de su vida y de la que está bastante arrepentida. No va a repetir aquellos errores ni ninguno parecido. Además, Álex está en su cabeza.

Entre opiniones contrapuestas y risas, llegan por fin a la residencia. Los tres entran en el edificio y saludan al conserje que está en recepción.

—Ahora nos toca limpiar la sala de informática —le advierte Luca a Paula—. Acuérdate. Si no, Brenda nos echará la bronca.

—¡Es verdad! Y después..., a estudiar. ¡Menudo plan para el *saturday night*!

—Es la dura vida del estudiante —comenta la italiana—. Bueno, yo me subo a la habitación. ¿Vienes, Paola?

—Sí, espera... Ahora nos vemos, Luca.

Y, sin más, las dos se dirigen a la escalera que lleva hasta su pasillo. El chico las contempla hasta que desaparecen de su vista. Especialmente se fija en ella. Cada vez tiene más claro que le gusta, aunque, por lo que parece, seguirá teniéndolo muy difícil. Aquella cena en la que debía adelantar algo no ha servido para mucho. Aun así, habrá de ser paciente y continuar con lo que se ha propuesto.

—¿Has visto cómo te miraba? —pregunta Valentina mientras suben.

—¿Quién? ¿Luca?

—Sí. Cuando nos hemos separado, no ha dejado de mirarte el culo ni un solo segundo.

—¡Qué dices...!

—Que sí, que sí...

—Y tú, ¿cómo lo sabes? ¡Si también estabas de espaldas!

—Porque lo sé. Y punto.

Paula ríe por no llorar. Su amiga no es de este planeta. Sin embargo, aunque parezca una locura, ella también ha notado algo. ¿Será contagioso lo de la italiana?

—¿Tú vas a estudiar ahora?

—Sí, pero primero hablaré con Marco.

—¿Estará un sábado por la noche en casa?

—Más le vale.

—¿Más le vale? Tú ni comes ni dejas comer.

Valentina refunfuña al oír otra de las típicas frases españolas y abre la puerta de la habitación.

—Cenicienta, a limpiar.

—Capulla.

Se sacan la lengua y entran en el cuarto. Al tiempo que la italiana se quita el maquillaje, Paula se cambia de ropa.

—Yo creo que, cuando termines el castigo, lo echarás de menos —dice desde el cuarto de baño.

—Claro que no.

—Ya verás como sí. Ese tío te cae bien.

—No me cae bien. Nunca podríamos ser amigos. Pero pienso que lo que le ha pasado en su vida ha influido mucho en cómo es ahora.

En cuanto acaba la frase, sabe que ha dicho algo que no debía. Espera que Valentina no se haya dado cuenta y su comentario pase desapercibido.

—¿Cómo? —La italiana se asoma por la puerta y la mira muy seria—. ¿Qué sabes tú de su vida?

Pues no ha pasado desapercibido. Se ha metido en un pequeño lío del que no sabe si podrá salir.

—Nada, nada... Es una forma de hablar.

—¿Cómo una forma de hablar? Tú sabes algo de Luca Valor que no me quieres contar.

—Que no, Valen. Son imaginaciones tuyas.

—Nunca le has puesto los cuernos a un novio, ¿verdad?

—¿Qué? ¿A qué viene eso? —pregunta Paula desconcertada—. Pues no.

—Lo imaginaba. Es que, si se los pusieras, seguro que te pillaría... ¡porque no sabes mentir!

—¡Qué tonta!

—Sí, sí, tonta... Pero no me equivoco. ¿A que no?

Valentina lanza la toallita desmaquilladora a la papelera y camina hasta donde está su compañera de habitación.

—No puedo contarte nada. Lo prometí —confiesa Paula.

—¡Ah, lo sabía! ¡Sabía que había algo que no le querías decir a tu amiga la italiana! ¡Muy mal, Paola, muy mal!

—Joder, perdona, Valen. Pero es que... no puedo.

—¿Y vas a seguir sin decírmelo?

¿Qué hace? ¿Le cuenta todo lo que sabe sobre Luca Valor y su pasado en el centro de menores en España? ¿Y que es el hijo de un embajador y el sobrino del señor Hanson? Valentina es una gran chica, y su amiga, pero precisamente discreta, lo que se dice discreta, no es demasiado. Contárselo sería como escribirlo en la pizarra de la clase. Tarde o temprano todos sabrían los secretos que aquel chico y su familia guardan desde hace mucho tiempo.

—Lo siento, Valen. No puedo decir nada. Lo he prometido.

Y, sintiéndose mal por no revelarle el secreto de Luca Valor a su compañera de habitación, sale del cuarto y se dirige a la sala de informática.

Capítulo 52

Ese día de diciembre, en un lugar de la ciudad.

Está muy cansada de la dura tarde de trabajo, pero feliz. Ya no queda nadie en el Manhattan y puede disfrutar un ratito a solas de Alejandro hasta que cierren. La mujer de la editorial y su hijo también se han ido. Pandora observa a Álex de reojo mientras friega un vaso de cristal. Está muy concentrado, con la cabeza casi metida en el portátil, aunque, por las veces en las que se ha quejado, no parece que haya tenido un día de mucha inspiración. Eso es, sin duda, lo que le pasa. Y, según ha oído en sus conversaciones con la de su editorial y lo que también intuye, su estado de ánimo podría tener que ver con su novia. ¿Lo habrán dejado?

Si ella fuera la novia de Alejandro Oyola, jamás se plantearía algo así. Tendría que ser él quien tomara la decisión, y Pandora pelearía con todas sus fuerzas para que la separación no se produjera. ¿Cómo alguien es capaz de romper una relación con aquel joven tan increíble? Si es un cielo, un encanto... Un hombre de los que no quedan.

Lo mira y le brillan los ojos.

—Panda, ¿puedes venir?

La voz de su jefe la sorprende. Tanto que el vaso que está limpiando se le cae al suelo y se parte en mil pedazos. Es lo primero que rompe en tres días.

—¡Qué torpe soy! —exclama avergonzada.

—¿Te has cortado?

—No, no me he cortado. Pero... ¡qué mal! Perdóname.

—No te preocupes, solo es un vaso.

—Descuéntamelo de mi sueldo.

Álex se echa a reír al escuchar aquello. Mientras, Pandora entra en el pequeño almacén del bibliocafé y coge la escoba y el recogedor. Barre lo que ha roto y vuelve a pedirle disculpas al escritor.

—No importa, Panda. Vas a romper muchos más. Es algo normal cuando se trabaja de camarero.

—Lo siento, de verdad.

—Anda, deja de lamentarte y ven aquí.

—Ay...

La chica obedece y acude junto a Álex, que aparta una silla de la mesa en la que está para que ella se siente. Pandora, con las mejillas sonrojadas, suspira con fuerza y ocupa el asiento libre.

—Deja de darle vueltas a lo del vaso... Solo ha sido un accidente. Además, si yo no llego a gritarte, no se te hubiera caído.

—Es que...

—Olvídate ya.

—Vale, ya me olvido.

Miente, pero así él se queda tranquilo y no están con lo mismo todo el tiempo. Tampoco es plan ser más pesada de la cuenta. Su torpeza no se cura. Intentará tener más cuidado de ahora en adelante para no hacer añicos el Manhattan.

—Quería enseñarte una cosa —comenta Álex buscando algo en su portátil.

—¿Una cosa?

—Sí. Mira.

El chico gira el ordenador hacia ella y le muestra la pantalla. Pandora se queda boquiabierta cuando la ve.

—Pero... esto... es...

Tartamudea confusa y muy sorprendida. La emoción, los nervios, la alegría, la ilusión..., la invaden todos a la vez. ¡No puede ser!

—Sí, es la primera página de *Dime una palabra.*

—¿Y... qué hago? ¿La... puedo leer?

—Claro, para eso te la estoy enseñando. Es el capítulo uno. Es cortito, solo introduce la historia.

—¿Y... por qué a mí?

—Pues porque tú eres una gran seguidora de lo que escribo y creo que me puedes ayudar. Sé que el libro va muy adelantado y no voy a hacer grandes cambios. Pero necesito tu opinión sincera sobre el principio de la novela. Antes lo volví a leer, después de muchas semanas, y no me convenció del todo.

—No sé si yo debería opinar...

—¿Por qué no? Eres una buena lectora.

—Es una gran responsabilidad...

El chico vuelve a sonreír y le pone una mano en el brazo. Por muchos días, meses y años que pasen, cualquier contacto con él le resulta increíble. Se muerde el labio e intenta sonreír también.

—No hace falta que me pongas nota. Solo léelo y dime qué te parece.

—Bueno, vale.

—Estupendo. Voy por un zumo —indica levantándose—. Así no te presiono.

El escritor se aleja hacia la barra. Pandora toma aire. ¡Qué nervios! Aquello es todo un privilegio. ¡Tiene delante, en exclusiva, el primer capítulo de la novela de Alejandro Oyola! ¡Cuántas personas pagarían por ello! Muchas.

Muchísimas. Incluida ella misma. Ansiosa, se inclina sobre el portátil y comienza a leer.

> Desde la primera vez que entré, me cautivó. Sus paredes son de color canela adornadas con pinturas de todas las épocas. Dispone de sillones de tela rojos y marrones, y de grandes mesas redondas en las que hay dibujados cuadros blancos y negros, como si se tratase de tableros de ajedrez circulares. El aroma que desprende aquella cafetería es especial. La cafetería Astarté. Está situada en una esquina, casi escondida del mundo, cerca de la plaza de España. Ni grande ni pequeña, familiar, agradable, diferente. Sus cimientos rebosan de historias preciosas, de esas que escuchas con una sonrisa y se quedan en tu mente para siempre. Una de ellas, en concreto, me llevó hasta aquí. Cuentan que, hace unos veinte años, frecuentaba la cafetería un hombre con sombrero y gabardina. Siempre se sentaba en el mismo sitio, con la misma ropa, con la misma costumbre. Sacaba una pluma Sheaffer dorada y escribía pequeñas historias imaginadas que tenían como protagonista a alguno de los clientes. Usaba servilletas, manteles, folios en blanco..., cualquier cosa le servía para escribir. Después pagaba y pedía al camarero que le atendía que entregara su texto a la persona a quien iba dedicado. Solo había una condición: que no revelaran su identidad. El personal de Astarté ya lo conocía y aceptaba el juego. Y eso, que comenzó siendo una diversión, hoy es una leyenda entre las personas que entran en aquella cafetería y esperan ser obsequiadas con uno de esos pequeños relatos. Por eso estoy aquí. Escribo historias para los clientes de esta cafetería sin que ellos sepan quién soy. Es bonito, divertido y muy romántico. Pero tiene un riesgo: enamorarse.

Por cierto, no os lo he dicho, pero soy Julián Montalbán, el escritor. Y no, Nadia ya no está en mi corazón.

Se queda en blanco, sin reaccionar. Aquel comienzo es... ¡impresionante! Pandora apenas puede contener su emoción. ¡Madre mía, aquello es mejor que *Tras la pared*! Y eso que solo ha leído unas cuantas líneas. Pero la idea con la que empieza *Dime una palabra* es preciosa.

—Bueno, ¿qué te parece? —pregunta Álex, que ha regresado con el zumo—. No está muy bien, ¿verdad?

—¿Bromeas? ¡Es genial!

—¿Te ha gustado tanto?

—¡Sí! ¡Solo es una página, pero te dan muchísimas ganas de seguir leyendo!

El joven se toca la nuca azorado y sonríe. Aquella reacción de su amiga le anima. Es lo que necesitaba en un día tan duro como aquel. Cada vez que piensa en Paula, se viene abajo. Y le cuesta más escribir. Pero saber que gente como Pandora está esperando su segundo trabajo con ese entusiasmo y esas ganas de leer le da fuerzas para seguir adelante.

—¿Qué es lo que piensas que puedo mejorar?

—Mmm... Nada. Todo es perfecto. Y el título me encanta.

—¿Sí?

—Sí. Creo que has acertado totalmente.

—Y el nombre de la cafetería, Astarté, ¿te gusta?

—Es de una diosa, ¿no?

—Sí, es la diosa de la fertilidad y los placeres carnales.

—Ah.

La chica se sonroja cuando escucha la simbología de aquella diosa. ¡Qué sensual! No lo esperaba.

—Pero en realidad le he puesto así porque la mujer del dueño de la cafetería se llamaba Esther. Astarté es Esther en hebreo.

—Sí que le has dado vueltas...

—No te creas. Tiene truco. Lo encontré un día en la Wikipedia, en Internet, de casualidad —dice y suelta una carcajada a continuación.

Qué risa tan contagiosa. Le encanta cuando lo ve así. Es una pena que últimamente no esté pasando una buena racha. Hoy lleva todo el día raro, triste, pero ella hará lo posible para que vuelva a ser feliz, aunque su carácter no sea precisamente el de una persona optimista y positiva. Tendrá que cambiar. Por él, lo haría.

Los dos, en ese momento, se quedan mirándose a los ojos. Son apenas dos segundos, pero lo suficiente para que Pandora se quede sin respiración y no sepa dónde meterse.

—Bueno, voy a terminar de fregar —dice ella muy nerviosa.

—Espera.

—¿Qué?

¿Qué quiere? ¿Qué va a decirle? ¿Por qué le sudan las manos? Si fuera un *anime,* ahora él se inclinaría sobre la mesa, cerraría los ojos y ella haría lo mismo. Se besarían y sonaría la banda sonora de la serie.

Pero aquello no son dibujos animados japoneses.

—¿Te parecería bien si te paso todo lo que llevo escrito de *Dime una palabra* para que lo leas?

—Eh... —Una vez más vuelve a sorprenderla.

No es un beso, pero es casi tan bueno como uno. O eso cree, porque nunca la han besado.

—Así me podrías dar tu opinión sobre algunas cosas.

—¿Yo...? ¡Claro...! Sí..., estaré encantada de leerlo.

—Muy bien. Pues te voy a mandar un *e-mail* con el archivo completo.

—Gracias.

El escritor le guiña un ojo y alza el dedo pulgar de la

mano derecha. Cierra el portátil y camina otra vez hacia la barra.

—Venga, démonos prisa en recoger lo que falta. ¡Que es muy tarde! —exclama—. ¡Hoy te acompaño yo a casa!

Pandora se levanta de la silla alegre. Los días anteriores su madre la había recogido al salir de trabajar. Le daba miedo que fuera sola por la calle de noche y no quiso discutir más con ella. No de momento. Hoy, por el contrario, no hará falta que la llame para que vaya a acompañarla. ¡El chico a quien ama será quien la lleve!

Y es que en ocasiones la vida puede ser maravillosa... y otras no tanto. Pronto, Pandora volverá a comprobarlo.

Capítulo 53

Esa noche de diciembre, en un lugar alejado de la ciudad.

—No, no sé nada de ese tío. Se suponía que me tenía que haber llamado en estos días.

—¿Lo has llamado tú?

—Claro. Mil veces, pero no me coge el teléfono.

Fabián está preocupado. Había quedado con alguien para que le comprara las joyas de la abuela de Miriam la próxima semana. Tenía que ponerse en contacto con él en los días siguientes para confirmarlo. Sin embargo, ese tipo no lo ha hecho. Y ni siquiera responde a sus llamadas.

—Habrá que ir pensando en otro comprador.

—No es tan fácil colocar joyas robadas, Ricky. Y este nos daba diez mil euros. Habrá que seguir insistiendo. O podría ir a hacerle una visita.

—¿Sabes dónde vive?

—No, solo tengo su teléfono, pero puedo conseguir su dirección fácilmente. Solo hay un problema.

—¿Cuál?

—Miriam.

—¿Miriam?

—Sí. No quiero que se quede aquí sola por si le da por irse a su casa o algo por el estilo. Tenemos que retenerla aquí, incomunicada, hasta que vendamos las joyas.

—Puedo quedarme yo con ella.

—No creo que sea una buena idea.

—¿Por qué?

—Desde que se peleó con Laura, está muy nerviosa. Es mejor que no vengáis por aquí de momento.

—Podría ir yo solo, sin Laura. Con quien tiene el problema es con ella.

—Creo que con el paso de los días ya sospecha de los dos. No solo de tu novia —indica Fabián mientras enciende un cigarro.

El joven camina de un lado para otro por los alrededores de la nave. El frío no le inquieta. No quiere que Miriam escuche aquella conversación telefónica con Ricky. Lleva tres días muy alterada por la desaparición de su móvil.

—Entonces, ¿cómo vas a hacer para hablar con el tío ese?

—Tal vez me la lleve conmigo. Aunque me da miedo que nos encontremos con algún conocido de ella y la fastidiemos.

—Sigo pensando que podría quedarme con la chica.

En ese instante se abre la puerta principal de la nave y Miriam sale de ella. Va muy abrigada. Tiene los ojos hinchados y camina dando tumbos.

—Oye, Ricky, te cuelgo, que viene esta. Ya hablamos. Adiós.

Fabián cuelga rápidamente y se guarda el teléfono en el bolsillo del pantalón. Su novia se dirige hacia él. Lleva una sonrisa poco natural.

—Hola, cariño —dice lanzándose a sus brazos.

—¿Qué haces? Estás borracha.

—No, solo... un poco contenta.

—Ya, ya, contenta. Te has bebido tú sola media botella de ron.

—No es verdad.

La chica intenta besarle, pero el joven se aparta y la empuja a un lado para que se aleje de él.

—¡Quita! Te huele el aliento a alcohol.

—¿No me quieres dar un beso?

—No.

—¿Por qué? Soy tu novia..., me quieres.

—¡No me hagas soltar algo que no quieres oír! —exclama—. Si no eres capaz de controlarte, no deberías beber. Y, si bebes, luego no esperes que sea tu niñera.

—Si estoy bien..., de verdad.

—¡Tú qué vas a estar bien!

Y pasando por su lado, sin mirarla a la cara, entra en la nave dejándola allí. Completamente sola.

—¡Cariño, no te vayas! —grita, desesperada.

Fabián no le hace caso. Miriam insiste, pero el joven continúa sin responder. Desconsolada, se sienta en una vieja silla que hay en el pórtico. Está mareada y tiene mucho frío. Se abraza a sí misma y se frota las manos para intentar entrar en calor. No puede ir con él, ahora no.

¿Por qué la trata así? No es justo. Ella hace todo lo posible por que no se moleste, pero él siempre termina enfadado. ¿Tan mala es? Desde que llegó allí, no han parado de tener una bronca tras otra. Por mil causas diferentes.

¿Qué le pasa ahora? ¿Qué ha hecho? Solo ha bebido un poquito y se ha fumado un porro. No está tan mal como dice.

Cierra los ojos y resopla.

Pero a pesar de todo... le quiere. Está muy enamorada. Todos esos momentos malos son compensados luego con cada sonrisa, cada beso, cada caricia que Fabián le obsequia. Cuando la mira con esos ojos celestes, quiere que el tiempo se detenga. Él la está mirando a ella. Es una privilegiada, una gran afortunada. Cuántas chicas querrían estar en su lugar.

Sonríe.

Y siente náuseas. ¡Maldito ron! Se inclina y tose. Varias veces. Le apetece vomitar. Pero no puede hacerlo allí. Su novio se enfadaría mucho.

Se levanta a duras penas de la silla y camina hacia la caseta donde tienen el baño. Las arcadas son cada vez más fuertes. No sabe si conseguirá llegar hasta allí. No, no lo consigue. Unos metros antes, flexiona su cuerpo y expulsa todo lo que su estómago retenía de la comida y de la cena. Las lágrimas del esfuerzo se confunden con las de la rabia por no haber logrado su propósito. Fabián la recriminará luego por su torpeza.

Termina. Se siente algo mejor, aunque el mareo permanece. También le duele la tripa. Se seca los ojos mojados con la manga del abrigo y entra en la caseta, arrastrando los zapatos. Abre el grifo del agua fría y bebe un poco. Luego el de la caliente. Se lava la cara y la boca. Y se mira al pequeño espejo que hay colgado en la pared. ¡Menuda pinta tiene! Así es imposible que él la quiera. Está hecha un adefesio. Sin maquillar, despeinada, con la ropa manchada... No le extraña que le grite y le diga esas cosas. No es digna del mejor tío con el que ha estado en su vida. Por lo menos, la sigue dejando vivir con él.

Miriam sale del baño con el paso más firme. El agua caliente que se ha echado en la cara le ha servido para espabilarla un poco. Pasa por delante de donde antes vomitó. Tiene que recoger aquello antes de que su novio lo vea. El cubo y la fregona..., ¿dónde están? Recuerda haberlos visto en la parte trasera de la nave. Se dirige hacia allí y comprueba que estaba en lo cierto. Qué pereza le da ponerse a limpiar ahora. Aunque debe hacerlo inmediatamente.

Pero... ¿qué es aquello? Detrás del cubo hay algo. Se agacha a recogerlo y lo examina cuidadosamente. ¡Es un trozo de la carcasa de un móvil! El color coincide con el de su teléfono, que desapareció hace tres días y todavía no lo ha encontrado. ¡No puede ser! ¿Qué hace eso allí? Estaba convencida de que esa tía se lo había robado. Pero, ahora... Es muy extraño. Tal vez sea solo una coincidencia. Aunque juraría que aquel trozo de plástico pertenece a su móvil.

Hace cuatro días, una noche de diciembre, en ese mismo lugar.

La noche se ha calmado y ahora ya no llueve en aquel sitio alejado de la ciudad. Laura y Miriam están dormidas y Ricky se fuma un cigarro en uno de los sillones de la nave. Fabián se acerca hasta el chico de la cabeza rapada, muy serio.

—No podemos permitir que Miriam se entere de lo que ha pasado.

—¿Cómo?

—No creo que esos dos regresen por aquí. Pero seguro que su hermano la llama o le manda un mensaje al móvil, si es que no lo ha hecho ya.

—¿Y qué hacemos? ¿Le quitamos el móvil?

—Estaba pensando justo en eso —le confirma con una sonrisa—. Aunque no sé dónde lo tiene. Ayúdame a buscarlo.

—Vale —dice incorporándose.

—Desde que se lo desconecté esta tarde, no lo veo. Seguramente lo ha guardado en alguna parte.

—Yo tampoco lo he visto.

—Tú ocúpate de su maleta y yo me encargo de mirar si lo lleva encima. Como estaba tan colocada, igual se ha quedado dormida con él dentro del pantalón.

Ricky asiente con la cabeza y, mientras busca entre las cosas de la chica, Fabián se acerca hasta donde duerme. La registra con cuidado para no despertarla.

—Lo tengo —indica Ricky en voz baja, mostrándoselo desde lejos.

Su amigo alza el pulgar en señal de conformidad y se acerca hasta él. Sin hacer ruido salen juntos de la nave para hablar. Caminan hasta la parte de atrás para que nadie los vea en el caso de que alguna de las dos chicas se despierte y salga de la nave.

—Quiero que te deshagas de él —le ordena Fabián.

—Vale.

Y, sin más, Ricky lanza con fuerza el móvil contra el suelo. El teléfono se parte en varios trozos que quedan esparcidos por todas partes.

—¡Idiota, así no! Te decía que te deshicieras de él llevándotelo lejos de aquí —le comenta muy enfadado.

—¡Pues haber especificado!

—Eres tonto. Si hubiera querido romperlo, lo podría haber hecho yo mismo, ¿no crees?

—Yo qué sé.

—Hay que recoger todo esto para que Miriam no lo vea... ¡Es que menudo capullo estás hecho! Hazlo tú mientras yo vigilo que no viene nadie.

—¿Por qué yo?

—Porque tú eres el gilipollas que ha metido la pata.

El rapado se frota la nariz nervioso y comienza a reunir las piezas del móvil. Cuando cree que las tiene todas, se las entrega a Fabián.

—¿Ya?

—Sí.

—¿Están todas las piezas? ¿Lo has revisado bien?

—Perfectamente. Mira, ahí tienes la tarjeta también.

—Vale. Lo voy a meter todo en una bolsa y te la llevas ahora. Tírala lo más lejos que puedas de aquí. No quiero problemas.

—Muy bien. Ese teléfono está hecho puré, no creo que nos pueda dar ningún problema más.

Capítulo 54

Esa noche de diciembre, en un lugar de Londres.

No se han hablado desde que llegó a la habitación. Paula saludó a Valentina, con normalidad, cuando subió al cuarto después de limpiar la sala de informática. Pero esta no respondió. Le preguntó si estaba enfadada con ella y tampoco dijo nada. Así que ahora cada una estudia en un extremo de la habitación, en silencio.

Que no le contara qué y cómo sabía lo del pasado de Luca Valor ha sido sin duda lo que ha molestado a su amiga. La italiana lleva varios días arropándola, cuidándola, escuchando sus problemas y animándola. La ha decepcionado por no confiar en ella. Pero le prometió a Robert Hanson que no iba a decir nada y lo piensa cumplir. Aunque, por otra parte, no quiere estar mal con su compañera de habitación.

Aquella situación es muy incómoda.

—Venga, Valen..., no seas así. No puedo decirte algo que prometí no contar. Entiéndeme, por favor.

Pero la chica no contesta. Muy seria, continúa leyendo unos apuntes que tiene sobre la cama. Está tumbada, con las piernas juntas, balanceando sus pies arriba y abajo. Paula, en el otro lado del cuarto, la observa desde el escritorio. Al no recibir respuesta, se gira de nuevo y mira la pantalla del ordenador. Está apagado. Resopla, murmura algo no muy bueno sobre la cabezonería de Valentina y lo enciende. Estos últimos días apenas ha prestado atención a sus cuentas en las redes sociales y mucho menos al MSN. No quería arriesgarse a encontrar a Álex conectado.

Entra en sus páginas de Tuenti, Facebook y Twitter, y tampoco encuentra novedades importantes: ni privados ni peticiones de amistad ni comentarios, solo publicidad para unirse a grupos o solicitudes para colaborar en alguno de aquellos juegos en los que nunca ha participado. ¡Cómo han cambiado las cosas! Poca gente en España se acuerda de ella desde que está en Londres, y en este país casi no ha hecho amigos.

Ha pasado a ser prácticamente invisible. Y para colmo se pelea con Valentina y corta con el chico del que está enamorada. Hay algo que no está haciendo bien. Si no, no puede explicarse cómo ha llegado a aquella situación. Se siente abatida y necesita una palabra amable. Pero no hay nadie que pueda consolarla.

Quizá en el Messenger... Pero le da miedo entrar. Sin embargo, la tentación en ese instante puede con ella. Cuando le da a «iniciar sesión», se pone las manos en la cara y se arrepiente inmediatamente de lo que ha hecho. Mira de reojo, haciéndose hueco entre sus dedos índice y corazón de la mano derecha. ¡Qué inconsciente! Y si él está conectado, ¿qué le dice? ¿Le habla? ¿No le habla?

Los muñequitos verde y azul del MSN continúan girando. ¿Cancela el inicio? ¿Es lo que debe hacer? Demasiado tarde. La página con sus contactos de Hotmail ya se ha abierto.

Nerviosa, temblando, echa un rápido vistazo a la gente que está disponible. No aparece Álex. Tampoco en los «no disponibles». ¡Qué sensación tan extraña...! Su dirección está entre los «no conectados» en ese momento. Suspira y, en cierta manera, agradece que las cosas sean así.

¿Qué ha hecho? ¿Por qué ha actuado de esa forma? Imagina que una parte de ella quiere volver a hablar con su exnovio. Pero eso sería mucho peor, porque las conclusiones serían las mismas. Esto es lo mejor que ha podido ocurrirle.

O tal vez se ha sentido tan sola que necesitaba hablar con alguien conocido. Es muy triste sentirse así. De nuevo se gira y mira a Valentina. Sigue estudiando.

—Valen, de verdad que siento no poder contarte nada. ¿Por qué no lo olvidamos? No me gusta estar así contigo.

En esta ocasión la italiana no pasa de las palabras de Paula. También mira hacia ella cuando termina de hablar. Su expresión no es demasiado amable. Alza el dedo corazón de la mano derecha y suelta un taco en italiano. Luego continúa leyendo los apuntes que tiene encima de la cama.

La española se da por aludida, da media vuelta y regresa al ordenador. Por lo visto, hasta mañana no habrá nada que hacer.

Lo mejor es irse a dormir. Entra en el MSN otra vez para cerrarlo, pero una lucecita naranja ilumina la barra de herramientas de su portátil. ¡Diana! Siente una gran alegría cuando abre la conversación y se encuentra con su saludo.

—¡Hola! ¿Cómo está la Sugus de *fish & chips*?

La pregunta va acompañada de un icono guiñando un ojo.

—¡Hola! No me gusta demasiado el *fish & chips*. Prefiero seguir siendo la Sugus de piña. Me dejas, ¿no?

—Claro. Tú siempre serás la Sugus de piña y yo la de manzana.

Ahora es Paula la que le envía un Lacasito amarillo besando a otro. De repente se ha puesto muy contenta y vuelve a sonreír. Su amiga ha aparecido en el momento oportuno.

—Es muy tarde, ¿estás en casa de Mario?

—No. Estoy ya en la mía.

—Ah, OK. Por cierto, ¿cómo está Miriam? ¿Ha vuelto ya a casa?

—No, sigue sin volver.

—Vaya... Pero ¿sabéis dónde está?

—Es una historia complicada.

Durante cinco minutos, Diana le cuenta a Paula todo lo que ha pasado en los últimos días. Escribe sin parar ante la sorpresa de su amiga, que no puede creerse lo que está leyendo.

—¡Qué follón!

—Ya ves. Nuestra querida amiga nos ha salido una rebelde sin causa. Pero lo peor es que se ha relacionado con unos tipos que dan miedo.

—¿Y qué vais a hacer?

—No lo sabemos, aunque... Espera, que te va a saludar alguien a quien echarás mucho de menos y que nos está ayudando.

—¿Cómo? No te comprendo, Diana.

Pasan unos segundos hasta que una tercera persona se agrega a la conversación.

—Paula, te presento a la señorita Cristina. Os conocéis de algo, ¿no?

—¡Cris!

—¡Paula!

La sensación que invade en esos momentos a la chica es indescriptible. Se le saltan las lágrimas. Hasta ha dado un grito en su habitación que ha alarmado a Valentina. Hacía mucho tiempo que no hablaban, que no sabía de ella. Le perdió completamente la pista. Y tantos meses después, vuelve a tenerla en la pantalla de su portátil.

—¿Cómo estás? Me dijo Diana que te habías cortado el pelo a lo bestia.

—Sí. Y lo sigo llevando igual de corto.

—¡Es una valiente! —comenta la Sugus de manzana, emocionada de volver a unir a sus dos mejores amigas de la adolescencia.

—Bueno, necesitaba un cambio en mi vida.

—Y el pelo, como siempre, es el que lo paga.

—Le queda perfecto, te lo aseguro, Paula.

—Gracias, Diana. No es para tanto. Tú sí que estás buena...

—¿Yo? Porque Mario me quiere; si no, nadie se habría fijado en mí.

—Qué modesta eres.

—Tú siempre has sido la tía buena del grupo, Paula. Así que no me vengas con tonterías. Que todavía me pregunto qué verían los chicos en ti que no tuviera yo.

En la página de la conversación aparece un icono muerto de risa de Cris. Y luego otro de Paula y, finalmente, el de Diana. Juntas, a pesar de la distancia.

Las tres dialogan un rato sobre lo que han hecho en los últimos meses, sin dar muchos detalles. Paula no habla de su ruptura con Álex, Diana elude mencionar el tema de la bulimia y Cristina no dice nada de Alan. Solo comparten risas, bromas, anécdotas del pasado. Como en los viejos tiempos. Como cuando iban al instituto y se enfrentaban cada día a nuevos retos con una sonrisa y un poquito de descaro. Ahora han crecido, sus problemas son otros, más complicados, pero el espíritu de la amistad permanece en todas ellas, aunque haga un año y varios meses que no están juntas físicamente las tres a la vez.

Pero hay un tema que no pasan por alto.

—¿Sabes, Paula? He sido yo la que se ha puesto en contacto con Cris porque pienso que ella puede ayudarnos a que Miriam llame de una vez a sus padres.

—Ah.

—Después de la pelea, ya no fue la misma.

—Ninguna de las dos lo fuimos.

Los recuerdos vienen a la mente de las tres, quizá los más dolorosos de cuantos conservan.

—Cris le ha enviado un SMS pidiéndole disculpas por lo que pasó y rogándole que dé señales de vida. Quizá ella logre lo que los demás no hemos conseguido.

—Pero no me ha respondido. Aunque hace poco que se lo mandé. Quizá todavía no lo ha visto.

—Esa chica es una cabezota —escribe Paula apenada.

—Sí. Eso no va a cambiar. Todas, en cierta manera, lo somos. Que le hablen al pobre Mario de si yo lo soy... —interviene Diana.

—Podríais hacer un concurso las dos —comenta Cris, añadiendo un Lacasito sonriente para suavizar el tono de sus palabras.

—Tú calla, mosquita muerta.

—¡Ey! Te aseguro que ya no soy tan mosquita muerta...

Los puntos suspensivos con los que la chica termina la frase despiertan la curiosidad de sus amigas, que escriben varios interrogantes cada una en las dos líneas siguientes.

—No estamos hablando de mí. ¡No queráis saberlo todo tan pronto!

—Es que Cris tiene novio, Paula. Creo que va por ahí la cosa.

—¿El tío rubio aquel de la moto del que me hablaste?

—Eso parece. ¿Es o no es, Cristina?

Pero la chica no responde. No quiere decirles lo de Alan. Durante todos esos meses que llevan saliendo no ha subido ni una sola foto de ellos juntos en sus páginas en las redes sociales. No es que se avergüence de él. Al contrario, está muy orgullosa de que el francés sea su novio. Sin embargo, no está segura de la reacción de las demás. Especialmente de la de Paula.

Tras unos segundos sin que ninguna escriba nada, es la Sugus de piña la que se decide a romper el silencio.

—Venga, no la presionemos. Si no quiere decir nada, que no lo diga.

—Tienes razón.

—Soy muy reservada para eso, ya me conocéis.

—Sigues siendo una mosquita muerta aunque no lo admitas.

Las palabras de Diana hacen reír a Paula. Es curioso, pero tiene la impresión de que el tiempo no ha pasado, de que siguen siendo las mismas de siempre. Y de que, si se volvieran a encontrar, todo sería igual que cuando estudiaban ESO o bachiller.

—Chicas, os tengo que dejar —indica Cristina, a la que espera Alan.

—Sí, yo también me voy a ir ya. Mario estará esperando que le llame para darle las buenas noches.

—Bien, pues todas a la cama entonces.

—¡Esto hay que repetirlo!

—Sí, Diana. Y espero que en la próxima conversación esté Miriam. Si me contesta al SMS, te lo digo.

—Bien.

—Chicas, un placer volver a encontrarme con vosotras. Se os echa de menos por aquí, en Londres.

—Nosotras a ti también.

—Nosotras a ti también.

Cris y Diana escriben lo mismo casi en el mismo segundo. Paula sonríe con tristeza. Teclea un par de frases de despedida y apaga el ordenador.

Se levanta de la silla y mira hacia la cama donde Valentina se ha quedado dormida estudiando. No va a despertarla. Se acerca hasta ella y la cubre con las mantas para que no coja frío esa noche.

Aquella conversación con sus amigas le ha dado vida. Y, aunque ahora siente una gran melancolía por dentro, sonríe y se alegra de haber pasado tan buenos momentos con ellas.

Se tumba en su cama y mira hacia arriba. Cierra los ojos y piensa. Aunque no tenga amor, aunque no tenga suerte, aunque no apruebe los exámenes..., sigue teniendo personas que la quieren. Y lo primero que hará mañana cuando se despierte es arreglar las cosas con una de ellas. Esa que ahora ronca y la hace sonreír.

Capítulo 55

Hace poco más de un año, un martes de principios de diciembre, en un lugar de la ciudad.

Hoy ha regresado Abril de Fráncfort. Solo le ha enviado un par de mensajes desde Alemania para decirle que estaba bien y que le echaba de menos. Tampoco esperaba mucho más. Qué situación tan extraña. Él, liado con una mujer casada y con un hijo... Eso le pasa por no hacer las cosas bien, por alejarse de su habitual forma de comportarse.

Tiene que poner fin a aquello. Esta semana le ha servido para pensar acerca de su relación con ella. Y está claro que no va a ninguna parte.

> Ya estoy en España. Te escribo desde el aeropuerto. Esta tarde voy a verte al Manhattan. ¿Te viene bien? Un beso.

Es el SMS que recibió esta mañana. Expectante, aguarda ansioso a que Abril aparezca en cualquier instante por la puerta del bibliocafé. Sin embargo, no es ella la primera que llega. Una preciosa chica con un gorro de lana blanco en la cabeza entra alegremente, saluda a Joel y le da al escritor dos besos en la cara.

—¿A que me has echado de menos?

El joven sonríe y asiente con la cabeza. Paula ha conseguido que aquella semana de confusión y dudas haya pasado más deprisa. Ha ido casi todos los días al Manhattan, le ha enviado unos cuantos SMS y hasta han compartido varias videoconferencias por el MSN.

—¿Cuánto hacía que no nos veíamos? ¿Dos horas?

—Dos horas y quince minutos —lo corrige ella antes de sentarse en un taburete de la barra—. De todas formas, prefiero venir a verte aquí que hacerlo a través de la pantalla del ordenador.

—Sí, yo también lo prefiero así.

Aunque ella es igual de guapa en persona que detrás de la pequeña cámara de su portátil.

Un silencio con sonrisas y miradas.

—¿Y qué planes tienes para hoy? —pregunta la chica, que, nerviosa, se hace tirabuzones en su pelo rubio.

—Vamos a sentarnos en una mesita y te cuento.

—Vale.

Paula se pone de pie, intercambia una sonrisa con Joel, quien ya le ha servido un café con leche, y camina tras Álex. Los dos se dirigen a la parte de atrás del bibliocafé y se sientan en la mesa en la que habitualmente lo hacen.

—Abril viene ahora.

—¡Es verdad, volvía hoy de Fráncfort! ¡No me acordaba! —exclama Paula.

Miente. Desde que la mujer de la editorial se marchó, temía que llegara el día de su regreso. Y ese día llegó. Sus súplicas y rezos para que se quedara para siempre en Alemania no han sido escuchados.

—Sí, ya está en España. Va a pasarse por aquí para que hablemos.

—De lo vuestro...

—Sí. De lo nuestro.

—¿Y tienes claro lo que vas a decirle?

—Creo que sí... Bastante claro.

En estos días, Paula y Álex han conversado sobre ese tema en varias ocasiones. Más bien era él el que hablaba y ella la que escuchaba. El joven se lamentaba de lo que había hecho, pero no estaba seguro de sus sentimientos hacia Abril. La chica soportaba como podía todo lo que el escritor le contaba y con una sonrisa permanente trataba de darle consuelo, a pesar de que no le agradaba lo que oía.

Y es que aquellos días juntos le han servido para confirmar lo que intuía desde que volvieron a encontrarse: que se ha enamorado de él.

—¿Y viene ahora?

—Sí, estará al llegar.

—Bueno, pues entonces yo me voy.

—¡No! No hace falta que te vayas... Puedes quedarte.

—Es mejor que estés solo y que ella no me vea aquí cuando venga a hablar contigo.

—¿Por qué?

Paula sonríe y lo mira a los ojos. Los tíos a veces son tan poco intuitivos para algunas cosas... Incluso Álex, que es el chico más romántico que conoce, es incapaz de darse cuenta cuando alguien siente algo por él.

—Cosas de mujeres.

Y tras decir esto se levanta y se acerca a la barra para despedirse de Joel. Álex la observa desde la mesa. ¿Qué ha querido decir con eso?

Pero no tiene tiempo ni para preguntarle ni para sacar conclusiones. Justo en el momento en el que Paula está caminando hacia la puerta del Manhattan para marcharse, aparece Abril. La mujer se queda muy sorprendida cuando ve a la chica allí.

—Hola.

—Hola.

El saludo es frío como el hielo. La habitual sonrisa de Abril ha desaparecido y la alegría con la que Paula llegó se ha esfumado. Ninguna de las dos sabe cómo reaccionar. Instintivamente, ambas buscan con la mirada a Álex. El chico se pone de pie y se apresura para llegar junto a ellas. Se coloca entre ambas y le da un beso en la mejilla a Abril.

—¿Qué tal el viaje? —le pregunta para intentar salir de aquella situación tan comprometida.

—Bien —responde seca.

—Me alegro.

La tensión se puede cortar con un cuchillo. Los dos se miran. Ella está muy seria, pero, de repente, esboza una gran sonrisa y se gira hacia Paula.

—¿Ya te vas?

—Sí, sí. Se me ha hecho muy tarde.

—Una pena.

La ironía en las palabras de Abril traspasa más allá de su gran sonrisa. Nadie habla más hasta que Paula abre la puerta del bibliocafé.

—Bueno, pues me voy.

—Vale. Ya hablaremos.

—Sí. Llámame.

La chica regala una última sonrisa a Álex y se despide de él con la mano. Luego sale del Manhattan.

—Veo que no me has echado mucho de menos.

—¿Por qué dices eso?

—No sé. Se me acaba de ocurrir.

La pareja se dirige a la misma mesa en la que antes estaban sentados Paula y Álex. El chico ocupa su sitio y Abril la otra silla libre. La mujer cruza las piernas y mira fijamente al escritor.

—¿Qué pasa? ¿Estás enfadada?

—No, claro que no.

—Pues lo parece.

—Es que menudo recibimiento.

—¿Hubieras preferido que fuera por ti al aeropuerto con tu niño de la mano? ¿O tal vez que esta noche te organizáramos una cena sorpresa tu marido y yo en un restaurante los tres juntitos?

—Vale, captado —comenta Abril sonriendo—. ¿Me invitas a un café con leche? Tenemos que hablar.

Álex resopla y se levanta. Le pide un café a Joel. Mientras el camarero lo prepara, piensa en lo que tiene que decirle. No será fácil, pero debe ser contundente. Su relación no puede continuar. Es imposible. No va a interponerse en medio de una familia.

Joel le entrega una taza de café con leche caliente en un platito y el joven lo lleva hasta donde Abril juguetea con una servilleta de papel.

—Aquí tienes.

—Gracias.

El joven se sienta de nuevo y observa cómo la mujer echa el azúcar en el café y lo remueve con la cucharilla. Termina y da un sorbo.

—Entonces tenemos que hablar.

—Sí.

—Bien. ¿Empiezo yo?

—No, déjame a mí primero —indica ella borrando la sonrisa de su rostro.

—Está bien.

Abril bebe nuevamente de su taza y, cuando la deja sobre la mesa, toma aire. Lo mira con tristeza y suelta algo en lo que ha estado pensando desde que él se enteró de que tenía familia.

—Voy a dejar a mi marido.

Aquello sí que es totalmente inesperado para Álex.

—¿Cómo? ¿Que vas a dejarlo?

—Sí. Lo tenía que haber hecho hace tiempo, pero, hasta que no ha pasado esto, no lo he visto tan claro.

—Pero...

—Lo nuestro murió hace tiempo, Álex. No es culpa tuya, no te preocupes. Tarde o temprano esto tenía que suceder.

—¿Y el niño?

La mujer suspira cuando el escritor le menciona a David. Sabe que él es el que peor lo va a pasar con lo que vendrá en las próximas semanas.

—Tendrá que aprender a vivir con su padre y su madre separados.

—Pobre... ¿Has hablado ya con tu marido?

—No. Quería contártelo a ti primero. Te merecías una explicación mucho antes de lo que te la he dado. Lo siento. No lo he hecho bien.

Su expresión es de culpabilidad. Y tristeza. Sin embargo, sonríe. Aunque en sus ojos se pueden observar las consecuencias del mal trago que está pasando. Abril arrastra la silla por el suelo del Manhattan hasta colocarse al lado del chico. Le pone una mano sobre un hombro y lo mira fijamente. Álex apenas puede sostener aquella mirada. ¿Qué ha sido de todo lo que tenía pensado decirle? Cayó en el olvido. Unas cuantas frases, una aclaración, una disculpa sentida y... se rinde ante una simple mirada.

No solo eso. Lentamente, ella se inclina sobre él y, sin que este lo evite, le besa en los labios, dejando el sabor a café impregnado en su boca.

Aquello no estaba en sus planes.

El ahora es difícil de descifrar, pero mucho más lo que pasará entre ellos. Sin embargo, todo se iba a aclarar muy deprisa.

Capítulo 56

Ese mismo martes de principios de diciembre, hace un año, en un lugar de la ciudad.

Han pasado más de dos horas desde que se marchó del Manhattan. Paula está a punto de sufrir un ataque cardiaco. ¿Qué habrá pasado entre Álex y Abril?

Él lo tenía muy claro. Así lo ha estado comentando durante toda la semana. Hacer lo lógico: romper aquella relación o lo que quisiera que fuera lo que estaban teniendo. Es lo normal. Un hijo, un marido... ¡Qué locura! Y qué mal ha actuado ella al no contarle que tenía una familia.

Aquella mujer no le gusta nada. Álex debería tener mucho mejor gusto a la hora de elegir pareja. Por ejemplo..., ¡ella!

¿Lo llama y le pregunta qué tal ha ido? No. Sería un error. Lo estaría presionando. Si quiere algo, ya llamará él.

Venga, tiene que hacer algo para no pensar más en el escritor. ¿Estudiar? No. ¿Llamar a Diana? No. ¿Y si ve un rato la televisión? Tampoco. Lo mejor es tumbarse y escuchar un poco de música. ¡Pero nada de baladas de amor!

Enciende su portátil y busca una canción que no sea romántica y que tampoco tenga una melodía dulzona. Elige un tema de La Fuga, *Mundo raro*, y sube al máximo el volumen. Se echa sobre la cama y se tapa con la almohada. A ver si así logra eliminar un rato a Álex de su cabeza.

Transcurren uno, dos, tres minutos. ¡Imposible! Se da la vuelta y golpea repetidas veces con la cabeza el colchón.

¿Qué demonios estarán haciendo? Ya ha pasado mucho tiempo, tendrían que haber terminado de hablar. ¿Es que no va a contárselo?

Su móvil luce sobre una mesita de la habitación. Tentador. ¿Lo llama?

Seguramente, no se encontrará bien y querrá estar solo. Tranquilo. Él es así. Aunque daría lo que fuera por hablar con Álex ahora mismo.

Tiene la música tan alta que no oye que llaman a la puerta de su dormitorio. Por ello se lleva un gran susto cuando su madre entra gritando. La chica se levanta de la cama, se dirige hacia el ordenador y pulsa el *stop* del reproductor.

—¿Quieres dejarnos sordos a todos? —exclama Mercedes enfadada.

—Perdona, perdona... Ya la he quitado.

—Si es que... te van a estallar los oídos cualquier día.

—Vale, ya. ¿Qué pasa? No habrás venido a mandarme limpiar el cuarto... Está todo ordenado.

—Ja. No te lo crees ni tú. Pero no es eso.

—¿Ah, no?

—No. Es que ha venido un chico que pregunta por ti. Es... aquel muchacho tan guapo, el que tenía esa sonrisa tan bonita. El escritor.

¡Álex! ¡Ha ido a verla! Paula se pone muy nerviosa. Eso significa que ya ha terminado de hablar con Abril. ¿Qué habrá pasado?

—Dile que suba.

—Mejor baja tú.

—Tienes razón. El cuarto está bastante desordenado —admite mirando a su alrededor.

—La madre que... Menos mal que por fin lo reconoces.

—Aunque está menos desordenado de lo que tú dices.

—Ya, ya... Anda, baja, y no le hagas esperar más.

—Voy... Ah, mamá, una cosa.

—¿Qué?

—¿Estoy bien? —le pregunta retocándose el pelo con las manos y estirando un poco el suéter azul que lleva puesto.

La mujer la observa y sonríe. Ella siempre está bien. Tiene una hija guapísima, aunque desde hace unos meses le preocupa su relación con los chicos. No le ha contado mucho, pero, por lo que se ha enterado y ha descubierto, sabe que Paula ha salido con varios desde el verano. Confía en ella, aunque no deja de tener diecisiete años y a esa edad se hacen ciertas locuras y alguna que otra tontería sin pensar. Solo espera que reflexione y tenga cabeza para las cosas importantes.

—Sí, preciosa.

—Gracias.

Y con una sonrisa salen las dos de la habitación. La chica continúa revisando su ropa y tocándose el pelo por la escalera hasta que llega abajo y entra en el salón. Allí está él, sentado en uno de los sofás. La ve y se pone de pie.

Uno camina al encuentro del otro y, cuando están frente a frente, se dan dos besos en la mejilla.

—Bueno, os dejo, que tengo que preparar la cena —indica Mercedes—. ¿Te quedas a cenar?

—No, muchas gracias.

—Bueno, en otra ocasión. Encantada de volver a verte.

—Igualmente, señora.

La mujer se despide de la pareja con la mano y entra en la cocina. Cuando abandona el salón, los chicos se miran algo indecisos.

—¿Nos sentamos? —pregunta Paula, ansiosa por obtener respuestas cuanto antes.

—Mejor damos un paseo. ¿Quieres?

—Vale.

—Pues vamos.

La chica da un grito para avisar a su madre de que se va a dar una vuelta y, junto a Álex, sale de la casa. Es de noche y sopla un poco de viento. El invierno está próximo y, cuando anochece, la temperatura ya empieza a ser bastante baja en esa zona de la ciudad.

—Hace frío, tenía que haber cogido un abrigo.

—¿Quieres mi cazadora?

—No, no te preocupes.

Pero el joven no le hace caso y se la quita.

—Toma. Creo que tú la necesitas más que yo.

—Que no, de verdad.

Sin embargo, Álex desoye las palabras de Paula y le entrega la cazadora. Esta termina aceptándola y se la pone. Le está grande, pero le gusta llevar ropa suya. Es una sensación increíble. Además, huele a él, a la esencia que normalmente usa. Y le encanta.

Mientras caminan buscando un lugar donde sentarse, no hablan mucho. A los dos les viene el mismo recuerdo a la mente. Hace ocho meses recorrían ese mismo camino. También hacía frío, pero por aquel entonces el invierno se iba. Ahora tiene intención de regresar muy pronto. No hay ni luna ni estrellas, como en aquella noche oscura de marzo. Siguen avanzando por la calle desierta hasta que lo ven. Los dos se detienen y se miran. Es el banco junto a la fuente que no funciona, donde se sentaron aquel día en el que Álex le confesó lo que sentía.

Todo se repite, como en un extraño *déjà vu*.

—¿Allí? —pregunta el escritor señalando el lugar.

—Bien.

Sin embargo, a pesar de las coincidencias y los recuerdos, hoy las cosas son muy diferentes. No habrá declaraciones de amor ni confesiones a la luz de las farolas. Simplemente, charlarán. Hablarán de lo que ha sucedido en el Manhattan y nada más. En cambio, Paula siente un hormigueo insistente en su estómago. ¿Y si se le vuelve a declarar? Tal vez haya roto con aquella mujer y se haya dado cuenta de que por quien siente algo de verdad es por ella.

Como en aquella ocasión, la chica se sienta en el centro del banco y el chico en el lado izquierdo. Parece relajado. Ella, tensa.

—Abril va a dejar a su marido —suelta de repente Álex.

—¿Cómo?

—Que va a separarse de él. Dice que ya es hora de terminar con su matrimonio.

¿Y qué? A ella le importa muy poco lo que aquella mujer haga con su vida. Lo que le importa es lo que piense Álex. No le habrá comido la cabeza para que...

—¿Y entonces? ¿Eso significa que... vais a seguir juntos?

—Eso... parece.

La chica se muerde el labio e intenta que no se le note lo mucho que le afecta lo que acaba de oír. ¿Está hablando en serio?

—No lo entiendo.

—¿El qué?

—Que, después de una semana diciendo que lo vuestro no va a ningún lado, te baste un ratito con ella para cambiar de opinión.

—Ya lo sé.

—¿Lo sabes? —pregunta alzando la voz—. Esa mujer está jugando contigo, Álex.

El joven la observa confuso. Parece enfadada. ¿Le está echando la bronca?

—No sé, Paula. No sé si Abril está jugando conmigo. Yo creo que de verdad le gusto.

—¡Tiene marido y un niño! —grita.

—Pero va a separarse de él. Y el pequeño, pues... no sé. Habrá que adaptarse.

—¿Adaptarse? Te puedes adaptar a tener un perro, un gatito, un pájaro..., ¡un coyote! Pero... ¡un niño! ¡Vas a ser el padrastro de un crío!

Está muy alterada. Jadea cuando termina de hablar y mira hacia otro lado moviendo la cabeza negativamente. ¿Cómo prefiere estar con esa tía que es madre de un hijo en lugar de con ella? Quizá, entre otras cosas, porque no le ha confesado lo que siente por él.

—Es pronto para decir que voy a ser el padrastro de ese niño. Nos estamos conociendo todavía. Pero, si se da el caso y las cosas avanzan, tendré que asumir esa responsabilidad.

—¿Estás seguro de que quieres asumirla?

—No estoy seguro de nada, Paula. No sé si Abril y yo llegaremos muy lejos. Solo sé que... ¡Uf! Es difícil para mí todo esto.

¿Difícil? Él no sabe lo que está pasando, lo que está sufriendo ahora mismo. No, no tiene ni idea.

—¿Te has acostado con ella?

—¿Qué?

—Esta tarde. ¿Os habéis acostado?

El chico agacha la cabeza y se frota la barbilla con la mano.

—Sí.

—Lo sabía.

—¿Y qué? ¿Qué más te da que me haya acostado con ella?

—Lo que tienes con Abril solo es sexo —comenta Paula en un susurro.

En realidad le cuesta hablar, casi tanto como retener sus lágrimas. El chico la observa. No entiende su reacción. Parece que se va a echar a llorar en cualquier momento.

—No creo que solo sea sexo. Si fuera solo eso, no dejaría a su marido.

—Bah...

—No sé si lo nuestro saldrá adelante, pero tengo que arriesgarme para poder saberlo.

—Esto me da una rabia...

—¿El qué?

No es posible poner diques al mar. Finalmente se da por vencida y deja que sus ojos se inunden. Se pasa las manos por la cara y se limpia. Dibuja una sonrisa amarga y un hilo de voz destapa sus sentimientos:

—Me da rabia porque ella no te quiere... y yo sí.

¿Ha escuchado bien? Ha dicho que... No puede ser. ¿Le ha dicho que le quiere?

—¿Cómo que tú sí?

—Joder, ¿con lo inteligente que eres y no lo comprendes? —pregunta Paula, soltando toda la energía de la que dispone—. ¡Te quiero! ¡Te quiero! ¡Te quiero!

Con la cantidad de veces que deseó escuchar aquellas dos palabras de su boca y, tanto tiempo después, cuando por fin aparecen, se queda boquiabierto.

—Yo... no sé qué decir. Esto me ha cogido totalmente desprevenido.

Los dos suspiran al mismo tiempo. Paula intenta mirarle a los ojos, pero él lo evita. La chica, entonces, se aproxima más. Y le coge la mano. Y, esta vez sí, logra que también él la mire.

—Sé lo que estás pensando.

—¿Lo sabes?

—Sí, que soy una idiota.

—No estaba pensando eso.

—Pues deberías pensarlo.

—¿Por qué?

—Porque realmente soy una idiota, una estúpida, una caprichosa, una niñata que aún no ha madurado y que no está a la altura del chico más maravilloso del mundo. Todo eso deberías pensarlo porque es la única verdad. Hace unos meses, te dije mirándote a los ojos que no sentía nada por ti. Y no era verdad. Estaba confusa. Tú me habías confundido. No era cierto que no me gustases... Me gustabas mucho, pero también Ángel. Y él había llegado antes... Al final, ni uno ni otro, porque soy tan idiota que aparto de mi lado a la gente que realmente merece la pena. ¡Una gran idiota! Uf... Y resulta que el destino me ha dado otra oportunidad. Te encuentro por casualidad cuando más necesito encontrarte, cuando mi vida es un caos absoluto. Sin embargo, mala pata..., tú tienes novia. O lo que sea. Tendría que olvidarme de ti, intentar ser solamente tu amiga, no sentir nada... Pero no, voy y me enamoro, recupero parte de los sentimientos que ya tenía. Solo que esta vez mi corazón no está dividido: está libre. ¡Totalmente libre! Y tú vas y logras ocuparlo con tu increíble personalidad y esa... sonrisa maravillosa. ¡Soy estúpida! ¡Soy una estúpida! No quiero volver a estar mal por un tío, no quiero..., no quiero... ¡Dios, qué mal...! Por favor, no dejes que hable más. ¡Joder! No dejes... que diga más tonterías y... cállame con un beso.

Y un segundo más tarde, sin necesidad de genios ni de lámparas mágicas, en la oscuridad de una noche que no tiene ni luna ni estrellas, Álex cumple el deseo de Paula, que siente los labios del chico al que ama unidos a los suyos.

Capítulo 57

Después del beso, hace un año, aquella noche de principios de diciembre, en un lugar de la ciudad.

Son unos segundos maravillosos. Indescriptibles. De ciencia ficción.

El chico es el primero que se aparta y la mira a los ojos, que le brillan como si tuviera luz en las pupilas. Continúa con las mejillas empapadas y el rímel se le ha corrido por toda la cara. Álex saca un pañuelo de papel del bolsillo de su cazadora y se la limpia lentamente.

—¿Por qué... me has besado? —pregunta Paula muy confusa.

—Es lo que me has pedido, ¿no?

—Sí, pero...

—«Cállame con un beso», has dicho. Y yo he obedecido.

El joven sonríe y sigue secando sus lágrimas. Pasa el pañuelo por su barbilla, donde se aloja la última.

—¿Ha sido un beso por lástima?

—No. Ha sido para que dejaras de decir tonterías y no te insultaras más a ti misma. Si no te besaba, corría el riesgo de que estuvieras toda la noche diciendo que eres una idiota y una estúpida.

—Es que lo soy.

—Tal vez.

—Ah, muchas gracias, hombre.

—Nunca estás conforme con nada, ¿verdad?

—Por lo que se ve..., no.

Paula se encoge de hombros y por fin también sonríe. Pero no sabe cómo actuar. Le apetece mucho volver a besarle y luego apoyar la cabeza en su pecho y escuchar cómo late su corazón. Pero no cree que deba hacerlo.

—¿De verdad me quieres? —pregunta Álex, a quien, al contrario que a ella, el beso le ha calmado.

—Un poco.

—¿Solo un poco?

—Tirando a bastante.

—Entonces es menos de lo que yo te quería a ti.

—Pero es bastante, bastante, bastante.

—Sigue siendo menos.

La chica arruga la frente y abrocha y desabrocha un botón de la cazadora.

—Lo que importa es el presente. Y ahora mismo, en este instante, yo soy la que te quiere a ti, mientras tú estás pillado de otra.

—Pillado, pillado...

—Lo que sea. Tienes una relación con otra que no soy yo.

—Tú me rechazaste primero.

—Excusas.

Álex se ríe y guarda el pañuelo en el bolsillo del pantalón.

—¿Crees que se puede querer a dos personas a la vez?

—Tal vez. Aunque yo llegué a una conclusión cuando me pasó.

—¿Qué conclusión?

—Que te pueden gustar dos personas al mismo tiempo, pero eso significa que no estás enamorado de ninguna de las dos.

—Pienso lo mismo.

—¿Sí?

—Sí.

¿Y eso qué significa? ¿Que a la que quiere es a Abril? ¿Le está diciendo indirectamente que a quien ama es a la otra? ¿O que no la quiere ni a ella ni a la mujer de la editorial? Debe de estar hecho un lío. Sin embargo, parece muy sonriente. ¿No se estará burlando de ella y de sus sentimientos?

—Esto es surrealista —dice Paula.

—¿El qué?

—Esta situación. ¿No crees? Estamos aquí los dos, después de habernos dado un beso, hablando del amor, las relaciones..., en la calle, en pleno mes de diciembre, de noche, con frío... Es muy raro.

—Es romántico.

—Sí, pero muy extraño.

—Si quieres, nos vamos.

Álex se levanta, pero enseguida siente la mano de Paula que lo sujeta del brazo y tira de él hacia abajo para que se siente otra vez. El joven accede y vuelve a sentarse.

—No te vayas, por favor. Quiero estar contigo.

—No me iba a ninguna parte sin ti. Pero tienes razón, aquí hace frío. Es mejor que vayamos a un sitio donde estemos más resguardados.

—No.

—¿No?

—No.

Y, por fin, se decide, se inclina sobre él y lo besa. Teme que no acepte, que se aparte, que rechace su boca. Pero no lo hace. Se deja llevar. Suman emociones, sentimientos, sensaciones. Es un beso propio del último capítulo de una novela romántica. En cambio, solo es el segundo que ellos se dan. El principio de la historia.

Se acaba y se miran.

—Este ha sido como lo había imaginado desde el día en que te conocí.

—¿El otro no?

—No. El otro ha sido un beso de emergencia.

Nuevo modelo de beso: beso de emergencia. Aquel chico nunca dejará de sorprenderla. Le saca una sonrisa con su ocurrencia y suspira. ¿Lo hace? ¿Se atreve a apoyarse en su pecho? Sí. Si le ha dejado besarlo... Paula se desliza en el banco y coloca la cabeza sobre su cuerpo. Álex sonríe y le pone la mano en el hombro, sujetándola con dulzura.

—Y ahora ¿qué? ¿Qué pasa conmigo? ¿Qué pasa con Abril? ¿Qué es lo que sientes?

—Demasiadas preguntas.

—¿Tienes dudas?

—Muchas.

Vaya... Hubiera preferido que no tuviera ninguna. Si no está seguro es porque aquellos besos no le han llegado tan adentro como ella pensaba. ¡Si ha sido increíble! ¿Por qué no dice que la quiere y ya está?

—Imagino que estás indeciso.

—Bastante.

—Jo...

—¿Qué te ocurre?

—Que no quiero que estés indeciso ni que tengas dudas. Quiero que me quieras.

Una más para el álbum de sonrisas maravillosas del escritor. Le acaricia el pelo lentamente y mira al cielo negro.

—En quince minutos contigo, con dos besos, he sentido más cosas que en todas las veces que me he acostado con Abril.

—No tienes que ser tan concreto —refunfuña ella—. Aunque me alegro de que te pase eso.

—Creo que debo hacer el amor contigo para estar completamente seguro de lo que siento.

Paula da un brinco y se aparta de su lado. Lo observa con los ojos muy abiertos. Él está con una gran sonrisa de oreja a oreja. ¡Qué capullo!

—De momento, confórmate con otro beso y, cuando decidas ser mi novio, ya veremos.

Y tras cerrar los ojos, le regala un tercer beso que ayuda un poco más a Álex a tomar una decisión. Deberá hablar con Abril y explicarle que, realmente, por quien está loco, a pesar de todo, es por aquella jovencita de pelo rubio de la que creía que ya no estaba enamorado. Han sido muchos meses obviando y mintiéndole a la verdad. Y es que nunca, en todo ese tiempo, ha dejado de querer a Paula.

Capítulo 58

Una mañana de diciembre, en un lugar de Londres.

Domingo. ¿¡Hace sol!? Esa es la impresión que tiene cuando abre los ojos. Paula mira hacia la ventana y descubre que está en lo cierto. Un rayo entra a través del cristal e ilumina la habitación. ¿Londres soleado en diciembre? No puede ser verdad. ¡Pero ella tiene que estudiar!

Se incorpora y busca con la mirada a su compañera de cuarto en la cama de al lado. No está. Vaya, tiene un asunto pendiente con ella... ¿Dónde se habrá metido Valentina tan pronto?

La cisterna del cuarto de baño le da la respuesta.

—Buenos días, Valen —dice cuando la ve. Se ha vestido con ropa deportiva.

La italiana la observa, pero no le responde. Parece que continúa enfadada por lo de ayer. Paula lanza un suspiro y se pone de pie. ¿Hasta cuándo va a durar aquello? Pues no tiene intención de rendirse. Anoche se prometió a sí misma que, en cuanto se despertara, haría las paces con su amiga, y eso es lo que va a hacer. Aprieta los puños y se dirige hacia ella. Esta se ha sentado sobre el colchón y se está atando las zapatillas de deporte.

—Valentina Bruscolotti, tenemos que hablar.

Su tono de voz ha sonado suficientemente contundente. Aunque parece que la chica no se da por aludida. Hace un último nudo a los cordones de su zapatilla derecha y se levanta. Ni caso.

—¿Por qué no me dices nada? ¿No puedes comprender que un secreto es un secreto y que, cuando le das a alguien tu palabra de que no vas a contar algo, hay que cumplirla?

Una nueva mirada desafiante de Valentina. Resopla y continúa sin contestarle. Abre su mochila y saca de ella un pequeño iPod de color rosa. Se pone los auriculares, pulsa el *play* y se guarda el reproductor en un bolsillo del pantalón del chándal.

—¿Dónde vas? ¿A correr? —pregunta la joven sorprendida. No sabía que le gustara el *footing* matinal—. Pues voy contigo.

Sin embargo, su compañera de habitación no la espera y sale por la puerta trotando. Paula gruñe enfadada y se da prisa para no perderle la pista. En menos de un minuto se cambia de ropa. Se viste con el único chándal que se ha llevado a Londres y se coge una coleta que ajusta mientras cruza el pasillo de su planta a toda velocidad.

No la ve. Ya le ha cogido mucha ventaja. ¡Maldita italiana! A toda prisa baja la escalera y atraviesa la recepción. Algunos estudiantes que van y vienen del desayuno la observan sorprendidos. Nunca han visto a la española haciendo deporte. Si andando, vistiendo o hablando Paula transmite una elegancia insuperable, corriendo es bastante más que patosa porque levanta mucho los talones en cada zancada e inclina demasiado el cuerpo hacia delante.

Sale de la residencia y se detiene para echar una ojeada a su alrededor. Busca a su amiga. Allí está. Se ha marchado por la puerta norte. Tendrá que correr mucho para alcanzarla. Haciendo un gran esfuerzo, incrementa el ritmo de su carrera. Pero en menos de cuarenta segundos ya está agotada y tiene que ir más despacio. Es lo que sucede cuando no se está acostumbrado a hacer deporte. Valentina tampoco es de las que están habituadas y también se para, apoyándose en sus rodillas para tomar aire. Paula observa que la chica se ha detenido y eso le da moral para seguir corriendo. Un *sprint* y está más cerca. Pero de nuevo frena y, exhausta, respira hondo. La tiene a menos de cincuenta metros. ¡No! La italiana acelera una vez más y vuelve a alejarse por una calle cuesta abajo. Suelta un taco en inglés y agacha la cabeza malhumorada. No es hora de quejarse, sino de correr. Y es lo que hace. Sacando fuerzas de donde no sabía que las tenía, aprovechando la pendiente, se lanza como una loca a la persecución de su compañera de habitación. Va mucho más deprisa que ella y en pocos segundos se echa encima.

—¡Valen! ¡Para! ¡Tenemos que hablar! —exclama cuando está a su altura.

Esta mira hacia su izquierda y no puede creerse lo que está viendo. ¿Qué hace ella allí? Pero no se detiene. Al contrario, corre más rápido ante la sorpresa de Paula, que, enrabietada, trata de seguirla. Las dos van en paralelo unos cuantos metros hasta que no dan más de sí y se detienen al final de la calle cuesta abajo.

Casi no pueden respirar. Valentina se quita los auriculares y se sienta en el suelo contra la pared, agotada, con las mejillas rojísimas. Paula se agacha en cuclillas a su lado. Le duele todo y está completamente empapada en sudor.

—¿Te crees que esto son los Juegos Olímpicos? —pregunta la italiana jadeando.

¡Por fin le habla! Paula sonríe y se deja caer. Se sienta junto a su amiga y le pone una mano en la rodilla.

—Los próximos... son aquí..., así que...

—Me da que tú y yo no llegaríamos a la meta, sin pararnos, ni en una carrera de cien metros.

—¡Ey, habla por ti! Yo... estoy... en forma.

—Claro, Paola. Por eso ahora mismo no puedes ni respirar.

Es verdad. Incluso tiene que tumbarse en la acera bocarriba para recuperarse. La gente que pasa por su lado ve a aquellas dos extranjeras tiradas en el suelo y cuchichean.

—Creo que somos el centro de atención —murmura la española haciendo un nuevo esfuerzo para incorporarse.

—Es que tu chándal amarillo... Pareces la de *Kill Bill*.

—Y tus zapatillas, ¿qué?

—¿Qué les pasa? Son preciosas. Rosas... —señala Valentina levantándose del suelo.

Mira a su amiga y, a pesar de que mueve la cabeza de un lado a otro en señal de fastidio, extiende su brazo para ayudarla a ponerse de pie. Paula sonríe, coge su mano y también se levanta.

—Gracias.

—De nada, Paola. Pero que sepas que esto no significa que te haya perdonado.

—¿No?

—Por supuesto que no.

No sabe si habla de verdad o no. Mientras caminan por Londres, parece más seria y silenciosa de lo habitual.

El cielo está azul, con alguna que otra nube que lo mancha de blanco. Es una de las pocas veces, desde que Paula llegó a Londres, que se encuentra con aquel tiempo. Eso la anima bastante, aunque Valentina todavía sigue en sus trece. Apenas habla.

—¿Has desayunado? —le pregunta la española señalando una cafetería abierta.

—No.

—El desayuno de la residencia se habrá terminado ya. He traído dinero. Vamos, que te invito.

—Déjalo.

—Que no, que te invito. Vamos.

No hay más objeciones. Valentina está hambrienta y si paga Paula...

Las chicas entran en aquel lugar y enseguida se dan cuenta de que es un local español. El camarero, un señor mayor que dice ser de Tarifa a pesar de su acento inglés, se lleva una gran alegría al saber que una de aquellas jóvenes tan guapas es su compatriota. Les pregunta si quieren chocolate con churros, que invita la casa. Ellas aceptan encantadas. Después de hacer ejercicio, no les vendrá nada mal un desayuno lleno de calorías.

Entonces a Paula se le ocurre una cosa. Tal vez rompa la tensión que sigue existiendo entre ambas si hace el juego de los churros con su amiga, el mismo que aquel día le sirvió para reírse con Ángel.

—Vamos a jugar a una cosa —le comenta sonriendo.

—¿A qué? No habrá que correr otra vez, ¿no?

Paula le explica a su compañera de habitación lo que hay que hacer. Con los ojos vendados, una le tiene que dar de comer a la otra, y la que menos se manche de chocolate es la que gana. Valentina no lo tiene muy claro, pero acepta el reto. Ese tipo de locuras siempre le han gustado.

El camarero trae dos tazas llenas hasta arriba y seis churros en una bandeja que coloca en el centro de la mesa.

—Entonces, ¿jugamos?

—Sí, pero con una condición.

—¿Cuál?

—Apostemos.

—¿Quieres apostar?

—Sí. Así será más divertido.

—Bueno. ¿Y qué quieres que apostemos?

—Mmm... Si gano yo, me dirás cuál es el secreto de Luca Valor.

—Pero eso...

—¿Aceptas o no?

Paula no quería utilizar el juego para algo tan serio. Simplemente iba a tratarse de una broma..., pero acepta. Imagina que, cuando se quiten la venda y su amiga vea que aquello no iba en serio, no se lo tomará a mal y se reirán un rato.

—¿Y si gano yo?

—Limpiaré hoy por ti. Es tu último día de castigo, ¿verdad?

—Sí.

—Pues seré yo quien ocupe tu lugar, ¿qué te parece?

—Vale. Perfecto.

Las dos chicas se dan la mano y sellan el trato. La española le cuenta que utilizarán las servilletas a modo de vendas. Valentina da el visto bueno, pero le hace una última advertencia.

—Paola, espero que no hagas trampa. Porque no hay nada que me fastidie más en este mundo que las trampas. ¡Me cambiaré de habitación si me engañas!

Lo dice tan seria que hasta da miedo. Y ahora ¿qué? ¿Le explica que aquello solo es una excusa para divertirse juntas? ¿Que en cuanto ella se tape los ojos tiene pensado quitarse su servilleta y ponerla perdida de chocolate?

Seguro que de una manera u otra se enfadará mucho. Y precisamente lo que menos desea es eso. Entonces... ¡Tendrá que tomarse el juego en serio, como cuando era una niña!

Las dos se tapan los ojos y cogen un churro cada una. Están listas. Valentina le pide a su amiga que se detenga y da un grito llamando al camarero para que vaya. Este llega al instante y se queda a cuadros cuando ve a aquellas dos preciosas jovencitas con las servilletas en la cara.

—Por favor, compruebe que ninguna de las dos ve nada.

El hombre, atónito, se asegura de que es así y da su conformidad.

—Bien. Entonces, que gane la mejor.

Y aquel juego, que pretendía ser una diversión, se convierte en un tremendo desafío entre española e italiana, como en los cuartos de final de la Eurocopa de fútbol del 2008. Las dos mojan los churros hasta empaparlos de chocolate e intentan que la otra no le alcance la cara. Y cuando intuyen que lo tienen cerca, tratan de morderlo con fuerza y comerlo para evitar que la rival ataque de nuevo.

Los clientes de la cafetería no dan crédito a lo que ven y contemplan boquiabiertos el duelo entre ambas. Hasta vitorean y animan, según el gusto, a la chica del chándal amarillo o a la de las zapatillas rosas.

Son cinco minutos de intensidad, de mordiscos al aire, de manchas de chocolate y de gritos y risas. Los churros se terminan. Las dos se quitan la servilleta de los ojos y se miran. Está muy claro quién es la ganadora.

Capítulo 59

Esa mañana de diciembre, en un lugar de la ciudad.

Está sentada en un sillón, con las piernas recogidas, tapada con una manta. Tiene en una mano el trozo de la carcasa de móvil que se encontró por la noche. Lo observa detenidamente, de un lado y de otro. Cada vez está más segura de que pertenece a su teléfono. Prácticamente está convencida al cien por cien. A Miriam le gustaría hablar del tema con Fabián, pero cree que este se molestará mucho si se lo menciona.

Apenas ha dormido pensando en lo que habrá podido pasar para que aquel pedazo de plástico llegara hasta allí y dónde estará el resto del móvil. Alguien lo ha roto, eso parece claro. Pero ¿por qué?

Solo hay tres posibles culpables: su novio, Ricky o Laura. Uno de ellos ha tenido que ser. Y, a pesar de que le duele admitirlo, no puede descartar a ninguno de los tres.

Sin móvil está aislada del mundo. En aquel lugar tan apartado de la ciudad, incomunicada. Sus padres estarán muy preocupados por ella. Tampoco quería eso. Ellos ya habrán escarmentado. Está muy bien viviendo con Fabián, haciendo lo que quiere y con la persona de quien está enamorada, pero por primera vez en mucho tiempo echa de menos el cariño de su familia. Hasta extraña al pesado de Mario.

—¿Qué haces?

La voz llega desde la cama de matrimonio. Rápidamente, en un acto reflejo, guarda el trozo de carcasa bajo la manta y mira hacia donde está su novio.

—Nada. Intentando recuperarme de la resaca de anoche.

—¿Aún te duele la cabeza?

—Sí, bastante.

—Es que te pillas unos ciegos... No sabes beber.

—Ya.

Está nerviosa, y más cuando Fabián se pone de pie y se dirige hacia ella. Solo lleva un pantalón largo con el que ha dormido esta noche. Va sin camiseta. Se le marcan todos los músculos del abdomen. Miriam lo observa inquieta.

—¿Quieres que...? Para desayunar, no estaría mal.

—¿Te has levantado excitado?

—Un poco. ¿Tú no?

—Bueno...

El chico le agarra la mano derecha y se la coloca en su abdomen para que lo acaricie. Ella no hace nada por evitarlo y, suavemente, desliza sus dedos por sus músculos. Fabián la guía ahora hacia su pecho. A continuación le coge la otra mano y la invita a que le acaricie el cuerpo con las dos. La chica acepta sin remisión. Cierra los ojos y se deja llevar. Pero en ese instante, con un rápido movimiento, el joven le arrebata la manta y captura el trozo de carcasa que ella guardaba debajo.

—¡Mío! —grita. Y observa curioso aquel trozo de plástico—. ¿Qué coño es esto?

—No lo sé.

—¿No lo sabes? ¿Y por qué lo tenías debajo de la manta?

Eso va a ser difícil de explicar. ¿Cómo le dice que no quería que él lo viera? Se va a enfadar mucho si le cuenta la verdad. De todas maneras, se va a enfadar igual. Está muy tensa y le cuesta pensar.

—No lo sé. Me lo encontré por ahí...

—Por ahí, ¿por dónde?

—Fuera. En la parte trasera de la nave.

—Vaya... ¿Y no sabes qué es?

—Ni idea. No lo sé.

—Parece de un móvil, ¿no? —comenta el joven en un tono de voz que hace que la chica sienta escalofríos.

—Puede ser.

—Mmm... Déjame adivinar. Piensas que este trozo es de tu móvil desaparecido. Por eso te lo has guardado. ¿Me equivoco?

Con cada palabra que Fabián suelta, Miriam siente más pánico. ¿Por qué tiene miedo de él? ¿No es su novio? Debería de estar tranquila, hablar con él con total confianza..., pero no es así. Al contrario.

—Bueno, es una posibilidad. Es del mismo color que la carcasa del mío.

—Ya. Del mismo color.

—Sí.

—Y si es de tu móvil ¿dónde está el resto?

—No lo sé.

—¿Qué piensas que ha pasado con él? ¿Que alguien te lo ha cogido y lo ha roto?

—No lo sé —repite.

—Es lo más probable, ¿no? —dice caminando hacia la cama de matrimonio, en la que se sienta.

—Sí. Es... lo más... probable —contesta titubeando.

—¿Y crees que he sido yo quien se ha cargado tu teléfono?

La chica resopla y, asustada, se tapa de nuevo con la manta hasta el cuello. Ahora sí que desearía estar con sus padres, en su casa..., escuchando música, viendo la tele o simplemente sin hacer nada, tumbada en su cama, pero protegida por los suyos.

—¿Por qué... ibas tú a hacer eso?

—Para que no tengas contacto con nadie y solo puedas hablar conmigo.

Aquellas palabras de Fabián terminan de hundir a Miriam, que siente como si le hubieran disparado una bala en la sien. Pero, tras un silencio de unos pocos segundos, el joven suelta una gran carcajada.

—¿Qué...?

—¿Te has creído lo que te he dicho? —pregunta, poniéndose otra vez de pie y acercándose hasta ella—. ¡Seguro que ha sido esa indeseable de Laura la que ha jodido tu móvil!

—¿Cómo?

—¡Te tendrá que comprar uno nuevo! ¡Si no, le obligaré a su novio a que lo haga!

—¿Crees que ha sido ella?

—¡Claro! Ricky no haría algo así, porque lo mataría si me enterase, y yo... ¡No voy a robarte y romperte el móvil! ¿Para qué? No tiene ni pies ni cabeza. ¡No soy tan estúpido de cargarme el móvil de mi novia para tarde o temprano tener que comprarle otro! Y, ahora que sabemos que el móvil está roto en alguna parte, alguien lo ha tenido que robar y romper. Y Laura es la única que ha pasado por aquí desde que llegaste hasta que perdiste tu teléfono. Es ella la culpable de todo.

Sí. Eso tiene mucho sentido. ¿Cómo pudo creer por un solo instante que fue su novio quien lo hizo? ¡Fue esa zorra! Si ya lo sabía ella desde el primer momento... ¡Fue como venganza por haberla tirado de la cama de matrimonio cuando dormía con él!

—La gente está muy loca... ¿Y ahora qué hago yo sin teléfono?

Los ojos celestes de Fabián se clavan en los suyos. Miriam se estremece cuando se da cuenta. Y del miedo, el pánico y la tensión, ha pasado a otro tipo de sensaciones. ¡Cómo le gusta que la mire así!

—Ya lo solucionaremos —susurra mientras le acaricia el pelo—. ¿Quieres que nos demos juntos una ducha de agua bien caliente?

La chica asiente con la cabeza. Siente sus labios en el cuello y sus manos en el pecho, presionando suavemente el contorno de su sujetador.

—¿No vas a dejar nada para la ducha? —pregunta, jadeando, nerviosa.

—Claro... —contesta y le da un beso en los labios para separarse luego de ella—. Ve tú primero, que yo tengo que hacer una cosa antes. Calienta la caseta.

—¿Qué tienes que hacer?

—Sorpresa.

Un nuevo beso en la boca; tras darle una palmada en el culo, Miriam sale de la nave. Fabián maldice en voz baja cuando se queda solo y corre hacia donde está su móvil. Lo coge enrabietado y marca un número. Después de varios *bips*, una voz medio dormida responde.

—¿Sí?

—Estúpido. Te dejaste un trozo de móvil sin recoger...

—¿Fabián? ¿Qué pasa?

—¿Estás sordo o qué?

—Es que ayer me acosté muy tarde y...

—¡Me da lo mismo a la hora que te durmieras! ¡Eres un capullo! Por tu culpa, Miriam sabe que le han quitado su teléfono y está roto. No miraste bien y te dejaste un pedazo de carcasa en el suelo. He tenido que culpar a Laura de ello.

—¿Cómo que la has culpado? No te entiendo.

El joven resopla desesperado. Tiene un amigo que no solo es un inútil, sino que además algunas veces parece tonto.

—Da igual. Ya te lo explicaré después. Ahora lo que tienes que hacer es comprar un móvil para Miriam y venir aquí.

—¿Qué? ¿No dijiste que no querías que fuera?

—Ya, pero las cosas han cambiado. Compra un móvil y tráemelo cuanto antes.

—Pero si es domingo... Estará todo cerrado.

—Apáñatelas como puedas. No haber metido la pata.

—Joder...

—Ah..., y no hagas planes para esta tarde, porque te vas a quedar con ella en la nave.

—¿Y eso? ¿Vas a ir a ver al tío de las joyas?

—Sí. Hay que acelerar esto porque no sé cuánto tiempo voy a poder retener a Miriam aquí. A pesar de que ha colado lo de que el móvil se lo ha roto Laura, no creo que se fíe de nosotros del todo.

—Bueno, a ver si puedo comprar un teléfono en algún sitio.

—Más te vale. Hay que ganar tiempo de alguna manera.

—Vale.

—Date prisa y no la fastidies de nuevo.

Y le cuelga sin despedirse.

Ese idiota no sirve para nada.

La situación cada vez se complica más, pero no tiene nada que temer. Él está acostumbrado a salir de cualquier problema que se le presente por muy difícil que sea. Solo debe vender las joyas de la abuela de Miriam, hacerse con el dinero y luego deshacerse de la chica. Seguro que todo sale bien, como siempre.

Sin embargo, pronto comprobará que hay varias personas que no están dispuestas a que en esta ocasión se salga con la suya.

Capítulo 60

Esa mañana de diciembre, en un lugar de la ciudad.

Es domingo y Mario ya está despierto, aunque todavía bosteza muerto de sueño. Diana le ha llamado hace un rato y le ha dicho que va para allá.

La noche ha sido larga y la madrugada aún más. No se ha dormido hasta las seis.

Conecta la tostadora y mete en ella dos rebanadas de pan de molde. Al mismo tiempo calienta leche en el microondas. Un pitido, poco después, anuncia que está lista. El chico saca el vaso y echa dos cucharadas de Cola Cao en él. Luego, otras dos de azúcar, y lo remueve desganado. Un nuevo bostezo. Las tostadas saltan, las recoge con cuidado para no quemarse y las pone en un plato. Mantequilla y mermelada de melocotón. Lo coloca todo en una bandeja y se dirige con ella al salón.

Se sienta en el sofá y, mientras unta el pan, enciende la televisión. Busca en los canales de la TDT hasta que se detiene en Teledeporte. Están dando carreras de caballos. Sonríe tristemente al recordar cómo su hermana se metió con él aquel día en el que se lo encontró viéndolas: «Bonita manera de pasar el domingo por la mañana. ¿Te levantas siempre para esto...?».

A Miriam siempre le ha gustado tanto incordiar... Pero

no puede negar que la echa un poco de menos. Se pregunta qué estará haciendo ahora en la nave de aquel tipo. Nada bueno, seguro. ¿Por qué ha elegido tan mal? Ella y él se han criado juntos, han tenido las mismas oportunidades y las mismas obligaciones. En cambio, han tomado direcciones totalmente opuestas.

¡Qué poca cabeza hay que tener para ser la novia de Fabián Fontana! ¿Qué le habrá contado para que no respondiera al mensaje que le envió Diana hablándole del incidente de la navaja? Seguramente le habrá dicho que mentían o que la están intentando manipular para ponerla en contra de él. Y la idiota se lo habrá creído. Aun así, le preocupa que su hermana no haya podido contestar el SMS por alguna otra razón. Por eso piensa que lo mejor es regresar a aquel sitio y que sea lo que Dios quiera. Al menos ya van preparados y no les va a pillar por sorpresa nada de lo que se vayan a encontrar.

El timbre de la casa suena. Sus padres aún están arriba y no le puede pedir a nadie más que abra la puerta por él. De todas formas, sabe que es su novia.

Se levanta, algo molesto, camina hasta la entrada y abre.

—Hola. ¿Qué tal?

La voz de aquella chica suena débil, tímida, como si se sintiera culpable de estar delante de él. Mario no parece muy feliz de verla, pero es que aquel no es el mejor momento ni el mejor lugar para que... ¡Claudia le haga una visita!

—Hola, ¿qué haces aquí?

—He venido a verte. No podía dormir más. ¿Puedo pasar?

El joven la agarra de una mano y la mete en la casa rápidamente. Lo único que faltaba es que Diana llegara y la viera allí.

—Mi novia está a punto de llegar —dice el chico muy nervioso.

—Ah. Vaya... Es que... anoche fue muy bonito —comenta, bajando la mirada y rizándose el pelo con los dedos—. Nunca me había quedado hasta tan tarde hablando con alguien por el MSN.

—Sí, estuvo bien.

—Tienes ojeras.

—Tú... no.

No miente. Aunque los dos se durmieron más o menos sobre la misma hora, a él se le nota más que a ella. El secreto está en que ella lleva el maquillaje justo para que no se le note y, al mismo tiempo, no parezca que va pintada como una puerta. Claudia está espectacular, como cada día en la universidad o delante de la pequeña cámara de su ordenador.

—Lo siento, pero es que no puedes quedarte. Está al...

—Tenía que verte —le interrumpe—. No podía esperar a esta noche o a mañana.

—Claudia... —dice él, suspirando—. Tienes que marcharte.

La chica sonríe. Lo sabe y lo comprende. Mario nunca le ha dado esperanzas de que entre ambos pueda haber algo más que una buena amistad, pero a veces se comporta como si le gustara. Como si quisiera, pero no pudiera... En ese caso, ¿qué tendría que hacer? ¿Esperarle?

—Está bien, ya me voy.

Se acerca hasta él y le da un beso en la mejilla. Sin embargo, sus labios no se despegan de su rostro inmediatamente y, sin que el chico lo espere, desliza su boca hasta encontrar la suya. O casi. Mario se aparta a tiempo para no recibir el beso de Claudia donde ella pretendía.

—Pero...

—Lo siento, lo siento... No era mi intención molestarte. Es que me apetecía muchísimo y... me he dejado llevar.

—Tengo novia, Claudia. No puedo hacerlo. Perdóname.

Novia que en ese mismo instante llama a la puerta de su casa. El timbre suena y asusta a la pareja, que se sobresalta.

—¡Madre mía! ¿Es ella? —pregunta la joven abriendo mucho los ojos.

—¡Sí! ¡Joder, qué lío! Como te pille aquí, me mata.

—¿Y qué hacemos?

El timbre suena una vez más y la madre de Mario le grita desde el piso de arriba a su hijo para que abra la puerta.

—Escóndete en la cocina. ¡Deprisa! Y, cuando la suba a mi cuarto, te vas rápidamente. ¿Has entendido?

—Sí.

—¿Seguro? Mira que esto es algo serio...

—Que sí, que sí, seguro. ¡Hasta luego!

Si no fuera porque la situación es tan delicada, el chico juraría que Claudia se está divirtiendo con aquello. Si hasta sonríe cuando camina deprisa hacia la otra habitación.

Toma aire y, antes de que Diana llame otra vez al timbre, abre.

—Pensaba que no había nadie —comenta la chica cuando lo tiene enfrente.

Se dan un beso en los labios y entran juntos en la casa.

—Es que estaba desayunando.

—¿Sí? ¿Qué desayunabas?

—Un Cola Cao y unas tostadas con mantequilla y mermelada.

—Qué raro... No sabes ni a lo uno ni a lo otro.

Es verdad. ¡Si no ha desayunado todavía! Entran en el salón y allí continúa la bandeja tal y como la preparó hace ya un rato. Fallo.

—Eso es porque aún no he empezado.

—Ah, pues no te preocupes por mí y desayuna tranquilo.

Diana se sienta sonriente en el sofá del salón y coge el

mando a distancia. Quita las carreras de caballos y zapea por la TDT. Mario no sabe qué hacer. Mira de reojo, preocupado, hacia la puerta de la cocina. Espera que a Claudia no le dé por hacer una locura. Será mejor ir a advertirla de que permanecerán allí unos minutos más de los previstos.

—Voy a la cocina, ¿quieres tomar algo?

—No, muchas gracias... Bueno, sí: un vaso de agua —señala la chica—. Pero, espera, tú siéntate y desayuna, que ya voy yo.

—¡No! ¡No! —exclama alarmado—. Yo estoy de pie, déjame a mí, cariño.

—Está bien, está bien... Cuánta amabilidad.

El joven sonríe y se inclina para darle un beso en la frente. Diana lo recibe encantada mientras continúa buscando en la tele un canal de su gusto.

Ha faltado poco.

Mario resopla aliviado y entra en la cocina. Allí, sentada sobre la encimera, encuentra a Claudia riendo.

—Mira que si llega a venir tu novia por el vaso de agua...

—Shhh. ¡No hables!

—Vale... Shhh.

El chico se aproxima hasta ella y le murmura en el oído. Le gusta tenerlo tan cerca, como si estuviera a punto de darle un mordisco en el cuello. ¿Y si le muerde ella misma? No, eso no sería una buena idea. Se tendrá que conformar con sus susurros.

—No te muevas de aquí hasta que subamos a mi habitación. Trataré de desayunar lo más rápido posible para que así puedas irte cuanto antes.

Claudia asiente con la cabeza, aunque, antes de que se aparte, lo sujeta del brazo. Mario tiene delante su precioso rostro, enmarcado dentro de una gran melena negra. ¿No querrá otra vez...? La chica es quien ahora se inclina sobre él y le dice algo en el oído:

—No te olvides del vaso de agua.

Y se echa hacia atrás y le guiña un ojo. Ya está convencido, no tiene ninguna duda: Claudia se lo está pasando genial aquella mañana.

Llena un vaso y sale de la cocina tras despedirse de la chica con un gesto de la mano. Diana sigue cambiando de canal. Está seria, pero, en cuanto lo ve, sonríe.

—Me he comido una de las dos tostadas, ¿me perdonas? —comenta poniendo voz de niña pequeña que acaba de cometer una travesura.

—No pasa nada. Aquí tienes tu vaso de agua.

La chica lo coge y da un trago. Mario se sienta a su lado y coloca la bandeja sobre su regazo. Ya hay una rebanada de pan menos, así que podrán subir antes a la habitación.

—Cris me ha escrito un privado al Tuenti esta mañana. No hay noticias de tu hermana —comenta su novia dejando el vaso sobre la mesa.

—Imaginaba que no conseguiría nada.

—Luego le mandaré yo otro SMS, a ver si a mí me hace caso esta vez.

—No servirá de nada.

—¿No? ¿Tú crees?

—Sí. Me parece que la única solución es que volvamos a aquel sitio e intentemos hablar con ella en persona.

—Eso no será sencillo.

—No, pero es lo único que nos queda si queremos que Miriam vuelva a casa.

En cuatro mordiscos, Mario se come la tostada. Luego, de una vez, se bebe el Cola Cao ante la asombrada mirada de Diana.

—Sí que tenías hambre. No debería haberme comido tu tostada.

—No te preocupes. Estoy satisfecho —señala sonriente—. ¿Nos vamos a mi habitación?

—¡Ah! ¡Ya comprendo por qué te has dado tanta prisa!

—¿Sí?

¿Lo ha descubierto? ¿Se ha asomado Claudia por la puerta de la cocina y se ha dado cuenta de que está allí? ¿Los ha pillado? Pero no es esa la respuesta que está en la cabeza de Diana. Aparta la bandeja de su pantalón, la pone sobre la mesa y, echándose encima de su novio, le da un profundo beso en la boca.

—Vamos arriba y seguimos. ¿O es que hay otra razón para que te hayas bebido de esa manera el Cola Cao?

Capítulo 61

Esa mañana de diciembre, en un lugar de Londres.

—Los españoles sois demasiado competitivos.

—¡Fuiste tú la que quisiste apostar!

—¿Y qué? Te has empleado a fondo para ganarme. ¿O no?

Paula se tapa la boca para ocultar una sonrisilla de satisfacción. Valentina tiene razón. Puso todo su empeño para que no la ganara en el juego del chocolate con churros. ¡Y lo consiguió! Cuando se miraron, no hubo ninguna duda. Hasta los que presenciaron el duelo entre las amigas en la cafetería la daban a ella como clara vencedora.

—Por supuesto. Pero tú no te quedaste atrás, ¿eh? Hasta me mordiste un dedo.

—¡Porque tus dedos parecen churros!

—Serás...

Las dos chicas llegan al final de la escalera y caminan por la tercera planta de la residencia hasta su habitación. A pesar de que se han pasado un buen rato en el baño de la cafetería limpiándose todo el chocolate que tenían en la cara, brazos, cuello e incluso en el pelo, con la ropa no han podido hacer nada. El chándal amarillo de la española acumula numerosas manchas marrones tanto en la parte de arriba como en el pantalón. Y la sudadera y las mallas de

Valentina están igual. Aunque lo que más le ha dolido a la italiana son los goterones de chocolate que han ensuciado sus maravillosas zapatillas rosas.

Entran en el cuarto, deseosas de cambiarse cuanto antes.

—Si no te importa, paso yo primero a la ducha, que tengo muchas cosas que hacer luego. Incluido ayudar a limpiar a ese pesado de Luca Valor —comenta Valentina quitándose su sudadera.

—No hace falta que me sustituyas. Ya lo haré yo.

—¡No! ¡Una apuesta es una apuesta!

—Solo era un juego.

—Para mí, no. Cumpliré con lo que pactamos. Nos dimos la mano y yo perdí. Así que, cuando me toque ir a limpiar, lo haré.

—Pero...

—Nada, nada... Hay que respetar las apuestas.

Y a cabezota no le va a ganar esta vez. Así que lo más razonable es no llevarle la contraria.

—Está bien. No discutiré más sobre el tema.

—Mejor, Paola, mejor.

La italiana coge una toalla limpia del armario y se dirige hasta el cuarto de baño en ropa interior. Paula la observa, sentada en la cama, ya sin la chaqueta del chándal amarillo puesta.

—Oye, Valen, ¿sigues enfadada conmigo?

Esta se gira y sonríe.

—Claro, aunque menos que ayer y que hace un rato. Pero más que cuando salga de la ducha.

—Bueno, espero el momento en que no te quede ni un solo gramito de rencor hacia mí.

—Mmm... Puedes hacer algo para que el enfado se me pase casi del todo.

—¿Sí? ¿El qué?

¿Ahora es cuando le va a pedir de nuevo que le diga el secreto de Luca? Sin embargo...

—Encárgate de mi ropa sucia. Con tanto que tengo que hacer, no sé si me dará tiempo.

Paula sonríe y asiente con la cabeza. Valentina se da otra vez la vuelta y entra en el cuarto de baño.

Bueno, si es para que esté menos enfadada... De todas maneras tenía que ir a lavar hoy.

—¡Valen, vengo ahora! —grita después de amontonar toda la ropa sucia de las dos y meterla en un cesto.

Cargada, atraviesa la tercera planta y baja la escalera hasta llegar al sótano, donde se encuentra la habitación de las lavadoras. Fue uno de los lugares que más le llamó la atención cuando llegó a la residencia: una habitación con seis enormes lavadoras y otras tantas secadoras, disponibles para todos los estudiantes del centro. Cada residente, a comienzos de cada mes, tiene a su disposición doce fichas, siete de lavado y cinco de secado, para hacer la colada.

No hay nadie en la sala, así que puede utilizar dos. Una para la ropa de color y otra para la blanca. Paula elige las lavadoras número cinco y número seis, y empieza a llenarlas. Pero, cuando introduce un suéter de color azul, le viene a la cabeza algo que la entristece. Y es que, aunque a veces consigue aparcar los recuerdos que la llevan a él, Álex sigue muy presente en su vida y, sobre todo, en su memoria.

Hace un año, una noche de diciembre, en un lugar de la ciudad.

Todavía le cuesta asimilar lo que ha ocurrido. Se sienta sobre la cama de su dormitorio y se encoge, clavando los codos en las rodillas y tapándose la barbilla con las manos. Su suéter azul todavía huele a su esencia. Aspira el aroma y sonríe. Está muy feliz. Rematadamente feliz.

¡Álex la ha besado! «Cállame con un beso», le dijo. Qué tonta. Pero resultó bien. Todo ha ido mejor de lo esperado. Mucho mejor.

¿Aquella es la primera página de una relación? Parece que al escritor también le gusta, tanto como a ella le gusta él. En cambio, hay muchas cosas que resolver todavía. No cree que Abril se dé por vencida así como así. Pobre Álex... Menudo marrón tiene ahora encima para explicarle a la mujer de la editorial que lo suyo con él se ha terminado. ¡Después de haber abandonado a su marido y todo!

Pero el amor es así. Unos ganan y otros pierden: no existe el empate. Y pocas veces todo el mundo termina contento. ¡Ya era hora de que a ella le tocara ganar alguna vez! Suena la musiquita de su teléfono, es un SMS. ¡Es de él! Se pone histérica antes de abrirlo. ¿Qué querrá decirle? Espera que sea algo bueno. Solo hace diez minutos que la dejó en su casa y se despidieron. No le habrá dado tiempo ni a llegar a su piso. ¡Qué nervios!

¿Estás segura de que me quieres?

¿Ya está? ¿Eso es todo?

Revisa el mensaje para comprobar que no hay más texto o que su móvil no se ha bloqueado en la primera línea. Pues no, no hay ningún error. Ese es el SMS completo. ¡Vaya preguntita! Podía haber incluido algún beso o alguna palabra que indicara que ha disfrutado con ella. Soso.

Se levanta y camina por su habitación con el teléfono en la mano, leyendo y releyendo aquellas seis palabras. ¿De verdad piensa que iba a decirle todas esas cosas y a abrirle su corazón si no estuviera segura de sus sentimientos?

Teclea en su móvil al tiempo que recorre su cuarto una y otra vez, de pared a pared. No quiere poner ninguna tontería ni ser demasiado melosa. Tampoco resultar ansiosa ni que parezca que está desesperada por verle de nuevo. Ya está. Lo examina y... pulsa «enviar».

> Estoy completamente segura. Ha sido una noche muy especial. Espero repetirla pronto. Llámame cuando pienses en mí. Un beso.

Su teléfono le anuncia que el mensaje que ha mandado ha llegado correctamente. ¿Le responderá? No tarda en averiguarlo. Aunque ahora la sintonía es diferente. Tiene una llamada. Paula, sonrojada, responde.

—Hola.

—Hola. —Silencio en la línea, hasta que Álex vuelve a hablar—. Me has escrito en tu mensaje que te llamara cuando pensara en ti..., y el caso es que llevo un rato sin poder pensar en otra cosa.

—A mí me pasa lo mismo.

La chica se sienta en una silla de su habitación y cruza las piernas. No se le borra aquella sonrisa tonta de la boca.

—¿Quieres que quedemos? —propone él.

—¿Ahora?

—Ahora.

—¿Otra vez?

—Otra vez.

—¡Si acabamos de vernos!

—¿Y qué?

—Pues que... es tarde. Hace frío... Mañana hay clase.

—Todo son excusas. Di que no te apetece quedar conmigo directamente y ya está.

¡No es eso! Es que no quiere estropear nada de lo que ha pasado esa noche. Ha sido increíble, un sueño, algo para recordar siempre. ¿Y si lo fastidian por verse cuando no toca? Además, ¿cómo le cuenta a su madre que va a irse otra vez con él?

—Álex, sabes perfectamente que me encantaría estar ahora a tu lado.

—¿Y a qué esperas?

—A que sea el momento.

—Es el momento.

Y el timbre de su casa suena. ¡No puede ser! ¿Será él? ¡Se ha vuelto loco! Baja la escalera como un rayo para anticiparse a sus padres al abrir. Demasiado tarde: su madre ya está en la puerta. ¿Es él?

—Hola de nuevo, señora Mercedes. ¿Está su hija?

¡Sí, es él!

La cara de la mujer presenta casi tanto asombro como la de Paula, que se dirige hasta ellos a toda prisa.

—Mamá, ya me ocupo yo.

—Bueno. La cena está preparada, estábamos a punto de empezar. Si quieres, puedes quedarte.

—No. No te preocupes, mamá. Si Álex ya se...

—Muchas gracias, pero precisamente venía a recoger a Paula para llevarla a cenar a un restaurante —añade el joven con la mejor de sus sonrisas—. Si a usted no le importa, claro.

Madre e hija se miran confusas. ¿Cenar en un restaurante? ¿Como si fueran novios?

—Pues... la verdad es que... es un poco tarde, y mañana Paula tiene que madrugar para ir al instituto.

—Solo cenar y la traigo de vuelta en cuanto terminemos.

Una nueva mirada entre la mujer y la chica, que no es capaz de decir nada, ni a favor ni en contra de la propuesta de Álex. Le encantaría ir a cenar con él, pero no está segura de que aquello sea lo mejor.

En ese instante, el padre de Paula aparece por la escalera y observa la escena. Se extraña muchísimo al ver que su mujer y su hija están conversando con un joven en la entrada de la casa. Aquel muchacho no es...

—Mira, ya estamos todos —comenta Mercedes con una sonrisa—. Pregúntale a Paco sobre lo que queréis hacer. Si él está de acuerdo..., yo no tengo inconveniente.

—Hola, señor —le saluda Álex en cuanto llega hasta ellos.

—Hola, cuánto tiempo... —dice el hombre estrechándole la mano—. ¿Qué es lo que me tienen que preguntar?

Paula continúa sin articular palabra. De aquello no puede salir nada bueno. Solo espera acontecimientos. Y ahora que, además, ha llegado su padre, las cosas se complican todavía un poco más.

—Le estaba pidiendo permiso a Mercedes para llevarme a Paula a cenar fuera.

—¿Hoy? ¿Tan tarde?

—Sí. No tardaremos mucho. Cenar y regresar en cuanto terminemos.

—Mmm... Está bien —responde Paco—. Pero volved pronto.

—Gracias, señor. Lo antes posible.

—Eso espero.

La sorpresa de Paula es enorme. No solo se va a cenar con Álex, sino que sus padres le han dado permiso para hacerlo. ¿Desde cuándo en su casa son tan comprensivos con los chicos con los que sale? Todavía recuerda aquella comida con Ángel y lo tenso que estuvo su padre todo el tiempo con su ex.

Lo que ella no sabe es que hace una semana, leyendo el periódico, Paco se encontró con un artículo que hablaba del joven Alejandro Oyola, uno de los más prometedores escritores del momento. Después de leer esto, buscó en Internet información de aquel chico, del que se acordaba de aquella vez que fue a su casa a ver a su hija y con el que estuvo un rato dialogando. Descubrió entonces que la red está llena de opiniones, la mayoría buenas, de su libro y de la forma en la que consiguió publicar su novela. Y ahora lo tiene allí delante... otra vez.

No parece un mal chico y se gana la vida bien, de manera decente. Y, a pesar de que no le hace gracia que su hija salga con tíos, visto lo visto, y con la cantidad de indeseables que hay en el mundo, a este por lo menos lo tiene controlado. Si mete la pata con ella, aunque Paula no se lo diga..., seguro que aparecería publicado en alguna página de Internet.

Capítulo 62

Una mañana de diciembre, en un lugar de la ciudad.

—Dame un beso más.

—Vamos, Diana, me tengo que ir.

—Solo uno.

El chico no se niega y la complace. El último. En los labios, cortito. Llevan quince minutos en su habitación entre caricias, besos y achuchones de todo tipo. Sin embargo, Mario tiene la cabeza puesta en otro sitio. ¿Se habrá ido ya Claudia de su casa? ¡Eso espera!

—Bueno, ahora sí, me voy a duchar.

—Bien. ¿Me dejas tu ordenador mientras te espero? —pregunta Diana, que se ha levantado ágilmente de la cama.

—Claro.

El joven abre su armario y elige rápidamente la ropa que se va a poner. En ese momento, recibe un SMS en el móvil. Corre hacia donde está su teléfono y lo lee con atención. Su novia, que ya ha encendido el PC, se gira hacia él y lo mira expectante.

—¿Es de tu hermana?

—No, no. Es uno de esos mensajes de promoción. Qué pesados.

—Ah. Pensaba que podía ser Miriam.

—No es ella. Yo también me había hecho ilusiones

—comenta, dirigiéndose con el móvil y la ropa en la mano hacia la puerta—. Me ducho y vuelvo enseguida.

—Vale, cariño. Te echaré de menos.

Mario sale de la habitación y camina hasta el cuarto de baño. Deja allí la ropa y baja a toda velocidad hacia la cocina.

> Sigo aquí, en tu casa. Me da miedo salir, no vaya a ser que me encuentre con tus padres o con tu novia. Además, me apetece verte antes de irme. Ven, por favor.

Aquel SMS le ha puesto más nervioso de lo que estaba. Quedaron en que nada de mensajes vía móvil. Entra, pero no la ve. ¿Dónde se ha metido? Aquello no puede estar pasando. Es una chica preciosa, muy inteligente, simpática..., pero en este asunto no está teniendo dos dedos de frente.

En voz baja, la llama.

—Estoy aquí —susurra una voz procedente de un cuarto, al otro lado de la cocina, que la familia Parra usa como despensa.

El chico resopla y va hacia allí. Claudia se asoma por la rendija de la puerta, sonriente. Le abre y lo invita a pasar.

—¿Tú sabes la que se puede liar si te ve alguien aquí?

—Ya lo sé.

—Si Diana se entera de esto, me mata.

—Y con razón.

La muchacha intenta no reírse, pero no puede evitarlo. A ella le parece divertida la situación. Y, aunque no le gusta ver a Mario enfadado y con tanto estrés, le resulta muy cómico lo que está pasando.

—Claudia, tienes que irte.

—¿Está ella arriba?

—Sí.

—¿Os habéis liado mientras yo estaba aquí?

El chico empieza a desesperarse. ¿A qué viene aquella pregunta?

—Debes irte ya. Vamos.

—Pero ¿os habéis liado?

—¡Sí! —exclama Mario alzando la voz—. ¡Nos hemos liado! Es mi novia, es normal que nos liemos.

—Jo, qué suerte.

—¿Suerte? Tú podrías enrollarte con el tío que quisieras.

—Eso no es verdad.

La sonrisa de Claudia desaparece y sus ojos se tornan tristes. Abre la puerta de la despensa y sale de ella, pero no de la cocina. Da un brinco y se sienta en la encimera.

—¿Qué estás haciendo? ¡Por favor, que nos van a pillar!

—¿Qué tiene esa chica para que te enamoraras de ella?

—¿Cómo?

—Es guapa, eso sí. Y la admiro por todo lo que ha pasado. Sin embargo, no me termina de encajar contigo.

Mario no puede más. No conocía esa faceta de su compañera de clase. Hasta ahora nunca había sido tan insistente. Debe hacer algo. Si no consigue que se vaya, terminarán descubriéndola allí.

—Claudia, te lo pido por favor. Cuando llegues a tu casa, si quieres hablamos por el MSN. Pero tienes que irte inmediatamente.

—Dame un beso y me voy —suelta de repente ante el asombro del joven.

—¿Qué? ¿Un beso?

—Sí. Si me das un beso en la boca, prometo que me marcharé.

Parece increíble que una chica como aquella le esté pidiendo un beso a él. Ni en sus sueños habría imaginado algo así. En cambio, no puede ni quiere hacerlo. Él tiene novia, a la que quiere y sobre todo respeta. Claudia le gusta, le atrae..., pero a quien ama es a Diana.

—No puedo hacerlo.

—Solo es un besito de nada. Hasta los amigos se dan besos entre ellos.

—Yo no hago eso.

Ni ella tampoco. Prometió que no se entrometería en su relación. Sin embargo, se muere por probar sus labios. Y, aunque no se sienta nada bien con lo que está pidiéndole, necesita besarle y experimentar lo que tantas veces deseó.

En el amor luchas contra todo, hasta contra ti mismo.

—Un beso y me voy.

Parece que no tiene otro remedio. El chico se acerca hasta ella y suspira. Se coloca entre sus piernas y la mira a los ojos. Solo ha besado a dos chicas en su vida, Paula y Diana. La primera fue un error que cometió, la segunda es con la única que ha mantenido una relación, que ahora pone en peligro. Claudia es increíblemente guapa y su cuerpo es espectacular. Pero aquel beso es como morder la manzana del paraíso.

—¿Seguro que te irás? —pregunta, desorientado por las circunstancias.

—Segurísimo.

—¿Me lo prometes?

—Prometido.

Mario cierra los ojos y se inclina sobre ella. La joven, sorprendida, rodea su cuello con las manos y ladea ligeramente la cabeza para que sus bocas se encuentren en el camino. Sentada en aquella encimera siente cómo su deseo se hace realidad. Aquel deseo que pidió justo en el instante en el que lo vio por primera vez. ¡Cuánto necesitaba ese beso!

Solo son unos segundos, pero los suficientes para que ambos se den cuenta de muchas cosas. El chico se echa hacia atrás, se aparta de su lado y se seca los labios con el dedo pulgar.

—Y ahora... ¿puedes irte de mi casa, por favor?

—Sí. Cumpliré con lo que te he prometido —responde con una sonrisa.

Lo que le ha obligado a hacer no está nada bien. Pero Claudia es feliz. Aquel regalo no podrá olvidarlo jamás. De un saltito baja de la encimera y, asegurándose de que nadie la ve, sale corriendo de la cocina hacia la entrada. Él la sigue de cerca. La chica abre con cuidado la puerta para no hacer ruido y se aleja de la casa, despidiéndose de Mario con la mano y un beso al aire. Este cierra y, rápidamente, se dirige hacia la escalera. Se supone que ahora mismo está duchándose. Sube y entra en el cuarto de baño. Parece que Diana continúa en la habitación y no se ha enterado de nada de lo que ha sucedido.

Se desnuda y se apoya en la mampara para meterse en la ducha. El agua caliente le cae a chorros de la cabeza a los pies. No se encuentra bien. Y es que no puede estar satisfecho por haber besado a otra chica, pese a la situación límite en la que se encontraba.

¿La ha besado por eso realmente?

Sabe la respuesta.

Capítulo 63

Hace un año, una noche de diciembre, en un lugar de la ciudad.

Después de coger el abrigo y de despedirse de sus padres, Paula sale de su casa prometiéndoles volver pronto. A su lado camina sonriente Álex. Está guapísimo con esa cazadora, la misma que antes le prestó para que no pasara frío.

¿Le da la mano? No, aún no tiene derecho a eso.

¡Es que ni siquiera son novios!

Las cosas están pasando demasiado deprisa. Hace un rato se lamentaba porque el escritor le había contado que se había acostado con Abril y, además, había decidido continuar la relación con ella. Y, de repente, todo da un giro de ciento ochenta grados. Ella le confiesa lo que siente, se besan y ahora... se marchan juntos a cenar, ¡con el permiso de sus padres!

Ella es una chica normal, pero cada día de su vida amorosa es como un capítulo de *Física o química*, o *Sensación de vivir*... ¿Alguna productora se animaría a hacer una película de sus experiencias? Los últimos nueve meses podrían dar para una trilogía.

—¿Adónde vamos?

—Mmm... No lo sé.

—¿No lo sabes?

—Pues no. Lo de invitarte a cenar me salió espontáneamente. Tu madre me puso un poco nervioso con lo de que me quedara en tu casa y fue lo primero que se me ocurrió. Pero, en realidad, no tenía nada pensado.

—¡Qué desastre...! —dice la joven agachando la cabeza y resoplando.

—Lo importante es que estamos juntos, ¿no?

Paula lo mira. Está sonriendo. Cómo le gusta verlo contento. Y tiene razón: lo importante es que están juntos. Desde que lo volvió a encontrar, había deseado eso. Estar junto a él, pasear a su lado... Aunque no puede negar que tiene hambre.

—Es verdad.

—¿No sabes de ningún sitio por aquí en el que podamos tomar algo?

—Es que... cenar fuera no es algo que haga habitualmente.

—Eso es buena señal.

—¿Sí? ¿Por qué?

—Porque significa que no has salido con muchos chicos.

No sabe si son muchos o pocos, pero sí que no han sido de ese tipo de chicos que la llevarían a cenar por la noche a un restaurante. Los tíos con los que ha estado en los últimos meses han sido de quita y pon. Ella no les exigía nada, pero tampoco quería exigencias. Pasar el rato, divertirse, una copa... Una cena romántica no entraba en los planes ni de ellos ni tampoco de ella.

—Bueno...

—¿Con cuántos has estado desde que lo dejaste con Ángel?

—No lo sé.

—¿De verdad que no lo sabes? ¿O es que son tantos que has perdido la cuenta?

—¡Claro que llevo la cuenta! —exclama molesta—. ¿Por quién me has tomado?

—¿Y cuántos son?

—¿Para qué quieres saberlo?

—Curiosidad.

—¡Qué más da! Eso pertenece a una etapa complicada de mi vida.

—¿Y ya no estás en esa etapa?

La chica lo mira y se sonroja. Es increíble lo que cambian las cosas en tan poco tiempo. El día que se reencontraron había tenido una cita a ciegas con alguien que conoció en Internet. De eso, apenas hace dos semanas. En cambio, tiene la impresión de que ha transcurrido un siglo y de que ella no era la misma persona que es ahora.

—No. Ya no. Ahora... quiero sentar la cabeza.

—¿Conmigo?

—Sí. Contigo.

¡Ya está! Ya se lo ha confesado. ¿Contento?

Álex sonríe. Se acerca a ella, la rodea con una mano por la cintura y, después de cerrar los ojos, la besa. Paula también cierra los suyos y saborea sus labios. No se detienen, siguen caminando mientras continúa el beso, hasta que un ruidito hace que los ojos de la chica se abran de golpe y sus mejillas ardan de calor. ¡Pero si hace muchísimo frío!

—Mi tripa —admite después de separar su boca de la del chico.

¡Qué vergüenza! Nunca le había pasado algo así. Pero es que... ¡se muere de hambre!

—Creo que lo mejor es que busquemos un sitio para cenar —comenta aguantando la risa.

—Jo, perdona. Es que no he merendado.

—No te preocupes —dice él guiñándole un ojo—. Crucemos.

Los chicos atraviesan un paso de cebra que los lleva al otro lado de la calle. Allí hay un hotel de tres estrellas. Álex se detiene frente a él. Paula lo mira algo confusa.

—¿Quieres que cenemos en este hotel? —pregunta la joven—. No sé si tendrá restaurante.

—No es eso lo que se me ha ocurrido.

—¿No? ¿Entonces?

El joven señala un Opencor que está justo al lado.

—Podemos comprar la cena ahí y meternos en una habitación a comérnosla.

—¿En el hotel? ¿Cómo vamos a hacer eso? ¡Nos saldría carísimo!

—No te preocupes por ese tema.

—Claro que me preocupo. ¡No llevo tanto dinero encima!

—Es que no tienes que pagar nada, Paula —comenta alegre—. Y no seas cabezota con este asunto. Hoy te invito yo a cenar. Ya lo harás tú otro día.

A la chica no le gusta eso de ir de invitada. Ella tiene su dinero, pero no va a discutir con él en la primera cita.

—Está bien, está bien. No protestaré.

—Muy bien.

—De todas maneras podríamos comprar algo de comer y de beber, y tomárnoslo luego sentados en algún banquito.

—Hace mucho frío. Ahí dentro estaríamos calentitos y tendríamos intimidad. Y, además, estamos muy cerca de tu casa.

¿Intimidad? ¡¿Pero qué es lo que pretende hacer?! ¿No van solo a cenar y después para casa, que mañana hay que madrugar?

—Pero... un hotel..., no sé.

—¿Te da miedo quedarte a solas conmigo en una habitación?

—¡Claro que no!

—Yo creo que algo de eso hay...

—¡No! ¿Por qué me iba a dar miedo estar a solas contigo en un hotel?

El chico sonríe, coge de la mano a Paula y la guía hasta la tienda.

—Primero elijamos nuestra cena.

—Bien.

Se ha puesto nerviosa. Es la primera vez que los dos van de la mano por la calle. Hacía mucho que no sentía ese cosquilleo.

La pareja entra en el Opencor.

—¿Qué quieres comer? ¿Un sándwich?

—Sí, algo así.

Los tienen delante, en una nevera colocada al inicio de la tienda en la que hay toda clase de bocadillos, emparedados y sándwiches. Paula se suelta de la mano del escritor y comienza a examinarlos. Lee las etiquetas con cuidado para no elegir uno que luego no le guste. Álex también busca otro, pero se decide rápido. Coge uno de ensalada de pollo.

—Ahora vengo, que veo que lo tuyo va para largo.

—Tonto.

El joven se aleja por uno de los pasillos y desaparece de la vista de Paula. Esta, mientras, continúa tomando aquella difícil decisión de la que depende su cena, aunque su pensamiento realmente está en el hotel de al lado. Sí que le da cierto respeto quedarse con él a solas. Pero ¿qué podría pasar? Además, ¿a qué viene tanto miedo? Nada de lo que pudieran hacer sería nuevo para ella. No es inexperta. Pero con él... nunca ha hecho nada. Apenas cuatro besos. ¿Es eso lo que la atemoriza? Ir demasiado rápido, dejarse llevar hasta el punto de... Debe tranquilizarse. Álex es un gran chico y no haría nada que ella no quisiera hacer.

¿Uno de salmón o uno vegetal? Uno en cada mano.

—Elige el de salmón —dice el escritor arrebatándoselo—. El otro solo sabe a lechuga.

Álex ya ha regresado y lleva consigo dos latas frías de Coca-Cola. También ha cogido una caja de galletas de chocolate y dos bolsitas con gominolas.

—Vale, pues el de salmón.

—Buena elección.

—Tonto. ¡La has hecho tú!

—Por eso es buena.

Cruzan miradas divertidas. Álex también ha cambiado desde marzo. Ahora parece que tiene algo más de seguridad en lo que dice y hace.

—¿Y las galletas y las chucherías? —pregunta Paula mordiéndose el labio.

—¿No te gustan?

—Sí, sí que me gustan. Pero engordan. Y, como habrás podido comprobar..., he ganado unos kilillos desde la última vez que me viste en marzo.

—Yo te veo mejor que nunca.

Y acompaña sus palabras con un beso en la mejilla. Paula se pone colorada y le devuelve el beso. De nuevo se dan la mano y caminan hasta una de las cajas. Pagan y salen del Opencor.

—¿Y ahora? ¿Al hotel?

—Si tú quieres.

—¿No te parece un poco extraño coger una habitación solo para cenar?

—No. Es divertido, cómodo y podremos estar tranquilos los dos solos para hablar.

Hablar. Bueno. Suspira y se da por vencida.

—Entremos entonces. Aunque sigo pensando que es exagerado y que te vas a gastar mucho dinero innecesariamente.

—Seguro que, al final de la noche, hasta me habrá parecido barato.

Y juntos suben la escalera que lleva hasta la puerta giratoria del hotel, en el que no solo van a disfrutar de una cena en compañía.

Capítulo 64

Hace un año, una noche de diciembre, en un lugar de la ciudad.

La habitación es más grande de lo que habían imaginado. Más propia de cuatro que de tres estrellas. Paula y Álex se quitan los abrigos y echan una ojeada a todo el interior, curiosos.

—Tenemos bañera —apunta el joven entrando en el cuarto de baño.

—Una pena que no la vayamos a utilizar.

—¿No?

—No.

—Después de cenar, podríamos darnos un baño juntos.

—Sigue soñando, escritor.

La chica sonríe y se sienta en la cama. Continúa nerviosa, aunque las bromas y las preciosas sonrisas de Álex le transmiten algo de confianza y de tranquilidad. Coge la bolsa donde está la comida y saca una de las latas de Coca-Cola. La abre y da un sorbo.

—¿Ya has empezado sin mí? —pregunta él saliendo del cuarto de baño y sentándose a su lado.

—Solo ha sido un pequeño trago. Tenía sed.

—¿Me das la mía?

—Claro.

Paula vuelve a meter la mano en la bolsa, alcanza la otra

bebida y se la entrega. Sus manos se rozan y ella se estremece. Rápidamente, se aparta. Están juntos, en la soledad de la habitación de un hotel, sentados uno al lado del otro en una cama de matrimonio...

¿Cómo ha llegado hasta ahí? ¡Ahhhh!

—Esto no está nada mal... —comenta Álex mientras abre la lata.

—No. Es bastante grande.

—Me refería a estar aquí contigo —le aclara el chico bebiendo a continuación.

—Ah.

—¿Tú no estás bien?

—¿Yo? Sí.

Esa afirmación la hace en voz baja y sonrojándose. ¿Qué le pasa? ¿Por qué continúa tan nerviosa? Es él, el tío del que se ha pillado. ¡Fuera nervios! ¿No habría firmado hace unas horas por estar donde se encuentra ahora? ¡Por supuesto! Pero aun así...

—¿Me pasas el sándwich de pollo, por favor?

Paula se inclina, busca otra vez dentro de la bolsa y saca de ella los dos sándwiches. Le pasa a Álex el suyo y luego le quita la envoltura al de salmón. Da un pequeño mordisco y respira hondo. No comprende a qué vienen esos nervios. Desde que le propuso lo del hotel, está muy tensa. Tal vez se deba a que hace mucho tiempo que no está a solas con alguien por quien realmente siente algo. La intimidad con él la asusta. No es como estar con un cualquiera con el propósito de intercambiar unos cuantos besos. Es más, mucho más. Ni Álex es un cualquiera ni sus besos son algo para pasar el tiempo.

Está tan preocupada por lo que puede pasar cuando terminen de cenar que no se da cuenta de que un trozo de salmón embadurnado de mayonesa está a punto de caer sobre su suéter azul. No lo ve hasta que lo tiene encima de la ropa.

—¡Mierda!

—¿Qué te ha pasado?

—Me he manchado.

Malhumorada, se incorpora y se dirige hacia la silla en la que ha dejado su abrigo. De un bolsillo saca un paquete de pañuelos y trata de limpiar la mancha. Es inútil, lo está empeorando.

—Será mejor que le eches un poco de agua.

—¡Qué rabia...! Es mi favorito.

—¿Por eso te lo has puesto hoy?

—Eh...

La chica se pone colorada y se niega a mirarle. ¡Sí, es por eso! Suspira. ¿Qué le pasa?

Entra en el baño e intenta quitar la mancha con una toalla mojada. Se da cuenta de que es más sencillo, y seguramente más efectivo, hacerlo sin el suéter puesto. No lleva nada debajo, solo el sujetador. Entorna la puerta y se lo quita. Vuelve a empapar la toalla con agua y frota la zona donde cayó el trozo de sándwich.

—¿Cómo va tu lucha contra el salmón?

La puerta se abre de par en par y se encuentra con los ojos de Álex, que la contempla muy sorprendido. Instintivamente, deja caer el suéter al lavabo, donde el agua sigue corriendo, y se tapa el pecho cruzando los brazos.

—¡Cierra! —grita dándose la vuelta.

—Lo siento. No sabía que...

—¡Que cierres y te vayas!

El joven le hace caso y regresa a la cama. Paula saca el suéter azul del lavabo. ¿Eso que oye es una risa? ¡Qué estúpido! Se mira en el espejo y observa cómo tiene de enrojecidas las mejillas. Su cara parece una manzana. Y el corazón le va muy deprisa. Qué situación tan violenta. Lo ha hecho a propósito. ¡Seguro!

Ya no hay solo una mancha. El cerco de agua es ¡enorme! Estira el suéter y comprueba que casi toda la parte de abajo está más oscura y húmeda que el resto. ¡Qué mal! No puede ponérselo así. Tendrá que esperar a que se seque. Pero no va a estar metida en el cuarto de baño hasta entonces. Piensa un instante. No le queda otro remedio. Se envuelve en una toalla y, tras mirarse otra vez en el espejo para asegurarse de que no se le ve nada que no se le tenga que ver, sale del cuarto de baño.

Álex la contempla sonriente.

—Al final, ¿te has dado un baño tú sola?

—No.

—Puedes quitarte la toalla, ¿eh? Estamos en confianza —señala el chico, que casi ha terminado su sándwich—. Además, ya he visto lo que hay debajo.

—No voy a quitarme nada.

Ahora sí: las mejillas le van a estallar. ¡Qué cruel es! Si sabe que está pasando una vergüenza horrible..., ¿por qué se burla de ella?

—¿Qué tal tu suéter?

—Mal. Está secándose. Se me ha mojado todo cuando has entrado.

—¿De verdad? Perdona.

—¡Maldito sándwich de salmón! No tenía que haberte hecho caso. Con el vegetal seguro que no me hubiera manchado. Ay...

—Bueno, no te preocupes. Solo es una mancha.

—Ya.

La chica se sienta en la cama con cuidado para que la toalla no se le caiga. Recupera su sándwich de salmón después de maldecirlo y le da un gran bocado. Luego bebe un trago de Coca-Cola.

—¿Todo va bien? ¿En serio?

—Que sí...

Miente. Y él lo sabe.

Se han besado, han caminado por la calle de la mano, se han dicho cuánto se gustan y, en cambio, hay algo que no termina de funcionar. Si no, no es normal que le tiemblen las rodillas cuando lo tiene tan cerca. No lo comprende.

—Paula.

Escucha su nombre y se gira hacia él. Cómo no, Álex está sonriéndole. Aquel chico parece sacado de una de esas fotografías de muestra. Ella compraría un marco con su imagen solo para poder ver su rostro mientras sonríe.

—¿Qué?

—Relájate.

¿Tanto se le nota? Debe de estar quedando como una cría, mostrándose incapaz de enfrentarse a aquella situación. No es tan extraño que una pareja esté a solas en la habitación de un hotel. Pero ellos ni siquiera son novios aún.

—No sé qué me pasa. Estoy nerviosa.

—¿Es por mí?

—Es por... todo.

—¿Por todo?

—Sí. Esta situación es rara. Hace nada, unas horas, ni siquiera sabías que me gustabas y te estabas acostando con otra que no era yo. Y de repente me veo aquí, en una habitación de hotel, con mis sentimientos desbordados, sentados juntos en una cama de matrimonio... Me cuesta asimilarlo.

Deja a un lado el sándwich y la Coca-Cola. Se pone de pie y camina por el cuarto. El joven la observa sentado. Ya ha terminado de comer y da el último sorbo a su lata de refresco.

—Entiendo.

—Si es quc... ¡hasta me has visto en sujetador!

—¡Eso ha sido un accidente!

Paula se recoge el pelo con las manos e, instantes después, lo vuelve a soltar. Le cae por los hombros algo enmarañado. Mira a Álex, sonríe y sabe que le quiere. Está convencida de eso. Pero tal vez deban hacer las cosas de otra manera.

—¿No crees que vamos demasiado deprisa?

—¿Por estar aquí los dos solos?

—Por eso y por lo demás.

—Si te soy sincero, no creo que importe mucho si vamos lento o rápido.

—¿No te importa?

—No. Simplemente hemos hecho lo que nos ha apetecido. Y lo que no quieras hacer, no te preocupes, que no lo harás. Confía en mí.

—Si en ti sí que confío. Pero es que no puedo controlar mis nervios... —reconoce bajando la cabeza.

—Eso es porque piensas más de lo que deberías. En todo caso, el que tendría que estar más tenso y más nervioso soy yo.

—¿Tú?

—Sí. Recuerda que tengo a otra persona que cree que ahora mismo estoy en mi casa pensando en ella.

Tiene razón. Está dándole más vueltas a la cabeza de la cuenta. Es una noche para dejarse llevar y no pensar tanto. Ella está allí, con él, porque los dos lo han decidido. ¿Qué más quiere?

—Es verdad. No hay motivos para estar así.

—Ningún motivo.

Álex también se levanta de la cama y camina hacia la esquina de la habitación donde está Paula. Se miran a los ojos. La chica se sonroja cuando el joven escritor la abraza por la cintura.

—¿Por qué tendría que estar nerviosa? —pregunta en voz baja, temblorosa.

—Por nada —murmura él en su oído.

—Es una tontería.

—Sí. Lo es.

—Y no voy a hacer nada que no quiera hacer.

Las últimas palabras de Paula son casi inaudibles, un susurro que se pierde en la habitación de aquel hotel. Una mano del chico abandona su cintura y escala hasta su barbilla. La acaricia suavemente. Después le roza la mejilla y la frente. Ella traga saliva. Escucha cada vez que respiran. Cierra los ojos y la toalla cae al suelo.

El joven se queda perplejo. Ella, inmóvil. Los ojos de ambos, inevitablemente, van hacia el mismo lugar.

—Lo siento —dice Álex, que reacciona por fin.

El chico se aparta un poco para agacharse y recoger la pieza de felpa. Sin embargo, las manos de Paula lo frenan y le ayudan a incorporarse. No permite que coja la toalla, que sigue tirada en la alfombra de la habitación. Vence a la vergüenza de que la vea casi desnuda porque quiere hacerlo. Se abraza a él con fuerza, apretando su pecho contra el suyo, y lo besa en los labios. Una vez, dos. Tres. Diez, veinte, cincuenta veces. Lentamente. Sintiéndose únicos, como si solo existieran ellos.

Los dos avanzan a ciegas hasta la cama, donde se dejan caer. Ella, encima de él. Apartan la bolsa y lo que queda de la cena, que también cae al suelo, y se tumban sobre el colchón. Interrumpen la cascada de besos para mirarse y sonreír.

—¿Sigues pensando que no vamos muy deprisa?

—Ahora mismo no estoy para pensar.

—¿No? ¿Y para qué estás?

Álex se da la vuelta y se sitúa encima de Paula.

Sus ojos color miel brillan como nunca lo han hecho con él. Siente que el cuerpo se le acelera con el tacto de su piel. La observa y comprueba una vez más lo preciosa que es aquella chica con la que soñó tantas veces. La que le inspiró en sus palabras y la que también le hizo sufrir como nunca. Le da un nuevo beso en los labios y después le contesta a la pregunta.

—Para todo lo que tú quieras que esté.

—Entonces... te haré caso y no pensaré en nada más. Solo en ti y en mí.

Y compartiendo sus cinco sentidos, en aquella fría noche de diciembre, Paula y Álex se dejaron llevar hasta donde sus cuerpos desearon llevarlos.

Capítulo 65

Una mañana de diciembre, en un lugar de la ciudad.

No debería ir porque hoy no le toca. ¡Pero es que cómo va a pasar un día sin ver a su querido escritor!

Y eso que hace un frío... ¡Brrrrr! Y además se acostó a las tantas leyendo, hasta que el sueño la venció, lo que Alejandro le había enviado por *e-mail* de *Dime una palabra.* ¡Tiene que contarle lo que ha sentido con la segunda parte de *Tras la pared*! Es increíble cómo escribe ese chico, la cantidad de sensaciones que transmite. Te hace introducirte en la historia de tal manera que parece que formes parte de ella, como si fueras un personaje más. Julián, el protagonista, le encanta. Es su preferido. Y no hay duda de que aquel escritor en la ficción posee muchas cosas de su creador en la vida real.

¡Qué emocionante es leer una novela antes de que salga publicada!

Está siendo su semana. ¿Cuánto hacía que no se sentía así? No lo recuerda. Pandora está muy contenta. ¡Contentísima! Esta vez ni le ha tenido que mentir a su madre cuando le ha dicho adónde iba.

—Mamá, me voy al Manhattan.

—¿No descansabas hoy?

—Sí, pero voy a dar una vuelta por allí por si Alejandro necesita algo.

—Está bien, pero vuelve antes de la hora de comer, que tu padre hará paella. ¡No te retrases!

Odia la paella, pero qué más da. Desde que comenzó a trabajar en el bibliocafé, en su casa la tratan de otra manera. Apenas discuten, no se meten tanto en sus cosas y hasta se interesan más por ella. Ni siquiera la critican por ver esos «dibujos animados raros de japoneses». Y es que parece que a sus padres les ha impresionado bastante eso de que sea amiga de un escritor famoso. Quizá la niña ya no sea tan niña.

Hay zonas de la calzada que están heladas. Debe andarse con cuidado porque ella es propensa a todo tipo de caídas tontas. De todas maneras, ya está cerca del local en el que trabaja. Tiene planes. Si no hay nada que hacer, se sentará un rato a leer y a observar de reojo a Alejandro mientras escribe. Espera que hoy se encuentre un poco mejor que estos días. Eso es lo único que rompe su momentánea felicidad total.

Tal vez debería intentar acercarse a él y averiguar qué le pasa. A lo mejor ella puede ayudarle en algo. Es una experta en desamores y otras cuestiones relacionadas con el pesimismo y los ánimos por los suelos.

—¡Hola, buenos días! —dice alegremente al traspasar la puerta del Manhattan.

Sergio, que es el camarero que tiene turno esa mañana de domingo, la saluda con un gesto de la mano y atiende rápidamente al cliente que pide en la barra. Da la impresión de que está algo agobiado. Hay más gente que de costumbre y casi todas las mesas están ocupadas. Echa una ojeada en busca de Álex, pero no lo encuentra. Vaya, con las ganas que tenía de verle y saludarle... Cada dos besos que le da, de bienvenida o de despedida, son un pequeño tesoro para ella.

—Panda, ¿me echas una mano? El jefe no ha venido todavía hoy y esto está bastante lleno.

—Claro, Sergio.

—Muchas gracias y perdona, que sé que hoy libras.

—Tranquilo, ya le diré al jefe que me suba la paga.

—Lo llevas claro entonces.

La chica sonríe. Para su sorpresa, se lleva muy bien con Joel y con Sergio, sus dos compañeros. Antes, cuando solamente era cliente del bibliocafé, nunca había hablado con ellos más que para pedirles la consumición. Ahora tampoco es que lo haya hecho mucho, pero ambos le resultan muy simpáticos y la tratan de maravilla. Sospecha que Alejandro ha tenido algo que ver.

A trabajar... Adiós al tranquilo plan de lectura que había pensado, pero no importa: así estará entretenida hasta que el escritor aparezca.

Se quita el abrigo, la bufanda y los guantes, y los deja dentro del pequeño almacén del Manhattan. Saca una gomilla del bolsillo y se hace una coleta. No le gusta cómo le queda: cuando se recoge el pelo es como si la cara se le hiciera muy grande, pero para trabajar es lo mejor, mucho más cómodo.

—¿Atiendo yo las mesas? —le pregunta a Sergio mientras alcanza un trapo húmedo para limpiar una que ha quedado libre.

—Como tú prefieras.

Acuerdan que él se quedará en la barra y ella hará las mesas, así todo irá más rápido hasta que se vaya despejando el local. No suele ser un lugar al que vaya mucha gente a desayunar, pero, desde que sirven también bollería, los clientes que acuden por la mañana han aumentado considerablemente.

En media hora el Manhattan se tranquiliza. Pandora

está algo cansada y también un poco preocupada. Alejandro aún no ha aparecido. ¿Se encontrará bien? En cambio, la que sí llega es esa mujer de la editorial. Abril entra acompañada de su hijo y se sienta en una de las mesas del fondo. La chica se acerca hasta ellos. El niño sonríe cuando la ve, aunque rápidamente mira hacia otro lado.

—Hola, ¿no está por aquí Álex?

—No, aún no ha venido.

—Vaya... —se lamenta Abril—. Bueno, me tomaré un café mientras lo esperamos. ¿Tú qué quieres, David?

El pequeño vuelve a fijarse en Pandora, que está observándole con una sonrisa. Ella no es como las otras chicas que conoce, pero esta le cae mejor.

—Un batido de... vainilla —dice titubeando—. Y un Donuts de chocolate.

—Tráele solo el batido —indica su madre—, que ya ha desayunado antes en casa.

—¡No! ¡Quiero un Donuts de chocolate! —protesta David, que se pone de pie en la silla.

—No vas a comer más bollos.

—¡Lo quiero!

—No grites.

—¡Lo quierоооо!

Todos los que están en el Manhattan miran hacia aquella mesa. La mujer se da cuenta de que están llamando la atención. Resopla y, para que el niño no siga chillando, termina cediendo. Pandora se aleja hacia la barra. Le cae bien el pequeñajo, aunque a ella no la soporta. Siempre está con esa sonrisa tan poco creíble, como si todo le fuera bien. Que Alejandro pase tanto tiempo a su lado no le gusta nada, pero trabajan juntos, así que no le queda otro remedio que aguantarse.

Sergio le entrega lo que Abril y su hijo han pedido y se lo lleva a la mesa. El crío vuelve a observarla con curiosidad y aparta sus ojos de la chica cuando esta le mira. Agarra el Donuts con las dos manos y lo muerde, manchándose la boca de chocolate.

—Parece que está muy bueno, ¿no?

El niño la mira de nuevo y asiente con la cabeza. Los dos sonríen. El uno, porque se ha salido con la suya; y la otra, porque sabe que la mujer está molesta con el crío por haber hecho algo que ella no quería que hiciese. Y eso le agrada. Aquel pequeñajo puede convertirse en un buen aliado.

Pandora se retira sonriente hacia la barra, pero a sus oídos llega algo que la madre le dice a su hijo.

—Es el último dulce que te comes hoy, David. ¿O es que te quieres poner tan gordo como la camarera?

Aquellas palabras le hacen mucho daño. Penetran en su corazón y la hieren en su estima.

—¿Te encuentras bien? —le pregunta Sergio cuando la ve.

Se ha puesto blanca, más de lo habitual, y su rostro está desencajado. No, no está bien. ¿Cómo iba a estarlo? Esa mujer ha golpeado fuerte en su punto más débil.

—Sí, no te preocupes —responde muy seria—. Solo me he mareado un poco. Voy al baño a echarme agua en la cara.

La chica camina hasta el fondo del bibliocafé y entra en el cuarto de baño. Se mira en el espejo y recupera todas las fobias que siempre la han perseguido: los pómulos hinchados, los brazos enormes, las piernas gruesas, los innumerables pliegues que se forman en su ropa... Es horrible.

¿Por qué es así? Se sienta sobre la tapa del váter y apoya la espalda contra la pared. Se quita la gomilla del pelo y deja que este caiga por sus hombros. Qué difícil es ser ella.

Muchas veces se prometió a sí misma que no volvería a sentirse así, que iba a superarlo y que nada de lo que le dijeran a la cara o por la espalda la afectaría. Pero, por más que lo intentó, no lo logró. Su obesidad la ha lastrado toda la vida y ha hecho que poco a poco se haya ido aislando del mundo para no sufrir más heridas.

Se pone otra vez de pie y de nuevo se mira en el espejo. No hay lágrimas. ¿Le quedan? Está harta de derrotas. Pero ahora la impotencia de sentirse así en el lugar que tantas satisfacciones le ha dado en los últimos tiempos se lo impide. Está tan dolida, tan superada, que ni puede llorar.

«Pangorda, vete de aquí». Parece que fue ayer y ya han pasado tantos años desde aquel día. Fue la primera vez que le rompieron el corazón. Por entonces todavía no era consciente de que otros le daban importancia a algo que a ella no le suponía ningún problema. Ese chico que le gustaba y al que solo quería enseñar el dibujo que había hecho de él le mostró que su aspecto físico podía ser un inconveniente para ella, pero sobre todo para los demás.

Y, conforme transcurrían los años, las cosas empeoraron, aumentaron, como su talla de pantalón. Los insultos, los menosprecios le afectaban cada vez más, no por quienes los hacían o porque fueran distintos o peores de los que recibió de pequeña, sino porque no solo escuchaba con los oídos; especialmente, lo hacía con el corazón. Y ese dolor que se fue acumulando con el tiempo la transformó en una chica inaccesible, solitaria, desconfiada.

—¿Qué te pasa?

Un crío con la boca y las manos manchadas de chocolate se asoma por la puerta del cuarto de baño para chicas.

—Este no es tu baño. Es el otro —dice Pandora tratando de ser lo más agradable posible. No está para bromas.

—No puedo pasar. Han cerrado.

—Eso es que estará ocupado por alguien. Espera a que terminen.

—¿Por qué no puedo entrar en este? Mi mamá me deja cuando voy con ella.

—Porque este es el que usan las mujeres. Y tú eres un hombre.

—Yo no soy un hombre, soy un niño.

La muchacha suspira. Aquel pequeñajo no va a dejarla en paz, por lo que se ve. Se levanta resignada y le pide que pase. David entra en el cuarto de baño e intenta abrir el grifo para lavarse. Está muy duro. Pandora le ayuda.

—Cómo te has puesto, ¿eh?

—¿Estabas triste?

—No, no lo estaba.

—Yo creo que sí.

La chica no le hace caso. No va a discutir con él por eso. Remanga su jersey y le echa jabón en las manos.

—Ponlas debajo del agua y frota con fuerza una contra otra.

—¿Estás triste porque tu novio no ha venido hoy?

—¿Qué? —Pandora lo mira desconcertada. Ese renacuajo...—. Yo no tengo novio. Soy muy fea para tenerlo.

—¿Fea? No eres fea.

El niño se mira en el espejo y sonríe. Observa que su boca sigue cubierta de chocolate. Parece uno de esos payasos del circo. Vuelve a mojarse las manos y trata de limpiarla. ¿Ya? No, aún tiene manchas alrededor de los labios. ¡Qué lata! La chica que tiene a su lado quizá pueda ayudarle. La contempla a través del cristal y ya no parece tan triste. Está sonriente.

—Deja que te limpie bien, anda —comenta Pandora, que coge papel y se lo restriega por la boca—. Ya está. Listo.

David se mira en el espejo satisfecho. Ahora sí. Ni rastro de chocolate.

—Creía que mi tío Álex era tu novio —suelta de repente.

—¿Cómo?

—Pensaba que él y tú estabais enamorados.

—No, no...

—Como os pasáis tanto tiempo juntos aquí y os reís mucho los dos..., yo creía que sí. ¿No me engañas?

—Claro que no. Él no es mi novio.

—Ah.

—Solo es mi jefe y mi amigo.

Solo eso. Y nunca podrá ser algo más. Es imposible. Aunque aquel encanto de crío haya pensado que sí.

—Mi mamá dice que es un gran partido.

—¿Eso dice?

—Sí. Y que cuando yo sea mayor le gustaría que fuera como él de guapo y de listo.

Pandora sonríe al escuchar hablar a David. No estaría nada mal que aquel pequeñajo se pareciera a Alejandro. Aunque, cuando él tenga la edad del escritor, ella ya habrá sobrepasado los treinta.

—Tú serás tú mismo. Único e incomparable. Además, yo ya creo que eres muy guapo y también muy listo.

El niño se sonroja y se termina de secar las manos con el papel.

—Bueno, me voy con mi mamá —comenta colorado y sin poder mirarla—. Me alegro de que ya no estés triste.

Y corriendo sale del cuarto de baño de chicas. ¡Menudo chiquillo! Es una lástima que su madre sea quien es; si no, no le importaría que viniera todos los días a verla al Manhattan. La ha animado cuando peor estaba, pero sobre todo ha conseguido volver a hacerla sonreír.

Pasó la tormenta. De momento.

Se pone otra vez la gomilla en el pelo y se coge una coleta. Tiene mucho trabajo por delante. Se mira al espejo una vez más y continúa viendo a la misma chica que ha visto durante toda su vida. Sigue siendo ella, eso no va a cambiar. Pero ahora ya sabe que, por lo menos, una persona en el mundo no la considera fea. Aunque solo tenga siete años.

Capítulo 66

Esa mañana de diciembre, en un lugar de Londres.

Suena la alarma de su móvil. Eso indica que la lavadora ya se habrá detenido. Ahora tendrá que bajar a la sala de las lavadoras para meter la ropa en la secadora.

Durante esos minutos ha estado estudiando en su habitación, aunque no ha dejado de pensar en Álex. Ya han pasado cuatro días y medio desde que rompieron. Sin embargo, la conversación que tuvo con él parece que fue hace tan solo unos minutos. Lo echa mucho de menos, y se pregunta una y otra vez si ha tomado la decisión adecuada. El problema es que la conclusión a la que llega también sigue siendo la misma: sí. Es muy duro intentar olvidar a la persona de la que estás enamorada y que, además, te corresponde. Duro y difícil. Ella, de momento, no lo ha logrado, ni se ha acercado a lograrlo.

«Cómo olvidarte...».

—¿Quieres que vaya yo a poner la ropa en la secadora? —le pregunta Valentina, que después de salir de la ducha parece de mejor humor.

—No te preocupes, ya voy yo.

La chica se levanta de la silla y, tras mirarse en el espejo del cuarto de baño, sale de la habitación. Solo unos segundos más tarde se le une la italiana.

—Venga, que te acompaño.

—No hacía falta, Valen.

—Que sí, que sí. Que cualquier excusa es buena para parar de estudiar un rato —confiesa gesticulando expresivamente con la cara y las manos.

—¿Por eso saliste a correr antes?

—Me has pillado.

Las dos sonríen y bajan por la escalera hasta la planta en la que se encuentra la sala de las lavadoras. Sin embargo, en esta ocasión no están solas. Hay alguien más que hace la colada.

—Hola, Luca —saluda amablemente la española.

—¡Qué sorpresa! Buenos días, chicas.

Su tono de voz no parece ni desafiante ni irónico, lo que extraña a Paula. En realidad, hasta tiene la impresión de que se alegra de verlas. ¿Habrá cambiado de verdad?

—La sorpresa es nuestra. No sabíamos que tú lavabas la ropa —comenta Valentina, abriendo la puerta de la lavadora en la que su compañera antes introdujo la ropa de color.

—Muy graciosa, *italianini*. Pues ya ves que sí.

—Pero ¿la metes toda en la misma? ¿La de color y la blanca? —pregunta Paula, que se está encargando de la otra lavadora.

El joven del parche se encoge de hombros y asiente.

—¿Qué problema hay en eso?

—Pues que se te puede estropear todo y conseguir que una camiseta blanca se transforme en rosa. O que un pantalón blanco se te llene de pequeñas manchitas azules.

—Este es el segundo año que llevo lavando aquí y nunca me ha pasado eso.

—Déjale, Paola, déjale. Ya le pasará algún día y entonces se acordará de nosotras.

—De ti no puedo olvidarme ni un segundo, *italianini*.

—En cambio yo, en cuanto desapareces de mi vista, ni siquiera recuerdo que he estado contigo.

La chica le guiña un ojo y, después, mete la ropa en una de las secadoras. Busca en el bolsillo de su pantalón la ficha para ponerla en marcha, pero parece que se la ha dejado en la habitación.

—¿Qué pasa, Valen?

—Me he olvidado de coger la ficha de la secadora. ¿Tú has traído alguna?

—Ya decía yo que me faltaba algo —indica dándose un manotazo en la frente—. Subo a por una.

—No tardes o me comerá vivo —indica Luca apartándose de la italiana.

—Pues prepárate, que hoy la que limpia contigo es ella.

—¿Cómo? ¿Por qué?

—Cuéntaselo mientras subo a la habitación, Valen... ¿Podréis estar aquí los dos a solas sin mataros?

—No te aseguro nada —contesta su amiga—. Ahora se lo explico. Y muchas gracias por recordármelo.

Paula sonríe cuando escucha el posterior taco en italiano de su amiga y rápidamente se dirige hacia su cuarto. Sube las escaleras de dos en dos. Llega a la tercera planta y atraviesa el pasillo. Saca de un bolsillo del pantalón la llave de su habitación y, cuando está abriendo la puerta, escucha una melodía dentro que le es familiar. ¡Su móvil!

Se da prisa por entrar, pero los nervios le juegan una mala pasada y no acierta con la cerradura. El teléfono continúa sonando y ella, desesperada, está a punto de derribar la puerta de una patada. Así seguro que lo conseguiría antes. ¡Maldita llave!

¡Por fin abre!

Se abalanza sobre el aparato, que hace un segundo ha dado su último tono y ya ha dejado de sonar. ¡Mierda, qué mala suerte! Respira y comprueba quién es la persona que la ha llamado. No puede ser. ¿Él?

¡No puede ser! ¿Qué hace? ¿Lo llama ella? ¿O espera a que la vuelva a llamar? Mejor lo segundo.

Se sienta en la cama sin dejar de mirar el móvil. Qué rabia no haber llegado al cuarto un poco antes o haberse liado con la llave en la cerradura. ¿La volverá a llamar otra vez? No tarda mucho en averiguarlo. Su teléfono suena y lee su nombre en la pantalla. Una sonrisa de oreja a oreja y también un puñado de nervios. Pulsa el botón verde y lo saluda.

—¡Hola, cómo me alegro de volver a oírte!

Mientras, abajo, en la sala de las lavadoras, un domingo de diciembre.

—Cuánto tarda Paola —protesta Valentina en voz baja, mirando el reloj—. ¡Si solo era coger una estúpida ficha para la secadora!

La joven está desesperada. Aunque ha bajado con la excusa de hacer una pausa en sus estudios, empieza a agobiarse. ¡Los exámenes ya están aquí! Y pronto irán a comer, luego le toca limpiar e igual se echa un rato para descansar...

—Todavía no me has explicado por qué hoy sustituyes a tu amiga en el castigo —le comenta Luca acercándose a ella.

—No me apetece hablar contigo. Déjame en paz.

Desde que Paula se fue, no han conversado. Concretamente, Valentina es la que no ha querido hablar con el chico, que ha intentado ser amable. Está harta de aquel tipo prepotente y que solo existe para molestar a los demás.

—¿Por qué estás así conmigo?

—Porque te lo mereces.

—Que yo sepa, a ti no te he hecho nada.

—Eso es porque a mí me tienes miedo.

Luca suelta una carcajada y está a punto de responderle con una grosería. Pero debe controlarse. Una cosa es discutir con ella y otra faltarle al respeto. Si quiere lograr lo que se propuso, a la italiana y a la española debe tratarlas bien. Así que se muerde la lengua e intenta moderarse.

—No te tengo miedo, *italianini.*

—Qué pesado eres con lo de *italianini.* Tengo un nombre, ¿lo sabes?

—Claro que lo sé.

—¡Pues úsalo! *Mamma mia!*

—Me sé hasta tu apellido.

—¿Ah, sí? Sorpréndeme.

—Bruscolotti. ¿No es así?

Pues sí. La ha sorprendido. No imaginaba que supiera su nombre completo. No tiene ni idea de cómo ni por qué lo sabe, pero tampoco le importa.

—Si esperas un premio, vas listo, Luca Valor.

—No quiero ningún premio, Valentina Bruscolotti.

El chico sonríe y se sienta en el suelo, apoyando la espalda contra la pared. A su lavadora le queda poco para terminar. La italiana está cansada de esperar de pie a su compañera de habitación y se sienta a su lado. Saca un cigarro y lo enciende.

—¿Qué miras? —le pregunta expulsando el humo de la primera calada.

—Aquí no se puede fumar.

—¿Qué más da? ¿Quién me va a pillar? El director no está hoy en la residencia y los conserjes nunca bajan aquí.

—Pero si salta la alarma de incendios, nos meteremos..., te meterás en problemas.

Luca alza la vista hacia el techo y señala con la mirada un piloto rojo intermitente. Es el detector de humo. Valentina resopla y apaga el cigarrillo estrujándolo contra el suelo.

—Eres un aguafiestas.

—Y tú... una...

—¿Una qué?

Control. Control. Respira hondo y sonríe.

—Nada, Valentina Bruscolotti. Nada.

—¿Ahora vas a llamarme siempre así?

—¿No querías eso? —pregunta sonriente e imita su voz y su acento italiano—. «Tengo un nombre, ¿lo sabes? Pues úsalo. *Mamma mia!*».

Qué estúpido. Y qué mal lo hace. Pero la ha hecho reír.

—Será mejor que no diga nada de tu absurda imitación. Desde luego, no te ganarías la vida como humorista.

—En cambio, tú has sonreído.

¡No! ¡Se ha dado cuenta! Y ella, que pretendía que no se le notase. Bueno, que se haya reído por una tontería así no significa nada. Aquel chico sigue siendo un cretino y un impertinente.

—Paola debe de estar fabricando la ficha. ¡¿Cómo puede tardar tanto?!

—Se habrá entretenido con cualquier cosa —comenta él—. Es una chica muy infantil.

—¿Tú crees que ella es infantil?

—Sí. Pero...

—Pero te gusta —le interrumpe Valentina—. Estás enamorado de ella hasta el fondo.

El joven la mira con cara de pocos amigos. Se apoya en su hombro y se levanta del suelo.

—Eso es una tontería que se os ha metido en la cabeza.

—¿Se nos ha metido? —repite sonriente la italiana—. Así que no solo yo pienso así... ¡Es que está clarísimo que te ha conquistado por completo!

—Lo que está claro es que no tienes ni idea de nada.

Se mete la mano en el bolsillo del pantalón, saca una ficha para la secadora y se la lanza a Valentina. La pieza rebota en sus piernas y cae al suelo.

—Cuanto antes admitas que Paula te gusta, más posibilidades tendrás con ella. Quién sabe si cuando regrese a España por vacaciones no volverá con su ex o se enamorará de otro español.

Luca sonríe y mueve la cabeza de un lado para otro. Coloca las manos en la nuca y, silbando, se marcha de la sala de lavadoras.

Y es que no está dispuesto a seguir escuchando. Nadie decide lo que tiene o no tiene que hacer. Solo él mismo. Valentina Bruscolotti ya debería saberlo.

Capítulo 67

Ese día de diciembre, en un lugar de la ciudad.

Cuelga el teléfono y suspira. Esa mañana se quedará en casa, no irá al Manhattan a escribir. Sergio le ha dicho que no se preocupe, que está todo controlado. Pandora le está echando una mano a pesar de que hoy no le tocaba trabajar. Qué buen fichaje ha hecho para el bibliocafé. Es una chica realmente extraña. En apariencia, frágil, tímida, insegura... Imagina que debe de haber sufrido mucho a causa de su sobrepeso. Sin embargo, cuando hace o habla de las cosas que le gustan, transmite una enorme pasión y una gran ilusión. Y eso a Álex le encanta. Es de las pocas personas que ahora mismo consiguen sacarle una sonrisa.

Está siendo un comienzo de domingo muy apático. No tiene ganas de nada, aunque sabe que no puede dormirse en los laureles. Se acerca el plazo de entrega de *Dime una palabra* y todavía le queda mucho trabajo por delante. Ya calcula las páginas que tiene que escribir al día y, si no espabila, no le dará tiempo.

Enciende el ordenador y espera a que se inicie la sesión. Bosteza. Es la enésima vez que lo hace desde que se despertó. Mala noche. Muy mala. Ella no ha parado de acudir a sus sueños, transformados en pesadillas, cuando le oía decir que no quería seguir con él.

La de Paula es la tercera relación que tiene y que se acaba en el último año y medio, pero, sin duda, esta ruptura ha sido la más dolorosa, la que más le está afectando. Quizá porque ha sido la única vez que ha querido a alguien de verdad.

La historia con Abril fue un visto y no visto. Y lo de Katia..., no hay palabras para definir lo que pasó con la cantante del pelo rosa.

Una infidelidad, una confesión y la incompatibilidad de sus caracteres y estilos de vida fueron los detonantes para que la relación entre ellos no siguiera adelante. Aunque, si es sincero consigo mismo, debe reconocer que nunca la llegó a querer de verdad, a amarla como ama a Paula.

—¿Por qué no me has llamado?

—Lo siento. No me he dado cuenta de la hora que era.

—Estaba preocupado.

—Ya te he dicho que lo siento.

—El concierto terminó hace tres horas...

—Pero me he entretenido, ya sabes cómo son estas cosas. Te lían, te lían y...

Sin embargo, por mucho que intentan esconder la verdad, los ojos celestes de Katia no son capaces de ocultarla por más tiempo. Y se echa a llorar apoyando su cabeza en el pecho de Álex.

—¿Qué ocurre?

—Es que... lo he vuelto a ver.

—¿A quién?

—A él. Pero no ha pasado nada... Solo me besó... un par de veces. Pero pensé en ti, en lo que te quiero, y me fui de allí corriendo.

El escritor se aparta y la mira a los ojos. Después de que Katia le confesara que en una fiesta tras un concierto se había liado con uno de los guitarristas que había contratado para acompañarla, nada fue igual. De eso hace dos semanas. Le dio otra oportunidad, pero sabía que su relación ya estaba herida de muerte. No desde ese momento, sino antes de que eso pasara, porque se había dado cuenta de que ellos no estaban hechos para estar juntos.

—Creo que deberíamos dejarlo.

—No. ¡No!

—Ya no confío en ti. Y...

—Perdóname, amor. Ha sido un gran error. Pero no volverá a pasar. De verdad. Debes confiar en mí.

—No es solo una cuestión de confianza —comenta Álex, suspirando y mirando hacia ninguna parte—. Nuestra forma de vivir es completamente distinta. Tú sales por las noches, con gente de tu mundo... Y yo no puedo seguir ese ritmo. Ni me gusta ni estoy preparado para ello.

—Pero yo te quiero. Intentémoslo juntos. Saldrá bien. ¡Seguro!

—No puede ser. Esto ya es imposible.

—Dame otra oportunidad, amor. Mejoraré. Me adaptaré a lo que tú quieras.

—No hay solución, Katia.

—Lo siento, de verdad.

—Yo también lo siento, pero lo mejor es que acabemos con lo nuestro.

Y a pesar de que ella le pidió disculpas y le suplicó una y otra vez aquella noche, fue la última vez que se vieron cara a cara. En las semanas siguientes, hablaron un par de veces por teléfono e intercambiaron algunos SMS. Pero la historia de amor entre Álex y Katia había terminado para siempre.

El cielo está blanco, cubierto por una espesa capa de nubes. Cielo de invierno. Hace mucho frío. No quiere encender la calefacción porque luego le duele la cabeza, así que, para entrar en calor, Álex coge una manta y se la echa por encima. Incluso hasta se cubre la cabeza con ella.

Abre el Word y lee el último párrafo que tiene escrito. No le gusta demasiado. Le suele pasar a menudo. Algo que por la noche parece increíble, a la mañana siguiente es horroroso. Modifica algunas palabras y varios signos de puntuación y lo lee otra vez. Nada. ¡Está fatal! Se echa hacia atrás y resopla. Paciencia.

Tal vez, si escucha un poco de música, eso le inspire. Una canción de La Ley de Darwin podría irle bien. La mejor, *Buscando una salida.* Volumen al máximo. *Play.* Oye la letra detenidamente y es peor el remedio que la enfermedad.

«Todo esto es por ti..., todo esto es por ti».

Todo esto es por ella. Por Paula, por su Paula. Mira hacia el techo y canta el estribillo del tema en voz baja. Sonríe melancólico. Ella siempre le decía que menos mal que se dedicaba a escribir y no a cantar. Y ya lo de bailar... Nunca le ha gustado. «Lo que pasa es que eres un soso». Recuerda cómo bailaba, con ese sexto sentido que tienen todas las chicas para moverse al ritmo de la melodía y no parecer descoordinadas. «No soy un soso, solo tengo dignidad».

Stop. Lo de escuchar música no ha sido una buena idea. Lo prueban sus ojos. Con el puño de la camiseta se los seca.

¿Por qué se tuvo que ir a Londres? Porque era lo mejor para ella. Una gran oportunidad para aprender y formarse. No podía ni debía decir que no.

Un nuevo esfuerzo. Estira los dedos y se centra en la pequeña pantalla de su portátil. Aquel párrafo no hay quien lo arregle, pero en cuatrocientas páginas no todo puede estar perfecto, ¿no? Hay que seguir adelante.

Pasan los minutos y la flechita del cursor está en el mismo sitio que hace un rato. Qué difícil es concentrarse cuando la cabeza está en otra parte. Ni una sola palabra nueva. Está claro que aquel no va a ser su día.

Suena el teléfono. No es una interrupción inoportuna, más bien es un alivio. La salvación a tanta desidia. El número que aparece en la pantalla de su móvil no es de ningún contacto que tenga en su agenda. Responde.

—¿Sí?

—Hola, Alejandro.

—Hola.

Aquella voz femenina le suena, pero no sabe quién es. No tarda nada en descubrirlo.

—Soy Pandora. Sergio me ha dado tu número.

—Ah, ¿qué tal, Panda? No te había reconocido por teléfono.

—No te preocupes.

La chica se queda en silencio. Parece que le ha decepcionado un poco que Álex no supiera quién era.

—¿Va todo bien en el Manhattan?

—Sí. Sergio y yo nos apañamos bien.

—Muchas gracias por todo, Panda. Te pagaré las horas extras.

—Ah. Bueno, como tú quieras.

—Es lo justo.

Un nuevo silencio. Álex no comprende muy bien el motivo de aquella llamada. Si no hay problemas en el bibliocafé, ¿qué es lo que quiere?

—Anoche leí lo que me mandaste por *e-mail.*

—¿Sí? ¿Y qué te pareció?

—Increíble.

Vaya, eso le anima. Aunque su tono apagado de voz no es precisamente indicativo de que *Dime una palabra* le esté pareciendo «increíble».

—Me alegro de que te haya gustado.

—Es genial. Tengo muchas ganas de que lo termines y poder leerlo entero.

—En ello estoy, aunque todavía falta mucho para eso.

—Tendré paciencia.

—No te queda otro remedio.

El chico ríe, pero Pandora no le sigue. Algo debe de pasarle para que esté tan desanimada. ¿Se habrá enfadado con su madre?

—Bueno, me tengo que ir, que han venido más clientes y Sergio me está llamando.

—Vale. Si hay cualquier problema, avisadme.

—¿Esta tarde vendrás por aquí?

—No lo sé. Hoy tengo un día un poco raro. Me está costando concentrarme, así que no sé si me pasaré por allí.

—Ah.

—¿Por qué lo preguntas? ¿Necesitáis algo?

—No. Es solo... porque... se te echa... de menos —contesta titubeando, bajando mucho la voz—. Adiós, Alejandro.

—Adiós, Pandora.

El chico no cuelga, creyendo que será ella la que lo hará. Pero no es así. Escucha cómo suspira dos veces al otro lado de la línea, hasta que por fin la joven se decide y la llamada termina.

¿Qué le pasará? Quizá quería contarle algo y no se ha atrevido. No lo sabe, aquella muchacha es muy particular.

En cualquier caso le ha venido bien hablar con ella. Le ha animado para ponerse manos a la obra con el libro. Ella le ha recordado que hay muchos seguidores esperando ansiosos a que la segunda parte de *Tras la pared* se publique. Solo por toda esa gente debe esforzarse al máximo y hacerlo lo mejor posible.

Aunque su cabeza se empeñe en otra cosa totalmente distinta.

Capítulo 68

Esa mañana de diciembre, en un lugar de Londres.

—Tú, atontada, me has dejado plantada abajo.

—Lo siento. Ya iba, pero es que...

—Menos mal que el estúpido de Luca Valor me ha dejado una ficha para la secadora, si no...

—Es que me han llamado por teléfono y se me ha ido el santo al cielo.

Valentina observa a Paula, que está sentada en la cama con la mirada perdida.

—¿Quién te ha llamado? —pregunta curiosa.

—Un viejo amigo.

—¿Un viejo amigo o un amigo viejo?

Sin embargo, aquel juego de palabras de la italiana devuelve la sonrisa a la chica. No es que la haya perdido por nada en especial; simplemente, es que se ha quedado muy sorprendida. Aún le cuesta asimilar lo que acaba de enterarse.

—Lo primero.

—Menos mal. Porque tú eres una especialista en buscarte amigos raros.

—¿Lo dices por ti? —pregunta sacándole la lengua—. Eres la única amiga que tengo aquí.

—¡Qué va! ¡Qué va! ¡Estoy segura de que en Londres

has hecho muchos amigos! —exclama gesticulando—. Lo que pasa es que ni ellos ni tú lo sabéis todavía.

—¡Capulla!

Paula se agacha, coge un zapato de tacón de debajo de la cama y se lo lanza sin mucha fuerza.

—¡Ey, cuidado, que tú eres una especialista en dejar tuerta a la gente! ¡No quiero terminar llevando un parche en el ojo como ese tipo!

—Pues te quedaría bien.

—A ti te quedaría mejor, guapa. Además, es de ti de quien se ha enamorado.

—Que no se ha enamorado de mí..., ¡qué pesada!

—Te podrías poner tú otro parche y os llamarían la pareja pirata. Hasta podríais surcar el Támesis en una galera.

El otro zapato vuela hasta Valentina, que lo esquiva echándose a un lado.

—Algún día te comerás uno de mis tacones.

—Con salsa boloñesa —comenta acercándose hasta ella—. Lo que me recuerda que estoy hambrienta. ¿Vamos a comer mientras se seca la ropa?

—¿Cómo puedes tener hambre después del desayuno que nos hemos metido?

—Porque soy italiana. Me gusta comer —indica con orgullo—. Además, no engordo nada.

Da una vuelta sobre sí misma y camina como si estuviera desfilando en un pase de modelos, con una mano en la cintura. Llega hasta la puerta y regresa andando de la misma manera. Se levanta la sudadera, que se ha puesto después de la ducha, y se da una palmada en el vientre plano.

—Muy llanita y fibrosa tu tripa. Enhorabuena. Pero no cuentes conmigo todavía. No tengo nada de hambre.

—¡Bah! Pues me voy yo sola.

Valentina coge un tique de comida y, caminando como

antes y con la camiseta levantada, sale de la habitación. Paula sonríe. Su compañera de cuarto es todo un personaje. Le alegra que hayan hecho las paces. Aunque le haya supuesto correr detrás de ella por las calles de Londres.

La ficha de la secadora... ni la recordaba. Aquella llamada de teléfono la ha dejado en estado de *shock*. Y pensar que hace un año y pico ella...

Se tumba en la cama y recuerda. Pero apenas le da tiempo a abrazar la almohada cuando llaman a la puerta.

Se levanta como un resorte, se mira en el espejo del cuarto de baño y abre.

—Hola, ¿podemos hablar?

—Sí, claro, pasa.

¿«Sí, claro, pasa»? ¡Es Luca Valor! Hace unos días le habría dado con la puerta en la cara y gritado que se fuera. Ahora, hasta se fía de él y le deja entrar en su habitación.

El chico mira a un lado y a otro, buscando dónde sentarse, y por fin se decide por una de las sillas del escritorio. Paula elige su cama. Lo observa y espera a que hable. Parece un poco nervioso.

—¿Dónde ha ido tu amiga? He venido a tu habitación y he visto que se marchaba.

—¿Valentina? Se ha ido a comer. Estaba muerta de hambre.

—Bien. Entonces tardará en volver.

—Sí, a no ser que no le guste nada de la comida de hoy y se suba con un sándwich.

—Bueno, intentaré darme prisa entonces, por si acaso.

En cierta manera, lo comprende. Esos dos siempre terminan discutiendo por cualquier cosa. No se soportan. Si quiere hablar con ella a solas, es mejor que la italiana ni siquiera sepa que está allí.

—Tú dirás... ¿Qué es lo que pasa?

—Verás..., hay una cosa que... no sé cómo... Es complicado.

—No me entero de nada —comenta Paula con una sonrisa—. Explícate.

Nunca lo había visto tan nervioso. ¿Tan importante es eso que tiene que decirle? Empieza a temerse lo peor. No será que se va a declarar o algo por el estilo, ¿no? ¡Se muere allí mismo!

—No es cierto que esté enamorado de ti —suelta de golpe.

Sería difícil determinar quién de los dos está pasando peor momento. Ambos se sonrojan a la velocidad de la luz y son incapaces de mirarse a la cara. Silencio, que dice mucho. Hasta que ella trata de reconducir la conversación.

—Es algo que ya imaginaba.

—¿Sí?

¡No! Pero ¿qué quiere que le diga? Después de que Valentina le haya estado comiendo la cabeza todo el tiempo con ese tema, ya no sabía qué pensar.

—Claro. Aunque no tenías que darme explicaciones.

—Como tu amiga insiste tanto con lo mismo...

—A Valen no hay que hacerle demasiado caso.

Y desde ahora mucho menos. Por su culpa se ha metido en aquel lío y está pasando un mal trago. Si no fuera tan bocazas, no ocurrirían estas cosas. Mira que ha sido cabezota con que ese chico estaba pillado de ella. ¡No tenía razón y aquella confesión sincera por su parte lo demuestra!

—Es que yo, eso de estar enamorado..., como que no.

—Hasta que un día te llegue y no puedas hacer nada por evitarlo.

—No creo que eso suceda de momento. A mí me va otro tipo de rollo. No soy como vosotras, que tenéis novio en vuestro país y todo eso.

—Bueno, a día de hoy, creo que ni Valen ni yo tenemos novio.

—¿No? Creía que sí.

—Pues te equivocabas —indica Paula con una sonrisa triste—. Es una larga historia. Casi mejor no hablar sobre ello.

—OK.

La chica se levanta de la cama, incómoda, y se sienta en la otra silla del cuarto. ¿Por qué le ha contado todo eso? Ahora mismo Luca parece un buen tío, pero quién sabe si en cualquier momento puede cambiar otra vez y empezar a molestarla como antes. No debe ser tan confiada. Él no es su amigo y, además, durante tres meses se lo ha hecho pasar fatal en Londres.

—¿Hay algo más que me quieras decir? —pregunta algo seca debido a que ha recordado que no puede fiarse de él.

—No. Solo eso.

—Bien. Entonces, todo aclarado.

—Todo aclarado.

—Genial.

El joven es ahora quien se pone de pie. La charla ha terminado. Sin embargo, cree que debe hacer una cosa más.

—Se me olvidaba algo.

—¿El qué?

Se acerca lentamente hasta la chica y se agacha frente a ella, mirándola a los ojos. Paula está confusa. ¡Y nerviosa! ¿No se iba ya? ¿Qué pretende ahora? Quiere gritar. ¿A que grita? ¡A que grita!

—Perdón. He sido un gilipollas durante todo este tiempo. No eres la niña pija y consentida que creía.

—¿Creías que era así?

—Desde que te vi la primera vez.

—No me lo puedo creer.

—Es que esa es la imagen que dabas. De chica a quien todos hacen caso y le ríen las gracias, haga lo que haga. La típica popular *schoolgirl.*

—¡Ja! Increíble...

—Por eso te estoy pidiendo perdón.

—¿No te han enseñado a no juzgar a las personas a las primeras de cambio?

—Lo siento.

Lo dice arrepentido, colocando una mano en su rodilla. Sus miradas se encuentran. Y la chica vuelve a ponerse muy nerviosa. De nuevo esa sensación de querer chillar y salir corriendo.

—Luca...

—Pero, bueno, estos días que hemos compartido me han hecho ver algunas cosas. Y aunque te haya dicho que no te quiero, la verdad es que...

La puerta de la habitación se abre de pronto y aparece Valentina con un sándwich de atún en una mano y una botella de agua en la otra. Los ojos se le van a salir de las órbitas cuando presencia la escena que tiene delante. Paula está sentada en una silla, inclinada hacia delante. Y Luca Valor está agachado frente a ella, en actitud demasiado amistosa.

—¡Lo sabía! ¡Se te está declarando!

—¡No! —gritan los dos a la vez.

—¡Ya! ¿Quién tenía razón? Luca Valor: ¡estás enamorado!

El chico se incorpora y mira nervioso a la recién llegada. Sería inútil discutir con ella, así que decide irse de allí. Avanza a grandes pasos hacia la puerta y se marcha antes de enzarzarse en una nueva pugna dialéctica que no lleve a ninguna parte.

—Me vas a decir que esto no es lo que parece, ¿verdad? Como en una película. ¡Pues no me lo creo!

La italiana suelta una carcajada y se sienta en su cama; bebe un trago de agua y observa a su amiga, que se ha quedado blanca. Petrificada. Inmóvil.

Lo que piense y sospeche Valentina es importante, pero hay algo que le preocupa todavía más.

¿Qué estaba a punto de decirle Luca Valor antes de que su compañera de cuarto le interrumpiera?

Capítulo 69

Ese día de diciembre, en un lugar alejado de la ciudad.

Ese idiota tarda demasiado. Ricky ya tenía que haber llegado con el móvil para Miriam. Lo ha llamado unas cuantas veces y no contesta. Empieza a desesperarse.

—¿Qué te ocurre, cariño? Pareces muy tenso —comenta la chica, que está preparando la comida.

—Nada. No pasa nada.

Fabián se muestra nervioso y preocupado. No solo está así porque su amigo no le haya traído todavía lo que le pidió. Ha hecho varias gestiones por teléfono para localizar al tipo que debe comprarle las joyas y, de momento, ninguna le ha servido de mucho. Necesita ir a la ciudad cuanto antes. Allí seguro que tiene más posibilidades de dar con él. Sin embargo, hasta que Ricky no llegue, no puede marcharse. No se fía mucho, pero no le queda más remedio que confiar en él. No va a llevarse a Miriam al centro y alguien tiene que quedarse con ella para vigilarla.

—Se nos está terminando la comida. Tendremos que bajar pronto a la ciudad a comprar.

—Aún queda bastante. No hay prisa.

—No tenemos ya aceite y acabo de hervir toda la pasta que quedaba. Y tampoco hay pan de molde.

—Pues nos apañamos con otra cosa —contesta molesto.

Fabián no quiere llevarla a la ciudad y correr riesgos de que a ella le dé por escaparse o que alguien que los conozca los vea juntos. Bastantes problemas ocasionaron ya aquellos dos cuando vinieron a por la chica. Lo mejor es que no han vuelto a aparecer por allí. Eso indica que sus amenazas sirvieron de algo. Aunque no cree que se hayan dado por vencidos todavía. Por eso, cuanto antes venda las joyas y se quite de en medio a Miriam, mucho mejor.

La chica se acerca a su novio por detrás y lo abraza. Luego le besa el cuello. Él se deja hacer, pero sin mucho entusiasmo.

—Cariño, ¿por qué no vamos mañana a comprar y así de camino me llevas a casa y hablo con mis padres?

Aquella pregunta alerta a Fabián, que se aparta de su lado rápidamente y la mira malhumorado.

—¿Para qué quieres hablar con tus padres? ¿No estás harta de ellos?

—Sí. Pero son muchos días sin que sepan de mí..., estarán preocupados.

—¿Tú crees? ¿Y por qué no te han venido a buscar?

—Porque no saben dónde estoy. Me habrán llamado mil veces, además. Y al ver que ni siquiera tengo el teléfono encendido... Quería darles un escarmiento, pero no desaparecer de esta manera.

El joven resopla. La situación empeora. ¿Qué debe hacer? No puede permitir que Miriam regrese a su casa antes de vender las joyas. Eso sería muy peligroso para él y para la operación. Además, esa tarde ya tiene planeado irse y ella querrá acompañarle. Debe hacer algo para ganar tiempo.

—Luego tengo que ir a la ciudad a ocuparme de unos asuntos. Pero tengo que ir solo. No puedes venir.

—¿Por qué? Mientras tú haces lo que tengas que hacer,

yo podría ir a casa de mis padres y decirles que no se preocupen, que estoy bien.

—No, no puede ser. Y no insistas —señala con firmeza—. Mañana, si quieres, te llevo por la tarde y luego hacemos la compra.

Así, al menos, la retendrá un día más. Y ya se le ocurrirá alguna excusa para no llevarla al día siguiente.

—No me parece bien —dice ella después de unos segundos en silencio.

—¿Qué es lo que no te parece bien? ¿El qué?

—Que te vayas y me dejes aquí.

El agua en la que está la pasta empieza a hervir con fuerza. Es el único sonido que se escucha en la nave después de que Miriam se haya quejado. La mirada celeste de Fabián se clava en la chica, que traga saliva.

—Después de todo lo que he hecho por ti..., acogiéndote en mi casa, dándote de comer, de beber y de fumar, todo lo que has querido y más, ¿ahora me vienes con esas?

—Solo quiero ver a mis padres.

—Y los verás..., y los verás. Pero no hoy.

—No lo entiendo. Solo quiero que me dejes con el coche en algún sitio de la ciudad y ya cojo yo el metro.

—Te digo que no. Que hoy no puede ser.

La chica sigue sin comprenderlo, pero no quiere que se enfade y se calla. Camina hasta donde está la cocina y con una cuchara de madera mueve los macarrones, que ya están al dente.

Fabián, por su parte, tampoco dice nada más. Se sienta en un sillón y espera a que la comida esté preparada. El ruido de un coche hace que el joven se ponga de nuevo de pie y se acerque hasta la puerta de la nave. La abre y comprueba que el que acaba de llegar es Ricky. Muy alterado, sale caminando deprisa. Su amigo se está bajando de su todoterreno.

—¡Te he llamado diez mil veces! ¿Por qué coño no me coges el teléfono? —pregunta muy enfadado dirigiéndose hasta él.

—Porque conducía. Y no quiero que me multen. Bastante fichado estoy ya.

—¡Venga ya!

—Te lo digo en serio.

No hay quien se crea eso. Seguramente temía que le echara la bronca por retrasarse tanto.

—Bueno, ¿has traído eso?

—Sí.

El joven rapado coge de la parte trasera del coche una bolsa y se la entrega a Fabián. Dentro hay una caja envuelta en papel de colores.

—No me jodas. ¿Y esta pijería?

—¿No se lo vas a dar como si fuera un regalo?

—Claro que no.

—Ah, pues yo pensaba que sí.

—En fin...

Para regalos está la cosa. Quita el envoltorio sin ningún cuidado y, atónito, lee lo que pone en la caja.

—¿Qué te pasa? ¿No te gusta?

—¿Le has comprado un HTC?

—Sí. Es de lo mejorcito que hay ahora en telefonía móvil.

—¿Y cuánto te ha costado?

—El precio está detrás.

Fabián le da la vuelta a la caja y busca la etiqueta con el precio. Cuando lo encuentra, mira a su amigo.

—Esto lo vas a pagar tú, ¿verdad? —dice sonriendo sarcásticamente.

—Eh... Yo creía que me devolverías el dinero. Es tu novia.

—Yo a mi novia en la vida le compraría un teléfono de más de cuatrocientos euros.

—Pero... no me dijiste marca ni modelo ni nada. Y como era para ella, y querías contentarla para que no diera la lata, yo pensé que...

El joven de los ojos celestes le da una palmadita en el hombro al rapado y entra de nuevo en la nave. Ricky lo sigue resignado. Acaba de perder gran parte de lo que tenía ahorrado para otro tipo de asuntos.

—¡Mira, cariño, lo que tengo para ti! —exclama Fabián caminando hasta Miriam, que continúa dando vueltas a los macarrones.

La chica se gira y ve a Ricky, al que saluda sin ningún entusiasmo, y a su novio con un aparato en la mano. Parece un móvil, un HTC. ¡Cuántas veces les pidió uno a sus padres sin que estos le hicieran caso! Sin embargo, no sonríe. Aún sigue afectada por lo de antes.

—Gracias —dice muy seria y sin coger el teléfono que le ofrece Fabián.

—Ya vuelves a tener móvil.

—Pero nadie sabe mi número —responde muy seca—. La novia de este tiene la culpa.

Los dos chicos se miran entre sí. Por lo menos sigue pensando que Laura es la causante de la desaparición de su teléfono.

—Ya le he echado la bronca por eso —interviene Ricky—. No volverá a venir por aquí.

—Lo importante es que ya tienes otra vez móvil y es mucho mejor que el de antes. Has salido ganando con el cambio.

Miriam, por fin, acepta coger el HTC y lo inspecciona curiosa. Su novio se aproxima hasta ella y la abraza por la cintura. Le da un mordisco en el hombro y luego otro en la barbilla. Eso saca una sonrisa a la chica, que deja de mirar el aparato y se fija en sus preciosos ojos hipnotizantes. Se agarra de su cuello y le da un largo beso en la boca.

—Si queréis, me voy...

Miriam le hace la señal de OK con el dedo pulgar y Fabián, sin parar de besarla, otro gesto con la mano para que se aleje. Ricky resopla y sale de la nave mientras aquellos dos continúan a lo suyo.

Es la mejor manera de hacer las paces por la discusión de antes.

Sin embargo, la calma se evaporará por completo y la tensión se disparará en aquel lugar alejado de la ciudad dentro de muy poco tiempo.

Capítulo 70

Ese día de diciembre, en un lugar de la ciudad.

> Me ha encantado probar esos labios que llevaba tanto tiempo deseando besar. Perdóname por haberte obligado a hacerlo. Un beso.

—¿Quién te ha mandado el SMS, cariño? No es tu hermana, ¿verdad?

—No. Es otro mensaje de esos de promoción. Son unos pesados —señala Mario disimulando.

—Vaya... La han tomado contigo hoy. Dos en una misma mañana, y en pleno domingo. Qué crueles.

El chico hace un gesto con la cara de «qué le vamos a hacer» y lo borra sin que ella alcance a verlo. No debe dejar ningún rastro que pueda encontrar Diana.

Desde que sintió los labios de Claudia, no ha conseguido quitársela de la cabeza. Si su novia se enterase, se montaría una buena. Sufriría muchísimo y no volvería a confiar en él. Con razón, además. Y eso es lo que realmente le preocupa. Es lo único que le preocupa. Se ha dado cuenta de que no quiere a nadie más, que Diana lo es todo para él. Y que hasta ese momento solo ha estado haciendo el tonto con tanta conversación por MSN con su compañera de clase. Es una tía espectacular y le cae genial, pero solo la ve como a una amiga. Quizá en algún momento pudo dudar. No lo justifica, pero era normal dudar ante aquel bombón de físico y personalidad impresionante. Sin embargo, hay algo incomprensible en el amor. Y después de recibir su beso sabe que a la que ama incondicionalmente es a la que ahora mismo está sentada junto a él tecleando en su ordenador.

—¿Qué buscas en Google? —le pregunta acariciándole el pelo.

—Cómo puedo comprar una pistola.

—¿Qué? ¡Estás loca! ¿Para qué quieres tú una pistola?

—Para darles un susto al Fabián ese y a su amigo el pelado.

—¿Hablas en serio?

—Completamente.

Parece que no va de farol, pero enseguida sonríe. Mario también lo hace y abraza a su chica. Luego le regala un beso en la mejilla.

—No creo que puedas comprar una pistola así como así. Además, para usarla necesitas una licencia.

—¿Y si compramos una de juguete?

—Déjate de pistolas y de juguetes.

Y besa en la boca a Diana, sorprendida por toda la pasión con la que su novio se está empleando durante esa mañana. Normalmente es ella la que lo busca a él.

—¿Qué es lo que te pasa? —pregunta la chica cuando el beso ha terminado.

—¿A mí? Nada. ¿Por qué lo dices?

—Estás demasiado cariñoso.

—Porque te quiero.

Aquello es la prueba definitiva de que algo sucede. Pero le gusta tanto oír de su boca ese «te quiero» que sonríe y le regala otro beso. Luego, vuelca su cuerpo sobre él, para poder escribir otra vez en el ordenador. Entra en YouTube. Busca una canción y clica en ella:

http://www.youtube.com/watch?v=2egLs4gsSCE

—Escucha —le pide en voz baja, con una sonrisa de máxima felicidad.

Es *Ilusionas mi corazón,* de Katia, pero en una versión a piano de Alba Rico. Los dos oyen el principio abrazados. Hasta que la chica cierra los ojos y lo besa mientras continúa sonando el tema. Una lágrima cae por su mejilla. Mario lo sabe porque termina mojando su cara. Es uno de esos instantes preciosos de los que llevan disfrutando un año y medio. Pese a todo lo que ha pasado, todo lo que han sufrido, continúan juntos. Y se quieren. ¿Cómo ha podido ser tan estúpido y permitir que otra robara la exclusividad de sus besos?

—Cariño —dice apartándose lentamente de su boca.

—Todo va bien, ¿verdad?

La duda crece en ambos. Incertidumbre.

—No lo sé.

—¿Quieres hablar de ello?

—Te vas a enfadar.

—Seguro que exageras y es una tontería.

—No es una tontería. He hecho algo que no debería haber hecho.

La canción que había elegido para él se termina y un terrible silencio se instala en el dormitorio. Diana lo mira a los ojos. Realmente ve culpabilidad en ellos. Por un instante no quiere oír lo que tiene que contarle. Siente miedo de escuchar. Pero es mejor sacar la espina antes de que se clave más adentro.

—Cuéntame, entonces.

—No sé cómo empezar.

—Empieza por el principio, que es por donde se debe. Y no te dejes nada, por favor.

El chico asiente con la cabeza y se levanta. No quiere tenerla cerca mientras habla, así que se aleja todo lo posible de ella, hasta el otro extremo de la habitación. Susurra algo para sí mismo en voz baja: un rezo, una plegaria, un conjuro... Y comienza a relatarle la historia que hace un rato vivió su último capítulo.

Son los diez minutos más largos de su vida. Un monólogo con una sola espectadora que no se pierde ni un detalle de sus gestos, ni de la entonación de sus palabras, ni de la dirección de sus miradas al concluir una frase. Una espectadora que sufre las consecuencias de no poner freno a tiempo a una situación que no iba a ninguna parte.

—Pero sé que te quiero. Y espero que me perdones.

Es el final de un discurso simple. Sincero. Aunque insuficiente. Que llega tarde. Porque todo lo que se hace sin que te anticipes, o en el mismo momento en que se produce, suele llegar tarde.

Sin querer, Diana pulsa el *enter* del ordenador al apoyar su codo contra la mesa. Y la canción de Alba Rico vuelve a sonar. Intenta detenerla, pero sus ojos se han nublado en un continente de lágrimas y apenas ve. Tampoco le salen las palabras. Su novio se acerca hasta ella y le da al *stop*.

Ninguno dice nada en varios minutos. Diana intenta apagar su llanto hablando consigo misma, buscando respuestas, y Mario solo la mira esperando una reacción, una señal. Y que el cielo caiga sobre él.

—Por lo menos, Paula era mi amiga —dice por fin la chica sollozando—. Y, aunque no podía luchar contra su perfección, la quería y ella me quería a mí. Y comprendí con el tiempo que nunca se metería en medio de nuestra relación. Pero esta...

—Claudia no es nada. Debes creerme.

—Esta también es perfecta —indica sin escucharle—. Guapa, simpática, inteligente, está buenísima. Y encima te quiere.

—Pero yo a ella no. Te quiero a ti. De verdad.

—No puedo competir con ella.

—¿No me escuchas? No tienes que competir con nadie. Te quiero a ti. Solo a ti.

Una sonrisa irónica y salada aparece en el rostro de Diana. Sorbe y resopla angustiada.

—Me quieres a mí, pero te has pasado horas y horas hablando con ella. Ocultándomelo todo. Sin decirme nada.

—Solo eran palabras. Es una chica muy agradable. Y entiendo perfectamente que estés enfadada. Pero no pasó de ahí. El beso... solo ha sido un accidente.

—Un accidente.

—Sí, ya te he contado cómo sucedió todo. No ha significado nada. Al contrario, me ha hecho despertar... Te quiero, Diana.

No puede creerse lo que ha hecho. Es increíble que la haya engañado de esa manera.

—Y la veías por la *cam*.

—Sí, pero porque si ves a la otra persona las conversaciones son más fluidas. Es mucho más fácil dialogar y saber en qué tono se ha dicho una frase. Si no ves al otro, puedes llegar a malinterpretar cosas. Solo es por eso.

La chica mueve la cabeza de un lado para otro. Se limpia la nariz y los ojos con la tela de su camiseta y, por primera vez, busca a Mario con su mirada.

—Se te olvida otra ventaja de la *cam*.

—¿Cuál?

—Que también puedes mirarle las tetas sin que ella se dé cuenta. Y Claudia no está mal servida de eso, ¿no?

—Venga, no seas así.

—¿Nunca le has mirado el escote en una videoconferencia?

Mario se está poniendo nervioso. Poco a poco, Diana va recuperándose de la impresión de la noticia que ha recibido. Y de la tristeza y la sorpresa está pasando al enfado. Y cuando su novia se enfada... puede empezar a soltar todo lo que se le pase por la cabeza.

La puerta de su habitación le salva de una respuesta incómoda. Es su madre. La chica se gira rápidamente para que la mujer no le vea los ojos hinchados de llorar.

—Han venido dos amigos vuestros a veros.

—¿Dos amigos?

—Sí. Es Cris con un chico.

—El chico es su novio —indica Diana, tapándose el rostro con un pañuelo, haciendo como que se está sonando—. Quedé con ellos antes.

—¡Ah, qué sorpresa! —mete baza Mario—. Diles que suban.

La mujer asiente y sale de la habitación.

—Se me olvidó decírtelo. Hablé con Cris por el MSN mientras tú estabas en la ducha.

—No pasa nada.

—Tu hermana no le ha contestado tampoco a ella. Y quiere ayudar.

—¿Y para qué trae al novio?

—Porque piensa que es hora de que lo conozcamos. A lo mejor él nos puede echar una mano de alguna manera también.

—No sé cómo, pero bueno.

La chica se pone de pie y espera a que la puerta se abra.

Se coloca bien la camiseta y se peina con las manos. No es un buen momento para volver a ver a Cris. Pero quizá el encontrarse de nuevo con ella la anime un poco.

—Mario... No te he perdonado, pero es mejor que este tema lo dejemos aparcado para otra ocasión. Tenemos que hablar.

—Muy bien. Pero que no se te olvide que... te quiero.

Intercambio de miradas. Y silencio.

Toc, toc.

—Adelante.

La puerta se abre. Cris está preciosa, con el pelo cortito y una figura imponente. Parece más madura, más mujer. A su lado, de la mano, aparece por detrás un chico. Guapo, no muy alto, rubio. Francés.

Diana y Mario se quedan boquiabiertos cuando descubren que el novio de su querida amiga es *monsieur* Alan.

Capítulo 71

Un día de diciembre, hace más o menos un año.

—¿Y por qué no te vienes a pasar las navidades conmigo a París?

—Eso es imposible. No tengo dinero.

—Te quedas en mi casa. Una semana a gastos pagados.

—Alan, no voy a permitir que me pagues una semana en Francia.

—¿Por qué no?

—Pues porque eso no es... justo.

Y la verdad es que le apetece muchísimo. Desde que él se marchó de España, han mantenido el contacto a través de las redes sociales y el MSN. Incluso en las últimas semanas la ha llamado varias veces por teléfono. Todo comenzó con privados y mensajes durante el verano, especialmente para preguntarle por Paula. Pero, a medida que Cris se iba alejando de las Sugus y dejaba de tener noticias de su amiga, las conversaciones fueron centrándose en ellos. Y la amistad entre los dos se fue fraguando, haciéndose más fuerte con el paso de los días.

—No tienes planes. Yo tampoco. ¿Qué mejor que cojas un avión y disfrutes de *Noël à Paris*?

—Me encantaría. De verdad. Pero no quiero que tú me lo pagues todo.

—No lo veas de esa manera. Considéralo un... viaje de intercambio.

—¿Cómo? No te entiendo.

—Tú te vienes a mi casa ahora en navidades y, cuando yo vuelva a España, me quedo en la tuya.

La chica sonríe. ¡Menuda ocurrencia! Aunque poco a poco la va convenciendo. ¿Él o sus ganas por ir? Sin embargo, hay un gran obstáculo que hace imposible que, aunque quiera, se decida.

—Claro, ¿y qué le digo a mi madre?

—La verdad: que un amigo francés te ha invitado a París.

—Si le digo eso, entonces es cuando no me deja. ¡Tengo diecisiete años! ¡Soy menor de edad!

—Pues no le digas que soy un amigo, dile que soy una amiga.

—No puede ser, Alan. Y mira que me apetece. Pero mi madre no me dejará y no quiero engañarla.

El francés resopla y apaga la *cam* de su ordenador. Cris no entiende nada. Le escribe preguntándole dónde se ha metido, pero no obtiene respuesta. Es muy extraño que haya desaparecido de esa forma. ¿Se ha enfadado?

¡Qué más quisiera ella que poder escaparse una semana a Francia! Y quitarse así de la cabeza el curso, las paranoias del verano que aún continúan en su cabeza, la mudanza y desconectar de todo junto a él... París en Navidad debe de ser precioso.

Ya han pasado quince minutos desde que Alan se esfumó sin despedirse. Sigue conectado, pero no le ha vuelto a escribir. Qué raro.

—Cristina... —Es su madre, que ha abierto la puerta de su dormitorio y camina hasta ella—, ¿por qué no me preguntaste tú directamente si podías irte unos días a Francia?

La expresión de la chica es de total confusión.

—¿Cómo sabes tú eso?

—Me acaba de llamar un amigo tuyo que vive allí y me ha pedido permiso para que puedas ir.

—¿Qué? ¿Cómo ha conseguido tu móvil?

—Ha llamado al fijo de casa.

Increíble. Alan se ha preocupado de buscar su teléfono, hablar con su madre y preguntarle si la dejaba ir con él a París.

—Mamá..., de verdad que yo no le he dicho que haga nada de esto...

—Ya, ya lo sé. Me lo ha explicado todo detenidamente.

—Lo siento.

—¿Es tu novio?

—¡No! ¡Claro que no! Alan vino a España antes del verano y se enamoró de Paula. Ella fue quien me lo presentó. Pero no hay nada entre nosotros. De verdad. Solo somos amigos.

La mujer sonríe. Su hija se ha puesto colorada. Últimamente no sale demasiado de casa y está preocupada por eso. El cambio de barrio, de instituto... La nota tristona y un poco perdida. Quizá le deba una.

—¿Quieres ir?

—¿Qué? ¿Me das permiso?

—Solo te he preguntado si quieres ir.

—Bueno..., me apetece mucho. Pero...

—Pues ya está: decidido. Vayámonos las dos a pasar las navidades a París. ¿Qué te parece la idea?

¡Había truco! Ya le parecía todo demasiado fácil. Cris sonríe y después suspira. Bueno, al menos Alan ha conseguido lo que se proponía. Aunque sea solo a medias.

Unos días más tarde, en un lugar de París.

Han visitado Notre Dame, el Louvre y la basílica del Sacré-Coeur. Han paseado por la orilla del Sena, por el barrio chino y Montmartre. Se han ido de tiendas por el bulevar Haussmann y hasta han comido *macarons* en Ladurée. Cris lleva unos días viviendo en una nube. Pero mañana tiene que marcharse otra vez. No quiere. No quiere regresar a España. Porque si París la ha conquistado, la persona con quien ha compartido cada uno de esos grandes momentos, la ha... enamorado.

¿Sentirá Alan lo mismo?

—No me canso de mirarla.

—Yo tampoco. Y eso que vivo aquí.

—Es que te sientes... tan pequeña.

Alan sonríe y mira a su amiga, que está junto a él. Ella no puede apartar sus ojos de la Torre Eiffel. Está iluminada y siente que esa noche luce más bonita que nunca. Quizá por la compañía.

No imaginaba que Cris lo terminaría atrapando de esa forma. A su lado, incluso se siente diferente. Se olvida de querer ser él, de intentar imponer su manera de ver la vida. Contra ella no activa su defensa arrogante y prepotente.

Ni con Paula se sentía así.

—¿Vamos a tomar algo? —le pregunta el chico.

—Vale.

Los dos caminan por la ciudad en silencio. Todo está muy iluminado. Es Navidad. Llegan a una preciosa cafetería decorada con adornos y luces, y deciden entrar. Una mesa libre en el centro. Corren hacia ella para que nadie se la quite y se sientan. Piden un café cada uno y esperan a que el camarero regrese con sus bebidas. Ambos parecen como apagados.

—¿Estás bien, Cristina?

—Sí, sí... Solo algo cansada de estos días. No había andado tanto en mi vida.

—Podríamos haber ido en moto, pero no hubiera sido lo mismo.

—No te preocupes, todo ha estado fenomenal.

El camarero vuelve con sus cafés. El de Alan es con leche, el de Cris está cubierto con una nube de nata por encima. Mete la cuchara dentro y lo prueba. ¡Riquísimo! El francés la observa. Esa sensación... ¿Cuándo se enamoró de ella? No es su tipo de chica, para nada. Nunca ha salido con alguien tan introvertido. Sin embargo, su personalidad ha logrado entusiasmarle.

—Espero que te lo hayas pasado bien estos días.

—Ha sido increíble. De verdad.

—Y eso que no querías venir...

—¡Ey, eso no es así! Estaba deseándolo. Pero no quería engañar a mi madre.

—¿Ella ha disfrutado?

—Sí, mucho. Aunque...

No sabe si decirle lo que piensa su madre. En esos días, ella ha sacado sus propias conclusiones acerca de Alan.

—Aunque... ¿qué?

—Nada. Que cree que tú y yo somos novios. O que estamos enrollados —comenta bajando la mirada y enrojeciendo.

—¿Piensa eso?

El joven suelta una carcajada y da un sorbo de su café. Pero ¿por qué se ha reído? ¿Son los nervios?

—Sí. Desde el día que la llamaste por teléfono a mi casa, está convencida de que entre tú y yo hay algo.

—¿Y tú le has dicho que no hay nada?

—Claro. Pero no me hace caso. Dice que se me nota demasiado.

—Pues si lo dice tu madre... será por algo. Las madres tienen un sexto sentido para esas cosas.

—¡Oye! ¡Que ella también piensa que tú estás pillado por mí! —exclama la chica, que se ha puesto muy nerviosa.

Los dos se miran entonces. Hasta ese instante, sus ojos no se habían encontrado de esa manera. Y no los apartan: al contrario, se sostienen la mirada. Hasta que Alan sonríe y estira su mano para ponerla sobre la de ella.

—Tu madre acierta. Estoy pillado por ti.

Una declaración de amor, en la Navidad de París, en aquella preciosa cafetería... ¿Podría soñar con algo mejor? Sí.

Alan coge su silla y la coloca junto a la de Cristina. Ahora están muy cerca. La chica se toca el pelo con la mano, y la frente y la nariz.

—¿De verdad?

Es todo lo que le sale. Lo único que puede pronunciar. ¿No es una broma? ¡Si Alan estaba enamorado de Paula! Aunque de eso hace mucho. O no tanto, pero sí el tiempo suficiente para que se haya olvidado de ella. O no. ¡Dios, está histérica!

—De verdad. Y creo que tú, de mí, también. ¿Me equivoco?

—Pues... no. Ni mi madre ni tú os equivocáis.

Su voz apenas llega bajo las luces y el ruido de la cafetería, pero es suficiente para que Alan la oiga y sonría. Y no espera ni un segundo más. Se inclina sobre ella y la besa. Es un beso dulce y amargo al mismo tiempo, pero tan solo por la mezcla de los cafés que cada uno ha tomado en aquella tarde de París. Porque aquel beso para ambos es el más especial que han dado jamás.

Y no sería el único.

Cris voló al día siguiente a España con gran tristeza, pero el contacto continuó en la red. A diario, con mensajes, privados y conversaciones. No sin dificultades, lograron esperarse. Ayudó mucho que en enero, marzo y abril el francés fuera a verla. Y en junio, cuando terminaron las clases, Alan decidió trasladarse a España y encargarse de un hotel que había comprado su padre.

Ahora, delante de Mario y Diana, unos meses después, ya se atreven a reconocer que son novios.

Capítulo 72

Un día de diciembre, en un lugar de Londres.

—¡Cuántas veces tengo que decirte que Luca no ha venido a declararse!

Paula está desesperada con Valentina. La italiana insiste y persiste en lo mismo, pero no escucha. O no quiere escuchar. Quizá si estuviera en su lugar tampoco se fiaría de sus palabras. Cuando abrió la puerta, el chico estaba agachado frente a ella con una mano en su rodilla. Es normal que piense así. Sin embargo, solo se estaba disculpando. O eso es lo que hizo en un principio. Porque luego... ¿qué quería decirle antes de que su amiga apareciese? Tendrá que preguntárselo. O no, porque... ¿y si realmente sí que se estaba empezando a declarar en ese momento?

Esa última parte de la conversación es mejor que su compañera de habitación no la sepa.

—Ya. Y tú me dices que antes él te dijo que no estaba enamorado de ti. Y luego te pide perdón casi de rodillas.

—¡No estaba de rodillas! Se había agachado porque yo estaba sentada.

—Muy lógico. Todo muy lógico.

—¡No sé si es lógico o no, pero es lo que pasó!

—Por supuesto, Paola.

Su sonrisilla pícara e irónica la saca de quicio.

—Mira, Valen, ya no te lo voy a repetir más veces. ¡Luca no está enamorado de mí!

—Pues no repitas más veces eso. Y repite la verdad: ¡Luca Valor está muy enamorado de ti!

—¡Aggg! ¡Te odio, italiana!

—Eso sí que no es verdad. Tú no podrías odiarme nunca. Si fuera un chico o te gustaran las chicas, pasarías de ese idiota y me querrías a mí.

Otra sonrisilla de esas más un guiño de ojo. ¡Se está empezando a hartar! En cambio, su forma de decir las cosas y cómo gesticula en cada frase lo que consiguen es hacerla reír.

—Me doy por vencida.

—Asúmelo. Seréis novios tarde o temprano.

—Y luego nos casaremos.

—Y yo seré la madrina. Por ti, ¿eh? Porque si fuera por ese capullo...

La española desiste de seguir discutiendo con ella. Es un caso perdido. El problema es que, si le sigue el juego, es todavía peor. Uf. Entre la conversación por teléfono que tuvo antes, más tarde la visita de Luca para decirle todas esas cosas y ahora la insistencia de Valentina, su cabeza está a punto de estallar. ¡Y, para rematar, la cantidad de apuntes que tiene que estudiar para la semana que viene! ¡En inglés!

Sin embargo, lo peor de todo es que continúa echándole de menos.

—Vamos a dejarlo, anda —dice resignada.

—¿No quieres que sea tu madrina? Yo no soy una de esas Sugus de las que me hablas tanto, pero... soy tu amiga la italiana. Cuenta un poquito, ¿no?

—Bueno...

—¿Cómo que bueno?

—Cuenta mucho —termina respondiendo.

Y sonríe. Es verdad que echa de menos a las Sugus, pero Valentina se ha hecho con un sitio muy importante en su corazón. Aunque sea una pesada, aunque crea cosas que no son. Aunque diga que Luca está enamorado de ella y casi la convenza de que es verdad... Es una gran amiga. Y lo mejor de su estancia en Londres.

—Eres mala, españolita —replica muy seria—. Así es como te llama él, ¿no?

—Ahora no. Desde que se ha vuelto más amable, me llama Paula.

—Qué romántico... —dice la otra chica poniendo morritos—. Es curioso: a mí ahora me llama Valentina Bruscolotti. Con apellido incluido.

—¿Sí? ¿Cómo lo sabe?

—Ni idea. Lo habrá visto en alguna parte. Aunque lo raro no es que se lo sepa, sino que lo recuerde. No es fácil para alguien que es inglés.

—Luca no es inglés —rectifica Paula.

—¿No? Pensaba que sí. ¿De dónde es?

Una vez más se ha ido de la lengua. ¡Tendría que pensar las cosas antes de decirlas! Y ahora ¿qué? ¿Vuelve a contarle a su amiga que es un secreto?

—Es..., es... español.

—¿Español? ¿Como tú? —pregunta Valentina muy sorprendida—. No lo sabía. Nunca me habías dicho nada.

—Ya.

—¿Cómo sabes que es español? ¿Te lo ha dicho él?

—No.

La italiana se acerca hasta donde su compañera de habitación está sentada. Coge otra silla, se coloca enfrente y la mira a los ojos.

—Esto forma parte de su secreto, ¿me equivoco?

Idiota, idiota, idiota: es lo único que pasa por su cabeza. No es más que una idiota que no sabe callarse cuando toca.

¡La historia se repite! ¡Ayer sucedió lo mismo!

—No me hagas decir lo que no puedo decir, por favor.

—Así que sí... ¡Ja! Luca Valor es español. Y él no te lo ha confesado. Entonces, ¿quién te lo ha dicho?

—Valen..., por favor. No.

Su amiga arrastra la silla y se aproxima más a ella, a pesar de que esta va echando poco a poco su cuerpo hacia atrás.

—Paola, Paola..., ¿qué sabes y quién te lo ha contado? Me interesa la vida de ese cretino. No para fastidiarle, sino para saber qué camino ha seguido para convertirse en un capullo.

—Si no es importante...

—Pues si no es importante ¿a qué esperas para hablar?

Paula suspira. Está acorralada. No debe revelarle nada, pero no quiere volver a enfadarse con ella. Además, tarde o temprano se le escapará cualquier cosa de nuevo. No puede guardar un secreto tantos meses.

—Si te digo lo que sé, prométeme que no se lo contarás a nadie.

—¡Claro que no contaré nada! ¡Soy una tumba!

Lo duda. Precisamente discreta no es.

—¿Queda entre tú y yo?

—Lo prometo —dice muy seria, saca la legua y se chupa el dedo pulgar—. Haz tú lo mismo.

—¿Chuparme el dedo?

—Sí.

—¿Para qué?

—Para sellar nuestra promesa. Es algo que hago con mis amigas desde que era pequeña.

—Estás muy mal de la cabeza.

Sin embargo, le hace caso y, una vez que se ha chupado el pulgar de su mano derecha, observa cómo Valentina lo junta con el suyo y lo frota.

—Ya está. Promesa hecha y sellada con nuestra propia saliva.

—Esto solo es una niñería y... una guarrada —señala Paula secándose el dedo en su pantalón.

—Cuando te comes la boca de un tío sí que es una guarrada y mira la de veces que lo has hecho. ¡Y lo que lo has disfrutado! —responde irónica—. Ahora cuenta, cuenta...

—En fin... A ver... Luca Valor es adoptado, su padre es un embajador y su tío, Robert Hanson, el director de la residencia.

La cara de Valentina no puede escenificar mejor la sorpresa que se acaba de llevar. Tiene la boca abierta, los ojos más abiertos aún y las manos se las ha puesto en la cabeza. Paula continúa explicándole todo lo que sabe y cómo el chico tuvo una infancia difícil en España, donde nació. Además, le confiesa que su nombre real es Lucas Roldán.

—*Mamma mia!* Esto no te lo has inventado, ¿verdad?

—¿¡Cómo me voy a inventar algo así, Valen!? ¿Tú te crees que tengo tanta imaginación?

—¡Guau! Es increíble...

—Pero de esto no digas nada a nadie, por favor.

La italiana le enseña el pulgar que antes mojó con saliva y niega con la cabeza. Se pone de pie y camina por la habitación, reflexionando.

—Ahora, hasta me da un poco de penilla.

—¿Sí?

—No... —dice burlona—. Sigue siendo un capullo total. Pero, al menos, sé que tiene algún que otro motivo para serlo. De todas formas, todo esto solo significa una cosa.

—¿El qué?

—Que vuestros hijos serán españoles, no solo de madre, sino también por parte de padre. Pedigrí *made in Spain.*

Un nuevo zapato que Paula encuentra a su lado vuela por la habitación, pero no alcanza a Valentina, que se ha escondido en el cuarto de baño cuando ha visto las intenciones de su amiga.

—Eres lo peor. No sé para qué te cuento nada.

—En el fondo deseabas compartir conmigo ese gran secreto.

—Pues no. Pero soy una bocazas. Algo se me ha pegado de ti.

—Ey, Paolita, que la que es incapaz de guardar un secreto eres tú, no yo.

La española se muerde los labios. ¡Qué cara más dura!

—No voy a discutir más, me voy a por un sándwich, que aún no he comido.

—No quedan. Pillé el último.

—Joder...

—Pero aún no han cerrado el comedor —indica Valentina mirando el reloj—. Si te das prisa, puedes llegar a tiempo.

Es cierto. Con tanto lío y los churros con chocolate del desayuno, había dejado olvidada la comida. Pero ahora tiene hambre. Rápidamente, se peina, coge el tique y sale corriendo por el pasillo. Llegará antes de que el comedor cierre.

Aunque una gran sorpresa, en forma de inesperada confesión, hará que todo cambie en su mente antes de que regrese de nuevo a su habitación.

Capítulo 73

Esa tarde de diciembre, en un lugar de la ciudad.

—Y así es como empezamos a salir juntos.

—Alucinante.

—Sí. Entiendo que para vosotros sea algo totalmente inesperado.

—¿Inesperado? ¡Y tan inesperado! Nunca imaginé que aquel tío de melena rubia que vi en la moto contigo, aquel día, fueras tú.

—Pues sí. Era yo.

Sentados en un restaurante de la ciudad, Cris y Alan les han contado a Diana y a Mario la historia de su noviazgo sorprendente. Aún no pueden creerse que su amiga y el francés lleven tantos meses de relación. Y prácticamente en secreto, sin que ninguno de ellos supiera nada.

Pero se les ve muy bien. Muy enamorados. Ella ha dado un cambio radical en su físico y en su personalidad, y él no tiene nada que ver con como era hace un año y medio. Está más calmado, menos prepotente. Mucho más afable. Mario no termina de creérselo, aunque debe reconocer que, si está actuando, lo hace realmente bien.

Los cuatro han salido a comer fuera. Tienen muchas cosas de las que hablar, sobre todo de Miriam y su marcha.

Por eso han preferido no estar en casa de la chica, para que sus padres no oigan ni sospechen nada.

El camarero les trae el plato que cada uno ha pedido. Esa pausa sirve para poner un punto y aparte en la conversación que estaban teniendo acerca de cómo surgió todo y cambiar de tema.

—Diana, le he contado a Alan lo que me dijiste sobre Miriam y su novio.

—Bien. ¿Y qué opinas?

—Pues que debería alejarse de allí cuanto antes. Aunque no quiera, se niegue o tenga que ser a la fuerza. Pero, cuanto más tiempo esté con ese tío, mucho peor.

—¿Y cómo hacemos eso? —pregunta Mario—. La teoría es muy fácil, pero la práctica...

El chico corta el filete que tiene en su plato y se lo lleva a la boca mientras espera a que el francés le responda. Este bebe de su copa y se seca con la servilleta.

—Son dos, ¿verdad?

—Sí. Al menos el otro día —responde Diana—. Muy fuertes ambos. Y el rapado lleva una navaja, que fue con la que hirió a Mario. Pero imagino que Fabián también irá armado.

—Además había una chica —comenta Mario.

—Sí, es verdad. Pero ella solo fumaba. Será la novia de ese tal Ricky.

Alan come un poco de pescado y piensa.

—Si alguien consigue hablar directamente y en persona con Miriam y le cuenta cómo están las cosas, ¿creéis que ella aceptaría volver a casa?

—No creo. Ni siquiera ha contestado a nuestros mensajes.

—¿Estáis seguros de que los ha leído?

Diana y Mario se miran. Es una posibilidad que tuvieron en cuenta al principio, pero luego la fueron desechando. Sin saber muy bien por qué, se habían hecho a la idea de que la chica no quería responderles.

—¿Tú crees que no?

—Es imposible saberlo. Puede ser... —contesta Alan—. Vosotros la conocéis muchísimo mejor que yo. Pero no veo a esa chica pasando de todo lo que ha sucedido. Además, Cris ayer le escribió. Para bien o para mal, tendría que haberle respondido. No es lógico que no lo haya hecho.

—Miriam ha cambiado mucho —indica Mario.

—Sí. Lleva unos meses muy perdida —subraya Diana—. Aunque es muy raro que no nos haya escrito a ninguno todavía.

—Seguramente su novio le ha quitado el móvil o ha intervenido los mensajes para que no los lea —insiste el francés—. El sitio está en un lugar muy apartado de la ciudad. En las afueras, ¿no?

—Está muy retirado, aunque no exactamente en las afueras. Está bastante más lejos. Es complicado llegar hasta allí y hay que ir en coche o en moto. No hay transporte público cerca.

—Eso significa que si, además, no tiene móvil, estará completamente incomunicada. Por eso no se ha puesto en contacto con vosotros esta semana.

—Todo son suposiciones —comenta Mario algo agobiado—. No creo que mi hermana permita que nadie le quite el móvil. ¡Algo tan importante para ella! Se enfadaría muchísimo. Y cuando la vi no tenía pinta de estar mal con nadie.

Todas esas cosas que está diciendo el francés ya las había pensado él. Pero ¿cuáles son reales y cuáles no? Él contempló a través de la ventana de la nave cómo su hermana se reía y fumaba. También estuvo presente cuando se enfrentó a sus padres la noche antes de marcharse de casa y ha convivido con ella durante estos meses en los que se ha ido alejando poco a poco del camino correcto. No es la misma, ya no la conoce. Y así es muy difícil aventurarse a asegurar que algo de lo que puedan intuir sea verdad o no.

—Es cierto. Solo son suposiciones.

—Lo único que sabemos, y que no tiene otra forma de verse, es que Miriam lleva unos días fuera de casa, viviendo con un tío que es de todo menos legal y que, por una razón u otra, no se ha puesto en contacto con nosotros, habiendo o no habiendo leído nuestros SMS o habiéndose o no habiéndose enterado de lo que sucedió aquel día que fuimos a hablar con ella.

Diana observa a su novio. Se le ve cansado, tenso y bastante sofocado. Por un instante siente pena por él y desea abrazarle y darle un beso. Sin embargo, aún tiene muy presente lo que le ha revelado sobre Claudia, antes de que Alan y Cris apareciesen en su casa. Está todo muy reciente todavía como para olvidarse de ello. Y cuanto más lo piensa, mayor es el dolor que siente.

—Hay otro asunto a tener cuenta —incide el chico del pelo rubio alborotado.

—¿Cuál?

—El de las joyas de tu abuela.

—¿Qué pasa con eso?

—Que intentarán venderlas.

—Si es que no las han vendido ya.

—Sería importante saberlo, aunque no creo que lo hayan hecho todavía. Para eso se tarda un tiempo. Son robadas, así que intentarán colocarlas, y eso no es fácil.

—Bueno, ¿y qué importa si las han vendido ya o no? —pregunta Diana, que también se está poniendo nerviosa.

—Pues que la que ha robado las joyas es Miriam. O al menos ha participado en ello. Y, mientras tenga las joyas y

Miriam esté con él, sabe que tus padres no le denunciarán porque ella sería culpable. Pero ese tipo también sabe que esto no durará toda la vida y que, tarde o temprano, tus padres intentarán localizarla. Al ser mayor de edad, puede que la única manera sea denunciando el robo de las joyas.

—¿Y eso qué quiere decir? ¿Que cuando las vendan se quitarán de en medio a mi hermana?

—No lo sé. Pero estoy seguro de que les importa más el dinero que ella. Y, una vez que lo tengan, Miriam solo es un estorbo que podría hasta denunciarlos.

—Pero si son novios..., ¡cómo va a deshacerse de ella! —exclama Diana.

—Por muchos motivos. Entre otras cosas, porque Miriam puede terminar hablando con tus padres y que estos se enteren de todo y manden a la policía contra él. Y eso sería fatal para Fabián, que es un delincuente.

Aquello es demasiado para Mario, que ha dejado de comer. No puede probar ni un bocado más.

—¿Y la policía o mis padres no se supone que podrían enterarse por Diana o por mí de que estuvimos allí y los vimos juntos?

—Ellos saben que vosotros no habéis dicho nada.

—¿Cómo?

—¿Tú crees que si tus padres supieran dónde está tu hermana no habrían ido ya hasta allí a hablar con ella? Fabián está convencido de que no les dijisteis nada a ellos por miedo a sus amenazas, por no preocuparlos o por el motivo que fuera. Se arriesgaron, aunque quién sabe si no han cambiado incluso de lugar y ahora están viviendo en otra parte.

Esa es otra posibilidad que Mario no había contemplado. ¿Y si ya no están en aquella nave y se han ido a otro sitio? Entonces sí que sería difícil volver a localizar a Miriam.

—Tenemos que regresar allí ya —dice el chico, muy serio, dejando la servilleta sobre la mesa y poniéndose de pie.

—Tranquilo —le calma Alan, cogiéndole del brazo—. Terminemos de comer. Si se han ido de aquella nave, lo hicieron al día siguiente de que pasara todo.

—Pero...

—Siéntate y tranquilízate, Mario. Hay que pensar bien lo que vamos a hacer.

—¿«Vamos» a hacer?

—Sí. Os ayudaremos, ¿verdad? —Y mira a Cris, que ha estado en silencio escuchando todo atentamente.

—Para eso hemos venido —responde la chica sonriente—. Tengo ganas de recuperar a una amiga.

—Además, para sacar a Miriam de allí, cuatro personas son mejor que dos. ¿No creéis?

Esa tarde de diciembre, en un lugar alejado de la ciudad.

La pasta que ha preparado Miriam ha llegado para los tres. Han terminado de comer y ahora se están fumando unas hierbas que Fabián ha calificado como «lo mejor y más barato que te puedes encontrar por aquí». Ricky se levanta, algo aturdido, con su plato vacío en la mano y se dirige al lugar en el que está el fregadero. Lo enjuaga y, desde allí, observa a la parejita. Se están dando un morreo después de una calada. Aquella pobre ilusa cree que Fabián se está enamorando de ella. No sabe que él nunca se engancha de ninguna. Lo raro es que todavía continúe allí. Si no llega a ser por las joyas... Aunque no le da lástima. Es muy pesada e infantil. Y, a pesar de que está buena, no tiene el nivel de otras que también pasaron por aquella nave.

Fabián es un *crack* y siempre consigue lo que quiere. Y con las chicas es el mejor. Recuerda con una sonrisa lo que le dijo el día que se conocieron, hace ya unos cuantos años: «Las mujeres son como las nueces: las abres, las comes y te vas a por otra». Desde entonces, como hermanos. Ha hecho mucho por él, por eso le consiente lo que le consiente. A veces, hasta le llega a menospreciar. Sin embargo, daría la vida por su amigo si hiciera falta. O más.

—¿Tú qué miras? —le pregunta desde lejos, con una sonrisa—. ¿Tienes envidia o qué?

—¿Envidia? ¿De ti? ¿Por comerte la boca con esa? Ninguna.

La chica lo mira de lejos y alza el dedo molesta. Ese calvo, ¿quién se ha creído que es? Sentada en sus rodillas y agarrada a su cuello, espera a que su novio la defienda. Sin embargo, su reacción es distinta.

—Si quieres te la presto un rato.

—¿Cómo?

—Solo unos besos y ya está. Para que se le pase el calentón.

—¿Lo estás diciendo en serio?

Miriam prefiere pensar que aquello es una broma. En cambio, la expresión de Fabián indica todo lo contrario.

—Ricky y yo lo compartimos todo como buenos amigos.

—Me estás vacilando.

—Claro que no... —dice acariciándole el pelo y sujetándola con el brazo por el abdomen—. ¡Pelado! ¡Ven aquí!

—¡Déjame tranquilo! —grita el otro—. No voy a hacer nada con esa.

—Te he dicho que vengas.

La chica intenta zafarse de él, pero la tiene atrapada entre sus brazos. Mientras, Ricky se acerca hasta ellos.

—No pienso besar a esta cosa.

—¿A quién llamas «cosa», capullo? ¡Y claro que no vas a besarme!

—Venga, Miriam. Que su novia le tiene a pan y agua.

La fuerza con que Fabián la sostiene impide que esta huya hacia otro lugar de la nave. Si fuera por ella, saldría corriendo ahora mismo de allí.

—¡No quiero! ¿Es que estáis locos o qué?

—Pelado, cómele la boca, así dejas de babear.

—Venga, tío, que no quiere...

—¡Cómele la boca! —grita enfadado.

—No...

—¡Que lo hagas!

Ricky no quiere más problemas con él y obedece. La chica intenta evitarlo por todos los medios, pero su novio la sujeta y hace lo posible para que su amigo tenga las máximas facilidades. Siente sus labios contra su boca cerrada y cómo este empuja con todo el peso de su cara para que la abra. Termina cediendo ante la presión de la mano de Fabián en su estómago. La lengua del joven juega dentro de su boca y se da por vencida. No lucha más. Cierra los ojos, mareada por el olor a hierba quemada, por lo que ha fumado antes y por la falta de oxígeno.

—Vale ya. Ya has tenido bastante —indica Fabián, apartando a su amigo y entregándole el porro en la mano.

Quita el brazo de encima del cuerpo de Miriam, liberándola, y le acaricia el pelo. Luego sonríe y vuelve a besarla. La chica no hace nada por evitarlo. Continúa con los ojos cerrados, casi inconsciente por la falta de aire.

Unos segundos más tarde, por fin los abre; es su novio quien está sobre ella, lamiéndole el cuello. Ricky mira, sentado a su lado. El olor a maría llega hasta su nariz y Miriam lo inspira. Cierra de nuevo los ojos y se deja llevar. Sabe que aquello no es lo que quería, pero ¿qué puede hacer ella para impedirlo?

En ese instante suena el móvil de Fabián. Está esperando una llamada importante, así que deja a la chica sentada en el sillón y contesta.

—Bien, voy para allá —responde a su interlocutor.

Cuelga y se guarda el teléfono en el bolsillo trasero de su pantalón.

—¿Quién era? —pregunta Ricky después de dar una nueva calada.

—Uno que me ha localizado al tipo de las joyas. Ya sé dónde está.

—Buenas noticias.

—Sí. Incluso puede que esta noche ya tengamos el dinero.

—Genial.

—Me voy corriendo —comenta antes de coger una cazadora negra y las llaves del coche—. Te quedas al cuidado de esto. No metas la pata. Y si hay algún problema llámame.

—Vale.

—¡Diez mil euros nos esperan!

Los dos sonríen al mismo tiempo y se dan un apretón de manos mientras Miriam apenas oye lo que dicen: «Joyas, dinero...». Ella está en otro mundo. En otra realidad. Pero es consciente de que su novio la ha obligado a besar a otro tío. Eso lo tiene muy claro. Nunca imaginó algo así. Sabía que Fabián era un chico difícil, pero aquello es demasiado. Y, aunque le quiere y está enamorada de él, acaba de comprender que no puede permanecer en aquella nave ni un solo día más.

Capítulo 74

Esa tarde de diciembre, en un lugar de la ciudad.

Coge el paraguas por si acaso. Esta vez sí. Tal vez luego tenga que acompañar a Pandora a casa y es mejor estar prevenido por si llueve.

Álex ha decidido, por fin, salir de casa, donde llevaba metido todo el domingo intentando escribir. Sin éxito. No ha habido forma de que las palabras fluyan por su mente y se trasladen hasta sus dedos. Apenas ha conseguido un par de párrafos o tres. Y no de demasiada calidad. Quizá en el Manhattan las cosas funcionen mejor, aunque lo duda. Cuando uno no está, no está. Y escribir es algo que depende mucho del momento en el que vives. No es solo encontrar la inspiración, sino saber utilizarla. Ahora, de todas formas, él ni siquiera está inspirado.

La conversación con Panda lo animó, pero no lo suficiente. Sus ideas siguen influenciadas por el recuerdo de Paula. ¡Cuánto daño le ha hecho romper con ella!

¿Y si la llama? Ha estado tentado varias veces, pero no puede hacerlo. Sería añadir más dolor. Para los dos. Debe dejar que pase el tiempo...

No ha comido, aunque tampoco tiene hambre. Y, con aquel frío, lo único que le apetece es un buen café caliente. De eso sí disponen en su bibliocafé.

Ya casi está en el Manhattan cuando la ve salir. Va vestida de negro casi por completo y lleva el pelo suelto. La dirección que toma es contraria a aquella por la que él viene, por eso no le ve.

—¡Panda! —exclama, y corre hacia allí—. ¡Espera!

La chica se gira y se le iluminan los ojos cuando descubre que quien la llama es su jefe. Su escritor preferido. ¡Alejandro! Ya no tenía esperanzas de verlo hoy. Su sonrisa evidencia la emoción que siente al encontrarse con él.

El joven llega hasta ella, jadeante, y le da dos besos. Un nuevo tesoro para la colección. Este, si cabe, más especial por la sorpresa.

—Ya me iba a casa —dice tímida Pandora, que se sigue poniendo nerviosa algunas veces cuando habla con él.

—Te acompaño.

—No hace falta.

—No te preocupes. Si estoy en plena crisis imaginativa... Dar un paseo contigo me vendrá bien.

Pandora sonríe y los dos empiezan a caminar de nuevo. A pesar de la mañana tan mala que ha pasado, ahora se vuelve a sentir muy feliz. No importa que esa odiosa mujer la llamara gorda a sus espaldas o que, hasta ese momento, Alejandro no hubiera aparecido. Están juntos, andando por la calle, hacia el mismo lugar. ¿Qué más puede pedir? Mucho. Mucho más. Pero, para ser honesta y sincera consigo misma, aquello es a lo máximo que puede aspirar.

—Así que no estás inspirado.

—No.

—Es un problema.

—Y de los grandes. Llevo unos días en que me cuesta.

—Ya lo he notado.

El escritor la observa sorprendido. Ella se avergüenza y mira hacia abajo.

Siguen caminando hasta que, en la esquina de la calle, se encuentran con un hombre mayor que toca el saxofón. Es un viejo conocido para Álex, que lo saluda amablemente. Está interpretando la banda sonora de la película *El lado oscuro del corazón*. La conoce bien porque él la ha tocado muchas veces.

—Buenas tardes. Hoy ha cambiado usted de esquina.

El hombre lo mira, sonríe y hace un gesto con la cabeza para saludarle, pero no habla. Nunca habla. Álex saca una moneda de dos euros y la echa en la cajita de metal que utiliza para los donativos. Desde que lo vio la primera vez, hace casi una semana, siempre le echa algo de dinero. Pandora observa a su amigo. Aquel gesto con ese señor es uno más de todo lo bueno que le ha visto hacer a Alejandro desde que lo conoce. Su humanidad y sencillez, sin creerse nada de lo que es o de lo que tiene, le hacen ser una persona especial. La más especial de cuantas conoce. Por eso es inevitable sentir otra cosa que no sea amor por él. Un amor muy fuerte, que la llena y que le duele, que la libera y que la aprisiona. Es un amor infinito. Pero, a la vez, un amor imposible.

Los dos continúan su camino. En paralelo: a poca distancia, pero más lejos de lo que la chica querría. Ir de su mano debe de ser algo maravilloso. Pero eso está reservado solo para una persona, la que él decida que comparta su corazón. Su novia.

—Ese hombre toca fenomenal —comenta la joven tratando de no reflejar su frustración.

—Sí, es un músico excelente. Me lo encuentro a diario por esta zona. Tiene muchísimo talento.

—¿Y por qué no tiene trabajo en algún local o en alguna orquesta?

—No lo sé. Tal vez no quiera y prefiera vivir así, libre, sin compromisos.

Lo entiende. Aunque ella sería incapaz de hacer algo parecido.

—Tiene que ser muy duro no tener a nadie.

—No sabemos si eso es así.

—No parece que tenga familia. Si la tuviera, no le dejaría tocar en medio de la calle con este frío.

—A lo mejor la tiene, pero han decidido alejarse de él. O él de ellos. Las relaciones familiares en algunos casos son muy complicadas. Por ejemplo, en mi caso.

Nunca ha hablado con él de ese tema. Pero ahora que lo dice, le interesa.

—¿Tú estás enfadado con tu familia?

—Mis padres ya no viven. Y con mi madrastra no hay... química.

—Ah. Vaya...

—Además tengo una hermanastra de mi edad con la que las cosas no van bien.

—¿Estáis peleados?

—Digamos que... ella quiso algo que yo no estaba dispuesto a darle.

El chico la mira y sonríe. ¿Lo habrá entendido? Hace bastante tiempo que no sabe nada de Irene, pero tampoco la echa de menos. Está seguro de que esa chica nunca cambiará su forma de ser, así que prefiere tenerla cuanto más lejos mejor.

—¿Hablas de algo relacionado con una herencia? —pregunta la joven inocente.

—Hablo de algo relacionado con... el sexo.

Y suelta una carcajada. Pandora se pone rojísima y vuelve a bajar la cabeza. ¡Sexo! Se pregunta si ella alguna vez lo tendrá con alguien. De momento, ni ha dado un beso. Y será difícil que algún chico quiera dárselo. Menudo trauma. Es joven, todavía no tiene dieciocho años. Pero muchas chicas de su edad son ya expertas en esos temas, o al menos saben qué hay que hacer y qué no. Ella no tiene ni la más remota idea de sexo. Solo por lo que ha visto en escenas de *animes* un poco subiditas de tono, como *B Gata H Kei*.

Tiene que intentar hablar de otra cosa. Ese no es el mejor de los temas para dialogar con Alejandro. Quedará como una niña pequeña si profundizan en ello. ¡Qué mal!

—¿Y por qué estás tan raro esta semana? —pregunta de improviso, sin pararse a pensar demasiado, solo por cambiar de tema.

El joven la mira dudoso de revelar la causa de sus problemas. Sin embargo...

—Lo he dejado con mi novia —confiesa en voz baja.

¡Bombazo! Ha obtenido una información que no pretendía conseguir. ¡Si lo ha preguntado por preguntar! Imaginaba que contestaría que no es nada o que se debe al cansancio acumulado de tantos días escribiendo sin parar. O cualquier otra excusa. En cambio, se ha sincerado con ella.

—Lo siento.

—No te preocupes.

—¿Es definitivo? —insiste, procurando ser cuidadosa con sus palabras. No quiere molestarlo, pero le mata la curiosidad.

—Eso parece. Creo que no hay solución.

Pandora se pone nerviosa. Entonces está libre. Soltero. Disponible. Eso abre un abanico nuevo de posibilidades. Pero no para ella... Hay millones de chicas mejores y que harían muy buena pareja con Alejandro. Eso la deprime un poco. Pero enseguida lo mira y se da cuenta de que quien está caminando a su lado es ella: la gordita a la que nadie hacía caso.

—Seguro que pronto encontrarás a alguien que te quiera mucho.

—No lo sé.

Ella sí lo sabe. «¡Ey, escritor! Mira a tu derecha. Soy yo, estoy hablando de mí. Yo te daré todo mi corazón, mi alma y, si me enseñas a utilizarlo, también mi cuerpo».

—Tienes que animarte.

—Lo intento. Pero Paula es... Sigo enamorado de ella.

—Paula...

Susurra su nombre. Esa que le ha dejado escapar no debería vivir. ¡No lo merece! ¿Cómo es capaz de no saber que es..., que ha sido la novia más afortunada del planeta? Es que... ¡le da una rabia!

—Hemos llegado.

—¿Qué?

—Tu casa. Es esta, ¿no?

La joven mira la fachada que el escritor le señala. ¡No se ha enterado de que habían llegado! Estaba tan metida en su propio mundo y en la conversación con Alejandro que no se dio cuenta.

—Sí.

—Bueno, pues mañana nos vemos en el Manhattan.

—Muy bien.

Le cuesta decirle adiós. Muchísimo. ¿Por qué no se queda un rato en su portal? Charlando, hablando de cosas intrascendentes. O, si no, trascendentes. Pero que se quede un poco más. Sin embargo, el chico ya se está despidiendo de ella con la mano mientras se aleja por la calle. Luego se gira y regresa por el mismo camino por el que ha venido. Ni siquiera le ha dado dos besos. Esa tarde no hay trofeo.

Se entristece rápidamente. Hasta mañana...

¿Alguna vez le confesará sus sentimientos?

Tal vez ahora sea la única oportunidad que tenga. Ha cortado con su novia y pronto encontrará a otra. Un chico como él es imposible que esté solo. ¿Tendría ella alguna posibilidad? Por físico, está claro que no. Pero ¿y si Alejandro es de esos que no se fijan en el cuerpo de una chica, sino en todo lo demás? Es una persona buena. Lo acaba de comprobar con el saxofonista. ¿Sería capaz de aceptarla como pareja simplemente porque le gusta como es?

¡No quiere engañarse a sí misma! ¡Es imposible! Aunque aquel niño le dijera que creía que eran novios, aunque el camarero se lo planteara... Aunque él sea el hombre de sus sueños y ella, una loca enamorada: es imposible.

Sin embargo, el no ya lo tiene. Y su amistad... también. No pierde nada por comprobar si entre ellos podría haber algo más que eso.

¿Empieza a llover?

Alejandro abre el paraguas y resguarda debajo el maletín de su portátil. Acelera un poco el paso para llegar lo antes posible al Manhattan. Saluda al saxofonista, con el que se vuelve a cruzar. El hombre no deja de tocar. Es *There will never be another you.* A pesar de la lluvia, se mueve animadamente mientras interpreta esta pieza.

Camina más deprisa, porque aquello empieza a convertirse en un chaparrón. La gente corre de un lado para otro en busca de un refugio. Él, afortunadamente, llega a su bibliocafé en poco tiempo, resoplando. Cierra el paraguas y lo sacude antes de cruzar la puerta.

Solo hay una pareja sentada en una mesa y alguien más que se percata rápidamente de su presencia. Un joven elegantemente vestido que sonríe cuando lo ve. Está en la barra, sentado en un taburete, tomando un café. Sus ojos azules son inconfundibles.

—Hola, señor escritor, ¿cómo está? —le saluda cortésmente. Y se estrechan la mano.

—Algo mojado —responde también sonriente—. Me alegro de volver a verte, Ángel.

Capítulo 75

Ese domingo de diciembre, volviendo un poco atrás en el tiempo, en un lugar de Londres.

—Hola, ¡cómo me alegro de volver a oírte!

—¿Qué tal estás, Paula?

Su voz suena como siempre: tranquila, segura, directa. Como cuando eran pareja, como cuando dejaron de serlo. Y ahora, cuando son amigos. Todo sigue igual. Ángel no ha cambiado nada en estos dos años.

—Pues agobiada con los exámenes.

—¿Ya estás con exámenes? ¿No los haces en febrero?

—No. En esta universidad es diferente. Tenemos tres evaluaciones y no dos. Así que la primera es ahora en diciembre, antes de las vacaciones de Navidad.

—Vaya. Mucha suerte entonces.

—Gracias. La voy a necesitar.

Una sonrisa. Es bonito que haya ese buen rollo entre ambos después de todo lo que sucedió el año pasado. Ángel no deja de ser una persona muy especial para ella.

—¿Volverás a España en vacaciones?

—Claro.

—Genial. A ver si nos vemos.

—Pues ya sabes...

Le gustaría mucho. Desde que viajó a Londres, no sabía nada de él. Un periodista tan importante como Ángel siempre está muy ocupado. Después de abandonar *La Palabra*, fichó junto a su novia Sandra por la competencia. Entre los dos se encargan de la sección de Cultura y Espectáculos del diario *La Verdad*, en la que son los jefes. Ella se ocupa, especialmente, de los contenidos que tienen que ver con la literatura y el cine, y él de todo lo relacionado con la música.

—¿Cómo está tu novio? Hace bastante que no paso por el Manhattan.

Esa pregunta era irremediable y le toca bastante la fibra sensible, como el día que su madre también lo nombró por teléfono. Le hizo daño. A ella quiso ocultárselo para que no se preocupara. A Ángel es mejor contárselo.

—Ya no estamos juntos.

—¿Estás de broma?

—No. Lo dejamos el martes por la noche.

—Pero ¿cómo? ¿Qué es lo que ha pasado?

La chica le cuenta lo que sucedió y lo que siente. Lo que está sufriendo desde que se marchó a Londres. No ha habido terceras personas ni una discusión fuerte, ni siquiera un desfallecimiento de su amor. La distancia y el no poder estar con él durante tantos meses han sido los culpables de que su relación se haya terminado.

El periodista escucha atentamente hasta que su amiga termina de hablar. Está muy afectada. Es normal. Álex y Paula parecían hechos el uno para el otro. Y se querían. Se querían muchísimo.

—Te comprendo. La distancia es algo difícil de superar —comenta entristecido por la noticia—. Sin embargo, creo que te has rendido demasiado pronto.

—¿Crees que tres meses soportando esto es demasiado pronto?

—Sí. Tal vez deberías haber esperado a navidades y hablarlo en persona con él para decidir entre los dos cuál era la mejor solución.

—Es que ya no podía más, Ángel. Son muchos meses, muchas semanas aquí sola, alejada de él. Y cuando vuelva de vacaciones, otros seis meses más.

—Si te entiendo, Paula. Te entiendo. Pero tú eres una tía fuerte. Y si continúas enamorada de él, como yo mismo he comprobado las veces que hemos estado juntos, deberías pelear contra la distancia los meses que fuesen necesarios.

—No puede ser eso. Ojalá fuera tan fácil hacerlo como decirlo. Pero él tiene que terminar de escribir su novela, yo tengo que aprovechar la beca... No consigo centrarme... y así era imposible.

—¿Y es posible después de haber roto con Álex? No me digas que ahora estás más concentrada.

—No, no lo estoy. Pero es una cuestión de tiempo. Y de que poco a poco le vaya olvidando.

Sabe cómo funciona eso. Ya le sucedió con él. Mantuvieron una relación corta pero muy intensa durante unos meses. Primero por Internet y más tarde compartiendo sentimientos y muchas otras cosas en persona. Con él perdió la virginidad. Pero los días fueron pasando y Ángel terminó convirtiéndose en un recuerdo. Durante un tiempo, ni siquiera eso. Cortaron cualquier contacto hasta el famoso día en el que sus vidas volvieron a juntarse. Pero para entonces ella ya salía con Álex, y el periodista, con Sandra. Se acuerda, perfectamente, del momento en el que lo vio. Tuvo que mirarle varias veces para convencerse de que era él y no alguien que se le parecía. Fue el pasado mes de mayo. Ella había ido a acompañar al escritor a una firma en la Feria del Libro. Hacía mucho calor. Ángel llevaba una chaqueta azul oscuro y una camisa blanca, sin corbata. Estaba guapísimo, como siempre. Y la chica que le acompañaba también. Ya la conocía. Era la misma con quien estaba en el Starbucks la última vez que se vieron. Los dos esperaban en la fila junto a otras personas. No venían como periodistas, aunque podían haber utilizado sus acreditaciones, sino como seguidores. En realidad, la seguidora del escritor Alejandro Oyola era ella, que se había enamorado de *Tras la pared*, una de las novelas del año, y había convencido a su remiso novio para que la acompañara. Él no quería ir porque sabía que aquel chico era amigo de Paula, pero a Sandra conseguir su firma le hacía una grandísima ilusión. La sorpresa que todos se llevaron cuando se fueron encontrando los unos con los otros fue tremenda. Ángel volvía a ver a Paula y Álex enseguida reconoció al ex de su actual novia. Sandra también se quedó boquiabierta cuando descubrió que la pareja de uno de sus escritores favoritos era aquella cría de la que su novio se enamoró locamente hacía poco más de un año. El destino tiene estas cosas.

Y lo que parecía un embrollo tremendo y un enfrentamiento de tensiones, que podía terminar de la peor manera posible, se convirtió, en cambio, en una amistad de parejas. Esa noche, después de la firma, los cuatro se fueron a cenar juntos. Sandra y Álex estuvieron hablando del libro y de sus nuevos proyectos. Y Paula y Ángel enterraron todas las rencillas del pasado. Rieron, comieron y acordaron verse pronto. Y así fue. En el Manhattan, el escritor los invitó a merendar a la semana siguiente, circunstancia que aprovechó la periodista para realizar una preciosa entrevista que salió poco después en su sección de *La Verdad* a toda página.

—Eso de olvidarle poco a poco, sabes que tardará en pasar. Sobre todo mientras estés en Londres. ¿No es mejor que lo llames y lo arregléis?

—No, Ángel. No es mejor. La decisión está tomada y no puedo echarme atrás.

—Sigues igual de cabezota que cuando estabas conmigo.

—Hay cosas... que no cambian.

La chica sonríe, aunque su amigo ha vuelto a sembrar dudas en su cabeza. ¿Realmente se ha precipitado?

—Ya sabes que quiero lo mejor para ti. Te tengo mucho aprecio. Espero que las cosas con Álex se solucionen, antes o después, y reflexiones tranquilamente.

—De momento debo centrarme en los exámenes. No quiero suspender las ocho asignaturas que tengo. Pero gracias.

Los dos guardan un momentáneo silencio que el periodista se encarga de romper. Tiene algo que decirle.

—Bueno, yo te llamaba para contarte una cosa.

—Perdona, es verdad. Con tanto hablar de lo otro... ¿Sobre qué es?

—Sandra y yo... —respira hondo y sigue hablando—: vamos a ser padres.

¿Quéééééé? ¿Padres? Casi se le cae el teléfono cuando lo escucha.

—¿Cómo? ¿Está embarazada? ¿De cuánto?

—De dos meses.

—¡Madre mía! ¡Enhorabuena! —exclama poniéndose de pie muy nerviosa.

—Gracias.

—¿Cómo está Sandra? ¿Y tú? Imagino que contentísimos.

—Pues..., aunque al principio los dos nos quedamos en estado de *shock*, y a mí, personalmente, me costó asimilarlo, no puedo estar más feliz.

—No fue buscado, ¿no?

—No.

Claro. ¡Si es que es una pareja muy joven! Y solo llevan un poco más de año y medio juntos.

—Menuda noticia me has dado, Ángel. Me alegro por los dos, de verdad. Tenemos que vernos en navidades para celebrarlo.

—Muchas gracias, Paula. Me apetecía que lo supieras. Y... que Álex también.

Un nudo en la garganta. Esto seguro que lo habrían comentado juntos con gran entusiasmo. Juntos irían a comprarle algo al bebé. Juntos irían al bautizo... y juntos hablarían de que ellos algún día también serían papás.

—Ya se lo contarás. Seguro que se alegra.

—Sí. No tardaré mucho en ir al Manhattan para hablar con él.

Capítulo 76

Una tarde de diciembre, en un lugar de la ciudad.

Los dos se han sentado en una mesita para hablar. Álex se ha preparado él mismo un café con leche caliente mientras charlaba con Ángel en la barra de cosas intrascendentes. Pero, al salir el nombre de Paula, ambos se han puesto más serios.

—La llamé hace un rato por teléfono y me lo contó todo —explica el periodista—. Está muy afectada.

—Como yo. Es imposible escribir así.

—Lo imagino. Tú, que eres un creador, necesitarás tener la cabeza totalmente despejada para trabajar. Y con esto...

—Creo que he escrito dos páginas desde el miércoles. Y la novela la tengo que acabar en cuatro o cinco semanas como mucho.

Ángel se mesa el cabello. Ve en los ojos de su amigo la angustia y el cansancio. No debe de haber dormido mucho en los últimos días. Sabe cómo se siente. Además, a él le pasó lo mismo con la misma persona. Paula es toda una rompecorazones.

—Más presión añadida.

—Sí, más presión.

—¿No puedes pedir más tiempo?

—Está todo preparado para que yo la entregue el mes

que viene. Ya sabes que luego hay un proceso muy complejo de corrección, edición... Tengo a mucha gente pendiente de mí. Las librerías ya tienen el hueco hecho para *Dime una palabra.*

En cierta manera, sus trabajos se parecen. Los dos escriben, los dos están presionados por el tiempo y de los dos hay otras personas dependiendo y dependientes. Solo que en el periodismo todo es a corto plazo y en la literatura en grandes espacios de tiempo.

—¿Ese es el título?

—Sí. ¿No lo sabías?

—No.

—Vaya periodista de cultura que estás hecho... —comenta jocoso, dando un sorbo de su café.

—Lo mío es la música. Además no estoy todo el día pendiente de tus páginas en las redes sociales como tus fans. Aunque Sandra seguro que sí lo sabía.

—Ella es la parte inteligente de la pareja.

—Y la embarazada. Aunque ahora está de moda decir que los dos estamos embarazados.

Álex lo mira fijamente a sus increíbles ojos azules. ¿Ha oído bien?

—¿Qué? ¿Estáis esperando un niño?

—O niña. Aún no lo sabemos.

—Pero... ¿por qué no me lo habías dicho antes? —exclama levantándose de la silla.

Ángel también se pone de pie y se dan un fuerte abrazo.

La vida tiene esas cosas. Dos jóvenes que hace poco rivalizaban por la misma chica se han convertido en buenos amigos. No se llaman todas las semanas, ni tampoco se ven todos los meses, pero se tienen aprecio.

—No te lo he dicho antes porque nos hemos enterado hace poco. Está dc dos meses.

—¡Enhorabuena, Ángel! Y dale un besazo enorme de mi parte a Sandra.

—Seguro que tu seguidora número uno lo aceptará de buen grado, aunque hubiera preferido dártelo en persona. Ella quería acompañarme, pero pensé que era mejor venir solo. Quería hablar contigo del tema de Paula.

—¿Ella sabe lo del embarazo?

—Sí, para eso la llamé.

—Se habrá puesto muy contenta. A Sandra también le cogió mucho cariño.

Y eso que ambos tuvieron sus dudas al principio de que las dos chicas se llevaran bien. Pero, una vez que vieron que una era totalmente inofensiva para la otra y para sus parejas, su entendimiento fue tal que fue Sandra la que más apoyó a Paula para que eligiera estudiar Periodismo. Incluso, el pasado verano, antes de marcharse a Londres, salió más veces con la novia de Ángel que con Diana o Miriam.

—Ella es muy cariñosa con todo el mundo.

—Sí.

El tono de voz de Álex baja. La echa de menos. No sabe cuántos segundos, minutos y horas ha pensado en ella desde que se marchó a Reino Unido. Pero sí sabe que, desde que decidió romper con él, esos segundos, minutos y horas se han multiplicado por cien. Es muy difícil vivir sin Paula.

—¿Por qué no te vas a Londres e intentas solucionar las cosas?

—¿Ir a Londres?

—Sí.

—¿Como hiciste tú cuando te dejó y fuiste a por ella a París?

—Más o menos. ¿Qué te parece?

—A ti no te fue bien.

Ángel sonríe al recordarlo. Aún le duele la mano del

puñetazo que le pegó a aquel francés. ¡Cuántas veces se ha arrepentido de eso! En cambio, ahora lo ve como una anécdota divertida. Hasta fue capaz de contárselo a Álex una noche de verano entre vasos y vasos de sangría. Paula se moría de vergüenza escuchándolos.

—Es verdad. Pero hice lo que me dijo el corazón. Luché por ella, porque las cosas se solucionaran. No lo conseguí. Y todo salió al revés. Pero ¿quién dice que a ti no te pasaría al contrario?

—Es una locura.

—En las películas y en los libros suele funcionar.

—Ella me ha dejado, Ángel. No querrá verme.

—Te aseguro que está deseando verte.

—¿Y por qué no me manda ni siquiera un SMS ni me escribe ni me llama? Nada de nada.

—Porque sois dos verdaderos capullos muertos de miedo a los que la distancia se ha comido. Pero sé que ella está enamorada de ti. Y tú creo que estás todavía más pillado por ella que antes de que se fuera.

El periodista tiene razón. La quiere aún más. Los días pasan cada vez más lentos. Y no deja de pensar en ella. No puede.

Álex resopla. ¿Ir a Londres a verla?

—¿Y si espero a navidades? Volverá en vacaciones, dentro de dos semanas.

—En dos semanas pueden pasar millones de cosas. Tanto tú como yo tenemos experiencia en eso.

—Ya lo sé. Pero si me planto allí de improviso, mientras está de exámenes, después de que ella haya sido la que me ha dejado..., ¿no crees que es demasiado?

—Tú eres el romántico. El bohemio. El soñador. ¿No? ¿Qué hay más romántico que ir a por tu chica y pedirle que todo vuelva a ser como antes?

—¿Y después?

—Después ya se verá. Hay que vivir el día a día, amigo mío. Fíjate en todos los planes que Sandra y yo teníamos para los próximos años. Y ahora... han cambiado, por completo. No vale de nada mirar mucho más allá. Tú eres de esta filosofía también, si no me equivoco. *Carpe diem.*

Carpe diem. Aprovecha el momento. No dejes para mañana lo que puedes hacer hoy...

—Sigo sin verlo claro.

—Ir a Londres es una forma de decirle que no te rindes y que lo vuestro aún puede funcionar.

—O una manera de estropearlo todo todavía más.

—No creo que la cosa se ponga peor de lo que está. A no ser que te encuentres con algún inglesito al que tengas que atizar.

Los dos sonríen. Álex está seguro de que no hay otro chico en su vida. Si ha roto ha sido porque lo estaba pasando mal.

—¿Por qué no te vienes conmigo?

—¿Qué? ¿Para qué?

—Para apoyarme y hacerme compañía —apunta—. Tú ya tienes experiencia en esto.

—Pero el que tiene que arreglar las cosas con Paula eres tú, no yo.

—Y así, si fracaso, tendré un hombro sobre el que llorar en el avión de regreso.

—¿Un hombro en el que llorar o alguien a quien echarle la culpa?

—Las dos cosas.

—No creo que yo deba...

—Vamos, anímate. Cuando pasen unos meses y el embarazo avance, no te podrás mover de casa. Tómalo como una última aventura. Necesito a alguien que me ayude con esto.

Ángel suspira. Y finalmente...

—Está bien.

—¿Vienes entonces? ¿En serio?

—Qué remedio.

—¡Estupendo! Voy a sacar los billetes por Internet para mañana por la mañana. A ver si encontramos alguna oferta.

—Pero tendrás que hacerme un favor.

—¿Qué favor?

—La primera entrevista en exclusiva cuando saques el próximo libro será para nosotros.

El joven se lo piensa un instante y responde con una sonrisa:

—De acuerdo. Dalo por hecho.

—Muy bien. Pues ve sacando dos billetes, que yo voy a llamar a Sandra para contarle que nos hemos vuelto locos y nos vamos de viaje a Londres.

—No estamos locos.

—Un poco solo.

—Como tú has dicho antes, esto es más una cuestión de romanticismo. —Se calla y hace como que piensa un instante—. Vale, estamos locos.

Capítulo 77

Ese día de diciembre, en un lugar de Londres.

Termina de comer aquel rosbif que no estaba demasiado hecho, acompañado de *steamed vegetables,* una ensalada de patatas, zanahorias y brócoli. Bueno, no está mal, aunque comprende por qué Valentina ha preferido el sándwich. Odia ese tipo de carne. Eso sí, se ha pedido la porción de *apple pie* que han incluido como postre por ser domingo. Paula corta un pequeño trozo con el tenedor y se lo lleva a la boca mientras piensa en lo que tiene que hacer cuando suba a la habitación: estudiar, estudiar, estudiar.

Ya no queda nadie en el comedor de la residencia. Ha sido la última en bajar. Si, normalmente, ya come más tarde que el resto de estudiantes, hoy apenas quedaban un par de chicas cuando ella ha llegado. Se echa un poco de agua de la jarra en su vaso y bebe. Continúa pensativa. Le viene a la cabeza lo que habló hace un rato con Ángel por teléfono. ¿No ha luchado lo suficiente por mantener su relación? Quizá eso sea lo que también piensa Álex; por ese motivo él tampoco ha insistido estos días para que vuelvan juntos. Desde el martes por la noche no sabe nada de su exnovio... Cuánto le cuesta pensar en el escritor como ex. Y es que le sigue queriendo mucho. ¿Cómo iba a dejar de quererle en solo cinco días después de llevar un año como pareja?

Con lo difícil que es encontrar a un chico como él, y ella va y lo tira todo por la borda por marcharse a estudiar fuera. ¿No debería estar el amor por encima de cualquier otra cosa? Es muy joven, tiene mucho tiempo para hacer de todo en la vida; sin embargo, amar, querer a alguien, es algo único. Aquella experiencia en Londres, y tal como se está desarrollando, la hará más madura, pero también menos feliz.

¿Y si regresa a España? Tiraría la beca a la basura y perdería un año. Pero, por otra parte, el curso que viene podría empezar a estudiar otra vez primero de Periodismo en su ciudad y aprovechar lo que queda de este para sacar el carné de conducir, dar clases particulares de inglés para ganarse un dinerillo, apuntarse a algún curso... No es un plan tan descabellado. Y así estaría cerca de Álex y las cosas volverían a ser como antes.

Las cosas volverían a ser como antes...

—¡Ah! ¡Estabas aquí!

La doble puerta del comedor, que ya estaba cerrada para que no pasara ningún residente más, se abre de par en par. El que grita es Luca Valor, que se acerca hasta la mesa donde Paula está terminando de comer. La chica contempla inquieta cómo se sienta enfrente de ella y la mira. Ups. ¿Querrá seguir la conversación donde la dejaron antes?

De momento, a disimular.

—Sí. Es que he desayunado mucho y muy tarde. Por eso no he bajado antes.

—Llamé a la puerta de tu habitación y no había nadie.

—¿No estaba Valen?

—Si estaba, no ha querido abrirme.

Esa italiana...

—Habrá salido a hacer alguna cosa.

—Bueno —dice haciendo un gesto con la boca, no demasiado convencido—, ¿podemos hablar ahora?

¿Otra vez? ¡Qué insistente! ¡Este lo que quiere es declararse! Uf. En fin, no se va a negar. Tarde o temprano tendrá que asumir lo que le tenga que contar.

—Vale —accede, y acaba con el último trozo de su tarta de manzana.

—¿Damos un paseo por fuera de la residencia? Así nadie nos molestará.

—OK.

La chica bebe un poco de agua y se levanta de la mesa. Coge la bandeja y la lleva al carrito. No hace falta que se agache esta vez, porque una de las cocineras ya ha retirado el resto y está vacío. La coloca en una balda central y acude de nuevo junto a Luca.

Siente algo de pánico. Si le confiesa que está enamorado de ella, le va a dar un patatús. Cada vez le cae mejor y que le pidiera perdón le dignifica. Es un gran gesto por su parte. Es verdad que se lo ha hecho pasar fatal durante muchas semanas, pero hay que saber perdonar. Sin embargo, ella quiere a Álex. A nadie más.

Los dos salen del comedor y suben hasta recepción. Cruzan la puerta giratoria de la entrada y empiezan a andar por la calle. El sol continúa luciendo, a pesar de que hace mucho frío.

—Antes, cuando tu compañera de habitación nos ha interrumpido, te quería decir algo.

Directo. ¿Para qué va a entretenerse en prolegómenos? Paula se estremece. Intenta no mirarle, pero él sí que la está mirando a ella a través de su único ojo sano mientras habla. ¡Qué vergüenza!

—Cuéntame.

—Estoy arrepentido por haberte machacado estos meses.

—No te voy a negar que ha sido duro. Me lo has puesto difícil.

—Ya imagino. No tenía una buena imagen de ti. Pero, bueno, eso ya lo sabes. Y no voy a repetirme más.

—Lo hecho hecho está.

—El caso es que te quería pedir perdón de nuevo por todo... y, además, te quería confesar... una cosa.

—Mmm. Dime... —Traga saliva y reza para que no sea lo que piensa que es.

—Me he enamorado.

¡Lo dijo! ¡Lo dijo! ¡Valentina tenía razón! Aquel chico la quiere. Suena muy extraño de su boca. Menudo compromiso.

Los dos siguen caminando por Londres, ahora sin mirarse a la cara.

—¿Estás seguro?

—Bueno, nunca me he enamorado de nadie. Pero creo que sí.

Paula suspira. Luca se detiene y la coge de la mano para que ella también se pare. Uno frente al otro. La verdad es que incluso con el parche en el ojo es un tío muy atractivo. No es tan guapo como Álex, pero tiene algo. Cierto encanto pijo y macarra al mismo tiempo. Y de cuerpo está francamente bien.

—A veces los sentimientos se confunden —comenta ella—. Y lo que crees que es amor simplemente es cariño o devoción hacia alguien.

—Yo creo que es amor.

—Pues...

Se ha empeñado en que es amor. No va a convencerle de otra cosa. Tampoco quiere engañarse y él es el único que realmente sabe lo que siente. Se ha enamorado de ella y ya está. No es algo nuevo para Paula.

¿Qué le contesta? Que no, claro. Que, aunque en estos días las cosas entre ellos han cambiado, no puede corresponderle porque ella sigue enamorada de su exnovio. Entonces... ¿cabe el riesgo de que vuelva a molestarla otra vez?

No cree. Dice que está arrepentido por lo que ha hecho. No recaerá, ¿no?

—¿Crees que tengo alguna posibilidad con ella? —suelta repentinamente.

—¿Con ella?

—Sí, con la *italianini.*

¡Está enamorado de Valentina! *Oh, my God!* ¡Será tonta! Paula empieza a reírse en medio de la calle como una loca. No puede remediarlo. Su amiga lleva una semana insistiéndole en que Luca Valor la quiere y resulta que de quien está pillado es de ella.

En cambio, el chico empieza a molestarse con tanta risa. La española se da cuenta y se calma. Aunque por dentro se siente muy aliviada. El chaval no está nada mal, pero se alegra de no ser ella la afortunada.

—Valentina es muy rara —responde por fin—. Pero creo que sí, que tienes alguna oportunidad con ella.

Ahora lo entiende todo. Cada vez que iba a su habitación, que se acercaba a las dos, que las miraba... El cambio de actitud en esos días. ¡La cena de anoche en el italiano, donde se presentó de improviso! ¡Nada de eso era por ella, sino por Valen! ¡Pues vaya con las intuiciones de las mujeres y su sexto sentido! Amaga con volverse a reír, pero se frena por respeto. Luca parece muy preocupado.

—No sé si decirle algo. A ella no le caigo nada bien.

—Valentina también piensa que ella no te cae bien a ti.

—Tiene un carácter muy fuerte. Pero...

—Pero te gusta.

—Sí.

Aquel chico no se parece en nada al que hasta hace poco tiempo la fastidiaba constantemente. Al de las bromas pesadas y los insultos a todas horas. Aquel «españolito» ha cambiado. Es lo que hace el amor, que nos vuelve a todos un poco más... ¿sensibles?

—Perdona por lo de tu ojo —dice Paula sonriéndole.

—¿A qué viene eso ahora?

—A que nunca te pedí perdón por haberte hecho eso —comenta señalando el ojo herido.

—¡Ah, esto! Mañana voy al médico y me dicen si ya me lo puedo quitar. En el fondo no ha sido nada.

—Pues es una lástima que te lo quiten. El parche te da un aire... interesante.

—¿Te parece interesante?

—Sí. Estás mono con él.

Los dos se miran. Dan la vuelta y vuelven a caminar hacia la residencia.

—No te habrás enamorado de mí, ¿verdad, españolita?

—Claro que no. Yo ya quiero a un chico.

—¿De aquí, de Londres?

—No. Él está en España. Es mi ex.

—Estás enamorada de un exnovio. ¿Cómo es eso?

—Es una larga historia.

—¿Y por qué estás aquí, en Londres, y no allí con él?

—Esa es una buena pregunta para la que no tengo respuesta.

La pareja sigue conversando hasta que llegan a la puerta del centro. Pero, antes de entrar, Luca se acerca a Paula y le da una palmadita en la espalda.

—Gracias por todo. Nunca había hablado de estos temas con nadie.

—De nada. Espero que tengas suerte con mi amiga.

Y, juntos, entran en la residencia. Los dos se quedan a cuadros cuando ven que en recepción espera Valentina, taconeando con el pie derecho impaciente. Se acerca un nuevo malentendido.

—¡Mira la parejita, qué bien se lleva! ¿Qué, venís de una romántica tarde de amor bajo la luz del sol londinense?

—Valen, esto...

—Ya, ya... Esto no es lo que parece, ¿verdad? —Suelta una carcajada—. Luego me lo cuentas. Y, si quieres, me haces unos dibujitos.

—Es que...

Pero la italiana no quiere escuchar más. Se aproxima hasta Luca, lo mira y resopla.

—Tenemos que ir a limpiar —señala resignada—. Margaret os estaba buscando. Aunque ya le he dicho que hoy yo sustituía a Paola. Quiere que nos demos prisa con la cocina y el comedor.

—No tengo ganas de limpiar ahora.

—Pues te toca, amigo. Y espero que no me des mucho la lata, que no estoy para tonterías. Tonterías, las justas.

Valentina se gira y se dirige a la escalera que lleva hasta el comedor. Luca la observa embobado.

—Es tu oportunidad —le indica Paula en voz baja—. Aprovecha que vais a estar los dos solos.

—No sé...

—¡Venga, ánimo!

Y lo empuja para que la siga rápidamente.

—Lo intentaré, aunque ya has visto cómo me trata.

—Eso es porque está falta de cariño —apunta Paula con una sonrisa irónica.

—Eso es porque tiene muy mala leche.

—También, también.

Luca por fin se decide. Se despide de Paula y camina hasta la escalera por la que la italiana acaba de bajar. En la cocina ya le espera la chica con la que le encantaría disfrutar de su primer romance de verdad. Solo hay un inconveniente, y es que ella no le soporta.

Capítulo 78

Ese día de diciembre, en un lugar apartado de la ciudad.

Abre los ojos. Tiembla de frío. Es porque está destapada. Y sola. Nadie la acompaña en la cama. Huele a... ¿café? Sí, eso parece. Miriam se incorpora y se sienta sobre el colchón. Observa cómo Ricky está sirviéndose una taza. Luego echa un poco de leche y un chorretón de güisqui. Lo mueve con una cuchara y se dirige hacia donde está ella. Se acomoda en uno de los sillones y da un buen trago.

—¿Ya te has despertado? —le pregunta antes de limpiarse la boca con la manga de su camiseta—. Mira que eres vaga. Te pasas el día tirada.

¿Qué hace él allí? ¿Y su novio? Lo último que recuerda es... que le costaba respirar y el ruido de la puerta de la nave cerrándose. ¿Ha pasado eso de verdad? ¿Cuánto tiempo ha dormido? Está bastante confusa.

—¿Dónde está Fabián?

—Ha salido a solucionar unos asuntos.

Es verdad. Le dijo que tenía que ir a la ciudad y que no podía llevarla. Mierda. Se ha marchado sin ni siquiera despedirse. Un momento... Algo le viene a la cabeza, pero muy difuso. Con muchas lagunas... Antes de dormirse, ¿la obligó a besar a su amigo? ¿O lo ha soñado?

—¿Sabes cuándo volverá?

—Ni idea.

—Vaya, quería ir con él. Necesito avisar a mis padres de que estoy bien.

—Tus padres pasan de ti.

—No lo creo.

—Vale, pues engáñate a ti misma.

—Eres un capullo.

—Y tú una niñata insolente y te tengo que soportar.

—¿Por qué me tienes que soportar? ¿Te has quedado aquí para vigilarme? Como si fueras mi perrito guardián.

Ha dicho eso totalmente en broma. Sin embargo, por la cara que ha puesto, el joven de la cabeza rapada no se lo ha tomado precisamente como un chiste.

—¡Me he quedado aquí porque me da la gana!, ¿te vale?

—Por supuesto.

Su grito la intimida. No añade nada más porque no quiere broncas con él. Miriam se levanta de la cama y se acerca hasta la cocina, donde Ricky ha dejado la cafetera. Aún está caliente. Coge un vaso de cristal y lo llena hasta la mitad. Le vendrá bien para despejarse.

—En cuanto a lo que pasó antes..., no nos lo tomes en cuenta; estábamos un poco fumados.

Da la sensación de que Ricky no le ha dicho aquello para disculparse, sino para jactarse de ello. Hasta se le ha escapado una estúpida sonrisilla, presumiendo de su «hazaña».

Entonces no ha sido un sueño. Fue real que Fabián la obligara a darle un beso a aquel idiota. Incluso recuerda que la aprisionó tan fuerte contra su cuerpo que le hizo perder el aire y terminó desvaneciéndose.

Es terrible. Nerviosa, bebe un sorbo de café y piensa en su situación actual. Su novio se ha pasado de la raya. Y aquel individuo, lo mismo. Tiene que salir de allí como sea. Debe hacerlo antes de que no sea solo dar un beso lo que la obliguen a hacer. Quiere a Fabián, pero está claro que ella no es nada para él, solo un objeto con el que hacer lo que le venga en gana. No le importa lo más mínimo. Ahora lo ve claro.

¡Joder, tuvo que comerle la boca a aquel indeseable! Mierda. Qué mal. Pensaba que, en esos días que lleva allí, las cosas habían mejorado con Fabián. Pero él solo la usa a su antojo. Solo la quiere en la nave junto a él por las joyas, por el sexo, por diversión... Da lo mismo. Es por alguna razón que no se parece en nada al amor.

¿Qué hace ahora? Siente escalofríos. Está en peligro con aquellos dos. Ya sabe de lo que son capaces. Pero ¿cómo puede abandonar la nave sin que se den cuenta?

Aquel lugar está aislado del mundo. Aunque huyera, tendría que caminar bastante para llegar a la carretera principal. Podría intentarlo de noche, cuando Fabián durmiera. Pero, si descubre que quiere marcharse de allí sin avisarle, las cosas empeorarían.

Debe aprovechar su ausencia. Ese tipo es mucho menos listo que su novio. Es su oportunidad para escapar. ¿Cómo? Corriendo no puede ser, la alcanzaría enseguida.

¿Y si pide un taxi? ¡Ya tiene otra vez móvil y puede pedir uno!

Entonces se le ocurre una idea.

Deja el café encima de una mesa y se acerca hasta la cadena de música, una bastante vieja que un día trajo Ricky. Hasta tiene para meter casetes. Abre la tapa de la disquetera e introduce al azar el primer CD que encuentra a mano. Pulsa el *play* y suena a todo volumen *Decode*, de Paramore. Perfecto.

—¿Qué haces?

—Poner un poco de música para ambientar esto —responde con una mirada pícara y bailoteando insinuante—. ¿Nos liamos algo?

—¿Quieres rollo conmigo?

—Un porro, capullo.

El joven rapado sonríe. Todas son iguales. Seguro que está pensando en el beso con lengua que le dio antes y quiere más.

—Trae papel y siéntate aquí conmigo.

Ella obedece. Se acomoda en el otro sillón y le entrega el papel de liar que ha cogido de la mesa. Ricky se hace con un cigarro de una cajetilla de Marlboro y extrae el tabaco de dentro. Es el momento.

—Mientras lo preparas, voy al baño.

—Muy bien.

—No tardo nada.

—Aquí te espero.

Miriam le sonríe y sale de la nave mientras el chico desmenuza la marihuana que saca de una bolsita de plástico y la mezcla con el tabaco.

La chica se da prisa por llegar a la caseta. Se mete dentro rápidamente y cierra la puerta. Ese idiota no se ha dado cuenta de que, cuando cogía el paquetito con el papel, también se hacía con su nuevo móvil. Resopla. Muy nerviosa, marca el número de información, pero le da que no hay señal.

—¡Joder! ¡Maldita sea! —exclama moviéndose por la caseta para ver si encuentra alguna rayita de cobertura.

No lo consigue. Tendrá que salir y llamar desde fuera. Eso supone un gran riesgo. Si Ricky la oye, está perdida. La música de Paramore sigue sonando a todo volumen dentro de la nave. Eso la alivia. Así es más difícil que la escuche.

Despacio, para no hacer ruido, camina hasta la parte de atrás. No hay mucha cobertura, pero sí un par de rayitas esperanzadoras. Vuelve a teclear el número de información ¡y en esta ocasión funciona! Tras dos *bips*, contestan. Miriam, hablando muy deprisa, pide sin alzar la voz el número que necesita. La mujer que la atiende le pregunta si le pasa directamente con la centralita. Esta asiente. Se mueve inquieta, vigilando que la cobertura siga estable. Está hecha un flan. Son escasos segundos. Tres nuevos *bips* y una señora con acento andaluz aparece al otro lado de la línea. Se presenta y le pregunta la dirección a la que desea que le envíe el taxi.

—¿Qué coño haces?

Miriam no puede hablar. Ni con la señora ni con Ricky. Se ha puesto blanca y está muy asustada. El joven rapado se dirige hacia ella y le arrebata el móvil. Se lo pone en la oreja y escucha cómo una mujer habla al otro lado. Está preguntando que si continúa ahí o si ya no quiere el taxi. Cuelga.

—Yo... solo... quería ir a mi... casa —indica temblorosa.

El miedo se apodera de ella cuando se enfrenta a los ojos del chico, que parecen ensangrentados de rabia.

—¿Me has querido engañar?

—No.

—¿No? ¿Y por qué no me has dicho que ibas a llamar por teléfono?

—No lo sé.

La joven solloza. Ricky entonces la agarra por un brazo y la arrastra hacia la nave. Miriam se queja porque no quiere entrar. Sin embargo, la fuerza del chico es muy superior a la de ella y termina cediendo.

—Como se te ocurra llamar otra vez sin mi permiso, me voy a tener que cargar también este móvil.

—¿Qué? ¿Fuiste tú?

—Claro que fui yo. No sé cómo pensaste que la pobre Laura podía haberlo hecho. No eres tan lista como quieres aparentar. Si fueras solo un poco inteligente, no te habrías venido aquí a vivir y no habrías pensado que algún día Fabián podía enamorarse de ti. Eso sí que es de tontos.

En eso tiene razón. Ha sido muy tonta. Y aquello debe de ser una pesadilla. Está atrapada en un lugar alejado de todo, con un tipo que está loco y con otro loco que se ha hecho pasar por su novio para beneficiarse de ella cuanto pudiera. Ni siquiera sabe qué ha hecho con las joyas de su abuela. ¡Cómo ha estado tan ciega para no descubrirlo antes!

Las drogas, el alcohol, los porros... y el peor de los vicios, su amor por Fabián, han hecho que haya perdido el rumbo por completo y que se haya metido en un camino sin salida ni retorno.

¡Sus padres tenían razón! Y ella no lo vio.

Miriam camina despacio hacia la cama. Hasta le cuesta ir en línea recta. Se sienta en el colchón y se recoge sobre sus rodillas, agachando la cabeza. Tiene ganas de llorar. No sabe qué va a pasar con ella ahora que se ha enterado de todo. Siente miedo. Mucho miedo. No de aquel estúpido musculado de la cabeza rapada. Su verdadero enemigo es el joven de quien está enamorada.

Porque, cuando llegue Fabián..., ¿qué sucederá?

Capítulo 79

Esa tarde de diciembre, en un lugar de la ciudad.

Los dos caminan sin hablar. Han estado en la casa de ella primero y ahora van a la de él. En unos minutos se tienen que reunir con Cris y Alan, con quienes han quedado para ir a la nave de Fabián a por Miriam. Lo harán en el coche del francés, que ha ido junto a su novia a sustituirlo por la moto con la que habían acudido hasta allí.

—¿En qué piensas? —le pregunta Mario, cansado por todo lo acontecido durante el día.

Primero fue lo de Claudia, luego la discusión con Diana y finalmente la historia de su hermana. Está agotado mentalmente. Y le afecta, especialmente, que su novia apenas le dirija la palabra.

—En muchas cosas —contesta Diana mirando hacia el frente.

—Alguna tendrá que ver conmigo, imagino.

—Todas. Todas tienen que ver contigo.

La pareja continúa andando por la calle en aquella fría tarde de diciembre. Cabizbajos. Lo que sucedió por la mañana les ha influido mucho. No van de la mano, como en tantas otras ocasiones, ni se llaman cariñosamente, sino por sus nombres de pila. ¿Será un simple enfado o está en peligro la relación?

—Lo siento. De verdad.

—Déjalo ahora, Mario. No me apetece discutir.

—Tú ya sabes que te quiero.

—No estoy tan segura de eso. Has besado a otra.

—Fue un accidente. Me obligó.

—Te pueden obligar a muchas cosas, pero una persona no besa a otra si no quiere... o está borracha. Y tú lo único que habías bebido era un Cola Cao.

El chico suspira. Tiene razones para estar dolida con él. Deberá tomarlo con calma y esperar.

Llegan a la casa, saludan a los padres de Mario y suben rápidamente a la habitación. El joven abre el armario y busca lo que han ido a coger. Allí está. Es un bate de béisbol que le regalaron unos familiares norteamericanos a los que solo ha visto una vez en su vida. Nunca lo utilizó... y espera que hoy tampoco sea el día. Sin embargo, es mejor ir prevenidos. Diana también ha cogido de su casa un martillo que lleva escondido en un bolsillo interior de su abrigo.

—¿Cómo vamos a sacar esto de aquí? —pregunta el joven examinando el palo detenidamente. Hasta ahora no se había dado cuenta de lo que pesaba.

—Trae —dice la chica arrebatándoselo. Abre la ventana del cuarto, observa que no hay nadie debajo, apunta y lo lanza—. Hale, ya está.

Mario se pasa una mano por la cara y mueve la cabeza de un lado a otro. Qué sutileza. Sin embargo, ha sido eficaz. No ha sonado demasiado al golpear contra la hierba del jardín y por esa zona de la calle no pasa mucha gente. Nadie la ha visto.

Se despiden de sus padres y salen de la casa a toda velocidad. Van hacia el lugar donde está el bate de béisbol. Diana es quien lo coge. No se ha roto.

—Con esto puedes cargarte a alguien —indica su novio antes de quitárselo y de darse unos golpecitos en la mano.

—No me des ideas.

—Espero no estar incluido en esas ideas.

En ese instante, suena el móvil del chico. Acaba de recibir un SMS. Diana lo mira expectante. ¿No será ella otra vez? A Mario le da miedo sacar el teléfono del bolsillo de su cazadora y comprobar de quién es el mensaje.

—¿No vas a mirarlo?

—¿El qué?

—El móvil, ¿qué va a ser?

—Luego. Ahora vamos a...

Pero la chica no está dispuesta a soportar más tonterías. Se acerca hasta él, mete la mano en el bolsillo y coge el teléfono. «Un mensaje recibido». Y quien lo envía es...

—¡Oh! ¡Si es tu querida Claudia...! ¿Qué querrá ahora esa robanovios?

—Déjalo. No le contesté antes y...

—A ver qué dice... —Cambia su voz a una más suave y aguda, y empieza a leer—: «¿Estás enfadado conmigo? ¿Por qué no me respondiste el otro SMS? Lo siento si mi beso te molestó. Pero a mí me hizo la chica más feliz del mundo».

Los dos se miran cuando Diana termina de leer. El chico apenas puede sostener un segundo sus ojos en los suyos, así que levanta la cabeza y observa el cielo. Está oscureciendo. El frío penetra en su cuerpo y le roza la cara. Y siente ganas de llorar.

—No le voy a responder.

—¿Y qué más da eso? —comenta dolida—. ¿Cómo voy a quitarme de la cabeza que me has estado ocultando esto durante tres meses?

—Lo siento.

—Aunque lo sientas, que no lo dudo, ¿cómo me olvido de que la has besado?

—No te vale de nada que el lunes pida un cambio de clase, ¿verdad?

—No, Mario. No me vale.

El joven agacha la cabeza y camina hacia la esquina en la que han quedado con Cris y con Alan. Diana le sigue. Se pone a su altura e introduce el móvil en el bolsillo de la cazadora en el que lo llevaba antes. No ha borrado el SMS de Claudia.

—¿Y qué vamos a hacer?

—No lo sé. Tú siempre te has portado tan bien conmigo..., siempre has estado a mi lado en los peores momentos. Soportaste mis paranoias, mis comeduras de coco, mis problemas con la comida... Jamás imaginé que hicieras algo así.

Silencio. Hay poco más que decir. Por muchas veces que le pida perdón, no habrá forma de solucionarlo. Ha metido la pata y será difícil que ella vuelva a confiar en él otra vez. Se lo merece por estúpido.

Un BMW de color negro se detiene junto a ellos. La ventanilla del copiloto se baja y Cristina los saluda.

—Subid —indica con una sonrisa—. ¡Vamos a derrotar a los malos!

La pareja obedece y se monta en la parte de atrás de aquel lujoso cochazo.

—Desde luego está claro que con los hoteles os va bien, ¿eh? —comenta Diana tratando de recuperar algo de ánimo—. ¿Este coche es tuyo o de tu tío?

—Este es mío. Es el único que tengo.

—Ya quisiera yo que el único coche que tuviera fuera la mitad que este —reconoce la Sugus de manzana.

—Cuando te saques el carné, te lo dejo conducir.

—¿En serio?

—No. Claro que no.

—Capullo.

Todos ríen menos Mario. Él no tiene ganas de nada. La culpabilidad lo está matando. No puede dejar de pensar en que tal vez su historia con Diana se haya terminado. Es difícil saber qué es lo que pasará entre ellos, pero cabe la posibilidad de que nada vuelva a ser como antes.

Sin embargo, ahora tiene que tratar de centrarse en otro asunto. Es muy importante hacer las cosas bien. Sacar a su hermana de aquella nave no va a ser nada fácil. Y cualquier fallo o despiste resultaría fatal. Esos tipos no se andarán con juegos.

—¿Es por ahí? —pregunta Alan señalando hacia la izquierda.

—Sí. En cuanto puedas, coge el desvío para la autovía.

—Perfecto.

En los minutos que dura el trayecto hasta la nave de Fabián, los cuatro conversan sobre lo que van a hacer y cómo lo van a hacer. El plan es llevarse a Miriam de allí y, si ella se negara, por lo menos que llame a sus padres para decirles que está bien. Barajan alguna que otra alternativa, pero esos son sus objetivos principales.

—Ese es el camino que tienes que tomar, Alan —interviene Diana indicándole por dónde debe ir.

El BMW gira a la derecha y se adentra por una carretera muy estrecha y bacheada. Conforme avanzan, la noche va haciendo acto de presencia. Todo se vuelve más siniestro en aquel terreno por el que no pasa ni un alma.

—Menudo sitio. Da miedo —dice Cris mirando a través del cristal de la ventana.

—Pues miedo es precisamente lo que no debemos tener —le indica su novio sonriéndole—. Todo irá bien.

—Eso espero.

Los continuos baches de la carretera hacen que el coche vaya dando botes y que Alan sufra por la carrocería y los amortiguadores de su BMW.

—¿Queda mucho para llegar? —pregunta el francés algo desesperado.

—No. Allí es.

Las palabras de Diana alertan al resto, que se ponen en guardia. Es como un toque de corneta antes de la batalla. A unos metros de distancia pueden ver la enorme nave en la que Miriam lleva viviendo desde el martes y de donde sus amigos y su hermano van a intentar sacarla. Los cuatro saben que la empresa no será fácil, pero ninguno de ellos se imagina lo que el destino les tiene preparado.

Porque, si lo supieran, tal vez darían marcha atrás.

Capítulo 80

Ese día de diciembre, en un lugar de Londres.

Luca enamorado de Valentina. ¿Quién lo iba a decir? Tantas discusiones por el tema, tantas intuiciones, y todas ellas equivocadas. Paula siente la tentación de bajar a la cocina a ver qué tal le ha ido al joven del parche. ¿Se habrá atrevido a confesarle sus sentimientos?

En el fondo no es tan mal tipo. Las circunstancias de la vida han hecho que se convierta en alguien arisco, desagradable e insolente, especialmente con personas que cree que se sienten superiores al resto. Sin embargo, el amor le ha cambiado. En realidad ella tiene poco que ver con su transformación. Ha sido su compañera de habitación, sin pretenderlo, la que ha conseguido que Luca Valor sea otro completamente distinto al que era.

Mira la hora. Se ha hecho tarde y casi no ha estudiado hoy tampoco. ¡Qué exámenes trimestrales le esperan! No va a aprobar ni uno como siga sin concentrarse. Pero es que tiene tantas cosas en la cabeza...

Le apetece chocolate. Azúcar. ¿Quedará algo dulzón en la máquina? Qué golosa se está volviendo. Esta mañana, los churros; al mediodía, la tarta de manzana, y ahora quiere una chocolatina. Se levanta el jersey y se mira la tripa. Está algo hinchada, pero... ¡qué más da!

Decidido. Necesita comer algo con muchas calorías.

Busca en su bolso el monederito donde guarda el dinero y, cuando lo encuentra, sale disparada con él a por alguna chuchería que sacie sus ganas de glucosa. Camina deprisa por el pasillo de la tercera planta. Baja la escalera a toda velocidad.

Va tan rápido que en el último escalón de la segunda planta tropieza y casi cae encima de alguien que la sujeta antes de que se dé un buen golpe.

—*I'm sorry* —dice en inglés levantando la mirada.

—Señorita García, ¿dónde iba tan deprisa?

Quien la ha ayudado es nada más y nada menos que el director de la residencia. Paula se pone muy colorada cuando se da cuenta de lo torpe que ha sido y de que casi cae encima de aquel hombre. Para mayor escarnio, Robert Hanson no está solo. Detrás de él hay un señor de más o menos su edad, elegantemente vestido. Es moreno, de ojos oscuros y bastante alto. Tiene un porte envidiable para sus años.

—Perdón, señor Hanson. Iba a comprar una chocolatina a la máquina de abajo y no le vi venir.

—Pues precisamente nosotros íbamos a verla a usted.

—¿A mí? ¿Para qué?

—Le presento a Philipp Valor.

—¿Valor? —pregunta la joven mientras le da la mano a aquel hombre, que sonríe.

—Sí. Philipp es el padre de mi sobrino Luca y el marido de mi hermana.

—Encantado de conocerte. Me han hablado mucho de ti.

Paula no puede creerse que esté estrechando la mano y conversando con todo un embajador. ¿Y le han dicho cosas sobre ella? ¡Qué vergüenza! Seguro que sabe que, por su culpa, su hijo lleva un parche en el ojo.

—El placer es mío, señor Valor.

—¿Tiene algo que hacer, aparte de comprar una chocolatina? —pregunta Robert Hanson aflojándose un poco el nudo de la corbata.

—Estudiar... Mañana empiezan los exámenes.

—Los estudios son lo más importante. Por eso solo la entretendremos unos minutos. Nos gustaría hablar con usted.

—No hay problema. ¿En mi habitación?

Ya tiene una nueva excusa para no abrir los libros. Además, siente curiosidad por saber qué hace el padre de Luca en la residencia. Solo hay un inconveniente: ¡se va a quedar sin chocolatina!

—No. Mejor vamos a mi despacho. Allí estaremos más tranquilos los tres.

—Muy bien.

La chica y los dos hombres bajan la escalera y atraviesan la recepción. Luego se introducen por un pasillo que conduce hasta el despacho de Robert Hanson. Este saca una llave de uno de los bolsillos de su pantalón y abre la puerta. Deja que pase primero Paula, luego el embajador y finalmente entra él, que se dirige directamente a su sillón.

La joven y el padre de Luca ocupan las dos sillas que están delante de la gran mesa en la que trabaja el director de la residencia.

Es una gran presión para la española, que no imagina sobre qué quieren hablar con ella. Aunque esta situación le es familiar. No hace mucho que también tuvo un cara a cara con el señor Hanson.

—Verás, Paula... —Sorprendentemente para ella, quien comienza a hablar es Philipp—. Robert me ha puesto al corriente de todo lo que ha sucedido esta semana.

—Lo sabe todo —apostilla el otro hombre, sonriente.

—Y siento mucho todo lo que Luca te ha hecho pasar durante estos tres meses.

Increíble: el embajador disculpándose en persona por las trastadas de su hijo.

—Es agua pasada —contesta tímidamente la chica.

—No. No lo es —indica muy serio—. Cuando Robert me puso al día de lo sucedido, le pedí inmediatamente que te liberara del castigo. No era justo que tuvieras que cargar tú con algo que pasó accidentalmente después de mil y una provocaciones.

—Sin embargo, yo no quise hacerle caso.

No entiende nada de nada. ¿El señor Valor le exigió al señor Hanson que le perdonara el castigo aun sabiendo lo que había pasado con su hijo?

—No quiso hacerlo porque pensaba que tú eras la persona perfecta para conseguir que Luca de una vez por todas sentara la cabeza. O, al menos, que mejorara su actitud.

—Como a ti, le dije que esperara al domingo.

—Sí. Y por fin es domingo.

Y finaliza el castigo. Es libre. El pacto que hizo con el director de la residencia se cumple hoy. Ya no tendrá que limpiar más ni... compartir con Luca Valor aquellas dos horas al día. Pero es muy raro. Cuando piensa que eso se ha acabado, siente una extraña melancolía. Empezó siendo una pesadilla. Y han terminado siendo... casi amigos. Dicen que el roce hace el cariño, aunque no imaginaba que tanto.

—Queríamos saber, tanto Philipp como yo, qué tal ha resultado todo. ¿Cómo ves a Luca? Porque las noticias que tenemos nosotros es que mi sobrino se ha ido comportando mejor contigo y, en general, con todos. Hasta ha llamado por teléfono a su madre para preguntar cómo estaba. Es la primera vez que lo hace desde que está en la residencia.

—Es cierto eso. Luca ha ido siendo más amable conforme avanzaba la semana —señala Paula risueña—. Creo que fue a partir del miércoles cuando las cosas cambiaron radicalmente. Pero no estoy segura de qué pasó para que eso sucediera.

No está segura, pero lo intuye. Valentina tiene mucho que ver.

—¡Eso es fantástico! —exclama Philipp Valor.

—Sí que lo es —añade el señor Hanson quitándose las gafas.

—¡Tenías razón, Robert!

—¡Te lo dije! Nunca me equivoco con estas cosas.

Los tres sonríen. En realidad, a la chica todo aquel jolgorio le parece un poco surrealista. Muy desesperados debían estar para que reaccionen de esa manera.

—Bueno, ¿y entonces? ¿Cuándo vendrás a casa a conocer a mi mujer?

¡Aquella pregunta sí que es surrealista! ¿Para qué querrá que conozca a su esposa?

—Estoy de exámenes ahora... y luego me voy a España de vacaciones en Navidad —indica aún algo desconcertada.

—Vaya... Pues en enero, cuando regreses, te invitamos a comer o a cenar. O puedes venir cuando tú quieras.

—Muchas gracias, señor.

—Llámame Philipp, por favor. Y las gracias te las damos nosotros a ti.

Hay algo que no encaja en tanta amabilidad. Está bien que le agradezcan que Luca haya mejorado en su carácter si piensan que ella ha tenido algo que ver. Pero presentarle a su madre, invitarla a su casa y tanta alegría desbordada ¿no es un poco excesivo?

Paula se levanta de la silla para marcharse. Los dos hombres también lo hacen y la acompañan hasta el pasillo. Se despiden de ella y vuelven a entrar en el despacho.

—¿Qué te dije? Es fabulosa.

—Sí, es muy guapa. Y muy agradable.

—Tu hijo no tiene mal gusto.

—¡Como su padre! —exclama el embajador quitándose la chaqueta—. Es justo lo que le hacía falta a Luca, una chica así.

—Ella lo ha hecho cambiar. Ahora solo falta que empiecen a salir juntos.

—Pero estás seguro de que mi hijo se ha enamorado de ella, ¿verdad?

Robert Hanson sonríe de oreja a oreja y vuelve a ponerse las gafas.

—Al cien por cien. ¿Por qué crees que ha cambiado tanto? —indica orgulloso de haber acertado con su intuición—. Se lo vi en los ojos cuando la miraba. Estaba absolutamente convencido de que esta chica era la primera a la que querría de verdad y la que le bajaría los humos. No hay nada como una mujer para templar el carácter. El amor nos atonta, cuñado. Además, no soy el único que piensa que mi sobrino está enamorado de la señorita García. Mi fuente, que ha vigilado esta relación desde el principio, no tiene ninguna duda y me asegura que Luca está loquito por Paula.

Hace unos días, en ese mismo despacho, una mañana de diciembre.

—No le diga nada a ella.

—Tranquilo, señor.

—Quiero un informe detallado, día a día, de cómo van evolucionando las cosas. Qué dicen, cuándo, cómo y por qué. Tengo que estar al corriente de todo lo que mi sobrino y esa chica van haciendo de aquí al domingo.

—Perfecto.

—Esto debe funcionar.

—Funcionará. No tengo dudas. Yo pienso lo mismo que usted: que a él le gusta.

—Es bastante obvio que sí. ¿Se ha fijado en cómo la mira?

—Sí, me he fijado.

—Hay que intentar que Paula se entere, que sepa acerca de sus sentimientos. No vamos a obligarla a que se enamore de él, pero hay que dejarle caer cosas. Quizá así se termine convenciendo de que Luca y ella podrían acabar saliendo juntos.

El hombre sonríe satisfecho. Aquel cubito de hielo ha servido para trazar un plan que no puede fallar. Tarde o temprano, su sobrino le confesará a Paula lo que siente, y es cuestión de tiempo que esta también le coja cariño y hasta se enamore de él. Pero eso vendrá después. Con paciencia y tranquilidad. Ahora, lo primero es lo primero: que Luca cambie su actitud. Y, para ello, el amor es el mejor antídoto.

—Bueno, señor. Me tengo que ir. ¿Necesita algo más?

—Nada más. La semana que viene tendrá su premio por ayudarme en esto. Aunque ¿está segura de que no quiere algo mejor?

—¿Mejor? No hay nada mejor que saborear la comida de mi país tan lejos de casa, entre tanta carne roja y tanto vegetal hervido. ¡Será genial no tener que esperar a volver a Italia para comer pasta a diario!

Y deseando disfrutar de la promesa del señor Hanson, que encargará a las cocineras que todos los días de la semana que viene incluyan pasta en el menú de la residencia, Valentina sale del despacho del director con una gran sonrisa y una misión por realizar. Solo deberá acompañar a su amiga durante esos días el máximo tiempo posible y controlar todos sus movimientos, sobre todo cuando Luca Valor esté de por medio. Será muy divertido.

Capítulo 81

Ese día de diciembre, por la noche, en un lugar apartado de la ciudad.

Aparcan el BMW a un lado de la carretera. Temen acercarse mucho a la nave y que se escuche el motor. Eso alertaría a sus moradores y perderían el factor sorpresa.

—Alguien se tiene que quedar vigilando el coche —indica Alan—. Me da miedo dejarlo aquí solo. No tiene pinta de que pase nadie y me roben, pero ¿y si ocurre?

—Yo me quedo —señala Diana, que le entrega al francés el martillo que cogió de su casa—. Mario y tú tenéis más fuerza que yo si se ponen las cosas feas. Y Cris puede ser clave para convencer a Miriam de que se venga con nosotros o al menos llame a sus padres.

—¿Estás segura?

—Sí. Me gustaría ir y me da un poco de miedo quedarme aquí, con esto tan oscuro, pero es lo mejor.

A su novio no le gusta nada la idea de dejarla allí sola, pero no va a llevarle la contraria. No hay tiempo para debates ni discusiones. Además, por otro lado, si Diana no va con ellos, no tendrá que enfrentarse con esos tipos y no correrá peligro de que le ocurra algo.

La pareja se mira, pero no se dicen nada.

—Si pasa cualquier cosa, llámame al móvil —indica Cris, dándole la mano a su amiga.

—No te preocupes. No pasará nada.

Hacía mucho tiempo que no se veían y jamás imaginaron que su reencuentro fuera tan movido. Las chicas se despiden con un beso y Cristina se reúne con Alan y Mario. Los tres caminan hacia la nave sigilosamente mientras Diana los observa muy preocupada.

—Espero que no se hayan ido de aquí y hayan huido a otro lugar —comenta la Sugus de limón en voz baja.

—No se han ido. Mira.

El francés señala un todoterreno que está allí aparcado.

—Ese cuatro por cuatro es el que estaba el otro día cuando vinimos —susurra Mario—. También había un Audi negro, pero no sé cuál pertenecía a cada uno.

—Enseguida lo averiguaremos.

Alan indica que caminen hacia una de las paredes de la nave donde se ve una ventana por la que se refleja una luz. El resto de las persianas están echadas. Él mismo es el que se asoma y mira a través del cristal. Echa una ojeada y observa a Miriam sentada en una cama de matrimonio y a un tipo en un sillón jugueteando con un móvil.

—Tu hermana sigue ahí —le dice sonriente a Mario—. Y también hay un tío con la cabeza rapada.

—Ese es Ricky —aclara—. ¿Y Fabián?

—No está. O al menos yo no lo veo.

Ahora es Mario el que se coloca delante de la ventana y con cuidado, para no hacer ruido, observa el interior de la nave. Ve a Miriam. No parece demasiado contenta. Y cerca de él está el pelado que le hirió con la navaja. Seguramente la llevará encima. De Fabián no hay rastro.

—Es verdad, no está. Habrá salido a hacer cualquier chanchullo.

—Mejor. Así las cosas serán más fáciles.

—No nos fiemos. Seguro que el rapado va armado.

—Tienes razón. No hay que fiarse nunca de esta clase de tipos.

Los tres chicos se apartan de la ventana y se dirigen de nuevo al pórtico de la entrada.

—¿Lo hacemos entonces como habíamos hablado? —pregunta Cris, que es la que está más nerviosa.

—Sí. Yo me encargo de este y vosotros os vais a por Miriam —señala Alan mientras abraza a su novia, que está temblando—. No te preocupes, que todo irá bien.

—Ten mucho cuidado, por favor.

—Tranquila.

El chico la besa y le pide que se vaya. Está asustada y muy inquieta. Y todavía más cuando lo deja solo frente a la puerta. Corre agachada detrás de Mario y los dos se esconden tras una de las paredes laterales de la nave. Desde ahí no pueden verlo.

—Toma —le dice el chico sonriendo y entregándole el bate de béisbol que cogió del armario de su habitación—. Si se te acerca ese tío, le atizas fuerte.

—No sé si podré.

—Claro que podrás. Tú cierra los ojos y piensa que estás golpeando una piñata.

Cris sonríe y asiente con la cabeza. Espera no tener que usarlo. Nunca le ha pegado a nadie. Y, aunque aquel sujeto sea un delincuente, no le gustaría tener que darle un golpe con el bate de béisbol.

Alan, por su parte, visualiza lo que tiene que hacer y decir. Es su hora. Toma aire delante de la puerta de la nave y lo expulsa de golpe. Él también se ha puesto algo nervioso. No es la idea que tenía para pasar el fin de semana. Pero su novia le ha insistido tanto en que debían ayudar a sus amigos que no se iba a negar. Por ella haría cualquier cosa. Cosas como esta.

No hay ni llamador ni timbre, así que deberá golpear

con fuerza en el metal con el que está fabricada la puerta. Reza algo en francés y, con la mano abierta, llama dos veces. El ruido metálico retumba en toda la zona. Incluso Diana lo escucha desde donde está.

La puerta no se abre inmediatamente, pero sí oye unos pasos y cómo el cabeza rapada le dice algo a Miriam. No puede entender qué es, pero no parece demasiado amable con ella. Alan insiste y llama de nuevo dando violentamente otra palmada sobre el metal.

—¿Quién es? —preguntan por fin desde dentro.

—Hola, vengo a hablar con Miriam. Soy un amigo suyo.

Ricky no responde. Sin embargo, sí que se escucha cómo la chica corre hacia la puerta y grita.

—¡Hola! ¿Quién...?

—¡Cállate, estúpida! —la interrumpe el otro.

Alan no ve lo que está pasando dentro, pero por los sonidos que escucha intuye que le está tapando la boca con la mano para que no hable. Es muy extraño. ¿Qué ha pasado para que las cosas hayan llegado a ese punto? Por lo que se ve, la chica ya no está en aquel sitio por voluntad propia. Todo resulta muy confuso.

—Si no me dejas hablar con ella, llamaré a la policía. Y no es ningún farol.

—¡Tú no vas a llamar a nadie! —grita Ricky, que se empieza a poner algo nervioso—. ¡Márchate de aquí!

—No pienso marcharme hasta que hable con ella —insiste el francés.

—¿Alan? ¿Eres tú?

La voz de Miriam denota una gran sorpresa y también alegría. Sin embargo, de nuevo el tipo de la cabeza rapada la hace callar.

—¡Sí, soy yo! Solo quiero hablar contigo. Luego podrás quedarte aquí si quieres. Pero necesito que hables conmigo.

Silencio. Nadie en el interior de la nave dice nada más. Solo se oyen ruidos inidentificables. Alan insiste llamando a Miriam, pero esta no contesta. Tampoco Ricky responde, ni siquiera cuando el francés golpea con todas sus fuerzas la puerta de metal. Cris y Mario cada vez están más tensos y nerviosos: no pueden ver qué está pasando y tampoco deben acudir hasta él. Ellos actuarán por sorpresa en cuanto el chico les dé la orden. Mientras, tienen que ser pacientes.

—¡Abre o llamo a la policía inmediatamente y te acuso de secuestro! ¡Sé que tienes ahí a mi amiga retenida sin su consentimiento!

Es el último grito de Alan antes de que escuche el ruido de un cerrojo y vea cómo la puerta se abre lentamente. Delante de él aparece Ricky; lleva una navaja en la mano derecha y su expresión es de no estar muy contento.

—Mira, capullo, esta chica está conmigo porque quiere. Así que es mejor que te vayas por donde has venido.

—No me pienso ir hasta hablar con ella.

—Ella no quiere hablar contigo.

—¿Estás seguro de eso? No me ha dado esa impresión —comenta el francés, que, caminando de espaldas para no perder de vista a su adversario, se aleja poco a poco de la puerta.

—Me importan muy poco tus impresiones. ¡Largo de aquí!

—¿Y si no quiero?

—Pues...

En ese instante, Alan sale corriendo y, con el martillo que Diana le dio antes, golpea una de las ventanas del cuatro por cuatro ante la mirada aterrada de Ricky, que ve cómo uno de los cristales de su todoterreno estalla en mil pedazos.

—¿Quieres que siga, calvito? —pregunta con una sonrisa el chico, desafiándole con la herramienta.

—¡Serás hijo de perra! ¡Te voy a matar! —exclama enloquecido por la rabia, corriendo hacia él con la navaja alzada.

Parece que está poseído. Su rostro desencajado infunde terror, pero Alan no puede pararse a pensar en eso. Rodea el vehículo y se refugia en el lado opuesto. Ricky lo observa a través de la ventana rota. Sus ojos están inyectados en sangre.

—¡Ahora, chicos! ¡A por Miriam! —grita el francés lo más fuerte que puede.

Cris y Mario escuchan la orden que esperaban y corren hacia dentro de la nave. Cuando entran, cierran la puerta.

Ricky no puede creer lo que está sucediendo. Se ha visto sorprendido y no sabe hacia dónde ir. Ha vuelto a meter la pata. Pero ¿cómo iba a suponer que había más gente? Fabián, cuando se entere de esto, no se lo perdonará. Debe arreglarlo como sea. Primero tiene que encargarse del que le ha roto la luna del todoterreno.

—¿Qué, calvito? ¿Estás muy enfadado?

—Muchísimo.

—Es una pena lo de la ventana de tu precioso coche. ¿Te lo cubre el seguro?

Los dos van caminando lentamente alrededor del vehículo. Ninguno deja de observar al otro ni un solo instante. Alan tampoco pierde ojo de la puerta de la nave. En cuanto salgan, deberá hacer algo... para que el rapado no vaya a por ellos.

Capítulo 82

Esa noche de diciembre, en un lugar apartado de la ciudad.

Escuchan el grito de Alan y los dos corren hacia el interior de la nave. ¡Es su oportunidad!

—¡Cierra la puerta, Cris! —dice Mario, que va delante.

La chica obedece y da un portazo cuando entra. ¡Lo han conseguido! El plan del francés ha funcionado. Tal y como imaginó, irían a por él. Además, ha sido sencillo porque solo estaba Ricky en la nave. Eso ha facilitado las cosas. Aunque su novia está muy preocupada porque su chico se ha quedado a solas con ese delincuente.

—¡Miriam! —grita su hermano cuando la ve.

Está tumbada en el suelo, con las manos y las piernas atadas con cables. Le ha tapado la boca con papel de embalar. Además, tiene un golpe reciente en el pómulo derecho y una herida sobre la nariz que, aunque no sangra demasiado, es bastante aparatosa.

—¡Joder! ¿Qué te ha hecho ese bestia? —exclama Cris agachándose junto a ella y quitándole la mordaza. Está tiritando.

La chica no da crédito a lo que ven sus ojos. Es ella. ¡Es ella! Después de tanto tiempo sin dirigirse la palabra, está allí. Ayudándola. ¡Cuánto la ha echado de menos todos estos meses! Su orgullo le impidió llamarla, escribirle, a pesar de que había dejado de odiarla por haberse liado con aquel impresentable de Armando.

—Cristina, lo siento. —Es lo primero que dice cuando puede hablar.

—Shhh... Tranquila. Luego. Ahora tenemos que salir de aquí.

—Lo siento.

Mario desata a su hermana y sonríe cuando esta se fija en él. También le pide disculpas mientras le quita los cables de las manos.

—Vaya lo que nos has hecho pasar...

—Yo... no sé qué me pasó... Perdí... los papeles... No era yo.

—Sí eras tú, pero distinta.

—No me daba cuenta de lo que hacía. Perdón.

—Ya tendrás tiempo de pedir perdón, sobre todo a papá y a mamá.

—Tengo muchas ganas de verlos.

—Eso significa que te vienes con nosotros, ¿no?

—Sí, sí. Esos... están... locos... —dice en voz baja, sin parar de tiritar—. Están muy locos.

Eso es algo que Mario ya sabía. Y en su brazo hay una gran prueba de ello. Le daría una bofetada a su hermana ahora mismo por estúpida. Pero también un beso y un abrazo. Se alegra de que por fin haya recuperado la sensatez. No sabe hasta qué punto, ni por cuánto tiempo, aunque es un paso que quiera marcharse de allí.

—Bueno, ahora tenemos que esperar a que Alan nos haga una señal para salir de aquí dentro —señala el chico, dirigiéndose hacia la ventana que tiene la persiana levantada.

Mira a través de ella, pero no ve nada. Allí no están ni el francés ni el rapado. Sube el resto de persianas y los busca por cada una de las ventanas de la nave. No consigue verlos. ¿Dónde se habrán metido?

—¿Los ves? —pregunta Cris, en la que se apoya Miriam para andar.

—No. A ninguno de los dos.

—Joder. No le habrá pasado nada, ¿verdad?

—Seguro que está bien. No te preocupes. Ese idiota es más fuerte, pero tu novio es mucho más listo.

—¿Novios? —pregunta Miriam asombrada—. ¿Sois novios?

—Sí.

—¿Alan y tú? ¿Desde cuándo?

—Desde hace casi un año.

—Jo... Y yo me lo he perdido.

—Hay muchas cosas que las dos nos hemos perdido.

—Cuando pase esto, tendremos que ponernos al día.

Las chicas se miran a los ojos y a ambas se les derrama alguna que otra lágrima. Tratan de sonreír, aunque es un momento difícil para hacerlo.

—Estoy asustada.

—Tranquila..., cariño —le susurra al oído la que fue la mayor de las Sugus y le acaricia la cara con la mano.

Las palabras de su amiga la calman un poco, aunque sigue inquieta. Es muy extraño que no se les escuche.

—Mario, ¿sigues sin encontrarlos?

—Sí, no sé dónde pueden estar.

Entonces, dando un grito tremendo, por una de las ventanas de la nave aparece Ricky, que, en un acto del todo irracional, se ha lanzado contra ella tapándose la cara y la cabeza con las manos para no cortarse. El ruido de los cristales rotos provoca los chillidos de las dos chicas, que se abrazan con fuerza. Mario apenas se mueve, estupefacto, al verlo entrar.

A pesar de que se ha cubierto, el rapado se ha hecho una herida en la frente por la que sangra copiosamente. Se pone de pie y empuña la navaja amenazando a los chicos. Su mirada es la de un asesino.

—No es justo que peleéis uno contra cuatro, ¿no creéis?

—¿Qué le has hecho a mi novio? —pregunta Cris, que se aleja de Miriam y agarra con fuerza el bate de béisbol.

—¿Ese era tu novio? Puag. Tú te mereces a alguien mejor, muñequita.

—¿Qué le has hecho a Alan? —insiste la chica sollozando.

Pero Ricky no responde. Sonríe y se acerca a ella lentamente.

—¡Déjala en paz! —grita Mario, que permanece a su izquierda sin poder acercarse a su amiga.

—Veo que te has recuperado bien de lo del otro día, chaval. Eres un tío fuerte.

—¿El otro día?

Miriam entonces comprende rápidamente que aquello que creyó oír no fue un sueño ni el efecto de lo que había consumido esa noche. ¡Su hermano y Diana habían estado allí de verdad!

Mientras, el rapado continúa aproximándose a Cristina, que sujeta el bate de béisbol como le dijo antes Mario. Está horrorizada por lo que ese monstruo pueda haberle hecho a su novio.

—Suelta eso —le ordena Ricky a la joven del pelo corto.

—No.

—Sé buena y suéltalo.

—¿Qué le has hecho a mi chico?

—Vamos, preciosa, suelta el bate. Y vayámonos tú y yo por ahí a dar una vuelta.

—No...

Mario y Miriam no pueden hacer nada por ayudar a Cris. Si se acercan a ella, pueden terminar heridos.

—No te lo voy a decir más veces, bonita. Suelta eso.

—No voy a hacerlo —asegura, muy seria, a pesar de que está muerta de miedo—. ¿Dónde está mi novio? ¿Qué le has hecho?

—Lo he matado.

—¿Có... có... mo? —tartamudea Cristina.

—¡Que lo he matado! —grita Ricky fuera de sí.

Y levanta la navaja enérgicamente contra ella. Sin embargo, en el último instante, por sorpresa, cambia su objetivo e intenta clavársela a Mario, que está a su lado. Pero esta vez no coge al chico desprevenido como el otro día y este consigue esquivarle. Algo que, en cambio, él mismo no puede hacer con el bate de béisbol. Cris, anegada en lágrimas y desbordada de ira tras escuchar lo que aquel tipo ha dicho hace unos segundos, le golpea con todas sus fuerzas en la cabeza, con los ojos cerrados, como si tratara de romper una piñata de cumpleaños.

Capítulo 83

Esa noche de diciembre, en un lugar de la ciudad.

Prepara la maleta para mañana. A Álex le espera un buen madrugón. A las siete tiene que estar en el aeropuerto porque a las ocho tomará un vuelo hacia Londres. Cuanto antes llegue, antes la verá.

Recibe un SMS de Ángel acerca del tema:

> A Sandra ya se le ha pasado el enfado y te manda ánimos para recuperar a Paula. Aunque, como la exclusiva del segundo libro sea para otros, te matará.

Sonríe. Cuando antes el periodista la llamó desde el Manhattan, tuvieron una pequeña discusión telefónica. No comprendía qué pintaba él en Londres ni por qué la dejaba sola en la redacción, embarazada y con tanto trabajo que hacer. Ángel trató de explicarle que su amigo se lo había pedido como un favor personal y que ya estaban los billetes sacados. Lo primero era verdad, lo segundo sucedió unos minutos después. Pequeña mentira piadosa.

No estarán mucho tiempo en Reino Unido. El vuelo de vuelta sale a las cuatro de la tarde. Fue una petición de su compañero de viaje, que le rogó que por favor regresaran pronto para que Sandra no lo echara de casa. «Puede aducir que es un antojo». Y es que, desde hace unos meses, hasta viven juntos.

En el fondo siente algo de envidia de él. Envidia sana. Pero es que la vida de Ángel es perfecta. O esa es la impresión que da. Trabaja en lo que le gusta, tiene un buen sueldo, su relación de pareja está consolidada y pronto va a ser padre. Un padre joven. En lo profesional, no puede quejarse, están empatados; pero en lo familiar y, sobre todo, en lo emocional... ¿En qué punto se encuentra él? Es una respuesta difícil. Piensa que, si Ángel no hubiera roto con Paula, tal vez la vida que llevaría sería parecida a la que él lleva ahora. Y es que aquella chica no deja de tener dieciocho años y muchas cosas por experimentar aún.

Introduce unos calcetines negros y una muda de ropa interior en la maleta. Siempre deja esas cosas para el final. Aunque, realmente, ¿para qué se lleva nada a Londres si apenas va a pasar unas horas allí? No merece la pena. Con su mochila bastará. Ahí meterá las llaves de casa, el cargador del móvil, el iPod y la cartera. Y algún libro, por si acaso Ángel se duerme en el avión, y su ordenador portátil.

Pero antes de hacer la mochila deberá vaciarla por completo. No quiere tener problemas en el control de seguridad. Son muy pesados en el aeropuerto con estos temas hoy en día. Saca todo lo que tiene en ella y encuentra la carátula de un DVD en uno de los bolsillos. Se le había olvidado por completo aquello. Es la primera temporada de *Glee* completa. Pandora se la dejó para que la viera y él prometió hacerlo. Es su serie preferida. Se siente un poco culpable porque no lo ha hecho. Ha tenido demasiadas preocupaciones esa semana... Solo ha pasado una semana.

Aquella chica, entonces, solo era una clienta de su bibliocafé. Una de las mejores, eso sí. Ese día cantó para él un tema de la serie. Lo dejó boquiabierto. No imaginaba que lo hiciera tan bien. Desde entonces le ha sorprendido mucho. Siempre para bien. Y, aunque es una joven bastante rara, le encanta pasar el tiempo con ella. Es una gran ayuda, una estupenda lectora y una muy buena amiga.

Examina nuevamente la carátula y después mira el reloj.

Quizá aún esté a tiempo de cumplir su promesa.

El escritor se sienta en el sofá del salón y coloca sobre la mesa su portátil. Lo enciende y espera a que arranque. Luego abre la disquetera e introduce el DVD de la serie. Echa un vistazo a la pantalla y ve que el capítulo cuatro se titula «Embarazada». Esboza una sonrisa al recordar a Ángel y Sandra y decide empezar por ahí en lugar de por el primero. Y, para su sorpresa, lo que se oye al principio es el *Single Ladies* de Beyoncé. Un chico y dos chicas lo bailan. Álex sonríe. Le gusta cómo lo hacen, pero no solo sonríe por eso. Aquella canción le trae grandes y muy buenos recuerdos. Recuerdos que algún día espera volver a revivir con ella.

Una madrugada de un día de enero, el primero de ese año, en un lugar de la ciudad.

—¡Casi me atraganto con las uvas! —exclama Paula, aún con la angustia de ver que no era capaz de comerse las doce a tiempo—. ¡Este año las campanadas iban muy deprisa!

—¡Qué iban a ir muy deprisa! ¡Si hasta me ha dado tiempo de robarte una sin que te dieras cuenta!

La chica mira a Álex incrédula. No habrá hecho algo así... ¡Eso da mala suerte!

—¿En serio?

—Claro que no, tonta. Solo me he comido las mías y observaba cómo te atragantabas con las tuyas.

—Idiota.

Paula arruga la nariz y mueve la cabeza. Es como un

niño pequeño. Y eso que le saca más de cinco años de diferencia. Sin embargo, para otras cosas... agradece que sea mayor que ella y tenga más experiencia.

Álex la agarra por la cintura y la atrae hacia sí. Le aparta el pelo dulcemente y sonríe.

—Feliz año, cariño.

—Feliz año.

Y se dan un beso apasionado, mientras los fuegos artificiales se escuchan atronadores en aquel lugar de la ciudad. Separan sus labios y miran al mismo tiempo por la ventana de la habitación de hotel en la que por primera vez hicieron el amor, hace solo unos días. El cielo está bañado de luces de colores que se dispersan de mil maneras diferentes alrededor de las estrellas.

—Y ahora... —dice Álex.

—Ahora ¿qué?

—Ahora te tengo reservada una gran sorpresa.

—¿Sí? ¡Me encantan las sorpresas!

El joven la coge de la mano y la guía hasta la cama. La obliga a sentarse y le guiña un ojo.

—¿Recuerdas lo que me pediste en nuestra primera cita?

—¿La del sándwich de salmón?

—No. Eso no fue una cita. Me refiero al primer día que quedamos para salir a dar una vuelta, ya como pareja.

—Pues no. ¿Qué te pedí?

—Que bailara contigo.

—¡Ah, eso! Pero no lo hiciste.

—Exacto. ¿Y en la segunda?

Paula sonríe. Fueron a un *pub* y sonó un tema de Maldita Nerea que le encanta: *Abrí los ojos*. Le rogó que bailara con ella. Le contestó que él no bailaba. La chica entonces le llamó soso y el escritor dijo que no era soso, solo que tenía dignidad.

—Lo mismo.

—¿Y qué pasó? Que no lo hice —se contesta a sí mismo—. Pues bien. Hoy vamos a arreglar eso. Hoy perderé por completo mi dignidad.

—¿Qué?

El joven saca su móvil del bolsillo, busca una canción y le da al botón para que suene. Comienza el *Single Ladies* de Beyoncé.

Cadera a un lado, cadera al otro y mano derecha suelta.

Paula se tapa los ojos. ¡No quiere ver lo que está viendo! ¡Se muere de vergüenza! Sin embargo, su novio continúa bailando.

Cabeza arriba y abajo, y pasitos rápidos hacia delante, estirando los brazos.

La chica está con la boca abierta. ¡Dios! ¡Se ha aprendido la coreografía de memoria!

Manos a la cintura y movimiento de pelvis insinuante.

Y entonces, tras aquello, Paula empieza a reírse escandalosamente. Es demasiado. No puede parar. Con cada paso, se ríe más y más, revolcándose por la cama y poniéndose las manos en la tripa. Esto no molesta a Álex, sino que le motiva más. Y sigue con el baile hasta que termina. Son tres minutos y dieciocho segundos... surrealistas. Agotado y sin parar de jadear, mira a su novia. Esta se pone de pie. Todavía se está riendo.

—¿Qué? ¿Cómo lo he hecho?

—¿Quieres la verdad?

—Claro.

—Pues... sigues siendo un soso —señala alegremente—. Pero... nunca he visto a un chico tan soso mover las caderas como las has movido tú en este baile.

Y, después de darle las gracias por molestarse en sacarle una sonrisa, se lanza sobre él. Álex la coge a pulso, sujetándola con fuerza. El vestido de noche de Paula se ha subido y sus manos rozan su piel y tropiezan con su ropa interior.

—En fin, no puedo ser lo que no soy.

—No necesitas ser nada más. Para mí ya lo eres todo.

—¿Todo todo?

—Todo. Todo.

—¿Aunque baile como un pato mareado?

—Aunque fueras un pato y te mareases.

Los dos vuelven a sonreír. Un nuevo estallido de colores alumbra el cielo oscuro de Año Nuevo. Paula no quiere verlo. Prefiere al chico del que se ha enamorado perdidamente. Cierra los ojos y besa a su bailarín particular. Mientras lo hace, pide un deseo. Un deseo que casi un año más tarde está a punto de romperse, aunque ni ella ni él hayan dejado de quererse como se querían aquella noche.

Capítulo 84

Una noche de diciembre, en un lugar de la ciudad.

¿Cuántas veces ha visto ese capítulo de *Glee*? «Baladas». Le encanta, es uno de sus preferidos. «Las parejas las elegirá el destino». Aquella frase, que aparece en el comienzo del episodio, se le quedó grabada en la cabeza.

¿Será verdad? ¿Y ella está incluida? ¿Habrá alguien en el mundo que quiera ser su pareja? Seguramente, el destino esté demasiado ocupado con personas que realmente sí estén hechas para eso.

Pandora suspira. Quiere que ya sea mañana y volver a verlo. Durante toda la tarde no ha hecho más que darle vueltas y más vueltas a lo mismo. Y a cada minuto cambiaba de opinión. Es como deshojar una margarita. Posiblemente, hasta que se encuentre con Alejandro de nuevo en el Manhattan, no estará segura de lo que va a hacer.

Confesar lo que se siente no es fácil. Y, mucho menos, decirle a alguien que estás enamorada de él. Vuelve a suspirar y se frota los ojos, cansada.

Si lo hiciera, si se lanzara a la piscina, ¿cómo lo haría? ¿Así como quien no quiere la cosa, soltándoselo rápido? ¿O sentándose frente a frente, mirándose a los ojos y mostrando todo lo que lleva dentro?

La segunda opción es mejor. Ya que lo hace, lo hace bien.

—Pandora, a cenar —dice su madre, entrando en su habitación sin llamar antes a la puerta.

Es una costumbre que tienen en su casa, por mucho que haya repetido mil y una veces que no le gusta que hagan eso. ¡Ya no es una niña! ¿Y si estuviera desnuda?

Si estuviera desnuda, se horrorizarían. Y, si Alejandro la viera desnuda, le pasaría lo mismo. Él seguro que es perfecto también bajo la ropa. ¿Cómo van a ser pareja? Es que no pegan nada de nada. La gente los miraría por la calle asombrada. Uf. Para ser novios, ella tendría que hacer algún que otro cambio. Mejorar mucho.

La chica se levanta de la cama, desde donde ve la tele, y coge una libretita y un bolígrafo azul que tiene dentro de un cajón del escritorio. Le quita el capuchón con la boca y escribe mientras se sienta sobre el colchón: «Cosas que hacer para ser una novia digna de Alejandro Oyola».

Reflexiona un segundo y apunta: «Una hora de ejercicio diario». Lo examina y mueve la cabeza negativamente. Mejor dos. Se inscribirá en un gimnasio y correrá todas las mañanas antes de ir a clase. Es muy duro, pero por amor todo es posible. Piensa de nuevo y hace otra anotación: «Dieta estricta. Nada de pizzas, refrescos, dulces y fritos». Ella nunca come carne, pero abusa de todo esto.

—¡Pandora, a cenar! —grita su madre otra vez, ahora desde la cocina.

La chica resopla. Deja la libretita sobre la cama y se pone de pie. No quiere cenar. Seguro que hay un montón de cosas que engordan encima de la mesa. ¡No las va a comer! ¡Si quiere ser la novia de Alejandro, debe hacer un esfuerzo para ser digna de él! No puede caer en sabrosas tentaciones. Pero... tiene hambre. Mucha hambre..., y ese olor que llega desde el comedor... Agacha la cabeza y se da por vencida. Esta noche no hay nada que hacer. Mañana empezará con la dieta, cuando realmente se mentalice de ello.

Esa noche de diciembre, en un lugar de la ciudad.

—Claro, ahora no tienes hambre. Llevas todo el día comiendo bollos.

—Es que esto no me gusta.

—Esto no te gusta... Pues la semana pasada bien que repetiste.

Abril resopla y pincha en la ensalada del plato de David. Se mete ese trozo de tomate en la boca y lo mastica desganada. Hoy ya ha llegado al límite. No tiene ganas de seguir discutiendo con su hijo. Bregar sola con un niño de siete años en ocasiones es duro y se le hace muy cuesta arriba. Pero ella lo quiso así cuando se separó de su marido. Él ahora vive en otra ciudad y solo ve al pequeño cada dos o tres semanas.

—¿Tú crees que tío Álex y la camarera son novios?

—¿Qué?

Con aquella pregunta Abril casi se atraganta. ¿De dónde ha sacado eso?

—Sí. Como Paula se fue..., necesitará otra novia, ¿no?

—A él no le hace falta tener otra novia. Está bien como está.

—Pues yo creo que quiere otra novia y que la camarera le gusta. Si no, ¿por qué se ríen tanto cuando están juntos?

La mujer alucina con su hijo. ¿Cuándo se hizo tan mayor para hablar de esas cosas? No sabe muy bien lo que dice, aunque en el fondo le preocupa que haya visto algo entre esa chica y Álex que le haga pensar de esa manera.

—Es imposible, ¿cómo va a haber algo entre esos dos?

—Porque son amigos.

—Mmm.

—Yo también me río mucho con él y no soy su novia.

Aunque le hubiera encantado serlo. Estuvieron a punto de empezar una relación formal. En cambio, apareció otra chica que le quitó esa oportunidad. Recuerda perfectamente el día que la dejó. Fue después de aquel viaje a Fráncfort, hace un año, cuando parecía que las cosas se habían arreglado entre ellos. Álex la llamó a la mañana siguiente y le preguntó si podía ir a su casa. Ella estaba muy feliz porque iba a verle de nuevo, a pesar de que en su tono de voz detectó algo raro. Pero imaginó que sería cansancio.

Sin embargo, en cuanto llegó al piso del escritor, supo que todo iba a terminar. El joven esquivó su beso en los labios y se lo dio en la mejilla. Se sentaron y hablaron.

Reconoció sentirse culpable de lo que había pasado en esas semanas y de lo que sucedió el día anterior. No por haberse acostado con Paula, sino por haberlo hecho con ella. Cada palabra del escritor le iba haciendo más daño. Eran clavos afilados incrustándose en su corazón. En el fondo, pensaba que se lo merecía por haberle ocultado lo de su marido y lo de su hijo. Era un justo castigo a su error.

No trató de convencerle de nada, ni siquiera derramó una lágrima. Todo lo dejó para la soledad de su hogar unos minutos después de salir de allí. Entendía que estuviera enamorado de aquella Paula, tan guapa, tan joven, tan perfecta para él. Sin embargo, era imposible volver a verle sin que se le revolviera el estómago.

Pidió la baja temporal alegando ansiedad por la separación de su marido. Y estuvo un mes alejada de la editorial, que no tuvo inconvenientes en concederle ese tiempo a una de sus mejores trabajadoras. Álex incluso la llamó preocupado, pero Abril no quiso cogerle el teléfono. Treinta días más tarde... regresó. Con fuerza, con ilusión. Con el mismo entusiasmo de siempre. Nadie se enteró de lo que sufrió en aquel final de año. Solo ella misma, que tuvo que enfrentarse sola a una separación, un desamor y un niño pequeño que no comprendía por qué su mamá lloraba desconsoladamente a diario en un rincón de su habitación.

Esa noche de diciembre, en un lugar de Londres.

—¡Papá! ¿Qué haces aquí?

—He venido a ver cómo te va.

El señor Valor le da dos besos y entra en la habitación de Luca sin esperar la invitación de su hijo a que pase. No iba a abrir, pero ha insistido tanto que no le ha quedado otro remedio.

—Pues... me va bien.

—Ya me han contado, ya.

—¿Que te lo han contado? ¿Quién?

—Tu tío me lo ha dicho.

—Ah. Mi tío...

El hombre se acerca hasta el chico y le mira fijamente el parche. Sonríe.

—¿Cómo llevas ese ojo?

—Bueno..., mañana tengo una revisión para ver si ya me quitan esto.

—Eso está muy bien —señala tratando de observar por debajo del parche por si se ve algo—. Si no hicieras tantas gamberradas, no te pasarían estas cosas.

—Esta vez la gamberrada me la hicieron a mí. Como le dije a mamá, me tiraron un cubito de hielo en la cena.

—Algo le harías tú a esa chica para que te atacara.

—¿Te lo ha contado mi tío?

—Sí. Me ha dicho lo de Paula. Tiene muy buena puntería —comenta, y lanza una carcajada.

¡Hasta sabe su nombre! Se pregunta qué es exactamente lo que le han contado de la españolita.

—¿Te hace gracia que casi me dejen tuerto?

—¡No seas exagerado, Luca! Tampoco es para tanto.

—Si tú lo dices...

El joven no parece muy de acuerdo con su padre. Hacía bastante que no lo veía. Con tanto viaje, tanta agenda, casi no tiene tiempo para él. Y su madre, otro tanto de lo mismo. Por eso, y para tenerlo controlado, decidieron meterlo en aquella residencia, que además dirige su tío.

—Venga, no te enfades, hombre.

—No me enfado, tranquilo.

Philipp Valor sonríe y le da un puñetazo sin fuerza a su hijo en el hombro.

—Y de chicas ¿cómo está la cosa? —le pregunta mientras se sienta en una de las dos sillas de la habitación.

—¿De chicas?

—Sí. ¿Tienes alguna amiga especial?

Luca se pone nervioso. ¿Sabrá algo? Eso no puede ser. Mira a un lado y a otro, muy tenso. ¿Qué le contesta? Normalmente nunca hablan de estos temas. Ni de estos ni casi de ninguno. Cuando se ven es para echarle la bronca por algo que ha hecho. Desde que vive con ellos, es así. En buena parte, por su culpa. Y él lo sabe.

—Papá, ¿qué pregunta es esa? Pues como todo universitario. Hay muchas chicas especiales.

—¿No hay alguna que te guste más que otra?

—Venga, que ya no soy un crío.

—Es que hay un rumor por ahí...

¿Un rumor? ¿Qué rumor? Si él no... ¡Su tío! Cuando vino a su habitación el otro día para hablar con él, le preguntó si no le gustaba Paula. Que creía que sí. ¿Se referirá a eso? ¡Seguro que le ha contado algo! Va a responderle cuando de repente observa cómo su padre se pone de pie y se dirige caminando hasta la cama. Ha visto una cosa que no comprende qué hace ahí. Se inclina sobre el colchón y coge un sujetador negro. Incrédulo, con los ojos muy abiertos, se lo enseña.

—No entiendo cómo ha llegado a mi cama.

—Solo no habrá venido.

El chico se encoge de hombros y suspira. Se lo arrebata y, con él en la mano, camina hasta el cuarto de baño. Llama a la puerta y grita.

—¡Te has dejado el sujetador en la cama!

—¡Ya lo sé! —exclama una voz desde el interior.

El señor Valor, entonces, se queda perplejo. Paula ha estado con él hace unos minutos. No puede ser ella. Además, la voz y el acento de aquella chica que ha hablado son totalmente diferentes a los de la española. ¿De quién se trata?

La puerta del baño se abre y aparece, primero, una mano, luego la cara de una jovencita pecosa que sonríe forzadamente. Luca también sonríe. No le queda otro remedio. Le da un beso pequeño a la chica en los labios y mira a su padre.

—Papá, te presento a Valentina Bruscolotti, una amiga de lo más especial.

Capítulo 85

Esa noche de diciembre, en un lugar alejado de la ciudad.

—¿Lo he matado?

El cuerpo de Ricky yace inerte en el suelo. Sangra bastante por la herida que se ha hecho al entrar por la ventana y todavía más por la otra brecha, consecuencia del golpe que Cris le ha dado con el bate de béisbol. Mario se acerca hasta él y le toma el pulso.

—No. Solo está inconsciente. No sé si tardará mucho tiempo en despertarse.

—Tenemos que salir de aquí —indica Miriam, tocándose la herida que antes ese tipo le ha provocado en el pómulo.

—¿Y si se muere? —pregunta Cris sollozando.

—No podemos llevárnoslo. Es un gran riesgo para todos —señala Mario—. Hay que buscar a tu novio y salir de aquí volando.

La chica del pelo corto no deja de llorar. Asiente con la cabeza y sale la primera de la nave. Está muy confusa. Acaba de golpear a una persona con un bate de béisbol en la cabeza. Si se muere... Pero ahora hay algo más importante que hacer. ¿Dónde está Alan?

Grita su nombre, pero no obtiene ninguna respuesta. Miriam y Mario también lo llaman alzando la voz. El resultado es el mismo.

No está en la parte de delante, tampoco en los laterales.

—¡Ey, aquí! ¡Estamos aquí!

El grito no es del francés, sino de Diana. Hace aspavientos con los brazos desde donde dejaron el coche aparcado. En su hombro está apoyado Alan. El resto del grupo se acerca corriendo hasta ellos.

—¿Qué ha sucedido? —pregunta Cristina, que ocupa el lugar de su amiga y agarra al chico.

Le da un beso en la frente, que está muy fría, y lo abraza.

—Escuché ruido de cristales y fui a ver qué pasaba. Vi cómo se peleaban y cómo cayó al suelo desplomado. Me acerqué hasta él cuando ese tío desapareció.

—¿Cómo te encuentras, cariño?

—Tiene una herida, aunque no ha perdido la conciencia en ningún momento. He intentado cortar un poco la hemorragia con pañuelos y unos trapos que encontré dentro del coche.

Cris le atrapa la cara con las dos manos y lo mira. No puede parar de llorar. El francés, en cambio, sonríe, aunque rápidamente hace un gesto de dolor. La chica observa la zona a la que se lleva la mano, le aparta el abrigo y ve una gran mancha de sangre en el costado.

—Me... alegro de que estéis... bien —comenta susurrando el joven.

—¡Dios! ¡Estás muy mal!

—No es nada.

La chica le levanta la ropa y contempla una raja de varios centímetros por la que sangra.

—Tenemos que llevarlo al hospital —indica Mario. Y luego mira a Cris, que se ha quedado completamente pálida—. Tranquila, no es tan grave.

—¿No es grave?

—No. Se recuperará pronto. Pero debemos llevarlo al hospital. Hay uno cerca de aquí, a unos kilómetros.

Aquello tranquiliza un poco a Cristina. Lo que no sabe es que su amigo no tiene ni idea de lo que está diciendo. Solo ha dicho eso para que no se preocupe más. En realidad, la herida presenta un aspecto muy feo.

—Hay un problema —comenta Diana—. El único que tiene carné y sabe conducir es él. ¿Cómo vamos a llegar hasta el hospital?

—Podemos pedir una ambulancia —indica Cris.

—No podemos correr el riesgo de que Ricky se despierte y venga a por nosotros con Alan herido mientras la esperamos. Además, Fabián tiene que estar al llegar —aclara Miriam.

—Tienes razón. ¿Quién se atreve a llevar el coche?

Todos se miran entre sí. Hasta que por fin...

—Yo lo haré. He conducido varias veces —dice muy firme Miriam—. ¿Dónde están las llaves?

Diana se las entrega y los cinco montan rápidamente en el BMW. Mario va de copiloto y el resto detrás, con el francés en medio de las dos chicas. Su novia intenta taparle la herida, primero con la ropa del chico, para evitar que sangre más, y luego con su propia ropa. Alan está con los ojos cerrados y solo los abre para mirarla y sonreír.

—Es... pero que no... me ra... yes el co... che —murmura cuando escucha el motor del BMW arrancar.

—Tranquilo. No es la primera vez que hago esto. Está en buenas manos.

El coche echa a rodar y, tras varios vaivenes, por la falta de práctica de la conductora, sale al camino que lleva hasta la carretera principal.

Mientras, dentro de la nave, Ricky abre los ojos. Mira a un lado y a otro, pero no ve a nadie. Solo siente un gran dolor en la cabeza. Se la toca con las manos, que se le empapan de sangre. «Hijos de...». El bate con el que le han golpeado está junto a él. Esos niñatos han escapado. Se arrastra hasta uno de los sillones y, apoyándose en uno de sus respaldos, logra ponerse de pie. Pero enseguida se marea y se desploma encima. Sentado, intenta pensar qué debe hacer. La cabeza le va a estallar y sus heridas no paran de sangrar. Solo hay una solución. Mete la mano en el bolsillo de su pantalón y saca el teléfono. Marca un número y espera a que contesten.

—¿Ricky?

—Fabián..., tienes que venir a ayudarme.

—¿Qué? ¿Qué ha pasado?

—Estoy herido. Tengo abierta la cabeza y hay mucha sangre...

—¡Ricky, joder! ¿Qué es lo que ha pasado?

Su amigo está muy nervioso. No tiene tiempo de contarle nada. Necesita ayuda urgentemente.

—Luego te lo cuento. Ahora... tienes que venir a por mí.

—¿Y Miriam? ¿Dónde está?

—No lo sé —contesta, cerrando los ojos y tambaleándose—. Tienes... que venir a la nave. Estoy muy mal.

—Voy de camino. Pero ¿dónde está ella?

—Ha... escapado.

Ricky entonces cierra los ojos y pierde de nuevo la conciencia. Su móvil cae al suelo manchado de rojo. Fabián lo llama varias veces, pero su amigo no responde.

—¡Mierda! ¡Mierda! —grita en el interior de su Audi.

Sabía que no podía dejar solo a ese idiota. No le vale de nada haber encontrado a aquel tipo en la ciudad y que le haya prometido que mañana le comprará las joyas por diez mil euros. Hasta que no tenga el dinero, la chica no debería salir. Y el pelado ha sido tan tonto de dejarla escapar.

Da un volantazo y se mete en el estrecho camino que lleva hasta la nave.

Menudo imbécil. Y ahora pide ayuda. No la merece. Hay que ser muy estúpido para dejarse engañar por Miriam. Pero ¿hacia dónde habrá ido? O está por ahí sola buscando a alguien que la lleve a casa haciendo autostop o han venido a ayudarla. ¿Habrá regresado su hermano? En cualquier caso, no debe de andar muy lejos.

Acelera muy enfadado. Tiene que encontrarla como sea. Si consigue llegar a su casa, estará perdido.

En ese instante observa cómo un coche se acerca a toda velocidad por la misma carretera por la que él va. Es muy extraño, por allí nunca pasa nadie. ¿Y si es...?

—¡Joder! ¡Es Fabián! —grita Miriam cuando ve el Audi negro aproximarse hacia ellos.

El camino es muy estrecho. Apenas hay espacio para que pasen dos coches. Y menos de ese tamaño.

—Hay que intentar evitarle de cualquier manera —indica Mario, echándose hacia delante y clavando su mirada en el otro vehículo que ahora va más deprisa.

El BMW y el Audi están a punto de encontrarse frente a frente. Ninguno de los dos coches varía su dirección y circulan por el centro del camino.

—¿Qué haces, Miriam? —pregunta Diana cuando ve que su amiga no se echa a un lado.

—No voy a apartarme.

—¿Qué?

—¡Que no pienso apartarme!

—¡Miriam, tienes que echarte a la derecha! —grita su hermano, que contempla cómo el otro coche está casi a su altura.

—¡No!

Fabián parece que tampoco va a dar su brazo a torcer. El Audi acelera todavía más. ¡Ya puede ver quién lo conduce! ¡Es ella!

—¡Miriam!

—¡Apártate!

—¡Miriam, por Dios!

El grito de Mario es lo último que se oye dentro del BMW antes de que los coches se encuentren a un par de metros de distancia el uno del otro. Están a punto de colisionar cuando la chica da un giro brusco al volante y evita que choquen. Sin embargo, Fabián se da cuenta y hace justo el mismo movimiento, para impedir que se escapen. El morro delantero de su Audi golpea con violencia la parte izquierda del otro coche y lo expulsa fuera del camino, estrellándose contra unos árboles del margen derecho. Pero él no se libra. La velocidad a la que va hace que su vehículo derrape y se salga por el otro lado de la carretera, dando una vuelta de campana. El impacto contra el suelo tras el giro en el aire es brutal.

Después del escalofriante accidente, con los coches destrozados a ambos lados del camino, solo se escucha el ruido que hacen unos pájaros nocturnos. Son los únicos que rompen el silencio en aquella fría noche de diciembre.

Capítulo 86

Instantes más tarde, después del accidente, en un lugar alejado de la ciudad.

Un *bip* y responden al otro lado de la línea:

—Servicio de emergencia. ¿En qué puedo ayudarle?

—Hola... Hemos tenido... un accidente de coche.

—Indíqueme el lugar, por favor.

La chica le explica con detalle el sitio en el que se han estrellado. Ella ha conseguido salir, encontrar su teléfono y llamar rápidamente al 112. Pero... está muy asustada. Lo que ha visto en el interior del BMW es muy preocupante.

—Dense prisa.

—¿Hay heridos?

—Sí. Yo solo tengo algún corte, pero hay un chico y una chica que están muy graves. Por favor, dense prisa.

—No tardaremos. Intente tranquilizarse.

—Gracias.

Y cuelga.

Caminando lentamente, se acerca hasta uno de los chicos que no está tan mal y que también ha logrado salir del coche. Trata de animarle, pero este no deja de llorar. Se ha derrumbado. Ella le pone una mano en el hombro y mira hacia el otro lado de la carretera donde está el Audi siniestrado. No se atreve a acercarse. Solo sabe que Fabián está dentro de aquel amasijo de hierro.

La joven vuelve a contemplar el interior del vehículo. Si no se dan prisa, puede que... No quiere ni pensarlo. No puede tocarlos. Siempre se lo han dicho. Nunca hay que mover a un herido en un accidente hasta que lleguen las emergencias sanitarias.

—¡Vamos, chicos! ¡Aguantad! ¡La ambulancia ya está de camino!

Intenta animarlos con sus gritos. Pero ninguno responde. Una de sus amigas ni siquiera tiene abiertos los ojos. Es la que peor está. Aunque, con dificultad, respira. Espera que no lleguen demasiado tarde.

Se sienta, mareada, al lado del coche y se toca una de las heridas que se ha hecho en el brazo. Le duele. Ella ha pasado por momentos malos, pero este es el peor que recuerda.

Tiene mucho frío y se abraza a sí misma. El otro chico que está fuera del coche se aproxima hasta ella y se sienta a su lado. Está destrozado. No para de llorar y de mover la cabeza de un lado para otro. También tiene magulladuras y cortes, y su ropa está rasgada por todas partes. Sin embargo, lo que más le duele no son sus heridas.

—Tranquilo, tranquilo —dice acariciándole el cabello.

—¿Ella está...?

—No. No lo está.

Ni siquiera ha querido comprobarlo por miedo a no escuchar sus latidos o a no sentirla respirar. No es creyente, pero reza para que la ambulancia llegue cuanto antes y que todo aquello solo sea un mal sueño.

Capítulo 87

Esa noche de diciembre, en un lugar de Londres.

¿Todavía está Valentina limpiando? ¡No puede ser! ¡Si han pasado ya varias horas desde que se marchó! Sin embargo, su amiga todavía no ha aparecido por la habitación. Y eso que tiene muchísimo que estudiar. No se ha podido ir a otro lado, porque todas sus cosas permanecen allí.

Paula comienza a perder un poco la paciencia. Tiene hambre y quiere bajar a cenar. La ha esperado todo lo que ha podido, pero ya no aguanta más. Antes se quedó sin chocolatina y se pilló un buen enfado: en la máquina ya no había ninguna cuando llegó.

Si la italiana sigue abajo, en la cocina o en el comedor, ahora lo comprobará. Quizá se ha peleado con Luca y la han castigado. Sea lo que sea, resulta muy extraño.

¿Le habrá confesado ya que está enamorado de ella? Ese puede ser el motivo por el que aún no ha regresado. Seguramente, si se ha atrevido a hacerlo, tendrán muchas cosas de las que hablar. A pesar de que le dijo al chico del parche que tenía alguna que otra posibilidad, siendo sincera, no son demasiadas. Pero eso ya es cosa de ellos dos.

Coge el tique de comida, la llave y, cuando se dirige hacia la puerta, esta se abre. Es Valentina, que entra como un rayo en el cuarto y se sienta en la cama. Mira a su amiga y suelta una carcajada.

—¡Paola! ¿Cómo puedo explicarte lo que me ha pasado?

—Vamos a cenar y me lo cuentas por el camino.

—No, no. Esto es demasiado fuerte como para decírtelo en público. Mejor aquí, a solas.

—Valen, que tengo hambre.

—Solo son cinco minutos.

—Ay... Está bien.

Adiós cena. La española resopla y se guarda el tique en uno de los bolsillos de su pantalón. Se sienta a su lado en la cama y juguetea con la llave de la habitación.

—¿Tú ya sabías lo de Luca?

—¿Qué es exactamente «lo de Luca»? —pregunta haciéndose la despistada.

—Lo de... Bueno, te lo cuento todo desde el principio.

Paula cruza las piernas, apoya una mano en la barbilla y escucha atenta la historia de su amiga. De momento, seguirá pasando hambre, pero al menos estará entretenida.

Cuando Valentina y Luca bajaron a la cocina, Margaret los puso a fregar. Al principio, ninguno de los dos dijo nada. Cualquier palabra malentendida, de uno o de otro, podría hacer que saltaran chispas, como sucedía siempre. Y, con la cocinera por allí cerca, embarrarse en una discusión no era una buena idea. Así que fueron cautelosos y se limitaron a cumplir con la tarea encomendada.

Hasta que...

—Pero ¿qué haces?

Valentina se mira el brazo, tiene toda la manga de su jersey llena de un líquido verde pastoso. Observa a Luca, que se tapa la boca con una mano y con la otra sujeta el lavavajillas. Ha apretado demasiado fuerte la botella y el detergente ha salido disparado sin control hacia la chica.

—Vaya, perdona.

—¡Lo has hecho a propósito!

—No, de verdad que no.

Pero la joven no le cree. Siempre está haciendo bromas. Y, como en esta ocasión es ella la que está cerca, le ha tocado.

—¡Luca Valor, eres odioso! —exclama a la vez que limpia el jersey con un paño.

—No grites.

—¿¡Cómo no voy a gritar!? ¡Me pones nerviosa!

—¿En qué sentido?

—¿Cómo que en qué sentido? ¡Solo hay un sentido!

El chico la mira. Únicamente la ve por su ojo derecho, pero, aunque no tuviera ninguno, sabría que aquello que le está pasando cuando está a su lado no es normal. Nunca se había sentido así. Y, aunque ella le grite, lo trate mal o piense que es la peor persona del universo, no puede evitar sentir eso tan especial por la italiana.

—¿Te pongo nerviosa porque te gusto?

Valentina parpadea tres veces muy deprisa cuando escucha aquella pregunta. Hace un gesto con las manos y dice una palabra en su idioma en voz baja. Luego lo mira con extrañeza.

—¿He oído bien lo que has dicho?

—No lo sé. ¿Qué has oído?

—Algo así como que me pongo nerviosa contigo porque me gustas.

—Ah. Pues has oído bien.

La italiana suelta entonces una carcajada. Luca la observa muy serio. Nerviosa ahora mismo, lo que se dice nerviosa, no parece. Esa es la reacción que había imaginado si llegara a confesarle sus sentimientos. Un ataque de risa.

—No. No me gustas. Nada de nada —le aclara cuando recobra la compostura—. Nunca podría salir con un tipo como tú, que solo piensa en fastidiar.

—No me conoces.

—Te conozco bien.

—En absoluto. Si me conocieras bien...

Está a punto de sincerarse. Pero se retiene a tiempo. Aquella chica no está interesada en él. Lo odia. Y no le faltan razones para ello.

—Si te conociera bien, ¿qué?

—Nada.

—Termina la frase, no me gusta quedarme a medias.

—Ya te he dicho que nada.

—Y yo te repito que no me gusta que me dejen a medias. Si te conociera bien, ¿qué?

Ella gana. No quiere que se enfade más por una tontería así.

—Si me conocieras bien, sabrías que hay cosas que no son como tú crees.

—¿Como qué?

—Como que no estoy enamorado de Paula.

Una nueva mirada a sus ojos, que lo contemplan entre la curiosidad y la desconfianza. No se cree nada de lo que dice. ¿Cómo puede convencerla de que esta vez va en serio?

—¿No?

—No.

—Mentira —indica con una sonrisa irónica—. Eso es una gran mentira.

—A mí esa chica no me ha gustado nunca. Es cierto que esta semana las cosas que pensaba sobre ella han cambiado. Pero solo eso.

Valentina comienza a dudar. Parece sincero. O quizá solo sea un truco. Desde hace tiempo piensa que ese chico está enamorado de su amiga. Y no solo lo cree ella. También su tío, Robert Hanson, está de acuerdo. Por eso le encargó la misión de vigilarlos de cerca durante esa semana. Sería el enlace entre ambos. Debía convencer a su compañera de habitación de los sentimientos del joven y, al mismo tiempo, asegurarse de que este cambiaría su actitud por amor. Y todo indicaba que lo había logrado y que habían acertado de pleno. Los dos estaban convencidos de que Paula y Luca terminarían juntos tarde o temprano, después de que, además, la española rompiera con su novio.

—¿Y por eso la has seguido, la has buscado por Londres, no dejas de mirarla cuando está cerca, sales con ella por ahí a solas...?

—Todo tiene una explicación.

—La única explicación que existe es que la quieres.

—Vuelves a equivocarte.

—¿Ah, sí? Demuéstramelo.

Luca escucha el desafío de Valentina y lo ve claro. Es el momento adecuado para hacerlo. Se lanza sobre ella, sujetándole la cabeza con los guantes de plástico con los que está fregando y le da un beso en la boca. El desconcierto de la italiana es mayúsculo. No cierra ni los ojos. Rápidamente se aparta de él y observa al chico asombrada.

—¿No querías que te lo demostrara?

—¡Eres un capullo!

—No hay quien se aclare contigo, *italianini.*

—¡Que tengo un nombre!

—¡Perdona, Valentina Bruscolotti!

—¡No te perdono!

La chica busca a su alrededor. Coge una servilleta y se limpia la boca.

—¿Tan mal lo he hecho? —pregunta Luca decepcionado por su reacción.

—No sabes ni besar. Me has mordido el labio.

—¿Acaso tú lo haces mejor?

No lo ha dicho para provocarla ni porque quiera un beso de vuelta. Simplemente es la contestación a su menosprecio. Sin embargo, Valentina no se lo toma así. Lanza la servilleta contra la encimera y se echa encima del joven, que, atónito, recibe su boca. Ahora sí que la italiana cierra los ojos y se deja llevar unos segundos más. Si no fuera porque sabe que lo odia, diría que hay pasión, deseo. Incluso un poquito de amor. Sin embargo, cuando Luca está más entregado a sus labios, la chica se aparta.

—Bueno, ¿qué? No me digas que este no ha sido el mejor beso que te han dado en tu vida.

Al chico le cuesta recuperar el aliento y el sentido. No sabe si ha sido el mejor, pero sí el que más quería. Nunca había disfrutado tanto con un beso como con aquel. Esto no puede detenerse ahí. Necesita más. Necesita volver a besarla.

—Creo que no lo coloco dentro de los cinco primeros.

—¡Mentiroso! ¡Solo lo dices porque te mueres de ganas de otro!

—Puede ser. Pero he sido sincero. Estará entre el noveno y décimo puesto.

—Capullo...

Y alzándose sobre sus zapatos, poniéndose una vez más de puntillas, rodea su cuello con los brazos y lo besa. Transcurre más de un minuto y continúan enlazados, sin intención de parar. Cada segundo que pasa aumenta un grado la temperatura de la cocina de la residencia. Luca no sabe si aquello es una demostración de orgullo, una testarudez de Valentina o simplemente un beso de verdad.

Los pasos de Margaret acercándose hacia ellos son lo único que los frena y les impide continuar. La mujer les pide que se den prisa y de nuevo sale de allí.

Los chicos se miran. Y, por primera vez, la italiana le sonríe amable. Se quita los guantes y le susurra algo al oído.

—¿De verdad quieres? —pregunta el joven, muy sorprendido.

—Sí.

—Vamos a mi habitación.

Luca también se quita los guantes y juntos abandonan la cocina. Suben a toda prisa la escalera hasta que llegan a la segunda planta, donde está el cuarto del chico. Al contrario que ella, él no lo comparte. Vive en una individual. Nervioso, busca la llave dentro de su pantalón. La italiana le sopla traviesa en el cuello mientras él intenta abrir la puerta. Entran y cierran. Rápidamente, Valentina cae en la cama. Y el chico sobre ella. Besos y más besos. Y algo más. Mucho más.

—¡No me digas que lo hicisteis! —grita Paula, que ya no tiene hambre.

—Sí.

Los ojos de su amiga se iluminan. Reflejan algo que nunca había visto en ella: vergüenza y timidez.

—¿Y qué tal?

—Uf.

—¿Uf?

—Uf.

A la sonrisa satisfecha de una se une la carcajada divertida de la otra.

—Así que yo le gustaba a Luca Valor, ¿eh? —comenta la española muy risueña.

—¡Me equivoqué! ¡Vale! ¡Me equivoqué!

—¡Si hasta me has estado espiando por orden del señor Hanson!

—Lo siento. No era espiarte, era saber cómo os iba para

mantenerle informado. Ese hombre se preocupa mucho por su sobrino.

—Y pensar que discutimos porque no te quería decir nada... ¡Ya te vale!

—No, no. Yo solo sabía que Luca es sobrino del director. Del resto de cosas no estaba enterada —señala muy seria—. Pero... no he terminado todavía con la historia.

—¿Hay más?

Valentina asiente con la cabeza y sonríe.

—Cuando... terminamos, nos quedamos tumbados en su cama, abrazados y preguntándonos qué pasaría a partir de ahora. Y, de repente..., sonó la puerta de la habitación.

—¿Qué dices? ¿Y abrió?

—Al principio no quería. Pero insistieron tanto... Me pidió que me escondiera en el cuarto de baño. Cogí mi ropa y le hice caso.

—¿Y quién era?

—Su padre.

—¡Ah! ¡El señor Valor! Lo conocí antes.

—Pues yo también lo he conocido.

—¿Cómo? ¿Os pilló?

La italiana se pone colorada antes de continuar hablando. Se tapa la cara con las manos y le cuenta a su amiga lo que sucedió.

—Sí. Nos pilló. Encontró mi sujetador encima de la cama y ya... Luca se dio por vencido y no siguió ocultándome. Salí del baño y estuve hablando un poco con Philipp, al que, aunque estuvo muy amable, no se le quitó ni un segundo de la cara esa expresión de sorpresa de cuando te encuentras algo totalmente inesperado.

—¡Menuda película!

—Si fuera una película..., diría que es muy mala, por lo irreal que parece todo.

Paula sonríe y abraza a su amiga. No está segura de lo que siente, pero tal y como ha narrado lo que ha pasado con Luca, le da la sensación de que Valen no le odiaba tanto como creía y hacía creer.

Capítulo 88

A la mañana siguiente, muy temprano, en el aeropuerto de la ciudad.

Entregan su DNI. La chica que los atiende detrás del mostrador los mira de reojo. Nunca había visto a dos chicos tan guapos juntos. Cada uno tiene su punto, pero ambos están buenísimos. Son modelos. O gais. O las dos cosas. Seguro. Sonríe como una tonta cuando les entrega la tarjeta de embarque y les devuelve los carnés. Los jóvenes se despiden de ella y se dirigen hacia la puerta que les indica, donde dentro de unos minutos deberán tomar su avión.

Ángel y Álex caminan por el aeropuerto ante las miradas curiosas de varias mujeres de más o menos edad que no se pierden detalle. No llevan maletas para viajar a Londres. El periodista solo ha cogido de casa su portátil y el escritor, una mochila en la que guarda el ordenador, el móvil y el resto de pequeñas cosas que podrían hacerle falta en Reino Unido. Al final, también metió una muda de ropa interior y otra de calcetines.

Pasan por el control de seguridad, donde tienen que quitarse los zapatos, y buscan una cafetería en la que desayunar antes de subir al avión. Ambos piden un café y un cruasán. Se sientan y miran una televisión que está colocada en alto. Lo que tienen puesto en el plasma es el Canal 24 horas de noticias.

—¿Estás nervioso? —pregunta Ángel mientras moja uno de los extremos de su bollo en la taza.

—Bastante.

—Es lógico.

—No estoy seguro de que esto sea una buena idea.

Durante toda la noche lo ha estado pensando. Incluso tuvo la tentación de llamar a su amigo y decirle que se echaba atrás.

—Estás luchando por ella. Por vosotros. Es la mejor decisión que podías tomar.

—Estás muy convencido, y eso que a ti te fue fatal cuando hiciste lo que yo estoy haciendo ahora.

—Ya te lo dije ayer: no me arrepiento de lo que hice. Tal vez metí la pata en algunas otras cosas, pero viajar a París para tratar de solucionar nuestro problema fue lo correcto. No salió bien, mala suerte.

Y menos mal que no funcionó. Si no, Ángel podría ser hoy en día la pareja de Paula y él nunca hubiera compartido el mejor año de su vida con la persona a la que más ha querido. Y quiere.

—Veremos qué pasa...

—¡Anímate, hombre!

—Si estoy animado, de verdad que sí... Pero tengo una cosa por dentro... Es difícil no darle vueltas al mismo tema una y otra vez.

Sorbe un poco de café y muerde su cruasán. Se queda mirando la tele pensativo. ¿Y si ella no quisiera volver con él? Si está haciendo todo este esfuerzo es porque cree que tiene alguna posibilidad de que todo se arregle. Aunque, en el fondo, el problema seguirá persistiendo. Después de navidades, Paula regresará a Londres y permanecerá allí otros seis meses. Sufrirá, lo pasará mal. ¿Y volverán a la misma situación?

—Te entiendo. Sé por lo que estás pasando —indica Ángel—. Pero tienes que tener fe en ti mismo.

—Y en ella, ¿no?

—Claro. Y en ella. Si os queréis..., todo irá bien.

El escritor resopla y vuelve a beber de su taza mientras el periodista lo observa y recuerda aquellos momentos, hace más de un año y medio, en el aeropuerto, antes de partir. Él no sabía lo que iba a decirle a Paula. No tenía ningún plan concreto en la cabeza. Simplemente se iba a dejar llevar y a mostrarle sus sentimientos tal como eran. Le iba a decir que la quería. ¡Qué menos que eso! Y así lo hizo. El verdadero problema fue que aquella chica ya no estaba enamorada de él. Ahora cree que las cosas son diferentes. Ella quiere a Álex de verdad y por eso debe pelear para que sepa que no se rinde, que la distancia no podrá con los dos. En parte, que él esté allí, acompañando a su amigo, es muy simbólico. Una graciosa paradoja del destino. Y se alegrará mucho si este logra convencerla de que su historia siga adelante.

—Y Sandra ¿qué piensa de esto?

—Ella está muy preocupada ahora por el tema del embarazo. No hemos hablado mucho de esto. Lo que le fastidiaba era que viniera contigo y la dejara sola. Pero eso ya está arreglado. Solo quiere que Paula y tú seáis felices de la manera que mejor os convenga a cada uno.

—Lo de que tengáis un hijo... ¿no te parece increíble?

—Mucho más que eso.

—¿Estáis preparados?

—Tenemos que estarlo, Álex. Ya no somos críos. Y no te voy a decir que no siento pánico. Estoy muerto de miedo. Pero es tanta la alegría que nos ha dado a los dos...

—Lo imagino.

Lo que no se imagina todavía es a él siendo padre y teniendo un hijo con Paula. ¡Ella solo tiene dieciocho años!

Aunque nada de eso cuenta ahora mismo, ya que ni siquiera están juntos.

—Además, Sandra tiene la esperanza de que esto sirva para hacer las paces con su padre.

—¿Siguen sin hablarse?

—Sí. Desde que nos fuimos del periódico no ha vuelto a dirigirle la palabra. Él metió la pata y no quiso admitirlo. Pero ella lo echa mucho de menos, aunque no quiere tocar el tema demasiado.

—Son cosas que pasan en las familias.

Que se lo digan a él. Hace mucho que no tiene noticias de Irene y de su madrastra. Aunque, al contrario de lo que le ocurre a la novia de Ángel, Álex no las extraña para nada.

Los dos chicos se quedan en silencio. Terminan sus cafés y miran la televisión. Una periodista morena con muchas pecas en la cara está narrando un suceso:

> ... Fue la pasada noche cuando los dos vehículos colisionaron en esta carretera por circunstancias todavía desconocidas. Hay un fallecido y cinco heridos, dos de ellos graves. La policía continúa investigando el accidente...

—Seguro que ha sido por algún tipo de apuesta. Hay mucho loco suelto —indica Ángel levantándose de la silla—. ¿Vamos?

—Sí, vamos.

Álex también se pone de pie y se cuelga la mochila en un hombro.

Caminan por uno de los enormes pasillos de la terminal. Su puerta de embarque está cerca, prácticamente al lado de donde han desayunado.

—Mientras tú estás con Paula, yo me daré una vuelta

por Londres y le compraré algo a Sandra para que vea que he pensado en ella.

—Puedes ir al mercado de Piccadilly.

—Quizá.

—Pero no le compres el típico Big Ben o una cabina roja..., eso está muy visto.

—Tranquilo —dice con una sonrisa—. Tenía pensado en algo para el bebé.

—¿Ya sabéis cómo le pondréis de nombre?

—No. Hay discusiones sobre eso. A ella le gusta Lucía si es niña y Héctor si es niño. Y a mí, Martina y Samuel.

—Sandra tiene mejor gusto que tú.

Los dos ríen al tiempo que llegan a la puerta donde deben embarcar. Ya hay gente haciéndolo. Sacan otra vez sus DNI y se colocan en la fila. En apenas un minuto les llega el turno. La misma chica que antes los atendió vuelve a hacerlo ahora. Corta sus billetes y examina sus carnés. Son guapísimos. Les sonríe y permite que pasen, aunque con gran tristeza. Sabe que no los verá más.

—Creo que has ligado —le comenta Ángel a Álex, dándole con el codo mientras atraviesan el túnel que los lleva hasta el Boeing.

—¿Yo? Esa chica solo te miraba a ti.

—Igual te ha reconocido y es una de tus seguidoras. Deberías de haberle pedido el Twitter por si lo de Paula no va bien.

—Qué capullo.

Los chicos entran en el avión y buscan sus asientos. Es justo en la mitad del aparato. Apagan los móviles e introducen la mochila y el portátil de Ángel en el compartimento de arriba. El escritor se sitúa junto a la ventanilla y el periodista a su izquierda.

—Ahora sí que no hay vuelta atrás. ¡Nos vamos a Londres!

—Calla, que me pones nervioso.

—Más lo estarás cuando la vuelvas a tener delante después de tres meses.

Es verdad. Son tres meses sin tocarla, sin olerla, sin poder besarla. Tres meses que se han hecho eternos. Álex cierra los ojos y la ve. Siempre que los cierra aparece Paula. Dentro de unas horas no tendrá que imaginarla. Sonríe. Estará tan guapa como siempre. Solo espera que las cosas vayan bien. Y que en el viaje de regreso su sonrisa sea porque ella haya aceptado recuperar lo que hace solo seis días perdieron. Ángel tenía razón. Pese a que está lleno de dudas, luchar por lo que uno quiere es la única manera de vivir. Y lo que él quiere de verdad es volver con la chica a la que ama.

Capítulo 89

Esa mañana de diciembre, en un lugar de Londres.

Casi no han dormido en toda la noche. Se la han pasado estudiando y es que... ¡hoy empiezan los exámenes finales del primer trimestre!

Valentina y Paula no las tienen todas consigo. Eso de que en aquella universidad sean tres evaluaciones en lugar de dos, como en España o en Italia, ahora les parece fatal. No están listas. Pero, bueno, es lo que hay y deben hacerlo lo mejor posible. Ya sabían en septiembre que el sistema era así. Lo que ocurre es que, entre unas cosas y otras..., el tiempo se ha pasado volando.

—Tengo un presentimiento —dice la italiana quitándose el pijama.

—¿Cuál?

—Que no voy a aprobar ni una.

—¡Menudo presentimiento más negativo! Espero que no tengas la misma premonición conmigo.

—Pues si te digo lo que he soñado... Salías tú haciendo un...

—¡Cállate! ¡No me lo cuentes! —grita Paula, que también se está vistiendo—. Ya estoy bastante tensa.

La italiana sonríe malévola y se sube los vaqueros, ajustándoselos por detrás. Se los abrocha y cierra la cremallera.

—No es para tanto. Solo son exámenes.

—La semana pasada no opinabas lo mismo, guapa. Y esta noche, mientras rezabas a Dios, al papa, al Vaticano o a quien fuera..., tampoco.

—Me he dado cuenta de que hay cosas más importantes.

—¿En la hora y media que has dormido?

—Sí —contesta autoconvenciéndose—. Piensa que, dentro de unos días, todo habrá acabado y regresaremos a nuestras casas.

—Lo dices como si eso te hiciera muy feliz.

—Es que me hace enormemente feliz.

—¿Tienes ganas de volver a Italia?

—Claro. Muchas.

—¿Y qué pasa con Luca?

—No sé, ¿qué pasa con él?

—¿No lo echarás de menos?

Valentina se sienta en la cama y mueve la cabeza. Coge las botas más altas que tiene y se calza la del pie izquierdo.

—No. No estamos juntos ni nada de eso.

—¿Él lo sabe?

—¿Qué tiene que saber?

—Que no estáis juntos.

—Imagino que sí. De todas formas, si no lo sabe, ya se enterará.

—Pero si él te ha dicho que le gustas, que le gustas de verdad, ¿cómo puedes ser tan fría como para acostarte con él y ahora decir que ni le echarás de menos?

—¡Paola! ¡No seas histérica...! —exclama mientras se pone la otra bota—. Ya te lo he repetido mil veces. Estoy en Londres, pienso en lo de aquí. Estoy en Italia, pienso en los italianos. En vacaciones estaré en mi país. Pues si Luca no está en mi país, no pensaré en él. Es muy fácil.

¡Qué tía! ¡Cómo se aprovecha de los chicos! Solo va a lo

que va. No sabe, ante la actitud de su amiga, si echarse a reír o a llorar.

—¿Y sus sentimientos?

—¿Y los míos?

—¡Tú no tienes de eso! —Y suelta una carcajada. Al final, ha optado por lo primero.

—¡Por supuesto que tengo! Solo que son... variados y poco estables. Mis sentimientos, como mis romances, están repartidos por ahí. Soy muy joven para anclarme y regalarme a una sola persona.

—¡Es la peor excusa que he oído en mi vida para explicar que lo que te va a ti es ir de flor en flor! ¡Ni un tío hubiera quedado más en evidencia!

Dedo corazón alzado hacia arriba. Después, Valentina camina hacia el armario y elige una camisa de cuadros azul y negra. Se la abrocha botón a botón, dejando libre el de más arriba y el de más abajo.

—En lugar de decir tantas tonterías, date prisa o no nos dará tiempo a desayunar.

—Si ya casi estoy.

Solo le falta adentrarse en aquella sudadera gris con capucha. Lo hace y se incorpora. Lista para su primer examen en la universidad. Pero antes tiene que peinarse. Y, como en otras muchas ocasiones, las dos entran en el cuarto de baño para eso al mismo tiempo.

—Te ha salido un grano en la nariz —le indica la italiana, señalándoselo a través del espejo.

—¡Ostras! ¡Es verdad!

—Eso es de comer tanto chocolate.

—No como tanto chocolate.

—Paola, reconócelo: te pones morada de chocolate cada día. Y esa puede ser la razón por la que tienes ese granito tan feo.

—¿Seguro que es por eso?

—No lo sé. Pero es lo que dicen.

Mierda, lo que le faltaba. Un visitante inesperado en plena cara. ¡Es un presagio del día que le espera! ¡Seguro!

Las chicas se peinan, se contemplan de un perfil y de otro, y se maquillan. Solo un poco, lo justo para ir más monas. Paula intenta ocultar lo máximo posible el punto rojo que tiene en el lado izquierdo de su nariz. No hay nada que hacer. Suspira y observa cómo su amiga se da los últimos retoques con el pintalabios. Está muy pensativa. ¿Le pasará algo o será solo por los exámenes?

—¿De verdad que lo de Luca solo ha sido un... polvo? —le suelta de repente.

—¿Por qué insistes con eso ahora?

—No sé. El chico, al final, ha resultado ser un tipo más o menos normal. Y parece que realmente se siente atraído por ti.

—¿Te gusta?

—¿A mí? No. No me gusta.

—Por mí, quédatelo, ¿eh? Yo no lo quiero.

—No hables así de él, Valen. Es una persona.

Sus ojos se encuentran en el espejo. Paula teme una gran regañina por parte de su compañera de habitación. Sin embargo, esta no se altera. Cierra la barra de labios rosa con la que se ha pintado y, tras mirarse una última vez, sale del cuarto de baño.

—Date prisa, que no llegamos.

—¡Voy!

¿Por qué actúa con esa frialdad con los tíos? Debería ser más apasionada, más enamoradiza. No le pega nada comportarse de esa manera. Su carácter no es así.

—Que no se te olvide coger el diccionario —le advierte Valentina, ya preparada con la carpeta de apuntes bajo el brazo.

—¿Lo dejan en los exámenes?

—A mí, sí. A ti, no lo sé.

—No me han dicho nada.

Pero, por si acaso, Paula se lo guarda dentro de la mochila. Después agarra su llave y sale de la habitación detrás de su compañera. Primero desayunarán abajo y a continuación se marcharán directamente a la universidad.

—Paola.

—Dime.

—Nada, nada.

Silencio. La española está segura de que algo le sucede, pero no va a presionarla. La tensión de los exámenes la estará afectando más de la cuenta.

Las dos bajan la escalera hasta recepción y luego la que lleva hasta el comedor. Hay bastante alboroto. Las mesas están cubiertas de hojas, de libros, de apuntes... Todos apuran hasta los últimos minutos para repasar.

—Paola... —insiste Valentina, de nuevo.

—¿Qué te ocurre?

—¿Y si en Italia echara de menos a Luca Valor?

¿¡Qué!? ¡Ahora le viene con esas! La mira y la quiere matar. Aunque le encanta que le haya hecho esa pregunta. Así que era eso lo que sucedía... Valen no está pensando en los exámenes. Su cabeza está en otra parte.

—Sería una muy buena señal.

—¿Tú crees?

—Sí. Ojalá te pasara.

—¿Por qué tienes tanto empeño en que ese chico y yo estemos juntos?

—Porque así os tiraríais los trastos a la cabeza, el uno al otro, y me dejaríais a mí tranquila.

Y, tras responderle medio en broma, medio en serio, le da un beso en la mejilla. Coge una bandeja y se sirve un cruasán relleno de chocolate en un plato. De pronto recuerda lo de su granito y, disimulando, lo vuelve a dejar en la bandeja de la que lo cogió.

—Te he visto —le suelta su amiga, que va detrás—. Pero no se lo diré a nadie.

—Gracias.

—Pero tú tampoco le dirás a nadie lo que te he preguntado.

—¿Ni a Luca?

—A él, menos.

—Eso es que te estás enamorando de ese chico.

Silencio. Paula mira hacia atrás y contempla a su amiga. Se ha puesto muy roja. Sus manos están temblorosas y se muerde con fuerza el labio inferior.

—¿Qué te pasa? ¿Por qué me miras así?

—¡Te has puesto nerviosa cuando te he dicho que te estás enamorando de Luca!

—¡De eso nada! ¡Mira para adelante! —exclama furiosa—. Y coge algo que no contenga chocolate, anda.

—Vale, vale...

—Tu cara terminará pareciendo una paella de esas que preparáis en España.

—¡No hace falta que te pongas así!

Y sonríe. Le resulta muy divertida aquella situación. Está clarísimo lo que sucede.

Paula le hace caso a su amiga. Y, junto al café con leche, se sirve unos huevos revueltos con beicon. No suele comer ese tipo de *British breakfast*, pero de esa forma almacenará energía para toda la mañana. Le va a hacer falta.

Valentina se sirve lo mismo. A ella también le vendrá bien, aunque no está acostumbrada a esa clase de desayunos en Italia. Claro que en su país tampoco estaba habituada a otro tipo de cosas que ahora sí está viviendo allí, en Londres.

Por ejemplo, a enamorarse.

Capítulo 90

Esa mañana de diciembre, en un lugar de la ciudad.

Se frota las manos para entrar en calor. ¡Qué frío hace!

El invierno está ya encima. Lo prefiere. No suda tanto y puede ir más cubierta de ropa. Vale, los kilos de más se le notan igual, pero de esa manera los enseña menos.

Camina por la calle nerviosa. Pandora solo piensa en una cosa: hablar con Alejandro. Y hacia el bibliocafé se dirige para hacerlo. Su turno no es hasta la tarde y ahora tiene clase en el instituto. Pero es que necesita hablar con él ya. Cree que ha llegado el momento.

¡Le apetece muchísimo gritar! ¡Por fin le va a confesar lo que siente!

O no. Eso dependerá de que su corazón no estalle en el instante en que le diga que le quiere. La decisión está tomada. A medias. Necesita valor y... una tila.

Pandora está muy agitada. Anoche, después de cenar, siguió completando la lista de «Cosas que hacer para ser una novia digna de Alejandro Oyola». Tras anotar lo de practicar ejercicio y ponerse a dieta, escribió dos puntos muy importantes: «Ser positiva y tener más confianza en mí misma». Ahí fue donde supo que hoy tenía que exponerle sus sentimientos. No puede esperar más tiempo. Ni por él, ni por ella.

¡Dios, va a declararse! No se lo termina de creer. Hasta que no salgan las palabras mágicas de su boca, no lo hará.

Histérica, mientras escuchaba más canciones de *Glee*, añadió un nuevo propósito en su libreta: «Intentar ser más sociable con la gente y no aislarme del mundo». Este apartado será complicado. Ella es una chica muy solitaria y le cuesta relacionarse. Pero, si Alejandro es un escritor famoso y está acostumbrado a hablar con unos y con otros, no le queda más remedio que aplicarse. Se imagina en una cena importante en la que él recibe un premio a la mejor novela del año... Aplausos, brindis, celebraciones..., y ella callada, en una esquina, amargada. ¡No! ¡Eso no va a pasar! Debe ser más extravertida. El Manhattan es un buen sitio para aprender a soltarse. ¿En qué profesión habla una más con la gente que en la de camarera?

Se superará a sí misma. Y hará lo que haga falta para conseguirlo.

Sigue andando, sonriendo, imaginando situaciones fantásticas junto a él. Ser la novia de Alejandro Oyola... ¿empieza a convertirse en una obsesión?

Eso le recuerda una película que vio una vez en la que una chica se enamora locamente de un compañero de clase y lo persigue a todas horas a escondidas. Incluso mata a su novia, haciendo que parezca un accidente. Entonces aprovecha su bajo estado de ánimo para acercarse más a él y consolarlo. Hasta se enrollan y todo eso. Evidentemente, al final de la peli la descubren.

¡A ella no le hará falta llegar tan lejos! El escritor ya no tiene novia... Y tampoco le haría daño a una mosca. Aunque muchas veces se le pasó por la cabeza vengarse de todos esos que la han llamado «Panfoca» o «Pangorda». La gente es muy cruel y no sabe que ella, aunque muy escondidos, también tiene sentimientos.

¿Está preparada para un no?

Punto tres y cuatro de la libreta: «Ser más positiva y tener confianza en mí misma». No habrá un no. Él es un buen chico, que no solo se fija en las apariencias y en el físico. ¡Segurísimo! Aunque su exnovia esté buenísima y él sea un 10, y ella solamente un 2,5. ¡Confianza! ¡Optimismo!

Final del trayecto. Ha llegado al bibliocafé. Puede echarse hacia atrás y renunciar o dar un paso adelante y ver qué pasa. Es consciente de que su vida no será la misma si entra ahí y se confiesa. Ni con un sí ni con un no.

¿Qué hace?

Ya está, decidido. Toma aire, llenando los pulmones al máximo, y lo expulsa con fuerza.

—¡Hola! —saluda con más entusiasmo de lo normal cuando entra en el Manhattan.

El camarero que está es Joel.

—Hola, Panda. ¿Qué haces por aquí tan temprano?

—Vengo a ver al jefe. Tengo que hablar con él de una cosa.

Lo ha dicho muy deprisa, sin pensar. Pero es que o lo hace así o seguro que se arrepiente.

—El jefe no vendrá hoy, ¿no lo sabías?

¡No! ¡No lo sabía! Tenía que haberse asegurado de que estaría antes de hacerse ilusiones de que podría hablar con él durante la mañana.

—¿Tampoco por la tarde?

—No lo sé. Imagino que hasta la noche no aparecerá por aquí. Coge el avión a las cuatro desde Londres.

—¿Desde Londres? ¿Qué hace Alejandro en Londres?

—Ni idea. Me lo comentó anoche.

Es muy extraño. ¡Se ha ido a Reino Unido! ¿Por qué? Y así, de buenas a primeras. No lo comprende. Ayer, cuando habló con él, no le dijo nada.

—Habrá ido a recuperar a Paula —comenta una voz femenina desde una de las mesas.

Se trata de una mujer que está sentada cerca de ellos. Lee el periódico y toma un café con leche. Pandora la observa desconcertada y, cuando aparta el diario de su cara, descubre que es Abril. Se miran la una a la otra, sin demasiada simpatía. Sin embargo, la madre de David le hace un gesto con la mano para que se acerque y sonríe. La chica duda un instante, pero termina accediendo.

—Ahora no es mi turno, pero puedo traerle...

—No quiero nada más. Muchas gracias. Ya sé que no estás trabajando ahora mismo —indica la mujer de la editorial alegremente—. ¿Quieres sentarte?

—No puedo. Tengo prisa.

—Vamos, te invito a desayunar. ¿Qué es lo que quieres?

—Nada, en serio. Me tengo que marchar al instituto. Llego tarde.

La joven se coloca bien la mochila que lleva colgada en la espalda y se da la vuelta.

—Has venido a por Álex, ¿verdad? —le pregunta Abril, antes de que se aleje—. Mi hijo piensa que sois novios.

Aquellas palabras hacen que Pandora se detenga. ¿Ella sabe que él le gusta? ¿Su hijo? ¿Qué le habrá contado? ¡No le habrá dicho nada a Alejandro! Se gira de nuevo y la mira. Está muy sonriente.

—He venido porque tenía que hablar con él de trabajo.

Abril vuelve a indicarle a la chica que se siente con ella. Y esta vez sí que acepta. Se quita la mochila y la coloca sobre sus piernas.

—¿Quieres un café?

—No, gracias. He desayunado en casa.

La mujer deja el periódico encima de la mesa y juguetea con la cucharilla. Pandora no entiende muy bien qué es lo que hace allí y qué pretende. ¿De qué quiere hablar con ella? Es todo absurdo. Debería estar ya en el instituto. Pero aquella insinuación que ha hecho la obliga a descubrir sus intenciones. Además, Abril parece que sabe el motivo por el que Alejandro está en Londres.

—Sabes quién es Paula, ¿no? —dice por fin.

—La exnovia de Álex.

—¿Y sabes que está en Londres estudiando?

—No.

Por eso solo la ha visto una vez en el Manhattan con Alejandro. Fue hace mucho tiempo, unos tres meses, y le pareció una chica espectacular: guapa, con un cuerpazo, muy bien vestida...

—Me llama la atención que sepas que han roto... —comenta pensativa Abril. No imaginaba que Álex se lo hubiera contado a ella también.

—Me lo dijo ayer por la mañana.

—Ah, pues sí que tiene buena relación contigo. Y eso que solo eres una camarera.

—Soy su amiga también.

Pandora está a punto de levantarse e irse. No le gusta el tono de voz que esa mujer está empleando con ella. Bastante tiene que aguantar ya en el instituto o en la calle para que también la menosprecien en el lugar donde se siente más feliz. Sin embargo, se agarra a la silla y permanece allí sentada.

—Y tú quieres ser algo más que su amiga... ¿Me equivoco?

—No voy a contestar a eso —responde, nerviosa.

—¿Por qué?

—Porque eso solo es asunto mío.

—Bien. El que calla otorga —sentencia Abril sonriendo una vez más.

—Es que no tengo por qué darte explicaciones de lo que hago o de lo que siento —señala Pandora alterada.

—Tienes razón. Y veo que tienes más carácter del que pensaba. Me gusta eso.

¿Le está haciendo ahora la pelota? A esa mujer no hay por dónde cogerla. Siempre está sonriente, pero es complicado saber qué es lo que piensa de verdad. Pocas veces varía su expresión.

—¿Algo más? Me tengo que marchar...

—No. Solo un consejo.

Y dulcifica su gesto. Sonríe, pero de otra manera diferente. Es como más natural, menos forzada. Diría que hasta sincera. Como si una madre le advirtiera de algo a una hija.

—¿Qué consejo?

—Aunque haya personas que no crean que puedes conseguir lo que deseas en la vida, no dejes que estén por encima de ti. Sin embargo, en este caso, es mejor conservar lo que tienes a perderlo todo. No arriesgues lo mucho que posees.

—No te entiendo.

—Álex ha ido a recuperar a su chica, de la que sigue enamorado. Ellos dos están hechos para estar juntos. Y, aunque no lo consiga, su recuerdo será demasiado alargado y siempre existirán comparaciones, tanto de él como de su próxima pareja si la hubiera.

Pandora la mira en silencio. Escucha atenta sus palabras. Está diciéndole que no le confiese lo que siente, ¿verdad?

—Bien. ¿Me puedo ir ya?

—Sí. Pero recuerda lo que te he dicho. Yo lo pasé muy mal y tú lo vas a pasar mal, pero hazlo en silencio. No permitas que te hagan más daño. No es por ti, créeme: podrías gustarle. Es por él. Y por Paula. Nunca querrá a otra como la quiere a ella. Estén o no estén juntos.

—Adiós.

—Adiós, Pandora. Y ánimo.

La chica se levanta y se vuelve a poner la mochila en la espalda. Se despide de Joel y sale del bibliocafé. Está muy confusa. Aquello que esa mujer le ha dicho le hace pensar. Es como si Abril tuviera doble cara. Como si se interesara por ella con sinceridad, pero también quisiera hacerle daño al mismo tiempo. ¿Le ha dado un consejo o ha intentado desmoralizarla?

Sea como sea, en el fondo, tiene razón. Si Alejandro ha ido a Londres a tratar de volver con su novia, es que la debe de querer mucho. Se ha hecho ilusiones en un mundo de ciencia ficción. Lo suyo con el escritor no puede ser. ¿Cómo se le ha pasado por la cabeza declararse? Es duro, pero tiene que admitirlo: es preferible ser su amiga y amarle en silencio que confesarle lo que siente y que este la rechace. Lo pondría en un gran compromiso. Tal vez lo más adecuado es dejar las cosas como están. Romper esa absurda lista que hizo y no engañarse más a sí misma. Quizá, incluso, haya algo más que puede y debe hacer para que todo vaya mejor y así sufrir menos su desamor: abandonar su puesto de camarera en el Manhattan.

Capítulo 91

Esa mañana de diciembre, en un lugar de Londres.

Han llegado a Heathrow dos horas y media después de haber salido de España. Han cambiado los euros por libras y ahora se disponen a coger un taxi que los lleve hasta la residencia donde vive Paula. Álex y Ángel guardan cola hasta que les llega su turno.

—No te olvides de cambiar la hora.

—Es verdad. Es una menos, ¿no?

—Sí.

Los dos chicos retrasan sus relojes una hora. El vuelo de regreso lo tienen a las cuatro, hora londinense, por lo que llegarán a España sobre las siete y media, ya en plena noche cerrada en la ciudad.

Por fin les toca. Suben a uno de esos taxis típicos de Londres y el periodista le da al conductor las instrucciones en inglés, lengua en la que se desenvuelve mejor que el escritor.

—¿Te encuentras más tranquilo?

—No demasiado. Sigo con ese hormigueo en el estómago que no se va.

En el viaje en avión, Álex estuvo muy nervioso. Durante todo el vuelo no dejó de pensar en Paula y en que tal vez aquel viaje era un error. Sin embargo, cada vez que hablaba con Ángel, este le convencía de que lo que estaba haciendo era lo mejor.

Le sorprende lo bien que se llevan. Nunca sospechó que en él encontraría a un amigo de verdad. En cambio, se entienden perfectamente y, en esos momentos en los que la tensión se lo está comiendo, su presencia le sirve de apoyo y sus palabras de esperanza. Que haya viajado con él a Londres es un gran gesto por su parte. Ya vivió una situación parecida y tiene experiencia en hacer ese tipo de locuras. Parece como si se lo hubiera tomado como una revancha personal. Él no pudo conseguirlo, pero espera que su amigo sí lo logre.

—Cuando la veas, la beses y le digas que la quieres, todo se te pasará de golpe.

—O el golpe me lo llevaré yo.

—No te preocupes. Ella te quiere.

—Pero aunque me quiera...

—Recuérdale que eso es lo más importante de todo.

Es lo que no pudo hacer él cuando viajó a París en busca de Paula. No pudo recordarle lo mucho que la amaba. Incluso cometió el error de acostarse con ella y que tuviera su primera vez en aquel hotel francés. No fue una actuación muy afortunada de ninguno de los dos y enseguida supieron que aquello no había sido una consecuencia de su amor, sino de un momento de calentón.

—Intentaré hacerlo lo mejor posible.

—Lo harás. Eres escritor. No te faltará imaginación para improvisar.

Los dos sonríen y se quedan un rato en silencio, mirando por las ventanas del taxi y observando lo espléndida que es aquella ciudad. El sol brilla tímidamente, aunque para la tarde han vuelto a anunciar lluvias.

Ángel entabla una curiosa conversación con el conductor que Álex no termina de comprender. Hablan de los medios de comunicación y de la prensa amarillista británica. Los dos terminan riendo antes de que el taxista les anuncie que han llegado al lugar de su destino. Pagan y se despiden del hombre.

—Bueno, pues aquí estamos.

Ante ellos tienen un edificio reformado hace poco. No es muy alto, pero presenta un aspecto bastante señorial. La puerta de la entrada es giratoria y las ventanas que se ven en su fachada son de color blanco, muy clásicas, como sacadas de una película sobre la época victoriana.

—¿Entramos? —pregunta el periodista apoyando una mano en su hombro.

—Sí.

Álex resopla y camina junto a su amigo hacia el portal. Suben los tres escalones que llevan hasta la puerta giratoria y entran en la residencia de estudiantes en la que Paula vive desde hace tres meses. La pareja de jóvenes se dirige hacia un mostrador donde un hombre ya se ha percatado de su presencia. Es el recepcionista de guardia.

Ángel habla con él en inglés y le explica que vienen a ver a alguien.

—¿Paula García? —pregunta aquel señor uniformado como el botones de un gran hotel—. Creo que la vi salir esta mañana temprano y aún no ha vuelto.

—Gracias. ¿Podríamos subir a su habitación para comprobarlo?

—Bien. Déjenme sus nombres, apellidos y una identificación personal.

Los chicos obedecen y cumplen con los trámites de seguridad del centro. El hombre los inscribe en la lista de invitados y les coloca a cada uno una pegatina con un número en la ropa.

—No pueden ir sin esta identificación por la residencia —advierte sonriendo—. Es la habitación 1348. Tercera planta. Por allí.

El recepcionista les señala la escalera por la que tienen que subir. Ángel y Álex le dan las gracias y se despiden del hombre.

—¡Cuánto control...!

—Es normal. A estos sitios no puedes pasar de cualquier manera. Y menos desde el atentado del 7 de julio del 2005 —aclara el periodista, que ha estado varias veces en la capital británica en los últimos meses cubriendo eventos importantes del mundo de la música.

Suben la escalera. Cada peldaño es un pasito que Álex está más cerca de Paula. O tal vez más lejos.

—Seguramente esté en la universidad. Esta semana empezaba con los exámenes.

—Vamos a comprobarlo. Y, si no está aquí, ya veremos qué hacemos.

—Estoy muy nervioso.

—Tranquilo, todo irá bien.

Tercera planta. La 1348 está al final del pasillo. No se han encontrado con nadie de momento y el silencio es total. No se escucha absolutamente nada. Sin embargo, conforme caminan hacia el cuarto de Paula, empiezan a oír voces y como gemidos. Ángel y Álex se quedan blancos cuando descubren que esos ruidos provienen de la habitación a la que ellos van.

Delante de aquella puerta, se miran asombrados.

—Igual el recepcionista se ha equivocado de habitación.

—No. Recuerdo que Paula me dijo que estaba en la 1348. Lo sé porque comentó que, si en lugar de un tres hubiera sido un dos, podría recordarla fácilmente.

—Uno y uno, dos; dos y dos, cuatro; y cuatro y cuatro, ocho.

—Muy listo.

Un gemido un poco más alto. Aquello provoca el desconcierto total en Álex y la preocupación en Ángel. No puede ser que...

—Seguro que esto no es lo que estás pensando que es.

Pero el escritor no dice nada y se echa contra la pared. Un nuevo gemido le provoca un escalofrío. Ángel observa su rostro entristecido. Ir hasta Londres para encontrarte a tu ex con otro en la cama es algo más propio de una película de risa que de un drama como el que Álex está viviendo ahora mismo. Él se merece otra cosa. Por lo menos una explicación. Así que, enrabietado, el periodista se lanza contra la puerta y llama con todas sus fuerzas gritando al mismo tiempo.

—¡Paula, abre! ¡Paula! ¡Abre!

Su amigo le observa, quiere gritar con él, pero no consigue reaccionar. No puede. ¿Y qué más da que abra o no? Aquello ha terminado para él para siempre. Su reconciliación, al limbo. Es muy doloroso despedirse de esa manera de lo que uno más quiere en el mundo.

Los gemidos y ruidos cesan, aunque Ángel insiste con sus gritos y con sus golpes.

De repente, la puerta se abre y aparece una chica a la que los chicos no conocen de nada, medio desnuda y embutida en una manta.

—Esto... Hola.

—¡Hola! —grita la joven en español—. ¿Quién eres?

—Soy... Ángel.

Ni idea. Pero la chica se da cuenta de la presencia de otro joven, que se acerca hasta la puerta cuando escucha otra voz diferente a la de Paula. Y se lleva las manos a la cabeza cuando reconoce a ese chico al que ha visto en tantas y tantas fotos.

—¡Tú eres Álex! ¡El novio de Paola! —exclama muy sorprendida.

—Exnovio —le aclara el chico sonriendo, una vez que se le ha pasado el susto.

—*Mamma mia!* ¡Eres más guapo en persona que en las fotos! ¿Cómo estás? ¡Yo soy Valentina, su compañera de habitación! Y os invitaría a pasar, pero... estoy estudiando con el sobrino del director.

Capítulo 92

Esa mañana de diciembre, minutos más tarde, en un lugar de Londres.

—Curiosa chica. ¡Menudo desparpajo!

—¡Ya ves! Paula me había hablado alguna que otra vez de ella y pensaba que exageraba.

—No se aburrirá a su lado.

—Me da que no.

Álex y Ángel salen de la residencia después de haber hablado con Valentina. Se dirigen a la universidad, que se halla solo a una calle de allí. Eso de que ambos edificios estén tan cerca el uno del otro es una gran ventaja para los alumnos que viven en el centro. Al principio eran lugares independientes. Sin embargo, hace unos años, la universidad llegó a un acuerdo con sus dueños para gestionarla entre ambos hasta que se convirtió en su residencia oficial. Trescientos chicos residen allí durante el curso y está reservada, especialmente, a los estudiantes extranjeros que tienen beca o están en Londres de Erasmus.

—Se te pasó por la cabeza que era Paula la que estaba con otro, ¿verdad? —pregunta el periodista sonriendo.

—Sí. Como a ti.

—Hubiera resultado muy extraño. Cuando hablé con ella por teléfono, parecía muy afectada por lo vuestro.

—Es que solo hace seis días que pasó. Yo también estoy muy afectado —reconoce Álex algo más aliviado—. Pero, por un momento, pensé que la causa de nuestra ruptura podría haber sido una tercera persona. ¡Y que ahora estaba con ella en la cama!

—Por suerte es su compañera de habitación la que se acuesta con el sobrino del director.

Ángel no puede contener la risa cuando dice esto. ¡Qué situación! Recuerda a Valentina abriéndole la puerta tapada con una manta y su confusión al verla. Se quedó boquiabierto. Afortunadamente no era Paula. La chica les ha dicho que ella continúa en la universidad. Seguramente esté en la biblioteca o en la cafetería, repasando el examen que tiene mañana. Es lo que su amiga le comentó después de terminar la prueba de hoy. Queda claro que la italiana aprovechó inmediatamente la ausencia de su compañera de cuarto para «estudiar» con el sobrino del director de la residencia.

—¿Entras conmigo? —pregunta el escritor cuando llegan.

—Sí. Quiero saludarla y darle un beso de parte de Sandra. Luego os dejaré solos para que habléis tranquilos.

—Por muy lejos que te vayas, no creo que me sienta tranquilo mientras esté con ella.

—Lo sé. Pero debes calmarte.

—Lo intentaré.

—Podrás hacerlo en cuanto la primera palabra salga de tu boca. Ya lo verás.

Le guiña un ojo y vuelve a darle ánimos. Ha sido una gran suerte que esté junto a él en aquellos momentos tan difíciles para Álex.

Los chicos atraviesan una gran cancela de hierro que da a un jardín donde decenas de jóvenes caminan de un lado a otro. La entrada principal es una enorme fachada de cristal, compuesta por varias puertas. Abren una de ellas y entran en la universidad. En su interior, a la derecha, encuentran el mostrador de recepción y, al fondo, una especie de plaza con varias puertas que conducen a cada uno de los diferentes edificios que forman aquella inmensa instalación.

—¡Esto es enorme! —exclama Ángel sorprendido—. Nos llevaría todo el día encontrarla.

—Habrá que preguntar.

Álex se dirige a una de las chicas que atienden en información y esta, tras una sonrisa y unas amables palabras en inglés, le explica cuál es el edificio en el que se estudia Periodismo.

—¿Y bien?

—Es la C. Aquella —indica el joven señalando la puerta que está más a su derecha.

Ninguno de los dos sospechaba que aquel lugar pudiera ser tan grande. A cada paso que dan, van encontrando salas de todo tipo, pasillos, clases y muchísimos estudiantes que los observan curiosos. Sobre todo las chicas. Algunas hasta les sonríen al verlos.

—¿Cafetería o biblioteca?

—Espera.

Ángel se acerca hasta un plano del edificio C que hay en una de las paredes. Lo examina y busca dónde se encuentra cada cual. Ángel se aproxima hasta él y también intenta ubicarse.

—La biblioteca está abajo, ¿no?

—Sí. Y la cafetería, en la cuarta planta.

—Qué extraño. En todas las universidades que conozco suele ser al revés —indica el escritor, al que varias estudiantes siguen sin quitarle ojo.

—Es cierto. Estos británicos lo hacen todo al contrario.

—¿Vamos abajo primero? Nos coge más cerca.

—Vale.

La pareja se dirige hacia una escalera que lleva a la planta baja. Cuando llegan al final, se encuentran un pasillo larguísimo y un cartel con flechas. Una, hacia la izquierda, señala la «Library». Andan unos metros más hasta que, por fin, se encuentran con la entrada de la biblioteca.

Álex respira hondo. Está a punto de reencontrarse con la chica a la que quiere y que hace tres meses que no ve. ¿Cuál será su reacción? Ángel le sonríe y le invita a que pase delante. Este asiente y cruza el umbral. Su amigo le sigue de cerca. Miran a un lado y a otro, pero no consiguen encontrarla. Se acercan a una zona llena de mesas, donde un buen número de jóvenes estudia en silencio. No está allí. Tampoco entre las estanterías. También revisan en los tres cuartos insonorizados para trabajos en grupo, que en ese momento están vacíos.

Ni rastro de Paula.

—Habrá que ir a la cafetería —indica Álex apesadumbrado.

—Eso parece.

—Espero que no haya vuelto a la residencia. Si no, vamos a estar dando vueltas toda la mañana.

—No te pongas nervioso. Hasta las tres, que hay que estar en el aeropuerto, tenemos tiempo —indica Ángel comprobando su reloj—. Vamos arriba.

Los chicos salen de la biblioteca y de nuevo cruzan aquel largo pasillo. Suben la escalera y llegan al punto en el que estaban hace unos minutos.

—Si todo se arregla, en navidades os invitaré a cenar a Sandra y a ti —comenta mientras encaran la escalera hacia la cuarta planta.

Ángel le ha señalado el ascensor, pero Álex prefiere subir a pie.

—¿Solo si se arregla? —pregunta sonriente.

—Bueno, si no se arregla, no creo que tenga mucho ánimo para celebraciones.

—Ya sé que esas fechas, además, son muy especiales para vosotros.

—Sí. En diciembre del año pasado todo comenzó. Nos dimos el primer beso, comenzamos a salir...

—¡Para! No quiero más detalles.

—No iba a dártelos. ¡No soy como tú!

Ambos sonríen. Cuando empezaron a tratarse más los dos, el tema de la relación en el pasado entre Ángel y Paula era un poco tabú. Sin embargo, conforme fue transcurriendo el verano y conociéndose más, hasta hacían bromas sobre ello. Nunca excesivamente íntimas ni personales, pero sí bastante mordientes. Esto ponía muy nerviosas tanto a Sandra como a Paula, que preferían mantener esa época en el olvido.

Sin darse cuenta, han subido todos los escalones que llevan hasta el cuarto piso. Enseguida ven la cafetería. Está a la izquierda.

—Ahora sí. Presiento que está ahí.

—¡No me pongas más tenso!

—Perdona, pero...

Sin embargo, Álex no quiere escucharlo esta vez. Camina hacia la puerta y desde allí contempla el interior de la cafetería. Son muchas mesas y el cuádruple de sillas. Un gran mostrador, donde ya están sirviendo un bufé para comer, queda a su derecha. No hay mucha gente, pero una de esas personas...

—Está ahí —le susurra su amigo cuando se sitúa a su lado.

—Sí.

Está preciosa. Como siempre. Lleva una sudadera gris con capucha y unos vaqueros azules. El pelo se lo ha recogido en una coleta alta y desde allí puede ver unos pendientes de aro que él le regaló. Siente un cosquilleo indescriptible dentro de sí y una mezcla de angustia y felicidad que le desborda. Está estudiando, con una taza de café humeando al lado, y parece muy concentrada.

—¿Nos vamos a quedar aquí mucho tiempo? ¡Ve a por ella, hombre!

Álex se ve sorprendido por el empujón de Ángel y entra de golpe en la cafetería. Pero, cuando empieza a caminar hacia ella, Paula hace un gesto con la cara, extrañada, y busca algo dentro de uno de los bolsillos de su sudadera. Es su móvil.

El escritor se detiene en el camino. No quiere interrumpirla. Da unos pasos en horizontal y se coloca detrás de una columna. Su compañero de aventura corre hacia él. No comprende nada.

—Está hablando por teléfono —susurra Álex.

—Ya lo veo. Pero ¿por qué te escondes aquí?

—Ella no sabe que venimos. Tampoco es plan asustarla mientras mantiene una conversación con alguien.

—A este paso hubiera sido mejor esperar a que volviera a casa por Navidad.

—No seas tonto. En cuanto termine, nos acercamos.

Pasan unos minutos y Paula continúa hablando por el móvil. Sobre todo, escucha. Su rostro es de preocupación. Incluso se ha tapado la boca con las manos en más de una ocasión. Álex y Ángel no pueden oírla, pero saben que lo que le están contando no es nada bueno.

—¿Qué pasará?

—Enseguida lo sabremos.

La chica cuelga y se vuelve a guardar el teléfono en la sudadera. Mira hacia alguna parte sin centrar sus ojos en nada en concreto. Se pasa las manos por su cabello y suspira.

—¿Ahora?

—Ahora.

Álex y Ángel salen de detrás de la columna desde donde la han observado. La chica no se entera de que se dirigen hacia ella hasta que el escritor la llama en voz baja. La expresión de Paula es como de quien cree haber visto un fantasma.

—¡¡¿Qué hacéis aquí?!!

Es más una exclamación que una pregunta. Se levanta y saluda a los dos con tímidos besos en las mejillas. Luego mira a Álex a los ojos. La sensación que tiene es extrañísima, como si su exnovio no perteneciera a aquel lugar. Se han mezclado dos realidades y le es difícil asimilarlo.

—He venido a verte.

—Y yo a hacer turismo en Londres.

La sonrisa de Ángel no la reconforta. Incluso se le olvida preguntarle por Sandra y su embarazo. De nuevo se pierde en los ojos de Álex.

—¿A verme? ¿Para qué?

—Quiero que volvamos a ser una pareja.

Silencio. Paula no es capaz de decir nada. Su cabeza va a estallar. Los exámenes, la llamada de teléfono, él... ¡Él... está allí! No lo entiende.

—Bueno, chicos, os dejo solos —comenta el periodista acariciando el brazo de la chica—. Luego nos vemos.

—¡No! ¡No te vayas! —grita la joven sujetándole del brazo—. ¡Tengo que regresar a España lo antes posible!

Ángel y Álex se miran desconcertados. Ahora sí que se han perdido.

—¿Por qué? Yo estoy aquí, contigo. ¿No te alegras de verme?

—Me ha llamado mi madre y me ha dicho que mis amigas y Mario han sufrido un grave accidente de coche. Miriam está muy grave. Necesito ir a verlos cuanto antes.

Las lágrimas se derraman por los ojos de Paula, que se derrumba en la cafetería del edificio C. Álex suspira y la abraza. Huele a vainilla y siente el calor de su cuerpo. Lleva soñando con aquel momento desde hace tres meses, pero nunca imaginó que su reencuentro fuera tan triste. Aunque vuelven a estar juntos, le tocará esperar para saber si realmente ella quiere regresar con él.

Capítulo 93

Ese día de diciembre, en un lugar alejado de la ciudad.

Llevan dos horas sentados en aquella salita. A ellos ya les han dado el alta. Han hablado muy poco en todo ese tiempo. El ambiente es frío, desangelado, poco propicio para algo más que no sea escuchar el silencio. Ambos tienen experiencia en momentos como ese ya que durante muchas semanas estuvieron visitando juntos asiduamente el hospital. Pero nunca se habían sentido tan vacíos como ahora.

A Mario y a Diana, pese a algunas quemaduras, heridas leves y magulladuras, no les ha tocado la peor parte del accidente. Cris está también dada de alta, pero con un brazo roto: fractura de cúbito y radio. Escayolada, no se ha separado ni un segundo desde entonces de su novio. Alan está mal. No solo por el golpe, sino también por la herida que llevaba en el costado como consecuencia del navajazo de Ricky. Pero los médicos han afirmado que se recuperará y que su vida no corre peligro. No sucede lo mismo con Miriam, que es la que está más grave del grupo. El impacto del Audi fue contra la puerta delantera izquierda del BMW, sobre el asiento del conductor, que es donde ella iba. Aunque saltó el airbag cuando el vehículo chocó contra los árboles, la chica sufrió el golpe por el lateral. El lado izquierdo de su cuerpo está muy afectado, desde el pie hasta la sien. Y, aunque la operación que le han hecho ha ido bien, los doctores creen que tal vez necesite una segunda intervención quirúrgica debido a la importancia de sus traumatismos.

Todavía no sabe que Fabián...

Un psicólogo ha atendido a Diana y a Mario, y más tarde a Cris, que es la que emocionalmente está más hundida de todos. Ella y los padres de Miriam, que aún no se han enterado de la verdad absoluta de aquella historia. No entienden por qué su hija conducía aquel coche, qué hacían allí dentro el resto de sus amigos y quién era el joven fallecido que provocó el accidente.

—Ya os lo explicaré todo con más detalle —comentó su hijo cuando le preguntaron.

Esperará al momento adecuado, cuando las cosas se hayan solucionado o... no tengan solución. De todas maneras, la policía ya está al corriente de la mayoría de las circunstancias producidas, aunque más tarde, cuando los chicos hayan descansado algo más, volverán a tomarles declaración. Diana, en un acto de honradez y solidaridad, les advirtió cuando llegaron al lugar del accidente que había otra persona implicada en todo aquel desastre. Los agentes fueron rápidamente a la nave y encontraron a Ricky en el suelo, con un gran charco de sangre al lado. Afortunadamente para él, llegaron a tiempo para salvarle la vida y ahora también se está recuperando en otra habitación del hospital.

—Esto es peor que una pesadilla —señala la joven, frotándose los ojos.

Está muy cansada. No ha dormido en toda la noche. Le dolían cada una de las quemaduras que tiene por todo el cuerpo. Cada vez que rozaba alguna con la ropa o con las sábanas, veía las estrellas. Tras unas horas de observación y después de que los médicos comprobaran que no tenía daños severos ni se había golpeado en la cabeza, la dejaron marchar por la mañana. Mario ya estaba fuera esperando junto con Débora, su madre. Esta la llevó a casa para que se recuperara y se cambiara de ropa, pero poco después aparecía de nuevo en el hospital para estar al lado de sus amigos.

—Lo hemos hecho mal —murmura el chico negando con la cabeza.

—¿El qué?

—Teníamos que haber llamado a la policía desde el primer momento. Y nada de esto habría pasado.

—No te lamentes por eso ahora. Ya no vale de nada. Hicimos lo que creíamos que era mejor para tus padres y para tu hermana.

—Yo tengo gran parte de la culpa de todo esto.

—No, Mario. Tú no tienes la culpa de nada. Los responsables de esto, aunque esté mal decirlo por como han terminado, son Fabián y tu propia hermana.

El chico la mira. Le duele lo que dice, pero tiene razón. A pesar de que él debería haber actuado de otra forma.

—Mi hermana... ¿Cómo pudo ser tan tonta?

—Porque el amor, la mayoría de las veces, nos lleva a hacer muchas tonterías.

—Pero ¿enamorarse de Fabián? Sabiendo cómo era, a lo que se dedicaba...

—Pues ya ves. Todo es posible.

—No siento ninguna pena por lo que le ha pasado a ese tío.

—A mí me ha impactado —reconoce Diana—. Pero en eso coincido contigo. Por su culpa, estamos aquí. ¡Cómo se le ocurrió provocar el accidente de esa manera! ¡Estaba loco de remate!

Mario vuelve a agachar la cabeza. Hay imágenes que serán muy difíciles de borrar de su mente. La noche anterior fue la peor de su vida. Lloró como un niño pequeño desde que vio a Miriam apoyada en el volante sin conocimiento hasta que le dieron un calmante en la ambulancia. Luego, en el hospital, ha tenido dos grandes bajones que también acabaron en lágrimas.

—Nada volverá a ser igual después de esto.

—Puede ser. Pero tenemos que ser optimistas.

—Aunque mi hermana se recupere..., es muy complicado que todo regrese a la normalidad. Todo cambiará a partir de ahora.

—¿Hablas también de nosotros? —quiere saber la chica tocándose nerviosa el pelo.

Silencio. Ni siquiera la mira para responder. Tenían una conversación pendiente. Y, si no recuerda mal, era ella la que estaba enfadada con él. Pero ahora es como si le diese lo mismo lo que su novia piense. Su rostro no ha reflejado ningún tipo de emoción mientras ella le hacía la pregunta. ¿Es por el estado de *shock* o porque realmente Mario quiere poner fin a la relación y buscar otro camino? Reconoció su error, su culpa, pero dijo que la quería. Diana no estaba para disculpas en esos momentos. Sin embargo, ahora necesitaría un beso, un abrazo, una palabra cariñosa..., pero estos no llegan. No está siendo como durante todo el desarrollo de su problema con la comida. Su novio fue su máximo apoyo. En cambio, ahora... ¿Por qué ni la mira? ¿Por qué no le ha contestado si ella está implicada o no en ese «nada volverá a ser como antes»? Y si necesita algo ¿por qué no lo pide? Quizá tenga que salir de ella, pero tampoco se atreve al verlo así. Es otra persona diferente la que está sentada a su lado.

—Voy a por un café. ¿Quieres uno?

—No, gracias.

El chico se levanta y sale de la salita.

Diana se queda sola. Pensativa. Confusa. ¿Hasta dónde tiene que ver el accidente con su estado actual? A lo mejor, se ha dado cuenta de que, si ha estado tonteando con otra durante tanto tiempo, es porque ya no siente lo mismo por ella. Pero ¿no le dijo que la quería?

Sufre una gran impotencia al no encontrar respuestas y, sobre todo, al no poder buscarlas. Si le atosiga con aquello, parecerá muy egoísta por su parte. Sus padres están sufriendo y su hermana muy grave. No es lógico que le vaya con el rollo de si siguen siendo novios o su historia ha finalizado.

¡Se está volviendo loca!

Y, aunque sus heridas duelen, más le duele la incertidumbre de no saber cómo y cuándo afrontar la crisis por la que está pasando su relación.

Capítulo 94

Ese lunes de diciembre, en un lugar de Londres.

—¡Mierda! ¡No puede ser!

—¿Qué es lo que pasa?

—No encuentro billete para hoy.

—¿No?

—Nada. No hay ni una sola plaza libre en ningún vuelo.

Paula se lamenta dando un puñetazo contra la almohada de su cama. Álex la observa preocupado. Desde que ha llegado a Londres, solo han hablado del accidente de coche que han sufrido sus amigos y de poco más. Ha intentado consolarla y estar a su lado. No de la manera que hubiera deseado, pero al menos vuelven a estar juntos. Aunque nada ha cambiado. Sigue sin haber besos ni caricias ni palabras de amor entre ellos.

—¿Has mirado bien?

—Que sí. Que he revisado todas las compañías que salen hoy de Londres y en todas me aparece lo mismo: hasta mañana no hay ningúna plaza disponible.

—¿Y qué vas a hacer?

—No tengo ni idea. Necesito ir a ver a las chicas y a Mario. No puedo quedarme aquí de brazos cruzados.

—Allí tampoco podrás hacer mucho.

—Ya lo sé —admite tumbándose en la cama bocarriba—. Pero, por lo menos, estaré cerca de ellos. Me ha dicho mi madre que Miriam se encuentra realmente mal. Que no sabe si saldrá de esta.

—Lo siento. Es una tragedia.

—Hace mucho que no la veo. Nos habíamos distanciado todas bastante. Pero no me quiero imaginar que alguna de las Sugus... ¡Eso es imposible! Somos muy jóvenes.

—Hay cosas que no dependen de los años, Paula.

—Lo sé —dice mirando hacia el techo—. Tengo que tratar de estar al lado de Miriam como sea.

El escritor contempla su perfecta figura tumbada en la cama. En aquella posición, en esa postura, está más que apetecible. Se siente culpable por pensar en eso en aquellos momentos de tanto sufrimiento para ella. Chasquea la lengua. Ahora no. Ahora lo que tiene que hacer es intentar ayudarla. Le quita su portátil y se aleja con él hasta el otro lado del cuarto.

—A ver si yo consigo encontrarte un billete —indica sonriendo.

—Gracias. Pero ya te he dicho que no hay ninguna plaza para hoy.

El joven no se da por vencido. Se sienta en el escritorio y comienza a examinar una página tras otra. Rastrea en varios buscadores de Internet y en diferentes webs de viajes *online*. Parece que la chica tiene razón. No hay plazas. Cuando las cosas salen mal, siempre puede haber algo que vaya peor. Resopla y sigue intentándolo.

—Antes, cuando llegamos a la residencia, subimos directamente a tu habitación —comenta Álex mientras continúa buscando—. Y nos sucedió algo a Ángel y a mí muy curioso.

—¿Ah, sí? ¿El qué?

—Pues... digamos que nos encontramos con la sorpresa de que tu compañera de cuarto no estaba sola.

—¿No?

—No. Estaba liándose con un chico.

—¿Qué dices?

Sabía que Valentina les había contado que ella seguía en la universidad porque ellos se lo habían dicho antes. Pero ese detalle lo pasaron por alto.

—Fue una situación cómico-dramática muy extraña. Porque, cuando llamamos a la puerta y nos abrió, apareció casi desnuda, envuelta en una manta. Nos dijo que estaba «estudiando» con el sobrino del director.

—¿Con Luca Valor? ¡Qué fuerte!

Y sonríe. Es la única vez que lo ha hecho hoy desde que su madre la llamó por teléfono para contarle lo del accidente.

Así que ha vuelto a acostarse con Luca. ¿Esa es su manera de reconocer que lo echará de menos cuando esté en Italia? ¡Qué cara más dura! Pero, en realidad, se alegra mucho por su amiga. A pesar de que van a chocar muchísimas veces como pareja, el uno le vendrá muy bien al otro, y viceversa.

—Pues estabas en lo cierto. No hay billetes —reconoce Álex apesadumbrado y recuperando el tema del que hablaban.

—¡Joder, qué mal...! Tendré que irme mañana después del examen.

—Tu plan era marcharte hoy y regresar mañana a primera hora, ¿no?

—Sí. Y estudiar en el avión de vuelta. No puedo perderme exámenes.

—¿A qué hora lo tienes?

—A la una.

—Es una faena.

—Qué mala pata.

—Lo que podemos hacer, si quieres, es que te vengas al aeropuerto con nosotros y mires a ver si allí consigues un vuelo.

La chica piensa en lo que Álex le acaba de proponer. Tal vez encuentre alguna plaza que se quede libre.

—No es mala idea.

—Preguntas directamente en ventanilla y a ver si hay suerte.

—Ojalá. Necesito ver a mis amigas ya.

—Le mandaré un SMS a Ángel para que regrese cuanto antes y así irnos ya al aeropuerto. Si estamos allí pronto, quizá puedas conseguir un billete.

—Muchas gracias, amor.

Y cuando pronuncia aquel «amor», su rostro se enciende. Ha sido instintivo. ¡No quería hacerlo! Álex se acerca hasta ella y la mira fijamente a los ojos. Paula trata de evitarlos, pero sucumbe. El chico la toma por la cintura, se inclina sobre su rostro e intenta besarla. Sin embargo, la joven lo esquiva y escapa de sus brazos.

Álex sonríe triste mientras observa cómo ella se aleja hasta el otro extremo de la habitación.

—Aún me sigues queriendo, ¿verdad? —pregunta el chico, algo decepcionado por el rechazo.

—No es el momento de esto.

—Pero me quieres. Y quieres estar conmigo.

—Ya sabes lo que pasa... Tú estás allí y yo aquí.

—Sé que me quieres.

—Yo...

En ese instante llaman a la puerta y Paula se apresura a abrir. ¡Salvada! Es Ángel el que aparece, muy risueño, con una bolsa en la mano.

—¡Hola, pareja! ¡Mirad lo que he comprado! —exclama en cuanto entra en el cuarto.

Y les enseña una camiseta azul minúscula con la leyenda «I love London» que saca de dentro de la bolsa.

—Muy bonita —dice Álex con poca emoción. Ha llegado justo en el peor momento. Aunque al menos se ahorrará el SMS.

—Es una monería. ¿Creéis que a Sandra le gustará?

—Mucho.

El periodista observa a Paula y a Álex. No parecen muy contentos. Por lo que se ve, no han avanzado nada en lo suyo.

—¿Qué os pasa? Os veo un poco raros.

—No encuentro billete de avión para hoy —comenta la chica sentándose en la cama.

—Vaya. ¿Has mirado bien?

—Sí. Y nada.

—Paula vendrá con nosotros al aeropuerto a ver si allí conseguimos alguno.

—Mmm... Bien.

—Nos vamos ya.

—¿Ya? Si aún es temprano.

—Cuanto antes estemos en el aeropuerto, más posibilidades tendremos de encontrar billete —aclara el escritor.

—Tienes razón. Pues en marcha.

Los dos se aproximan hasta la puerta raudos, dispuestos a darse toda la prisa posible. En cambio, Paula se levanta de la cama lentamente y les pide que se detengan.

—Tendré que llevarme algo de ropa por si acaso, ¿no? —señala, tímida—. Dadme diez minutos.

—Vale. Te esperamos en recepción —indica Álex.

Y, junto a su amigo, sale de la habitación de la chica. Está serio. Cabizbajo. Aquel viaje no va a servir para nada. Paula lo tiene claro. Le quiere, pero no desea sufrir más.

¿Qué puede hacer para que cambie de opinión?

Capítulo 95

Ese día de diciembre, en un lugar... entre Reino Unido y España.

—Perdón. *Sorry*. Perdón.

El avión se balancea mucho. Hay grandes turbulencias. Sin embargo, ella no está en su asiento. Trata de no tropezar más veces para no molestar al resto de viajeros. ¡Espera que nadie se haya dado cuenta de nada!

Por fin Paula llega a su plaza, la 11B. Menos mal que es un avión pequeño y las filas van de dos en dos. Se acomoda y se abrocha el cinturón. Mira hacia atrás disimuladamente. Luego, vistazo al reloj. Dos minutos tenía que esperar. Sonríe. Nunca había hecho nada parecido. ¡Qué locura!

Una nueva ojeada hacia el fondo del aparato. Por ahí viene, un poco antes de tiempo. También va dando brincos como ella antes. Una azafata muy mona le indica que se dé prisa y le echa la bronca, aunque muy amablemente, por no estar en su asiento con el cinturón abrochado en plena zona de turbulencias. Claro, como es guapo, su riña termina en sonrisa y miradita. ¡Ja! Pero que se fastidie, porque la que se ha liado en el cuarto de baño del avión con Álex ha sido ella.

Unas horas antes.

Los tres chicos llevan un buen rato en el aeropuerto de Heathrow. Han visitado varias compañías y han consultado en diferentes agencias, pero el resultado sigue siendo el mismo. No hay plazas libres. Cansados de ir de un lado para otro, se sientan en una cafetería a tomar algo y a recuperar fuerzas.

—Esto no tiene sentido —comenta Paula, agotada de andar—. Debería sacar el billete para mañana, no vaya a ser que también me quede sin vuelo —añade tras mirar el reloj. Dentro de poco los chicos tendrán que embarcar.

Y entonces, tras dar un sorbo a la Coca-Cola que ha pedido, Ángel saca su billete y lo pone sobre la mesa.

—Vete tú hoy y yo lo haré mañana —le dice a Paula, sonriendo.

—¿Qué?

—Lo que has oído. Ocupa mi lugar en el avión.

—¡No puedo hacer eso! —exclama ella, rechazando su propuesta—. Sandra te está esperando.

—Sí. Y mañana continuará ahí. Esperándome. No se irá a ninguna parte. Ya la compensaré de alguna manera por estos dos días de ausencia.

—Que no, de verdad. Está embarazada y... además tienes trabajo en la redacción del peri...

—No seas cabezota —la interrumpe—. Tú lo necesitas más que yo.

Álex contempla a su amigo con admiración. Ese gesto lo define como persona. Y pensar que un día fueron rivales... En cualquier caso, no va a permitir que sea él quien se sacrifique. Álex ya había pensado ofrecerle su billete a Paula si finalmente no encontraban una plaza para ella.

—En todo caso, quien debe quedarse en tierra soy yo —interviene el escritor.

—De eso nada. Déjame que haga esto por vosotros —replica Ángel al tiempo que, a escondidas, lanza a su amigo una mirada muy significativa. Está claro que desea darles la oportunidad de reconciliarse durante el viaje de vuelta.

—Pero... —intenta oponerse Paula.

—Venga, no te hagas de rogar. Ahora tú tienes que sacar tu billete de vuelta a Londres y yo el mío de regreso a España para mañana.

—¿De verdad que quieres hacerlo?

—De verdad. Toma... —Y se lo entrega en la mano.

—Espera, que te lo pago.

—Da igual.

—¿Cómo que da igual? ¡Ángel, no seas cabezota tú ahora!

—Ya me lo pagarás.

—¡Que no, que no! Encima que te quedas sin billete, no me lo vas a dar gratis.

—Hacemos una cosa.

—¿Qué cosa? —pregunta, con el bolso en la mano.

—Cuando vuelvas en vacaciones, nos invitas a cenar en navidades a Sandra y a mí, y saldamos la deuda, ¿te parece? Así tenemos una excusa para vernos.

Paula se resigna y mira al otro chico, que se encoge de hombros. Se guarda la cartera y sonríe. A continuación se pone de pie. Se acerca hasta él y le da un beso en la mejilla. Hace poco tiempo eso hubiera matado de celos a Álex y, seguramente, también a Sandra si se enterara. Pero ya no hay peligro. Se han convertido en buenos amigos y cosas como la que acaba de hacer por ellos lo confirman. No hay resentimientos del pasado por ninguna de las partes. Al contrario: lo que predomina sobre todo es el cariño y la admiración.

Asunto zanjado: Paula puede viajar hoy a ver a Miriam y a los demás.

Tras sacar los billetes de vuelta y arreglar el tema para que la chica pueda volar en lugar de Ángel, apenas queda tiempo para nada más. Es casi la hora de embarcar.

El periodista se despide de ellos y promete que los llamará pronto.

—Al final, todo se ha arreglado —indica la chica cuando ocupa su asiento en el avión—. Menos mal.

Álex se sienta en su lugar junto a la ventanilla y mira a través de ella. «Todo no se ha arreglado», piensa. Para él, en realidad, nada lo ha hecho. Viajó a Londres con la esperanza de que Paula aceptara una reconciliación y, sin embargo, hasta se ha negado a hablar del tema. Se gira y se encuentra con su rostro. También ella estaba mirando por la ventanilla. Sus ojos de miel siguen cautivándole. La chica le sonríe y luego se sienta recta, evitándole una vez más.

La azafata que tienen enfrente comienza con su explicación de cómo actuar en caso de emergencia. Paula la observa atentamente. Álex, en cambio, solo presta atención a su compañera de vuelo.

El avión ya se mueve, desplazándose por la pista, arrastrando sus enormes ruedas por el asfalto. La explicación de la azafata termina y desaparece detrás de una cortina.

—Tenemos que hablar —dice el joven mientras suena el ruido de los motores. Ella no responde, así que insiste—. Escúchame, por favor. Tenemos que hablar.

—¿De qué? —contesta tras un suspiro.

—De lo nuestro. No quiero que lo dejemos.

—Álex, por favor. Ahora no.

—¿Ahora no? ¿Por qué?

—Porque no.

Pero esta vez no tiene escapatoria. Si quiere huir, tendrá que buscar un paracaídas. El avión acelera y comienza a elevarse a gran velocidad. Poco a poco toma altura y se acerca a las nubes, alejándose de la tierra.

—¿Por qué no intentamos solucionar esto? —pregunta el escritor en un nuevo intento de alcanzar su corazón.

—Porque no hay solución.

—Podemos buscarla entre los dos.

—¿Cómo? ¿Qué hacemos?

—No lo sé. Pero algo se podrá hacer para que no lo dejemos definitivamente. ¿O es que ya te has olvidado de mí?

La joven resopla. ¡Cómo se va a olvidar si no ha hecho más que pensar en él! Ni estudiar ha podido. Y, si antes no se concentraba porque no paraba de recordarle, tras la ruptura ha sido todavía peor.

—Me duele la cabeza. Dejémoslo, por favor.

—No puedo dejarlo, Paula. Te quiero. Y necesito saber que lo nuestro no se ha terminado para siempre.

El aparato continúa subiendo y deja atrás las islas británicas. Dentro de unos minutos cogerá velocidad de crucero y en dos horas y pico llegará a España.

—Lo nuestro es imposible, compréndeme.

—Solo son seis meses.

—¿Solo?

—Sí. ¿Qué son seis meses dentro de toda una vida?

—Mucho tiempo, Álex. Si desde que llegué a Londres han pasado tres, y mira cómo estoy, imagina otros seis más.

—Hablaremos más, me conectaré más veces al MSN y me verás... Trataré de pasar más tiempo contigo.

La chica mueve la cabeza de un lado a otro y se toca la nariz nerviosa.

—No lo entiendes.

—Sí que lo entiendo, porque a mí me pasa lo mismo. También te echo de menos y me encantaría estar a tu lado cada minuto del día. Pero sé que esto solo es una prueba. Si la pasamos, nuestra relación será todavía más fuerte.

—Me duele la cabeza.

—Y a mí el corazón, Paula. Necesito que me digas que me quieres y que volvemos a ser una pareja que se querrá a pesar de la distancia.

Los dos se miran fijamente, en silencio. Entrando en

sus pupilas iluminadas. En sus almas. La chica no sabe qué decir. A cientos de pies del suelo, se siente perdida en un querer y no poder.

—Lo siento. No puede ser.

Se quita el cinturón de seguridad y se levanta de su asiento. Camina hasta el final del pasillo y se pierde detrás de la cortinilla.

Se apoya contra una de las paredes del avión y toma aire. No se siente bien. Ya no solo es la cabeza. Hay algo más en ella que está sufriendo.

¿No puede ser? ¿Por qué no puede ser?

Si Álex es el chico más increíble que existe. Y la quiere. Ha ido a Londres solo por ella. ¿Por qué demonios no puede ser?

Recuerda la conversación telefónica con Ángel en la que este le decía que se estaba rindiendo muy pronto. Pero no es así. Está luchando contra sí misma. Y contra la distancia. La puta distancia es la que impide que ellos sean la pareja más feliz del mundo. Y la única manera de eliminarla es... volviendo a casa. Con sus padres, con él. Perder la beca y, como había pensado otras veces, abandonar Londres.

¿Merece la pena?

Su mirada, su sonrisa, sus palabras, sus manos, sus besos, sus caricias, sus sentimientos... Su amor. ¿Es todo eso más importante que un año de carrera y una experiencia en Reino Unido? Tiene la respuesta, pero ese tipo de decisión no es tan fácil de tomar. ¿Por qué no? Solo es decir: «Regreso a España para estar con el chico al que amo». Sencillo. Sincero. Simple.

—¿Por qué te has ido?

Su voz la sorprende cuando Álex descorre la cortina y aparece delante de ella en aquel reducido espacio.

—Quería ir al baño —contesta sin mirarle.

—¿Y ya has ido?

—No.

Un bote brusco del avión hace que se tengan que sujetar el uno al otro. Ella le tiene cogido por los codos y él la agarra de los hombros.

—Turbulencias —indica el chico mirándola—. Paula, no quiero perderte. Eres lo más importante de mi vida. Estos días han sido horribles. ¿Por qué no intentamos sobrevivir a los kilómetros de distancia?

—Porque no podré soportarlo, Álex.

—Sí que podrás. Si me quieres, podrás hacerlo.

—No. No es tan fácil. Yo...

Una nueva sacudida del aparato hace que casi se caigan al suelo. La chica le indica con la mano que vayan hacia los asientos para seguir hablando allí, pero Álex no quiere perder aquella oportunidad. Abre la puerta del baño y se mete dentro, arrastrando a Paula con él.

—Aquí no nos caeremos —dice el joven sonriendo.

Aquel lugar es todavía más estrecho que el espacio entre la cabina de mandos y la de pasajeros. Hacía mucho tiempo que no estaban tan próximos el uno del otro.

—Yo podría volver a España —declara ella sorprendiéndole.

—¿Qué?

—No voy a poder con la distancia. Lo tengo muy claro. Pero... tampoco voy a poder olvidarme de ti nunca. Aunque lo intente. La única solución es que hable con mis padres y les diga que dejo Londres.

Algo muy extraño les sucede a ambos. Ella, por una parte, se siente liberada, eufórica por ser capaz de dejarlo todo por amor. Pero, por otra, se culpa de abandonar algo que empezó y que debería terminar. Y él también tiene dos sentimientos opuestos: el de felicidad por lo que acaba de escuchar y el de culpabilidad por obligarla a sacrificar algo tan importante para ella.

—¿Estás segura de que quieres hacer eso?

—Sí —miente—. Es lo mejor para los dos. Y la única manera de que volvamos a estar juntos.

—Es una decisión muy importante.

—Bueno, ya soy mayor. Tengo que tomar decisiones de este tipo.

La chica sonríe. Sigue sintiéndose rara. Pero, al mismo tiempo, le invaden unas ganas tremendas de besarlo. Tanta tensión acumulada, tanto tiempo sin estar tan cerca de su boca...

—Si haces eso, por mí, por ti...

—¿Qué?

—Que..., no sé... Sería muy valiente.

—Creo que sería justo lo contrario. Pero...

Y lo besa. Un beso largo que termina con su respiración acelerada. Se miran asombrados, pero deseosos. Y lo besa una vez más, y otra. Apasionadamente. Con locura. Dejando escapar todo lo que llevaban soportando durante todas las semanas que no pudieron compartir.

—Pero ¿qué? —pregunta el joven, cerrando los ojos, sintiendo sus labios recorriendo su cuello y sus dedos clavados en su espalda.

—¿Cómo?

—Has... dicho que sería justo lo contrario a ser valiente. Pero...

—Pero... qué más da —contesta la chica jadeante—. Lo importante... es que estemos juntos.

—Sí..., eso es... lo importante.

Y entre nubes y turbulencias, Paula y Álex regresaron al pasado, con la promesa de un futuro lleno de momentos como aquel, a cientos de kilómetros del suelo.

Capítulo 96

Ese día de diciembre, en un lugar de la ciudad.

Al final, los padres de Mario y la madre de Diana los han convencido para que se vayan a casa unas horas y descansen.

El chico sigue muy serio, pensativo. Y le cuesta muchísimo hablar. Ella, por su parte, tampoco quiere decir nada que pueda molestarle. La situación es la que es y todo lo que se salga de ahí parecerá que está de más. Sin embargo, ese miedo de no saber qué piensa su novio la martiriza.

Ha sido Débora la que los ha llevado hasta la casa de Mario. La mujer les ha ofrecido cenar y dormir en su casa hoy, pero Mario ha declinado la invitación. Luego regresará al hospital y pasará allí la noche. Diana le ha pedido permiso a su madre para estar junto a él y esta ha aceptado. En los malos momentos es cuando tiene que estar más cerca de su novio.

—¿Vas a comer algo? —le pregunta la chica, bajito, con dulzura.

—No. Prepárate tú algo si quieres.

Su respuesta es seca y contundente. Enciende la televisión y se sienta en el sofá. Con el mando a distancia va pasando canales sin detenerse más de cinco segundos en ninguno.

—No, da igual. Espero a la cena.

—Vale.

La joven se sienta a su lado y también mira la televisión, aunque no ve nada. Está muy preocupada por él. No sabe qué hacer para que se anime un poco. Es muy difícil en ese momento. Su hermana está muy grave y él se siente culpable por no haber hecho más y no poder ayudar a que sus padres se encuentren mejor. Eso le duele tanto como las lesiones de Miriam. Aunque, aparte, hay otras cosas que también rondan por su mente. Decisiones por tomar.

—¿No tienes frío? —le pregunta ella, que sí que está helada.

—No.

—¿Puedo ir a tu cuarto a por una manta?

—Claro.

Su voz suena apagada. La chica vuelve a mirarlo entristecida y se levanta del sofá. ¿Hasta cuándo estará así? No tiene ni idea, pero quiere verlo bien cuanto antes. Diana sube por la escalera que lleva hasta la primera planta. Entra en el dormitorio de su novio y del interior del armario coge una manta para taparse. Sin embargo, antes de regresar al salón, se para a observar una foto que Mario tiene en la estantería, entre libro y libro. Son ellos dos, ella bastante más delgada, abrazados y sonrientes. Es del día en el que cumplían medio año como pareja.

Se sienta en la cama con la imagen en las manos y no puede evitar ponerse a llorar. Le quiere tanto que no soportaría perderlo.

¿Qué estará pasando por su cabeza? Necesita averiguarlo. Saber si quiere seguir con ella o si prefiere olvidarse de todo. Lo necesita saber.

Le da lo mismo Claudia y lo que haya pasado en esos meses en los que le ha ocultado sus conversaciones por el

MSN. Hasta le da igual el beso que ella le robó. Fue un accidente provocado por esa idiota.

Cometió un error, pero ya lo ha perdonado.

Solo desea que la quiera y la proteja. Y quererle y protegerle a él. Hacerse otra foto como aquella cuando cumplan dos años, y cinco y diez. Y cincuenta.

Unos pasos acercándose indican que Mario también ha subido. Diana ve cómo el chico entra en su habitación y la observa confuso.

—¿Te acuerdas de cuando nos hicimos esta foto? —le pregunta, apartando las lágrimas de su cara.

—Claro.

El joven se sienta a su lado y coge el marco que su novia sostenía hasta ese momento entre las manos. La contempla y esboza una tímida sonrisa.

—Estaba más delgada.

—Ahora estás mucho mejor.

—No lo sé.

—Yo sí. Y aunque ahora mismo tengas un montón de moratones y quemaduras, tu salud también ha mejorado.

En eso tiene razón. Por aquel entonces, la bulimia seguía sometiéndola. Fueron unos meses muy complicados para los dos. Sin embargo, Mario siempre estuvo a su lado cuando lo necesitó. La ayudó a salir del problema sacrificándose y dedicándole tanto tiempo que hasta sus notas bajaron.

La chica baja la cabeza y llora de nuevo. Él la observa y se levanta de la cama. Coloca la fotografía donde estaba y se acerca hasta su escritorio. Abre un cajón y saca de él un sobre grande. Diana levanta la mirada y resopla mientras se seca las lágrimas. Mario regresa junto a ella y se lo entrega.

—¿Qué es esto?

—Ábrelo.

La joven obedece. Rasga el borde del sobre y mete la mano dentro. Hay dos documentos. El primero que ve es un certificado. Lo lee en voz baja, sorprendida.

—¿Esto es de verdad?

—Sí, completamente.

—¿Una estrella?

—Eso es. La compré hace tiempo. No es nada oficial, evidentemente. Pero solo lo que significaba ya merecía la pena.

—¿Es mía?

—Sí. Pensaba regalártela el día que te preguntara si te querías casar conmigo.

—Ya me lo preguntaste hace tiempo y te dije que sí.

—Me refiero al día de verdad. A una fecha concreta.

La chica vuelve a examinar aquel papel. «Certificado de Registro». Y debajo pone su nombre como propietaria y el nombre de la estrella, que corresponde con la fecha en la que se dieron el primer beso. También vienen apuntadas las coordenadas en las que se encuentra: «RA 09h47m44.92 +54°29'44.0'' dec 9.35 mag Uma».

—Yo... no sé qué decir.

—El otro papel es un mapa del cielo —dice mostrándoselo—. Esa que está señalada es tu estrella. Está en la Osa Mayor.

Diana se coloca las manos en el rostro sin cubrirse los ojos y contempla aquel documento emocionada.

—Es... una idea preciosa —comenta sollozando—. Gracias.

—Me alegro de que te guste.

—¿Esto significa que... me sigues queriendo?

El joven la mira a los ojos. Está preciosa pese a las heridas que tiene en la cara.

—Te quiero. Ya lo sabes.

—¿Y me vas a pedir que me case contigo?

—No. No te lo voy a pedir.

—¿No? ¿Entonces?

—Diana..., creo que... debemos tomarnos un tiempo.

—¿Qué? ¿Qué quieres decir? ¿Un tiempo?

Los nervios se apoderan de ella, que tiembla desconcertada. Deja los documentos a un lado, en la cama, y se tapa el vientre con la almohada. No entiende nada.

Mario es ahora quien agacha la cabeza; le cuesta mirarla. Pero la decisión está tomada.

—Te quiero. Y por eso debemos parar.

—No lo comprendo. Si me quieres, ¿por qué me estás diciendo esto?

—Ni yo mismo lo sé explicar muy bien. Pero siento que necesito tiempo y espacio. He estado a tu lado siempre durante todo este año y medio, contra viento y marea. Dependes demasiado de mí. Incluso después de haberte hecho lo que te he hecho, sigues dependiendo de mí.

—Porque te quiero.

—Y yo. Pero, si hice lo que hice, tal vez fue porque necesitaba algo fuera de nuestra relación. Aunque sé que me equivoqué. No quiero a Claudia, lo tengo clarísimo. Y lo comprobé, al cien por cien, cuando me besó. Seguía amándote a ti. Y me sentí fatal cuando te enfadaste conmigo... Fatal. Sin embargo, me lo merecía.

—Te agobio, ¿verdad?

—Pasamos mucho tiempo juntos. Y me encanta. Pero hay veces que... es bueno que tanto tú como yo vivamos otras cosas. Yo he sido un estúpido por ocultarte lo de esa chica. Pero si te lo hubiera dicho, que solo era una amiga, seguro que tampoco te hubiera gustado que hablara con ella, aunque me apeteciera.

—No solo hablabas con ella. La besaste.

—Me besó ella a mí.

Diana se queda en silencio intentando asimilar sus palabras. Retiene las lágrimas y aprieta con fuerza la almohada.

—¿Estamos rompiendo?

—No. Solo te pido tiempo —indica él sentándose a su lado—. El accidente me ha hecho pensar. Ha sido como un toque de atención, una señal para intentar cambiar algunas cosas. Quiero estar solo. No tener que depender de ti, ni que tú dependas de mí tanto.

—¿Y eso no es romper?

—No. Es tomarse un tiempo.

—Cuando un chico le dice a una chica que quiere tiempo, le está diciendo indirectamente que quiere cortar con ella.

—No lo sé. Solo sé que necesito unos días. Estar solo. Ubicarme. Sentir que no dependemos tanto el uno del otro. Y que quiero volver a mirarte a los ojos y decirte que te quiero y nada más.

—¿Y por qué me has dado hoy la estrella?

—Porque creo que este es el momento. Es como una garantía.

—¿Una garantía?

—Sí. De mi amor. De mis sentimientos —comenta sonriendo—. Pero un amor que ahora mismo necesita espacio y tiempo. Lo siento, de verdad.

Capítulo 97

Ese día de diciembre, en un lugar cercano a la ciudad.

—¡Paula! —grita una niña rubia que corre por uno de los pasillos del aeropuerto.

—¡Hola, pequeña!

Las hermanas se abrazan. Llevan tres meses separadas y tanto la una como la otra se han echado mucho de menos. Rápidamente, la pequeña se da cuenta de la presencia de su acompañante. También hace mucho tiempo que no le ve. El chico se agacha y le da un beso.

—Y tú, ¿qué haces aquí?

—Bueno, yo...

Pero a Álex no le da tiempo a dar explicaciones porque Mercedes y Paco también llegan hasta ellos. Los dos se extrañan de ver al escritor al lado de su hija. Sin embargo, es tanta la alegría de volver a encontrarse con ella, después de tantas semanas fuera de casa, que no piden explicaciones al instante. Besos, abrazos y, rápidamente, al coche.

En el camino hasta el aparcamiento, Paula y Álex aclaran qué hace él allí. Aunque no dicen toda la verdad. La palabra la toma la chica, que obvia la parte de la ruptura y la reconciliación en el avión. Simplemente lo dejan en que ha sido una sorpresa que el joven quiso darle. Tampoco incluye en la conversación lo referente a abandonar Londres después de las vacaciones de Navidad. Eso ya habrá tiempo de aclararlo cuando regrese dentro de unos días.

Solucionada la duda, y mientras el chico distrae a Erica, el diálogo de Paula con sus padres se torna más serio.

—¿Hay novedades?

—No.

—Miriam está muy mal, ¿verdad?

—Sí —confirma Mercedes—. La operaron de urgencia anoche y hoy sigue en el hospital sedada.

—Es increíble. Aún me cuesta asimilarlo.

—Nos llevamos un gran susto cuando me llamó su madre esta mañana. Ya había visto la noticia del accidente en la tele, pero no sospechaba que podían ser tus amigos.

—¿El resto está bien?

—Más o menos. Cristina tiene un brazo roto. Y a Diana y a Mario les han dado el alta. El que sigue ingresado es Alan.

—¿Alan?

Esta mañana, cuando su madre le contó lo del accidente, creyó escuchar ese nombre entre los que iban en el coche. Aunque intuyó que se había equivocado o que ella, con los nervios tras recibir la noticia y el ruido de la cafetería, no lo había entendido bien. ¿Es el mismo Alan?

—Sí. El chico francés que conociste en París. Es el novio de Cris.

¡El novio de Cris! ¿Desde cuándo? ¿Cómo es posible? ¡Sí que se ha perdido cosas desde que está en Londres! Después de la conversación a tres que tuvieron el otro día por el MSN, sabía que su amiga estaba saliendo con alguien, pero no podía imaginar que fuera él.

—¿Y ya se sabe cómo pasó todo?

—Nosotros no sabemos casi nada. Cuando hables con ellos, se lo preguntas. Pero es muy raro. Fue en un lugar bastante apartado de la ciudad, por donde apenas pasan coches.

—El joven con el que chocaron ha fallecido —interviene Paco.

—Vaya...

—Una tragedia como esta te marca para toda la vida.

Paula suspira. Pobres. Su padre está en lo cierto. ¡Qué mal lo están teniendo que pasar! Hay muchas cosas de las que tendrá que hablar con sus amigos. Aunque lo más importante es que se recuperen todos, especialmente Miriam, que es la que está más grave.

Llegan al coche y Paula se coloca detrás, junto a Erica y Álex. Se abrocha el cinturón y entonces se le pasa algo por la cabeza. Si ella hubiera estado en España, ¿también habría sufrido el accidente?

Durante el trayecto cambian de tema, para que la pequeña no se entere de lo sucedido. A ella, sus padres no le han querido decir nada. Tienen pensado dejar a Paula en el hospital y a la niña llevársela a cenar a alguna parte.

—¿Qué tal la novela? —le pregunta Mercedes a Álex, girándose hacia atrás y sonriendo.

—Bien. Ya me falta menos para terminarla.

—Espero que sea un éxito, como la anterior.

—Yo también lo espero.

—¿Sabes que nos metemos en Twitter solo para seguir lo que haces y lo que dices? ¡Hasta nos hemos hecho uno!

El chico se sonroja cuando oye aquello. Su vida, televisada para sus suegros por Internet. Son los riesgos de las redes sociales.

—¡Qué cotillas sois! —exclama Paula.

—¡Ey! Que la idea fue de tu padre... —señala Mercedes, ante el asombro del hombre, que no responde—. Tu novio tiene muchas seguidoras. Algunas le tiran los tejos y todo.

—¿Es verdad eso? —pregunta la chica, arrugando la nariz.

—Eh..., no. Claro que no.

—Tienes que decirles a todos que tú eres su novia y así poner las cosas en su sitio. A ver si me van a robar a mi yerno famoso.

La mujer ríe al tiempo que Paula mira a Álex muy seria y con cara de que aquello no le ha hecho ninguna gracia. Pero eso dura solo un segundo. Luego sonríe y le guiña un ojo. ¿A quién puede extrañar que haya otras que quieran quitárselo? ¡Pero su novia es ella! Y, pese a todo, vuelve a estar feliz a su lado. ¡Son una pareja otra vez!

Tras enrollarse en el cuarto de baño del avión, hablaron del asunto durante el resto del trayecto. La decisión de regresar a España estaba tomada.

—Cuando vuelva mañana, hablaré con el director de la residencia y me pasaré por la secretaría de la universidad para tramitar mi baja.

—Me sabe un poco mal que renuncies a la beca y a Londres por mí.

—No pasa nada.

—Sí que pasa.

—¿No estás contento de que volvamos a ser novios?

—¡Claro! Mucho.

—Pues ya está.

—¿Estás segura?

—Es la única forma de que sigamos juntos.

—Pero...

No le deja hablar más. Se echa encima de él y le calla con un beso. Dulce, silencioso. Suficiente para que, durante unos segundos, ninguno piense en otra cosa que no sea los labios del otro.

—No me hagas llevarte otra vez al cuarto de baño para convencerte de qué es lo que quiero hacer. Quiero estar contigo.

—Y yo contigo.

—Pues ya está. Solucionado.

Sin embargo, Álex no lo tiene tan claro. Su conciencia no le permite alegrarse totalmente de lo que su chica va a hacer. Él fue a Londres a por una reconciliación y la ha encontrado. Después de sudar mucho, de negativas, de pasarlo mal para afrontar el problema. Y, cuando tiene lo que deseaba..., siente que no lo quería de esa manera.

—¿Me puede dejar en esa esquina, por favor? —pregunta el joven al padre de Paula cuando gira a la derecha.

—Claro.

—¿No vas a venir conmigo a...? —interviene la chica, dándose cuenta a tiempo de eludir la palabra hospital para que su hermana no sospeche nada.

—Sí. Luego iré. Pero quiero pasar primero por el Manhattan.

—Algún día vendremos a tomar café a tu local, que me han dicho que es excelente —comenta Mercedes, una auténtica *cafeadicta.*

—Cuando quieran; ya saben que están invitados.

El coche se detiene y Álex se baja, despidiéndose de la familia García. De Paula, con un beso cortito en los labios, ante la mirada horrorizada de Erica, que continúa pensando que eso es una asquerosidad.

Hace mucho frío y ya es noche cerrada. Camina por la acera y saluda a su amigo el saxofonista, que toca incansable bajo la luz de las farolas ya prendidas. Las cosas son muy diferentes desde que lo vio ayer por última vez. Parece que todo se ha solucionado con respecto a la relación con su novia. Ya está. Arreglado. Ella regresa y todo volverá a ser como antes. Como hace tres meses.

Al final, su viaje ha dado resultado, como Ángel le dijo.

Sin embargo, sigue sin sentirse bien. Y peor se sentirá cuando se encuentre dentro del Manhattan con su camarera más eficaz.

Pandora tiene algo que confesarle.

Capítulo 98

Esa noche de diciembre, en un lugar alejado de la ciudad.

—Diana, despierta.

La chica abre los ojos. Tiene delante a Cris, que le sacude delicadamente el brazo. La Sugus de manzana reacciona de inmediato y se da cuenta de que se ha quedado dormida en uno de los sillones de la salita del hospital. Seguramente habrá sido por los calmantes para el dolor de las heridas.

—Dime, cariño, ¿estás bien?

—Bueno, más o menos —señala Cristina cansada. Tiene los ojos muy hinchados—. Voy a ir un momento a casa, con mi madre, a cambiarme de ropa. Solo serán unos minutos. ¿Te puedes quedar en la habitación con Alan, que está solo ahora?

—Claro, vete tranquila.

—Muchas gracias.

Y se despiden con un beso.

¡Qué sensación más rara...! ¿Ha tenido una pesadilla? Sí, sí... ¡Recuerda algunos fragmentos! Mario le decía que quería tomarse un tiempo. ¡Y le regalaba una estrella! Qué sueño tan extraño, parecía de lo más real.

La chica se pone de pie, cruza la puerta de la salita y se dirige al cuarto donde está el francés. Un enfermero la saluda. Es uno de los que la atendieron antes de que le dieran el alta. Muy guapo y muy simpático. Pero Mario lo es mucho más.

Por cierto, ¿dónde se ha metido?

El pasillo de la planta es muy frío y el olor que se respira allí le recuerda a otros días, en un pasado no muy lejano, en los que recorrió decenas de veces pasillos como aquel.

Le viene a la mente su imagen en el espejo. Muy delgada, huesuda. Y esa angustia por querer ser alguien que no era. Afortunadamente, su chico estaba a su lado.

Pero, lo de antes..., ¿fue realmente un sueño? Cada segundo que transcurre, las ideas son más claras y se va pasando el efecto de los tranquilizantes. Algo no va bien. Un sueño se va olvidando, pero aquel le va pareciendo cada vez más real.

Diana empieza a asustarse. Acaba de recordar otra cosa de la pesadilla de hace un rato. La fotografía de los seis meses con Mario. Y... la conversación sentados en la cama de su habitación. Ahora ya no está tan segura de que todo haya sido irreal. Malditas pastillas. ¿Cuándo se las tomó?

En otro lado del hospital, en ese instante.

Está llena de vendas por todas partes. Según el parte médico, presenta una gran cantidad de contusiones por todo el cuerpo de diferente gravedad. Pero las que más se ven son las heridas del cuello y las de la cara, que son muy aparatosas. Hay dos que no pertenecen al accidente, sino a sendos golpes que le propinó aquel indeseable. Mario observa a su hermana y se lamenta de no haber podido hacer las cosas de otra manera.

Ha sido un idiota. ¿A qué jugaba? Con aquellos dos criminales, la única manera de solucionar las cosas debidamente era avisando a la policía. Su imprudencia le ha costado muy cara. No solo a él, sino a todos los que le han rodeado en esta semana.

Está cansado, desolado y somnoliento por la cantidad de medicamentos que le han dado para calmar los dolores de los diferentes hematomas que tiene por todo el cuerpo. Aunque él ha sido el mejor parado de todos, gracias a que iba en el asiento del copiloto. Saltó el airbag y, además, el impacto con el otro coche fue justo en el lado contrario al que viajaba.

—Ma... rio.

¿Ha oído bien? La voz débil proviene de la cama de Miriam. Su hermano, rápidamente, se levanta de la silla en la que está y se dirige hacia ella. ¡Tiene abiertos los ojos! ¡Por fin se ha despertado!

—Hola. ¿Cómo te encuentras?

—Me... duele.

—Shhh. No hables. No tienes que hacer esfuerzos.

La chica vuelve a cerrar los ojos y tuerce ligeramente el cuello hacia un lado. No recuerda nada de lo que ha pasado ni sabe que la han operado hace unas horas. La anestesia parece que ya terminó de hacer efecto.

Mario la mira y resopla. Nunca habría imaginado que se sentiría tan mal por su hermana. Se le humedecen los ojos; después de secarlos con un pañuelo, pulsa el botón para avisar a los encargados de la vigilancia de Miriam. Una enfermera acude inmediatamente. Él le cuenta lo que acaba de suceder, y la joven sonríe y le da ánimos. Todos están al corriente de los problemas tan grandes que tiene aquella chica tras el accidente.

Unos minutos más tarde, en otra habitación de ese hospital.

—Tengo ganas de salir de aquí y llevarme a Cristina unos días a París.

Diana escucha lo que Alan le cuenta con una sonrisa a medias. En realidad, sonreír es lo que menos le apetece en esos instantes. Su cabeza no puede estar más confusa. Y es que está prácticamente convencida de que lo que creyó que era un sueño pasó de verdad. Entonces es cierto que Mario le ha pedido un tiempo...

—Haremos lo mismo que hicimos el año pasado. Lo pasamos genial.

El francés se ha repuesto mejor de lo que todos pensaban, y mucho más deprisa, del accidente y también del navajazo de Ricky. La policía pasó antes por la habitación a tomarle declaración y él les contó todo lo sucedido. Cuando el joven de la cabeza rapada se recupere, será puesto a disposición policial, por ataque y heridas con arma blanca, hasta que sea juzgado. Aparte de otros delitos por los que también deberá responder ante un juez.

—¿Diana? ¿Estás bien?

La joven no puede responderle que sí. Se tapa la boca con una mano y mira hacia la puerta para que no vea que está llorando.

—Ya sé que te doy pena, pero pronto estaré recuperado —comenta sonriente Alan, que se ha dado cuenta de lo que sucede.

—Perdona. Es que... esto es horrible.

—Lo sé. Pero pronto pasará y todo volverá a la normalidad. Miriam dando guerra, Cris y yo recorriendo París, tú y Mario juntos...

Ella y Mario juntos. Nunca había sentido un dolor tan grande dentro de su corazón. Y para eso no hay remedios, ni pastillas, ni tranquilizantes.

—Me ha pedido tiempo.

—¿Qué?

—Mario dice que necesita tiempo. Que quiere tomarse unos días para pensar y estar solo.

—Bueno, tal vez esté agobiado con todo lo que ha pasado.

—El agobio soy yo.

—No digas eso.

—Es la verdad. Le agobio. Necesita tiempo y espacio para reorganizar su vida. Y prefiere que yo no forme parte de eso.

Alan se incorpora, aunque le duele en el lado donde tiene la herida. Se coloca una almohada detrás de la espalda y dice algo para sí mismo en francés quejándose de la raja que luce en el costado.

—No soy nadie para darte consejos. Pero mis consejos suelen ser buenos. Así que... no dejes que se tome ese tiempo.

—¿Cómo?

—Ve a por él. Y dile que no le das ese tiempo.

—¡No puedo hacer eso! Si le digo eso, me mandará a...

—A donde estás ya.

La chica sonríe y mueve la cabeza. ¡A aquel francés le han dado demasiada morfina!

—Mario está agobiado. Si yo voy diciéndole que no le doy el tiempo que necesita para pensar, ¿no crees que se agobiará más?

—Si te quiere, no.

—Estás muy mal de la cabeza.

—No. La cabeza es de lo poco que no me duele.

Diana suspira. Se seca las lágrimas y sorbe por la nariz.

—No voy a decirle nada, Alan. Lo voy a dejar tranquilo.

—Pues lo perderás.

—Él me ha dicho que...

—Él está tan drogado con estas medicinas como tú y como yo. Te ha podido cantar *La Traviata* y parecerte algo normal. ¡Ve a por él! Dile que intentarás agobiarle menos y que sin él no puedes vivir. Que es lo que creo que sientes de verdad.

—Sí. Es lo que siento.

—Pues ya sabes. Y si estoy equivocado... y tu novio pasa de ti, te doy permiso para que me quites el suero.

El chico le sonríe y con la mirada le indica que salga por la puerta de la habitación a buscarle, antes de que vuelvan a administrarle una dosis de calmantes.

Capítulo 99

Esa noche de diciembre, en un lugar de la ciudad.

Toda la tarde ha estado triste. Incluso se ha mostrado torpe con los clientes del Manhattan en más de una ocasión. Pandora no se encuentra bien. Lo que podía haber sido el mejor día de su vida se ha convertido en un final acelerado. Cuando Alejandro venga, le dirá que no quiere seguir trabajando allí.

Ha pensado varias excusas, pero se quedará con la de que tiene muchas cosas que hacer en el instituto y no puede con todo. Lo que no es totalmente falso. Realmente, desde que dedica su tiempo por las tardes al bibliocafé, le cuesta mucho estudiar y llevar al día los deberes que le mandan en clase.

Tanta lista de propósitos y tanta historia, y resulta que el escritor se va a Londres a recuperar a su novia. Qué tonto. Aunque... ¡qué romántico! Ya le gustaría a ella ser la protagonista de su amor. Pero eso no va a pasar. Y, aunque seguirá amándole en silencio, no quiere sufrir más de lo que ya lo ha hecho.

La mujer de la editorial llevaba razón en lo que le dijo. Es inútil intentar algo que es imposible. Si Alejandro quiere a esa chica tanto como para marcharse a Reino Unido a buscarla, ella y sus sentimientos no pintan nada.

Si ya era difícil que accediera a ser su pareja sin tener novia, ahora que vuelve a tenerla... Aunque existe la posibilidad de que, si Paula no le quiere, dentro de un tiempo, cien años por lo menos, ella podría buscar su oportunidad. Siendo tan viejos, no habrá tanta diferencia física entre ambos y quizá, como consecuencia de la avanzada edad, Alejandro ya haya olvidado ese amor que, según Abril, siempre estará en su corazón.

—Hola. Ya estoy de vuelta.

Es su voz. ¡Es él! Entra por la puerta del Manhattan como quien no quiere la cosa. Pandora lo observa mientras recoge la mesa del último cliente, que se acaba de marchar. No parece triste. Seguro que todo se ha arreglado y ya tiene novia otra vez. ¡Bah! Es que... ¿cómo alguien puede ser tan tonta como para dejar escapar a un chico así?

—Hola, jefe. ¿Cómo ha ido todo por Londres?

—Bien. Mucho frío, pero no ha llovido, que es casi un milagro en aquella ciudad en esta época del año —responde, y se dirige detrás de la barra para servirse un café—. Y por aquí, ¿qué tal?

—Sin problemas.

—Genial. Ya veo que tú sola te apañas muy bien.

—Se hace lo que se puede.

El joven saca su portátil de la mochila, lo enciende y revisa sus cuentas en las redes sociales. Tiene curiosidad por una cosa. Entra en Twitter y examina la lista de sus últimos *followers*. Allí está. Aquel *nick* pertenece a los padres de Paula. Da un sorbo a su taza y sonríe.

La chica se acerca hasta Álex. No quiere importunarle, pero va siendo hora de poner las cosas en su sitio. Tal vez, de esa manera, se le quite esa estúpida sonrisilla de felicidad. Ya podía disimular un poco. Pero ¿por qué piensa ahora así? ¿Qué le sucede? No tiene que sentir rabia hacia él. En el fondo, si él está bien, ella debería estarlo también. Aunque quiera a otra. Lo que le sucede solo es una rabieta de diecisieteañera. Y es que se hizo ilusiones durante unas horas de ser la novia de Alejandro Oyola. Ahora ya sabe que ese sueño es imposible.

—¿Puedo hablar un momento contigo? —le pregunta con timidez.

—Claro, Panda. ¿Qué ocurre?

Es el momento. Aunque le cuesta arrancar. Titubea. Es difícil decir algo que no se quiere decir. Y, especialmente, si no se quiere hacer. Pero está convencida de que aquello es lo mejor para ella. No le queda otro remedio si quiere guardar sus sentimientos en un cajón durante un tiempo.

—Verás, creo que te vas a tener que buscar otra camarera.

—¿Qué? ¿Lo dejas?

—Sí. Me voy del Manhattan.

El chico cierra el portátil y sale de la barra muy serio. Es verdad que aquella sonrisilla con la que miraba la pantalla del ordenador se ha esfumado. Se sienta en uno de los taburetes y le pide a ella que lo haga también. No hay nadie en el bibliocafé, así que pueden conversar tranquilos.

—¿Qué ha pasado para que decidas marcharte tan repentinamente? Lo estabas haciendo fenomenal.

—Pues... es que tengo muchas cosas que hacer y no me da tiempo.

—¿Cosas del instituto?

—Sí. Segundo de bachiller es muy complicado.

—Lo recuerdo. No hace tanto que lo hice yo. Pero...

—Lo siento por avisarte así, de repente.

Y cuando se disculpa, Pandora se gira para no mirarlo. Álex la observa. Está llorando. Se levanta del taburete, se coloca enfrente y la agarra delicadamente de los hombros. La chica se estremece cuando la toca con sus manos.

—¿Seguro que solo es por el tema del instituto? Las vacaciones de Navidad están muy cerca y tendrás más tiempo libre.

—Bueno..., sí.

—¿Por qué no te quedas hasta después de Navidad? Al principio cuesta distribuirse el tiempo, pero cuando te acostumbras es mucho más sencillo.

—No, no. Me voy.

—No lo comprendo, Panda. Si disfrutas mucho trabajando aquí... ¿Me equivoco?

—Pues... no.

Álex la mira fijamente a los ojos: están llorosos, tristes. Sabe que algo falla. No es normal que de repente esa chica no quiera seguir allí por algo así. Seguro que hay una causa que no quiere contarle. Está convencido.

—Panda, que ya te voy conociendo un poco... ¿Qué es lo que te pasa? Dime la verdad, anda. ¿Es por tus padres?

—No, ellos están encantados de que trabaje aquí.

¡Y quién se lo iba a decir a ella! Incluso las cosas en casa han mejorado bastante. Su madre y su padre están más respetuosos que nunca desde que trabaja en el Manhattan al lado de Alejandro Oyola, el famoso escritor.

—Entonces, ¿qué pasa?

—El instituto, ya te lo he dicho.

—¿Solo eso? ¿No me mientes?

—No.

—¿Y por qué no me miras a los ojos cuando me hablas?

Está claro y ambos lo saben: porque no le está contando la verdad. Es algo que viene en cualquier manual sobre el lenguaje de gestos.

Y ahora ¿qué hace? Su plan no está dando resultado. No se ha tragado la excusa que le ha puesto. ¿Tiene que decirle que es por él? ¿Porque le quiere y necesita alejarse dc su lado para no sufrir más?

—Lo siento. Es que...

—Venga, Pandora. A mí puedes contármelo, somos amigos.

Se da por vencida y lo mira. Aunque intenta apartar sus ojos rápidamente de él. Tarde. Su preciosa sonrisa la conquista una vez más. Pero no puede revelarle la verdad. Necesita algo que sea creíble, algo que se ajuste un poco más a lo que le pasa. Una verdad a medias.

—Es por un chico —termina reconociendo.

—¿Un chico?

—Sí. Un chico que viene mucho al Manhattan.

Aquello coge desprevenido a Álex, que no esperaba una respuesta de ese tipo. Intenta hacer memoria de clientes jóvenes habituales. Hay un par de ellos o tres que vienen mucho. ¿Miki? ¿Rafael? Otro que no sabe cómo se llama...

—¿Y qué pasa con ese chico? ¿Te has enamorado de él?

—Sí. Y sé que no tengo nada que hacer con él; nunca se enamorará de mí. Lo paso fatal cada vez que lo veo. Lo conozco desde que comencé a venir por aquí más a menudo. Lo veía algunas veces y me empezó a gustar. Pero ahora... me he enamorado como una tonta de él.

—¿Y por qué no le preguntas si quiere salir contigo?

—No, no. Seguro que me diría que no quiere —añade poniéndose muy colorada—. Tiene novia, además.

Entonces es Rafael, que viene a veces acompañado de una chica al bibliocafé. El escritor se acaricia la barbilla pensativo. Así que, por un chico, ella no quiere seguir trabajando en el Manhattan. Eso tiene algo más de sentido. ¡Pero no le parece bien!

—¿Y vas a renunciar a algo con lo que disfrutas tanto por un tío?

—Es que... cada vez que viene me trata tan bien..., hablo con él... y yo lo paso fatal. Si me voy, ya no le veré más y no sufriré tanto. Es muy duro saber que estás al lado de una persona y nunca vas a poder llegar a tener nada con ella.

—Sé lo que es sufrir por amor, pero...

—Lloro y todo después, cuando llego a mi casa, porque sé que nunca podré estar con él.

—Vaya... Ya veo que te ha dado muy fuerte... No tenía ni idea.

—Sí. Lo quiero mucho.

Silencio. A Pandora no le gusta mentirle de esa forma. Aunque, en realidad, tampoco está faltando a la verdad. Deja el trabajo por un chico que tiene novia y del que está profundamente enamorada. Solo que ese chico es él.

—Panda, no quiero que te vayas. Y no te vas a ir.

—¿Qué?

—Que no te dejo que te marches del Manhattan.

—¿Por qué? —pregunta la chica nerviosa.

—Pues porque no vas a renunciar a algo que te hace tan feliz por una persona. Tienes que seguir tu camino. Si cada vez que encuentras algo que te gusta lo abandonas por alguien, nunca harás nada. Y siempre dependerás de otros.

—Es que...

—Panda, eres una gran chica —dice sonriendo y mirándola a los ojos—. Seguro que encontrarás a un buen chico que se enamorará de ti y tú de él. No tengo ninguna duda. Puede que no sea ese o puede que le encuentres aquí, en el Manhattan. ¡Quién sabe! Pero no debes renunciar a las oportunidades y a las cosas con las que disfrutas en la vida, porque luego no hay marcha atrás y puedes arrepentirte. Además, eres muy joven para dejarlo todo por amor.

«Eres muy joven para dejarlo todo por amor».

Esa frase, que él mismo acaba de pronunciar, se le repite inmediatamente en su mente. Le trae de nuevo las sensaciones con las que se bajó del avión, las que tuvo después de saber que Paula lo iba a dejar todo por él. Estaba feliz, pero al mismo tiempo se sentía culpable por ser la causa por la que ella iba a abandonar Londres y tirar la beca que con tanto esfuerzo había logrado.

Ha sido tremendamente egoísta.

¡No! ¡Ella es muy joven para dejarlo todo por amor!

—¿Te encuentras bien?

—¿Cómo?

—Te has quedado un momento como si acabaras de recordar que te has dejado el fuego de la cocina encendido.

Álex sonríe. Aquella chica, sin duda, es especial. Y, sin que Pandora lo espere, se inclina sobre ella y le da un gran abrazo.

La joven se ve sorprendida por aquel gesto de cariño de Alejandro, su escritor favorito, su amor platónico. Su amigo y jefe. Desde que lo conoció, soñó con algo parecido. La tristeza desaparece y la alegría y su devoción hacia él se acumulan a raudales en un solo sentimiento, tan grande como necesario. No quiere separarse. Cierra los ojos y se aprieta fuerte contra él.

—No quiero que te vayas, Panda. Aguanta hasta después de navidades. Y, si sigues teniendo ese sentimiento de angustia cuando lo ves..., ya hablamos entonces y decidimos. ¿Te parece?

—Pero...

—Hazlo por mí.

¿Cómo puede negarse? ¡Alejandro le está pidiendo que haga algo por él! No va a dejar de quererlo. Lo sabe. Sabe que sufrirá si continúa trabajando en aquel lugar que tanto quiere. Pero ¿puede renunciar a su cariño y su amistad tan cercana? Está claro que no.

—Vale. Me quedo hasta enero. Intentaré sentirme lo mejor posible cuando esté con él y disfrutar de lo que me da.

—Muy bien. Gracias, Panda.

Y, cuando se separan, los dos se encuentran con la sonrisa del otro. La chica estaría así toda la vida. Y él se siente muy bien con ella. Entre ambos hay algo especial, difícil de explicar, aunque el amor solo exista en una de las dos partes.

Se dan un nuevo abrazo y se miran alegres.

Sin embargo, Álex tiene que hacer algo urgentemente. Necesita hablar con Paula y decirle que no puede dejar Londres para salvar la relación. Como le ha dicho a Pandora, es muy joven para renunciar a algo tan importante por amor.

Capítulo 100

Esa noche de diciembre, en un lugar apartado de la ciudad.

Recorre veloz uno de los pasillos de aquella planta del hospital. Diana está hecha un lío. ¿Le hace caso a Alan y le niega a Mario el tiempo que le ha pedido? ¡Pero cómo va a hacer eso! Es una locura. Si su novio se lo ha dicho, pues tendrá que respetar su decisión. No es una ruptura, solo una pausa.

Pero ella no quiere esa pausa. ¡No la quiere! Solo le quiere a él. Recuperarlo. Que no tenga que buscar a otra para hablar por las noches. En parte es la culpable de que aquel chico maravilloso se haya agobiado. Ha sido muy pesada y él ha tenido que estar pendiente de ella demasiadas veces. Tanto desgaste, al final, ha pasado factura. Si no hubiera sido el accidente, cualquier otra cosa hubiese servido para que Mario se diera cuenta de que necesitaba algo de espacio.

¿Qué hace?

Va hacia la habitación de Miriam. Quizá esté allí ahora. Pobre. Encima, eso. Solo espera que su amiga se recupere cuanto antes. Por ella, por él, por todos. Verla de nuevo bien, en casa, intentando renacer y comenzar una nueva vida, sería un importante soplo de tranquilidad para cuantos la rodean. Y especialmente para Mario, que no solo sufre por su hermana, sino también por sus padres.

Todo lo que piensa está relacionado con su novio... ¡¿Cómo van a tomarse un tiempo?!

El enfermero de antes vuelve a cruzarse en su camino. Está muy bueno ese hombre. Que esté enamoradísima no significa que no tenga ojos. Se saludan otra vez y se sonríen, incluso echa un vistazo hacia atrás para...

—¡Diana! ¡Cuidado! —grita una chica con la que casi choca.

—¡Paula! ¿Qué haces aquí?

La Sugus de piña no está sola; Cris la acompaña. Se han encontrado en la entrada del hospital. Después de tanto tiempo sin verse, las dos se han comido a besos y casi se asfixian en el abrazo más sincero que se han dado nunca. Ahora le toca el turno a la Sugus de manzana.

—¿Tú qué crees? —Y se echa sobre ella atrapándola.

Las dos lloran. Necesitaban algo así. Cristina se une a la pareja y forman un trío de amistad recuperada.

—Me vais a manchar la cara de rímel. Se os ha corrido toda la pintura de los ojos.

—Y tú, ¿qué?

Las tres chicas se separan y se miran emocionadas. No sienten que haya transcurrido tanto tiempo. Es como si volvieran a junio del año pasado. Y, sin embargo, es diciembre, y sus vidas han dado un giro radical. Paula estudia en Londres y su novio es Álex, un escritor famoso; Cristina se ha cortado el pelo y ahora sale con Alan; Diana es una universitaria preciosa y Miriam...

—¿Cuándo has llegado?

—Hace un rato. Mi madre me llamó esta mañana y me contó lo que había pasado. Necesitaba veros y saber que estabais bien.

—Nosotras solo tenemos heridas y algún hueso roto —señala Diana—. Pero la pobre Miriam se ha llevado la peor parte.

—No me lo puedo creer todavía.

—Ha sido algo terrible.

Entre Diana y Cris le explican a Paula todo lo sucedido en las últimas horas mientras caminan hacia la habitación en la que descansa su amiga.

—Es una maldita pesadilla lo que habéis vivido.

—Sí. Aún tengo la imagen en mi cabeza de cuando nos estrellamos contra los árboles. Y luego vi a Alan con los ojos cerrados. Me temí lo peor.

—¿Él está bien ya?

—Yo lo he dejado ahora mismo con una enfermera impresionante. Le estaba tirando los trastos a su manera —indica Diana, guiñándole un ojo a su amiga.

—No te creo. Alan ya no es así.

—Tienes razón. Se estaba quedando dormido. No te preocupes.

—Ahora me iré con él, cuando vea a Miriam. Me quedaré toda la noche en su habitación.

—Qué calladito te tenías lo del francesito, ¿eh?

—Bueno...

Cris se pone colorada, aunque enseguida vuelve a sonreír. No sabe qué habría hecho si a su novio le hubiera pasado algo más.

Las tres llegan al pasillo en el que se encuentra la habitación de Miriam. A lo lejos ven cómo un joven sale de allí. Se acercan hasta él y es Paula la primera en abrazarle.

—Cuánto tiempo sin verte —dice Mario, que sonríe débilmente.

—Sí, mucho. ¿Cómo estás?

—Tirando.

El chico entonces mira a Diana, que suspira.

—¿Y tu hermana? ¿Podemos verla?

—Creo que sí. Hay una enfermera ahora con ella. Se ha

despertado hace poco y, aunque apenas puede hablar, es una alegría ver que por lo menos nos reconoce.

—¿Está ya fuera de peligro?

Mario se encoge de hombros. Tiene los ojos brillantes. Aunque se haya despertado, sus lesiones siguen siendo preocupantes.

—Seguro que todo va a ir bien.

—Si queréis, pasad. Yo voy a la cafetería a comprar agua. Tengo la garganta seca.

—Vale, te vemos ahora.

Paula y Cris abren lentamente la puerta de la habitación y, tras recibir el permiso de la enfermera, entran en el cuarto.

—Yo voy ahora, chicas —dice Diana quedándose en el pasillo. Cierra la puerta de la habitación y mira a Mario a los ojos—. ¿Puedo hablar contigo?

—¿De qué, Diana?

—Cada vez que me llamas Diana..., me siento extraña. Ya no estoy acostumbrada.

—¿De qué quieres hablar? Creo que no hay mucho más que decir.

La chica se queda en silencio. Recuerda las palabras de Alan. Y percibe que lo que quiere no es lo que es. Ella no quiere dejarle ir.

—¿Por qué no buscamos otra manera de hacer las cosas?

—¿Cómo? No te comprendo.

—Tú me has dicho que me quieres, ¿es verdad?

—Sí.

—Y si me quieres ¿por qué no intentamos tomarnos el tiempo juntos?

Mario se pasa la mano por la cara, confuso. Indeciso. Se le acumulan los sentimientos dentro y fuera.

—No sé cómo se hace eso.

—Pues estando como antes, pero poniendo más de unas cosas y menos de otras.

—Explícate.

—Hasta ahora, tú siempre has tirado de mí. Me has apoyado en todo y has intentado estar atento a cualquier problema que he tenido. Y yo no he parado de agobiarte.

—Tampoco es eso.

—Sí que lo es, cariño —reconoce con pena—. En cierta manera, he abusado del amor que siento por ti. Y te he arrastrado a una dependencia que no es buena para ninguno de los dos. Podemos estar juntos, pero debemos estar también separados. Tomarnos tiempo, pero sin dejar de ser una pareja. Porque yo... te quiero. Y no puedo soportar la idea de que vayas a alejarte de mí.

—¿Y tú crees que esa es la solución?

—No lo sé. Pero podemos intentarlo.

El chico resopla. Se cruza y se descruza de brazos. Tiene dudas, no de lo que siente, sino acerca de lo que debe hacer con esos sentimientos. Después del accidente, le dio muchas vueltas. Necesitaba un cambio. Y eso implicaba apartarse un poco de Diana. Sin embargo, sabe que la quiere.

—¿Y qué propones exactamente?

—Pues no sé. Comer y cenar cada uno en su casa, solo celebrar las ocasiones especiales. Estudiar unas veces juntos y otras separados, vernos menos tiempo durante la semana y aprovechar más los fines de semana, no abusar del MSN cuando no estemos juntos... Cosas así. Probamos durante un tiempo. Y, si vemos que necesitamos más cambios, lo hablamos. Pero... no dejamos de ser pareja. Y... llámame cariño o amor, en lugar de Diana.

—Esto último te afecta.

—Sí.

—Mmm... Y con lo de Claudia ¿qué pasa?

La joven lo mira y sonríe.

—Si tú la olvidas, yo me olvido.

—A mí ya se me ha olvidado. Mañana pediré el cambio de clase.

—No hace falta que lo hagas.

—Quiero hacerlo. En eso siento que te he fallado.

—Está olvidado.

—Bien.

Sonrisas de nuevo en ambos rostros. ¿Vuelven a ser pareja sin tiempos ni pausas?

Lo comprueban enseguida, cuando Mario se acerca a la chica y le da un beso en los labios. Luego Diana apoya la cabeza en su pecho, emocionada. Y le regala el primero de los muchos «te quiero» que les esperan de ahí en adelante.

—Voy a por la botella de agua, que sigo con la garganta seca.

—Vale. Yo entro en la habitación.

Un nuevo beso y se despiden.

Diana abre la puerta y pasa, más feliz, más dichosa, más agradecida que nunca por tener lo que tiene. Sus dos amigas están al borde de la cama. Miriam tiene los ojos abiertos, aunque su aspecto no es del todo bueno. La chica se aproxima hasta ella y le da la mano a Cris.

Por primera vez, desde hace un año y medio, las Sugus están todas juntas.

Capítulo 101

Esa noche de diciembre, en un lugar de la ciudad.

Quiere gritar. ¡Está desesperado!

Aquello solo le puede pasar a él. Álex lleva casi tres cuartos de hora encerrado dentro del metro por una avería. Al principio anunciaron que lo solucionarían en diez minutos. Luego, en veinte. Y hace poco ya no han hablado de minutos, sino que han añadido en el mensaje la palabra «paciencia» y «lo antes posible».

Sin embargo, no se han movido ni un centímetro de aquel oscuro túnel en el que están detenidos. A pesar de las quejas de los pocos pasajeros, tres, que hay en ese vagón, nadie los ha informado de lo que puede tardar en volver a ponerse en marcha.

Ya no puede esperar más. Afortunadamente hay cobertura allí dentro. Así que coge su móvil para llamar a Paula y avisarla de lo que ocurre. Tiene miedo de que se vaya y de no encontrarla cuando él llegue: sabe que su chica no puede quedarse hasta muy tarde en el hospital porque tiene que estudiar y coger un vuelo al dia siguiente a primera hora.

Marca su número y espera.

—¿Cariño? ¿Dónde te has metido? —susurra cuando responde la llamada.

—Estoy en el metro. Se ha averiado el tren en el que viajo y llevo aquí encerrado un montón de tiempo.

—No me digas... ¡Qué mala suerte!

—Ya ves. ¿Tú dónde estás?

—En la habitación de Miriam, con mis amigas. Espera, que salgo fuera para poder hablar mejor contigo.

—Muy bien.

Álex suspira y se sienta solo en el fondo del vagón. Estira las piernas y las coloca en el asiento de enfrente. Sus compañeros de viaje lo miran. Dos son obreros de la construcción y el otro es un chico sudamericano que parece el más enfadado de todos.

—Ya estoy. ¿Me escuchas bien?

—Sí. ¿Y tú a mí?

—Perfecto.

—Menos mal. No hay mucha cobertura. A ver si aguanta.

—No te preocupes; si se corta, te llamo yo.

—Vale. ¿Cómo se encuentra Miriam?

—Bueno..., tiene muchas heridas. No puede hablar y le cuesta permanecer despierta. No podemos estar mucho tiempo más con ella. Estamos esperando a que lleguen sus padres.

—Pobre.

—Sí. Ella es la que está peor. El resto se va recuperando poco a poco del accidente. Aunque el susto y la impresión no se los quita nadie.

—Debe de haber sido...

—Uf. Tremendo —indica Paula—. No sabes si llegarás pronto, ¿verdad?

—No, ni idea.

—Bueno, no te preocupes. Te espero hasta que llegues. Y si no..., bueno, pronto regresaré de Londres y ya estaré contigo... siempre.

—De eso quería hablar.

—¿Ah, sí?

—Sí. Lo he estado pensando... y creo que no debes marcharte de allí.

Silencio al otro lado del teléfono. Sigue habiendo cobertura, pero lo que no sobran son las palabras. Hasta que Paula vuelve a hablar.

—No lo entiendo.

—Pues deberías de entenderlo. No puedo permitir que dejes aquello por mí.

—Quiero hacerlo.

—Yo no quiero que lo hagas. Te esforzaste mucho para conseguir esa beca y no es justo que regreses y no la termines.

—Pero entonces...

—Eres muy joven para renunciar a algo tan importante por amor.

—¿Y qué hacemos? ¡No soportaré seis meses más sola! ¡Ya lo sa...!

Y ahora sí, las rayitas de la cobertura se han extinguido.

—¡Mierda! —exclama poniéndose de pie.

Sus compañeros de tren vuelven a fijarse en él. Aquel guapito no les cae demasiado bien. No tiene pinta de ser usuario habitual de ese tipo de transporte público.

El escritor se mueve por todo el vagón buscando cobertura. Seguro que Paula lo está llamando. Joder, ¿por qué es todo tan difícil siempre entre ellos dos?

Regresa al fondo, tal vez allí vuelva a tener línea. ¡Sí! Un par de rayitas aparecen cuando Álex se sienta en el mismo sitio en el que estaba antes. El destino y las compañías de teléfono son así de caprichosos.

Rápidamente vuelve a llamar a su novia.

—¡Se cortó! —grita esta en cuanto coge de nuevo el teléfono.

—Sí, lo siento.

—¡No quiero perderte, cariño! ¡Quiero volver a estar contigo y que seamos una pareja!

—Yo también quiero, pero...

—Te quiero —le interrumpe Paula—. No voy a volver a Londres para quedarme.

—Sí lo harás.

—¡No! ¡Eso significará el final de lo nuestro! ¡No podré con la distancia otra vez! ¡Me muero!

—Es que no va a haber distancia esta vez.

—¿Cómo?

—No habrá ni un solo kilómetro entre nosotros porque me voy contigo a vivir a Londres.

Álex no lo ve, pero a Paula está a punto de darle un ataque de nervios en el pasillo del hospital. ¿O es de alegría?

—¿Te vienes a vivir conmigo? ¿Cómo vas a hacer eso?

—Solo son seis meses. Lo he estado pensando y creo que el que se debe sacrificar en este caso soy yo. Tú eres muy joven para dejarlo todo, pero yo ya tengo cierta experiencia, unos añitos más, y tampoco dejo tanto.

—Pero... ¿y tu libro? ¿Y el Manhattan?

—El libro lo terminaré antes de irme allí. Hablaré con Abril para que aplace todas las firmas hasta junio, salvo las tres o cuatro ferias más importantes. A esas sí que iré. Y, con el Manhattan..., contrataré a dos camareros más y dejaré a los tres que están ahora de encargados. Le pediré a Pandora que me haga un informe detallado de cómo van las cosas cada semana. Confío en ella muchísimo porque quiere al bibliocafé como si fuera suyo.

¡Es una locura! Pero si él dice que todo funcionará bien... Aunque le preocupa muchísimo que se vaya con ella y abandone todo en lo que está metido.

—¿Y tendrás dinero suficiente para todo esto?

—Sí. Aún me queda algo de la venta de la casa que tenía antes y *Tras la pared*, por lo que parece, ha funcionado muy bien. En marzo cobraré lo que se ha vendido este año. Con todo eso puedo alquilar un piso en Londres o compartirlo con alguien. Haciendo un esfuerzo, se puede mantener todo y tú no tendrás que moverte de allí.

—No sé qué decir...

El chico sonríe. Vuelve a estirar las piernas. Aquello supondrá implicar a varias personas para que le ayuden durante esos seis meses y la cantidad de dinero que invertirá será muy grande. Pero... merecerá la pena.

—Di que me quieres.

—Te quiero.

—Yo también te quiero.

—Es como un sueño. Que vengas conmigo a Londres... es un sueño.

—Lo importante es que estemos juntos.

—Sí, lo importante es que... —Y se detiene para escuchar una voz que proviene de la habitación de Miriam—. Espera, he oído gritos.

—¿Qué?

Paula no cuelga el teléfono. Álex oye cómo la chica abre una puerta. A continuación, voces alarmadas. Una parece la de Diana pidiendo un médico. Suena desgarradora. Y la de Cris diciendo algo que no puede entender, llorosa.

—¿Paula? ¿Paula? ¿Qué sucede?

Oye voces. Pero son muy lejanas. Siente que le cuesta respirar. Apenas puede hacerlo. No abre los ojos. Sin embargo, una rendija bajo sus párpados le permite contemplar a sus tres amigas a su lado. Parecen muy alteradas. Gritan. ¿Es por ella?

Las quiere muchísimo. A las tres. Ellas son las Sugus, van vestidas de muchos colores y, a veces, son difíciles de tragar. Parece que fue ayer cuando las conoció. Y ha pasado... mucho tiempo.

¿Qué sucede? ¿Por qué no puede hablar? ¡Quiere gritarles que las quiere! ¡Que las ama!

Le falta energía para hacerlo. ¿Y sus fuerzas? Se siente como... sin vida.

Esto significa que...

Su corazón se para. Sí, se acaba de detener. El fin de la mayor de las Sugus. Demasiado pronto. Demasiado... Es la despedida de Miriam, que sonríe por dentro, aunque por fuera todos lloren a su alrededor.

Capítulo 102

Se seca una lágrima. Lo ha vuelto a hacer. Se acerca a él y le da un beso en los labios. Luego los dos sonríen.

—Este beso imagino que significa que te ha gustado.

—Mucho.

—Me alegro.

—Tienes una imaginación...

—No tanta. La mayoría está basada en hechos reales. Ya lo sabes.

—Bueno, habría que contar las cosas que son verdad y las que te has inventado...

—Si quieres cojo una libretita y las apunto.

—No hace falta, tonto... —Y le da otro beso—. Te ha quedado fenomenal, como siempre.

Paula se levanta del sillón y termina de secarse las lágrimas.

—Veo que te ha afectado.

—Es que..., cada vez que recuerdo aquellos momentos, me entra una llorera. Eso sí, cuando Miriam se entere de que te la has cargado...

Álex se encoge de hombros y ríe.

—¿Crees que se enfadará?

—Mañana la llamamos y lo compruebas.

—Es que un libro no siempre puede terminar con final

feliz y, aunque este está basado en tus últimos años de adolescencia, había que meter algunos retoques de ficción. Tu historia es digna de una novela, pero hay que adornarla.

—Si te comprendo...

—Cuando los lectores lean *Cállame con un beso*, no sabrán qué es verdad y qué no.

—Como pasa con los dos anteriores —comenta Paula, mirando el certificado enmarcado de la estrella que lleva por nombre la fecha de su primer beso con Álex—. ¿Crees que a Mario se le hubiera ocurrido regalarle esto a Diana?

—No lo sé. Aunque él también es un romántico. Recuerda que en su boda hizo algo parecido con aquella canción que le dedicó y que llevaba su nombre.

—¡Cómo te gusta mezclar las cosas!

—Lo que más me gusta eres tú.

—¿Ah, sí?

—Sí. Por eso te quiero.

Y se dan un beso en los labios.

—Una pregunta más.

—Dime, Sherlock.

—¿En quién te basaste para hacer el personaje de...?

En ese instante, la puerta del salón se abre y una niña pequeña rubia corre hacia Paula. Esta la coge en brazos y le da un beso en la mejilla y otro en la frente.

—¿Qué haces tú despierta, pequeñaja?

—No soy pequeñaja. Tengo seis años.

—¡Perdona! ¡Perdona!

—¿Y mis papás?

—Tus papás vendrán mañana; cuando te despiertes, te recogerán para desayunar.

—¿Mañana?

—¡Sí! Y te llevarán a comer chocolate con churros. ¿Quieres?

La pequeña asiente con la cabeza. ¡Le encanta el chocolate con churros! No imagina que hace unos años aquella joven que ahora la sostiene puso perdido a su padre en un juego en el que ella hizo trampas.

—Lucía, vamos a dormir, que es muy tarde —indica Álex dulcemente, bajando a la niña de los brazos de su novia.

La cría protesta un poco, aunque al final acepta. Le da un beso a cada uno y se marcha otra vez a la habitación.

—Esto de hacer de niñera te va mucho. Cómo te gustan los niños.

—Es que esta es muy buena.

—Serás un padrazo.

—Y tú una madraza.

La pareja vuelve a besarse, pero esta vez con mayor pasión e intensidad.

—Quizá te apetezca tener uno pronto —comenta Paula acariciándole el pelo.

—Bueno..., habría que ponerse a ello, ¿no?

Y sonríe. Ella lo mira a los ojos y también lo hace. Le encanta. Y es que, por muchos años que pasen, nunca se cansará de ver esa sonrisa tan maravillosa.

Epílogo

Un día de marzo, en un lugar de la ciudad.

Su reloj marca las seis en punto. Sentada en una mesa que se esconde en el fondo del Manhattan, Paula mira ansiosa hacia la puerta. Ni siquiera oye la preciosa voz de Hillary Scott interpretando *Need you now.*

—¿Nerviosa? —No hay respuesta—. Nerviosa no sé si estarás, pero distraída...

Ahora sí le escucha. La voz proviene de la barra. La chica se gira y contempla a un treintañero que juguetea con la pantalla de un pequeño ordenador portátil. No ha cambiado mucho desde el día en que lo conoció. Álex se conserva perfectamente. Y ella sigue enamorada de él, de esa sonrisa maravillosa.

—Perdona, cariño. ¿Qué decías?

—Que si estás nerviosa.

—Un poco. Hace mucho que no las veo.

—Te comprendo. Es normal que estés nerviosa. —Y sonríe divertido.

—Es que... no me lo creo... De nuevo las cuatro juntas. ¡Las cuatro Sugus!

—Esas chicas que van vestidas de diferentes colores y a veces cuesta tragar.

—¡Exacto! —exclama Paula efusiva—. Jo, las echo de menos.

—A Cris no la ves desde la boda de Diana y Mario, ¿no?

—Sí. De eso hace ya cuatro años —comenta resoplando—. Y a las cuñadas desde hace dos navidades.

—Cómo pasa el tiempo...

Muy deprisa. Y sin darse cuenta. Parece que fue ayer cuando se vieron por primera vez en aquel Starbucks, mientras leía *Perdona si te llamo amor*. Él no era su cita. Sin embargo, terminó convirtiéndose en su pareja.

Por fin, la puerta del bibliocafé se abre. Dos jóvenes entran en el establecimiento. La más alta delante. Miriam lleva una bonita chaqueta negra desabrochada que deja al descubierto un vestido ajustado blanco. Luce tipazo. Diana se ha puesto tacones. Es una ocasión especial. Aunque ella ahora prefiere las zapatillas de andar por casa. Paula acude veloz a su encuentro.

—¡Felicidades! —gritan al unísono las recién llegadas. Y abrazan efusivamente a su amiga.

Los besos y las carantoñas se reparten. Y a la cumpleañera le caen los correspondientes tirones de oreja equivalentes a su edad: veintiocho.

—Pero... dejad que os mire —dice Paula con lágrimas en los ojos—. Estáis estupendas.

—¡Y tú, Sugus de piña! —vocifera Diana, también emocionada.

La chica que mantiene el pendiente en su nariz vuelve a abrazar a su amiga. Miriam las observa sonriente.

—¿Cómo están los pequeños? —le pregunta Paula cuando se separan.

—Enormes. Y muy guerreros. Me vuelven loca... Pero tienen un padrazo que hoy se va a encargar de todo.

—Pobre Mario —susurra Miriam.

—¿Cómo que pobre? ¡Pobre yo, que los he parido! ¡Y a los dos el mismo día!

—Sigues siendo la misma quejica de siempre.

—Mira, cuñada, que la tenemos. Que la...

Pero la mayor de las Sugus no deja que continúe hablando y le da un abrazo. Diana suspira y se deja llevar dándole toquecitos en su espalda. Sonríen. Ese tipo de riñas es habitual entre las dos. Su relación sube y baja dependiendo de la época. Aunque, desde que nacieron los gemelos, las cosas han mejorado mucho. Miriam le ha echado una mano y ha sido fundamental en el cuidado de Iker y Fernando.

—¿Qué tal estáis, chicas?

Álex se acerca a las tres amigas haciendo aspavientos con las manos. También se alegra de verlas. Ellas son las protagonistas de las novelas que tanto éxito siguen teniendo, especialmente entre adolescentes.

—¡Ey! ¡A mí no me dirijas la palabra! ¡Asesino!

—¿Todavía me guardas rencor?

—¡Por supuesto! ¿Cómo se me va a olvidar que me mataste?

—Tenía que darle cierto dramatismo a la historia.

—¡Pues haberte cargado a otra!

Tras dedicarle una mueca de fastidio, finalmente Miriam le regala al chico de la sonrisa perfecta un abrazo y dos besos sonoros. Luego, este besa a Diana e invita a las tres a que se sienten en la mesa en la que antes estaba Paula.

—¿Qué os pongo?

Cafés. Cortado para Paula, con leche para Miriam y Diana. Esta también pregunta si le queda algo de bollería. Álex le guiña un ojo y poco después regresa con una palmera de chocolate.

—¡Es que no he merendado nada! —exclama la joven, ante la sonrisa de sus amigas, mientras mastica golosa.

Aquella mamá de gemelos, que da clases de Economía en el mismo instituto en que su marido imparte Matemáticas, es un fiel ejemplo de que todos los problemas tienen solución. Incluso algunos tan graves como los que ella tuvo cuando era una adolescente que no se quería a sí misma. Ahora no solo come lo que quiere sin importarle el peso, sino que presume ante sus alumnos de ser una de las protagonistas de una de las sagas de libros más vendidas en los últimos tiempos.

—¿Y Cris? —pregunta Paula fijando su mirada otra vez en la puerta.

—Me ha mandado un mensaje hace un rato diciendo que llegaría un poco más tarde —contesta la Sugus de manzana antes de relamerse el chocolate de la comisura de sus labios.

—No sé nada de ella desde hace bastante. Como no le gustan nada ni las redes sociales ni el WhatsApp...

—Cris es así.

—Me dio mucha pena cuando me enteré de que lo dejó con Alan —reconoce Paula.

—Sí, en mi boda se les veía bien. Muy unidos.

—Pues por lo visto no lo estaban tanto —indica Miriam dando un sorbo al café que le ha servido Álex—. Cris regresó a España hace cosa de dos años.

—Eso sí lo sabía. Que después de cortar con él se marchó de París.

—Qué lástima.

Las tres amigas se quedan un instante en silencio. Tras el accidente de coche que tuvieron hace más de nueve años, las chicas volvieron a unirse mucho. Y Cris y Miriam hicieron las paces. Cada vez que visitaba a Alan, pasaba por la habitación en la que se recuperaba su amiga. Lo aclararon todo y las dos se pidieron disculpas sinceras por lo que había sucedido con Armando, del que ya nunca más supieron nada.

—¿Y qué se siente al ser tan famosa?

La pregunta de Diana sorprende a Paula, que tose al atragantarse con el café.

—¡No soy famosa!

—Claro, claro —comenta Miriam retocándose el pelo—. Por eso continuamente te veo en la tele.

—¡Porque soy periodista!

—Una periodista famosa.

—No solo eres la novia de un escritor famoso, sino que, además, participas en un programa de música que ven tres millones de personas.

La chica cabecea avergonzada. Se ha puesto un poco colorada. A pesar de que le gusta lo que hace, le apasiona, le da un poco de vergüenza que la reconozcan por la calle. Antes, era la pareja de Alejandro Oyola, el escritor de *best sellers.* Ahora es Paula G., una de las presentadoras de *Saturday Night Music,* en la MTV. Después de muchas prácticas en televisiones pequeñas, haciendo informativos, cubriendo noticias de todo tipo y trabajando mil horas por ridículas cantidades de dinero, por fin le llegó su oportunidad. Nada menos que en la MTV, donde se ha hecho un hueco. Y todo gracias a Ángel y Sandra, que la pusieron en contacto con uno de los productores de la cadena. Tanto tiempo haciendo de niñera de Lucía ha servido para algo. Aunque, en realidad, les sigue teniendo un gran aprecio a su ex y a su fantástica esposa.

En ese momento, se abre de nuevo la puerta del Manhattan. Una joven rubia con el pelo corto y el flequillo en forma de cortinilla entra taconeando. Está sonriente y lleva una bolsa de plástico en una mano.

—¡Cris! —gritan las tres casi al mismo tiempo.

Pero es Paula la que se pone de pie y recibe a su amiga con un gran achuchón. Besos y más besos.

—¡Muchas felicidades, cumpleañera! ¡Qué contenta estoy de volver a verte!

—Yo también estoy muy feliz de que hayas venido.

—Y a nosotras que nos parta un rayo, ¿no?

—Tú no cambias, Diana. Siempre serás la misma.

Y con una gran sonrisa abraza a las otras dos Sugus. Por un momento, retroceden a su adolescencia. Aquellos días en los que las preocupaciones eran otras. Distintas, menores, aunque existía un mundo detrás de ellas. Días en los que pasaban horas y horas hablando de lo que sucedería cuando fuesen mayores. El futuro llegó y sus vidas son totalmente diferentes a lo que habían imaginado. O casi.

—Estás muy guapa, Cris —apunta Miriam tomando de nuevo asiento—. Me gusta cómo te queda ese peinado.

—Gracias, me dejé el pelo largo otra vez, pero necesitaba volver a mi estilo. Así estoy más cómoda.

—Estás preciosa, pequeña.

Su sonrisa es indicadora de que las cosas no le van mal. Las tres se mueren por preguntarle si está saliendo con alguien, pero ha pasado mucho tiempo y la confianza no está al cien por cien en los primeros minutos de contacto.

—Ah. Toma —dice la recién llegada, entregándole a Paula la bolsa de plástico con la que se ha presentado—. De parte de las tres.

—Es que como trabaja en El Corte Inglés le venía mejor a ella comprarlo —comenta Diana.

Paula saca un paquete pequeño envuelto en papel de regalo. Emocionada, comienza a abrirlo con cuidado.

—No teníais por qué...

—Claro. No nos vemos en un montón de tiempo, nos invitas a tu cumpleaños y no te vamos a regalar nada. ¡Venga, hombre!

—Sigues siendo la misma, Diana.

—Déjame, para un día que estoy tranquila sin niños y sin marido... Aunque eso de llevar tacones lo llevo fatal. ¡Y ya verás cuando me tome una copa!

Todas ríen mientras Paula sigue abriendo el regalo. Y por fin...

—¡Oh, muchas gracias, chicas! —grita emocionada.

Es un marco digital. El borde está pintado de azul y la foto de presentación es una de las cuatro Sugus juntas cuando tenían dieciséis años.

—Dale al *play*.

La homenajeada hace caso a Cristina y pulsa un botón pequeño blanco. De repente, suena una canción: *I'm yours*, de Jason Mraz. Un tema que les encantaba hace más de una década, cuando quedaban las cuatro para escuchar música y compartir deseos y sueños. Las fotos van pasando al ritmo de la melodía. Y los ojos de todas se van iluminando y enrojeciendo al mismo tiempo. Las imágenes, una a una, son comentadas, reídas, anheladas, y crean dentro de ellas una nostalgia inigualable. Ahora son felices, han encauzado sus vidas, pero, al ver las fotografías, echan de menos las aventuras de los años de contarse todo. De volar entre nubes imaginarias y compartir primeras experiencias.

—Traigo pañuelos.

Álex aparece de nuevo y, tras colocar unas cuantas servilletas de papel sobre la mesa, saluda a Cris, le da dos besos y le pregunta si quiere tomar algo. También café con leche.

—Gracias, amor —dice Paula, alcanzando una de las servilletas y limpiándose los ojos con ella.

—No podemos estar tanto tiempo sin vernos —apunta Diana—. Os echo de menos.

—Tú lo que quieres es que te cuidemos a los gemelos de vez en cuando —bromea Miriam—. Y que te quitemos de en medio a mi hermano un rato.

—El día que tú te eches un novio formal y que sea tan bueno como tu hermano, hablamos.

—¡No quiero un profesor de instituto de novio como Mario! ¡Si cuando me llama por teléfono parece que me esté explicando el teorema de Pitágoras!

—¡A mí me pone eso!

—¡Por eso es tu marido y, afortunadamente, solo mi hermano!

Las cuatro vuelven a reír. Hasta que suena un móvil. Es el de Cristina. La chica pide disculpas y se levanta. En una esquina del Manhattan habla por el aparato entre sonrisas y susurros. Sus tres amigas la observan atentas y especulan sobre el autor de la llamada. Un par de minutos más tarde, la Sugus de limón regresa a la mesa.

—¿Qué? —pregunta cuando se da cuenta de que todas las miradas están centradas en ella.

—Vamos, Cris. ¿Quién es el afortunado? —quiere saber Diana, inclinándose y apoyando los codos en la mesa.

—¿Afortunado?

—Sí, el chico con quien has estado hablando por teléfono. ¿Es tu novio? ¿Un rollo? ¿Tu prometido?

—¡Ah! ¡Qué cotillas!

Miriam y Paula también adoptan la misma postura que Diana en torno a Cris. Quieren saber.

—Lo somos. ¿Quién es? ¿Tiene un buen curro? ¿Cómo se llama?

—Alan.

Casi se caen de la silla cuando escuchan el nombre del francés.

—¡Alan! ¿El mismo Alan?

—Sí, Diana. El mismo.

Cris comienza a contar su historia ante el asombro de sus tres amigas. Tras romper la relación, pasaron un par de años sin que ninguno tuviera noticias del otro. Ella regresó a España y él continuó viviendo en París. Pero hace un par de meses el joven se presentó en su casa, de improviso. Había viajado desde Francia para arreglar unos papeles de un hotel que quería abrir en la ciudad. Y le apetecía volver a ver a su ex. Aunque cortaron, no habían quedado mal. Tampoco como amigos; simplemente, lo suyo se terminó por desgaste de la relación. Esa tarde tomaron un café. Por la noche, cenaron. Una copa en la madrugada. Y desayuno en la cama.

—¡Alucinante! Entonces, ¿habéis vuelto?

—Lo estamos intentando. Él sigue viviendo en París y yo aquí. Veremos qué pasa en los próximos meses.

—Pareces enamorada —señala Paula con una sonrisa.

—Bueno..., es el amor de mi vida. Quizá.

Diana entonces se levanta impetuosa y con la taza en la mano les pide a las otras tres que la imiten. El resto obedece.

—Brindo por que estas reuniones, a partir de ahora, no sean cada varios años, sino que por lo menos nos veamos cada seis meses. Y, ya que Cris se va a ir pronto a vivir a París otra vez, propongo que... ¡nos invite a todas a visitarla!

—Qué morro tienes, cuñada.

—Bueno, un poco. Pero había que intentarlo. Da lo mismo dónde sea, pero espero que pronto nos volvamos a ver. Y esta noche... ¡fiesta! ¡Uno para todas...!

—¡O, mejor, uno para cada una! —gritan al unísono mientras entrechocan las tazas en el aire, salpicando gotitas de café sobre la mesa.

—¡Sois unas escandalosas! ¡Estáis muy mayores, por no llamaros directamente viejas!

Las cuatro miran a una jovencita que acaba de entrar en el Manhattan y se ha sentado en uno de los taburetes. Lleva unos sugerentes *shorts* vaqueros, botas altas y una camiseta bastante escotada. En cierta manera, les recuerda a alguien.

Caminando insinuante, se acerca hasta la mesa de las Sugus y le da dos besos a Paula.

—Felicidades, hermana.

—Gracias, pequeña.

Erica coge una silla, le da la vuelta y se sienta en ella con el descaro de la juventud. Las chicas la miran incrédulas.

—¿Tú eres la enana aquella que me llamaba «la bruja del *piercing*»?

—No me acuerdo de eso. Pero imagino que sí, Diana. Mira que te odiaba...

—Niños...

Álex se aproxima otra vez a la mesa, le pone una Coca-Cola *light* a Erica y se sienta con ellas.

—Bueno, ¿de qué estabais hablando?

—De lo mayor que se ha hecho tu cuñada —comenta Miriam—. Quién sabe, a lo mejor algún día escribes un libro sobre ella como lo hiciste con Paula y nosotras.

El escritor observa a su novia, luego a la chica. Se parecen muchísimo. Prácticamente son dos gotas de agua. Un libro sobre Erica... podría ser. Sí, quién sabe. Quién sabe...

Álex Oyola

Tras la pared

TERCERA PARTE

CAPÍTULO 9

Recuerdo aquellos días como una especie de infierno, y no solo por el calor que hacía en Madrid. No salía de casa, me pasaba todo el tiempo delante del portátil y ni siquiera leía las noticias sobre lo que ocurría en el mundo. Mi mundo era *Edelweiss*, nada más. Solo charlaba con el repartidor del supermercado que me traía los pedidos a domicilio. A Marta y a Nadia no volví a visitarlas, pese a tenerlas en la puerta de al lado. Solo me encontré con la mayor de mis vecinas una noche, bajando a tirar la basura, y apenas cruzamos un par de palabras en las que me dio ánimo para terminar la novela. Aunque la noté algo rara.

Hasta aquel 23 de agosto.

Acababa de terminar de comer, a pesar de que eran más de las cuatro y media de la tarde. Llamaron a la puerta y, por un instante, dudé entre abrir o no. Finalmente, ante la insistencia, me levanté del sillón y me dirigí hacia la entrada.

Se trataba de Marta. Por la cara que puso, creo que le impresionaron mis pintas de absoluta dejadez: llevaba una camiseta de tirantes sucia y un pantalón corto oscuro que había convertido en mi vestuario oficial para escribir. Hacía doce días que no me afeitaba.

—Perdona que te moleste, ¿puedo entrar un momento? Quiero hablar contigo —dijo tras repasarme con la mirada.

La invité a pasar y nos sentamos en el sofá del salón-comedor. Si mi aspecto era el de una especie de náufrago que llevaba varios días perdido en una isla desierta, el de ella era el de una especie de Pocahontas moderna. Se había hecho una trenza y estaba morenísima. Vestía una falda muy corta y un top juvenil de color canela que permitía verle el ombligo y que bien podría haber sido de su hija.

—¿Has ido a la playa?

—No, a la piscina de unos amigos un par de días. No tengo dinero para irme de vacaciones a ningún lado.

Me sentí culpable al escucharla, ya que no había vuelto a llamar a Verónica para intentar conseguirle una entrevista con su padre. Prefería ser sincero esta vez. Parcialmente sincero.

—Ha habido novedades respecto a lo que te dije sobre mi exnovia. Aunque no son positivas.

Le expliqué que, por algún motivo que desconocía, no me cogía el teléfono. Eso era cierto, aunque también lo era que no llamaba a Verónica desde hacía unas cuantas semanas. Tampoco sabía si Larry y ella habían hecho las paces.

—No te preocupes. Gracias de todas maneras por molestarte —dijo esbozando una media sonrisa tristona—. En septiembre seguiré intentándolo.

—No sabes cuánto lo siento.

—No pasa nada, Julián —insistió en quitarle hierro al asunto. Pero pronto cambió de tema—. No he venido a hablar de eso. Me gustaría que mañana estuvieras en el cumpleaños de Nadia. Aunque solo sea para felicitarla y tomarte un refresco y un trozo de pastel con nosotras.

24 de agosto: mi vecina cumplía quince años. No lo había olvidado, pero tampoco tenía intención de hacer nada especial. Me daba pena comprobar que nuestra relación se había ido enfriando paulatinamente. Pero era lo mejor. Algunas noches la había escuchado tararear tras la pared,

aunque solo oía canciones tristes, repletas de melancolía. Y entonces era cuando notaba su ausencia en todos esos días que llevaba sin verla.

—¿Vais a celebrarlo aquí?

—Sí, pero de manera sencilla. Una tarta, quince velas y poco más. Luego ella se irá con sus amigas.

Me preguntaba si Nadia seguiría mintiéndole a su madre y, en lugar de irse con las chicas de su clase, lo hacía con Eduardo. Aunque al principio me fastidiaba que saliera con alguien, ahora casi lo agradecía. Seguro que aquel chico del MSN sabría hacerla feliz.

—¿A qué hora tengo que estar?

—Sobre las siete de la tarde —indicó Marta, haciendo como que pensaba—. El avión de su padre llega a las cinco y Nadia irá a recogerlo al aeropuerto. Así que a esa hora se supone que ya estarán de vuelta.

—¿Su padre viene desde Francia?

—Sí. Aunque al día siguiente regresará a Lyon con..., con Nadia. Va a pasar una temporada con él en Francia.

Aquella noticia me cogió desprevenido, aunque la mujer ya me había avisado de ello. No podía creer que Nadia se fuera a marchar tan lejos.

—¿Ya está decidido?

—Sí, Julián. Ya lo hemos hablado.

—¿Y está de acuerdo?

—Bueno. A medias —contestó, tratando de no ponerse a llorar—. Le va a costar. Como a mí. Es mi pequeña y no me imagino despertarme cada día y no encontrarla en casa. Pero es lo mejor para todos. Con su padre va a estar bien.

Hizo una pausa y no pudo contener más las lágrimas. Me pidió disculpas y permiso para entrar en el baño. La escuché llorar durante unos segundos, aunque había abierto el grifo al máximo para tratar de ocultarlo.

De nuevo, el pesado e insoportable sentimiento de culpabilidad cayó sobre mis hombros. Si hubiera logrado hablar con Verónica y esta, a su vez, con su padre para que le hiciera una entrevista de trabajo a Marta, tal vez Nadia no se habría visto obligada a irse a Lyon con su padre.

Tenía que hacer algo. No podía permitir que mi vecina se fuera.

Vero era la clave de todo. Ella era el último cartucho. ¿Y si lo intentaba de nuevo? Pero mi ex no me cogía el móvil. No entendía los motivos, pero no contestaba a mis llamadas. ¿Qué podía hacer? Solo se me ocurría una cosa: ir a mi antiguo piso y hablar con Verónica, me costase lo que me costase. Eso suponía perder un tiempo precioso y ocuparme de algo que no tenía que ver con la novela. Las consecuencias eran previsibles si me enredaba demasiado con aquel asunto. Podía escuchar la grave voz de Jota Jota mandándome a tomar por saco cuando le dijera que no me había dado tiempo a escribir los treinta capítulos que habíamos acordado para el 1 de septiembre.

—Perdona, cada vez soy más sentimental —susurró Marta cuando regresó del baño.

Tenía los ojos hinchados y, aunque se había secado y limpiado los ojos, se le había corrido el rímel.

—Es normal que estés así. No hay nada que perdonar.

—Me acostumbraré —dijo, aunque sonó muy poco creíble—. Entonces, ¿vendrás mañana?

—Sí. Claro que estaré con vosotras. ¿Quieres que compre algo para...?

—No, no te preocupes por eso —me interrumpió—. Con que vengas un ratito será suficiente.

Sin embargo, yo no lo veía suficiente. Tenía que jugar mi última carta. El naipe de Verónica. Aunque no le dije nada a Marta por si volvía a fallar, debía encontrar a mi exnovia y pedirle que su padre entrevistara a mi vecina para su agencia de viajes. Y el único sitio en el que podía buscarla era en mi antiguo piso, ese bonito ático que había sido mi casa, en el centro de Madrid.

Aparqué *Edelweiss* y los planes previstos para esa tarde. Me afeité, me arreglé un poco y rogué para que todo saliera bien. Fui hasta el metro y recorrí durante más de media hora la línea cinco. Cuando salí de la estación Alonso Martínez, el sol abrasaba las aceras de la capital. No caminé ni veinte pasos y ya estaba sudando. El calor era completamente insoportable, pero, si lograba mi propósito, aquel esfuerzo merecería la pena.

Anduve a buen paso hasta llegar a mi antiguo edificio. El portero me reconoció, aunque no me supo decir si Verónica estaba en casa. Por suerte, me permitió subir en el ascensor, sin tener que llamar al telefonillo. Me daba miedo que mi exnovia no me quisiera abrir. Ahora, frente al 8º F, ya no le quedaría más remedio. Pulsé el timbre y me aparté un poco para que no me vieran por la mirilla.

Enseguida oí unos pasos que se aproximaban. Luego, un cerrojo que se abría y el giro del picaporte. Frente a mí apareció Larry. Sus ojos se abrieron como platos al descubrirme y, en lugar de invitarme a entrar, salió él al pasillo, encajando la puerta tras de sí.

—¡Tío! ¿Qué coño haces aquí?

—He venido a ver a Verónica —respondí extrañado por su hostilidad—. Hace semanas que intento hablar con ella y no hay forma de localizarla.

—Claro. Porque ella no quiere volver a saber nada de ti.

—¿Y eso? ¿Qué pasa?

Mi amigo me pidió que bajara el tono de voz. No entendía absolutamente nada de lo que estaba sucediendo. ¡Necesitaba una explicación! Se inclinó sobre mí y murmuró algo que me hizo temblar.

—Vero cree que estás liado con la niña que apareció en tu casa el día que cenamos. Tu vecinita rubia.

—¿Qué? Pero si yo no...

—Dice que lo vio en tus ojos y en los de la cría. Que reconoce tu mirada de enamorado porque ella..., bueno, ya sabes. Estuvisteis mucho tiempo... enamorados.

—Pero entre Nadia y yo no hay nada.

—A mí me da lo mismo si lo hay o no, Julián. De hecho, me costó una gran bronca con Verónica decirle que tú podías hacer lo que te diera la gana. Que si estabas con esa chica tenía que ser porque era lo suficientemente madura. Que el amor no tiene edad y que dentro de cinco años ella tendrá veinte y tú treinta y se notará menos la diferencia entre ambos. Pero, para Vero, tú te has convertido en algo así como un pederasta.

—¡Qué dices! ¿Piensa eso?

—Lo piensa e incluso estuvo a punto de denunciarte.

—¡Madre mía! ¡Si ni siquiera estamos juntos! —exclamé alzando la voz, algo que mi amigo me recriminó—. No estoy con Nadia. Te lo juro.

—Julián, te repito que me da igual si estás o no con ella. Tú sabrás lo que haces.

Aquello sí que no lo imaginaba. Verónica me conocía bien y sabía... Pero ¿a quién quería engañar? Estaba enamorado de una adolescente. ¡Era verdad! Y mi ex se había dado cuenta. Lo que no entendía era por qué decía que había visto en los ojos de Nadia que aquel sentimiento era recíproco.

—Tengo que hablar con Vero —le rogué a Larry, que se colocó inmediatamente delante de la puerta.

—Es mejor que no.

—No es por mí. Necesito ayudar a alguien. Tengo que pedirle un gran favor.

—¿A quién tienes que ayudar?

—A Marta, la madre de Nadia —respondí desesperado.

—Sí que te ha dado fuerte con tus vecinas. Lógico. Las dos están tremendas. Aunque, en presencia de Verónica, negaré haber dicho tal cosa.

—No estoy para bromas, Larry. Tengo que conseguir que me ayude.

Le expliqué rápidamente la situación, obviando que Nadia iba a tener que marcharse a Francia con su padre si su madre no lograba un trabajo; no quería que pensase que aquello lo hacía solo por ella. En cuanto al resto, se lo conté todo, incluida la relación sexual que Marta y yo manteníamos. Quizá así tanto él como su novia olvidarían sus sospechas de que yo pudiera estar liado con una menor de edad.

Al terminar mi relato, mi amigo silbó.

—¿Te has estado tirando a tu vecina? ¡Eres un campeón! ¡Mi ídolo!

—Cállate, por favor. Montas un espectáculo por todo.

—Es que me asombras, señor escritor. Eres un genio.

—Venga ya, Larry. ¿Cómo puedo hablar con Verónica para convencerla?

—No vas a conseguirlo. Te lo aseguro.

—¡Joder! No me digas eso. Marta necesita ese trabajo. ¿Qué puedo hacer?

Mi amigo sonrió ampliamente y me cogió por el hombro de manera cariñosa.

—Tú no puedes hacer nada. Pero yo sí. Y te aseguro que a mí sí me hará caso. Ahora vete a casa y ya te llamaré para decirte qué día tiene tu querida vecina la entrevista de trabajo.

—¿Estás seguro de lo que dices?

—Completamente. Como me llamo Miguel Herrera Santos.

CAPÍTULO 10

No sé qué hizo mi amigo, ni qué le diría a Verónica para convencerla, pero, a las dos horas de marcharme de mi antiguo piso, me llamó para confirmarme que había conseguido una entrevista para Marta. Debía presentarse al día siguiente a las diez de la mañana en la agencia de viajes.

—Tienes que llevar el currículum —le dije a mi vecina emocionado.

—¡Muchas gracias! ¡No sé cómo agradecértelo! ¡De verdad!

La veía tan contenta que se me saltaban las lágrimas. Confiaba mucho en ella y estaba seguro de que conseguiría el puesto. Era su gran oportunidad.

Con tanta efusividad y rebosante de adrenalina, me senté delante del portátil dispuesto a recuperar el tiempo que había perdido por la tarde. Sin embargo, la euforia del momento no me permitía concentrarme en la historia. Lo intenté durante varias horas, pero apenas logré escribir un par de páginas. A las dos de la madrugada, desistí y me fui a la cama.

No tardé en quedarme profundamente dormido. Soñé algo muy extraño, de lo que después solo recordé fragmentos. Nadia, al final, se marchaba a Francia con su padre, pero yo conseguía impedirlo colocándome delante del avión, en la pista de despegue. Gritaba que la quería y que todo iba a ir bien entre nosotros. Ella también gritaba que me amaba, pero no se bajaba del aparato. Ya no me acordaba de nada más.

Me desperté sobre las nueve y media, de tan buen humor que decidí irme a desayunar fuera de casa. Me vestí y salí canturreando de mi apartamento. Y entonces la vi. Como aquel día de hacía dos meses, sentada en la escalera. Un bonito y dulce *déjà vu.* Nadia me miró sorprendida y algo avergonzada.

—Feliz cumpleaños —le dije acercándome a ella. Le regalé dos besos antes de que pudiera darme las gracias—. No me digas que te has vuelto a dejar las llaves dentro.

—Me hago mayor, pero sigo igual de tonta.

—Tú no eres tonta.

—¿No? ¿Conoces a mucha gente que salga a hablar por teléfono fuera de su casa porque hay mejor cobertura y se olvide las llaves dentro no sé cuántas veces?

—¿Tienes mejor cobertura fuera que dentro?

—Exacto. Menuda mierda, ¿no?

Sonreí. Me encantaban las muecas que hacía cuando intentaba mostrarse enfadada. Sin embargo, lo mejor de sus enfados repentinos y algo infantiles era cuando terminaban y dibujaba la sonrisa más encantadora del mundo.

—Tu madre se ha ido a la entrevista de trabajo, ¿verdad?

—Sí, me tocará esperarla aquí sentada.

—De ninguna manera. No voy a permitir que la mañana de tu cumpleaños te la pases sola en la escalera del edificio. Te invito a desayunar.

—¿No tienes que escribir?

«¡No sabes cuánto!», pensé. Pero en ese instante había que priorizar. Y ella y su decimoquinto aniversario eran lo primero.

—Hoy me he tomado el día libre —mentí.

—¿En serio? No me lo creo.

—Pues créetelo. Anda, levántate, que tengo hambre.

La chica aceptó mi invitación, aunque no con tanto descaro como aquella primera vez.

Salimos juntos del edificio y caminamos en silencio por la calle. Por suerte, una tormenta de verano durante la noche había refrescado el ambiente y hasta se podía respirar mejor. El asfalto estaba todavía mojado y el cielo encapotado, aunque no llovía.

—¿Quieres que vayamos a...?

—Por supuesto —me anticipé a contestar, sin dejar que acabara la pregunta.

Sabía que me iba a nombrar aquel bar. Por primera vez en la mañana dibujó esa media sonrisa suya que tanto me gustaba.

Pedimos un sándwich mixto con huevo cada uno y ella un zumo de naranja y yo un café con leche para acompañarlo. Recogimos nuestros desayunos y nos sentamos en la misma mesa que aquel día de junio.

—Espero que esta vez mi madre tenga más suerte —dijo después de tragar el primer bocado de su sándwich.

—Seguro que lo consigue. Crucemos los dedos.

—Sería el mejor regalo de cumpleaños que podría tener.

Observé como sus ojos brillaban y casi se humedecían. Aunque tenía el corazón encogido y sufría por ella, intenté animarla.

—Recuerdo perfectamente el día que cumplí quince años. Quería hacerme un *piercing* en la ceja y les pedí a mis padres que me lo regalaran. Evidentemente, me mandaron a paseo.

—¿En serio querías un *piercing*? No te pega.

—Lo sé. Pero tenía ese capricho. Supongo que me veía

a mí mismo demasiado correcto y formal. Con un *piercing* creía que podía parecer más malote.

—Tú no puedes parecer malote ni llevando puesta una careta y una motosierra en la mano.

—¿*La matanza de Texas*? ¿Has visto esa película?

—Claro. Me encanta. Es mi peli de miedo preferida.

—No es de tu época.

—Existen las reposiciones, los DVD, la tele de pago, Internet...

—Gracias por la información. Pensaba que todavía vivía en el siglo XX.

Sonreí al verla sonreír a ella, aunque en esta ocasión, como en muchas otras, se burlara de mí.

—Al final, ¿qué te regalaron por tus quince años? —me preguntó con curiosidad Nadia, más animada.

—Me llevaron a una pista de karts.

—¡Qué guay! ¡Nunca he montado en uno!

—Me lo pasé genial. Fue una gran experiencia. De hecho, repetí varias veces.

—Algún día iré yo a una.

—Dile a Eduardo que te lleve. Te encantará.

La expresión de Nadia cambió en un segundo. Enseguida supe que había dicho algo fuera de lugar. ¿Y si ella y aquel chico...?

—Eduardo y yo hemos roto —indicó confirmando mis sospechas.

—Ups. Lo siento. No lo sabía.

Ni lo sabía, ni sé si lo sentía. Por un lado, me apenaba que lo hubiera dejado con su novio porque seguro que no había sido agradable. Pero por otro...

—Llevas varias semanas encerrado en tu casa. No me extraña que no te hayas enterado de nada. Además, esto solo te lo podía contar yo y no hemos hablado hace mucho tiempo.

—No me quedaba otra. Lo sabes. Debía aislarme del mundo si quería avanzar en la novela.

—Ya. Me quedó muy claro.

Notaba malestar en sus palabras. Como si estuviera más afectada por no haber estado yo a su lado cuando terminó con Eduardo que por la propia ruptura en sí.

—¿Se lo dijiste a tu madre?

—¿El qué?

—Que salías con un chico al que habías conocido en Internet.

—No. ¿Estás loco? Habría terminado encerrada en mi habitación como tú —dijo esbozando una sonrisa maliciosa.

—Mira, así por lo menos no te olvidarías las llaves dentro de casa —contraataqué, aceptando su envite.

Nos quedamos los dos en silencio un segundo y al siguiente soltamos una carcajada al unísono. En una película romanticona, habría sido el momento más empalagoso e inverosímil. Pero nos estaba pasando de verdad. Aquella era la película de mi vida y Nadia la protagonista.

Charlamos un rato más en el bar que servía los mejores sándwiches mixtos con huevo del barrio y después nos fuimos a dar un paseo. No le había comprado todavía nada por su cumpleaños, así que se me ocurrió que podíamos hacer algo juntos para celebrarlo.

—No tengo dinero para invitarte a los karts, pero vamos a ir a otro sitio mucho más típico... y barato.

—¡Sorpréndeme! ¿Adónde me vas a llevar?

—¿Has montado alguna vez en las barquitas del Retiro?

Me dijo que no entre risas. Yo hacía mucho que no iba, y menos aún con una chica. El día acompañaba. No hacía excesivo calor y no daba la impresión de que fuera a ponerse a llover otra vez. Así que cogimos el metro y nos plantamos en el pulmón verde de Madrid.

Ya en el parque, caminamos entre bromas hacia la zona del lago. No había demasiada cola para las barcas. Alquilamos una y subimos a ella, no sin algún tropiezo peligroso. Yo me puse a los remos y Nadia se sentó enfrente. De reojo, la contemplaba sin que se diera cuenta. Estaba más guapa que nunca. ¿Quién no se quedaría prendado de aquella jovencita de quince años?

—Ya sabes que me voy a Francia a vivir con mi padre, ¿no?

Ahí estaba: el tema que, tarde o temprano, tenía que surgir en nuestra conversación. Lo dijo con tranquilidad, aunque se notaba que había tristeza en sus palabras.

—Sí, me lo dijo ayer tu madre.

—¿Qué te contó exactamente?

—Poco. Que venía tu padre desde Lyon y que lo mejor para ti era pasar una temporada en Francia.

—Ya.

—No te veo muy entusiasmada.

—Es que no lo estoy. No quiero irme. Sé que mi padre me cuidará mucho y que allí no me faltará de nada. Incluso ya tengo hasta plaza en su instituto. Pero...

—No te preocupes. Tu madre conseguirá trabajo y pronto podrás volver a casa cuando los problemas económicos se hayan resuelto.

Nadia alzó una ceja y movió después la cabeza en señal de negación. Luego miró hacia ninguna parte y suspiró.

—Voy a echar de menos Madrid.

—Y sus alrededores.

—También. Aunque lo que más voy a echar de menos... es... tenerte tras la pared de mi habitación.

Paré de remar cuando oí lo que había dicho. La barquita se mecía a izquierda y derecha, generando pequeñas olas. Solo se escuchaba aquel suave balanceo.

—Yo también te voy a echar de menos.

Fue todo lo que supe responder. Tal vez me salió muy solemne y no conseguí darle el tono emocionado que de verdad me hubiera gustado transmitir: más cálido, más íntimo. Ella recibió mis palabras con una sonrisa. Se puso de pie, moviendo la barca, y se sentó a mi lado.

—¿Me dejas remar un rato?

—No. No te dejo.

—¿Por qué?

—Porque no creo que sepas. Y corremos el riesgo de acabar los dos en el agua.

—Hay riesgos que merece la pena correr, aunque sean peligrosos y después no sirvan para nada.

E inclinándose sobre mí me dio el beso más bonito que jamás me habían dado.

CAPÍTULO 11

Y, de pronto, toda tu existencia queda reducida a un solo segundo. A un simple instante, que te muerde el alma y se queda en ti para siempre. Da lo mismo qué haya pasado hasta ese punto o a lo que estés conectado. El poder de ese momento es tan grande que reduce a cenizas cualquier otra cuestión trascendente o intrascendente a la que te hayas enfrentado.

Eso supuso el beso de Nadia en el lago del Retiro.

Nada volvería a ser igual. Ni el paseo en barca fue igual que antes de subirnos. Ni la vuelta a casa fue igual que el camino de ida. Ni ella ni yo éramos iguales a los de antes de aquel acontecimiento.

Hasta llegar al edificio, apenas hablamos entre nosotros. Todo era muy extraño. Ella me pidió disculpas varias veces por haberse atrevido a darme un beso y me aseguró que solo se había tratado de un impulso. Yo insistía en que no pasaba nada. Fui un estúpido porque no le confesé lo que sentía de verdad. No reconocí que había experimentado un cosquilleo insoportable en el estómago; que el hecho de que me besara significaba que empezaba a creer en la magia. ¿Por qué no le confesé que estaba enamorado de ella?

Precisamente por eso: por amor. Porque temía hacerle daño a ella y, por qué no reconocerlo, también a mí mismo.

Y porque fui un verdadero capullo.

—¿Vendrás luego a casa? —me preguntó tímidamente, ya en el tercer piso—. Si no vienes, sobrará mucha tarta.

Asentí y esperé a que llamara al timbre para ver si su madre estaba ya en casa. Cuando Marta abrió, la chica no tardó en perderme de vista. La mujer la observó con cierta preocupación y salió al pasillo a verme.

—¿Todo bien?

—Sí, la he invitado por su cumpleaños a montar en las barquitas del Retiro. Me contó que nunca se había subido. Y, como se ha dejado las llaves dentro de casa, no quería que se quedara sola esperándote en la escalera.

—¿Otra vez se ha dejado las llaves?

—Sí, otra vez —contesté sonriendo—. ¿Y a ti qué tal te ha ido?

—No me quiero hacer ilusiones, pero... ¡genial! El señor Martínez ha sido muy amable conmigo. Él mismo me ha hecho la entrevista.

—Ojalá tengas suerte. Te lo mereces.

—Gracias, Julián. Si lo consigo, todo te lo deberé a ti. Y a tu ex. Dale las gracias de mi parte, por favor.

Sonreí cuando se refirió a Verónica. Si no llega a ser por Larry, jamás habría logrado aquella oportunidad. Luego tenía que llamarle para agradecerle de nuevo el favor. Aunque no tenía ni idea de lo que había hecho o dicho para convencer a su novia.

—Si lo consigues, todo te lo deberás a ti misma. A tu capacidad, tu esfuerzo y tu talento.

—Bueno, eso me tocará demostrarlo. Pero no adelantemos acontecimientos.

—¿Cuándo te dirán si el puesto es tuyo?

—Me llamarán esta tarde o mañana. ¡Qué nervios!

—¡Espero que todo salga bien y logres el trabajo! —exclamé ilusionado—. Aunque Nadia se vaya mañana a Lyon con su padre, pronto podrás traértela de vuelta. Así no os separaréis y su estancia en Francia no será más que unas simples vacaciones.

La expresión de la mujer cambió totalmente, señal inequívoca de que se guardaba algo que aún no me había contado.

—Julián, creo que te debo una explicación —dijo por fin—. Tú te has portado fenomenal conmigo y no quiero mentirte más. ¿Podemos hablar un momento en tu casa?

—Claro, vamos.

Aquello era una sorpresa para mí. No sabía qué me tenía que explicar y de qué forma estaba relacionado con su hija y su viaje a Francia. Sospeché que no me iba a gustar demasiado.

Entramos en mi apartamento y nos sentamos en el sillón, uno al lado del otro. Como vi que no se decidía a empezar, le rogué que lo hiciera:

—Cuéntame, por favor, me tienes en ascuas.

—Verás. Es complicado. Tú sabes el aprecio que yo te tengo y... lo bien que lo hemos pasado juntos.

Lo sabía, pero ¿a qué venía eso ahora?

Tragó saliva y buscó una postura más cómoda. Cruzó las piernas y se ajustó la gomilla con la que se había hecho una coleta alta. Luego, continuó hablando.

—Eres un tío genial. Me encantas. Y siempre te has portado estupendamente con nosotras. Pero... No creo que sea adecuado que mi hija y tú tengáis una relación.

—¿Cómo dices?

—Perdóname. Yo soy muy abierta y nunca consideré que la diferencia de edad entre dos personas fuera un impedimento para estar juntas. Pero Nadia solo tiene quince años. Le llevas más de diez. Y tarde o temprano le harás daño.

Si me quedé congelado cuando Larry me lanzó que Verónica pensaba que yo era una especie de pederasta por enamorarme de una adolescente, aquel instante fue todavía peor. Creo que mi corazón dejó de latir unos segundos. Además, por lo visto, todo el mundo estaba al tanto de mis sentimientos.

—Nadia y yo no estamos saliendo —le aclaré con un hilo de voz casi inaudible.

—Lo sé, Julián. Pero ella está enamoradísima de ti. Me lo confesó el día que nos pilló juntos.

—¿Te lo dijo?

—Sí. La encontré en su cama llorando como nunca la había visto llorar. Estaba destrozada. Y, entonces, salió todo. Lo que sentía por ti. Lo que deseaba que tú sintieras lo mismo por ella. Si hasta se inventó un novio para darte celos.

—¿Qué? ¿Eduardo no era su novio?

—No, Julián. Eduardo no existe. Se lo inventó para demostrarte que, si no dabas un paso adelante, la perderías y se iría con otro. En realidad salía con sus amigas de clase.

Así que a quien le mentía era a mí y no a su madre. ¡Para darme celos! No podía creer lo fácil que era engañarme y lo poco intuitivo que había sido en aquel asunto.

No dije nada, así que Marta prosiguió.

—Como comprenderás, aquello me preocupó muchísimo. Que mi hija estuviera tan obsesionada con alguien como para inventarse un novio falso, para dar celos, me hizo ver que era necesario analizar bien la situación.

—Comprendo.

—Que te aislaras de nosotras un tiempo para escribir nos venía muy bien. O eso creí al principio. Pero pasó justo lo contrario. Nadia cada día estaba más triste por no verte. Escuchaba todas esas canciones de desamor y me la encontraba llorando en cada rincón de la casa. Tenía que hacer algo. Y se me ocurrió mandarla una temporada a Lyon.

—¿Por eso se va a Francia con su padre?

—Sí. Ese es el motivo principal, aunque también está lo del dinero —reconoció antes de obligarse a hacer una pausa para respirar y ordenar las ideas—. A veces, tenemos que hacer sacrificios por nuestros hijos. Que Nadia se vaya es el mío. Pero pienso que es lo mejor. Lo hablamos varias veces y, aunque a ella no le agrada la idea por decenas de motivos, sabe que la única manera de olvidarte es marchándose un tiempo. Desconectar, sufrir unos días y *resetear.*

—Vaya. No esperaba nada de esto.

—Lo siento, Julián. Te prometo que desde que me enteré de lo que ella sentía le he dado muchas vueltas. No pretendo ofenderte. Pero debo pensar también en el futuro de mi hija. Está enamorada de ti, tú puedes enamorarte de ella o no, aunque también me da la impresión de que te gusta... Pero de lo que estoy convencida es de que las cosas terminarían mal entre vosotros en cuanto alguno diera un paso en falso. Por la edad de cada uno, por lógica y por probabilidades. Y tú tienes veinticinco años y más tablas. Mayor capacidad para encajar los golpes. Nadia es una adolescente que tiene que vivir mucho todavía y experimentar cosas con gente de su edad.

—Y, si no quieres que haya nada entre nosotros, ¿por qué me has invitado a su cumpleaños? ¿No es un riesgo innecesario?

—Me lo pidió ella como último favor antes de irse. Quería pasar contigo un rato en un día tan especial. ¿Cómo iba a decirle que no después del sacrificio que va a hacer y de lo que ha estado sufriendo?

Entendía a Marta. De verdad que entendía lo que pensaba y cómo se había comportado. Pero por dentro me sentía enfadado. Todo el mundo tomaba decisiones importantes menos yo. Todos me habían juzgado y todos sacaban sus propias conclusiones. Sí, Nadia era una adolescente y a lo mejor no debería haberme enamorado de ella. Pero ¿puede alguien controlar su corazón?

La mujer se detuvo, aguardando a que yo dijera algo. Pero no lo hice. No quise contarle lo del beso que nos habíamos dado en la barca, ni que yo también sentía lo mismo que su hija. Me invadía la impotencia de no poder actuar como yo hubiera decidido o deseado.

—¿Vendrás esta tarde a casa a despedirla?

—No lo sé. Tengo que pensarlo.

—Te comprendo —dijo mientras se levantaba del sofá—. Espero que me perdones, Julián. Yo también lo estoy pasando mal con este asunto. Ser madre no viene con un manual de instrucciones.

Me miró por última vez, afligida, y salió del piso. Yo no reaccioné. Me quedé sentado, tratando de asumir y procesar la información que acababa de escuchar. Estaba como en una especie de nube. Sin poder asimilarlo todo.

En esos minutos de reflexión, me llamó al móvil Jota Jota. No se lo cogí. En ese momento, el libro me importaba poco o menos. Me daba igual todo. Todo menos Nadia.

Durante toda la tarde recreé en mi cabeza el beso del Retiro. Fue tan especial que era imposible resumir en una las sensaciones que me había provocado.

Se acercaban las siete de la tarde y no había tomado una decisión respecto a si debía ir a casa de mis vecinas o no. Estaba muy confuso. Posiblemente, sería la última vez que vería a Nadia en mucho tiempo. ¿Cómo podía aceptar que se fuera por mi culpa? Simplemente, no lo aceptaba. Me molestaba.

A las siete menos diez, oí que hacían ruido tras la pared de mi habitación. Un armario se abrió y cerró bruscamente varias veces, mientras sonaba una canción de Laura Pausini. Pude distinguir un llanto agudo y el rechinar de los muelles de un colchón, como si alguien se hubiera lanzado en plancha sobre la cama.

Me imaginé a Nadia llorando desconsoladamente encima de las sábanas y el estómago se me revolvió. Entonces supe qué hacer: no iría a verla.

Pensé que, si iba, lloraría aún más y pasaría un mal trago. Se sentiría más triste y no podría disfrutar del último día con su madre. De esa forma, el recuerdo que tendría de mí antes de irse a Francia sería el de nuestro beso. A la larga, quedaría eso.

Equivocado o no, fue lo que elegí hacer. Guardé el teléfono en un cajón y le quité el sonido por si acaso me llamaba, y salí de casa sin saber adónde iba. No quería estar en el apartamento mientras Nadia se encontrara allí.

Me pasé la tarde y la noche vagando de un lado para otro sin rumbo. Hasta perdí la cuenta de la cantidad de metros que cogí. A las tres de la madrugada, estaba con una cerveza de más, tumbado en el banco de alguna plaza de La Latina. Y, entonces, me dormí.

—Señor, señor. ¿Está bien?

Abrí los ojos y me encontré con el rostro de una anciana que me miraba fijamente. Sentí un cosquilleo en la oreja; enseguida me di cuenta de que un perro pequeño me estaba lamiendo. Aparté al animal con toda la delicadeza que pude y me senté en el banco.

—¿Qué hora es?

—Las seis y media de la mañana. ¿Se encuentra bien?

Me dolía la espalda una barbaridad. Me estiré hacia atrás y también descubrí que la cabeza me retumbaba.

—Sí, gracias.

—No tiene usted pinta de ser un vagabundo. Además,

me conozco a todos los indigentes de la zona. Y a usted no lo había visto nunca. ¿Está seguro de que se encuentra bien?

Sonreí para demostrarle a la mujer que no me pasaba nada. Me puse de pie y me despedí de ella y de su mascota.

—¡Dile adiós, Lión!

El animal ladró, obedeciendo a su dueña. ¿Había entendido bien? Me giré y le pregunté el nombre del perro.

—Se llama Lión. Mi cariñito es tan pequeño como un lirón y tan fiero como un león. Por eso le puse Lión. En realidad, es un perrito muy bueno.

La realidad supera siempre a la ficción. Y las casualidades existen. Algunas dan miedo, como esa. ¿Cuántas posibilidades había de que me encontrara con un perro a las seis y media de la mañana que se llamara igual que la ciudad a la que se iba a marchar Nadia? ¿Era una señal?

Fuese una señal o no, me hizo pensar. Lo primero que se me ocurrió fue que una vez más había sido un capullo. ¿Cómo me podía haber perdido el cumpleaños de mi vecina? Ahora lo veía todo completamente diferente. Me sentía mal. Cruel. Me había comportado como un cobarde. Un mísero y estúpido cobarde. Y encima no me había llevado ni el teléfono para llamarla.

¿Tenía tiempo de reparar mi error?

No mucho, aunque era posible. El avión de Nadia salía a las nueve menos cuarto según me había comentado ella en el Retiro. Pero no tenía ni idea de la terminal desde la que despegaba. Además, si quería llegar a tiempo, debía coger un taxi inmediatamente, ya que en metro no lo lograría. Examiné mi cartera y comprobé que solo disponía de un billete de veinte euros y otro de diez. Muy justo. Pero me permitía arriesgarme.

¡Debía intentar encontrarla antes de que se subiera al avión que la llevaba a Francia!

Paré a un taxi y le dije la verdad al conductor. Solo tenía treinta euros para pagarle. El taxista aceptó llevarme por esa cantidad y desde La Latina partimos raudos hacia el aeropuerto de Barajas.

Aposté por la T4 como destino.

En el camino, repasé mentalmente la cantidad de cosas que había hecho mal en las últimas semanas. Muchas. Demasiadas. Pero quizá la peor había sido dejar tirada a Nadia en su cumpleaños, sabiendo que, además, era su último día en España y lo que sentía por mí. ¡Idiota!

Llegamos a la Terminal 4 en algo menos de cuarenta minutos. Pagué, le di las gracias al taxista y corrí hacia el panel de salidas más cercano. Y por una vez la suerte me favoreció. El vuelo a Lyon de las ocho y cuarenta y cinco salía de la puerta K86, de la T4. El embarque era a las ocho menos cinco. Todavía eran las siete y veinticinco. Ahora debía rezar para que Nadia y su padre aún no hubieran pasado el control de equipajes. Me fui hasta la entrada que debían utilizar y esperé de pie, pegado a las cintas de acceso.

Si aquel momento hubiera sido la escena de una película, habría visto de lejos a Nadia. Ella habría corrido hacia mí, nos hubiéramos besado, prometiendo que nos daríamos una oportunidad y que venceríamos todos los impedimentos. O me habría saltado el control de seguridad y me habría dirigido corriendo hasta la puerta K86, donde ella estaría esperándome. Nos abrazaríamos y la chica anularía su viaje, con todo el mundo aplaudiendo a nuestro alrededor, incluidos los policías que me habían perseguido. O, tal vez, no la vería en el aeropuerto, pero me la encontraría sentada en la escalera de nuestro edificio al regresar a casa, medio sonriendo y preparada para un beso.

Pero la historia no sucedió así. Y, a pesar de que la realidad siempre supera a la ficción, en ocasiones se deja vencer por eso a lo que llaman karma. Y a mí el karma me debía unas cuantas.

Nadia no apareció, por lo que supuse que había pasado ya el control y que a las ocho y cuarenta y cinco estaría despegando rumbo a su nuevo hogar lejos de mí.

No fue el final soñado, pero sí el que más posibilidades tenía de pasar.

EPÍLOGO

¿Existe en algún sitio una lista escrita de segundas oportunidades?

—Preséntese —me dijo ella muy seria—. Hábleme un poco sobre usted.

—¿Te miro a ti o a la cámara?

—A mí, por favor.

—Bien. Mi nombre es Julián Montalbán, tengo treinta y cinco años y puedo decir con orgullo que soy escritor. He conseguido publicar cinco novelas y me gano la vida con los libros que escribo. Aunque no ha sido nada fácil. Sobre todo, al comienzo. Nadie me ha regalado nada. De la primera historia solo logré vender 1.151 ejemplares y rápidamente me la retiraron de las librerías. Todo cambió con mi segunda novela, *Edelweiss*, que se convirtió en un *best seller* internacional.

—¿Puede contarnos un poco más? He leído que estuvo dos años sin escribir y que hasta tuvo que cambiar de editorial. ¿Qué pasó?

—Después de un tremendo desengaño, perdí la ilusión por todo. Dejé el libro sin terminar, mi agente literario me abandonó, también la editorial con la que estaba, y me empecé a ganar la vida trabajando en una pizzería. Fueron momentos muy duros.

Y es que el amor tiene estas cosas. Si te hace feliz, arrasas con todo. Pero, si vives su lado oscuro, puedes caer en el más profundo de los pozos.

Con Nadia, sufrí la parte más amarga.

Terminó instalándose definitivamente en Francia con su padre. Ni siquiera me cogía el móvil, ni me agregó a las redes sociales que ambos nos íbamos creando conforme iban apareciendo. Nunca perdonó mi cobardía el día que se fue a Lyon. Solo sabía de ella por su madre, con la que las cosas ya no volvieron a ser iguales pese a que me estaba muy agradecida por haberla ayudado. Y es que, finalmente, le dieron el puesto de trabajo en la agencia de viajes del padre de mi exnovia. Por cierto, ella y Verónica se hicieron muy amigas. Confidentes. Aunque mi vecina no influyó de ninguna manera en la ruptura con Larry a los dos años y pico de haber empezado la relación.

Fue precisamente mi amigo el que me insistió en que debía terminar el libro y buscar una editorial que me lo publicara. La charla transcurrió durante la noche en la que «celebramos» el final de su noviazgo y el regreso a la soltería. Vero había pasado a ser tan ex mía como de él.

—¿Por qué volvió a escribir?

—Un amigo me abrió los ojos. Me dio el empujón que necesitaba. Y estaba harto de las pizzas. Así que me dejé de inútiles lamentaciones, de estúpidos sentimentalismos, y me puse manos a la obra. Al principio, me noté algo oxidado. Lógico. Llevaba casi dos años sin escribir. Pero poco a poco las ideas fueron llegando y retorné a mis mejores momentos delante del portátil. Cuatro meses después me veía preparado para tocar en la puerta de las editoriales. Y una de ellas, pequeñita pero con una buena distribución, apostó por mí. Todo empezó a funcionar desde entonces: líder en ventas, tres libros publicados más, presencia en las librerías de medio mundo, viajes de promoción, entrevistas...

—Así que a partir de ese instante cambió su vida.

—Exacto. Desde que *Edelweiss* salió a la venta, todo ha dado un giro de ciento ochenta grados.

Miré a la joven periodista que me estaba entrevistando y la vi concentrada en su cuaderno de notas. Buscaba la siguiente pregunta. Titubeó un instante y lanzó una nueva cuestión.

—¿Qué se siente al haber vendido más de tres millones de libros y estar en los primeros puestos de las listas de ventas habitualmente?

—Alegría, felicidad, orgullo, agradecimiento... Pero también responsabilidad. Tengo que estar a la altura de los lectores, que son los que me permiten dedicarme a esto. Ellos son la parte más importante de esta aventura.

—¿Qué es lo que más le dicen los lectores?

—Sobre todo me cuentan si les ha gustado o no el libro. O dan su opinión acerca de tal o cual personaje. En la actualidad, con las redes sociales, cada día tienes decenas y decenas de comentarios de todo tipo.

—¿Lleva bien las críticas?

—Las críticas son opiniones personales, completamente subjetivas. Las respeto, como los halagos. Pero intento no hacerles demasiado caso. La única crítica que realmente me vale es la de mi editora. Ella es la que verdaderamente tiene una opinión objetiva sobre el libro y la que me puede ayudar a mejorar algún aspecto de la historia.

—¿El éxito le ha cambiado?

—Todos cambiamos, con éxito o sin él. Los libros sobre todo me han dado seguridad en mí mismo. Sí, vivo en un piso mejor y más grande que en el que vivía hace siete años. Puedo viajar más, darme algún capricho... Pero mi forma de ser es parecida a la que ha sido siempre. No exactamente igual, porque eso es imposible. Y en algunos aspectos he cambiado, claro.

—¿Se arrepiente de algo? ¿Volvería al pasado y actuaría de otra forma respecto a alguna circunstancia concreta de su vida?

Me quedé callado y observé fijamente a la periodista.

—¿Te refieres a algo relacionado con los libros o a algún tema que tenga que ver con mi vida personal?

—¿Separa una cosa de otra? ¿No forma parte la literatura de su vida personal?

—Tienes razón. No separo una cosa de la otra.

—Entonces, ¿se arrepiente de algo?

Me quedé un instante en silencio. Observé primero a la cámara que nos estaba grabando y después me giré otra vez hacia la periodista.

—Imagino que, si me dieran una segunda oportunidad, habría cosas que haría de forma distinta. Pero no podemos viajar al pasado. Solamente nos queda pedir perdón.

—¿Es suficiente pedir perdón cuando uno se equivoca?

—A veces no es suficiente. Pero no se puede hacer nada más.

La chica miró al hombre que estaba detrás de la cámara y este le hizo un gesto con la mano para que prosiguiera y, a continuación, le susurró que necesitaba dos minutos más.

—Usted estudió Periodismo. ¿Le gustaría ejercer la profesión?

—No.

—Qué rotundo. ¿Por qué?

—No sirvo para ser periodista.

—¿No sirve?

—No. Lo que me gusta es escribir, pero escribir a mi aire. Incluso con presión, pero escribir lo que yo quiero.

Me he acostumbrado a ser muy exigente conmigo mismo y a exigir a la gente que trabaja alrededor de mí. Nunca dejas de aprender y de crecer. En un medio de comunicación, las exigencias son dispares. Siempre exigen los mismos, a las mismas personas, y no hay ningún tipo de aprendizaje. El mundo del periodismo es apasionante, pero ya no es para mí. ¿A ti te gusta?

—¿A mí?

—Sí.

—Soy yo la que pregunta —respondió en un tono algo autoritario. Pero finalmente contestó sonriendo—. Sí, me gusta.

—Me alegro. El mundo necesita periodistas que amen lo que hacen y disfruten de su profesión. Tú lo haces bien, además.

Se sonrojó al escucharme, murmuró un «gracias» y repasó una vez más la libreta en la que llevaba escrita la información sobre mí.

—¿Su próximo sueño? —continuó.

—Mi único sueño es ser feliz.

—¿Y algo menos trascendental?

En esta ocasión, el que sonrió ampliamente fui yo. Me eché hacia delante y la miré directamente a los ojos. Unos increíbles, enormes y preciosos ojos verdes.

—Ir a una pista de karts. ¿Tú has ido alguna vez?

Agradecimientos
Año 2011

Quiero comenzar dando las gracias a la vida por cómo me está tratando. Y enviar un halo de esperanza a los que no lo estáis pasando bien en estos tiempos difíciles que corren. Sé lo que es estar mal, no encontrar mi sitio y sentir que nada funciona a mi alrededor. Caer y no levantarme al instante, sino ir subiendo poquito a poco, pero esperando una nueva caída en cualquier momento. Sin embargo, en el 2008, todo cambió de repente. Por eso, nunca perdáis la esperanza. Las cosas llegan si se desean mucho y se trabaja para conseguirlas. Jamás hay que darse por vencido. Si yo he logrado llegar a la meta, cualquier persona del universo puede hacerlo. De verdad, no desesperéis.

Como en *Canciones para Paula* y *¿Sabes que te quiero?*, mi mayor agradecimiento es para mis padres. Estoy convencido de que todo lo que sucede es porque tiene que suceder y también de que lo más importante de mi vida sois vosotros. Gracias por todo una vez más. Asimismo, entra en este apartado mi hermana María, una persona que ha cambiado tanto con los años que a veces me cuesta reconocerla. Se merece lo mejor y que su vida esté llena de éxito.

Quiero darle las gracias, por su apoyo incondicional, a toda mi familia; en especial a mis tíos, que tanto se están alegrando de mi aventura, y a mis primos. Y, sobre todo, a mis cuatro abuelos fallecidos. Desde donde estén, seguro que no dejan de sonreír al ver lo que está pasando con su nieto.

Hay una persona que también apareció en el 2008, y, sin ella, hubiera sido imposible que mi sueño se hiciera realidad. Una chica a la que quiero. Que me aconseja, que me debate, que me analiza lo que escribo, que hasta me echa broncas. Ella es la clave de todo lo que pasa por mi cabeza. La que me soporta, me mima y me entiende. Ester es mi Paula, y su sonrisa, mi inspiración.

Cuando en octubre del 2009 Everest me propuso publicar la historia que tantos seguidores tenía en Internet, no me lo podía creer. Sin embargo, con gran profesionalidad y cariño, todo fue avanzando hasta convertirse en algo inimaginable para ellos y para mí. Creo que han sacado una matrícula de honor en cuanto a la difusión y el tratamiento de *Canciones para Paula.* Para mí ha sido un verdadero honor compartir estos dos años con esta gran editorial. Gracias a don José Antonio, a Raquel López, a Ana María, a Fernando, a Vicky, a todo el grupo Everest y, en especial, a Alicia y a Nuria, que tanto me habéis aguantado y con quienes tanto he compartido. Os llevaré siempre dentro, esté donde esté.

Me gustaría hacer una mención especial a los diseñadores de las cubiertas de los libros. Sois unos auténticos artistas y, sin duda, habéis acertado de pleno con cada una de ellas.

Y también quería dar las gracias a todos los comerciales que se han portado fenomenal conmigo en cada una de las ciudades en las que he estado firmando libros. Gracias a los delegados Jaime Bango, Alberto López, Miguel Jiménez, Manolo Castro, José Ángel Gutiérrez y Martí Romaní. Y, por supuesto, a Julia, Luis Enrique, Aurora, Iñaqui, Andrés, José Manuel, Dolores, Luis, Juan, Charly, Juan Antonio, José Antonio, Fernando, Aitor, Toni, Robert y Javier.

Y no podía olvidarme de todas las embajadoras de *Canciones para Paula.* Ellas han aportado su granito de arena en cada una de las presentaciones de los libros que hemos hecho por toda España. Millones de gracias por todo a María, Lidy y Maite, Marina, Anita (y Almu y Gonzalo), Marta, Alicia (y su madre), Laura LL, Lucía, Dalky, Chantal, Andrea (y Marta), Paloma, Carla, Aby y Sara.

Mi más sincero agradecimiento, porque soy muy consciente de lo que hacéis, a los blogs y a todos los blogueros que tan bien nos han tratado. Las novelas pueden gustar o no gustar, pero las opiniones siempre hay que expresarlas desde el respeto. Y eso nunca ha faltado con mis novelas. Quería hacer una mención especial a Juvenil Romántica y a sus dos administradoras, Rocío y Eva. Gracias a ambas por ser como sois, como críticas, escritoras y, especialmente, como personas y amigas.

Gracias a Paula Dalli y a su familia; eres una *crack* y una chica extraordinaria. Y a Alba Rico (@aries13music) y sus padres. Aposté por ti y ya verás como llegarás lejísimos con tu talento y tu manera de hacer las cosas. También, muchas gracias a Robin. Ella siempre será la voz de *Canciones para Paula.*

En estos meses me he vuelto a reencontrar con gente de mi adolescencia y juventud universitaria. Me acuerdo mucho de vosotros. De la gente de Carmona, de todos los de «Aquellos maravillosos años en los Salesianos», de mis profesores en el colegio, de mis amigos del Maese Rodrigo y, por supuesto, de toda mi familia de la residencia Leonardo Da Vinci. No os imagináis la de veces que hablo de vosotros, aunque estemos separados y viviendo cada uno en una punta del mundo.

Gracias a Jose y a Jaime Roldán, por prestarme ese tesoro que os pedí. Jaime, eres un genio y tus consejos siempre son importantísimos para mí.

Otra vez, gracias a Lorenzo y a todo el Palestra Atenea por permitirme compartir con vosotros un año más de ilusiones y diversión.

Mil gracias a todos los chicos y chicas que trabajan en el Starbucks de Princesa y en el de Callao en Madrid. Especialmente, a Laura, María José, Luna, Adriana, Cristina, Irache, Maicol, Joaquín y Rubén.

No podían faltar en los agradecimientos «Las Clásicas» de *Canciones para Paula*. Sois las mejores (también Jorge, Álex, Noel, Martín, Pedro Jesús...). Ni la gente de mi Twitter (@FranciscodPaula), con quien tanto tiempo paso hablando de libros, series... (gracias a Mónica por crear el PicBadge de *CPP*). Ni todos mis amigos de Facebook (Francisco de Paula Fernández) y del grupo *Canciones para Paula* o de mis ciento cincuenta cuentas de Tuenti. Vosotros, los seguidores, sois la parte más importante de este invento. Porque compráis, leéis, animáis, me ayudáis cuando lo necesito y no dejáis de apoyarme en toda esta aventura. Seguiremos en contacto siempre que queráis a través de las redes sociales.

Gracias a todas las personas que se acercaron y soportaron las colas y las esperas en las firmas de Madrid, Barcelona, Sevilla, Málaga, Bilbao, Zaragoza, Pamplona, Granada, Vitoria (especialmente a Icíar, Elda y María por la idea del globo), Almería, Salamanca, Córdoba, Vigo, Gijón, Oviedo, Valencia, Alicante, Valladolid, Cáceres y Logroño. Prometemos visitar todas las ciudades que podamos en las firmas de *Cállame con un beso*. Sin duda, el contacto con vosotros es lo más bonito de esta experiencia. Y muy agradecido también a aquellas librerías, centros comerciales, bibliotecas (gracias especialmente a la de Salteras), institutos (Torredonjimeno fue especial, y también San Sebastián de los Reyes) y fundaciones (como la Sánchez Ruipérez) que me invitaron y tan bien nos acogieron. Y a los medios de comunicación, que siempre me han tratado fenomenal.

Muchas gracias a Fati y Ester, de Fotocopias Salamanca. Ellas empezaron haciéndome las copias de los cuadernillos de *Canciones para Paula* y continúan tratándome fenomenal tres años y medio más tarde.

Se nota que estoy feliz y agradecido, ¿verdad? Muchas gracias a todas las personas que compréis y leáis esta última parte de la trilogía de Paula. Espero que os guste.